Nadine Roth

SAMe Love – 1

## SAMe Love (Band 1) – Nur mit dir

*»LOVE IS LOVE«*

Die siebzehnjährige Sam will nur eins in ihrem Leben: glücklich sein. Doch wenn sie in den Armen ihres Freundes Robin liegt, ist sie ganz und gar nicht glücklich. Es fühlt sich falsch an. Unvollständig. Erst als die neue Schülerin Romy wie ein Wirbelwind nicht nur ins Klassenzimmer, sondern auch in Sams Leben platzt, sind da mit einem Mal die Gefühle, die sie sich bei Robin so sehnlich gewünscht hat. Die sich richtig anfühlen und vor denen Sam sich dennoch fürchtet. Es kann doch nicht sein, dass sie sich ausgerechnet in eine Frau verliebt! Oder doch? Und selbst wenn – hat diese Liebe überhaupt eine Chance in einer Welt voller Intoleranz, Vorurteilen und Tabus?

*Eine Geschichte über ein Coming-out und die ganz große Liebe.*

## Die Autorin

Nadine Roth wurde 1993 geboren, lebt in Baden-Württemberg und arbeitet als Bürokauffrau in der Nähe ihres Heimatdorfes. Durch die »Bis(s)-Saga« entdeckte sie das Lesen für sich und später auch das Bloggen. Im Alter von 15 Jahren begann sie selbst zu schreiben, was zunächst nicht mehr als ein Hobby war. Im September 2015 entwickelte sie die Idee zu ihrem Debüt »Bloody Mary«, das sie im April 2016 fertigstellte. Nach einigem Zuspruch von ihren Freunden entschloss sie sich dazu, das Buch zu veröffentlichen. Schon jetzt hat sie Ideen für weitere Projekte.

**Nadine Roth**

# SAMe Love

## Band 1: Nur mit dir

Romance

STERNENSAND VERLAG

www.sternensand-verlag.ch
info@sternensand-verlag.ch

3. Auflage, März 2019

Umschlaggestaltung: Rica Aitzetmüller | Cover & Books
Illustrationen: Mirjam Hüberli
Titel-Illustrationen (Schmetterlinge): Christine Krahl | fotolia.de
Lektorat / Korrektorat: Martina König | Sternensand Verlag GmbH
Satz: Sternensand Verlag GmbH
Druck und Bindung: Smilkov Print Ltd.



ISBN-13: 978-3-906829-41-8
ISBN-10: 3-906829-41-8

Für alle, die lieben, wen sie lieben,
und deswegen verurteilt werden.
Ihr seid die Stärksten.

Gebt euch und eure Liebe niemals auf.
Ich glaube an euch!

# Inhalt

# Prolog

## Schmetterling

Ich wünschte, ich wäre ein Schmetterling. Dann wäre ich frei, unberührt und niemand würde mich für das, was ich bin oder was ich nicht bin, verurteilen. Dafür, wen ich liebe oder wen ich nicht liebe. Ich würde für meine Schönheit und meine Zartheit bewundert werden. Niemand würde zulassen, dass mir ein Leid geschieht, und jeder würde mir mit einem Lächeln auf dem Gesicht hinterherschauen und sich wünschen, genauso frei zu sein wie ich. Aber ich bin kein Schmetterling. Ich bin ein Mensch. Und genau deswegen bekomme ich den Hass der anderen zu spüren. Weil ich bin, wie ich bin, und weil ich liebe, wen ich liebe.

# 1

# Große Liebe

Aufmerksam beobachtete ich Channing Tatum dabei, wie er Amanda Seyfried immer näher kam, bis die beiden sich endlich küssten. Zuerst sanft, dann heftiger, ehe sich Channing im strömenden Regen auf den Boden setzte und Amanda – die im Film Savannah hieß – auf seinen Schoß zog. Ich konnte das Ganze nur mit einem belustigten Lächeln betrachten. Mal im Ernst, wer setzte sich denn auf den nassen, schlammigen Boden, nur um ein bisschen rumzuknutschen? Ich hatte das jedenfalls noch nicht gemacht.

Trotzdem kam ich nicht umhin, die Szene mit gebannten Blicken zu beobachten. Etwas in meinem Brustkorb vibrierte, als ich den leidenschaftlichen Kuss der beiden verfolgte. Meine Augen klebten förmlich auf dem Fernseher und während ich die weibliche Darstellerin betrachtete, wünschte mir fast, ein Teil der Handlung zu sein.

Dann verschwand die Szene und von den bunten Farben blieb nur ein schwarzes Bild zurück. Alles im Zimmer war dunkel, als die einzige unnatürliche Lichtquelle des Raumes ausgeschaltet wurde. Lediglich der Mondschein fiel durch das Fenster, an denen ich die Jalousien noch nicht heruntergelassen hatte.

»He!«, rief ich und bewegte mich in seinen Armen. Nein, nicht in denen von Channing Tatum, sondern von Robin – meinem Freund. »Warum hast du das ausgemacht? Ich wollte den Film anschauen«, beschwerte ich mich und drehte mich auf den Rücken. Robin machte mir Platz.

»Ich habe eine viel bessere Idee«, hauchte er und legte seine Hand auf meinen Bauch, wobei er mein Tanktop ein Stück nach oben schob. »Eine viel, viel bessere Idee.«

Mein Magen zog sich zusammen, was nicht daran lag, dass seine Berührung mich in die richtige Stimmung versetzt hätte. Vielmehr war das Gegenteil der Fall.

Er drehte sich neben mir, sodass er halb auf meinem Körper zum Liegen kam. Seine Lippen fanden mein Kinn und er küsste sich sanft zu meinem Hals nach unten. Doch von Sekunde zu Sekunde wurden seine Liebkosungen verlangender und meine innerliche Blockade immer stärker.

Mein Herz begann, schneller zu schlagen, und ich lag starr unter ihm, während er sich auf mir bewegte. Ich war wie das sprichwörtliche Reh im Scheinwerferlicht.

Sein Mund wanderte von meinem Hals nach oben zu meinem Ohr. Mit den Zähnen erreichte er die empfindliche Spitze und knabberte behutsam an dieser.

Ich wusste, was er wollte.

Ich wusste es ganz genau.

Der Film musste Robin in Stimmung gebracht haben, aber mich nicht. Ich lag regungslos auf dem Bett, obwohl ich es doch eigentlich genießen müsste. Vor meinem inneren Auge flackerte wieder das Bild des Filmkusses auf und das gab mir den Rest. Mit den Händen packte ich seine Schultern.

»Robin«, keuchte ich, während sich ein Ring um meine Brust legte, der es mir erschwerte, Luft zu holen.

Doch mein Freund brummte nur und seine Küsse wurden noch fordernder, während seine Hand sich gänzlich unter mein Top schob. Er berührte meine nackte Haut, ohne jegliche Barriere. Seine Finger wanderten nach oben.

Doch mit jedem Zentimeter, den er berührte, wuchs das Bedürfnis in mir, Abstand von ihm zu nehmen. Von meinem eigenen Freund! Es hätte mir gefallen sollen, aber es löste Abneigung in mir aus, ohne dass ich es mir erklären konnte. Es war wie ein Rätsel, dessen Antwort ich tief in mir kannte, aber nicht danach fassen konnte.

Bevor das Gefühl mich übermannen und Robins Finger meine Brüste finden konnten, drückte ich ihn hastig von mir weg, was mit seinem Gewicht gar nicht so leicht war.

»Nicht«, murmelte ich, um noch deutlicher zu werden.

Manchmal hatte ich diese Tage. An vielen lief es ziemlich gut zwischen uns. Wir verstanden uns, wir lachten, wir hatten Spaß und wir hatten auch Sex. Aber dann gab es diese düsteren Tage – so wie heute –, an denen ich die Berührung meines Freundes nicht ertragen konnte, als wäre sie ätzend und schmerzvoll wie Säure.

»Komm schon, Sam, ich will dich«, drängte Robin und verlieh seinen Worten Nachdruck, indem er seine Erektion gegen meinen Oberschenkel drückte, auf der Suche nach meinem Intimbereich.

»Nein, ich habe gesagt, du sollst aufhören«, fuhr ich ihn nun fast schon panisch an und endlich ließ er sich ein Stück nach oben drücken.

Dort, wo sein Mund mich berührt hatte, hinterließ er eine feuchte Stelle, die sich kühl anfühlte, als er von mir abließ.

Im Halbdunkeln konnte ich seine Gesichtszüge und seine Augen ausmachen, deren Farbe ich nicht erkannte, aber wusste, dass die Iris braun war – kein normales Braun, sondern wie das von Vollmilchschokolade. Jetzt sahen mich diese Augen an. Enttäuscht und verständnislos.

Eine eisige Faust legte sich um mein Herz, dass mir innerlich ganz kalt wurde. Ich brauchte mehr Abstand, doch er war noch nicht gewillt, mich gänzlich frei zu geben. Mit den Fingern umfasste er meine Handgelenke, zog sie von seinen Schultern weg und drückte sie in die Matratze. Machte mich wehrlos.

»Was ist denn jetzt schon wieder dein Problem?«, fragte er entnervt.

*Du,* wisperte eine Stimme in meinem Kopf, aber ich ignorierte sie. Ich verstand mich ja selbst nicht.

Ich sollte glücklich mit ihm sein. Aber ich hatte das Gefühl, dass etwas in mir nicht richtig funktionierte. Wo waren das Bauchkribbeln, das wilde Herzklopfen und das Gefühl von Geborgenheit, von dem die Menschen immer sprachen? Ich fühlte mich bei Robin wohl und ich schätzte ihn sehr als Mensch und Partner, aber trotzdem … An Tagen wie diesen hatte ich das Gefühl, dass etwas fehlte. Dieses *Etwas* war so elementar, dass ich glaubte, es würde mir den Hals zuschnüren und ich könnte nicht mehr atmen.

So sollte sich doch die ›große Liebe‹ nicht anfühlen.

Andererseits hatte ich auch keinen Vergleich, denn Robin war mein erster Freund, vor ihm hatte es nie jemanden gegeben. Ich kannte ihn, seitdem ich im Sandkasten aufrecht sitzen konnte. Obwohl er mit seinen zwanzig Jahren drei älter war als ich, hatten wir uns schon im Kindergarten angefreundet.

Vielleicht waren wir uns zu nah, als dass ich dieses Gefühl hätte spüren können. Oder ich hatte zu hohe Erwartungen und das, was Robin und ich hatten, war schon alles, was die Liebe zu bieten hatte.

»Das Problem ist, dass ich keine Lust auf Sex habe. Nicht jetzt.«

Robins Augenbrauen zuckten in die Höhe.

»Mal wieder«, kommentierte er trocken. Dann gab er endlich meine Hände sowie meinen Körper frei und ließ sich wieder neben mich fallen.

Erleichterung durchströmte mich für einen kurzen Moment, ehe sich das schlechte Gewissen zu ihr gesellte. Es war so unfair, dass es zwischen mir und Robin manchmal so mies lief. Aber wenn ich gewusst hätte, woran es lag, hätte ich es geändert. Wir hatten es sogar mal mit einer Beziehungspause probiert, aber das hatten wir beide nicht ertragen. Danach war es für ein paar Wochen gut gelaufen und ich hatte mich beim Sex auch richtig entspannen und ihn genießen können. Und dann, wenige Wochen später, war es wieder bergab gegangen.

In meinem Bauch zog sich etwas zusammen, als hätte jemand ein Seil um ihn gebunden und es zu straff zugezogen.

»Wir sind jetzt fast eineinhalb Jahre zusammen und haben weniger Sex als die meisten Paare in diesem Stadium«, beschwerte er sich und ich schloss meine Augen, in der Hoffnung, seine Stimme ausblenden zu können.

Doch er machte seinem Ärger Luft.

»So habe ich mir eine Beziehung einfach nicht vorgestellt«, knurrte er und ließ seinem Frust freien Lauf.

Etwas in mir veränderte sich, aus dem schlechten Gewissen erwuchs Wut. Er machte mir Vorwürfe für etwas, wofür ich nichts konnte und was ich so nie gewollt hatte.

»Du kennst mein Problem, wie du es so schön gesagt hast, seit mehr als einem Jahr.«

Hektisch richtete ich mich auf, um auf ihn runterschauen zu können. Er lag auf dem Rücken und ich konnte deutlich erkennen, dass er mich direkt ansah. Seine ständige Anklage sorgte dafür, dass mir die Wut wie ein Blitzschlag die Wirbelsäule hinaufzuckte. Deshalb kamen meine nächsten Worte heftiger als nötig über meine Lippen.

»Du kennst es und wirfst es mir doch immer und immer wieder vor, damit ich ein schlechtes Gewissen bekomme. Du kannst ja Schluss machen, wenn es dich so sehr stört!« Meine Stimme zitterte. Ob vor Wut oder vor Verlustangst, konnte ich nicht genau benennen.

Robins Augen weiteten sich in der Dunkelheit und das Weiß in ihnen trat deutlich hervor, ehe er sich selbst in eine aufrechte Position brachte. An seinen angespannten Schultern und dem Kopf, den er gesenkt hielt, konnte ich sehen, dass er das Gefühl hatte, zu weit gegangen zu sein. Wenn man jemanden schon so lange kannte, lernte man, dessen Körpersprache zu verstehen.

Vorsichtig legte er seine Hand auf meine Schulter und streichelte zärtlich mit seinem Daumen darüber, als wäre ich zerbrechlicher als dünnes Glas.

Die Berührung beruhigte mich etwas, auch wenn ein Teil von mir ihn immer noch gern abgeschüttelt hätte.

»Ist das dein Ernst?«, flüsterte er.

Ich konnte die Angst aus seiner Stimme heraushören und sofort verrauchte die Wut und es tat mir leid, dass ich ihn mit meiner Aussage verletzt hatte. Es war ein ewiger Kreislauf meiner Empfindungen, als würde ich nur von diesen bestimmt werden: Abneigung, Wut und das schlechte Gewissen.

Ich wollte nicht so zu ihm sein, aber ich hatte das Gefühl, dass diese Beziehung etwas kaputt machte, das wir uns in all den Jahren unserer Freundschaft aufgebaut hatten. Aber beenden konnte ich es auch nicht, es würde mir fehlen, in seinen Armen zu liegen und Kraft aus seiner Nähe zu tanken.

»Ist es das, was du willst, Sam?«, bohrte er nach, da ich ihm wohl zu lange geschwiegen hatte.

Ich drehte mich zu ihm, um ihn anschauen zu können, und schüttelte meinen Kopf, sodass sich meine langen Haare wippend mitbewegten.

In diesem Moment wirkte er wieder so verwundbar, dass ich ihn beschützen wollte. Aber ich war die ungeeignetste Person dafür, denn ich war diejenige, die ihm immer und immer wieder wehtat.

»Nein. Nein, natürlich nicht. Tut mir leid, das war nur so dahergesagt«, ruderte ich zurück, weil ich die Heftigkeit meiner Worte im Nachhinein bereute.

Robin atmete erleichtert aus und ich spürte seinen Atem über meine Schulter und mein Dekolleté streifen.

»Dann sag so was nicht. Das macht mir eine Scheißangst. Ich will dich doch nicht verlieren, Sam, ich will nur wie jedes andere Paar sein.«

Er nahm seinen Arm von meiner Schulter und schlang ihn gänzlich um meine Mitte, um mich in eine Umarmung zu ziehen. Ich schmiegte mich an seinen Körper, hörte sein Herz im Brustkorb rasen und lauschte seinen gleichmäßigen Atemzügen. Robins Kinn ruhte auf meinem Kopf, er strich mir sanft über meine Hüften und der Knoten in meinem Magen lockerte sich Stück für Stück.

Das war es, was mich an Robin festhalten ließ. Dass seine Nähe wie ein schützendes Sicherheitsnetz war, das mich auffing, wenn ich zu fallen drohte.

»Es tut mir leid. Du hast recht, in Zukunft werde ich mich mehr für uns beide anstrengen«, versuchte ich, die Wogen zu glätten.

Robins Hand stoppte seine Zärtlichkeiten und ich spürte, wie er sich neben mir anspannte.

Ich begriff erst zu spät, wie sich meine Worte für ihn angehört haben mussten und dass ich damit noch mehr Öl ins Feuer gegossen hatte.

»Du musst dich nicht anstrengen, ich will, dass es dir gefällt.« Er schnaubte. »Das klingt danach, als würdest du dich zwingen, mit mir zu schlafen!«

Ich schloss ergeben die Augen. Egal was ich sagte, Robin schien es persönlich zu nehmen.

Um ihm ins Gesicht schauen zu können, wenn ich meine Worte wie so oft erklärte, wollte ich mich aus seinen Armen befreien. Doch er verstärkte seinen Griff, sodass ich noch fester an ihn gedrückt wurde.

»Das habe ich damit nicht gemeint! Ich versuche nur, mehr in unsere Beziehung zu investieren«, verteidigte ich mich.

Robin ließ mich los, knipste die Nachttischlampe an, umfasste mit seiner Hand mein Kinn und drehte meinen Kopf so, dass wir uns in die Augen schauten. Sie waren mir so vertraut, als wären es meine eigenen, die ich immer wieder im Spiegel ansah.

Robin strahlte eine unendliche Liebe und Fürsorge aus, die mein Herz zum Stolpern brachte.

»Ich weiß. Es tut *mir* leid. Ich sollte dich nicht so unter Druck setzen«, gab er nach. Das tat er immer. Ich wusste, dass er mich einfach nicht verlieren wollte.

Ich verzog meine Mundwinkel zu einem kleinen Lächeln. Robin beugte sich nach vorn und hauchte mir einen kurzen Kuss auf die Lippen, als Zeichen, dass alles wieder gut zwischen uns war. Mit dem Daumen strich er über mein Kinn, ehe er es losließ.

»Schlafen?«, fragte er nun mit einem versöhnlichen Tonfall. Verflogen war seine Wut, dafür wuchs das schlechte Gewissen in mir. Ich hätte ihn nicht so in die Ecke drängen sollen, das war unfair von mir und kindisch noch dazu.

Und da war er wieder, der Kreislauf, der mich gefangen hielt.

»Schlafen«, bestätigte ich, in der Hoffnung, dass es morgen früh wieder besser sein würde. Die Stimmung war ohnehin zerstört und es war nur ein weiterer von vielen Tagen, an denen mein Körper mit einer Abneigung auf meinen Freund reagierte, dass ich mich fragte, ob ich falsch verkabelt war.

Robin gab mich gänzlich frei, nur um mich im nächsten Augenblick zu sich runterzuziehen, nachdem er sich hingelegt und das Licht wieder ausgemacht hatte.

Ich ließ es zu, denn solange seine Berührungen nicht sexueller Natur waren, konnte ich mich entspannen. Es war, als würden kleine Elektrostöße meine Muskulatur lockern

Meine Hand streichelte automatisch Robins Bauch. Wobei man schon ›Bäuchlein‹ sagen konnte. Denn ein kleines bisschen hatte er zu viel, was mich aber überhaupt nicht störte. Im Gegenteil, dadurch hatte ich viel mehr das Gefühl, selbst nicht perfekt sein zu müssen. Meine Ecken und Kanten zu haben und von ihm akzeptiert zu werden. Und das war ein weiterer Grund, wieso ich Robin trotz all der Schwierigkeiten nicht losließ.

Seine Finger fanden meinen Kopf und er begann, sanft durch meine Haare zu streicheln, nahm mir damit Stück für Stück den Rest der Schwere auf meinem Körper, sodass ich mich fallen lassen konnte.

Ich holte tief Luft und roch seinen vertrauten Duft. Die Beklemmung in mir wich langsam, auch wenn sie wie ein Raubtier nur darauf lauerte, mich erneut zu packen.

Für einige Sekunden war es ruhig zwischen uns, bis wir eine angenehme Schlafposition gefunden hatten, in der wir beide bequem liegen konnten. Dann brach Robin das Schweigen.

»Gute Nacht, Sam. Ich liebe dich«, flüsterte er nahe an meinem Ohr, sodass ich seinen warmen Atem spüren konnte, während seine Finger weiterhin meinen Kopf liebkosten.

Und da war er wieder, der unangenehme Druck in meinem Bauch, als würde man das Seil erneut stramm ziehen, nur um es wieder ein weiteres Mal zu lockern.

»Gute Nacht. Ich …«

*Sag es schon: Ich liebe dich auch!*

Alles in mir sträubte sich, diese Worte auszusprechen. Aber warum? Ich tat es doch. Ich liebte ihn. Oder nicht? Ja, das tat ich!

»Ich liebe dich auch«, flüsterte ich in die Dunkelheit und die Stille, die plötzlich entstanden war, hinein und spürte, wie Robin erleichtert ausatmete.

Seine Finger packten ein bisschen fester zu, als müsste er mich festhalten, weil ich sonst davonlaufen würde.

Meine Augen schlossen sich, nachdem sich mein Körper wieder beruhigt hatte, und ich schlief ein.

# 2

# Die Neue

Das Frühstück war eines der Dinge, auf die meine Mutter immer bestand. Besonders dann, wenn Robin bei mir übernachtete. Manchmal beschlich mich das Gefühl, dass sie einen Kontrollzwang hatte. Es erschien mir fast so, als wollte sie überprüfen, ob Robin und ich noch glücklich miteinander waren.

Für sie war er der Traumschwiegersohn. Nicht nur, weil er so nett war. Nein, es lag auch daran, dass er irgendwann die Softwarefirma seines Vaters übernehmen würde. Dafür studierte Robin Betriebswirtschaftslehre im zweiten Semester an der Universität in Mannheim, die ihm so gut gefiel, dass er dafür die Stunde Fahrzeit in Kauf nahm, um mich besuchen zu kommen. Er entsprach damit dem, was meine Mutter sich als Zukunft für ihre Tochter vorstellte.

Ich hatte dem nie Beachtung geschenkt. Natürlich unterstützte ich meinen Freund und war stolz auf das, was er machte, aber es war nicht maßgebend, was für einen Job er hatte. Für meine Mutter allerdings schon. Seitdem sie wusste, welche Pläne Robins Vater für seinen Sohn hatte, war sie wie ein Hai, der Blut gerochen hatte. Ständig beriet sie mich, wie ich meine Beziehung frisch halten könnte, oder kritisierte mein Verhalten, wenn ich mich in ihren Augen Robin gegenüber unangemessen verhielt.

Es störte mich, dass sie mein Leben so bestimmte.

Nicht nur einmal hatte ich ihr gesagt, dass sie sich verdammt noch mal nicht einmischen sollte, aber da stieß ich nur auf taube Ohren. Also tat ich so, als würde ich ihre Vorschläge beherzigen. So war ich eben. Lieber gab ich nach, um den Frieden wiederherzustellen, als mich ohne Rücksicht auf Verluste durchzusetzen. Harmonie war mir wichtig. Wenn ich mit jemandem im Clinch lag, ließ es mich nicht mehr los, bis die Sache geklärt war. Das führte oft dazu, dass ich mich selbst zu sehr zurücknahm. Aber meine Familie und meine Freunde waren mein sicherer Hafen und ich wollte nicht an den Pfeilern rütteln, die mich stützten.

Nach dem Frühstück gab ich Robin zum Abschied einen Kuss, woraufhin er mir ein Lächeln schenkte, wie es Männer nur in Filmen taten. Voller Hingabe, Liebe und dem Versprechen, alles dafür zu tun, um mich glücklich zu machen.

Ich schnappte mir mein Fahrrad, denn obwohl es bereits September war, waren die Temperaturen so mild, dass ich nicht mit dem Bus fahren oder mich von Robin kutschieren lassen musste – was ich sowieso nicht wollte.

Das unterschied mich von den anderen Schülern in meinem Alter und dem Bild, das sie von mir hatten, denn der Reichtum meiner Eltern war allseits bekannt. Im Grunde war ich nur schüchtern, aber ein Junge aus meiner Stufe hatte mir mal gesteckt, dass ich den Ruf der versnobten Zimtzicke weghatte. Das hatte mich tief getroffen, denn ich selbst war nicht der Meinung, dass ich so verwöhnt war, wie ich anscheinend rüberkam. Es war erschreckend, wie schnell Schüchternheit mit Arroganz verwechselt wurde.

Wir wohnten in einer nobleren Gegend von Karlsruhe. Bis zur Schule war es nicht weit und ich konnte gemütlich durch einen kleinen Park, einen Teil der Altstadt und entlang eines plätschernden Wasserlaufs fahren. Ich liebte meinen Schulweg, schon allein deswegen lehnte ich es ab, wenn Robin mir anbot, mich mit dem Auto zu bringen. Und nicht zu vergessen: Morgendlicher Sport brachte den Kreislauf in Schwung und ich fühlte mich im Unterricht viel fitter.

Nach zwanzig Minuten erreichte ich die Schule, stellte mein Fahrrad bei den Ständern ab und entdeckte meine beste Freundin Vanessa, die ebenfalls mit dem Rad zur Schule kam.

»Hey«, sagte ich, während wir beide mit unseren Schlössern hantierten.

»Hey, Sam«, erwiderte sie, als wir beide uns zur Begrüßung umarmten.

»Alles gut bei dir? Du siehst etwas niedergeschlagen aus«, bemerkte Vanessa in einem einfühlsamen Tonfall.

Ich schnappte mir meinen Rucksack aus dem Korb und schwang ihn mir über die Schultern.

»Du merkst auch alles, oder?«, fragte ich und schnitt eine Grimasse.

»Tja, ich bin nicht umsonst deine beste Freundin. Also was ist los?« Sie sah mich aufmerksam an, während wir uns auf den Weg zum Schulgebäude machten.

»Ich hatte gestern eine heftige Diskussion mit Robin, in der ich ihm gesagt habe, dass er ja Schluss machen kann, wenn er nicht zufrieden ist.« Ein leises Seufzen entwich meinen Lippen. Worüber Robin und ich genau gestritten hatten, erzählte ich ihr nicht. Ich schämte mich ein bisschen dafür, dass ich … den Sex nicht wirklich genießen konnte, ja nicht einmal sonderlich mochte.

»Autsch. Wie hat er reagiert?«

»Er war nicht gerade begeistert davon, wie du dir vorstellen kannst. Wir haben das zwar direkt geklärt, aber es hat immer noch einen komischen Beigeschmack. Und dann natürlich die typische Kontrolle meiner Mutter beim Frühstück. Ich habe ihre Ermahnungen, ich solle es mir mit Robin nicht verscherzen, jetzt noch in den Ohren.«

Nachdem ich mich ausgekotzt hatte, ging es mir besser und meine Laune hob sich allein durch Vanessas Anwesenheit.

»Streit kommt in jeder guten Beziehung vor, aber ich denke, Robin hat das schon längst wieder vergessen. Und deine Mutter? Du kennst sie ja. Ignorier sie einfach und tu so, als wäre nichts gewesen. Sie braucht ja nicht zu wissen, was zwischen dir und Robin vorfällt«, erwiderte sie, während wir über den Schulhof marschierten.

»Ich weiß, es ist trotzdem nervig«, antwortete ich, aber mit einem Lächeln. »Ist bei dir denn alles gut?«

»Logisch, bis auf die Tatsache, dass Montag ist.« Sie warf ihr hellbraunes Haar, das ihr fast bis zur Brust reichte, über die Schultern.

»Wem sagst du das«, pflichtete ich ihr bei, als wir das Klassenzimmer betraten, in dem sich die Hälfte der Schüler bereits eingefunden hatte. Ich war froh, dass ich die erste Stunde zusammen mit meiner besten Freundin hatte. Das machte den Montag erträglicher.

Das Schlimmste an diesem Tag war nicht, dass er der Anfang der Woche war, sondern die Tatsache, dass die erste Schulstunde mit unserer Lehrerin Frau Holzmeier begann.

Sie führte ihren Deutschunterricht sehr akribisch und duldete keine Störungen oder mangelnde Mitarbeit.

Noch ehe Vanessa und ich uns weiter über unser Wochenende austauschen konnten, betrat Frau Holzmeier pünktlich wie die Kirchenuhr das Klassenzimmer und setzte sich auf den Stuhl hinter dem Lehrerpult. Augenblicklich kehrte Ruhe ein, auch in den hintersten Reihen, während sich alle Augen auf unsere Lehrerin richteten.

Sie war eine hochgewachsene, schlanke Frau. Ihre Haare, die sie mit einer Spange nach oben gesteckt hatte, ergrauten bereits. Auf der Nase trug sie eine schmale Brille, durch die sie uns ständig maßregelnd anschaute. Einmal in der Woche appellierte Frau Holzmeier an uns, dass wir mehr für unsere mündliche Note tun sollten. Sie erinnerte mich mit ihrer Erscheinung und ihrem Auftreten an Fräulein Rottenmeier aus der Kinderserie *Heidi*. Ich musste aufpassen, dass ich das ›Holz‹ in ihrem Namen nicht durch ›Rotten‹ ersetzte, wenn ich sie ansprach.

Frau Holzmeier hob den Blick, doch bevor sie auch nur den Mund öffnen konnte, riss jemand stürmisch die Tür auf. Alle Köpfe drehten sich dem Neuankömmling zu. Auch meiner.

In der Tür stand ein Mädchen, das ich bisher noch nie gesehen hatte. Vielleicht hatte sie sich im Klassenzimmer geirrt?

Anscheinend nicht, denn sie betrat mit sicheren Schritten den Raum und sah sich kurz um. Ihr ganzes Erscheinungsbild verblüffte mich. Ihre Präsenz war atemberaubend.

Sie hatte langes, dunkelbraunes Haar, das ihr glatt über den Rücken fiel und ihr mindestens bis zum BH-Verschluss reichen musste. Sie trug eine schwarze Lederjacke, dazu ein weißes T-Shirt, dunkelblaue Jeans und schwarze Springerstiefel. Ihre ganze Aura strahlte Selbstsicherheit und etwas Rebellisches aus – nicht zuletzt, weil sie Kopfhörer in den Ohren hatte.

Ich tauschte einen Blick mit Vanessa, die ebenso verwirrt schaute wie ich. Das Mädchen schien ihr ebenfalls nicht bekannt vorzukommen.

»Wer ist denn das?«, murmelte meine beste Freundin neben mir und ich zuckte mit den Schultern. Gleichzeitig wanderten meine Augen wieder zu der Fremden zurück.

Sie war unglaublich hübsch und ich konnte mir nur vage vorstellen, was in den Köpfen der Jungs gerade vor sich gehen musste. Sie würdigte uns nur eines kurzen Blickes, dann schaute sie zu Frau Holzmeier, die den Neuankömmling ebenso irritiert ansah wie wir.

»Sorry, ich bin zu spät«, sagte das Mädchen. Ihre Stimme klang überraschend hell. Ich hatte aufgrund ihres Erscheinungsbildes angenommen, dass sie rauchiger wäre. Sie nahm die Kopfhörer aus den Ohren, die sich jedoch in ihren Haaren verfingen. Sie zerrte kurz daran und stopfte den Kabelsalat in die Tasche ihrer Lederjacke.

Meine Blicke schwankten zwischen ihr und Frau Holzmeier hin und her, die kurz die Nase rümpfte und über ihre Brille hinweg streng schaute.

»Das sehe ich selbst. Sie kommen mir allerdings nicht bekannt vor. Wie heißen Sie?«, fragte sie und griff nach einem Blatt Papier, auf dem sie sich vermutlich notieren wollte, dass die Fremde zu spät gekommen war.

Wie in der Grundschule! Ich konnte das nur mit einer Spur Belustigung zur Kenntnis nehmen. Außerdem war sie die einzige Lehrerin, die uns siezte, weil sie auf diese Etikette bestand.

»Ich gehe ab heute in Ihren Kurs«, antwortete das Mädchen. »Ich habe die Schule gewechselt.«

»Ah, Sie sind also die neue Schülerin?« Frau Holzmeier legte ihren Stift zur Seite und nickte, als wüsste sie nun Bescheid.

Wieder tauschte ich einen Blick mit Vanessa. Mir taten diese Schüler leid, die neu an eine Schule kamen. Es war sicherlich schwierig, Anschluss zu finden.

Neugierig betrachtete ich die Neue, die immer noch gelassen in der Nähe des Lehrerpultes stand, als wäre ihr diese ganze Situation kein bisschen unangenehm.

Ich hätte niemals mit so einer Selbstsicherheit dort stehen können, ohne mich wie auf dem Präsentierteller zu fühlen.

»Dann stellen Sie sich der Klasse vor«, forderte Frau Holzmeier das Mädchen auf. Sie deutete mit der Hand in unsere Richtung, während sie kerzengerade auf ihrem Stuhl sitzen blieb.

Die Neue drehte sich zu uns, ließ den Blick musternd über jeden Schüler im Raum wandern, bevor sie den Mund öffnete.

Ich spitzte die Ohren, gespannt auf ihren Namen. Vanessa flüsterte mir etwas zu, das ich aber ausblendete, voll und ganz auf die Neue konzentriert.

»Mein Name ist Romy und ab heute gehe ich auf diese Schule und in euren Kurs«, stellte sich das Mädchen vor. Ihr Name gefiel mir sofort. Besonders die Art, wie sie ihn geschmeidig aussprach.

Romys Augen bewegten sich weiterhin wie ein Scanner über uns hinweg. Unsere Blicke begegneten sich nur kurz, aber ihrer war dennoch so intensiv, dass mir die Luft wegblieb.

Doch kaum hatte sie weggeschaut, schnellten ihre Augen wieder zu mir zurück und nahmen mich genauer ins Visier.

Ich hatte das Gefühl, jemand hätte mich auf meinem Stuhl festgebunden, denn ich konnte keinen Muskel mehr bewegen.

Ihre Iriden waren blau, aber anders als meine, die eher blau-grau waren. Sie strahlten in dem schönsten Dunkelblau, das ich je gesehen hatte. Romy hatte sie mit schwarzem Lidschatten und Kajal umrandet. Nicht so, dass es billig wirkte, sondern auf eine Art, die ihre Augenfarbe noch mehr betonte.

Ihre ganze Art, mich anzuschauen, war so faszinierend, dass mir warm und kalt gleichzeitig wurde. Diese Ausstrahlung brachte mich komplett aus dem Konzept und ich fragte mich unwillkürlich, ob sie mir gerade wie die anderen Schüler den Stempel des reichen und zickigen Püppchens aufdrückte.

Doch Romy sah mich nicht so an, als würde sie meine teuer wirkende Kleidung oder den Schmuck als störend empfinden. Sie legte vielmehr neugierig den Kopf schief, als suche sie nach etwas. Dann funkelten ihre Augen, als hätte sie es gefunden. Unsere Blicke verschmolzen miteinander wie erhitztes Gold.

Das war total verrückt!

Mir wurde ganz flau im Magen und ich schaute ausweichend auf die Tischplatte, um diesem Moment zu entgehen. Sie war mir nicht geheuer und ich nicht besonders scharf darauf, mich mit ihr anzulegen. Sie wirkte wie jemand, der rasch aufbrauste, und ich wollte sie auf keinen Fall mit meinen Blicken provozieren. Trotzdem spürte ich, dass sie mich weiterhin beobachtete.

»Warum starrt sie dich so an?«, hörte ich Vanessa neben mir fragen, die ihre Stimme zu einem Flüstern gesenkt hatte.

Ich konnte als Antwort darauf nur erneut mit den Schultern zucken.

Da ich mich nicht traute, noch einmal hochzuschauen, tat ich so, als wäre ich damit beschäftigt, die Papierfransen aus der Ringbindung des Blocks zu zupfen.

»… sich einen freien Platz«, hörte ich Frau Holzmeier ihren Satz beenden. »Und Sie sind bitte ruhig!«, polterte sie weiter und der Appell ging diesmal an die gesamte Klasse, deren zuerst anfänglich leises Gemurmel inzwischen zu einem lauten Stimmengewirr angewachsen war.

Nur langsam kehrte Ruhe ein. Es schien beinahe, als wäre ich nicht die Einzige, die von Romy aus dem Konzept gebracht worden war.

»Sie starrt dich immer noch an, Sam«, berichtete mir Vanessa.

Ich hob aus Neugier doch noch einmal den Kopf, aber Romy war schon an mir vorbeigegangen. Dafür spürte ich jetzt ihre Blicke in meinem Nacken wie ein brennendes Eisen auf der Haut.

»Kennst du sie irgendwoher?«, bohrte meine Freundin weiter.

Ich schüttelte den Kopf. »Nein, woher denn?«, flüsterte ich. »Wenn ich sie kennen würde, hätte ich dir davon erzählt, aber ich sehe sie heute auch zum ersten Mal.«

Und wie ich sie sah! Diese Begegnung ging mir durch Mark und Bein und ich fragte mich, woher diese Empfindungen kamen, die sich wie elektrische Impulse anfühlten.

War es ihre Art? Weil sie alles war, was ich immer hatte sein wollen? Mutig, rebellisch und draufgängerisch? Oder weil sie mir insgeheim unheimlich war und ich Stress mit ihr vermeiden wollte?

Ich schüttelte den Kopf und atmete tief durch, setzte mich aufrechter hin. Ganz sicherlich würde ich mich nicht von dieser neuen Schülerin einschüchtern lassen!

Ich bemerkte, wie Vanessa einen verstohlenen Blick über die Schulter zu Romy warf. »Mich würde interessieren, warum sie dich so anschaut. Sie ist wie eine weibliche Version von Edward Cullen.«

Damit brachte mich Vanessa zum Lachen und die Anspannung löste sich etwas.

»Ich habe keine Lust mehr, mich zu verlieben. Immer dieses ständige Analysieren, wie er sich gegenüber mir und den anderen Frauen verhält. Ob er sich bei mir anders benimmt«, seufzte Ella und spielte mit ihren Haaren, die sie sich zu einem hohen Zopf gebunden hatte. Unter ihren braunen Augen prangten dunkle Ringe, als hätte sie sich die Nacht um die Ohren geschlagen.

Ich schaute sie mitfühlend an. Ella hatte seit einigen Wochen ein Auge auf einen Jungen in ihrem Kurs geworfen, der sie aber nicht zu bemerken schien.

Wir saßen an einem der Tische in der Kantine und verdrückten unsere mitgebrachten Brote. Neben mir saß wie immer Vanessa, ihr gegenüber Linda, eine Freundin von Ella.

»Warum sprichst du ihn nicht einfach mal an?«, schlug Vanessa stirnrunzelnd vor.

Ella sank in sich zusammen, als hätte man ihr die Luft abgelassen. »Ich traue mich nicht.«

Mein Handy vibrierte und ich fischte es aus der Hosentasche, um zu sehen, dass Robin mir zwei Nachrichten geschrieben hatte. Die eine vor einer Stunde, dass er gut zu Hause angekommen war, und die andere gerade eben, in der er mir mitteilte, dass er so müde sei, dass er sich noch mal aufs Ohr legen würde. Fies, das hätte ich jetzt auch gern gemacht.

Ich wünschte ihm eine *gute Nacht* und setzte dahinter einen Kuss-Smiley, ehe ich das iPhone wieder verstaute.

Das Stimmengewirr in der Kantine wurde lauter. Ich blickte durch den Raum voller Schüler, nur Romy konnte ich nirgendwo entdecken. Nach der Doppelstunde bei Frau Holzmeier hatten sich unsere Wege getrennt und seitdem hatte ich sie nicht mehr gesehen.

»Nein, der Mann hat die Frau anzusprechen«, mischte sich Linda in das Gespräch ein, während sie ihr Vollkornbrot mit Käse aß, als wäre es edler Kaviar. »Bei mir und Chuck war das so. Hätte er mich nicht angesprochen, wären wir heute nicht zusammen. Ich bin froh, dass es zwischen uns so gut läuft. Wisst ihr, was er Letztens gemacht hat? Hört zu …«

Und dann legte sie los.

Linda verkörperte genau das, wofür mich alle hielten: die Zimtzicke. Ich konnte sie absolut nicht leiden, aber sie war nun mal eine Freundin von Ella, weswegen sie immer bei uns am Tisch saß. Natürlich hieß ihr Freund nicht wirklich *Chuck*, sondern Elias. Aber sie nannte ihn so, seitdem sie *Gossip Girl* geschaut und sich in die Rolle des *Chuck Bass* verliebt hatte, den dunkelhaarigen Schönling und Draufgänger dieser Serie.

Ich fand das absolut lächerlich und nervig, denn Elias erinnerte weder vom Charakter noch vom Aussehen an *Chuck*. Er war ebenso blond wie Linda und hatte blaue Augen.

Aber sie bestand darauf, dass man ihn *Chuck* nannte.

Ich für meinen Teil stellte die Ohren instinktiv auf Durchzug, wenn sie begann, uns Geschichten von ihrem ach so tollen Freund zu erzählen.

Ella jedoch hing an Lindas Lipgloss-Lippen und saugte jedes Wort auf. Dass ihr eigenes Problem somit in den Hintergrund gerückt war, schien sie gar nicht zu bemerken.

Vanessa und ich tauschten einen genervten Blick und während ich versuchte, Lindas viel zu hohe Stimme auszublenden, musste ich wieder an Romy denken.

An ihr rebellisches Aussehen, ihr Auftreten, die Art, wie sie mich mit ihren intensiv blauen Augen angeschaut hatte.

»Weißt du eigentlich, dass du dieser neuen Schülerin ähnlich siehst? Ihr könntet zumindest Cousinen sein«, begann Vanessa das Gespräch mit mir, als hätte sie meine Gedanken gelesen.

Ich sah sie verwirrt an. »Was? Nie im Leben! Wie kommst du denn darauf?«

Hatte sie sich die Neue nicht genau angesehen? Ich trug oft helle Kleidung, schminkte mich dezent, aber mit ausgewählten Produkten, oder verzichtete auf Make-up und trug nur eine Tagescreme auf. Ich hatte eine undefinierbare Haarfarbe, die zwischen Dunkelblond und Hellbraun schwankte, während die von Romy dunkelbraun und kräftig war. Ich trug goldene Ohrringe und teure Halsketten, während Romy so aussah, als würde sie sich diese Dinge nicht einmal anziehen, wenn man ihr eine Pistole auf die Brust setzte.

Diese schwarze Lederjacke, die Springerstiefel … Sie war einfach kein typisches Mädchen wie ich.

Woher ich diese Gewissheit nahm, konnte ich nicht genau sagen. Schließlich hatte ich sie nur für einen kurzen Augenblick angesehen – aber der Eindruck war dennoch geblieben. All diese Details hatte ich mir eingeprägt.

»Ich weiß nicht, ich habe noch mal genau darüber nachgedacht.« Vanessa legte den Kopf schief und musterte mich mit schmalen Augen. »Ja, eure Gesichtszüge ähneln sich. Vielleicht hast du ja eine Schwester, von der du nichts weißt?«

Ich kommentierte ihren Scherz nur mit einem Kopfschütteln.

»… hatten wir den Rest des Abends wahnsinnig leidenschaftlichen Sex«, drang nun Lindas Stimme wieder lauter an mein Ohr. Sie schien zu ignorieren, dass nur Ella ihr zugehört hatte.

Zum Glück blieben uns weitere Einzelheiten erspart, denn in diesem Moment ertönte die Schulklingel und erinnerte uns daran, dass die Mittagspause zu Ende war.

# 3

# Hans Guck-In-Die-Luft

Ich bin am Wochenende auf einer Geschäftsreise«, informierte mein Vater mich und meine Mutter am nächsten Tag, als wir wie jeden Morgen im Esszimmer zum Frühstück beisammensaßen.

Er faltete die Zeitung, legte sie neben sich und begann, seinen Toast mit Marmelade zu bestreichen.

»Wo fährst du diesmal hin?«, hakte ich nach.

»Nach Lübeck. Soll ich dir was mitbringen? Marzipan vielleicht?«, fragte er mit einem Zwinkern und lachte, als ich das Gesicht verzog, denn er wusste, dass ich diese Süßware auf den Tod nicht ausstehen konnte.

Als Manager eines Energieversorgers verreiste mein Vater ab und an. Oft innerhalb von Deutschland und ganz selten ins Ausland. Mich störte das nicht mehr, aber als Kind hatte es das getan. Ich hatte mich oft gefragt, wieso er nicht zu Hause war. Obwohl wir weniger Zeit miteinander verbrachten, als ich es mit meiner Mutter tat, hatte ich einen größeren Bezug zu ihm. Er war zwar selten da gewesen, aber nicht so streng wie meine Mutter. Seine Umarmungen waren herzlicher, sein Interesse ehrlicher und diente nicht nur dazu, zu prüfen, ob ich alles richtig machte.

Natürlich hatte er in vielen Dingen eine ähnliche Ansicht wie meine Mutter, aber es kam auch nicht selten vor, dass er mich vor ihr in Schutz nahm. Früher war es auch er gewesen, der einen Ausflug auf den Spielplatz, in den Zoo oder das Schwimmbad mit mir unternommen hatte. Für meine Mutter waren solche Aktivitäten mit einer Darmspiegelung zu vergleichen. Das Kind könnte sich ja dreckig machen oder sich danebenbenehmen.

Wenn ich ihn jetzt so ansah, mit dem Krümel, den er sich aus dem Mundwinkel leckte, überkam mich ein warmes Gefühl der Zärtlichkeit.

Nur meine Mutter schien nicht davon angetan zu sein, dass er am Wochenende nicht da sein würde. Ihre braunen Augen zuckten in seine Richtung, während sie sich mit ihren manikürten Fingernägeln gegen die Lippen tippte.

Manchmal erfüllten die beiden jedes Klischee von reichen Eltern, sowohl vom Aussehen als auch von ihrem versnobten Verhalten her. Als Kind war ich deswegen oft zu meiner Oma mütterlicherseits geflüchtet, die so gar nichts mit Reichtum anfangen konnte und mir ein bisschen Normalität schenkte.

Sie wohnte im selben Ortsteil von Karlsruhe wie wir, allerdings sahen wir uns zurzeit selten. Zum einen lag es daran, dass sie nicht gern hierherkam, denn meine Mutter kritisierte sie genauso sehr wie mich, und zum anderen hatte ich es vernachlässigt, sie zu besuchen. Stress in der Schule, Robin, der meine Zeit einforderte, und meine Freunde, mit denen ich viel unternahm, waren wichtiger gewesen. Ich würde das ändern müssen.

Zum Glück war mein Vater nicht ganz so versnobt wie meine Mutter. Ich liebte es, wenn er seinen Anzug oder die Hemden von

Hugo Boss ablegte, in legere Kleidung schlüpfte und mit mir zusammen auf dem Sofa Pizza aß. Manchmal glaubte ich, dass meine Mutter das Leben in Saus und Braus mehr genoss als er.

»Das passt mir aber gar nicht«, murrte sie jetzt und zog die gezupften Augenbrauen zusammen. »Ich hatte für das Wochenende etwas für uns beide geplant. Aber das werde ich wohl absagen müssen.« Sie fuhr sich mit den Fingern durch ihr schulterlanges braun getöntes Haar, das sie jeden Morgen aufwendig föhnte und mit Haarspray in Form brachte.

»Die Geschäftsreise geht nun mal vor, Claudia«, erklärte mein Vater, ehe er in seinen Toast biss.

Eine Aussage, an die ich mich mittlerweile gewöhnt hatte, so traurig wie das klang. Als Kind hatte er mir das auch oft versucht zu erklären. Ich erinnerte mich noch gut an seine Worte: *›Weißt du, der Papa muss arbeiten gehen, damit wir in diesem Haus wohnen bleiben können. Ich wäre auch viel lieber bei dir und Mama aber dann hättest du gar nicht mehr solche tollen Spielsachen, das wäre doch auch doof oder?‹*

Ich hätte das Haus und die *tollen* Spielsachen eingetauscht, wenn mein Vater dafür wie andere Väter jeden Abend pünktlich zu Hause gewesen wäre, um mich ins Bett zu bringen.

»Na gut. Dann werde ich etwas mit Sam unternehmen, oder?« Meine Mutter sah mich auffordernd an und gab mir dadurch zu verstehen, dass sie von mir erwartete, dass ich ihr zustimmte.

»Ich mache etwas mit Robin«, murmelte ich, während ich die Milch aus meiner Müslischüssel löffelte.

»Oh«, sagte sie erstaunt, aber zugleich auch besänftigt. Immerhin machte ich ja etwas mit ihrem Schwiegersohn in spe. »Dann werde ich mich mit Andrea verabreden.«

Das war immer ihr letzter Ausweg. Ihre Schwester Andrea. Vermutlich würden sie das volle Wellnessprogramm in einem der neuen Spa-Tempel der Stadt austesten. Sehr gern ohne mich.

»Ich muss los«, klinkte ich mich aus dem Gespräch aus, schnappte mir mein Geschirr und brachte es in die angrenzende Küche, die im amerikanischen Stil eingerichtet worden war: die typische Kochinsel in der Mitte, wie man sie aus Filmen kannte, deckenhohe Schränke, breite Arbeitsflächen und Küchengeräte, die größer waren als *normal*. Das Material war natürlich vom Feinsten.

Aber daran merkte man, dass nicht nur *ich* ein Faible für alles hatte, was mit Amerika zu tun hatte, sondern auch mein Vater. Es war sein Wunsch gewesen, die Küche so einzurichten, weil er selbst gern kochte. Bis vor einem Jahr hatten wir das auch zusammen gemacht, aber dann war das auf der Strecke geblieben, weil er sich öfter in sein Arbeitszimmer zurückzog. Aber wir schauten uns oft Football zusammen an. Nicht im Fernsehen, nein, sonntags spielten unsere heimischen Jungs ganz in der Nähe. Das war eine Sache, die meinen Vater und mich verband und der meine Mutter so gar nichts abgewinnen konnte.

Aber diese Stunden mit meinem Vater genoss ich sehr, denn dann war er einfach locker, entspannter und nicht der konservative Manager. Manchmal kam auch Robin mit, aber er war nicht so Feuer und Flamme für den Sport. Eigentlich tat er es nur mir zuliebe.

»Tschüss, bis später«, rief ich auf dem Weg zur Haustür und schnappte mir einen dünnen Schlauchschal, der mein Outfit, das aus einem Strickpullover und einer engen Jeans bestand, abrundete. Dann schlüpfte ich in meine braunen Stiefeletten, nahm den Abschiedsgruß meiner Eltern zur Kenntnis und verließ das Haus.

Als ich zur dritten Stunde das Klassenzimmer betrat, blieb ich kurz in der Tür stehen und starrte auf meinen Platz. Romy saß direkt an dem Tisch vor mir.

Sie trug heute ein schwarzes T-Shirt, das zwei kreisrunde Löcher an den Schultern besaß, sodass ihre Haut sichtbar war. Ihre Wirbelsäule zeichnete sich unter dem Stoff ab, da er sich eng an ihren Körper schmiegte. Ihre dunkelbraunen Haare fielen ihr offen über den Rücken.

Ich betrachtete sie staunend, während ich mich mit schnellen Schritten zu meinem Platz begab. Für solche Haare hätte ich alles gegeben. Ich würde alles verwetten, dass sie sie nicht glätten musste. Im Gegensatz zu mir. Morgens eine halbe Stunde früher aufzustehen, um meine Haare zu bändigen, war bei mir die Norm. Tat ich das nicht, hatten sie diesen ›voluminösen‹ Schwung, den ich gern als ›nicht gekämmte Haare‹ bezeichnete.

Ich schaffte es nicht, den Blick von Romy abzuwenden. Es war beinahe so, als läge ein magischer Zauber auf ihr, der mich zwang, sie anzustarren. Da ich so gefesselt von ihrem Anblick war, achtete ich nicht auf den Weg und bemerkte zu spät, dass ich mich mit der Schuhspitze in dem Träger eines Rucksacks verfing, der auf dem Boden stand.

Ich stolperte – ziemlich unelegant – und konnte mich gerade noch an der Kante des Tisches festhalten, an dem mein Mitschüler saß, dem besagter Rucksack gehörte. Dabei ließ ich die Bücher fallen, die ich nicht in meine Tasche hatte stopfen wollen, um das Klassenzimmer zu wechseln. Sie fielen zu Boden, ich kam halb liegend auf der Tischplatte auf und stieß mir dabei ziemlich schmerzhaft den Hüftknochen.

Ich biss mir unwillkürlich auf die Unterlippe, um einen Aufschrei zu unterdrücken, der die ganze Situation noch peinlicher gemacht hätte, als sie ohnehin schon war.

Einige Köpfe drehten sich zu mir um, auf der Suche nach dem Ursprung des Radaus. Darunter auch der von Romy, die mich mit ihren dunkelblauen Augen intensiv anschaute.

Mir schoss das Blut in die Wangen und mein ganzer Körper schien sich zu erwärmen. Scham pulsierte in meinem Gesicht, in meinem Brustkorb – überall!

»Hast du dir wehgetan?«, fragte Tim an dessen Tisch ich mich gestoßen hatte.

Ich war froh darüber, dass er mir einen Grund gab, den Blick von Romy abzuwenden.

Dutzende Mitschüler starrten mich an und einzig und allein sie brachte mich in Verlegenheit! Das war absurd!

Schnell befreite ich meinen Fuß von dem Riemen und drehte mich zu Tim um. »Bei mir ist alles gut, bei dir auch?«

Ich war so durcheinander, dass ich ihm diese Frage stellte, obwohl ICH diejenige war, die sich verletzt hatte.

Mein vor Schmerz pochender Hüftknochen strafte mich auch gleich Lügen.

»Ähm, ja?« Tim sah mich verwirrt mit seinen grünen Augen an.

Ich lächelte verlegen. Er schenkte mir ein Grinsen und entblößte die schmale Lücke zwischen den Schneidezähnen. Dann wandte ich mich ab, um meine Bücher aufzuheben, doch da stand Romy schon vor mir, den Stapel bereits in der Hand.

»Oh«, stieß ich überrascht hervor und die Verlegenheit pumpte weiter Blut in mein Gesicht.

»Ich wusste gar nicht, dass meine Anwesenheit so umwerfend ist«, flüsterte Romy mit einem Lächeln auf den Lippen.

Ich war mir nicht sicher, ob ich sie richtig verstanden hatte, weil ihre Worte zwischen den anderen Geräuschen der Klasse fast untergingen.

»Was?«, hakte ich perplex nach.

»Ich habe gesagt: Du solltest beim Laufen besser aufpassen.«

*Oh. Ohhh!*

»Ja … Ja, klar. Danke«, beeilte ich mich, zu sagen, als ich ihr die Bücher aus der Hand nahm, woraufhin ihre Finger meine streiften. Oder waren es meine, die ihre streiften? Ich war schon so durch den Wind, aber seltsamerweise brachte mich das noch mehr aus dem Konzept.

Eilig drückte ich den Stapel an meine Brust, bewegte den Kopf so, dass die Haare mir ins Gesicht fielen und mich und meine brennende Haut wie einen schützenden Vorhang umgaben. Romys Blick brannte auf mir wie Feuer auf einem in Benzin getränkten Holz. Schnell huschte ich an ihr vorbei zu meinem Platz. Dort ließ ich meine Bücher auf die Tischplatte fallen, setzte mich und schloss die Augen.

*Peinlich, peinlich, peinlich!*

Ich traute mich gar nicht mehr, aufzuschauen, so unangenehm war mir mein ganzer Auftritt.

Hastig kramte ich meine Schreibsachen aus meinem Rucksack.

In dem Moment betrat Gott sei Dank Herr Knut den Klassenraum, um mit dem Geschichtsunterricht zu starten.

»Guten Morgen, Klasse«, brummte er auf dem Weg zum Lehrerpult, während er seine braune, zerfledderte Aktentasche öffnete. Die Brille hatte er sich auf den Kopf geschoben, die gleichzeitig mit einer Schnur um seinen Hals befestigt war.

Die anderen Schüler nahmen ihre Plätze ein, darunter auch Romy, die nun direkt vor mir saß und mir erneut ihre Rückenpartie präsentierte.

*Du solltest beim Laufen besser aufpassen*, schossen mir ihre Worte durch den Kopf und ich wäre am liebsten vor Scham unter die Tischplatte gerutscht. Ich fühlte mich, als wäre *ich* die neue Schülerin, der dieses Malheur passiert war.

Nur langsam beruhigte sich mein Puls und ich bemerkte, wie Ella neben mir ihren Platz einnahm.

»Hey, Sam«, flüsterte sie mir zu.

Herr Knut war noch damit beschäftigt, sich selbst auf den Unterricht vorzubereiten. Er störte sich nicht daran, dass wir Schüler uns währenddessen unterhielten.

»Hallo, Ella«, murmelte ich zurück und sie schenkte mir ein Lächeln, ehe sie ihre Hefte ordnete. Ihr angestrengter Atem lag wohl daran, dass sie Lindas Sachen zum Klassenraum getragen hatte.

Ich würde mir das an ihrer Stelle nicht gefallen lassen, aber Ella suchte dringend Anschluss bei den ›Coolen‹ und Linda brauchte jemanden, der ihr jeden Wunsch von den Augen ablas.

Na wenigstens hatte sie meinen peinlichen Auftritt nicht mitbekommen. Dafür aber Romy, deren Präsenz mir nur zu deutlich bewusst war.

Allein bei dem Gedanken daran, wie ich ausgesehen haben musste, kochte mein Blut wieder.

Herr Knut begann mit dem Unterricht und ich war froh über die Ablenkung, die allerdings nicht lange währte. Als ich meinen Stift zückte, drehte sich Romy zu mir um und meine Augenbrauen schossen überrascht in die Höhe.

Sie kippte ihren Stuhl nach hinten und lehnte sich mit ihrem Arm auf meinen Tisch. Dadurch kam sie mir unglaublich nah, sodass nur noch das Möbelstück uns trennte.

Ich blickte ihr direkt ins Gesicht und kam nicht umhin, ihre vollen Lippen und den Schwung ihrer Nase zu bemerken. Sie war wirklich hübsch, ohne Frage. Selbst *ich* als Frau konnte nicht leugnen, dass es mir auffiel.

»Kannst du mir vielleicht einen Kugelschreiber leihen?«, bat sie mich. »Ich muss meinen vergessen haben.«

In meinem Bauch zog sich etwas zusammen, als sie sprach, und ich musste wieder an den Moment von eben denken. Wie sie direkt vor mir gestanden und mir meine Bücher gereicht hatte.

Natürlich musste mein Gehirn diesen peinlichen Ausrutscher Revue passieren lassen und mein Körper darauf reagieren!

»Klar«, piepste ich, kramte in meinem Federmäppchen und zückte einen Stift, den ich ihr reichte.

Sie schenkte mir erneut ein Lächeln und ich hätte am liebsten den Kopf gesenkt, hielt ihrem Blick aber stand.

»Danke, Hans Guck-in-die-Luft«, lachte sie und ich schaute sie verwirrt an.

*Was sollte das denn bedeuten?*

»Sag bloß, du hast nie den *Struwwelpeter* gelesen!«

»Den … was?«

»Hast du wirklich nicht?« Ihre schmalen Augenbrauen sprangen in die Höhe und zum ersten Mal wich der belustigte Ausdruck auf ihrem Gesicht, um Überraschung Platz zu machen. Aber nicht lange. Schon schmunzelte sie wieder.

»Nein, habe ich nicht«, schnaubte ich nur.

Ich hatte nicht den Funken einer Ahnung, was sie meinte, und wäre sehr froh gewesen, hätte sie sich einfach wieder umgedreht und dem Unterricht gefolgt.

Ich hätte gern aufgeschaut und Herrn Knut einen flehenden Blick zugeworfen, damit er das Verhalten von Romy kritisierte und sie von mir abließ.

Normalerweise liebten wir Schüler ihn für seine lockere Einstellung, denn er war der Meinung, *›wer nicht aufpasst, ist selbst schuld, wenn er schlechte Noten schreibt‹*, aber heute wäre ich froh über eine strengere Art gewesen.

Jetzt schämte ich mich zum zweiten Mal für etwas, das mir gar nicht peinlich sein sollte. Aber ich kam mir plötzlich total ungebildet vor oder als hätte ich etwas falsch gemacht, nur weil ich das Buch nicht gelesen hatte.

»Ist auch nicht so wichtig. Danke.« Romy hob den Stift zur Untermalung ihrer Worte in die Höhe und dann – endlich – drehte sie sich wieder um und gab mich von ihren Blicken frei. Die Luft entwich aus meinen Lungen wie einem aufgeblasenen Luftballon, dessen Öffnung man losließ.

»Sie ist irgendwie komisch, oder?«, kommentierte Ella das Gespräch und lenkte mich davon ab, Romys Rücken ein weiteres Mal anzustarren.

*Was ist denn los mit mir? Weswegen bin ich in ihrer Gegenwart so verklemmt und gehemmt?*

»Sie ist nicht komisch! Sondern irgendwie … einschüchternd«, antwortete ich, denn *komisch* war sie ganz und gar nicht.

Irgendwie missfiel es mir, dass Ella so über Romy urteilte. Bei Linda wäre sie damit bestimmt auf offene Ohren gestoßen, aber nicht bei mir. Sich hinter jemandem, der neu war, das Maul zu zerreißen, war nicht meine Art.

Ich meinte, Romy lachen zu hören, doch als ich meine Blicke – schon wieder! – auf ihren Rücken richtete, konnte ich nur erkennen, wie sich ihre Schulter bewegte, als sie den Stift über das Blatt führte. Vielleicht hatte ich es mir nur eingebildet.

Ich schüttelte den Kopf, atmete noch mal tief durch und richtete meine Aufmerksamkeit auf Herrn Knut, auch wenn ich heute unglaubliche Schwierigkeiten hatte, dem Unterricht zu folgen.

# 4

# Provokantes Verhalten

Ich war froh, dass der Rest des Unterrichts ohne weitere peinliche Zwischenfälle vergangen war, und begab mich mit Ella auf den Weg zur Kantine.

Linda und Vanessa saßen schon an unserem Stammplatz und unterhielten sich. Oder eher war es Linda, die ohne Unterlass auf meine beste Freundin einredete. An ihrem Gesicht konnte ich nur erahnen, dass sie sich kein bisschen für das, was Linda zu erzählen hatte, interessierte. Als Vanessa mich und Ella entdeckte, flackerte Erleichterung in ihren Augen auf.

Ich ging ein bisschen schneller, um sie zu erlösen, ließ meinen Rucksack fallen – diesmal hatte ich die Bücher vorsorglich eingepackt – und setzte mich neben Vanessa auf den Stuhl.

»Hey«, schnaufte ich und holte mein Brot hervor. »Sag mal, kennst du den *Struwwelpeter*?«, fragte ich ohne Umschweife.

Meine Freundin legte den Kopf verwirrt schief. »Ja, warum?«

»Nur so. Was ist das?«

»Ein Kinderbuch«, erklärte sie und sah mich noch verwirrter an. Ich sah in ihren Augen eine unausgesprochene Frage, aber ich winkte nur ab.

Sie beließ es dabei und wir wechselten das Thema, redeten kurz über den Unterricht und unsere Pläne für die Woche. Vanessa fragte, ob ich nicht Lust hätte, morgen mit ihr nach der Schule Burger essen zu gehen. Ich war direkt Feuer und Flamme. Ich liebte dieses fettige Zeug. Am liebsten mochte ich es natürlich, wenn das Restaurant richtig amerikanisch eingerichtet war. Ich hatte sogar ein Stammlokal.

Jegliche Gedanken an Fast Food verpufften jedoch auf der Stelle, als Romy die Kantine betrat. Sie hatte die Lederjacke wieder über das freizügige Shirt gezogen. Gern hätte ich in Erfahrung gebracht, ob sie wohl tätowiert war. Himmel! Warum dachte ich über so etwas nach? Romy schien meine Gedanken vollkommen durcheinanderzubringen.

Sie schaute sich suchend um, wobei ihr Blick schon wieder an mir hängen blieb, während sie durch den Raum schritt.

Doch diesmal war es anders. Als sie bemerkte, dass ich sie ebenfalls – zum wiederholten Male – ansah, zwinkerte sie mir zu.

Mein Gesicht wurde nicht zum ersten Mal heute brennend heiß und ich glaubte, so rot zu leuchten wie ein Krebs.

*Hat sie das gerade wirklich getan? Will sie mich … provozieren?*

»Hat sie gerade *dich* gemeint?«, fragte Vanessa neben mir und Linda hob aufgeregt den Kopf.

Ich kam mir nun wirklich wie Bella aus der *Bis(s)-Saga* vor. Ich fand es zwar auch komisch, aber doch nicht so verwunderlich, oder?

Romy ging unbeirrt weiter und ich drehte den Kopf, um zu beobachten, wie sie sich an einen leeren Tisch setzte. Sie so allein dort sitzen zu sehen, ließ etwas in meinem Brustkorb sich zusammenziehen. Kein Mensch sollte allein in der Schule Mittag essen müssen, besonders nicht dann, wenn man ganz neu war.

»Hat sie gerade mit dir geflirtet?«, bohrte Vanessa weiter.

Ich riss ruckartig meinen Kopf herum. In meinem Bauch stach etwas, als sie mich das fragte, und jetzt brannte nicht nur mein Gesicht, sondern mein ganzer Körper.

»Igitt, vielleicht ist sie ja eine Lesbe.« Linda rümpfte die Nase.

»Nein. Nein, das denke ich nicht. Ich glaube, sie hat mich irgendwie auf dem Kieker«, schlüpfte es eilig aus meinem Mund.

Ich dachte daran, dass sie meine Bücher aufgehoben hatte. Wenn sie mich wirklich nicht mochte, wieso hatte sie mir dann geholfen? Sie hätte mich auslachen und meine Sachen liegen lassen müssen. Aber sie war doch nicht wirklich …? Nein. Sie versuchte sicher nur, mich zu provozieren. Vermutlich hatte sie schlechte Erfahrungen mit reichen Mädchen gemacht und legte deshalb so ein selbstbewusstes, draufgängerisches Verhalten an den Tag.

»Das stimmt«, pflichtete Ella mir bei. »Sie hat Sam vorhin im Unterricht schon provoziert.«

Sie stellte die Lage übertrieben dar, aber ich hatte wenig Lust, ihr zu widersprechen, weil Linda sich sonst extrem an der Sache aufhängen würde.

Automatisch bewegten sich meine Augen zu dem Tisch, an dem Romy saß und gerade in einen Apfel biss. Sie saugte den Saft aus der Frucht und ihre Lippen bewegten sich an der roten Schale, sodass mir kurzzeitig schwindlig wurde.

In dieser Kantine war es immer viel zu stickig.

Langsam schüttelte ich den Kopf und versuchte mich wieder auf meine Freunde zu konzentrieren, die das Thema ›Romy‹ bereits abgehakt hatten. Aber in mir hatte sich das Bild festgebrannt, wie sie allein an einem Tisch saß – ohne Freunde – und ihren Apfel aß.

Vielleicht sollte ich ihre Vorurteile mir gegenüber bekämpfen, indem ich ihr zeigte, dass ich eben nicht diese reiche Zicke war, für die sie mich anscheinend hielt?

Bevor ich genauer darüber nachdenken konnte, was ich im Begriff war, zu tun, war ich auch schon aufgestanden.

»Was ist los? Die Pause ist noch nicht vorbei«, sagte Vanessa, als ich schon einen Schritt vom Tisch weggegangen war.

»Ich muss da etwas klären«, gab ich zurück.

Ich reckte mein Kinn und versuchte, so selbstbewusst wie möglich auf Romy zuzugehen. Hoffentlich wirkte ich dabei nicht noch arroganter, als sie mich ohnehin hielt. Sie bemerkte erst, dass ich auf sie zukam, als ich nur noch wenige Schritte von ihrem Tisch entfernt war. Sie nahm einen Bissen von ihrem Apfel und schaute mich dann neugierig an. Wieder bemerkte ich diese Belustigung in ihrem Blick.

Mit jedem Schritt, den ich tat, klopfte mein Herz ein bisschen stärker und ich fragte mich, ob es wirklich so eine gute Idee gewesen war, zu ihr zu gehen. Was, wenn sie mich anmotzte oder abwies? Das würde dem Vormittag die Krone aufsetzen.

Aber ich würde es jetzt durchziehen. Ein Rückzieher kam gar nicht infrage. Romy würde es bemerken, wenn ich plötzlich eine Kurve schneiden und in eine andere Richtung laufen würde. Das wäre der Overkill. Vor ihrem Tisch blieb ich stehen. Romy schaute erwartungsvoll zu mir auf, dabei lehnte sie sich zurück, schlug die Beine übereinander und kaute weiterhin ihren Apfel.

Ihre von Kajal umrundeten Augen bohrten sich in meine, das Haar fiel ihr glänzend und kraftvoll bis zur Brust. Sie hatte so eine dominante, aber auch attraktive Ausstrahlung, dass ich schlucken musste.

»Hi«, brachte ich hervor, was ihr ein Schmunzeln entlockte.

*Wirklich kreativ, Sam. Was Besseres fällt dir nicht ein?*

Mein Herz schlug ein paar Takte schneller und meine Hände zitterten, als stünde ich davor, eine Präsentation zu halten. Ich wischte sie mir an meiner Jeans ab.

»Hallo, Hans Guck-in-die-Luft«, begrüßte Romy mich.

Meine Augenbraue zuckte nach oben. Ich war kurz versucht, meinen Anflug von Mitgefühl zu vergessen, atmete aber tief durch.

»Ich wollte dir nur anbieten, dass du dich zu uns setzen könntest, wenn du magst.« Ich deutete mit dem Daumen über meine Schulter auf den Tisch, an dem die Mädels saßen.

Romy schaute nicht einmal an mir vorbei, sondern saugte wieder an ihrem Apfel, sodass meine Blicke automatisch auf ihre Lippen gelenkt wurden.

Ich wartete, bis sie irgendetwas antwortete, aber sie schwieg und schaute mir nur in die Augen.

Hatte ich wirklich geglaubt, dass sie mich für arrogant hielt? Wenn jemand hier arrogant war, dann wohl eindeutig *sie*.

»Willst du gar nichts dazu sagen?«, fragte ich und verlagerte ungeduldig mein Gewicht von einem Bein auf das andere.

»Danke.«

Ich blinzelte irritiert, schüttelte dann aber den Kopf. Okay, ich hatte mein Bestes gegeben. Mehr, als es ihr anzubieten, konnte ich nicht tun. Wenn sie das nicht annehmen wollte, war es garantiert nicht mein Problem.

Ich zuckte nur mit den Schultern, auf der Suche nach irgendeinem guten Konter wie ›Aber anscheinend hast du das ja nicht nötig‹, aber es sollte nicht so zickig klingen.

»Gut. Mehr wollte ich nicht sagen«, meinte ich schließlich.

»Danke, Hans Guck-in-die-Luft«, wiederholte sie.

Und schon wieder dieser bescheuerte Ausdruck!

»Warum nennst du mich ständig so?«, fragte ich. Dabei konnte ich einen leicht genervten Unterton nicht aus meiner Stimme verbannen.

»Na, ich weiß deinen richtigen Namen nicht und wenn du die Geschichte gelesen hättest, wüsstest du, wieso. Ich werde es dir nicht verraten, ich genieße lieber, wie rot deine Wangen werden, wenn du dich aufregst.«

Ich hätte gern irgendwas gesagt, aber in diesem Moment war ich so baff, dass ich gar nichts mehr hervorbrachte.

Hatte Vanessa doch recht? Flirtete sie mit mir? Nein ... Nein, sie wollte mich ganz eindeutig aus der Fassung bringen. Und das schaffte sie leider viel zu gut.

Fast hätte ich mein Angebot wieder zurückgenommen, aber dann wäre sie als Sieger aus der Runde gegangen und es wäre verdammt kindisch von mir gewesen.

Also atmete ich tief durch und hielt ihrem Blick stand.

»Ich heiße Sam«, antwortete ich, nur damit sie aufhörte, mich bei dem blöden Spitznamen zu nennen.

Romy grinste, legte den Apfelstiel auf den Tisch, leckte sich den Saft von den Fingern und schaute mich dabei immer noch an.

Mein Blick klebte an ihr und an der Art, wie sie ihre Finger sauber machte, und ich hätte schwören können, dass sie mich anschaute, als wollte sie sagen: ›Willst du auch?‹

Aber im nächsten Augenblick war der Moment verflogen, als der Gong das Ende der Pause einleitete. Romy schnappte sich ihre Tasche und stand auf, sodass ich einen Schritt zurücktrat, um ihr Platz zu machen.

»Bis später, Sam«, lächelte Romy und dabei wirkten ihre Gesichtszüge mit einem Mal weich und offen.

»Bis später«, erwiderte ich nur, schüttelte den Kopf und glaubte, mir den letzten Moment nur eingebildet zu haben.

Wir wandten uns beide ab, um in verschiedene Richtungen zu gehen. Romy zum Klassenzimmer und ich zurück zu meinen Freunden. Ich fragte mich stirnrunzelnd, was das für ein skurriles Gespräch gewesen war.

*Ich genieße lieber, wie rot deine Wangen werden, wenn du dich aufregst.*

Ich ließ den Tag im Bett ausklingen. Die Decke hatte ich bis zum Bauchnabel hochgezogen, während ich mir ein paar Let's Plays auf YouTube anschaute. Allerdings unterbrach ich das Video, als ich sah, dass ich eine WhatsApp-Nachricht bekommen hatte.

**Robin <3:**
Na Schatz, alles gut bei dir? Wie war dein Tag? Warst du so beschäftigt, dass du dich gar nicht melden konntest? ;-) Ich vermisse dich. :-*

Erst als ich seine Worte las, wurde mir bewusst, dass ich den ganzen Tag nicht an ihn gedacht und mich auch nicht bei ihm gemeldet hatte. In mir regte sich das schlechte Gewissen, weil ich meinen Freund aufgrund der Ereignisse des Tages vergessen hatte.

**Sam:**
Hey. :) Ja, sorry! Irgendwie war heute alles etwas viel. Haben in Mathe eine Arbeit geschrieben und ich war so

platt, als ich zu Hause war, dass ich nach dem Essen und Duschen nur ins Bett gefallen bin. Aber ansonsten ist alles gut. Und wie lief dein Tag? Vermisse dich auch! <3

Schnell tippte ich meine Nachricht. Wenig später wurden die Haken blau. Ich war es nicht anders von Robin gewöhnt. Er las meine Nachrichten sofort und schrieb normalerweise auch sehr schnell zurück. Ich hatte schon oft von den anderen Mädels gehört, wie sehr sie sich darüber aufregten, wenn der Typ nicht sofort antwortete. Diese Probleme hatte ich mit Robin nicht. Bei uns waren die Rollen eher vertauscht, sodass er manchmal auf eine Meldung von mir warten musste.

**Robin <3:**
Ist nicht schlimm, habe ich mir schon gedacht. Mein Tag lief gut. War heute mit Sven unterwegs. Haben diesen neuen Italiener ausprobiert. Wenn du das nächste Mal hier bist, führe ich dich dorthin aus, wird dir bestimmt schmecken. Jetzt liege ich im Bett und denke an dich. Wenn du willst, kann ich unter der Woche noch mal zu dir kommen? Wir müssen

meine Ferien ausnutzen, bis das neue Semester beginnt.

**Sam:**
Danke, jetzt habe ich Hunger. :D Aber klingt gut. Klar, wenn du noch mal herfahren möchtest, kannst du das tun. :) Das nächste Mal kann ich ja zu dir kommen. Würde mich auf jeden Fall freuen.

Ich ließ das Chatfenster offen und beobachtete, wie Robin direkt wieder etwas tippte. Wenig später erschien die neue Nachricht im Chat.

**Robin <3:**
Dein Wille ist mir Befehl!
Freue mich auf dich <3

Ich musste lachen und ein Gefühl der Zärtlichkeit wallte in mir auf. So war das jedes Mal: Wenn er nicht bei mir war, vermisste ich die guten Tage, die wir hatten. Und selbst an den schlechten blieb Robin bei mir und stieß mich nicht weg. Eigentlich sollte ich mich sehr glücklich schätzen.

Während ich über ihn nachdachte, kam mir wieder Romy in den Sinn. Wie sie meine Bücher aufgehoben hatte, wie sie ihren Apfel gegessen und meinen Namen gesagt hatte.

Ich schüttelte den Kopf, um diese Gedanken loszuwerden, und versuchte, mich mit einem weiteren Let's Play abzulenken, bevor ich mich schlafen legte.

# 5

# Goldlöckchen

Ich nutzte die Freistunde an diesem Mittwochmorgen, um in der Schulbibliothek nach etwas Bestimmtem zu suchen.

Der Raum war nicht gerade groß und voll gequetscht mit Regalen. Es sah hier nicht aus wie in dem Disneyfilm *Die Schöne und das Biest*, sondern es war eher ein muffiges, zu kleines Zimmer.

Die Bücher waren kreuz und quer in die Regale gestopft, gestapelt oder gelegt worden. Den richtigen Bücherwürmern hätte es das Herz gebrochen. Es gab hier auch keine strenge Aufsicht, die bei jedem zu lauten Geräusch ein ›Pssst‹ von sich gab, wie es in den Spielfilmen häufig dargestellt wurde.

Ich hatte mir fest vorgenommen, nicht nach der Geschichte zu googeln, sondern mich auf die Suche nach dem Buch zu begeben. Das war ein Tick von mir. Ich wollte es mir nicht so einfach machen, sondern erst selbst versuchen, Dinge herauszufinden.

Meine Freunde konnten dieses Verhalten nicht nachvollziehen. Auch bei den Hausaufgaben googelte ich nicht einfach die Lösung und schrieb sie dezent um, wie es manche taten.

Es erfüllte mich mit Triumph, wenn ich mir etwas selbst erarbeiten konnte, ohne direkt auf das Internet zugreifen zu müssen.

Aber egal wie oft ich die schmalen Regalreihen rauf und runter ging: Ich wurde nicht fündig und ein Anflug von Enttäuschung überkam mich. Es gab alle möglichen Klassiker, von *Krieg und Frieden* über *Stolz und Vorurteil* bis *Die Reise zum Mittelpunkt der Erde*. Aber Kinderbücher waren hier nicht gelistet. Wozu auch?

Frau Holzmeier würde sicherlich nicht das Buch *Struwwelpeter* im Deutschkurs analysieren. Darauf hätte ich auch selbst kommen können, aber einen Versuch war es wert gewesen.

Also machte ich mich auf den Weg in die Kantine, um dort mit den Mädels wie immer zur gleichen Zeit etwas zu essen.

Als ich den Raum verließ, erweckte ein Schatten meine Aufmerksamkeit. Ich meinte, jemanden im Flur um die Ecke biegen zu sehen, doch als ich den Gang entlanglief, war niemand da.

*Merkwürdig*, dachte ich mir, aber es wunderte mich nicht weiter. In einer Schule war niemand wirklich allein.

»Chuck und ich werden heute Abend richtig schick essen gehen.«

Es ging wieder los. Wie fast jeden Vormittag, wenn wir zusammen in der Kantine saßen. Linda sprach über ihren Freund, Ella hing an ihren Lippen und sah dabei verzweifelter denn je aus, da sie ihr eigenes Glück nicht finden konnte. Vanessa und ich tauschten Blicke und dachten uns unseren Teil.

Das war das Tolle an ihr: Wir verstanden uns wortlos und wussten genau, was der andere dachte. Aber nach vielen gemeinsamen Jahren hatten wir uns eben kennen und lieben gelernt.

»Heute Morgen hat er mich mit einer Einladung überrascht. Wobei, so überraschend war es gar nicht. Wir sind jetzt seit sechs Monaten zusammen, da ist das wohl das Mindeste. Ich habe von Männern gehört, die sich nicht mehr um eine Frau bemühen, sobald sie sie am Haken haben. Das würde ich mir nicht gefallen lassen.« Linda warf sich in einer dramatischen Geste die Haare über die Schultern.

Ich konnte mir nur mit Mühe ein Augenrollen verkneifen. Ich warf mir oft gedanklich vor, dass Robin viel zu viel für mich tat und ich es manchmal nicht genug zu schätzen wusste. Aber Linda? Insgeheim fragte ich mich, wie Elias – pardon: *Chuck* – es mit ihr aushielt.

Jeder andere hätte ihr den Laufpass gegeben, aber nein, nicht Elias. Tja, vielleicht war Linda einfach eine Bombe im Bett? Genauso explosiv wirkte sie zumindest. Obwohl Elias auch nicht den Eindruck erweckte, als ginge es ihm nur darum. Vermutlich liebte er sie einfach wirklich.

Wie die meiste Zeit blendete ich Lindas Worte aus und schaute durch die Kantine. Romy betrat diese mit einem gewohnt lässigen Schritt. Sie bewegte sich nicht männlich oder besonders cool, nein, ihre weiblichen Kurven, die sie trotz ihrer schlanken Figur an den richtigen Stellen hatte, schwangen bei jeder Bewegung und ihre Haare wippten auf und ab, was meinen Blick automatisch anzog.

Sie hatte eine Ausstrahlung, die mich förmlich dazu zwang, sie anzusehen.

Doch diesmal war es anders als gestern. Ihre Augen wanderten nicht ruhelos durch den Raum, sondern richteten sich direkt auf mich und meine Freunde. Sie hielt ihren Blick auf uns fokussiert, als sie auf uns zukam.

In meinem Magen zog sich etwas zusammen, dann wurde mir heiß und kalt gleichzeitig. Schnell warf ich meine Haare über die Schultern nach vorn und polierte mir mit der Zunge die Zähne. Nicht, dass noch Essensreste dazwischen hingen.

Mit jedem ihrer Schritte wuchs die Aufregung in mir, für die ich keine Erklärung hatte. Und sie erreichte ihren Höhepunkt, als

Romy an unserem Tisch hinter Lindas und Ellas Rücken stehen blieb.

Meine Augen ruhten nur auf ihr. Was hatte sie bloß an sich, dass mein Körper derart heftig reagierte? Es war, als wäre er aus Dynamit und Romy der gefährliche Funke, der mich jeden Augenblick zum Explodieren bringen konnte. Aber das war doch nicht normal?! Es gab keinen Grund, derart heftig auf sie zu reagieren.

»Darf ich mich zu euch setzen?«, fragte Romy lässig, blickte in meine Richtung und unterbrach damit Lindas Ausführungen über ihren Freund und ihr perfektes Leben.

Diese drehte sich halb auf dem Stuhl um, legte den Ellbogen auf die Rückenlehne und funkelte Romy mit ihren grünen Augen an. »Nein, kannst du nicht, hier ist nämlich kein Platz mehr frei«, fauchte Linda.

»Ich habe nicht dich gefragt, Goldlöckchen, sondern Sam. Sie hat mir nämlich gestern angeboten, dass ich mich zu euch setzen kann.«

Romy sagte das mit so einem bestimmenden Tonfall, dass Linda vorerst verstummte. Der funkelnde Blick tat sein Übriges.

Ich musste mich stark beherrschen, nicht loszuprusten. Geschah Linda, dieser dummen Pute, ganz recht, mal zurechtgewiesen zu werden. Außerdem vermochte ich nicht zu leugnen, dass Romy mich damit beeindruckte. Sie wirkte nicht nur selbstsicher, sie war es auch. Diese Tatsache war irgendwie … Mir fehlte das Wort, um es zu beschreiben, aber es lag mir auf der Zunge. Heiß? Attraktiv?

Nein, niemals.

Ella schnappte leise nach Luft, dabei fasste sie sich an die Brust, als würde sie einen Herzinfarkt erleiden. Sie lenkte damit meine Aufmerksamkeit auf sich, sodass ich die Belustigung in ihren Augen erkennen konnte, die sie sich niemals trauen würde, offen zu zeigen. Selbst Vanessa stieß einen amüsierten Laut aus, was sie als ein Niesen tarnte.

»Gesundheit«, sagte ich, um die Tarnung perfekt zu machen.

Im nächsten Augenblick wanderten meine Blicke wieder zu Romy, um nichts zu verpassen. Meine Mundwinkel zuckten.

Bevor ich allerdings ihren Worten zustimmen konnte, hatte Linda sich von ihrem kleinen Schock erholt.

»Das glaube ich kaum«, erwiderte sie bockig und schaute mich mit ihren giftigen Blicken an, forderte mich damit auf, ihr zuzustimmen.

Aber das konnte ich nicht. Ich war zwar nicht so schlagfertig wie Romy, aber auch sicher nicht so gefügig wie Ella.

»Sie hat recht, Linda. Setz dich doch, Romy«, beeilte ich mich, zu sagen, bevor sie es sich anders überlegte, und deutete auf einen der Stühle, die an dem Tisch neben uns standen.

Romy nickte, dann zog sie den Stuhl heran, der leise über den Boden kratzte, und rückte ihn so, dass sie zwischen mir und Linda sitzen konnte. Letztere gab nur ein Schnauben von sich und verschränkte die Arme vor der Brust, wie ein Kleinkind, das seinen Willen nicht bekommen hatte.

Ich wollte etwas sagen, damit die Situation nicht noch unangenehmer wurde, aber ein zarter Duft brachte mich aus dem Konzept. Eine Mischung aus Mandeln, Vanille und Seife. Es brauchte ein paar Sekunden, bis ich begriff, dass Romy diesen Duft ausstrahlte, da er so gar nicht zu ihrer draufgängerischen Art passte. Er war so fraulich.

Ich neigte mich kaum merklich näher in ihre Richtung, obwohl sich ohnehin schon wenig Platz zwischen uns befand.

Wie konnte man nur so unglaublich gut riechen? Der Duft beschwingte meine Sinne, ließ mich vergessen, dass ich ein Gespräch hatte beginnen wollen. Aber das musste ich nicht mehr, meine beste Freundin übernahm das Ruder.

»Hey, wir kennen uns noch nicht persönlich. Ich bin Vanessa«, stellte sie sich vor und beugte sich an mir vorbei, um Romy zuzulächeln.

Ella machte es ihr gleich und stellte sich auch vor, was ihr einen bösen Seitenblick von Linda bescherte, die als Einzige nichts sagte, sondern weiterhin schmollte.

Romy fragte auch nicht nach und ich ahnte schon, dass sie ab sofort weiterhin ›Goldlöckchen‹ heißen würde. Ich konnte es ihr nicht verübeln, denn insgeheim gefiel es mir, dass Linda ihr Fett wegbekam.

»Hast du dich in den drei Tagen schon etwas einleben können?«, fragte Vanessa, um den Small Talk am Laufen zu halten, während ich nur stumm dasaß und meine Blicke immer wieder zu Romy zuckten. Mehr, als sie anzustarren, konnte ich nicht tun. Es war, als hätte jemand mein Gehirn heruntergefahren. Oder zumindest mein Sprachzentrum.

»Ein bisschen, ja. Aber das ist nicht mein erster Umzug. Vor einigen Jahren habe ich sogar den Kontinent gewechselt«, erwiderte Romy mit einem Schmunzeln.

»Wo kommst du denn ursprünglich her?«, fragte ich, als sich meine Stimmbänder wieder daran zu erinnern schienen, wie man Laute ausstieß.

Sie schaute mich an und das Blau ihrer Augen wirkte wie sich bewegendes Wasser. Ich hätte es stundenlang anschauen können, es war so intensiv und gab mir das Gefühl, in ihnen zu ertrinken.

*Das habe ich jetzt nicht wirklich gedacht!*

»Aus Amerika, dort habe ich gelebt, bis ich elf Jahre alt war. Meine Mom …«

Doch weiter kam Romy nicht mit ihrer Erzählung, denn Linda unterbrach sie schroff. »Könntest du uns später mit deinen Anekdoten aus der Kindheit langweilen? Wir haben hier eigentlich gerade ein wichtigeres Gesprächsthema und dazu noch eins, das nicht schon Jahre in der Vergangenheit liegt. Also, Chuck hat mich eingeladen und sogar gesagt, ich soll mir ein richtig schönes Kleid anziehen. Er muss wohl ein sehr teures Restaurant ausgesucht haben.«

Romy zog die Augenbraue hoch, schaute mich und Vanessa fragend an, dann drehte sie ihren Kopf zu Linda.

Mir stieg die Hitze ins Gesicht. Nicht vor Verlegenheit, nein, irgendwie schämte ich mich fremd. Wie konnte man nur so ungehobelt wie Linda sein?

»Chuck? Dein Freund heißt also Chuck?« Romys Stimmlage klang belustigt und ein weiterer Blick in ihre Augen bestätigte mir das.

»Eigentlich heißt er Elias«, mischte sich Vanessa ein, die die zornigen Blicke von Linda gekonnt ignorierte. »Sie nennt ihn bloß Chuck. Wie den Charakter aus der Serie *Gossip Girl*.«

Romy würde jetzt sicherlich ganz schnell das Weite suchen. Auch wenn ein Teil von mir froh war, dass sie Linda kennengelernt hatte. Dann würde sie vielleicht nicht mehr mich für das arrogante Püppchen halten, sondern Linda.

»Er heißt Chuck!«, beharrte diese.

»Ahaaaa. Dass das ziemlich strange ist, weißt du? Außerdem: Nimm es mir nicht übel, Goldlöckchen, aber der richtige Chuck Bass würde dich nicht einmal wahrnehmen. Also tu dir, uns und deinem Freund einen Gefallen und nenne ihn bei seinem eigenen Namen. Oder würdest du wollen, dass er dich nach einem Charakter einer Serie oder eines Filmes benennt? Zum Beispiel Dolores Umbridge?«

Schweigen.

Niemand an unserem Tisch sagte etwas, nicht einmal Linda, deren Gesichtsfarbe verdächtig rot wurde.

*Ach du Scheiße!*

Romy hatte gerade offen ausgesprochen, was wir anderen – bei Ella war ich mir nicht sicher – schon seit geraumer Zeit dachten.

»Das muss ich mir nicht gefallen lassen!«, schimpfte Linda erbost, stand auf und schaute gebieterisch auf Ella hinab. »Wir gehen!«, sagte sie bestimmt und drehte ihren Kopf wieder zu Romy, so heftig, dass sich ihre goldblonden Locken wie die Peitschende Weide aus *Harry Potter* bewegten.

»Du hast dich mit der Falschen angelegt«, giftete sie und ihre grünen Augen funkelten wie die einer gereizten Katze.

»Stimmt, ich hätte jemanden aussuchen sollen, der für mich eine ernste Konkurrenz ist«, setzte Romy noch einen obendrauf. Ich konnte nur schweigend zuschauen, da mir schon wieder die Stimme fehlte. Außerdem ließen die beiden mir kaum die Chance, mich einzumischen, so schnell folgte der Schlagabtausch.

Mir blieb die Luft weg und ich hätte Romy gern gesagt, dass sie sich besser zurückhalten sollte. Doch Linda hatte schon auf dem Absatz kehrtgemacht.

Ella sah so aus, als wüsste sie nicht, was sie tun sollte, dann warf sie uns einen entschuldigenden Blick zu und folgte Linda.

»Das … war mutig – aber auch dumm«, kam es von Vanessa.

Romy drehte ihren Kopf, schaute uns beide jetzt an und ich hatte das Gefühl, langsam wieder Luft zu bekommen. Mein Körper pulsierte, aber irgendwie … imponierte mir Romys Verhalten weiterhin. Weil sie sich nicht von Linda einschüchtern ließ. Weil ihr ein guter Konter nie zu spät einfiel – wie mir immer –, sondern genau rechtzeitig.

»Warum? Weil ich mich mit der reichen Zicke angelegt habe?«

Da. Das war die Bestätigung. Sie dachte wirklich so über uns. Aber auch über mich? Die Art, wie sie mich immer und immer wieder provozierte, sprach jedenfalls dafür. Komischerweise hinterließ der Gedanke einen bitteren Geschmack auf meiner Zunge. Das Hochgefühl, das sich in mir breitgemacht hatte, weil Linda bekommen hatte, was sie verdiente, löste sich auf wie eine dünne Schwade Rauch.

»Nein. Weil du dir eigentlich Freunde anstatt Feinde machen solltest«, erwiderte Vanessa, dabei stopfte sie den Rest ihres Essens in die Tasche.

Ich tat es ihr gleich, denn mein Magen würde jetzt sowieso keine Nahrung mehr aufnehmen können. Auf der einen Seite wegen des Zwischenfalls, auf der anderen Seite wegen Romys letzter Aussage und diesem Mandel-Vanille-Seife-Geruch, den sie bei jeder ihrer Bewegungen verströmte.

Mir wurde erst jetzt bewusst, dass ich außer zum Beginn des Gespräches in der ganzen Zeit kein Wort mehr mit Romy gesprochen hatte. Aber selbst wenn ich es gewollt hätte, ich konnte nicht. Es fühlte sich an, als hätte ich einen Kloß im Hals und könnte nicht reden. Es war wie eine Art Lampenfieber.

*Was ist nur mit mir los? Sie ist doch nur ein mehr oder weniger normales Mädchen. Kein Grund, sich zu verhalten, als sei sie die Queen höchstpersönlich.*

»So jemanden brauche ich nicht zur Freundin. Aber zu euch geselle ich mich gern weiterhin«, sagte Romy laut, erneut mit diesem strahlenden Lächeln, wobei ihr Blick jetzt nur noch auf mir ruhte und mich gefangen nahm.

»Also war dir Linda nicht zu abschreckend?«, fragte ich verspätet, denn ich traute meinen Ohren kaum. Sie wollte trotzdem weiterhin bei uns sitzen? Hielt sie mich also doch nicht für eine arrogante Zicke?

»Du hast ja keine Ahnung«, lachte Romy, stand auf, als es zum Ende der Pause klingelte, und schnappte sich ihren Rucksack. Dann marschierte sie von unserem Tisch weg.

Vanessa und ich blieben noch sitzen, während ich mich langsam sammelte. Dennoch kam ich nicht umhin, zu bemerken, wie ich Romy mit den Blicken folgte und ihren wiegenden Gang betrachtete.

Ich schüttelte den Kopf und wandte meine Aufmerksamkeit meiner besten Freundin zu.

»Ich mag sie«, gluckste diese und etwas erwärmte meine Brust.

»Geht mir auch so«, gab ich zu.

Romy würde schon merken, dass ich nicht wie Linda oder die anderen Mädchen war. Das würde ich ihr beweisen, wenn es sein musste.

»Hast du Lindas dummes Gesicht gesehen? Das werde ich in meinem Leben nicht vergessen.« Ein amüsiertes Glucksen drang aus meiner Kehle, in das Vanessa mit einstimmte.

Langsam fühlte ich mich wieder normal, nicht mehr so kribbelig aufgeregt, und das gemeinsame Lachen mit meiner besten Freundin tat unheimlich gut.

Vanessa beruhigte sich als Erste wieder. »Lad Romy doch für heute Nachmittag zum Burgeressen ein«, schlug sie vor, während wir ebenfalls zum Ausgang der Kantine schlenderten.

»Meinst du echt?«

»Klar. Ich will den Rest ihrer Geschichte hören, ohne von Linda gestört zu werden. Ella können wir auch einladen. Nur Goldlöckchen nicht«, witzelte Vanessa und das brachte mich erneut zum Lachen.

»Kannst du sie fragen?«, meinte ich, dabei schenkte ich ihr einen flehenden Blick.

Ich konnte nicht benennen, warum, aber ich traute mich nicht, Romy danach zu fragen. Sie würde mich abermals einschüchtern, wie sie es gestern getan hatte. Das würde mir nur wieder peinlich sein.

Meine Güte, das war wirklich wie in der Grundschule, wenn man einen Schwarm hatte und die beste Freundin vorschickte.

Ich war doch sonst nicht so verklemmt. Und mein Schwarm war Romy erst recht nicht!

»Färbt Ella auf dich ab?«, stichelte Vanessa.

Ich wusste, dass sie damit darauf anspielte, dass Ella sich nicht traute, den Typen aus ihrem Kurs anzusprechen, auf den sie stand. Normalerweise hätte mich das auch zum Schmunzeln gebracht. Doch jetzt sorgte ihr Kommentar dafür, dass mir schlagartig eiskalt wurde und mir das Lächeln auf den Lippen gefror.

Was … hatte sie da eben gesagt? Ihr war es also auch aufgefallen! Das musste ein Witz gewesen sein, oder? Ja, ganz sicher.

Schweigend lief ich neben Vanessa zu unserem Klassenzimmer, die nicht bemerkte, wie sehr mich ihre Worte aus der Fassung gebracht hatten.

# 6

# Kennenlernen

Mein Kopf pochte und erinnerte mich daran, dass ich nicht genug getrunken hatte. Ich war froh, das Schulgebäude verlassen und frische Luft einatmen zu können. Das besserte den stechenden Schmerz in meinem Schädel.

Der Herbst zog ein und hinterließ deutliche Spuren. Die Bäume waren von roten und gelben Blättern geschmückt, die auf den Gehweg fielen und von Menschenfüßen gnadenlos niedergetrampelt wurden. Die Temperaturen sanken und das Wetter wechselte zwischen nasskalt, windig und sonnig.

Dennoch mochte ich diese Jahreszeit. Das lag zum einen an den Regenschauern – denn was gab es Schöneres, als es sich zu Hause gemütlich zu machen und das Spiel der Natur zu beobachten? Zum anderen faszinierte mich die Schönheit der Farben, wenn die Sonnenstrahlen die Bäume golden leuchten ließen. In diesen Monaten fühlte ich mich im Einklang mit mir selbst und ziemlich wohl.

»Endlich raus aus diesem Loch«, hörte ich Vanessa, die in der letzten Stunde denselben Kurs wie ich belegte. Sie hatte tatsächlich Romy und auch Ella zum Burgeressen eingeladen und nun warteten wir auf den Steinstufen vor der Schule auf die beiden.

Da war es wieder, das leise Gefühl von innerer Aufregung, als ich daran dachte, dass Romy mitkommen würde. Ich freute mich darüber, dass meine Freundinnen ihr gegenüber offen waren. Es erwärmte mein Herz, wenn ich daran dachte, dass wir ihr den Einstieg in der Schule erleichterten. Aber auf der anderen Seite war es noch mehr als das. Ich konnte nur nicht danach greifen. Es war, als würde es mir durch die Finger rinnen wie Wasser, sobald ich mich darauf konzentrieren wollte.

Ich schüttelte den Kopf, um diese Gedanken zu vertreiben, und erinnerte mich daran, dass ich Vanessa noch eine Antwort schuldete.

»Du sprichst mir aus der Seele. Außerdem habe ich Hunger«, sagte ich lachend, dabei rieb ich mir den Bauch.

Wir wandten uns zu den Fahrradständern, um unsere Räder zu holen, doch weit kamen wir nicht, als meine beste Freundin mich aufhielt.

»Hey, ist das nicht Robin?«, fragte sie und ich blickte mich suchend um.

Tatsächlich. Da stand er, neben seinem 5er BMW. Es schien so, als hätte er mich im Gewusel der Menschen noch nicht entdeckt.

Schande! Ich hatte meinen eigenen Freund nicht bemerkt!

»Er hat mir geschrieben, dass er noch mal herkommen könnte, aber ich wusste nicht, dass er das heute tun würde. Und nun?«

»Nehmen wir ihn doch mit zum Essen. Dann haben wir jemanden, der uns fährt. In seinem Auto ist doch Platz für fünf Leute«, merkte Vanessa an.

Das stimmte, aber ein kleiner Teil in mir ärgerte sich darüber, dass er jetzt hier war. Dabei sollte ich mich freuen, ihn zu sehen.

Robin hatte mich nun auch entdeckt, denn er blickte in unsere Richtung, hob seine Hand und winkte, als wolle er auf sich aufmerksam machen. Ich lächelte ihm zu und erwiderte den Gruß.

»Und da kommen auch Ella und Romy«, informierte mich Vanessa.

Ich wandte den Blick von Robin ab und sah die beiden auf uns zukommen. Ella, die ihre schwarzen Haare zu einem französischen Zopf geflochten hatte, und Romy, die ihre Haare wie immer offen trug und im Sonnenlicht glänzen ließ. Sie redeten nicht miteinander, kamen aber zu uns, als sie uns entdeckten.

»Sollen wir direkt los?«, frage Ella, als sie bei uns ankamen. »Mir läuft schon das Wasser im Mund zusammen. Ich konnte mich im Unterricht kaum konzentrieren, weil ich ständig an die Burger denken musste.«

Ich lachte, schaute wieder zu Robin, der jetzt fragend den Kopf schief legte. Es gab zwei Optionen: Ich würde ihn mitnehmen müssen oder ich würde nicht mitgehen. Und das Letzte wollte ich auf keinen Fall.

Meine Augen zuckten in Richtung Romy, die mich intensiv anschaute. Selbst als unsere Blicke sich kreuzten, sah sie nicht weg. Meine Haut kribbelte, als würde sie mich berühren und nicht nur ansehen. Schnell unterbrach ich den Moment, um allgemein in die Runde zu schauen. Ich brauchte einen klaren Kopf, was mir nicht gelang, wenn ich von Romy abgelenkt wurde. Hitze stieg in meine Wangen, ließ sie glühen.

*Wie schafft sie es nur, mich so aus dem Konzept zu bringen? Was ist das nur mit ihr, dass sie mich zu einer Person werden lässt, die ich selbst nicht kenne?*

»Würde es euch stören, wenn mein Freund mitkommt? Ich wusste nicht, dass er vorhatte, mich heute abzuholen.«

»Du hast einen Freund?« Das war Romys Stimme und aufgrund der Art, wie sie es sagte, hatte ich fast das Bedürfnis, mich dafür zu rechtfertigen. Das wiederum sorgte dafür, dass ich wütend auf mich selbst wurde, sodass ich ihn aus Trotz dabeihaben wollte.

Sah ich denn so hässlich aus, dass Romy nicht glauben konnte, dass ich vergeben war? Eigentlich war ich keines der Mädchen, die Probleme mit sich selbst hatten. Gut, es gab hier und da ein paar Dinge, die mich an mir störten, aber das war vollkommen normal.

Ihr Kommentar verletzte mich dennoch, obwohl es mir hätte egal sein müssen, ob ich sie optisch ansprach oder nicht.

»Ja, warum denn nicht?«, fragte ich pampig, denn es gelang mir nicht, meine Kränkung zu überspielen.

Romy hob lässig die Hände. »Ich habe nur gefragt«, verteidigte sie sich und ich fragte mich, ob ich ihre Worte zu sehr auf die Goldwaage gelegt hatte. »Aber du nennst ihn nicht auch Chuck oder Damon?« Sie verzog das Gesicht, als würde ihr der Gedanke Unbehagen bereiten, und sorgte dafür, dass sich etwas in meinem Bauch löste und ich lachen musste.

*Vielleicht hat sie es wirklich nicht so gemeint.*

»Nein, er heißt Robin«, antwortete ich mit einem Schmunzeln auf den Lippen.

»Gut, dann bin ich beruhigt.« Romy lächelte mich an und ich musste den Blick abwenden, weil mich ihre Geste verlegen werden ließ.

Ich schüttelte die Gedanken ab und marschierte zusammen mit der Frauenrunde zu Robin, der so wirkte, als würde er damit rechnen, dass wir ihn überfielen.

»Die Hühnerschar kommt auf mich zu«, witzelte er, als wir ihn erreicht hatten. Sein Blick sowie seine Gesichtszüge wurden weich und zärtlich, als er mich ansah. Heute gefiel er mir besser als sonst, was an seinen rasierten Wangen lag, die sein Gesicht glatt wirken ließen. Im Gegensatz zu anderen Frauen, denen Dreitagebärte gefielen, mochte ich es nicht, wenn mein Freund unrasiert und stoppelig war.

»Haha, nicht witzig.« Ich rollte gespielt mit den Augen, dann stellte ich mich auf die Zehnspitzen, um einen flüchtigen Kuss auf seine Lippen zu hauchen. Seltsamerweise war ich fast peinlich berührt, meinen Freund vor den anderen zu küssen, weswegen ich es auf ein Minimum reduziert hatte.

Robin umfasste meine Hüften, übte Druck aus, als wolle er mich festhalten, damit ich nicht zu schnell zurückweichen konnte, aber ich kippte trotzdem wieder auf meine Fersen zurück. Seine Hände fühlten sich vertraut, aber doch wie ein Fremdkörper an.

»Wir wollen mit unserer neuen Mitschülerin Burger essen gehen.« Ich deutete mit dem Daumen über meine Schulter in eine unbestimmte Richtung, in der Hoffnung, auf Romy zu zeigen. »Hast du Lust, mitzugehen? Ich wusste nicht, dass du heute kommst.«

»Ich hätte mich wohl vorher anmelden sollen, was? Aber ja, ich komme gern mit. Habe zwar vorhin etwas gegessen, aber das ist schon wieder zwei Stunden her.« Robin grinste, was ihn nahbar wirken ließ. Generell war er ein extrovertierter Mensch. Er hatte keine Probleme damit, sich in eine Gruppe zu integrieren.

»Meine Güte, sind wir verfressen«, antwortete Vanessa lachend.

Auch Ella und ich stimmten in das Gelächter mit ein.

Wie automatisch blickte ich zum wiederholten Male in Romys Richtung. Sie gab keinen Ton von sich, lächelte noch nicht einmal. Vielmehr sah sie mich und Robin mit düsterem Gesicht an, sodass mir mein Gekicher im Hals stecken blieb, als hätte ich mich daran verschluckt.

Ein beklemmendes Gefühl legte sich um meinen Körper, sorgte dafür, dass ich mich in der Nähe meines Freundes nicht mehr wohlfühlte. Vielleicht hatte sie gerade eine Trennung durchgemacht und ertrug es nicht, glückliche Pärchen zu sehen? War es doch keine gute Idee gewesen, Robin als Begleiter vorzuschlagen?

Doch als ich sie zögerlich anlächelte, erhellten sich ihre Augen und sie schüttelte den Kopf, als würde sie einen Gedanken abwerfen.

Vielleicht hatte ich das Ganze falsch interpretiert und sie war wirklich mit etwas anderem beschäftigt gewesen. Bei ihr schien ich nie wirklich einen Durchblick zu haben. Vielleicht machte die Tatsache, dass man nicht wusste, woran man bei ihr war, sie so interessant? Ob es den anderen beiden Mädels so ging wie mir? Bei Gelegenheit sollte ich Vanessa und Ella unbedingt darauf ansprechen.

»Wo soll es denn hingehen?«, fragte Robin, der das Auto mit der Fernbedienung öffnete.

»Zum *American Diner*.« Ein verschmitztes Grinsen legte sich auf meinen Mund.

»Na dann los.«

Ich stieg auf der Beifahrerseite ein, während sich Ella, Romy und Vanessa auf die Rückbank setzten.

Mein Magen war gefüllt und auch die anderen wirkten pappsatt, denn keiner rührte mehr seinen Teller an. Wir starrten mit tranceähnlichem Blick auf die übrig gebliebenen Reste. Ich hätte gern meinen Hosenkopf geöffnet und meinen Bauch heraushängen lassen.

Der Kellner kam und räumte das Geschirr ab, außer das von Ella. Sie verteidigte ihr restliches Essen vehement. Das Verhalten war nicht ungewohnt. Meistens schaffte sie es, den Rest auch noch zu verdrücken. Manchmal fragte ich mich wirklich, wo sie das nur alles hinstopfte. Bei mir würde das garantiert ansetzen.

Ich saß mit Robin und Vanessa auf der rot gepolsterten Bank – das Restaurant war wirklich bis in das letzte amerikanische Klischee ausgebaut worden. Mein Freund hatte den Arm um meine Schultern gelegt und ich lehnte mich an ihm an. Ella und Romy hatten auf den Stühlen Platz genommen.

Mir war aufgefallen, dass sie nur ein kleines Gericht gegessen hatte, und ich fragte mich, ob sie versuchte, auf ihre Figur zu achten, obwohl sie das absolut nicht nötig hatte.

»Wir wurden vorhin ja unsanft von Linda unterbrochen«, wandte Vanessa sich an Romy, bevor sie den Rest ihres Eistees durch den Strohhalm schlürfte. »Du kommst also aus Amerika, ja?«

Romy nickte und wischte ihre schmalen Finger an der Serviette sauber. Sie trug weder Nagellack noch Ringe.

»Ja. Meine Mom kommt ursprünglich aus Amerika, genauer gesagt aus New York. Mein Dad ist Deutscher. Er hat nach seinem Abschluss ein Work and Travel gemacht und meine Mom kennengelernt, weil ihre Eltern sich als Gastfamilie angeboten haben. Am Anfang haben sie noch eine Fernbeziehung geführt, aber nach zwei Jahren ist mein Dad nach Amerika ausgewandert. Einen Monat später haben sie geheiratet, damit er nicht wieder zurückmusste. Letztendlich sind wir zusammen nach Deutschland gezogen. Bis vor drei Wochen haben wir in Dortmund gelebt und jetzt … sind wir hier«, erklärte Romy.

Sie ließ die persönlichen Beweggründe aus, aber ich hing auch so an ihren Lippen und sog ihre Worte auf, weil ich mehr von ihr erfahren wollte.

»Und deinen deutschen Namen hast du wegen deines Vaters?«, fragte nun Ella.

Romy nickte.

»Dann bist du zweisprachig aufgewachsen?«, mischte sich Robin mit ein und ich löste mich etwas von ihm, da diese ungerade Position begann, in meinem Rücken zu schmerzen.

»Ja«, bestätigte Romy erneut.

Das erklärte ihr akzentfreies Deutsch.

»Und wo gefiel es dir besser: Amerika oder hier?«, begann ich auch damit, sie auszuquetschen, aber falls es ihr unangenehm war, ließ sie es sich nicht anmerken. Sie wirkte so lässig wie immer.

Wie gern würde ich selbst einmal dorthin reisen, aber meine Mutter hasste das Fliegen und mein Vater hatte einfach keine Zeit. Allein wollte ich allerdings auch nicht nach Amerika. Vielleicht würde es mal mit Robin klappen, wobei dieser eher in Europa reisen wollte. Er sagte immer, dass ihn die Staaten nicht reizen würden.

»Puuhhh«, stieß Romy aus und ließ sich gegen die Stuhllehne sinken. »Ich war damals noch ein Kind. Ich glaube, als Jugendliche hätte ich die Zeit ganz anders empfunden. Es hat beides seine schönen und schlechten Seiten. Aber ich denke, dass ich lieber in Amerika leben würde.« Sie hatte dabei plötzlich ein sehnsüchtiges Funkeln in den Augen.

»Hast du noch Verwandte dort?« Diese Frage kam wieder von mir und Romys dunkelblaue Augen schauten mich über den Tisch hinweg an.

Ihr Blick war so durchdringend, dass ich mich fühlte, als würde ich nackt vor ihr sitzen. Doch bevor sich das Gefühl zu intensiv in mir ausbreiten konnte, unterbrach sie den Moment, indem sie wegschaute.

Ich fühlte mich plötzlich schwach und lehnte mich doch wieder an Robin, der bereitwillig den Arm um meine Hüfte legte.

»Ja. Der Bruder meiner Mom, seine Frau und meine Cousine Savannah leben in den Staaten.«

Romy riss die rote Serviette in Fetzen und formte kleine Kügelchen daraus. Ich beobachtete, wie sie ihre schmalen Finger dabei bewegte, und für einen Moment überkam mich das seltsame Bedürfnis, nach ihrer Hand zu greifen.

Hitze flammte in mir auf und das Blut in meinen Wangen schien zu kochen.

Vanessa lenkte mich mit einer weiteren Frage an Romy ab und nach und nach erzählte jeder von uns ein bisschen über sich.

Romy verriet uns, dass sie drei Geschwister hatte, gern schwimmen ging und Klavier spielen konnte. Ich hätte ihr eher eine rockige E-Gitarre zugesprochen.

Ella erzählte von ihrem Zwillingsbruder, davon, dass sie für ihr Leben gern kochte und Animes schaute. Vanessa davon, dass sie sich überlegt hatte, ein Au-pair-Jahr in Amerika oder England zu machen. Selbst Robin berichtete von seinem Studium, seinem jüngeren Bruder und davon, dass ich ihn immer dazu zwang, mit mir Football zu schauen.

Das brachte Romy zum Lachen. Sie sah atemberaubend aus, wie sie dabei den Kopf in den Nacken legte, ihre Zähne entblößte und die Augen zusammenkniff.

Ich wollte sie öfter so sehen.

Irgendwann schweiften wir so weit ab, dass wir über unseren Musikgeschmack sprachen. Romy zählte unter *Linkin Park, Böhse Onkelz* und *Rammstein* auch eine Band auf, die mir gar nichts sagte: *WrongTurn*. Ellas Augen funkelten bei der Erwähnung und ich glaubte, dass Romy dadurch Sympathiepunkte bei ihr gesammelt hatte.

»Also ist das quasi eine amerikanische Version von *Tokio Hotel*?«, fragte Robin und Romys Augen begannen, mit denen von Ella um die Wette zu funkeln.

»Viel besser«, protestierte diese.

Romy hob drohend den Zeigefinger. »Vorsicht, beleidige niemals *WrongTurn*, wenn ich dabei bin.«

»Hagrid!«, brüllte ich, weil ich mich absolut nicht zurückhalten konnte. Dieser verteidigte den Schulleiter der Zaubererschule Hogwarts im ersten Teil der *Harry Potter*-Reihe mit den gleichen Worten.

Romy grinste. »Ein richtiger Fan.«

Ich konnte nicht anders, das Kind in mir wollte raus. Ich griff nach einer Gabel, die der Kellner für Ella zurückgelassen hatte, und deutete damit auf Romy.

»Avada Kedavra«, rief ich und sie fasste sich an die Brust, als hätte der Todesfluch sie tatsächlich getroffen.

»Womit habe ich denn das verdient?«, fragte sie verblüfft und ihre Augen funkelten amüsiert.

»Du bist ein Todesser«, antwortete ich mit geweiteten Augen und erklärte sie kurzerhand zu einem, um meinen Todesfluch zu begründen.

Vanessa und Ella lachten. Nur Robin nicht. Er hielt solche Spielereien für kindisch.

»Ich darf doch wohl bitten! Ich bin eine stolze Gryffindor!«, verteidigte sich Romy und entblößte ihre Zähne. Das Lächeln raubte mir fast den Atem.

Irgendwie passte sie in dieses der vier Häuser, in die die Schüler in Hogwarts sortiert wurden. Mutig war sie auf jeden Fall.

»Und du?«, hakte sie nach und legte den Kopf schief, als wolle sie mich ergründen.

»Ravenclaw«, hauchte ich und sah aus dem Augenwinkel, wie Robin mich von der Seite ansah. Aber ich vermied es, direkten Blickkontakt mit ihm aufzubauen.

»Weise und intelligent, soso«, grinste Romy.

»Linda wäre sicher eine Hufflepuff«, sagte Vanessa ironisch und löste, wie so oft, die Situation. Das brachte uns alle – bis auf Robin – zum Lachen, selbst Ella, die Linda sonst in den Himmel hob, denn auch sie wusste, dass ihre Freundin alles war, aber nicht loyal und gerecht.

# 7

# Einsamkeit

Robin hatte Ella nach Hause und Vanessa zur Schule gebracht, weil unsere Fahrräder noch dort standen. Er hatte mir versprochen, mich morgen früh zur Schule zu bringen. Mein Rad würde einfach über Nacht stehen bleiben.

Romy hatte darauf bestanden, ebenfalls bei der Schule abgesetzt zu werden, auch als ich ihr mehrfach angeboten hatte, dass wir sie bis zu ihrem Haus bringen würden. Einen Teil in mir fuchste das. Ich hätte gern gewusst, wo Romy wohnte. Robin parkte den Wagen vor dem Haus meiner Eltern. Er folgte mir hinein, begrüßte meine Mutter und die Putzfrau, die drei Mal in der Woche sauber machen kam, und ging mit mir über die Teakholz-Treppe hinauf in die obere Etage.

Wir betraten mein geräumiges Zimmer. Gegenüber der Tür stand ein großes französisches Bett, dessen Rahmen aus weißem Holz bestand und das ich mit einem ebenfalls weißen Vorhang zu einem Himmelbett gestaltet hatte. Zu meiner Linken befanden sich deckenhohe Türen, die zu einem kleinen Balkon führten, auf dem gerade so zwei Personen an einem winzigen Tisch sitzen konnten.

Daneben stand ein – Überraschung – weißer Kleiderschrank, der viel zu viele Klamotten beherbergte, und ein Schreibtisch in derselben Farbe.

Die Wände waren in einem zarten Hellblau gestrichen.

Noch beschwingt von dem Nachmittag mit meinen Freunden und dem leckeren Essen, drehte ich mich zu Robin um. Ich schwebte in einer Blase voll Glück, weswegen ich ihn freudig anstrahlte.

»Was willst du noch machen?«, fragte ich euphorisch.

Doch mein Lächeln schwand, als ich die Antwort in seinen Augen las. Ich wusste, was er wollte. Diesmal würde ich mich ihm nicht entziehen können, ohne unsere Beziehung zwangsläufig zu zerstören. Meine Kehle wurde eng und mein Puls beschleunigte sich.

»Mir fällt da etwas ein, das ich schon machen möchte, seitdem wir in diesem Restaurant waren«, brummte er mit einem anzüglichen Lächeln.

Mein Herz holperte und schien mir bis in den Magen zu rutschen. Ein innerliches Zittern erfasste meinen Körper, als würde er von einem Erdbeben erschüttert werden. Aber ich spielte mit.

»Ach ja, was denn?«, flüsterte ich und sah, wie seine braunen Augen eine Nuance dunkler wurden.

»Das werde ich dir zeigen«, gurrte er, wandte sich zur Tür und schloss sie ab. Dann kam er mit schleichenden Schritten auf mich zu.

Ein Glanz lag in Robins Augen, so wie bei einem Raubtier, das seine Beute in die Enge getrieben hatte. Er griff nach dem Reißverschluss meiner braunen Übergangsjacke. Mit einer fließenden

Bewegung hatte er sie mir geöffnet, ehe er links und rechts seine Hände zwischen mich und das Kleidungsstück schob. Seine Finger fanden meine Taille und er zog mich mit einem Ruck an sich, dass ich in meinen Stiefeletten wehrlos gegen ihn taumelte.

»Du gehst aber ran«, sagte ich kichernd, obwohl mir nicht danach zumute war. Meine Beine zitterten bedrohlich und mein Herz raste immer schneller, als müsste ich etwas Unangenehmes hinter mich bringen.

*So sollte das in einer Beziehung nicht sein!*, brüllte eine Stimme in meinem Hinterkopf zum wiederholten Male. *Du solltest das genießen.*

*Aber das kann ich nicht.*

*Dann beende es!*

*Ich kann nicht.*

»Du hast mich auch lange genug zappeln lassen«, murmelte Robin und drückte mich fest an sich, sodass ich seinen Bauch an meinem spüren konnte.

Sein Kopf sank herab und seine Augen gingen zu.

Ich schloss meine Lider nur zur Hälfte, sodass ich Robin noch halb sehen konnte. Doch als sich seine Lippen auf meine legten, versank die Welt in Schwärze und ich versuchte, das unangenehme Drücken in meinem Magen zu ignorieren.

Ich erwiderte seinen Kuss, der zuerst noch sanft war, dann aber begleitet durch Robins Stöhnen fester und drängender wurde, als er mich in eine enge Umarmung zog.

Ich hielt mich an seinen Schultern fest, während sein Mund sich weiter an meinem bewegte. Robins Zunge fand den Weg zwischen meine Lippen und er intensivierte den Kuss, ehe er ihn nach wenigen Sekunden unterbrach.

Sein Atem streifte mein Kinn, meine Mundwinkel und meine Wange. Ich öffnete die Augen, um in die seinen zu schauen. Robins

Blick war voller Gefühle und Verlangen, während ich mir einfach nur wünschte, die Zeit vorzudrehen, um es hinter mich bringen zu können.

Robin packte meine Hüfte, hob mich mit festem Druck in die Höhe, sodass sich unsere Köpfe auf gleicher Höhe befanden. Ein überraschter Laut verließ meine Lippen. Dennoch schlang ich meine Beine um seine Hüfte, spürte, wie sich seine Erregung durch den Stoff unserer Hosen an meinen Schritt presste.

Und da war er wieder, der Funke des Unwohlseins. Fast, als wäre ich peinlich berührt oder angeekelt von seiner Lust, die ich nicht teilte. Etwas in mir wehrte sich gegen seine Nähe.

Aber würde ich ihn jetzt unterbrechen, würden wir uns wieder streiten und dann täte er mir wieder leid – wie immer.

Also gab es nur eine Möglichkeit: Ich zog mich zurück, bis ich mich tief in mir drinnen vergraben hatte und meine Arme und Beine aufhörten, zu zittern.

Robin trug mich zum Bett, während seine Lippen zu meinem Hals wanderten. Dort angekommen, küsste, knabberte und saugte er an diesem, in der falschen Annahme, dass es mich antörnte.

Tatsächlich schaffte er es heute, den Hauch einer Gänsehaut auszulösen. Ich versuchte, mich in dieses Gefühl fallen zu lassen, in der Hoffnung, dass es mir so gefallen würde, wie es Vanessa und Ella mir oft vorschwärmten.

Vielleicht war ich auch einfach asexuell? Ich wusste es nicht.

»Du machst mich wahnsinnig«, knurrte Robin, ehe er mittelstark zubiss, sodass ein schmerzhafter Stich meinen Hals entlangzuckte. Doch bevor ich mich beschweren konnte, lehnte er sich nach vorn und legte mich auf dem Bett ab, während er am Bettrand kniete und sich über mich beugte.

Seine Hände zerrten an meinem Sweatshirt und ich bewegte mich mit, sodass Robin mich leichter ausziehen konnte. Auch meine Finger fanden den Stoff seines T-Shirts und ich zog es ihm über den Kopf, wodurch wir den Kuss kurz unterbrachen.

Mein BH folgte, landete irgendwo neben dem Bett auf dem Boden. Als ich zur Hälfte entblößt vor meinem Freund lag, fühlte es sich eher an, als hätte ich einen Fremden vor mir. Ein Kloß steckte in meinem Hals.

Wie konnte einem jemand, der eigentlich so nah war, so fern vorkommen?

Robin, der sich über mir auf seinen Ellbogen abstützte, atmete schwer. Langsam sank er ein Stück nach unten, sodass ich seinen nackten Bauch an meinem spürte.

Haut an Haut.

Es fühlte sich nicht so an, als würde er sich auf mich legen, sondern vielmehr so, als würde er mich mit seinem gesamten Gewicht erdrücken. Ein Teil in mir wollte die Hände an Robins Brustkorb legen, ihn wegdrücken, bis wieder genug Distanz zwischen uns war, sodass ich atmen konnte, ohne das Gefühl zu haben, dass ein Felsbrocken auf meinem Oberkörper lag.

Als ich mir den enttäuschten und verletzten Ausdruck auf seinem Gesicht vorstellte, der darauf folgen würde, zog ich mich noch mehr in mir zurück.

Ich winkelte wie automatisch die Beine an, lehnte meine Knie an Robins Hüften und begann, seinen Rücken zu streicheln, weil ich wusste, dass er das mochte. Sein Mund fand meine Lippen für einen weiteren Kuss. Leidenschaftlich. Verlangend. Erregt.

Robin bewegte sich an meinem Oberschenkel, wie von Sinnen, vermutlich, weil wir lange keinen Sex gehabt hatten.

Seine Finger berührten meine Brüste, die tatsächlich darauf reagierten, aber es war kein positives Gefühl. Ich hätte ihm am liebsten gesagt, dass er sich beeilen sollte. Dass ich nicht brauchte oder wollte, was er da tat.

Doch ich schwieg.

Robin rollte meine Brustwarzen zwischen seinen Fingern und umkreiste sie sanft mit dem Daumen.

Ich verspürte ein minimales Ziehen in meinem Intimbereich. Es sorgte dafür, dass ich nicht mehr gänzlich lustlos war, aber es reichte eben nicht aus. Das tat es nie. Das hier war immer die Obergrenze. Es war so anders, als wenn ich es mir selbst machte. Selbst da hatte ich mehr Verlangen nach sexueller Befriedigung als jetzt.

*Ich bin wirklich ein Fall für die Geschlossene.*

*Stopp! Die Gedanken sind nicht förderlich für deine Libido.*

*Denk an etwas Erotisches. An etwas, das dich anmacht.*

*Etwas, das dich anmacht …*

*Das dich anmacht …*

Für den Bruchteil einer Sekunde blitzten zwei dunkelblaue Iriden, die von langen schwarzen Wimpern umrahmt wurden, in meinem Gedächtnis auf.

Ich riss die Augen auf.

Wie ein Blitzschlag zuckte das Gefühl von Schock durch meine Wirbelsäule, so heftig, dass ich Robin beinahe von mir gestoßen hätte. Ich konnte mich gerade noch bremsen, es nicht zu tun. Stattdessen bohrte ich meine Fingernägel in seinen Rücken.

*Was zur Hölle war das?*

Mein Freund stöhnte auf, angetrieben von meiner Reaktion, die nichts mit einer unbändigen Leidenschaft zu tun hatte, wie er sie vermutlich auffasste, denn er küsste mich gleich noch bestimmender. Dann ließ er von meinen Brüsten ab, fand hektisch den Weg zu meiner Jeans, die er ungestüm öffnete und sie zusammen mit dem Höschen bis zu den Knöcheln nach unten zerrte. Dort zog er mir eilig die Stiefeletten aus, damit er mich vollkommen der restlichen Kleidung entledigen konnte.

Der Kloß in meinem Hals wurde dicker. Ich hätte weinen können, so verwirrt war ich von mir selbst.

Wieso … wieso nur hatte ich *daran* gedacht?

»Sam, ich will dich. Ich halte es kaum noch aus«, nuschelte Robin in den Kuss, den er mit einem leisen Geräusch löste. Er wich ein Stück zurück, wodurch wir uns ungehindert anschauen konnten.

Ich versuchte, Halt in seinen Augen zu finden, so wie ich ihn immer fand, egal ob es ein schlechter oder ein guter Tag war. Doch diesmal fand ich ihn nicht. Im Gegenteil, ich hatte das Gefühl, ins Bodenlose zu fallen.

Robin strich mir sanft eine Haarsträhne von der Wange hinter mein Ohr, ehe er mit dem Daumen über meine Lippen streichelte, die ich wortlos geöffnet hatte.

Das Atmen fiel mir schwer und ich glaubte, nur noch ein Rauschen zu hören, als schmale Frauenfinger in meinen Gedanken aufblitzten.

*NEIN! Nicht schon wieder, bitte nicht schon wieder.*

Mir wurde siedend heiß.

*Das ist nicht passiert, ich habe nicht an* sie *gedacht.*

»Oh Gott«, brummte Robin, beugte sich runter, um seine Küsse an meinen Brüsten fortzusetzen, was mich daran erinnerte, dass ich selbst aktiver werden musste. Ich glaubte kaum, dass ich das schaffen würde, so sehr krallte ich mich weiterhin an seinen Schultern fest.

Nur langsam schaffte ich es, diese verkrampfte Haltung meiner Hände zu lösen, um Robin durch das wuschelige Haare zu kraulen. Jedes Mal, wenn ein neues Bild in meinem Kopf aufblitzte, von jemandem, an den ich gar nicht denken wollte, zerrte ich fester an Robins Haaren, was ihn anspornte.

Nach außen hin ließ ich mir nichts anmerken, aber in mir drinnen tobte das Chaos. Ich … war mit den Gedanken nicht bei der Sache, deswegen schweiften sie in so eine verdrehte Richtung ab.

Ich holte tief Luft, mein Brustkorb hob sich weit und senkte sich tief. Das schien Robin als Ermutigung zu sehen. Seine Hand fand den Weg zwischen meine Beine und ich versuchte wirklich, mich zu entspannen. Robins Berührungen fühlten sich zwar angenehm an, aber auch nicht mehr als das.

»Soll ich wieder das Gleitmittel benutzen?«, fragte er rau.

Ich konnte an seiner Stimme hören, wie enttäuscht er war, dass ich nicht so heiß auf ihn zu sein schien wie er auf mich.

Am Anfang hatte es noch so funktioniert, aber als es mir zunehmend wehgetan hatte, hatten wir uns für das Hilfsmittel entschieden. Auch für Robin war es angenehmer, denn meine mäßige Erregung führte dazu, dass es auch ihn schmerzte, seitdem ich die Pille zur Verhütung nahm und wir die Kondome wegließen.

Ich nickte bloß, weil ich meiner Stimme nicht traute.

Robin ließ mich kurz los, um sich zum Nachttisch beugen zu können. Er angelte den Inhalt aus der Schublade, dann trug er das Gel auf und befeuchtete mich damit.

Danach knöpfte er sich selbst die Hose auf, weil ich nur untätig unter ihm lag. Wenn er verärgert deswegen war, ließ er es sich nicht anmerken.

Vermutlich nahm er meine Passivität hin, weil wir sonst nur in eine Diskussion geraten würden und das würde dazu führen, dass wir erneut nicht miteinander schliefen.

Also lächelte ich ihn zumindest ermutigend an, um nicht wie eine Sexpuppe aus Gummi zu wirken

Als er sich seiner Kleidung entledigt hatte, krabbelte er über mich und ich empfing ihn entgegenkommend mit meinen Armen.

Seine Brust drückte sich auf meine, was dafür sorgte, dass ich mich nicht mehr so ausgeliefert fühlte. Es gab mir den Schutz, den ich brauchte, um mich einigermaßen entspannen zu können. Tat ich es nicht, würde es mehr wehtun.

Außerdem war ich froh darüber, dass Robin meine Brüste nicht mehr so günstig anfassen konnte, sondern seine Finger sich um meine Oberschenkel schlangen und diese öffneten, damit er zwischen meine Beine rutschen konnte.

Innerlich wappnete ich mich.

Jetzt würde der schlimmste Teil kommen.

Damit Robin nicht das kurze Aufkeimen des Schmerzes in meinen Augen sehen musste, schloss ich sie.

Ich schlang die Arme und Beine um ihn, streichelte immer wieder seinen Rücken, den Nacken, während er sanfte Küsse auf mein Gesicht hauchte.

Dann drang er mit einem Keuchen in mich ein. Durch das Gleitmittel war es leichter, aber dennoch zog sich mein Unterleib vor brennendem Schmerz zusammen.

Die Luft wich aus meinen Lungen und Robin stoppte seine Bewegung.

»Alles okay?«, fragte er.

Meine Gesichtszüge lockerten sich, als der erste Schmerz begann, sich zu neutralisieren. Also nickte ich wieder nur, weil ich meiner Stimme immer noch nicht traute.

Mein Freund bewegte sich weiter und irgendwann hörte das Brennen zwischen meinen Beinen auf, so wie auch Robins Stöhnen. Seine Bewegungen in mir stoppten, als ich ihm das gegeben hatte, was er wollte.

Irgendwann lagen wir nur noch nackt und unbeweglich beieinander. Ich spürte Robins Brustkorb und seinen Bauch an meinem

Rücken sowie seine Hände, die sich um meine Brüste gelegt hatten, als könnten sie abfallen, wenn er sie nicht festhielt.

Immer wieder streichelte er mit dem Daumen die Haut meines Busens oder streifte meine Brustwarzen.

Ich ließ ihn gewähren, weil ich mich wie in einer Art Lethargie fühlte. Unfähig und nicht gewillt, mich in irgendeiner Weise zu bewegen oder etwas wahrzunehmen.

Mein Blick war starr auf einen unbestimmten Punkt im Zimmer gerichtet.

Wegen ihr.

Wegen den Gedanken, die ich gehabt hatte.

Und wegen dem brennenden Schmerz in meinem Schoß.

Ich würde das überwinden und irgendwann würde der Sex gut werden. Bestimmt.

Aber in diesem Moment glaubte ich mir selbst nicht, als die Tränen sich in meinen Augen sammelten, von denen Robin nichts mitbekam.

*Was ist nur falsch mit mir? Warum kann ich nicht normal sein?*

Langsam senkte ich meine Lider und unterdrückte den Drang, zu weinen. Als ich mich der Schwärze hingab, konnte ich Romy sehen, die mir im Restaurant zugelächelt hatte.

Die Erinnerung drängte die Kälte in mir für einen Moment beiseite. Dieser Moment währte allerdings nur kurz, denn der Gedanke an sie verwirrte mich noch mehr als meine Reaktionen auf Robins Körper.

# 8

# Eine Verabredung

Romy saß beim Mittagessen immer bei uns und beteiligte sich an den Gesprächen. Linda bestrafte sie mit Ignoranz, was Romy wenig auszumachen schien.

Ich redete höflich mit ihr, versuchte aber dennoch, ihr ein wenig auszuweichen, denn dass sie mich in meinen Gedanken verfolgte, brachte mich durcheinander. Doch in den letzten Tagen war es weniger geworden und ich entspannte mich nach und nach. Vielleicht hatte ich all dem mehr Bedeutung beigemessen, als dahintersteckte.

Auch das Wochenende, das ich bei Robin verbracht hatte – er hatte mich wie versprochen zum Italiener ausgeführt – war entspannt gewesen, auch wenn ich immer wieder an Romy gedacht hatte. Es war wirklich schön bei ihm gewesen und es hatte gutgetan, den strengen Blicken meiner Mutter zu entkommen.

An diesem Montag eilte ich durch die Schulgänge, um rechtzeitig zum Unterricht von Frau Holzmeier zu kommen.

Ich schaffte es auch noch pünktlich, schien aber die Letzte in der Klasse zu sein.

Mein Blick schweifte durch den Raum und ich entdeckte Romy an ihrem Platz. Sie sah mich ebenfalls an und ihre schmalen Lippen verzogen sich zu einem Lächeln.

Ich erwiderte die Geste, ehe ich mich mit einem lauten Atemzug auf meinen Platz neben Vanessa fallen ließ und meine Tasche neben mir abstellte.

»Da bist du ja endlich. Ich dachte schon, du wärst krank«, begrüßte mich meine beste Freundin, ehe sie ihre Sachen beiseite schob, die sie großräumig ausgebreitet hatte.

»Nein. Ich bin nur zu spät losgefahren. Aber ich habe es Gott sei Dank noch vor der alten Holzmeier geschafft«, murmelte ich und wollte mich gerade zu meiner Tasche runterbeugen, als meine Aufmerksamkeit auf zwei schmale, aber wohlgeformte Oberschenkel gelenkt wurde, die in einer verwaschenen Jeans steckten.

Mein Blick wanderte nach oben, über ein schwarzes Band-Shirt, dessen Aufdruck ich nicht identifizieren konnte, da die weiße Schrift so ineinander verschlungen war, dass es mir unmöglich war, sie zu lesen. Aber dafür sah ich deutlich die Rundungen zweier Brüste, die von dunkelbraunen Haaren umspielt wurden.

Schlagartig breitete sich eine fiebrige Hitze in meinem Gesicht aus, ehe ich Romy kurz in die Augen sah, dann aber von ihrer Handbewegung abgelenkt wurde.

Sie legte ein gelbes, etwas ramponiertes Buch auf den Tisch. Darauf zu sehen war eine gezeichnete Figur mit wilder Haarpracht und langen Fingernägeln, die wie Klauen aussahen. Über dieser Zeichnung fand ich den Titel in dunkler, geschwungener Schrift geschrieben: *Der Struwwelpeter*.

Verblüfft hob ich den Kopf, um Romy mit einem fragenden Ausdruck anzusehen.

»Das Buch gehört meiner Schwester. Ich hätte es also gern wieder zurück«, sagte diese nur und der Blick ihrer schwarz geschminkten Augen ließ meinen Magen rumoren.

»Ja, klar, aber wieso gibst du mir das?«, fragte ich.

Romy lächelte schief. »Du hast doch letzte Woche in der Schulbibliothek danach gesucht, oder nicht?«

Ich erinnerte mich daran, dass ich das Gefühl gehabt hatte nicht allein gewesen zu sein.

»Du warst das. Du hast mich beobachtet.«

Was sollte ich davon halten? Sie war wirklich wie eine abgedrehte Version von *Edward Cullen*. Es fehlte nur noch, dass sie mir offenbarte, dass sie ein Vampir war oder mir nachts beim Schlafen zuschaute.

»Das würde ich nicht so sagen. Ich habe dich zufällig gesehen, als ich das Klassenzimmer gewechselt habe. Du hast die Tür offen gelassen und da dachte ich mir, du suchst sicher das hier.« Sie tippte mit ihrem schmalen Finger auf das Buch und lenkte meinen Blick wieder darauf.

Zusätzlich zu dem komischen Gefühl in meinem Bauch wurde es um mein Herz herum wohlig warm. Sie hatte es extra für mich mitgebracht, und das, obwohl es ihrer Schwester gehörte!

»Danke«, hauchte ich, ergriffen von dieser schlichten, kleinen Geste. Doch bevor sie die Chance bekam, etwas darauf zu erwidern, öffnete sich die Tür und Frau Holzmeier betrat den Raum.

Romy lächelte abermals, dann ging sie an ihren Sitzplatz zurück und ich stopfte das abgenutzte Buch in meinen Rucksack.

Aus den Augenwinkeln sah ich, wie Vanessa mich fragend anblickte, und ich schüttelte den Kopf, um zu zeigen, dass ich das jetzt nicht erklären würde. Sie bohrte auch nicht nach, sondern widmete sich unserer Lehrerin.

Als ich am Nachmittag nach Hause kam, legte ich mich in mein Bett, nahm das zerfledderte Buch von Romys Schwester, das sich trotzdem recht robust anfühlte, in die Hand und begann es zu lesen. Es waren Kindergeschichten, eine grausamer als die andere. Über *Die Geschichte vom bösen Friedrich* bis über *Die Geschichte vom Suppen-Kaspar*.

Ich fragte mich, ob der Autor Kinder gehasst hatte. Ich hätte Albträume bekommen, hätte ich das früher gelesen! Zum Beispiel ging es um ein Mädchen, das durch ein Feuer verbrannte, weil es mit diesem gespielt hatte. Oder einen Buben, dem die Daumen abgeschnitten wurden, weil er nicht aufhörte, an diesen zu lutschen.

Es dauerte nicht lange und ich kam endlich zu der Erzählung, die mich am meisten interessierte: *Die Geschichte vom Hans Guck-in-die-Luft*. Sie handelte von einem Jungen, der immerzu nach oben schaute, dabei achtete er nicht auf den Weg vor sich, sodass er am Ende ins Wasser fiel und von drei Männern herausgeholt werden musste.

Ich verstand, was Romy damit hatte ausdrücken wollen, und ehrlich: Es brachte mich zum Lachen.

Mein leises Gekicher hielt eine Weile an und erst als ich mich beruhigt hatte, las ich das Buch zu Ende.

Ich konnte nur den Kopf schütteln.

*Hans Guck-in-die-Luft*.

Ich konnte Romys helle Stimme förmlich hören und für ein paar Sekunden verlor ich mich in meinen Gedanken.

Ihr schlanker, wohlgeformter Körper.

Die weichen Gesichtszüge.

Der harte Schliff in ihren Augen, die vor Selbstbewusstsein strotzten.

Ihre Falte zwischen ihren Brauen, wenn sie über etwas nachdachte.

Die weißen Zähne, die aufblitzten, wenn sie herzlich lachte.

Ihre Stimme, wenn sie mit mir sprach.

In meinem Bauch kribbelte es, als würde mich eine Feder von innen sanft streicheln.

Ein leises Seufzen verließ unwillkürlich meinen Mund.

Erschrocken davon, schüttelte ich meine Gedanken ab, nahm das Buch, um es zurück in meine Tasche zu stopfen. Hektisch fuhr ich mir durch die langen Haare, die an dem Ring an meinem Finger hängen blieben. Mit einem leisen Fluch befreite ich die Strähnen und schaute mich in meinem Zimmer um, auf der Suche nach Ablenkung.

In diesem Moment fühlte ich mich schlagartig einsam. Ich wusste nicht, woher dieses Gefühl so plötzlich aufkeimte und durch was es ausgelöst worden war.

Nicht, weil ich mich nach Robin sehnte. Wenn ich aber an ihn dachte, verschlimmerte sich das Gefühl plötzlich. Es war, als würde ich etwas vermissen und als wüsste ein Teil in mir auch genau, was das war. Nur ich war zu blind, um zu erkennen, was dieses Etwas sein könnte.

Am nächsten Tag wollte ich Romy das Buch zurückgeben, damit ihre Schwester nicht zu lange darauf warten musste. Vor dem Unterricht bei Herrn Knut hatte ich es nicht mehr geschafft und in der Kantine hatte ich es nicht vor Linda tun wollen.

Ich hatte keine Lust, mir ihre gehässigen Kommentare zu dem Kinderbuch anzuhören und Romy noch mehr Zündstoff zu bieten, sich mit Linda anzulegen.

Aber nach der Schule hatte ich Erfolg.

Ich erblickte Romy im Gedrängel, rief ihren Namen, aber er schien in dem Stimmengewirr der anderen Schüler unterzugehen, die wie ein Bienenschwarm in Richtung Ausgang strömten.

Leider verlor ich sie aus den Augen. So ein Mist aber auch!

Ich drängte mich an den Schülern vorbei und war gezwungen, den ganzen Weg durch die Aula zum Ausgang zu rennen.

Was für einen zügigen Schritt hatte Romy denn bitte drauf?

Ich quetschte mich zwischen zwei Schülern durch, die den Ausgang blockierten, nur um von einer neuen Traube umringt zu werden. Es dauerte nur ein paar Sekunden, dann entdeckte ich Romy, machte einen Hechtsprung nach vorn und bekam mit den Fingern einen Zipfel von ihrer Lederjacke zu fassen.

»Romy!«, rief ich, damit sie mich bemerkte.

Sie blieb stehen und ich schaffte es, mich endgültig zu ihr freizukämpfen. Außer Puste von dem Sprint und dem Gedrängel, blieb ich stehen und blickte Romy in die Augen, die neckisch funkelten.

»Macht mein Anblick dich so atemlos?«, fragte sie amüsiert.

Ich brachte nur ein Lächeln zustande, weil mir die Luft fehlte. Dabei sollte meine Kondition nicht so schlecht sein, immerhin fuhr ich fast täglich Fahrrad!

In der Zeit, in der ich es noch nicht schaffte, zu sprechen, begann Romy, *Atemlos*, den Song von *Helene Fischer*, zu trällern und ich schüttelte den Kopf.

»Lass das«, versuchte ich, streng zu klingen, als ich wieder reden konnte. Aber ein Lachen vernichtete meine Worte. Dennoch kam ich nicht umhin, zu bemerken, dass Romys Stimme melodisch und angenehm geklungen hatte.

Gab es etwas, was diese Frau nicht konnte?

Ich dagegen hörte mich beim Singen wie ein sterbender Schwan an. Oder ein Hirsch beim Paarungsruf.

»Ich wollte dir das hier wiedergeben«, informierte ich sie.

Romy wartete geduldig, während ich das Buch ihrer Schwester aus dem Rucksack kramte. Der Fluss der Schüler versiegte langsam und wir standen fast allein auf der Steintreppe vor dem Eingang.

»Danke fürs Leihen. Ich glaube, ich kann jetzt verstehen, wieso du mich mit *Hans Guck-in-die-Luft* verglichen hast, auch wenn das nicht nett war!« Ich grinste. »Wie alt ist deine Schwester eigentlich?«

Ich gab ihr das Buch wieder zurück, achtete aber darauf, dass sich unsere Finger dabei nicht berührten. Jedes Mal, wenn Romy mich anfasste, kribbelte meine Haut. Und warum das passierte, darüber wollte ich lieber nicht nachdenken.

»Sie ist dieses Jahr acht geworden.«

»Dafür sind die Geschichten in dem Buch aber wirklich brutal. Kein Wunder, dass meine Mutter mir die nicht vorgelesen hat.«

Als ob sie mir überhaupt etwas vorgelesen hätte. Höchstens aus einem Klatschmagazin oder den Politikteil der Tageszeitung.

Aber sie war auch nicht wie andere Mütter. Sie erwartete, dass ich immer das Beste gab. Dass ich mir die schönsten Klamotten anzog, dass ich jemanden wie Robin heiraten und Kinder mit ihm bekommen würde.

»Quatsch, Liane weiß, dass das nur Geschichten sind.«

Ich lächelte, schloss meinen Rucksack und schulterte ihn.

»Danke noch mal für das Buch«, wiederholte ich und machte mich schon bereit, zu gehen, als Romy mich mit ihrer nächsten Frage überrascht innehalten ließ.

»Hast du Lust, etwas mit mir zu unternehmen? Nur wir beide?«, fragte sie.

Ich wandte ihr den Kopf zu. Ihre schmalen Wangen wiesen eine zarte, natürliche Röte auf und in meinem Körper wurde es wie so oft in ihrer Nähe kribbelig warm. Ich war perplex, obwohl sie mir nur eine schlichte Frage gestellt hatte.

»Ich … äh … ich …«, brachte ich nicht gerade geistreich hervor, als hätte sie mich vor eine unlösbare Aufgabe gestellt. So fühlte ich mich sonst nur im Mathekurs von Herrn Knut.

Romy lachte bloß. Ein Laut, der mein Herz springen ließ und den ich so oft in meinen Gedanken hatte Revue passieren lassen.

»Du kannst mir ja eine Antwort darauf geben, wenn du deine Sprache wiedergefunden hast.« Sie zwinkerte mir lässig zu, schenkte mir einen wissenden Blick, wandte sich ab und ging die Steinstufen nach unten.

Ich beobachtete sie dabei, während ich an Ort und Stelle verharrte, als hätte ich Wurzeln geschlagen.

Ihre Haare wurden vom Herbstwind wirbelnd in die Luft geweht. Ihre Hüften schwangen bei jedem Schritt. Die Lederjacke bewegte sich an Romys Körper, als wäre sie Wasser, das ihren Körper geschmeidig umspielte.

Ein paar Schritte hatte sie sich bereits entfernt, bevor ich endlich aus meiner Reglosigkeit erwachte, als hätte jemand einen Eimer Wasser über mir ausgeleert.

»Romy!«, rief ich ihren Namen heute zum gefühlt tausendsten Mal.

Sie blieb stehen, drehte sich halb zu mir um. Die Augenbrauen waren erwartungsvoll nach oben gezogen, aber sie sagte nichts.

»Ich würde gern etwas mit dir unternehmen!«, bestätigte ich und sie grinste verschlagen.

»Gut. Dann am Samstag um 15:00 Uhr.« Damit warf sie die Haare zurück und ließ mich ein zweites Mal stehen, doch diesmal ließ ich sie gehen.

Sie hatte mich noch nicht einmal gefragt, ob mir das passte! Aber das tat es, und selbst wenn nicht, vermutlich hätte ich sogar meine Termine für sie verschoben.

Ich konnte nicht anders: Ich grinste dümmlich vor mich hin, ohne genau zu wissen, warum eigentlich.

Vielleicht war es die Erleichterung darüber, dass Romy mich doch nicht als arrogante Zicke betrachtete, wie ich es befürchtet hatte. Wieso würde sie sonst etwas mit mir allein machen wollen?

Ich glaubte, dass mein Lächeln noch den ganzen Tag über zu sehen war.

# 9

# Freundschaft

Romy hatte mir ihre Handynummer gegeben, damit wir unser Treffen besser planen konnten. Wir hatten beschlossen, ins *Mauritius* zu gehen, eine nette Cocktailbar in Bahnhofsnähe, in der man auch warme Küche serviert bekam.

Ich hatte Romy angeboten, sie von zu Hause abzuholen, damit wir gemeinsam laufen oder mit dem Fahrrad fahren konnten. Doch sie hatte abgelehnt, mit der Begründung, dass es vermutlich ein Umweg für mich wäre. Sie bestand darauf, dass wir uns um 15:00 Uhr vor dem *Mauritius* trafen. Es kam mir komisch vor, dass sie so ein Geheimnis daraus machte, wo sie wohnte. Aber ich hatte nicht länger nachgebohrt. Andersrum würde ich es auch nicht wollen.

Ich war ungewöhnlich aufgeregt und hatte ewig gebraucht, um mich zu stylen, und es fertiggebracht, trotzdem zu früh mit dem Fahrrad loszufahren, sodass ich schon fünfzehn Minuten vor der ausgemachten Zeit da war. Nervös fingerte ich in meinen Haaren herum, die ich extra geglättet hatte.

Ich malte mir in Gedanken aus, wie das Treffen ablaufen würde. Mit peinlichen Schweigepausen? Oder dass ich zu viel plapperte und sie gar nicht zu Wort kam?

*Du hast kein Date, also beruhige dich, Sam!*, schalt ich mich selbst.

Suchend blickte ich mich immer wieder nach Romy um, aber sie war nirgendwo zu sehen. Ich entdeckte nur jemanden, der meinem Freund ähnlich sah, und spürte einen schmerzhaften Stich im Bauch, als würde ich etwas Verbotenes tun.

Robin hatte mich gefragt, ob er heute Abend vorbeikommen solle, aber ich hatte ihm abgesagt. Seine Enttäuschung war bis hierhin spürbar gewesen.

Ich wollte einfach nur mal ein Wochenende für mich allein haben, das brauchte ich zwischendurch. Manchmal fragte ich mich, ob das Gefühl der Beklemmung nicht daher rührte, dass Robin mich zu sehr liebte. Ich war mir unsicher.

Ein kurzer Blick auf mein Handy zeigte mir, dass es noch zehn Minuten bis zur vollen Stunde waren. Seufzend atmete ich aus. Während ich wartete, spielte ich nun an meinem grauen Schlauchschal herum, der nach dem Parfüm roch, das ich seit Jahren auftrug. Der Geruch beruhigte mich kurzzeitig, ehe es wieder in meinem Bauch kribbelte, als ich Romy – endlich! – in der Ferne ausmachen konnte.

Schon von hier konnte ich sehen, was sie am Körper trug: schwarze Skinny Jeans, braune Worker Boots und einen Parka mit Fellkapuze, der die gleiche Farbe wie ihre Schuhe hatte. Ihre Haare verschwanden im Kragen ihrer Jacke, deren Reißverschluss Romy nur bis zur Hälfte zugezogen hatte. Wie immer waren ihre Augen in dem typischen Smokey-Eyes-Stil geschminkt und ich fragte mich schmunzelnd, ob sie sich das als Permanent-Make-up hatte auftragen lassen.

Ein Lächeln bildete sich auf ihrem Mund, der glänzte, als hätte sie Lipgloss aufgetragen.

Verrückt, dabei hätte ich schwören können, dass Romy kein Mädchen war, das sich die Lippen beschmierte.

Ich presste meine zusammen und schmeckte den Kirschgeschmack des Labello, den ich benutzt hatte. Mit jedem Schritt, den Romy näher kam, begann mein Herz vor Aufregung, schneller zu schlagen.

Warum war ich denn so nervös? Es war doch nur Romy!

Andererseits hatte ich noch nie etwas mit ihr allein unternommen, weshalb meine innere Unruhe wohl akzeptabel war.

Uns trennten nur noch ein paar Schritte, weswegen ich die Hand zu einem Gruß hob.

»Hi«, rief ich halblaut, als ich mir sicher war, dass sie mich hören würde. Die herbstlichen Temperaturen hatten ihr wieder eine dezente Röte auf die Wangen und die Nase gezaubert. Diese Details auf ihrem Gesicht ließen mich lächeln. In diesem Moment sah sie so … unschuldig aus.

»Hey. Hast du mich vermisst oder warum bist du schon so früh da?«, fragte sie keck und entblößte ihre Zähne, als sie grinste.

Beim näheren Betrachten stellte ich fest, dass diese nicht ganz in Reih und Glied standen, auch wenn diese kleine Ungereimtheit nur minimal war. Es störte mich auch nicht, denn es ließ sie nahbarer und menschlicher wirken. Sie war keine perfekte Puppe. Sie war … nun, sie war einfach ein normales Mädchen.

»Das Gleiche könnte ich dich fragen«, gab ich zurück. Ihre Worte lösten schon wieder eine Verlegenheit in mir aus, von der ich mir sicher war, dass sie mir ebenfalls die Röte auf die Wangen zauberte.

»Ich habe es kaum ausgehalten vor Sehnsucht.«

Romy lachte, aber mir blieb meines im Hals stecken, sodass ich nur ein Grinsen zustande brachte. Es löste eine Mischung aus Angst und Hoffnung in mir aus. Meinte sie das wirklich ernst? Ich wusste nicht, ob ich hoffte, dass sie es tat, oder nicht.

Wir betraten die Cocktailbar, ließen uns von der Kellnerin in dem hellblauen Poloshirt einen Tisch zuweisen, legten unsere Jacken ab und nahmen jeder eine Speisekarte entgegen, um diese zu durchstöbern.

Ich entschied mich für ein Glas Cola light sowie einen Salat mit frischen Champignons, da ich zu Hause extra nichts zum Mittag gegessen hatte, um das hier nachzuholen, während Romy einen Zitroneneistee und belgische Waffeln mit Nutella bestellte.

Die Bedienung brachte uns die Getränke und nachdem wir schweigend unseren Durst gestillt hatten, machte ich den ersten Schritt und begann das Gespräch.

»Du hattest erwähnt, dass ihr aus Dortmund hierhergezogen seid. Wie war es dort? Vermisst du es?«

Romy hatte sich den Strohhalm zwischen Daumen und Zeigefinger geklemmt und rührte damit in ihrem Getränk herum, sodass die Eiswürfel klirrend gegen das Glas schlugen.

Meine Augen zuckten von ihrem Gesicht zu ihren Fingern und wieder zurück, wobei ich selbst meine Hände beschäftigt hielt, indem ich mir immer wieder in die Haare fasste, um die Strähnen zu zwirbeln.

»Es war im Vergleich zu New York ruhig. Aber es war ganz in Ordnung. Es ist nicht die schönste Stadt, die ich kenne. Ich vermisse Dortmund auch nicht und selbst wenn, meine Schwester ist dort geblieben, um an der Uni zu studieren. Wenn ich Sehnsucht hätte, habe ich die Möglichkeit, hinzufahren.«

Romy beugte sich nach vorn und zog mit ihrem Mund an dem Trinkhalm. Sie hatte dabei die Augen halb niedergeschlagen, sodass ich den schwarzen Lidschatten betrachten konnte. Die Art, wie sie sich zu ihrem Glas vorbeugte, ließ mich gebannt zuschauen, und ich befeuchtete meine Lippen mit der Zunge. Es war so, als hätte ich noch nie einen Menschen etwas trinken gesehen.

Mir wurde plötzlich so heiß, dass ich mich gern mit den Eiswürfeln abgekühlt hätte. Dabei war es mir hier drinnen gar nicht so warm vorgekommen.

»Du hast drei Geschwister, richtig?«, hakte ich interessiert nach, um meine Gedanken zu vertreiben. Wie so oft in letzter Zeit. Dieses teuflische Kopfkino.

»Ja, ich habe eine ältere sowie eine jüngere Schwester und einen kleinen Bruder.«

Ich hätte gern Geschwister gehabt und wenn ich es mir hätte aussuchen können, wäre meine Wahl wohl auf einen Zwilling oder einen älteren Bruder beziehungsweise eine ältere Schwester gefallen. Den Gedanken, einen Zwilling zu haben, fand ich aufregend und mit jüngeren Geschwistern hätte ich mich vermutlich nicht identifizieren können.

Es war manchmal hart, niemanden zu haben, mit dem man sich austauschen konnte. Klar, es gab Freunde, aber die Probleme, die das Elternhaus betrafen, konnten wohl nur Geschwister nachvollziehen, die das Gleiche mitmachten.

»Warum seid ihr umgezogen? Und wie kam es dazu, dass du im letzten Jahr des Abiturs wechseln konntest?«, bohrte ich nach, um meine Neugierde zu stillen.

Romy lachte, wobei sie ihre Hände hob, sich in die Haare griff, diese zu einer Einheit drehte und sich dann über eine Schulter warf. Sie lehnte sich in das weiche Polster zurück und sah mich an.

Ihr Blick tat fast weh, so intensiv war er, sodass ich den eigenen abwenden musste. Ich tat so, als wäre ich mit der Haribo-Kirsche an meinem Strohhalm beschäftigt.

Die Art, wie sie mich ansah, war so … Ich kam nicht dazu, länger darüber nachzudenken.

»Mein Dad wurde von seinem Arbeitgeber in eine andere Niederlassung versetzt. Wenn wir nicht umgezogen wären, hätte die Firma ihn rausgeschmissen«, erzählte Romy ohne Hemmungen.

Ich empfand Mitgefühl für sie. Es musste wahrlich nicht leicht sein, in eine andere Stadt zu ziehen und dort neue Leute kennenzulernen. Aber ich fühlte mich ein Stück weit besser, weil meine Freunde und ich ihr Anschluss ermöglicht hatten. Auch wenn meine Welt Kopf stand, seitdem Romy in diese getreten war.

»Das mit dem Wechsel an die neue Schule war auch nicht so leicht. Es gab lange Gespräche mit dem Direktor. Wir wollen es versuchen und schauen, wie gut ich mit dem Stoff mithalten kann. Dazu müssen wir die kommenden Noten abwarten. Aber ich denke, dass ich das schaffe.«

Ich nickte und trank einen Schluck von meiner Cola. »Und gefällt es dir hier?«

»Ja«, antwortete Romy, ohne zu zögern. Dabei klang ihre Stimme irgendwie sanft und trotzdem nachdrücklich und der Blick, den sie mir dabei schenkte … Er ging mir regelrecht unter die Haut.

»Und wie ist es bei dir? Du und Robin, wie lange seid ihr schon ein Paar?«

Dieser Themenwechsel kam so plötzlich, dass ich im ersten Moment gar nicht antworten konnte.

»Mehr als ein Jahr. Wir waren beste Freunde seit dem Sandkasten. Irgendwann haben wir angefangen, uns richtig zu daten, und dann wurde einfach mehr daraus.«

»Das klingt ja wie der Traum eines jeden Mädchens«, erwiderte Romy.

»Vielleicht nicht für alle, aber für mich schon, ja. Und wie sieht es bei dir aus? Bist du in einer Beziehung?« Irgendwie hoffte ich, dass sie verneinen würde.

Total bescheuert.

Während ich auf ihre Antwort wartete, wurde ich so nervös wie vor der Zeugnisvergabe. Es waren nur wenige Sekunden, aber es reichte, um mich innerlich brodeln zu lassen.

Romy schüttelte den Kopf, sodass ihre dunkelbraunen Haare ihr wieder über die Schultern rutschten. »Nein. Ich bin schon seit eineinhalb Jahren Single. Meine erste Beziehung ging nach zehn Monaten in die Brüche und seitdem hat es sich nicht mehr ergeben.«

So wie sie es sagte, klang es nicht so, als würde sie diesen Umstand besonders bedauern. Ein Gefühl von Erleichterung durchströmte mich. Es war so gering wie der Luftstrom aus einem kleinen Loch, das jemand in eine Luftmatratze gestochen hatte. Aber es war da und ließ sich nicht ignorieren.

Ein Pärchen betrat das Lokal. Postwendend drehten sich ein paar Köpfe in ihre Richtung. Es waren zwei junge Männer, ungefähr in unserem Alter, die sich an den Händen hielten.

Ich dachte mir nichts dabei, doch ich wurde auf die Gruppe am Nachbartisch aufmerksam, als ich Worte wie »Schwuchteln« und »ekelhaft« aus der Masse heraushören konnte, sodass ich froh darüber war, dass die Jungs zu weit weg standen, um es hören zu können. Leider wurden die beiden von zwei Kellnern komplett ignoriert, bis eine junge Bedienung sich einen Ruck zu geben schien, um den beiden einen Platz zuzuweisen.

Als ich den Kopf abwandte, bohrten sich Romys Blicke in meine und es war fast so, als suchte sie etwas in meinem Gesicht. Als würde sie irgendeine Reaktion erwarten. Doch was immer sie in meiner Mimik fand, es schien ihr zu gefallen, denn der Ausdruck ihrer Augen wirkte zufrieden.

Wir schauten uns schweigend an, sagten kein Wort. Ich hatte auch nicht das Verlangen danach. Meine Haut kribbelte, als würden Stromwellen durch sie pulsieren.

Keine von uns beiden beendete den Blickkontakt und es kam mir so vor, als würden wir das *Wer zuerst wegsieht, hat verloren*-Spiel spielen.

Je länger wir uns ansahen, desto wärmer wurde mir und ich hätte schwören können, dass Romys Augen noch eine Spur dunkler wurden. Dann kam aber die Kellnerin und unterbrach den Moment, indem sich ihr Arm zwischen uns drängte, als sie uns das Essen brachte.

Meine Beine zitterten und mein Herz klopfte, als hätte ich einen langen Lauf hinter mir. Ich war der Bedienung dankbar, aber gleichzeitig war ich auch enttäuscht und eine Spur verlegen. Der Augenblick war so voller Intimität gewesen, dass es sich anfühlte, als hätte man mich beim Sex erwischt.

Mir wurde warm, als wäre die Luft hier drinnen zu heiß, und ich hatte das Gefühl, dass meine Haut zu eng wurde.

»Ich muss kurz aufs Klo«, log ich, um einen Grund zu haben, aufstehen zu können.

Ich flüchtete zu den Toiletten, spritzte mir am Waschbecken kaltes Wasser ins Gesicht, damit sich meine Haut abkühlte.

Mehrere Minuten atmete ich tief durch und betrachtete mich im Spiegel. Meine blau-grauen Augen, die ich nur mit wasserfester Wimperntusche betont hatte. Die Augenbrauen, die schmal gezupft waren, aber so, dass sie eine schöne Form hatten. Meine Nase, meine kleinen Lippen, die ich gern größer und voller gehabt hätte.

Die Tropfen, die meine Wangen, meine Stirn und meinen Hals hinabliefen, ließen mich aussehen, als würde ich schwitzen.

Schnell trocknete ich mich ab, atmete erneut tief durch, ehe ich wieder zum Tisch zurückging.

Romy hatte noch nicht mit dem Essen begonnen, sie schien zu warten, bis ich wiederkam.

Wir griffen fast gleichzeitig zu unseren Gabeln, als ich meinen Platz wieder eingenommen hatte, obwohl ich glaubte, keinen Hunger mehr zu haben. Mein Magen fühlte sich an, als wäre er zugeschnürt.

Wenn ich nur wüsste, was zurzeit mit mir los war. Ich glaubte, dass ich dringend ein Gespräch mit meiner besten Freundin brauchte. Vielleicht verstand sie es als Außenstehende besser als ich.

»Ist das jetzt der Angstschweiß?«, fragte Romy neckend und riss mich aus meinen Gedanken. Total verwirrt schaute ich sie an und sie deutete mit dem Finger vage auf mein Gesicht.

Ich hob die Hand, spürte einen Wassertropfen auf Höhe meiner Wange, den ich wohl beim Abtrocknen nicht erwischt hatte.

*Mist.*

Wieso fiel mir kein kecker Spruch ein?

»Alles in Ordnung? Du siehst etwas blass aus.« Romy klang nun nicht mehr amüsiert oder spöttisch, sondern irgendwie besorgt.

»Mir war nur schwindlig, deswegen habe ich mir Wasser ins Gesicht gespritzt. Es ist einfach so stickig hier drin«, erfand ich eine Ausrede, dann machte ich mich über das Essen her, um meinen Mund zu beschäftigen, der sowieso nur Blödsinn von sich gab.

Es entstand eine dieser unangenehmen Schweigepausen, bis Romy sich irgendwann ein Herz fasste und das Gespräch erneut begann. Sie fragte mich unverfängliche Dinge. Was mein Lieblingsessen war, wie ich lebte oder was mein größter Traum wäre.

Ich erzählte ihr, dass ich darauf brannte, wenigstens einmal in die Staaten zu fliegen. Das schien sie irgendwie zu belustigen. Aber das sorgte dafür, dass ich wieder lockerer wurde.

Romy erzählte mir, dass sie gern einmal auf ein *WrongTurn*-Konzert gehen würde und die Jungs nächstes Frühjahr sogar durch Deutschland tourten, aber leider nicht in unsere Nähe kämen.

Ich hatte verkniffen zugegeben, dass ich es bisher nicht geschafft hatte, mir eines der Lieder der Band anzuhören. Daraufhin schickte Romy mir per WhatsApp den Song *In Your Eyes* und ich versprach hoch und heilig, ihn mir anzuhören, sobald ich zu Hause war.

Die Zeit verging wie im Flug.

Ich erfuhr, dass Romys Lieblingsfarbe wie zu erwarten Schwarz war, während ich für Grün schwärmte.

Sie erzählte mir, dass sie am fünfzehnten Juli Geburtstag hatte, und ich ihr, dass meiner am zweiten Dezember war.

Als es schon Abend wurde und zu dämmern begann, bezahlten wir unser Essen, bevor wir die Cocktailbar verließen. Es war mittlerweile frisch geworden, sodass ich meine Jacke bis zum Kinn zuzog.

»Ich muss zu meinem Fahrrad dort lang.« Ich deutete mit dem Daumen über meine Schulter.

Romy schaute in die entgegengesetzte Richtung.

»Und ich da lang«, sagte sie und ich wusste, dass der Abschied gekommen war.

Aus einem undefinierbaren Grund machte es mich ein wenig traurig. Der Nachmittag mit ihr war erfrischend und schön gewesen. Auch wenn in ihrer Gegenwart verwirrende Dinge geschahen.

»Dann sehen wir uns am Montag«, verabschiedete ich mich und Romy nickte.

»Hat Spaß gemacht.«

»Fand ich auch«, bestätigte ich. Ein strahlendes Lächeln glitt über meine Lippen.

Ich wollte mich gerade zum Gehen abwenden, als Romy einen Schritt nach vorn machte, was mein Herz direkt zum Holpern brachte. Bevor ich irgendwie hätte reagieren können, hatte sie schon ihre Arme geöffnet, um mich gelegt und mich sanft an ihren Körper gedrückt.

Ich war so perplex davon, dass ich die Umarmung erst ein paar Sekunden später erwiderte. Durch die vielen Schichten Klamotten konnte ich die Wärme ihres Körpers nur erahnen, aber ich wusste, dass sie da war.

Zum ersten Mal an diesem Tag entspannte ich mich richtig. Wirklich jeder Muskel in meinem Körper lockerte sich.

Ich fühlte mich leicht.

Wie schwerelos.

Das Fell ihrer Kapuzenjacke kitzelte sanft an meiner Nase, aber selbst das war nebensächlich.

Dieser Geruch …

Mandeln, Vanille und Seife, wie ich ihn schon in der Schulkantine intensiv bemerkt hatte.

Der Duft ihrer Haare, ihrer Haut. Sie roch so unglaublich gut.

Irgendwie so … fraulich.

Sie drückte mich nur leicht an sich, aber dennoch spürte ich unter dem Futter der Jacke die Erhebung ihrer Brüste, den schlanken Bauch und die schlanken Arme, die mich fester hielten, als Robin es je getan hatte.

Romy fühlte sich … gut an. Also, sie konnte gut umarmen, das war es, was ich damit ausdrücken wollte.

Ich hätte sie loslassen sollen, aber ich konnte es nicht. Umso froher war ich, dass sie es tat, sodass wir uns wieder ins Gesicht blickten.

Ich fühlte mich beschwingt, als hätte ich eine Flasche Wein getrunken. Gleichzeitig fehlte mir die Wärme, die durch die Nähe unserer Körper entstanden war.

Stumm schauten wir uns in die Augen.

Romy wirkte so ernst, wie ich es gar nicht von ihr kannte. Allerdings meinte ich, eine Art von Sehnsucht über ihre Gesichtszüge gleiten zu sehen, ehe sie einfach wieder nur Romy war. Die, die ich bisher kennengelernt hatte.

»Bis Montag, Sam.«

Mit diesen Worten drehte sie sich um, während ich immer noch dastand, als wäre ich mit dem Asphaltboden verschmolzen.

Meine Wangen brannten, meine Beine zitterten und mein Herz pochte wild in meiner Brust.

Die Einsamkeit, die ich gestern Abend noch verspürt hatte, war gewichen, machte nun einem Gefühl Platz, das ich nicht kannte und deswegen überhaupt nicht einordnen konnte. Es war einfach … Ich konnte es nicht beschreiben! Aber es war … angenehm.

*Scheiße, Sam!*

»Bis Montag«, flüsterte ich verspätet, als ich Romys Konturen betrachtete, die sich unter dem Parka abzeichneten.

Etwas kochte in mir hoch. Es war das Bedürfnis, sie anzufassen, zu wissen, wie sich die Kurven ihres Körpers anfühlten. Aber ich versuchte, es zu unterdrücken.

Verärgert über mich selbst, riss ich den Blick von Romy los, wandte mich ab und rannte bis zu meinem Fahrrad, wobei meine Stiefeletten bei jedem Schritt laut klackerten.

Ich konnte zwar vor Romy davonlaufen, aber nicht vor den Empfindungen, die sie in mir hinterließ. Die mich auf eine Weise verstörten, die ich nicht für möglich gehalten hätte.

# 10

# Ellas Halloweenparty

Die Natur war ein erstaunliches Wunderwerk. Besonders der Wechsel der Jahreszeiten.

Die Wochen vergingen, mittlerweile war es Ende Oktober. Mit jedem Tag dominierte die goldene Jahreszeit mehr unser Land. Die rot und gelb gefärbten Blätter der Bäume wurden bereits braun und bedeckten den Boden, sodass sie unter jedem Schritt geräuschvoll zerbrachen. Das war der Sound des Herbstes.

Die Temperaturen sanken, sehr zum Leidwesen aller Sommerkinder, die sich nun die wärmsten Klamotten anziehen mussten.

Robins Semesterferien waren seit ein paar Wochen vorbei, sodass er mich meistens nur noch am Wochenende besuchen kam.

Mit Romy hatte ich in der Zeit mehr unternommen, manchmal auch zusammen mit Vanessa und Ella. Wir waren Darts spielen, ins Kino oder etwas trinken und essen gegangen.

Ich fühlte mich nach wie vor aufgewühlt in Romys Nähe, aber es hielt sich in Grenzen. Dafür musste es eine simple Erklärung geben, die ich noch nicht gefunden hatte. Mit Vanessa hatte ich noch nicht gesprochen, denn ich hatte mich bislang nicht getraut. Außerdem: Was hätte ich sagen sollen? Nicht, dass sie glaubte, ich würde Romy anziehend finden.

Das tat ich nämlich auf keinen Fall.

Oder?

Nein. Ausgeschlossen. Von ihr ging eine gewisse Ausstrahlung aus, aber das lag nur an ihrer selbstbewussten Art.

Ich stand vor dem Spiegel und verpasste meinem Outfit den letzten Schliff. Ella hatte für heute Abend eine Halloweenparty organisiert, zu der neben Vanessa, mir und weiteren Mitschülern auch Romy eingeladen war. Leider auch Linda, doch so war das nun mal: Die beiden gehörten zusammen, auch wenn ich diese Art der *Freundschaft* nicht verstand.

Robin kam heute Abend nicht mit, weil er auf eine Party seines Kommilitonen eingeladen worden war. Ursprünglich hatte er mich als Begleitung mitnehmen wollen, aber als Ella mich angesprochen hatte, hatte ich mich für ihre Feier entschieden.

Ich hatte wenig Lust darauf, mit Studenten den Abend zu verbringen, von denen ich kaum jemanden kannte.

Hier hatte ich Ella, Vanessa und Romy.

*Romy …*

Ein letztes Mal kontrollierte ich mein Outfit. Ich hatte mir meine Haare zu wilden Locken gestylt, die gewollt unordentlich meinen Kopf dominierten.

Meine Augen hatte ich zur Abwechslung stärker geschminkt. Es war eine Kombination aus silbernem und schwarzem Lidschatten sowie Eyeliner. Wimperntusche rundete das Ganze ab. Eine falsche Wunde zierte meinen Hals, die aussah wie ein Biss, aus dem Kunstblut sickerte, dessen Spur bis zu meinem Dekolleté führte.

Dazu hatte ich mir ein weißes Krankenschwesterkostüm aus Polyester – meine Mutter würde ausrasten, wenn sie das wüsste – besorgt, dessen Ärmel sowie der Bund gewollt zerrissen waren. Rote Flecken rundeten das Kleid ab, das mir nur bis zum Ansatz der Oberschenkel reichte. Darunter hatte ich einen weißen Body an, damit niemand meinen blanken Hintern sah, wenn ich mich bückte.

Eine hautfarbene Nylonstrumpfhose spannte sich über meine Beine, um mich vor den kalten Temperaturen zu schützen. Dazu hatte ich weiße Kniestrümpfe gewählt, die mit roten Schleifen verziert waren. Das Outfit wurde durch ein Paar rote High Heels abgerundet. Auch wenn ich bezweifelte, dass ich den ganzen Abend darin aushalten würde, weswegen ich mir weiße Halbschuhe eingepackt hatte.

Tatsächlich musste ich zugeben, dass ich mir selbst gefiel. Ich übte ein paar sexy Posen – zumindest versuchte ich, sexy zu wirken – und nickte mein Erscheinungsbild schließlich ab.

Ich warf die letzten wichtigen Sachen, die ich brauchte, in meine Tasche und machte mich auf den Weg zur Schule. Vanessa, Romy und ich hatten sie als Treffpunkt ausgemacht. Von dort war es nicht weit zu Ella und keiner von uns musste allein gehen. Abgesehen davon wusste Romy nicht, wo Ella wohnte.

Ich zog mir einen weißen Mantel über, der zu meinem Kostüm passte und rief meiner Mutter – die mein Outfit zum Glück nicht bemerkte – und meinem Vater einen Abschiedsgruß zu, ehe ich das Haus verließ.

Als ich bei der Schule ankam, waren Vanessa und Romy schon da. Mit gleichmäßigen Schritten ging ich auf sie zu.

Schon beim Näherkommen sah ich, was Romy trug, die mir den Rücken zugewandt hatte: eine schwarze Hose, die vertrauten

Springerstiefel, die braune Jacke, die den Blick auf Romys Oberteil verwehrte. Die Haare hatte sie am Hinterkopf toupiert und mit einem Haarreif fixiert.

Romys Style erinnerte mich an *Elena Gilbert*, die Protagonistin der Serie *Vampire Diaries*. Sie hatte in einer Folge (*Zu schön, um böse zu sein*) auf der Veranstaltung *Tanz der 50er* eine ähnliche Frisur.

Vanessa stand gegenüber von Romy. Die beiden schienen sich zu unterhalten. Meine beste Freundin hatte ein gruseliges Make-up aufgelegt, sodass es aussah, als wäre ihre Wange ab dem Mundwinkel aufgerissen. Ich konnte nur erahnen, wie lange sie dafür gebraucht hatte. Die Haare hatte sie zerzaust, sodass sie ähnlich wie meine Locken in alle Richtungen abstanden. Auch sie schien ein Kleid oder einen kurzen Rock zu tragen, hatte ihre Beine aber in eine schwarze Strumpfhose gehüllt, dazu trug sie Stiefel in der gleichen Farbe, die ihr bis zum Knie reichten.

»Hey, ihr zwei«, begrüßte ich die Mädels.

Romy drehte sich zur Seite, sodass ich mich zu ihnen stellen konnte.

»Hey, du eine«, konterte Vanessa mit einem Grinsen, dabei schwenkte sie eine halb leere Flasche *Ficken* in der Hand – ein Likör, der diesen schmutzigen Namen trug, aber verdammt gut schmeckte. Ich umarmte sie rasch und drehte mich dann zu Romy, um sie auch richtig zu begrüßen.

Ihr Blick wirkte dunkler als sonst und seltsam … verlangend? Nein, niemals, ich sah mal wieder Gespenster.

*Du siehst nur das, was du sehen willst.*

*Warte … Was?*

Ihre Augen hatte Romy komplett schwarz eingekreist, mehr als sonst, dazu trug sie Kontaktlinsen, die ihre sonst blauen Iriden in ein dunkles Rot färbten. Spitze Eckzähne zierten ihr Gebiss und ein Blutrinnsal ergoss sich von ihrem Mundwinkel zu ihrem Kinn.

Ich hätte über diese Ironie fast lachen müssen, denn ich erinnerte mich nur zu gut daran, dass Vanessa und ich sie schon öfter als *Edward Cullen* bezeichnet hatten. Nur dass sie jetzt noch mehr wie ein Vampir aus *Vampire Diaries* aussah oder wie *Bella Cullen* kurz nach ihrer Verwandlung.

»Uhhh, eine Kreatur der Nacht«, witzelte ich, nachdem ich Romy losgelassen hatte, und sie zeigte mir ihre Reißzähne.

»Pass auf, sonst beiße ich dich«, stieg sie mit ein, dabei setzte sie eine gierige Miene auf.

»Ich bin Krankenschwester, ich kann mich notversorgen«, konterte ich.

Vanessa folgte der Unterhaltung mit einem belustigten Grinsen, mischte sich selbst aber nicht ein, sondern nahm lieber noch einen Schluck aus der Flasche.

»Aaah, deswegen also die halb nackten Beine.« Romy deutete mit ihrem Finger darauf.

Wie auf Kommando spürte ich die bekannte Röte in mir aufkeimen. Unbehaglich verlagerte ich mein Gewicht auf einen Fuß. Um es zu überspielen, stemmte ich die Hand in die Hüfte, als wollte ich mich präsentieren.

*War das mit den halb nackten Beinen positiv oder negativ gemeint?*

Aber ich sollte keine Antwort darauf bekommen, denn Romy schwieg einen Augenblick zu lange, sodass Vanessa das Steuer übernahm. »Können wir dann gehen?«, hakte sie nach.

»Klar«, gab ich zurück.

Gemeinsam liefen wir los, tauschten den Alkohol untereinander aus, lachten und sorgten schon auf dem Weg für gute Stimmung. Nach zehn Minuten gemütlichen Laufens erreichten wir Ellas Zuhause. Ihre Eltern waren heute nicht da, aber sie schienen ihrer Tochter zu vertrauen, dass sie das Haus stehen lassen würde. Ella öffnete uns die Tür, nachdem wir geklingelt hatten, und strahlte uns fröhlich an. Sie hatte ihr Gesicht rot bemalt, die Lippen dafür schwarz, trug einen Haarreif mit Teufelshörnern, dazu einen wehenden roten Umhang.

»Hey, kommt rein.« Mit den Worten trat sie zur Seite. Die wummernde Musik konnte man bis hier hören und nacheinander betraten wir das Haus.

Wir zogen unsere Jacken aus, um sie zu denen der anderen Gäste an die Garderobe zu hängen. Einige der Kleidungsstücke lagen schon auf dem Boden, über die wir mit einem großen Schritt hinwegstiegen.

Die Atmosphäre war entspannt, ohne dass es lahm wirkte.

Die Gäste standen in kleinen Grüppchen zusammen, unterhielten sich, lachten oder tranken gemeinsam. Einige bewegten sich zum Beat der Musik.

Es war eine überschaubare Gruppe von fünfzehn bis zwanzig Leuten, die ich teilweise aus der Schule kannte. Es waren auch ein paar andere Bekannte von Ella gekommen sowie Freunde von Freunden, die nicht mit uns Abitur machten.

»In der Küche gibt es Salate, Brot und Fleisch. Außerdem Getränke, auch alkoholische. Bedient euch einfach«, zwitscherte Ella, ganz die Gastgeberin.

Die schwarzen Haare, deren Ansatz schon wieder die eigentlich braune Naturfarbe zeigte, trug sie offen, was wirklich gut zu ihrem Kostüm passte.

»Alkohol haben wir noch.« Vanessa hob die Flasche *Ficken* hoch, die wir auf dem Weg nicht vollständig geleert hatten. Ich spürte den Alkohol aber noch gar nicht und tauschte einen Blick mit Romy.

»Erst Küche oder unters Volk mischen?«, fragte ich sie und musterte ihr Outfit, das ich jetzt, nachdem sie die Jacke abgelegt hatte, in ganzer Pracht sehen konnte.

Zu der schwarzen Hose trug sie eine weiße Bluse, durch die man die weißen Ränder ihres BH-Körbchens ausmachen konnte, sodass mir abermals heiß im Gesicht wurde.

Mein Blick verweilte zu lange auf der Erhebung ihrer Brüste, ehe ihre Handbewegung mich ablenkte, als Romy sich einen schwarzen Umhang umlegte, der ihr bis zu den Kniekehlen reichte, womit sie ihr vampirisches Kostüm abrundete.

Romy machte eine Trinkgeste mit den Fingern, die mir zeigen sollte, dass wir uns erst Alkohol aus der Küche besorgen sollten.

Ich nickte und zusammen mit Vanessa betraten wir das Wohnzimmer, das wir von der Garderobe aus schon hatten erblicken können.

Es war hier um einiges lauter und die Musik schmetterte uns gerade das Lied *Shut Up and Dance* von *Walk the Moon* entgegen.

Ich mochte an Ella, dass sie auf ihren Partys keine Technolieder spielte, sondern die, die auch in den Charts rauf und runter liefen, gepaart mit Ellas eigenen Lieblingsliedern.

Wir bahnten uns einen Weg, begrüßten ein paar Leute, die uns entgegenkamen. Romy und ich waren letztendlich nur noch zu zweit, da Vanessa bei einer Bekannten stehen geblieben war.

Ich schnappte mir einen der Plastikbecher, die es zur Genüge gab. Einige waren benutzt, in anderen sammelten sich die Restgetränke, also nahm ich zwei Becher, die noch in der Folie steckten, welche ziemlich zerrupft war.

»Willst du auch?«, fragte ich und warf Romy einen Blick von der Seite zu.

Sie nickte und deutete auf den Wodka. Ich füllte die Becher mit den Getränken, dann reichte ich Romy einen davon.

»Also, mischen wir uns unter die anderen?«, fragte sie.

»Dein Wille ist mir Befehl, Graf Dracula«, scherzte ich.

Romy zeigte mir ihre Beißer. Mir entging nicht der Schwung ihrer vollen Lippen, die im spärlichen Licht glänzten, als hätte sie sie mit der Zunge befeuchtet.

*So voll und sicherlich ganz zart.*

Plötzlich lag mir der Geschmack von Lipgloss auf der Zunge, als ich mich an den Tag erinnerte, an dem ich mich darüber gewundert hatte, dass Romy welchen trug.

Ich wollte an ihr vorbeigehen, als sie nach meinem Arm griff und mich mit einem sanften Ruck an sich zog. Dabei sang sie den männlichen Part des Liedes *Totale Finsternis* aus dem Musical *Tanz der Vampire*. Sie ließ ihre Stimme besonders tief klingen, um den Grafen besser zu imitieren. Nicht zum ersten Mal bemerkte ich, dass sie eine schöne Gesangsstimme hatte.

Ich lachte und entzog mich ihr. »Du Spinnerin.«

Meine Haut kribbelte an der Stelle, an der sie mich berührt hatte.

Das würde vermutlich nie aufhören, egal wie sehr ich es mir wünschte. Aber wollte ich das auch wirklich?

»Belebst du mich wieder, wenn ich mich ins Koma trinke, Frau Krankenschwester?«, fragte sie, als ich voraus in Richtung Wohnzimmer lief.

»Du kannst dich auf mich verlassen«, witzelte ich.

»Ich bestehe aber auf Mund-zu-Mund-Beatmung.« Romy lachte und ein Schauder wanderte über meinen Rücken.

Bilder tanzten in meinem Kopf, wie ich mich über sie beugte und meine Lippen auf ihre … Mir wurde kochend heiß, mehr als sonst, wenn ich an sie dachte.

Ich nahm einen großen Schluck Alkohol, um die Vorstellung zu ertränken. Umso mehr war ich froh über die Ablenkung, als wir uns zu den anderen gesellten. Im Hintergrund lief das Lied *Sex on Fire* von *Kings of Leon*.

Ich hätte gern getanzt, aber da es im Moment keiner tat, wollte ich nicht allein dastehen und mich blamieren.

Einige der Gäste tippelten an Ort und Stelle herum. Niemand wagte sich in die Mitte, um dort eine Performance hinzulegen.

Auch ich bewegte meinen Kopf etwas hin und her, plauderte mit den verschiedensten Leuten. Langsam begann sich mein Körper wieder zu entspannen. Diese Bilder in meinem Kopf waren verschwunden und der Alkohol entfaltete seine Wirkung.

Vanessa gesellte sich zu uns und mit ihr zusammen tanzte ich kurz scherzhaft, während die Musik in meinen Ohren dröhnte.

»Alles gut?«, fragte meine Freundin.

Ich nahm einen Schluck von meinem Getränk, das ich mittlerweile schon zweimal nachgefüllt hatte.

»Klar! Ich muss nur aufpassen, dass ich nicht zu viel trinke. Du weißt ja, wie meine Mutter darauf reagiert, wenn ich betrunken nach Hause komme.«

Vanessa grinste diabolisch. »Im Notfall übernachtest du bei mir. Was deine Mutter nicht weiß, macht sie nicht heiß.« Sie zwinkerte.

»Stimmt! Danke. Außer, es gibt da jemanden, der dir gefällt und den Platz in deinem Bett für sich beansprucht«, neckte ich sie, um herauszufinden, ob sie jemanden im Auge hatte. Aber sie schmunzelte nur.

»Glaub mir, Süße, wenn es jemand von dieser Party wäre, wärst du die Erste, der ich es erzähle. Es ist ja nicht so, als wäre jemand dabei, der mir ins Auge springen würde. Aber vielleicht hat Ella mehr Glück.«

»Stimmt, sie hätte es verdient«, erwiderte ich und schmiegte mich an Vanessas Schulter, die lachend den Arm um mich legte und mich drückte.

»Tanzen?«, fragte sie.

»Tanzen«, bestätigte ich.

Romy stand stets bei mir oder Vanessa, da sie sonst kaum jemanden kannte. Wenn sie angesprochen wurde, redete sie mit den Personen oder klinkte sich auch selbst in Gruppenunterhaltungen ein.

Ich hatte Spaß, genoss die Stimmung und fühlte mich so leicht wie eine Feder. Nach zwei Stunden tanzen und stehen begannen meine Füße zu schmerzen, aber ich war so tapfer, meine Schuhe nicht zu wechseln. Ella kam mit Linda im Schlepptau zu uns, die sich immer wieder von ihrer *Freundin* hatte bedienen lassen.

Schade, bisher waren wir ihr erfolgreich aus dem Weg gegangen. Mir war leicht schwindelig vom Alkohol, aber als ich Linda sah, hatte ich das Gefühl, nüchterner zu werden, als würde eine Alarmanlage in meinem Kopf losgehen und in roter Schrift immer wieder das Wort *Gefahr* aufleuchten.

»Heeeeey«, brüllte Ella gegen die Musik an, die jemand im Laufe des Abends lauter gedreht hatte. Ihre glasigen Augen und die Tatsache, wie selbstbewusst sie plötzlich wirkte, ließen erahnen, dass auch sie schon einen hohen Pegel erreicht hatte.

»Ich finde es soooo toll, dass ihr alle da seid!«, quietschte sie vergnügt, dabei sah sie sich verstohlen um, als wollte sie ihren Schwarm in der Menge ausmachen.

Ich grinste. Wenn ich jemandem das große Glück gönnen würde, wäre es Ella – neben Vanessa. Sie hatte bisher so viel Pech in der Liebe gehabt, dass sie einfach an der Reihe war.

»Danke für die Einladung«, gab Vanessa zurück.

Ich bewegte den Kopf nickend und hob meinen Becher, um noch einen Schluck zu trinken.

»Wie geht es Chucky?«, fragte Romy, die neben mir stand, an Linda gewandt. Sofort musste ich auflachen, sodass ich den Alkohol zurück in den Becher prustete.

Lindas Miene verfinsterte sich. Sie hatte sich als abgedrehte Version der Disneyprinzessin *Dornröschen* verkleidet. Aber so war sie: Selbst bei einem Kostüm, das eigentlich gruselig wirken sollte, wollte sie die Schönste sein.

»Überspringen wir den Teil, in dem du so tust, als würde dich das interessieren«, gab sie angesäuert von sich, lächelte aber dabei.

»Ich wollte nur freundlich sein«, erwiderte Romy.

Ich hatte das Bedürfnis, meine Hand auszustrecken, sie auf ihre zu legen und ›Nicht‹ zu sagen. Diesem Drang widerstand ich nur mit großer Mühe, denn mein alkoholisiertes Gehirn hielt es für eine gute Idee, Romy zu berühren.

»Das kannst du dir sparen«, kam es von Linda, die schließlich davonrauschte, aber nicht, ohne sich dabei ganz klischeehaft die blonden Locken mit Schwung über die Schultern zu werfen. In ihrer Eile vergaß sie sogar, Ella aufzufordern, mit ihr zu kommen.

Diese ließ sich die gute Laune nicht verderben. Sie betonte noch mal, wie schön es war, dass wir gekommen waren. Vermutlich hatte sie vergessen, dass sie uns das bereits gesagt hatte.

Ich warf Romy indessen einen *Was sollte das denn?*-Blick zu. Ich wusste, dass die beiden auf Kriegsfuß standen, aber sie konnte es auch nicht lassen, Linda immer wieder bis aufs Blut zu reizen. Nicht, dass sie es nicht verdient hätte, aber ich glaubte, dass Linda das Romy irgendwann spüren lassen würde.

Und ein dummer kleiner Teil in mir war um Romy besorgt.

Doch diese zuckte nur mit den Schultern, nahm noch einen Schluck von ihrem Getränk, das sie fast geleert hatte.

Ich beschloss, mir einen neuen Drink zu holen, doch diese Entscheidung wurde mir abgenommen, denn die Retourkutsche von Linda sollte schneller folgen als erwartet.

Sie kam in ihrem aufgebauschten Kleid auf uns zu, wobei sie einen vollen Becher in der Hand hielt. Konzentriert bewegte sie sich, doch kurz bevor sie an uns vorbeigegangen war, *stolperte* sie über den Saum ihres Unterrocks.

Ich hatte genau gesehen, wie sie den perfekten Moment abwartete – doch es war bereits zu spät zum Eingreifen und so landete ein Teil der Flüssigkeit auf Romys weißer Bluse, die schnell durchsichtig wurde.

Vor Schreck keuchte ich auf, als man ihren weißen BH nun deutlich zu sehen begann, und mir wurde wieder ganz schwindlig. Verdammt, dieser Alkohol!

Romy schaute an sich herunter und tat so, als hätte sie nur einen Spritzer abbekommen, obwohl sich der Fleck großflächig bis zum Bauch ausbreitete. Ich hätte an ihrer Stelle sofort die Hände nach oben gerissen und wäre vor Scham im Erdboden versunken.

*Weißer BH …*

*Nackte Haut …*

*Schmaler Bauch …*

*Was würde ich dafür geben, diesen nur einmal berühren zu können!*

Ich erschrak über diesen Wunsch und stieß ihn schnell von mir. Es fühlte sich an, als könnte mir jeder vom Gesicht ablesen, worüber ich gerade nachgedacht hatte.

»Oh Gott, das tut mir wahnsinnig leid«, heuchelte Linda und biss sich auf die rot geschminkte Unterlippe.

Ella sah so aus, als wollte sie etwas sagen, hatte aber doch nicht genug intus, um es zu tun.

Romy lächelte bloß milde.

»Überspringen wir den Teil, in dem du so tust, als wäre es keine Absicht gewesen«, konterte sie mit Lindas eigenen Worten.

*Touché!*

Ein Teil in mir applaudierte, der andere stand in Flammen. Ich war gebannt von dem Anblick, den Romy unfreiwillig bot.

Mein Kopf war wie leer gefegt, sodass ich es nicht einmal mehr zustande brachte, Partei für Romy zu ergreifen.

Ich war außer Betrieb.

Ausgeknockt durch ein bisschen Haut!

»Linda, was soll das?«, mischte sich stattdessen Vanessa ein.

»Was denn? Es war doch keine Absicht«, stritt Linda weiterhin ab, obwohl jeder der Umstehenden wusste, dass es das gewesen war.

Ich hörte die beiden reden, aber mein Blick war immer noch auf Romy gerichtet. Ich fühlte mich, als wäre ich in Eis eingefroren: bewegungsunfähig. Zur Statue erstarrt.

»Es ist besser, du gehst.« Das kam wieder aus Vanessas Richtung.

»Ach, ist kein Problem. Mir wurde es gerade sowieso zu heiß.« Romy zuckte die Schultern, dann öffnete sie die Knöpfe des Oberteils bis zur Mitte ihres Bauches und band ziemlich geschickt die unteren Teile zu einem Knoten zusammen.

Es sah ungefähr so aus wie das Outfit von *Britney Spears* in dem Musikvideo zu ihrem Song *Baby One More Time*. Nur irgendwie noch besser.

Alles um mich herum schien sich zu drehen. Romys nackte Haut sprang mir ins Auge wie ein blinkendes Warnsignal, da sie unter der Bluse nichts außer ihren BH trug.

Ihr flacher Bauch kam nun endgültig zum Vorschein und meine Lider flatterten. Mein Blick haftete an ihr, als wäre sie Klebstoff. Mein Mund wurde trocken und mir fiel ein, dass ich mir etwas zu trinken hatte holen wollen.

*Ja, gute Idee! Weg, einfach nur weg!*

»Ich … Nachschub«, brachte ich wenig geistreich hervor und deutete auf meinen Becher.

Ich wusste nicht, ob die anderen mich gehört hatten, denn ich hatte mich schon umgedreht, bevor sie die Chance bekamen, zu reagieren.

Fluchtartig stürzte ich in die Küche, stieß mit der Hüfte gegen die Theke und nahm mehrere Atemzüge, bis der Schmerz und mein Kopfkino sich neutralisierten.

Doch immer wieder blinkte wie das Blaulicht eines Krankenwagens das Bild von Romys nacktem Bauch und dem weißen BH in meinem Kopf auf.

Alkohol, ich brauchte mehr … Alkohol! Irgendetwas stimmte mit mir nicht, ganz und gar nicht.

*Ich will es vergessen!*

*Oder nein, will ich nicht.*

*Doch.*

*Nein.*

*Keine Ahnung.*

Mit zittrigen Fingern öffnete ich die Sektflasche, versuchte, etwas in meinen Becher zu gießen. Entweder lag es am Alkohol oder an mir, aber ich verschüttete den ersten Schluck.

Ein leiser Fluch verließ meine Lippen.

»Ich habe auch Durst«, hörte ich eine weibliche Stimme hinter mir, die dafür sorgte, dass sich meine Nackenhaare aufstellten.

*Oh Gott, bitte nicht.*

»K-klar, ich schenke dir auch etwas ein«, beeilte ich mich, zu sagen. Feige, wie ich war, schaffte ich es nicht, mich zu ihr umzudrehen.

Hätte ich es mal besser getan, dann hätte sie mich nicht so überraschen können, als ich ihren Körper dicht hinter meinem spürte.

Wenn ich gekonnt hätte, wäre ich mit dem Möbel vor mir verschmolzen, um ihrer Nähe zu entkommen, die mich so nervös machte. Ich hätte weinen können, denn ich wollte nicht, dass das passierte.

Ihre Wärme verschmolz mit meiner.

So nah, sie war mir so unglaublich nah.

»Das meinte ich nicht. Schon vergessen? Ich bin Graf Dracula«, knurrte Romy hinter mir. Dann spürte ich, wie sie meine Haare zur Seite schob, kurz darauf ihren Atem in meinem Nacken.

Es ging alles so schnell, dass ich nicht reagieren konnte. Sie beugte sich runter und ich spürte einen sanften Biss im Hals, der mich elektrisierte. Es fühlte sich so an, als hätte ich in eine Steckdose gefasst und die volle Ladung abbekommen.

Ich zuckte so stark zusammen, dass ich mich an der Theke stieß. Den Schmerz ignorierte ich jedoch und wirbelte herum, wobei Romy einen Schritt nach hinten machen musste, damit wir uns nicht auf die Zehen traten.

Mein Brustkorb hob und senkte sich unter meinen schnellen Atemzügen.

Mir wurde warm und kalt gleichzeitig. Überall!

Als würde ich mich nach dem Saunieren unter einen Kübel kaltes Wasser stellen.

»Entschuldige.« Romy lachte, ihre roten Augen suchten meine. »Bin ich dir zu nahegetreten? Das sollte nur ein Spaß sein, Alkohol und so.« Sie verzog das Gesicht.

Mein Herz galoppierte wie die Hufe eines Pferdes. Gleichzeitig fühlte ich mich wie ein Tier, das man in die Enge getrieben hatte.

»Sam?«, fragte sie, als ich nicht reagierte. Es nicht konnte.

»Nein«, brachte ich heraus. »Nein, alles gut, du hast mich nur erschreckt«, erwiderte ich mit einem Lachen, obwohl es sich selbst in meinen Ohren verzerrt anhörte.

Mein Blick wanderte automatisch wieder zu ihrem nackten Bauch. Als wollte ich prüfen, ob er noch da war. Mein Hals wurde eng, das Blut in meinen Adern rauschte mir in den Ohren.

»Ich glaube, ich habe einfach nur zu viel getrunken.« Ich schüttelte den Kopf. »Mir ist ein wenig schlecht.«

Romy sah mich an, als hätte sie mich beim Lügen erwischt, was auch stimmte. In ihren Augen lag ein Blick, als würde sie etwas wissen, was mir nicht klar war.

»Dann gibt es für dich heute Abend keinen Alkohol mehr«, beschloss sie.

Ich nickte bestätigend. Mir entging nicht, wie Romys Blick kurz nach unten zuckte, und ich erinnerte mich an meine freizügige Beinbekleidung.

»Ich möchte sowieso nicht mehr so lange bleiben, vielleicht noch eine Stunde oder so«, schob ich hinterher, weil ich mich seltsamerweise nach zu Hause sehnte. Eine vertraute Umgebung, in der keine nackten Bäuche dafür sorgten, dass mein eigener Purzelbäume schlug.

War das … diese sexuelle Anziehung, von der meine Freunde immer sprachen? Oder einfach nur der Alkohol?

Mein Herzschlag neutralisierte sich langsam wieder und Romy nickte. Ob sie damit bestätigte, dass sie selbst nicht mehr lange bleiben wollte, oder meine Worte nur zur Kenntnis genommen hatte, konnte ich der Geste nicht entnehmen.

»Komm, wir setzen uns noch etwas aufs Sofa, unterhalten uns mit den anderen und dann gehen wir zusammen. Was hältst du davon?«, schlug sie vor.

»Klingt nach einem Plan«, brachte ich heraus.

Ich wünschte mir im Augenblick wirklich nichts sehnlicher, als nach Hause gehen zu können, auch wenn ein Teil von mir wusste, dass mich dort wieder diese bleierne Einsamkeit erwarten würde.

# 11

# Saunagang

Die Party von Ella lag eine Woche zurück.

Vielleicht hatte der Abend dafür gesorgt, dass ich den Höhepunkt meiner verwirrenden Gefühle erreicht hatte, denn ich benahm mich in Romys Nähe nicht mehr wie eine rollige Katze. Was auch immer sie in meinem Körper ausgelöst hatte, ich schien es wieder im Griff zu haben.

Dennoch hatte ich mich in eine unangenehme Situation gebracht, denn Vanessa und ich hatten uns verabredet, um mal wieder im Hallenbad schwimmen und saunieren zu gehen. Wir hatten das im Frühjahr oft gemacht, es aber leider schleifen lassen. Das große Problem war: Vanessa hatte nicht nur mich, sondern auch Ella und Romy gefragt!

In meinem Kopf malte ich mir tausend Szenarien aus. In den meisten blitzte Romys nackter Bauch auf, der mir von der Party noch zu lebhaft in Erinnerung war. Jetzt sollte ich sie gänzlich hüllenlos sehen.

Ich könnte absagen, ja, aber einen Teil in mir störte der Gedanke, die drei Mädels würden sich einen schönen Tag machen, während ich zu Hause saß.

Nein, ausgeschlossen. Außerdem hatte ich mich soweit wieder im Griff, dass ich der Überzeugung war, dass Romys entblößter Anblick nicht wieder eine Flut an Empfindungen in mir auslösen würde.

Das war nur ein Moment der mentalen Verwirrung gewesen.

Es war nicht so, als würde ich sie nicht mögen. Das Gegenteil war eher das Problem. Ich mochte sie zu viel zu sehr, auch wenn ich nicht verstand, wieso. Auf sie stehen konnte ich nicht, denn ich war zu hundert Prozent hetero, deswegen gab es für mein Balzverhalten keine andere Erklärung als geistige Verwirrung.

Aber es war, wie es war, und sich weiter den Kopf deswegen zu zerbrechen, machte keinen Sinn.

Wir Mädels hatten uns für diesen Samstagmittag verabredet. Robin war seit Freitagabend bei mir gewesen und hatte mich zur verabredeten Zeit zum Schwimmbad gebracht. Es war im Großen und Ganzen wie immer gewesen, nur dass ich mich nach dem Sex mit ihm noch schlechter gefühlt hatte als sonst, ohne erklären zu können, woran das lag. Aber er war so fürsorglich, dass es mir im Herzen wehtat, ihn nicht so unbändig wiederzulieben, wie ich es mir wünschte.

Romy war heute tatsächlich vollkommen ungeschminkt. Es war ungewohnt, als würde man einen Panda ohne die schwarzen Flecken um die Augen sehen. Ihre Gesichtszüge wirkten dadurch verletzlicher. Es nahm ihr einen Teil ihrer Unnahbarkeit. Aber ihre rebellische, selbstbewusste Ausstrahlung blieb durch ihr Auftreten erhalten.

Ich zupfte an den Rändern meines roten Bikinis, um zu prüfen, ob alles richtig saß. Dann verließ ich die Umkleide, band mir aber ein Handtuch um den Körper, das ich an der Brust zusammenhielt. Dann ging ich zurück zu den Schließfächern, bei denen Romy und Vanessa bereits warteten.

Romy hatte sich das Handtuch lässig über die linke Schulter gelegt. Sie trug einen schlichten schwarzen Bikini, der am Zusammenspiel der beiden Körbchen muschelartig gerafft war. Das Höschen in der passenden Farbe ging ihr bis zur Hüfte und hatte zwei Bänder, die dem ganzen Outfit einen verspielten Touch gaben.

Mein Blick glitt an ihr herauf und herab, blieb besonders an ihren glatt rasierten Beinen, dem schlanken Bauch und ihren runden Brüsten hängen. Sie hatte weder zu viel noch zu wenig und es war, als wäre sie einem Modemagazin entsprungen.

Die Lücke zwischen den Beinen, für die Mädchen morden würde, hatte sie nicht. Im Gegenteil, ihre Schenkel wirkten füllig, berührten sich gegenseitig. Und das war auch gut so. Der Trend der Thigh Gap entzog sich mir jeder Logik.

Neben Romy kam ich mir mit meiner Hosengröße 38 unförmig vor, aber als dick hatte ich mich nie empfunden. Robin selbst lobte mich immer für meine weiblichen Kurven.

Ich wandte mich Vanessa zu, deren Anblick mir vertraut war. So wie ich hatte sie sich das Badetuch um den Körper geschlungen.

Gemeinsam warteten wir auf Ella, die wenig später zu uns stieß.

Sie trug einen schwarz-weiß gepunkteten Badeanzug, der ihren mehr als dünnen – fast schon mageren – Körper bedeckte. Sie hatte das Leid, zunehmen zu wollen, es aber nicht zu können. Das musste wahrlich auch nicht einfach sein.

»Ich war schon ewig nicht mehr schwimmen«, sagte Ella mit einem breiten Lächeln, als wir auf dem Weg zu den Duschen waren.

Ich freute mich, dass auch sie dabei war. Ohne Linda! Wenn ihre Busenfreundin in der Nähe war, war es oft schwer, ein normales Gespräch mit Ella zu führen. Immer wieder mischte sich Linda ein oder Ella hielt sich zu sehr zurück. Vielleicht würden wir es irgendwann schaffen, sie von Linda abzunabeln.

»Ich gehe oft mit meiner kleinen Schwester schwimmen. Sie ist eine richtige Wasserratte, aber seitdem wir umgezogen sind, haben wir das nicht mehr gemacht«, erzählte Romy.

»Wenn es dir hier gefällt, kannst du mit ihr hierherkommen«, schlug Vanessa vor.

»Bestimmt. Mal schauen, ob Liane Lust hat.« Romy zuckte die Schultern.

Im Duschraum angekommen, legten wir unsere Handtücher beiseite, um uns vor dem Schwimmen abzubrausen.

Ich spürte Romys Blick auf mir, vermied es aber, sie anzuschauen. Seltsamerweise fühlte ich mich entblößt, obwohl mein Bikini die intimsten Stellen bedeckte. Allerdings würde sich das in der Sauna ändern.

Eine kribbelige Aufregung ergriff bei dem Gedanken an die kommenden Stunden von mir Besitz. Ich drehte das Wasser auf die niedrigste Temperatur, um meinen hitzigen Körper abzukühlen.

Nachdem wir alle nass waren, reservierten wir uns mit den Handtüchern unsere Plätze, ehe wir uns auf den Weg zum Nichtschwimmerbecken machten.

»Das Wellenbad geht an!«, kreischte Ella wie ein kleines Kind, bevor sie losrannte, ohne auf uns zu warten. Ihre schwarzen Haare, deren Ansatz immer brauner wurden, peitschten auf ihrem Rücken hin und her, während sie in das Wasser stürzte, das in alle

Richtungen spritzte. Ein Wunder, dass sie nicht auf den nassen Fliesen ausgerutscht war.

Ich lachte, warf Romy und meiner besten Freundin einen fragenden Blick zu. »Wollt ihr auch ins Wellenbad?«

»Aber klar!« Vanessa zupfte ihren braunen Bikini zurecht, dann folgten wir Ella.

Als ich am Becken ankam, fiel mir zuerst auf, wie warm das Wasser war. Die künstlich erzeugten Wellen schwappten über meine Zehen, ehe sie an meinen Knöcheln zerbarsten. Wenn ich jetzt meine Augen schließen würde, würde es sich so anfühlen, als wäre ich am Meer. Okay, vielleicht nicht ganz, denn der Geruch von Chlor lag eindeutig in der Luft. Aber dennoch: Es hatte etwas Berauschendes.

Das Becken war groß und je weiter man sich hineinwagte, desto tiefer wurde es. Schon bald schlug mir das Wasser gegen die Brust oder ins Gesicht. In der Mitte angekommen, hatte ich keine Kontrolle mehr über meinen Körper. Wie ein Stück Treibholz rissen mich die Wellen mit sich, warfen mich hin und her, während ich versuchte, den Kopf über der Oberfläche zu halten. Was gar nicht leicht war! So eine enorme Kraft hätte ich nicht erwartet.

»Oh Gott«, brachte ich lachend hervor, musste aber schnell den Mund schließen, wenn ich mich nicht verschlucken wollte.

Meine Arme und Beine begannen, schwer zu werden, also versuchte ich, eine Möglichkeit zu finden, mich festzuklammern und über Wasser zu halten.

Zum Glück war jemand so schlau gewesen, Haltestangen an einem Stein zu montieren, der das Becken zierte. Ich rettete mich in Sicherheit, erst dann blickte ich mich nach den anderen um.

Vanessa meisterte jede Welle mit einem Sprung und hielt ihren Kopf über Wasser, auch wenn ihre braunen Haare schon klatschnass waren.

Ella mischte im tiefsten Teil des Beckens mit, in dem sich drei Jungs, die etwa in unserem Alter waren, gegenseitig hin und her stießen. Als wäre die Kraft des Wassers noch nicht genug für sie. Aber Ella war tapfer oder einfach nur eine gute Schwimmerin. Jedenfalls schaffte sie es, das Wellenbad zu meistern, ohne auch nur einmal unterzugehen, und jubelte wieder wie ein Kind.

Ein Grinsen bildete sich auf meinen Lippen, als ich sie beobachtete. Jedoch wandte ich den Blick von ihr ab und erblickte Romy.

Sie war zu der Stelle geflüchtet, an der der Boden flacher war.

Das Wasser umspielte ihren Bauch, als würde es ihr gehorchen. Die nassen Haare klebten an ihrem Gesicht, ihren Armen, ihren Brüsten. Jeder Tropfen schimmerte auf ihrem Körper, als wären sie kleine Perlen, sodass sie aussah wie die Meeresgöttin persönlich. Sie könnte Poseidons Tochter sein. Es war unfair, dass sie eine der Mädchen war, die selbst mit nassen Haaren noch gut aussahen. Ich selbst erinnerte da eher an die Horrorfigur aus *The Ring*.

Allerdings wurde ich für mein Starren schnell bestraft. Unachtsam, wie ich war, bemerkte ich die nächste Flutwelle nicht, die mich unvorbereitet traf, sodass ich den Halt verlor und von der Stange weggedrückt wurde.

Das Wasser ergriff mich, als wäre ich eine Stoffpuppe. Es schien überall zu sein: über, neben, unter, hinter mir. Ich kämpfte mich an die Oberfläche, wurde aber von dem Druck in Richtung des seichten Bereiches gespült.

Ich verschluckte mich an den tosenden Massen, sodass ich hustend den Rücktritt antrat. Aber als wäre das noch nicht genug, spürte ich jedes Mal die Wellen gegen meinen Rücken prasseln, sodass ich fast das Gleichgewicht auf meinen wackeligen Beinen verlor. Es war, als würde man noch nachtraten, obwohl die Person bereits am Boden lag.

Romy lachte erheitert, als ich näher kam und in ihre Richtung flüchtete. Aber dennoch schien sie besorgt.

»Geht es dir gut?«

»Ich … bin … mir … nicht … sicher«, krächzte ich nach einem weiteren Hustenanfall, der dafür sorgte, dass sich meine Lunge gereizt zusammenzog. Romys Blick wanderte musternd über mich. In ihren Augen flackerte wieder etwas auf, was ich nicht einschätzen konnte.

»Ich komme gern auf die Mund-zu-Mund-Beatmung zurück, wenn du gerade eine brauchst«, neckte sie.

Darauf konnte ich nicht antworten, da mir der Atem für Worte fehlte, aber was hätte ich auch sagen sollen?

Als Romy einen Schritt nach vorn machte, zog sich mein Magen vor Aufregung zusammen.

*Sie wird doch nicht …?*

Aber nein, sie tat es nicht.

Romy schlug mir mit sanften, klopfenden Bewegungen auf den Rücken, sodass mein Körper leicht geschüttelt wurde. Es half. Ich schaffte es endlich, wieder ohne quälende Schmerzen Luft zu holen. Doch das machte die Situation nicht weniger peinlich. Mein Gesicht war vermutlich so rot wie eine Tomate, was mich nicht in meinem besten Zustand zeigte.

»Geht es wieder?«, fragte Romy mit besorgtem Unterton.

»Ja«, gab ich von mir und sie hörte auf, mich zu tätscheln. Aber anstatt ihre Hand zurückzuziehen, fühlte es sich so an, als würde sie mit den Fingerspitzen dem Schwung meiner Wirbelsäule folgen.

Bevor ich mich allerdings darauf konzentrieren konnte, hatte Romy ihre Hand schon wieder zurückgezogen. Ich war mir plötzlich nicht einmal mehr sicher, ob sie das wirklich getan oder ich es mir nur eingebildet hatte.

Dieses grauenhafte Wellenbad endete, das Wasser schwappte nur noch in sanften Bewegungen um meine Füße.

»Das war so abgefahren!«, rief Ella aus, als sie mit Vanessa im Schlepptau, die bestätigend nickte, wieder zu uns kam. Meine beste Freundin zupfte ihr Bikinioberteil zurecht, als die beiden Mädels bei uns stehen blieben. Aber ich schenkte ihr nur einen flüchtigen Blick. Da war nicht dieses komische Gefühl, als würde ich bei lebendigem Leib verbrennen, wenn ich Vanessa musterte.

»Ich glaube, unsere Sam wird bestimmt keine Seefahrerin.« Romy lachte über ihren eigenen Witz, ein Laut, der dafür sorgte, dass es in meinem Bauch summte wie in einem Bienenstock. Ella und Vanessa stiegen mit ein und ich warf ihnen gespielt beleidigte Blicke zu.

»Du warst doch diejenige, die als Erstes am Rand stand!«, konterte ich, konnte aber selbst hören, dass meine Stimme eingeschnappter klang, als sie es tun sollte.

»Eine von uns musste doch hierbleiben, um dich gestrandeten Wal in Empfang nehmen zu können.« Romys Tonfall hatte immer noch diesen scherzhaften Unterton, der mir zeigen sollte, dass sie ihre Worte nicht sonderlich ernst meinte. Aber in meinem Brustkorb stach es, als hätte sie mir ein Messer zwischen die Rippen gerannt.

Ella und Vanessa lachten.

*Nicht witzig.*

»Du denkst also, ich wäre fett?«, brachte ich hervor. Meine Stimmung drohte zu kippen. Ich hatte gedacht, dass Romy nicht oberflächlich war. Obwohl ihre Meinung mir egal sein sollte, reagierte ich empfindlich auf diesen Vergleich.

Sie wirkte erschrocken, als wäre ihr nicht bewusst gewesen, wie ihr Kommentar bei mir angekommen war.

»Glaub mir, Sam, dein Körper ist genau richtig.« Romys Stimme war nur noch ein heiseres Raunen, das meinen Magen sich zusammenziehen ließ.

Wir beide schauten uns an. In ihren geschwungenen schwarzen Wimpern perlten die Wassertropfen wie Tränen. Ihr Mundwinkel war zur Hälfte hochgezogen, was ihr wieder diesen lässigen Look verpasste. Der Ausdruck in ihren Augen wirkte ehrlich und sorgte dafür, dass ich mich wieder besser fühlte. Vielleicht hatte ich empfindlicher reagiert, als ich es hätte tun sollen.

Das war doch sonst nicht meine Art! Seitdem Romy wie ein Wirbelsturm in das Klassenzimmer und in mein Leben gekommen war, schien nichts wie zuvor, als würden die Flüsse aufwärts fließen.

Ich reagierte nicht, wie ich es sonst tat.

Ich fing an, Dinge zu hinterfragen.

»Was machen wir jetzt?«, wechselte Ella das Thema, sodass ich aus meinen Gedanken gerissen wurde. Mal wieder. Das breite Grinsen auf ihrem Gesicht und das Funkeln ihrer braunen Augen machten deutlich, wie wohl sie sich gerade fühlte. Vielleicht lag es daran, dass Linda nicht anwesend war.

»Ich wäre für die Rutsche«, schlug Vanessa vor, dabei nickte sie in Richtung der Treppe.

»Auf geht's«, stimmte ich zu.

Damit konnte ich mich eindeutig besser identifizieren als mit dem tosenden Wellenbad, das genauso außer Kontrolle geraten war wie meine undefinierbaren Gefühle.

Nach zwanzig Minuten waren wir davon, ständig die Treppe hinaufzulaufen, um nur wenige Sekunden rutschen zu können und vom kühlen Nass empfangen zu werden, völlig außer Puste. Dafür hatten wir zehn Minuten im Whirlpool entspannt, was jedem Punkt in meinem Körper gutgetan hatte.

Nachdem wir uns eine Stärkung gegönnt hatten, machten wir uns auf den Weg zum Saunabereich. Mit jedem Schritt, den wir gingen, erfasste mich die Aufregung mehr. Ich fühlte tausend Empfindungen gleichzeitig: Euphorie, Nervosität, Aufregung.

Es war immer ein merkwürdiges Gefühl, sich vor jemandem zum ersten Mal auszuziehen. Oder den anderen genauso nackt zu sehen. Jeder schenkte sich einen abcheckenden Blick, bis es normal war, voreinander entblößt zu sein.

Aber heute war es anders.

Heute war Romy dabei. Und verdammt, ja, ich stellte mir vor, wie ihr Körper nackt aussah. Der Bikini ließ zwar kaum noch Platz für Fantasie, aber mein Kopf ergänzte den Rest.

Ich fürchtete mich aber auch davor, gleich Gewissheit zu haben. Was, wenn es mich wieder in diese kribbelige Stimmung versetzte, die ich nicht einmal bei Robin empfand? Ich fragte mich tief im Verborgenen meiner selbst, ob ich bisexuell oder gar lesbisch war. Aber dann hätten mir Frauen doch schon viel früher auffallen müssen. Vielleicht sollte ich doch endlich den Mund aufmachen und mit Vanessa darüber reden. Ich schaffte es nicht mehr, es nur mit mir selbst auszumachen, das würde mir noch den Verstand rauben.

Aber ein Teil in mir fragte sich, ob es Romy auch so ging wie mir. Heute hatte ich sie tatsächlich hin und wieder dabei ertappt, wie sie meinen Körper zu lange und zu intensiv betrachtet hatte.

Durch ein Drehkreuz gelangten wir in den abgetrennten Saunabereich, für den wir bei der Kasse bereits bezahlt hatten. Die Atmosphäre wirkte verändert. Frauen, nur mit Handtüchern bekleidet, lagen in der Ruhezone auf Liegestühlen, Strandmuscheln aus Rattan oder saßen auf Stühlen. Sie plauderten, lasen ein Buch, schliefen, entspannten sich oder aßen. Vermutlich war Damentag. Auch wenn es von uns nicht geplant gewesen war, war ich dennoch ein wenig erleichtert darüber. Auch Ella schien es so zu gehen, denn ein Blick in ihre Richtung zeigte mir, dass sich ihre Züge entspannten.

Gemütlich liefen wir zu den Ablagefächern, in denen man seine Klamotten verstauen konnte. Doch als wir davorstanden, wollte keiner so recht den Anfang machen. Selbst Romy wirkte zum ersten Mal etwas … verlegen? Oder eher zurückhaltend?

Ich konnte sie einfach nicht einschätzen. Es war, als hätte sie unendlich viele Facetten, die es zu ergründen galt.

Vanessa fasste sich ein Herz, begann als Erste, sich auszuziehen, einigermaßen geschützt von ihrem Handtuch, das sie um die Schultern trug wie einen Superheldenumhang.

»Ich gehe schon mal vor zur Dusche. Wir sehen uns gleich, dann suchen wir uns eine geeignete Sauna aus oder schauen, in welcher ein Aufguss gemacht wird«, sagte sie.

Wir nickten, dann verschwand Vanessa.

Ich drehte mich halb zur Seite, um meinen Bikini auszuziehen. Es war ein befreiendes Gefühl, nackt zu sein und den voll gesaugten Stoff von meinem Körper abzustreifen.

Schnell bedeckte ich mich ebenfalls mit meinem Badetuch und schielte zu Romy und Ella, die sich mittlerweile auch ihrer Badekleidung entledigten.

Mein Gesicht brannte bis zu meinen Haarwurzeln, als ich erahnen konnte, dass Romy nichts mehr am Leib trug. Bevor sie etwas merkte, nuschelte ich, dass ich auch schon vorging. Selbst wenn es unhöflich wirkte, aber ich musste einen kühlen Kopf bewahren.

Ich vernahm das Plätschern der Duschen, entdeckte Vanessa, die bereits unter dem Wasserstrahl stand, legte mein Handtuch ab und hing es an die vorhergesehenen Haken.

Wieso hatte ich mich nur auf diesen Wahnsinn eingelassen? Ich hatte gedacht, dass ich es schaffen würde, aber jetzt zweifelte ich an meiner eigenen Selbstbeherrschung. Ich wollte nicht, dass Romy merkte, dass ich sie zu lange oder zu intensiv ansah. Wie würde ich das bloß erklären?

Ich stellte mich neben Vanessa unter die Dusche, drehte das Wasser lauwarm und genoss das wohltuende Nass, das massierend auf meinen Körper prasselte und dabei half, mich zu entspannen.

*Keine Panik, Sam, das ist doch nichts Neues für dich. Stell dich nicht so an!*

»… ist mein erstes Mal«, hörte ich Ella sagen, deren Stimme immer lauter wurde, als sie näher kam.

Aus dem Augenwinkel sah ich, wie sie und Romy ihre Handtücher ebenfalls verstauten. Ich hatte nicht einmal die Chance, mich mental darauf vorzubereiten, als die beiden Mädels zu uns unter die Dusche kamen.

Wenn ich jetzt den Kopf drehte, würde ich das sehen, was ich ersehnte und gleichzeitig fürchtete.

Ich schloss meine Augen. Aber nicht lange, da siegte die Neugier in mir doch. Verstohlen warf ich einen flüchtigen Blick zur Seite.

Und da stand sie. Romy. Sie prüfte die Temperatur des Wassers mit ihrer Hand und …

Du meine Güte!

Ich sah … Oh mein Gott … Ich sah ihren Körper. Nackt. Ihr schmaler Hals, das geschwungene Schlüsselbein, das in ihr Dekolleté überging. Zwei geschwungene, wohlgeformte Brüste, die etwas mehr als eine gute Handvoll maßen. Hellbraune Brustwarzen, die sich unter der Kälte im Raum sichtbar aufstellten und sich den Tropfen entgegenreckten. Ein flacher Bauch, den ich bereits kannte, der aber immer wieder einen Blick wert war. Die Bikinizone, die etwas heller als der Rest ihrer Haut war. Romy war glatt rasiert, mehr konnte ich nicht erkennen, denn ihr Oberschenkel verdeckte ihre intimste Zone. Ein Tattoo hatte sie nicht, so wie ich es vermutet hätte, und auch kein Piercing.

Meine Atmung beschleunigte sich. Bilder fluteten meinen Kopf. Ich wollte sie berühren. Es abzustreiten, wäre eine Lüge gewesen, die ich mir bisher selbst gern erzählt hatte. Aber ich wollte sie einfach anfassen. An Stellen, die mir nicht erlaubt waren. Das Bedürfnis war so stark, dass es fast wehtat, es nicht zu tun. Meine Finger zuckten, als wollten sie dem Ruf meines Gehirns folgen. Um meine Bewegung zu tarnen, stellte ich das Wasser auf die kälteste Temperatur.

Aber es nützte nichts.

*Oh Gott.*

Ich hätte wegschauen sollen. Nein, müssen! Aber als ich sah, dass Romy selbst in meine Richtung schaute, war es um meinen Vorsatz sowieso geschehen. In ihren blauen Augen lag ein hungriger Blick, fast ein fiebriges Verlangen. Ein Ausdruck, der mir von den Zehenspitzen bis zur Haarwurzel durch und durch ging.

Aber das … bildete ich mir nur ein. Ich sah das, weil ich es sehen wollte. Weil ich mir wünschte, dass nicht nur meine Welt aus den Fugen geriet.

Egal, wie sehr ich versuchte, mich nicht auf Romy zu konzentrieren, es gelang mir nicht. Immer wieder zog sie meine Aufmerksamkeit auf sich. Besonders ihre Brüste, auf denen sich die Wassertropfen gesammelt hatten und glänzten wie tausend kleine Diamanten. Ich musste schlucken. Ich hatte noch nie etwas Vergleichbares gesehen. Nichts, was so ästhetisch ausgesehen hatte. Was auch immer Romy in diesem Moment über mich oder meinen Körper dachte, sie sagte nichts. Nicht einmal ihre Blicke ließen schlussfolgern, was sie gerade empfand. Vermutlich blieb nur meine Welt stehen, während sich ihre gleichmäßig weiterdrehte.

Und der Gedanke tat seltsam weh. Wie ein Stein, der in meinem Magen lag und dessen Spitze sich in mein Herz bohrte.

Ich schaltete das Wasser aus, ging zu den Halterungen und zerrte energischer, als es nötig gewesen wäre, das Handtuch vom Haken, um mich darin einzuwickeln. Meine Beine zitterten, als wäre ich einen Marathon gelaufen.

Ich war regelrecht froh, als die anderen es mir gleichtaten. Vanessa und Ella unterhielten sich lachend. Soweit ich es verstand, war Ella ziemlich aufgeregt und Vanessa versuchte, sie zu beruhigen. Sie sagte ihr, dass es auch okay wäre, wenn sie nicht die vollen fünfzehn Minuten in der Sauna bliebe. Gerade als Anfänger konnte das für den Körper ziemlich anstrengend werden.

Nur Romy und ich schwiegen, dabei schaute ich betont in eine andere Richtung. Mein ganzer Körper fühlte sich verkrampft an und ich wünschte mir fast, wieder nach Hause gehen zu können. Aber das Bild von Romys nacktem Anblick würde mich wahrscheinlich selbst dort verfolgen.

Zu viert sahen wir uns die verschiedensten Saunen an.

»Finnische Sauna klingt geil«, sagte Vanessa und spähte durch die Glastür in das Innere.

Eine Frau lag auf der höchsten Sitzbank, ansonsten war der Raum leer.

»Ich habe auf dem Weg zur Dusche gesehen, dass erst in einer halben Stunde Aufguss in der Panorama-Sauna ist«, informierte Ella uns.

»Schade, die mag ich am liebsten. Durch das riesige Fenster hat man so einen guten Blick auf die Außenanlage. Dann lass uns in diese hier gehen«, schlug Vanessa vor und zeigte auf die Kelo-Sauna, die mit ihrem rustikalen Ambiente ein echtes Stück nordische Kultur versprach.

Wir betraten den Raum.

Die Hitze schlug mir entgegen, ähnlich wie nach einer langen Fahrt in einem klimatisierten Bus, wenn man wieder ins Freie trat. Aber das lenkte mich zumindest von meinem *Problem* ab.

Gemeinsam steuerten wir auf die Holzbänke zu. Vanessa und Romy nahmen in der Mitte Platz, Ella und ich auf der gegenüberliegenden Seite ganz unten. Ella hielt schützend den Arm vor ihre Brüste. Vermutlich schämte sie sich für ihren kleinen Busen, der nicht mal eine Handvoll maß. Aber sie war trotzdem schön und sollte zu ihrem Körper stehen. Das künstliche Schönheitsbild der Medien regte mich tierisch auf. Dünn. Vollbusig. Reine Haut. Seidige Haare. So ein Quatsch!

Das Duschwasser auf meinem Körper begann zu verdampfen, sodass er schon bald trocken war. Allerdings währte das nicht lange, als der Schweiß begann, jeden Zentimeter Haut zu benetzen. Er lief mir den Rücken, die Stirn, Arme und Beine hinab. Mein Herz klopfte und mein Kopf pochte, aber es war kein unangenehmes Gefühl. Es zeigte mir nur, dass der Aufenthalt in der Sauna meinen Kreislauf in Schwung brachte.

Wir waren alle zu sehr mit Schwitzen beschäftigt, als uns zu unterhalten, was zu viel Kraftanstrengung gewesen wäre.

Ein Windhauch streifte mich, der angenehm kühlte, als die Tür geöffnet wurde und sich zwei weitere Frauen zu uns gesellten.

Ella keuchte unterdrückt. Ich warf ihr einen verständnisvollen Blick zu, ehe meine Augen zu Romy zuckten. Abermals ertappte ich sie dabei, wie sie selbst in meine Richtung schaute. Ihre Augen bewegten sich kaum merklich, ihre Lider flackerten und ein seliges Lächeln lag auf ihren Lippen. Sie sah aus, als wäre sie mit den Gedanken woanders. Ich hätte zu gern gewusst, was gerade in ihrem Kopf vorging.

Das Holz knackte leise, das typische Geräusch in einer Sauna, das mir vertraut war, und ich versuchte, mich zu entspannen, mich fallen zu lassen, wie ich es sonst tat.

Mit den Fingern trommelte ich gegen die Holzbank, zog damit die Aufmerksam der anderen auf mich und legte meine Hände schließlich in den Schoß.

Probeweise schaute ich wieder zu Romy, die mich erneut oder immer noch ansah. Unsere Blicke schienen zu verschmelzen, als keiner von uns beiden wegsah. Uns trennten ein paar Schritte, aber in diesem Moment erschien sie mir unerreichbar.

Was vielleicht auch gut war, denn sonst wäre der Augenblick unendlich intim geworden. Wir beide, uns anschauend. Nackt. Schwitzend. Keuchend.

Als mir die Hitze zu viel wurde, unterbrach ich den Blickkontakt, schnappte mir mein Handtuch und verließ den Raum.

Kühle Luft – die nach der intensiven Wärme fast schon kalt wirkte – umfing mich und sorgte dafür, dass mein Kopf wieder denkfähig wurde. Ich nahm mir mehrere Sekunden Zeit, durchzuatmen, während sich mein Herzschlag neutralisierte.

Ich war nicht lange allein, Ella folgte mir hinaus. Ihr Gesicht war feuerrot, ihre Haare klebten an ihrem Kopf, ihren Schultern und verschwanden unter dem Handtuch, das sie sich um den Körper geschlungen hatte.

»Wow«, murmelte sie. Ihre Stimme klang zufrieden.

Ich konnte nur zu gut nachvollziehen, wie sie sich gerade fühlte. So war es mir nach meinem ersten Mal in der Sauna auch ergangen

»Ist geil, oder?« Ich lachte, während wir erneut auf dem Weg zu den Duschen waren. Romy und Vanessa stießen noch nicht zu uns und ich ging davon aus, dass sie noch ein paar Minuten länger sitzen bleiben würden.

»Ich habe mich bislang dagegen gewehrt, weil … na du weißt schon … weil man dann vor allen nackt ist. Ich müsste lügen, wenn ich behaupten würde, dass ich keine Angst vor heute hatte. Aber als Vanessa mich gefragt hat, ob ich mitkomme, dachte ich mir, dass ich mich einfach mal etwas trauen muss.«

Wir hingen unsere Handtücher wie zuvor an die Haken und stellten uns erneut unter die Dusche, um den Körper abzukühlen, den Kreislauf zu beruhigen und weiteres Schwitzen zu vermeiden.

»Ich bin froh, dass du mitgekommen bist, Ella«, bestätigte ich. »Wenn du Lust hast, können wir das öfter machen.«

*Vielleicht besser ohne Romy.*

Einem Teil von mir gefiel diese Vorstellung gar nicht, denn ich wollte sie nicht ausschließen, auch wenn ihr das vermutlich weniger ausmachen würde als mir. Ein anderer Teil sagte mir, dass es besser für *mich* wäre, sie nicht ständig nackt zu sehen.

»Ich bereue es auch nicht«, riss Ella mich aus meinen Gedanken und spritzte kaltes Wasser in meine Richtung.

»He!«, rief ich aus, lachte aber und tat es ihr gleich. So kam eines zum anderen und schon bald rangelten wir – nackt wie wir waren – unter der Dusche. Ganz klischeehaft wie Männer nach dem Sport.

Ich versuchte, Ella unter den Strahl zu drücken, und sie mich. Unser Gekicher wurde von den Kachelwänden widergeworfen.

»Was ist denn mit euch los?«, unterbrach uns eine Stimme, die ich als Vanessas erkannte.

Ella und ich ließen gleichzeitig los. Ich hatte gar nicht mitbekommen, dass wir nicht mehr allein waren und jemand unsere Spielerei bemerkt hatte. Mein Lächeln erstarb auf meinen Lippen und meine Wangen glühten, als ich bemerkte, dass Romy grinste, als würde sie etwas sehen, was ihr gefiel.

»Kämpfende nackte Frauen? Heiß!«, kommentierte sie trocken, dann zwinkerte sie mir zu, wie sie es in der Schulkantine getan hatte.

*Ist sie vielleicht …?*

*Nein! Nein, ganz bestimmt nicht.*

Das war genauso absurd wie die Vorstellung, dass sie die gleichen Gedanken über mich hatte wie ich über sie. Romy wirkte einfach nicht so. Sie mochte zwar selbstbewusst sein, aber das musste ja nicht bedeuten, dass sie sich nicht zu Männern hingezogen fühlte.

»Willst du mitmachen?« Die Worte waren aus meinem Mund geschlüpft, bevor ich es hätte verhindern können.

Romy allerdings lachte nur, als sie ihr Handtuch aufhängte und mir ihren wohlgeformten Hintern präsentierte. Dass sie nichts sagte, ließ mich verlegen auf die Unterlippe beißen. Was dachte sie denn jetzt von mir?

Ella und ich machten den beiden Mädels Platz. Ich versuchte, nicht mehr die Situation in meinem Kopf durchzuspielen, nur um mich für meine eigenen Worte zu schämen.

»Ich habe schon wieder Hunger«, kommentierte Ella, als wir uns abtrockneten, während Vanessa und Romy sich unter die Dusche begaben.

»Du kannst dir gleich etwas holen, es gibt ein Restaurant im Eingangsbereich«, schlug Vanessa vor. »Und dann ruhen wir uns gemeinsam aus.«

»Kannst du mir mein Badetuch reichen?«, fragte Romy.

Wenige Sekunden später begriff ich, dass sie mich damit gemeint hatte. Sie wrang sich gerade die Haare aus, das Wasser ergoss sich wie ein Wasserfall, nur um von ihrer Haut abzuperlen. Romy schien keinerlei Probleme damit zu haben, dass ich sie ungeniert ansah. Sie hielt sich nicht einmal eine Hand vor den Körper, um sich zu bedecken. Diesmal blieb mir der Blick auf ihre Intimzone nicht verwehrt. Das Bild würde ich nie wieder aus meinem Kopf bekommen.

»Äh ... ja ... ja klar«, stammelte ich, schnappte mir das Handtuch und reichte es Romy.

»Danke, Sam«, sagte sie wieder mit dieser raunenden Stimme, die dafür sorgte, dass sich die Härchen auf meinen Armen aufstellten.

Ich schluckte und schenkte ihr nur ein Nicken, was sie mit einem Lächeln quittierte, ehe sie endlich ihren splitternackten Körper verhüllte.

»Huuuungeeer«, quengelte Ella, weil wir ihr nicht schnell genug zu sein schienen.

Vanessa rollte gespielt die Augen und ihr Tonfall war scherzend, als sie sagte: »Wir beeilen uns schon.«

Ich strich mir ein paar Haarsträhnen, die sich aus meinem Messy Bun gelöst hatten, hinter mein Ohr, wandte den Blick von Romy ab, ehe wir unsere Badekleidung anzogen und zusammen zum Essensbereich gingen, damit Ella endlich ihren begehrten Wunsch erfüllt bekam.

Ich spürte Romys Blick wie zwei Laserstrahlen auf meinem Rücken brennen.

Beim zweiten Saunagang warteten wir auf den nächsten Aufguss, wobei sich Romys und meine Blicke nicht minder weniger trafen. Das brachte mein Blut noch mehr in Wallung als die Hitze hier drinnen.

Ella hielt es diesmal nur fünf Minuten aus. Als wir ihr schließlich nach draußen folgten, entschieden wir uns dafür, in das Becken im Außenbereich zu gehen, in dem man nackt schwimmen konnte.

Ella hatte zuerst Bedenken, da die Temperaturen jetzt im November ziemlich gesunken waren, aber als sie den Zeh in das beheizte Becken tauchte, war sie nicht mehr zu halten.

Wir schwammen gemeinsam unsere Runden. Es war so ein unglaublich befreiendes Gefühl, eines der schönsten Dinge, die ein Mensch erleben konnte: ohne Kleidung zu schwimmen. Ich spürte das Element überall an meinem Körper, allerdings gefiel es mir am meisten an den Brüsten. Nicht, weil es stimulierend gewesen wäre, es war einfach … unbeschreiblich. Als wäre ich frei. Kein Stoff, der über meine Haut rieb, nur die Leichtigkeit des Wassers. Es war nicht in Worte zu fassen.

Ich spürte das pure Leben.

Ab und an glitt mein Blick zu Romy, deren Konturen aber nur schemenhaft auszumachen waren. Wenigstens konnte mich das nicht mehr aus dem Konzept bringen.

Der Tag schien nicht zu Ende zu gehen. Wir genossen die Wechselbäder, die nebeneinander angrenzten, und tauchten von dem eiskalten Wasser in das erwärmte ein. Oder wir saßen auf den Metallbänken im Becken und entspannten, während die eingebauten Düsen unsere Körper massierten.

Irgendwann wurde es dämmrig, aber unsere Begeisterung klang nicht ab, sodass wir immer noch schwammen, obwohl unsere Finger und Zehen längst schrumpelig waren.

Doch alles, was schön war, fand auch irgendwann seinen Schluss. Am Abend machten wir uns müde und erschöpft, aber entspannt und zufrieden auf den Weg zurück nach Hause. Romy und Ella mussten in eine andere Richtung, weswegen wir uns schon vor dem Bad verabschiedeten.

Romy drückte mich fest an sich und ich konnte nur daran denken, wie ihr nackter Körper ausgesehen hatte und dass ich ihn gerade umarmte.

»Es hat Spaß gemacht«, hauchte sie nahe an meinem Ohr. Ihr warmer Atem streifte mich, sodass ich erschauderte. Hoffentlich merkte sie es nicht.

Schnell – aber nicht zu schnell! – befreite ich mich von ihr und verabschiedete mich auch von Ella, deren Augen noch immer funkelten, als hätte sie heute zum ersten Mal richtig gelebt. Vielleicht hatte sie das auch.

»Kommt gut heim«, sagte sie zu mir und Vanessa, ehe sie sich zusammen mit Romy abwandte.

Meine beste Freundin und ich gingen gemeinsam in die andere Richtung. Sie war auch nicht mit dem Rad gekommen, weil sie gewusst hatte, dass Robin mich zum Schwimmbad fahren würde, und sie wollte mich nicht allein nach Hause gehen lassen. So war sie eben und ich war froh darüber.

»Das war ein schöner Tag«, sagte Vanessa. »Wir sollten das wieder öfter machen.«

»Ja, unbedingt! Ich fand es auch richtig schön mit euch Mädels. Ich fühle mich so entspannt und erholt, als wäre ich fünf Jahre jünger«, sagte ich scherzend.

Romys Geruch schien noch in meinen Klamotten zu hängen, denn als uns eine kühle Windböe erfasste, roch es nach ihr, obwohl sie bereits weg war. Groteskerweise vermisste ich sie, auch wenn wir uns vor wenigen Sekunden noch gesehen hatten und ich mich in ihrer Gegenwart selbst nicht erkannte. Meine Gefühle fuhren Achterbahn, eine mit vielen Berg- und Talfahrten und Loopings.

»Hast du deinen Geburtstag bereits geplant?«, lenkte mich meine beste Freundin ab.

»Ja, ich will bei mir zu Hause feiern. Ich möchte die Party klein halten, spätabends soll es zur Unterhaltung aber zumindest ein Feuerwerk geben. Es kommt mir gelegen, dass der Geburtstag auf einen Freitag fällt«, antwortete ich. Meine Eltern hatten zugestimmt, an dem Abend auszugehen, sodass ich das Haus für mich und meine Gäste hatte.

Wir quatschten noch über die Organisation, Jungs, meine Beziehung mit Robin und über einen Typen, den Vanessa gerade kennenlernte und mit dem es wohl etwas Ernstes werden könnte. Das Thema ließ mich wieder über Romy nachdenken.

Vielleicht sollte ich es jetzt endlich ansprechen? Die Gelegenheit war günstig und Romy war mir so präsent im Kopf, als wäre sie noch anwesend.

Ich fasste Mut, bekämpfte den Hauch von Unsicherheit, dass Vanessa mich auslachen oder abwertend behandeln könnte.

»Kann ich dich etwas fragen?«, begann ich, wich ihrem Blick allerdings aus.

»Immer. Was ist los?«

»Ich weiß gar nicht, wie ich anfangen soll.« Ich befeuchtete meine Lippen und atmete tief durch. »Also … ich weiß nicht, ob ich, na ja … ob ich vielleicht lesbisch bin.« So. Es war raus. Die Frage, die mich schon seit einigen Tagen quälte.

Vorsichtig schielte ich zu Vanessa, die die Augenbrauen hochzog. »Wie kommst du denn darauf?«

*Sie hat braune Haare, blaue Augen, war die Hälfte des Tages nackt …*

»Es ist wegen Romy. Ich kann es nicht erklären, aber manchmal, wenn ich in ihrer Nähe bin, fühle ich mich so komisch, als würde ich sie unbedingt anfassen wollen. Und heute in der Sauna … Ich fühle mich total bescheuert, aber irgendwie … hat sie mir gefallen, so nackt, wie sie war. Ich hatte das Bedürfnis, sie zu berühren. Oh Gott, ich *bin* lesbisch.«

Meine Eltern würden mich vermutlich steinigen. Und Robin … Wie sollte ich ihm das erklären?

»Ganz ruhig, Sam.« Vanessas Tonfall klang beruhigend, sodass ich mich ein wenig entspannte. »Ich denke, du steigerst dich zu sehr rein. Es gibt viele Frauen, die sich vom selben Geschlecht sexuell angezogen fühlen. Es kann durchaus sein, dass du sie einfach scharf findest und der Gedanke, Sex mit ihr zu haben, dich antörnt. Wieso auch nicht? Es ist etwas anderes, etwas Neues! Manche denken an einen Dreier, bei dir ist es möglicherweise Sex mit einer Frau. Mehr muss es nicht zu bedeuten haben. Das heißt nicht automatisch, dass du lesbisch bist. Ich meine, du bist doch mit Robin zusammen und glücklich mit ihm. Also präferierst du wohl Männer.«

Die Steine um mein Herz begannen, zu bröckeln und polternd herunterzufallen. Vielleicht lag Vanessa mit dieser simplen Erklärung richtig, auch wenn der Gedanke daran etwas beängstigend war. Ich konnte mich nicht einmal bei meinem Freund entspannen, wie sollte ich es dann bei einer Frau tun, die ich nicht schon seit dem Kindergarten kannte? Aber zumindest hatte ich nun eine logische Erklärung für meine Empfindungen. Außerdem hatte Vanessa recht: Ich war mit Robin zusammen, einem *Mann*, mit dem ich glücklich war. Vielleicht lief es mit ihm im Bett nicht gut, aber dennoch ...Eine Stimme in meinem Hinterkopf wisperte, dass ich heute kein einziges Mal an ihn gedacht hatte und ihn auch überhaupt nicht vermisste. Aber das lag sicher daran, dass wir uns heute gesehen hatten und wir schon so lange zusammen waren. Es war logisch, dass diese Gefühle sich neutralisierten.

»Danke, Vanessa.«

»Keine Ursache, Süße.« Sie lächelte mich an.

»Na dann erzähl mir noch mal davon, wie Mark dich geküsst hat«, lenkte ich ab, weil ich mich schon besser fühlte.

Dunkelheit.

Als Kind hatte man sie gehasst und gefürchtet. Im Alter wurde sie eine Art Schutz für schmutzige Fantasien, tiefgründige Gespräche oder intime Momente.

Aus einem Anflug von Sehnsucht heraus hatte ich Robin geschrieben, doch als seine Antwort kam, waren meine Empfindungen schon wieder verpufft, sodass ich das Gespräch rasch wieder beendet hatte, indem ich behauptete, dass ich müde sei und schlafen wollte.

Während ich allein im Bett lag, dachte ich an Romy. Wie sie unter dem Wasserstrahl der Dusche gestanden hatte. Zum ersten Mal ließ ich den Gedanken zu und stellte mir vor, wie meine Hand ihre Brüste berührte, ihren nackten Bauch und zwischen ihren Beinen verschwand. Wie ich ihre Feuchtigkeit erkunden würde.

Die Bilder in meinem Kopf ließen meinen Unterleib pochen und schlagartig wurde mir wieder fiebrig heiß, erschrocken von mir selbst. So weit war ich noch nie in meinen Gedanken gegangen!

*Nein, nein und nochmals nein.*

*Ich kann keinen Sex mit einer Frau haben und diese Fantasien müssen aufhören, bevor ich mich selbst zerstöre!*

Als ich mich zornig zur Seite drehte und die Bettdecke bis zum Kinn hochzog, lächelte mich Romy vor meinem inneren Auge an, obwohl ich sie eben noch aus meinem Kopf verdrängt hatte.

# 12

# Alkohol und seine Wirkung

Ich danke dir«, nuschelte ich, als ich aus dem Wagen stieg, mich aber noch mal ins Innere beugte und in die grünen Augen des Typen schaute, der mich nach Hause gefahren hatte. Um mich herum drehte sich alles und ich musste mich an Tür und Dach des Autos festhalten, um nicht gnadenlos nach vorn zu kippen.

Ella hatte mich auf irgendeine Party eines Jungen mitgeschleppt, mit dem sie sich traf, weil sie den aus ihrem Kurs mittlerweile aufgegeben hatte. Vanessa hatte keine Zeit gehabt, weil sie sich noch mal mit Mark getroffen hatte, mit dem sich aber immer noch nichts Festes ergeben hatte, was nicht an ihm lag. Und Romy war nicht eingeladen worden. Ein Kumpel von Ellas Date war so nett gewesen, mich nach Hause zu bringen, denn ich wusste nicht, ob ich das allein geschafft hätte.

Das Problem war nur, dass ich betrunken war. Glaubte ich zumindest. Warum sonst sollte sich um mich herum alles drehen? Ich war doch nicht auf einem verdammten Karussell.

*Scheiße, meine Mutter wird einen Anfall bekommen.*

»Keine Ursache. Gute Nacht«, sagte er in einem neutralen Ton.

Ich schlug die Autotür heftiger zu, als es nötig gewesen wäre, und ging mit wackeligen Füßen zur Haustür. Einen Schritt vor den anderen. Ganz langsam.

Asphalt, Asphalt, Asphalt, Stufe, Stufe.

Erst als ich die Treppe erreicht hatte, blickte ich auf. Wohl etwas zu schnell, alles drehte sich wieder. Mein Magen zog sich zusammen, als würde ich in einem Free-Fall-Tower sitzen und hinuntersausen.

*Nie wieder Alkohol,* schwor ich mir in diesem Moment. *Ich verspreche es, ich trinke nie wieder, aber mach, dass es aufhört. Mach, dass die Übelkeit aufhört.*

Wenn ich nur an etwas Hochprozentiges dachte, musste ich den Würgereiz unterdrücken.

Mir perlte der Schweiß auf der Stirn, als ich vor der Haustür stand und meine Tasche nach dem Schlüssel durchwühlte.

Alles Mögliche rutschte mir zwischen den Fingern hindurch: eine Packung Taschentücher, mein Handy, Labello, ein Handspiegel – aber nicht das, was ich suchte.

Sooo viel hatte ich doch auch nicht getrunken.

Ich suchte weiter und blieb selbst dann noch erfolglos, als ich meinen Kopf fast in die Handtasche hineinstopfte. Der Schlüssel blieb verschwunden und schwerfällig wurde mir klar, dass ich ihn entweder vergessen oder auf der Party verloren hatte.

Mist.

Mir wurde schwindelig, sodass ich mich mit dem Arm am Geländer der Treppe abstützen musste, weil ich glaubte, dass gerade ein Erdbeben der Stärke 7 wütete. Ich kniff die Augen zusammen, atmete mehrere Sekunden lang nur ein und aus, bis der Moment vorbei war. Aber was ich nun machen sollte, wusste ich immer noch nicht.

Wenn ich meine Eltern – oder eher meine Mutter – jetzt aus dem Bett klingeln würde, würde sie mich steinigen. Sie hasste betrunkene Menschen. Angetrunken zu sein, war noch an der Grenze des Ertragbaren, aber wehe, ich war stockbesoffen. Sie sagte, dass ziemte sich nicht für jemanden wie mich. Aber wir beide wussten, dass ich sie an ihren Vater erinnerte, der sich ständig einen hinter die Binde gekippt hatte.

*Huch, meine Ausdrucksweise! Ich böses Mädchen!*

Ich kicherte – laut. Aber als mein Magen sich wieder zuzog, war es vorbei mit meiner Schadenfreude.

*Wieso habe ich so viel getrunken? Ich dumme Nuss hätte mich zurückhalten müssen.*

So viel hatte ich nicht mal auf Ellas Halloweenparty gekippt, da war ich gegen Ende des Abends wieder nüchterner geworden. Aber heute hatte ich einfach vergessen wollen …

Und ich hatte vergessen! Dummerweise auch meine Mutter mit ihrem Hang zur Dramatik, wenn das Töchterchen aus der Reihe tanzte.

Was waren meine Gedanken verbittert, wenn ich Alkohol trank.

Es gab also zwei Optionen. Die erste: Ich klingelte und gab meinen Zustand zu erkennen, musste mich aber auch mit dem enttäuschten Gesicht meiner Mutter und der Moralpredigt am Morgen auseinandersetzen. Die zweite: Ich fand jemanden, bei dem ich kurzfristig übernachten konnte.

Hmmmm.

Ella war keine Option, sie war … ähm … wo war sie noch mal? Ach ja, sie war bei ihrem Typen geblieben, nachdem geklärt gewesen war, dass mich jemand nach Hause fahren würde.

Ich dachte nach. Mein Gehirn brauchte dazu länger als sonst, weil es sich anfühlte, als würde ein Nebel über ihm liegen.

*Vanessa!*

*Warum habe ich dafür so lange gebraucht?*

Ich kramte wild nach meinem Handy in der Tasche, das ich kurz darauf zu fassen bekam. Das Display leuchtete auf, wirkte für eine Sekunde wie ein verschwommener Farbklecks, bis sich meine Sicht klärte.

Mit dem Daumen bediente ich den Touchscreen, scrollte mich durch die Kontakte, bis ich *Vanessa* fand. Ich musste fünf Mal auf den Namen tippen, da das Handy nicht reagierte, und fast zu spät bemerkte ich, dass es bereits wählte.

Schnell hob ich es mir ans Ohr, lehnte mich mit dem Kopf an die Tür, damit dieses furchtbare Drehen endlich aufhörte.

»Geh ran, geh ran …«, murmelte ich beschwörend, aber sie tat es nicht. Kein Wunder, wir hatten bereits 02:30 Uhr, um diese Zeit schliefen die meisten.

Ich ließ es so lange klingeln, bis ich bemerkte, dass es keinen Sinn machte. Frustriert legte ich auf und starrte mein iPhone mehrere Sekunden lang an, als könnte es mir sagen, was ich machen sollte.

Ich scrollte erneut durch meine Kontakte, auf der Suche nach einer Lösung. Notfalls würde ich Robin anrufen, den ich für das Wochenende wegen der Party vertröstet hatte, weil er außer mir und Ella dort sowieso niemanden kannte. Ich war mir sicher, dass er selbst von Mannheim herkommen würde, um mich abzuholen. Wobei das für ihn eine Stunde Fahrt bedeutete und für mich eine Stunde, um in der Kälte zu zittern.

Aber alles war besser als eine weitere Moralpredigt meiner Mutter, die mir den Kopf sprengen würde.

*Ja, Robin ist eine gute Idee.*

Ich suchte also die Kontakte mit *R*, doch bevor ich die Nummer meines Freundes wählen konnte, sprang mir ein anderer Name ins Auge.

*Romy.*

In mir pochte die Sehnsucht wie eine eiternde Wunde. Mein betrunkenes Ich hielt es für eine gute Idee, sie anzurufen. Nein, eine klasse Idee!

Wenig später hatte ich das Handy am Ohr und lauschte dem Freizeichen. Als sich nichts tat, wollte ich entmutigt auflegen, als ich plötzlich doch ihre Stimme hörte. Vor Schreck hätte ich fast mein Telefon fallen gelassen, weil ich nicht mehr damit gerechnet hätte, dass sie wirklich dranging.

»Hallo?« Sie klang verschlafen und mein Herz machte einen kleinen Sprung.

»Romy?«, fragte ich unnötigerweise nach.

Am anderen Ende war das Geräusch einer Bettdecke zu hören.

»Sam? Was ist los?«

»Hi«, nuschelte ich.

Pause.

Stille.

»Ich glaube, ich habe ein Problem«, redete ich weiter, weil Romy nichts gesagt hatte. Verdammt, wieso fühlte es sich so schwer an, die Wörter aus meinem Mund zu bekommen?

»Bist du betrunken?«, fragte sie.

»Mhmmm«, kam es von mir.

Ich drehte mich an der Tür, sodass ich nun mit dem Rücken gegen sie lehnte und nicht mehr mit Schulter und Kopf. Die Kälte, die ich langsam zu spüren begann, kroch unter meine Kleidung.

»Und was hast du für ein Problem?« Irgendwie klang sie einfühlsam, was den Wunsch, sie zu sehen, noch mehr in mir weckte.

»Ich habe meinen Schlüssel vergessen und meine Mutter rastet aus, wenn sie mitkriegt, dass ich sooo viel getrunken habe. Ella ist bei ihrem Typen geblieben und Vanessa geht nicht ans Telefon«, plapperte ich in den Hörer. Zum Abschluss kicherte ich.

»Wieso hast du das überhaupt getan?«

»Weil ich vergessen wollte.«

»Was denn vergessen?«, hakte Romy nach.

»Alles«, murmelte ich.

*Deine blauen Augen.*

*Dein glanzvolles Haar.*

*Deine Lippen.*

*Deinen nackten Anblick.*

Als Romy daraufhin weiter nachbohrte, gab ich ihr keine Antwort mehr, als würde ein Teil in mir sich selbst schützen wollen.

Ich hörte sie am anderen Ende der Leitung leise schnauben. »Möchtest du bei mir übernachten?«

Mein Herz machte einen Salto. Rückwärts!

»Ja.«

»Dann gib mir deine Adresse. Bleib, wo du bist. Ich komme dich in ein paar Minuten abholen.«

»Okay.«

Sie rettete mir das Leben. Meinem betrunkenen Ich gefiel das und die Stimme der Vernunft und Angst war für kurze Zeit verstummt. Ertrunken im Alkohol.

»Sam?«

»Hm?«

»Deine Adresse.«

»Ohhhh, jaaaa«, gab ich von mir und nannte Romy meine Anschrift. Sie betonte noch mal, dass ich dort bleiben sollte, wo ich war, und dass sie sich beeilen würde.

Meine Augenlider wurden schwer, als meine innere Aufregung abklang und der Alkohol immer mehr seine Wirkung entfaltete, sodass ich schläfrig wurde. Aber ich musste wach bleiben.

Es dauerte nicht lange, bis ich zwei Scheinwerfer in der Ferne ausmachen konnte, die stetig näher kamen. Ich hoffte, dass es wirklich Romy war und nicht irgendein Passant oder Nachbar.

Ein silberner VW Golf 4 hielt am Straßenrand. Als das Licht im Innenraum anging, sah ich Romy im Wagen sitzen, die mir zuwinkte.

Sie zu sehen, machte es meinem betrunkenen Ich noch schwerer, sich auf den Beinen zu halten. Mit wackeligen Schritten ging ich die Stufen runter, lief zum Auto und stieg ein.

Mit der Wucht eines Hammerschlags traf mich Romys Geruch. Es war der Duft des Himmels. Zumindest roch es für mich so. Das ganze Auto schien davon erfüllt zu sein und ich sog ihn mit jedem Atemzug in mich ein.

Ich war wie ein verrückter Junkie!

Langsam drehte ich den Kopf zu Romy, betrachtete ihr ungeschminktes Gesicht, ihre langen schwarzen Wimpern, die ihre blauen Augen umrahmten. Die Haare waren leicht zerzaust und ich sah ihr an, dass ich sie aus dem Schlaf gerissen hatte. Sie trug eine schwarze Jacke, die sie bis zur Brust zugezogen hatte, dazu eine Jogginghose in derselben Farbe. Vermutlich war das ihr Schlafanzug und sie hatte sich nur etwas übergezogen, um mich abzuholen.

Mein betrunkenes Ich hätte sich gern zu ihr gelehnt und Dinge mit ihr angestellt, die ich mir sonst in meinen Gedanken verbot. Der Alkohol war quasi der Zündstoff für meine Fantasien.

Und warum auch nicht? Es waren doch sooo schöne Fantasien!

»Tut mir leid, dass ich dich geweckt habe«, murmelte ich verlegen und presste die Hände zwischen die Oberschenkel, damit ich sie bei mir behielt.

Romy machte das Licht im Innenraum aus, dann fuhr sie mit einem sanften Ruck und lauten Motorgeräuschen los.

»Das macht mir nichts.« Ihre Stimme klang nicht so, als wäre sie wütend auf mich. Sie richtete ihren Blick jedoch auf die Straße und schaltete in den nächsten Gang. Ihre Hand streifte mein Knie beinahe, sodass ich mir schon einbildete, ihre Finger zu spüren. Vielleicht war es eben auch nur das: eine Einbildung. Ein Streich meines unzurechnungsfähigen Gehirns.

Der betrunkene Teil in mir war geneigt, das Bein um ein paar Zentimeter nach links zu bewegen, damit Romys Berührung mir nicht noch einmal verwehrt blieb. Aber als wir über eine unebene Stelle fuhren und mein Magen hüpfte – was gar nicht gut war! –, verwarf ich die Idee schnell wieder.

Ich kurbelte die Scheibe ein wenig nach unten, schnappte frische Luft, die in den Wagen strömte, und versuchte so, meinen krampfenden Bauch zu beruhigen.

Es funktionierte.

»Und Ella hat dich einfach im Stich gelassen?«, fragte Romy wie aus dem Nichts, als wir mein Zuhause hinter uns ließen und mit ihm die reichere Gegend.

Ich schloss das Fenster wieder, als ich glaubte, mich nicht mehr übergeben zu müssen, weil es fürchterlich zog.

Endlich würde ich erfahren, wo und wie Romy lebte. Bisher hatte sie es immer vermieden, uns das preiszugeben. Ich vermutete mittlerweile, dass es daran lag, dass ihre Familie eventuell nicht so viel Geld hatte. Sie trug zwar keine alten oder zerrissenen Klamotten, aber auch keine Markenkleidung, wie ich sie von meiner Mutter aufgebrummt bekam.

Als sie das Halloweenkostüm entdeckt hatte, war sie fast aus der Haut gefahren, weil es so ein *billiger* Stoff war.

»Nein, sie ist bei ihrem Typen geblieben, nachdem ich ihr versichert habe, dass es in Ordnung ist, wenn mich sein Kumpel nach Hause bringt. Weißt du, sie hat einfach so viel Pech bei Männern, ich wollte es ihr dieses Mal nicht versauen«, lallte ich.

Wieso kamen die Worte nur so schwer über meine Lippen? In meinem Kopf wirkten sie irgendwie klarer.

»Na dann muss ich mich bei Ella bedanken«, murmelte Romy.

Aber vielleicht bildete ich mir das auch nur ein und sie hatte etwas anderes gesagt. Oder es doch gesagt, es aber anders gemeint? Ironisch? Weil sie wegen mir hatte aufstehen müssen?

»Tut mir leid, dass es hier drinnen so kalt ist, der alte Bock braucht eine Weile, bis er richtig warm wird«, fluchte Romy und ich kuschelte mich in meiner Jacke ein.

»Kein Problem«, erwiderte ich.

Mein Kopf sackte verdächtig oft gegen die Kopflehne.

Ich wollte einfach nur noch ins Bett.

In das von Romy.

Mein Körper kribbelte und mir wurde plötzlich warm, auch ohne Heizung. Ich würde mit ihr zusammen in einem … Oh Gott, meinem betrunkenen Ich gefiel diese Vorstellung, aber die Wirkung des Alkohols verflog langsam. Zumindest drehte sich nicht mehr alles.

Was hatte ich mir eigentlich dabei gedacht?

Nichts. Das war es ja.

Ich würde ganz nah neben ihr liegen … Es sei denn, sie hatte eine Luftmatratze oder ein Sofa. Aber dieser Gedanke, wir könnten nicht zusammen in einem Bett schlafen, enttäuschte mich tief in meinem Inneren. Es zu leugnen, wäre sinnlos.

»Ich wusste gar nicht, dass du schon den Führerschein hast.«

Ich klang eindeutig betrunken. Außerdem war das nicht besonders geistreich gewesen, aber ich musste etwas sagen, um mich von der Nervosität abzulenken.

»Es war ein verfrühtes Geschenk meines Onkels zum achtzehnten Geburtstag. Ich habe ihn im August gemacht.«

Wie beruhigend.

»Ist das dein Auto?«, hakte ich weiter nach.

»Nein, das meiner Eltern. Wir haben nur dieses eine.«

Meine Eltern hatten jeweils ihr eigenes, nur ich hatte bisher keines, brauchte es aber auch nicht.

»Da wären wir«, sagte Romy nur wenige Augenblicke später, als der Wagen hielt.

Wie ich vermutet hatte, waren wir in einer etwas weniger noblen Gegend. Mehrfamilienhäuser standen dicht an dicht, die alle mit mehreren Wohnungen ausgestattet waren.

»Meine Eltern und meine Geschwister schlafen schon, das heißt, wir müssen leise sein. Bekommst du das hin?«, fragte Romy, als sie den Schlüssel abzog.

Ich nickte. »Leise wie ein Ninja.«

»Genau.« Sie schüttelte grinsend den Kopf. »Jetzt erinnerst du mich an meine kleine Schwester.« Mit diesen Worten stieg sie aus, was ich ihr gleichtat.

Meine Füße schmerzten, da ich zu lange auf meinen hohen Schuhen gestanden hatte. Aber ich biss mir tapfer auf die Unterlippe, als ich Romy zum Eingang folgte.

Mein Blick blieb kurz an ihrem Hintern hängen, der von der etwas zu weiten Jogginghose verdeckt wurde und ich seufzte.

Vielleicht etwas zu laut. Keine Ahnung, ich hatte keine Kontrolle mehr darüber.

Wir gelangten zu dem Haus und ich betrachtete die Klingelschilder. Sechs Nachnamen wurden aufgelistet. Erst jetzt wurde mir klar, dass ich den von Romy noch gar nicht kannte.

»Wie heißt du denn?«, fragte ich, als sie die Glastür zum Treppenhaus öffnete.

»Romy«, witzelte sie, obwohl sie meine Frage genau verstanden haben musste.

Meine Schuhe machten viel zu laute Geräusche, als ich auf die Fliesen trat, die aus Kunststein waren.

»Du weißt, was ich meine«, sagte ich, als ich wankend anhielt.

Ich öffnete die Riemchen meiner Schuhe und zog sie aus. Für eine Sekunde schwankte ich bedrohlich mit dem Oberkörper. Als Romy ihre Hand ausstreckte, hatte ich mein Gleichgewicht aber wieder unter Kontrolle.

»Nichts passiert«, kicherte ich, was Romy ignorierte.

Als meine Füße den kalten Boden berührten, erschauderte ich. Für die Party hatte ich ein weißes Etui-Kleid mit schwarzem Hüftgürtel angezogen und meine dünne Feinstrumpfhose hielt die Kälte nicht ab.

»Streng genommen heiße ich Romina Alexandra Keller«, beantwortete sie meine Frage.

»Romina?«, hakte ich nach. Das war mir absolut neu.

Sie nickte. »Ja, aber niemand nennt mich so, nicht einmal meine Eltern. Es ist, als würde ihnen der Name selbst nicht mehr gefallen, deswegen stelle ich mich grundsätzlich als Romy vor.«

*Romina,* probierte ich es in meinem Kopf aus. Sie hatte recht, Romy klang besser, frecher irgendwie. Das passte zu ihr.

»Ich hätte gedacht, dass du wenigstens einen amerikanischen Zweitnamen hast«, sagte ich fast ein bisschen enttäuscht.

»Meine Eltern haben meiner älteren Schwester zwei amerikanische und mir zwei deutsche Namen gegeben. Bei meinen jüngeren Geschwistern haben sie es besser gemacht. Von beiden Nationen ein Name.«

Als Romy und ich die Treppe hochgingen, bemerkte ich, dass der Alkohol meinen Körper noch mehr dominierte, als mir lieb war. Deshalb brauchten wir eine gefühlte Ewigkeit, bis wir vor der Wohnungstür standen.

Mit leisen Bewegungen öffnete Romy diese, sodass wir das Innere betreten konnten. Ein kleiner Eingangsbereich offenbarte sich und ich sah Türen links, rechts und vor uns.

Ein vertrauter Geruch schlug mir entgegen. Er erinnerte mich an Romy, nur war er hier nicht so heftig wie zuvor im Auto.

Ich sah sie fragend an, weil ich mich hier nicht auskannte und nicht wusste, wohin.

Romy deutete auf ein Zimmer links, auf das wir gemeinsam zugingen. Die Beleuchtung war zu schwach und mein Gehirn zu träge, als dass ich viel von der Inneneinrichtung hätte erkennen können. Ich spürte nur einen kratzigen Teppichboden unter meinen Füßen, dessen Fasern mich kitzelten.

Romy schob sich an mir vorbei und öffnete die Tür zu ihrem Zimmer, machte das Licht an, sodass ich kurz gequält blinzelte.

»Das ist mein bescheidenes Reich«, flüsterte sie.

Links neben dem Türrahmen stand ein Bett, dessen Matratze ziemlich hoch wirkte. Am Fußende befand sich mit einer Armeslänge Abstand ein Kleiderschrank mit Spiegel, der die komplette rechte Tür einnahm.

Uns gegenüber war ein Schreibtisch an die Wand geschoben, über ihm ein Fenster, dessen Jalousien heruntergelassen waren. Eine kleine Topfpflanze stand auf der Tischplatte, die säuberlich aufgeräumt war.

Drei Schritte weiter war ein Fernseher, parallel dazu eine Couch. Die Möbel wirkten ein wenig abgenutzt. Hinter dem Rücken des Sofas befand sich ein hüfthohes hellbraunes Sideboard, das mit ein paar Büchern, CDs und DVDs gefüllt war.

Der Raum war klein, aber nicht ungemütlich.

Die Wände waren mit Fotos geschmückt, die ich mir nicht näher ansah, und einem *WrongTurn*-Poster. Ich begutachtete die fünf Jungs, die die Band ergaben, über die ich mich informiert hatte. Sie waren eine amerikanische Band, die durch eine Musikschule zusammengeführt worden war. Mittlerweile waren sie in Europa genauso beliebt wie in den Staaten.

Ich betrachtete sie der Reihe nach: Tony war mit seinen braunroten Haaren das Nesthäkchen der Band und sehr beliebt bei der Damenwelt, genauso wie sein Bandkollege Andrew, der neben ihm stand. Mit seinen blonden Haaren stach besonders Shane hervor, neben ihm die weiteren Mitglieder Leo und Mike.

Tja, ich hatte meine Hausaufgaben gemacht. Besonders der Song *In Your Eyes* hatte sich wie ein Pfeil in mein Herz gebohrt.

Auch wenn mich keiner der Jungs zu einem sabbernden Freak verwandelte.

»Nett eingerichtet«, kommentierte ich, drehte mich zu Romy um und sah, dass sie sich bereits die Jacke ausgezogen hatte. Ein schwarzes T-Shirt schmiegte sich eng an ihren Oberkörper. Sie trug keinen BH.

Ein Teil von mir wollte die Hände unter das Shirt schieben und ihre Haut berühren, zu ihren Brüsten wandern, sie kneten, streicheln und … Mein Unterleib zog sich zusammen, als hätte mich dort ein Blitz getroffen.

*Alkohol, du mieser Verräter!*

»Früher habe ich mir ein Zimmer mit meiner älteren Schwester geteilt. Jetzt habe ich zum Glück ein eigenes.«

Romy lenkte mich mit ihren Worten ab. Ich zwang mich, ihr ins Gesicht zu schauen. Ich hatte das Gefühl, zu schwanken wie ein Schiff auf stürmischer See. Und das, obwohl ich meine hohen Schuhe ausgezogen hatte.

Ich blinzelte, damit ihr Gesicht vor meinen Augen nicht verschwamm. Ihr Blick war neutral, kein bisschen verlegen, aber ich konnte mir vorstellen, dass es ihr insgeheim doch etwas ausmachte, dass sie nicht in Reichtum geboren worden war.

Ich sollte etwas sagen.

»Ich messe Menschen nicht an ihrem Wohlstand.« Meine Worte klangen immer noch angestrengt, als würde der Alkohol auf mein Sprachzentrum drücken. Wenn er doch nur den Bereich für *sexuelle Fantasien* zerstört und nicht noch gefördert hätte.

»Brauchst du Klamotten von mir zum Schlafen?«, überging Romy meine Worte, dabei deutete sie auf mein weißes Etui-Kleid.

Ihre Augen musterten mich und ich hätte schwören können, dass für einen Moment dieses Funkeln in ihnen lag. Aber es war zu schnell weg, bevor ich danach hätte greifen können. Oder vielleicht wollte mein betrunkenes Gehirn das auch nur so sehen.

»Ja«, sagte ich ungeniert.

Bei Romy zu übernachten, war eine klasse Idee gewesen!

Sie drehte sich weg und ging zum Schrank. Ich zog in der Zeit meine Jacke aus, danach zerrte ich auch an meinem Kleid, denn meine Hemmungen waren dank des Alkohols verschwunden. Ich hatte also keinerlei Probleme, mich vor Romy auszuziehen. Außerdem hatte sie mich schon nackt gesehen. Nur nicht in so einer intimen Umgebung.

Leider ließ sich der Stoff nicht bewegen und erst nach einigen Sekunden fiel mir wieder ein, dass das Kleid einen Reißverschluss am Rücken hatte.

»Romy?«, murmelte ich.

»Ja?«, kam es von ihr, begleitet von dem Geräusch der sich schließenden Schranktür.

»Kannst du mir helfen? Reißverschluss.« Ich wartete nicht auf eine Erwiderung, sondern drehte ihr den Rücken zu, damit sie mir helfen konnte.

Sie lachte und der Laut ließ meine Haut wie elektrisiert kribbeln. In ihrer Nähe fühlte ich mich, als würde ich unter Dauerstrom stehen, und jede Berührung von ihr löste einen elektrischen Impuls aus.

»Natürlich helfe ich dir.«

Nur ein paar Wimpernschläge später spürte ich sie hinter mir. Ihr Atem streifte meinen Nacken und mit ihren Fingern öffnete sie das Kleid, dessen Stoff an meinem Rücken auseinanderklappte wie zwei Flügel.

Mein Puls rauschte mir in den Ohren und ich hätte schwören können, dass ich die zarte Berührung ihrer Finger auf meiner Haut spürte, die dafür sorgte, dass sich eine Gänsehaut auf meinem Körper ausbreitete.

Aber der Moment war so schnell vorbei, dass ich ihn mir in meinem Suff auch nur eingebildet haben könnte.

»Danke«, raunte ich, schälte mich schnell aus dem Kleid, ließ es an meinem Körper zu Boden rutschen, ehe ich mich zu Romy umdrehte, die einen Schritt zurückgetreten, aber trotzdem immer noch nah war.

Ihre Augen waren ein Stück geweitet und ich meinte, einen seltsamen Glanz darin zu sehen. Fast so, als hätte sie mich in Gedanken noch weiter ausgezogen.

Mein Blut kochte. Ich musste mir schnell etwas anziehen, bevor mein betrunkenes Ich in irgendwelche Versuchungen kam, die mein nüchternes Ich morgen ganz sicher bereuen und sich dafür schämen würde.

Eilig griff ich nach den Klamotten, die Romy mir gegeben hatte, und zog mir ein luftiges schwarzes T-Shirt an, das mir bis über den Hintern reichte, sowie eine Stoffhose, die meine Oberschenkel umspielte, meine Beine ansonsten aber nackt ließ.

*Zum Glück habe ich mich für die Party rasiert!*

Romy betrachtete mich in ihren Klamotten und ein zufriedener Ausdruck legte sich auf ihr Gesicht.

»Na dann komm, du Rauschkugel«, sagte sie, wandte sich ab und klappte die Bettdecke zurück.

»Ich habe leider nur eine, wir müssen sie uns also teilen.«

»Kein Problem. Aber ich sollte besser vorn liegen, falls ich aufs Klo muss oder so.«

Mit ›oder so‹ meinte ich natürlich ›kotzen‹, aber das wollte ich auf keinen Fall laut sagen. Irgendwie war es mir unangenehm vor Romy.

»Okay, dann leg dich hin, ich mache das Licht aus.«

Ich kam mir vor wie ein kleines Kind. Nervös zupfte ich an dem Oberteil, atmete durch und ging auf das Bett zu.

»Es ist so hoch«, kommentierte ich, als ich bequem darin lag und der Duft von Romy mich einhüllte.

»Ich habe zwei Matratzen drin.« Ich hörte sie lachen, dann knipste sie das Licht aus.

In der Dunkelheit nahm ich Romys Atemzüge wahr und ich lag steif wie ein Stück Eisen da, als sich etwas über mir bewegte.

»Nicht erschrecken.« Ihre Stimme war so nah.

Haare streiften meine Arme, Atemzüge mein Gesicht und ich fühlte mich, als hätte ich in eine Steckdose gefasst. Dann landete Romys Körper neben mir, sodass die Unterlage spürbar einsank.

Zu liegen war noch schlimmer, als zu stehen. Alles um mich herum drehte sich noch viel schneller und egal, wie müde ich war, ich glaubte, dass ich nicht würde schlafen können. Der Alkohol lachte hämisch darüber, dass er wieder ein Opfer gefunden hatte, das ihm verfallen war.

»Wenn du kotzen musst, das Badezimmer ist gegenüber von meinem.«

Ich lachte leise. »Mir geht es gut, mir ist nur etwas schwindelig.«

»Vergiss nicht, zwei Euro unters Kopfkissen zu legen.«

»Hä?«, fragte ich nicht ganz ladylike.

Romy schnaubte amüsiert. »Karussell fahren kostet Eintritt.«

Zuerst ratterte es in meinem Kopf und dann fiel es mir ein.

Ich erwiderte nichts darauf.

»Gute Nacht, Sam«, wisperte Romy.

»Gute Nacht.«

Dann wurde es still.

Es war so leise, dass man eine Stecknadel hätte fallen hören können. Lediglich Romys Atemzüge hüllten mich ein.

Irgendwann drehte ich mich auf die Seite, um besser schlafen zu können. Auf dem Rücken würde das nichts werden. Mein Herz schlug allerdings so schnell, dass ich glaubte, gar nicht mehr müde zu sein. Es fühlte sich so an, als hätte ich mir Adrenalin gespritzt, und das alles nur, weil ich Romys Körper so dicht neben meinem spürte. Mit ihr unter einer Decke lag. Ihre Wärme so deutlich wahrnahm.

Sie schien neben mir zu seufzen und im nächsten Moment spürte ich die Berührung ihrer Finger an meinem Kopf.

*Großer Gott.*

Mein Körper fühlte sich wie ein zu straff gezogenes Seil an: zum Zerreißen gespannt. Ich hatte das Gefühl, jede Zelle in ihm arbeiten zu spüren. Mein Bauch kribbelte und meine Hand krallte sich am Laken fest.

Sanft bewegten sich Romys Finger über meinen Kopf, kraulten ihn vorsichtig und ich entspannte mich Atemzug für Atemzug.

Romy wurde mutiger, übte mehr Druck aus, aber tat nicht mehr, als mich zu kraulen.

Ich gab ein kleines Brummen von mir, was sie amüsiert schnauben ließ. Aber sie sagte nichts und ich war ihr dankbar dafür. Ich hatte Angst, dass Worte die so zerbrechliche Situation zerstören würden, wie ein großer Stein, der gegen Glas geworfen wurde.

Mein betrunkenes Ich wollte sich umdrehen, sich in ihre Arme schmiegen, aber ein Teil in mir war trotzdem noch stark genug, es nicht zu tun. Denn egal wie sehr ich es wollte, ganz tief in mir drinnen hatte ich viel zu viel Angst davor, meinem Verlangen nachzugeben. Dann wurde es real und war nicht nur eine Fantasie.

Romy kraulte meinen gesamten Hinterkopf, sie schien nicht müde zu werden, während ich immer erschöpfter wurde.

Irgendwann hatte sich mein Körper wieder beruhigt, nachdem er begriffen hatte, dass sie mich nirgendwo anders anfassen würde, denn meine Augen fielen von allein zu und bald darauf war ich eingeschlafen.

# 13

# Bilderbuchfamilie

Ich wachte blinzelnd auf.

Neben mir spürte ich einen warmen Körper und ich glaubte schon, dass ich bei Robin war, doch als ich meine Augen öffnete, erkannte ich die Umgebung zunächst nicht.

Wo war ich? Und vor allem: Bei *wem* war ich?

Die Sonne drang durch die Ritzen der Jalousien, sodass es mir nicht schwerfiel, das Zimmer zu erkennen.

Mein Blick schweifte umher, streifte den großen Kleiderschrank, den Schreibtisch, die Topfpflanze, das Sofa … Alles kam mir entfernt bekannt vor, aber irgendwie auch nicht.

Und dann fiel es mir schlagartig ein. Zwar unter einem leichten Dunst, aber ich erinnerte mich daran, dass ich Romy angerufen, sie mich abgeholt und ich bei ihr geschlafen hatte.

*Heilige Scheiße.*

Ich richtete mich ruckartig in eine sitzende Position auf, schaute neben mich und da lag sie. Tatsächlich.

Romy.

So wunderschön wie *Dornröschen*.

Ihre Haare lagen auf dem Kissen verteilt, hingen ihr teilweise auch ins Gesicht und bedeckten es. Ihre Augen waren geschlossen, die Lider zuckten leicht, während sie vermutlich träumte. Ihre Lippen waren einen Spaltbreit geöffnet, ihr Brustkorb hob und senkte sich bei jedem Atemzug. Sie lag mir zugewandt da, sodass ich sie eingehend mustern konnte.

Auf der einen Seite wünschte ich mir, ich würde mich nicht erinnern, dann wüsste ich nicht, wie lallend ich mit ihr gesprochen und sie gebeten hatte, mir das Kleid zu öffnen. Oder wie ich mir vorgestellt hatte, mit den Händen unter ihrem T-Shirt zu forschen. Aber dann dachte ich an den Moment, als sie in der Dunkelheit ihre Hand zu mir ausgestreckt und meinen Kopf gekrault hatte.

Diese Erinnerungen prasselten auf mich ein wie ein Platzregen, der über das Land hereinbrach. Zärtlichkeit flammte in meinem Brustkorb auf, wie ein Streichholz, das in der Dunkelheit entzündet wurde. Ich hob meine Hand und legte sie an meinen Hinterkopf, an die Stelle, an der Romy mich noch in der Nacht gekrault hatte.

Warum hatte sie das getan? Weil mir schlecht gewesen war? Um mich zu beruhigen? Weil ihr Streicheleinheiten in einer Freundschaft nicht fremd waren?

Meine Wangen wurden hitzig, denn als ich das Ganze nun nüchtern betrachtete, wollte ich nur noch nach Hause, unter die Dusche und mich dafür schämen, dass ich so auf sie angesprungen war.

Meine Blase meldete sich schmerzhaft, sie war der Grund, weshalb ich aufgewacht war. Ich erinnerte mich noch vage daran, dass Romy mir erklärt hatte, wo das Badezimmer lag.

Vorsichtig schob ich die Decke von mir und fröstelte. Das Bett sowie Romys Körper waren so schön warm, dass ich mich am liebsten wieder eingekuschelt hätte.

Ich stand auf und glaubte schon, dass mich gleich der Kater überrollen würde, der sich bisher noch nicht bemerkbar gemacht hatte, aber er blieb aus. Weder Kopfschmerzen noch Übelkeit meldeten sich. Bis auf eine leichte Trägheit ging es mir erstaunlich gut.

Suchend schaute ich mich um, entdeckte mein Kleid auf dem Boden und erneut wirbelten die Erinnerungen durch meinen Kopf.

Ihre Finger an meiner Haut, nachdem sie den Reißverschluss aufgezogen hatte. Sanft. Vorsichtig. Elektrisierend.

Leise hob ich das Kleid auf, schlich zur Tür und versuchte, diese so lautlos wie möglich zu öffnen.

Doch eine Stimme ließ mich innehalten.

»Willst du dich jetzt rausschleichen wie ein billiger One-Night-Stand?«

Ich zuckte so heftig zusammen, dass ich die Klinke losließ und zu Romy herumwirbelte. Sie lag unverändert da, nur ihre Augen waren geöffnet und blickten mich verschlafen an.

»Ich wollte eigentlich nur aufs Klo und mein Kleid anziehen«, erklärte ich, dabei konnte ich Romy kaum ansehen.

Die Grenzen zwischen uns waren gestern verschwommen und ich wusste nicht, wie ich wieder eine gerade Linie ziehen sollte.

Bei Romy zu übernachten, war eine furchtbare Idee gewesen!

»Och, ich finde, das, was du jetzt trägst, steht dir sehr gut«, sagte sie.

Ich zupfte an dem zu weiten T-Shirt, das sie mir zum Schlafen geborgt hatte, und wusste nicht recht, was ich sagen sollte.

»Bleib zum Frühstück, Sam«, bat Romy mich, als ich ihr keine Antwort gab.

Langsam hob ich meinen Blick, um sie doch anzusehen. Sie hatte sich auf den Ellbogen gestützt, schenkte mir ein schiefes Lächeln, das selbst auf ihrem zerknitterten Gesicht gut aussah. In ihrem Blick lag eine stumme Bitte, die ich nicht ignorieren konnte.

»Okay, gut. Aber dann muss ich mir erst recht etwas anziehen«, stimmte ich schließlich zu.

Hatte ich schon erwähnt, dass standhaft zu bleiben, nicht meine beste Eigenschaft war?

»Wenn du in dem teuren Fummel am Tisch sitzt, fällst du viel mehr auf als in meinen Klamotten«, kommentierte sie mit einem trockenen Ton.

Autsch. Irgendwie tat es weh, ohne dass sie sich darüber bewusst schien, aber ich hatte sowieso mit diesen Vorurteilen zu kämpfen und in diesem Moment hörte es sich so an, als wäre ich eine dieser reichen Tussen.

Romy musste meinen Gesichtsausdruck bemerkt haben.

»Ich meine nur, weil es zu schön für ein Frühstück aussieht. Es würde eher zu einem schicken Dinner passen«, rechtfertigte sie sich und ich nickte. »Wenn du dich dann wohler fühlst, kann ich dir auch eine Jeans von mir geben.«

»Das wäre mir lieber.«

Wenig später stand ich im Badezimmer. Ich bürstete meine Haare, zog die Hose von Romy an, die mir ein paar Zentimeter zu lang war und an den Hüften ein wenig eng saß, aber sie erfüllte ihren Zweck. Ich spülte mir den Mund aus, damit ich Romy nicht mit meinem Morgenatem verschreckte, und ging wieder zurück in ihr Zimmer.

Aus einer anderen Richtung waren gedämpfte Stimmen zu hören und ich fühlte mich so aufgeregt wie damals, als Robin und ich unseren Eltern gesagt hatten, dass wir nun ein Paar waren.

Schnell schlüpfte ich durch die Tür. Romy saß mittlerweile aufrecht im Bett und hatte ihr Haar etwas gebändigt.

Ich setzte mich erneut zu ihr an die Bettkante, schaute mich im Zimmer um, das ich gestern schon inspiziert hatte.

»Danke noch mal, dass ich hier schlafen konnte. Meine Mutter wäre ausgerastet.« Mein Blick war auf meine Hände gerichtet, wobei ich nervös mit meinen Fingern spielte.

»Ist kein Problem. Ich frage mich nur, was du ihr erzählt hast, denn für einen ruhigen Abend warst du viel zu schick angezogen.«

Diese Frage war berechtigt und die Antwort war ich Romy schuldig.

»Ich habe ihr gesagt, dass wir gemeinsam essen gehen und bei einem Freund von Ella ein bisschen feiern. Sie hat nichts dagegen, wenn ich trinke, sie mag es nur nicht, wenn ich betrunken bin. Kann daran liegen, dass ihr Vater Alkoholiker war und es in ihr eine heftige Abneigung auslöst.«

Warum erzählte ich das? Das hatte ich noch nie getan, weil meine Mutter nicht wollte, dass ich diese Details herumerzählte.

»Ich verstehe«, meinte Romy und ich schaute auf, um sie schweigend anzusehen.

Ihr Blick wirkte intensiv, verständnisvoll, sodass ich das Gefühl hatte, ich könnte ihr meine ganze Seele offenlegen.

Sie bewegte ihre Hand, bis ihre Finger meine fanden, und brachte mich dazu, mit meinem nervösen Gefummel aufzuhören. Die Berührung war schwach und fast unbedeutend, aber löste dennoch viel in mir aus.

Augenblicklich fühlte ich mich wieder so stark wie in der Nacht zu Romy hingezogen, nur dass ich mich gestern diesen Gefühlen hatte hingeben können und sie jetzt – im nüchternen Zustand – schon wieder verfluchte.

Die Stille zwischen uns wurde schlagartig durchbrochen. Ein leises Klopfen an der Tür war zu hören und ich fuhr zusammen und zog meine Hand weg, als hätte ich etwas Verbotenes getan.

»Romy, es gibt Frühstück«, hörte ich eine kindliche Stimme ehe es erneut klopfte.

»Ist das deine Schwester?«, fragte ich.

Romy grinste. »Ja.«

»Und sie hat so viel Anstand und klopft an?«, hakte ich verdattert nach, was Romy ein noch breiteres Grinsen aufs Gesicht zauberte.

»Ja, wir sind eben gut erzogen«, brüstete sie sich in scherzendem Tonfall.

»Naaa, ich weiß nicht, ich glaube, bei dir haben deine Eltern einen Fehler gemacht«, witzelte ich.

Romys Augen wurden groß und ihr Mund öffnete sich, vermutlich vor Verblüffung.

»Das hast du nicht gesagt!«, rief sie aus, während es wieder an der Tür klopfte, was wir beide ignorierten.

Romys Hand fuhr blitzschnell in die Höhe, wie eine Schlange, die nach ihrer Beute packte. Sie kniff mir in die Seite, was mich dazu brachte, lachend wegzuzucken.

»Du bist kitzlig«, kommentierte sie mit einem leisen Knurren in der Stimme, als wäre sie tatsächlich ein Raubtier, ehe sie ihre Geste erneut wiederholte und ich sogar ein leises Quietschen von mir gab.

»Nein«, log ich, wandte mich aber unter ihrem Griff. »Bin ich nicht.«

»Bist du wohl«, triumphierte Romy, als hätte sie mir ein Geheimnis entlockt. Sie sah aus, als wollte sie mich packen und mich durchkitzeln, aber ein weiteres Klopfen schien ihr Vorhaben zu durchkreuzen.

»Rooooooomy!« Die kindliche Stimme ihrer Schwester wurde drängender.

»Ja, ich komme gleich. Sag Mom, wir haben einen Gast«, rief Romy und dann hörte das Klopfen auf.

»Na dann komm mal mit, dann lernst du gleich meine chaotische Familie kennen«, sagte sie diesmal an mich gewandt, dann kletterten wir aus dem Bett.

Kaum fünf Minuten später war ich Romy in die Küche gefolgt. Sie war klein und der komplette Einbau aus Furnierholz. Ein Esstisch nahm die Mitte des Raumes ein und ließ ihn noch winziger wirken.

Ein Mädchen und ein Junge saßen bereits am Tisch. Romys jüngere Geschwister. Ihr Bruder hatte einen Teller und ein trockenes Brötchen vor sich, das er zur Hälfte aufgeschnitten hatte. Das Messer steckte noch darin, doch er tippte auf seinem Gameboy herum.

Es erinnerte mich an früher. Heutzutage wäre es wohl eher das Smartphone. Aber vermutlich hatten die Eltern kein Geld dafür oder unterstützten es nicht. Romys Bruder sah so aus, als wäre er gerade mal elf oder zwölf Jahre alt.

Ihre Mutter hatte uns zunächst den Rücken zugedreht, während sie aus dem Kühlschrank Aufschnitt holte und auf den Tisch stellte. Dann erblickte sie uns und ein freundliches Lächeln legte sich auf ihr Gesicht. Schlagartig wurde mir bewusst, woher Romy ihr gutes Aussehen hatte.

Ihre Haare waren kinnlang, aber genauso braun wie die von Romy. Kleine Lachfalten zierten ihre braun-grünen Augen, die einen warmen und freundlichen Ausdruck in sich trugen.

»Mom, das ist Sam, meine Freundin aus der Schule. Sam, das ist meine Mom und das sind Liane und Dylan.« Romy deutete auf ihre Geschwister.

Die beiden nahmen mich aber nicht wahr. Dylan schaute weiterhin auf seinen Gameboy und Liane blickte schüchtern in die Schüssel.

Ich musste lächeln.

»Hallo, Sam. Schön, dass du hier bist«, begrüßte mich Romys Mutter. Sie wischte sich die Hände an ihrem Pullover ab und streckte mir eine davon entgegen. Aus ihren Worten war die Spur eines amerikanischen Akzents herauszuhören.

»Hallo, Frau Keller, danke, dass ich zum Frühstück bleiben kann.« Ich ergriff ihre dünne Hand.

»Bitte nenn mich einfach Holly, sonst fühle ich mich so alt«, sagte sie lachend.

»Das bist du auch«, ertönte eine dunkle Stimme hinter uns und sofort drehte ich mich um.

Ein Mann mit rasierten Wangen, kurzem braunen Haar und einer schiefen Nase erschien in der Tür. Er trug ein legeres Hemd und eine dunkelblaue Jeans mit einem schwarzen Gürtel unter dem etwas zu großen Bauch.

»Warum habe ich diesen Mann nur geheiratet?«, fragte Holly und verdrehte die Augen.

Romys Vater umrundete den Tisch.

»Weil du mich liebst.«

Er gab seiner Frau einen Kuss auf die Wange, dann richteten sich seine Augen zuerst auf mich, ehe er seine ältere Tochter ansah.

»Ich wusste gar nicht, dass du Besuch hast.« Er lächelte freundlich in meine Richtung.

Ich gab ein »Ich bin Sam« von mir, während Romy »Der Besuch traf erst bei Nacht ein« an ihren Vater gewandt sagte.

Seine buschigen Augenbrauen hoben sich.

»Ach so ist das«, sagte Holly schmunzelnd anstelle von Romys Vater und ich hatte das Gefühl, dass ich gerade etwas nicht verstand.

»It's not what you think, Mom«, wechselte Romy ins Englische, als ob ich es nicht verstehen könnte. Aber vielleicht war es auch nur die Macht der Gewohnheit, das zu tun.

»Dylan, leg den Gameboy weg«, mahnte Holly kurz darauf. Doch dieser reagierte gar nicht, sondern spielte unbeirrt weiter.

»Ich bin Philipp«, sagte Romys Vater wieder an mich gewandt, streckte mir seine Hand entgegen, die ich ergriff und kurz schüttelte.

»Hallo«, begrüßte ich ihn noch mal richtig. »Freut mich.«

Philipps Augen funkelten, als hätte ich ihm ein Kompliment gemacht, dann deutete er einladend zum Tisch. »Setz dich doch. Romy, du hast unserem Gast ja noch gar nichts zu trinken angeboten.«

Die Freundlichkeit dieser Familie empfing mich wie ein warmer Mantel, den man sich um die Schultern legte.

»So weit waren wir auch noch nicht«, verteidigte sich Romy, während wir uns an den Tisch setzten, auf dem ein Korb mit aufgebackenen Brötchen stand.

Liane schaute mich an, während ihr ein Tropfen Milch aus dem Mund lief und sie das Müsli in ihren vollen Backen kaute. Sie ähnelte ihrer Mutter und ihrer Schwester sehr. Ich hatte eine jüngere Version von Romy vor mir, zumindest so, wie ich sie mir als Kind vorstellte.

Ich lächelte etwas unbeholfen, mit schüchternen Kindern konnte ich nicht umgehen. Mir fiel einfach nichts ein, was ich hätte sagen können, doch Liane schien etwas auf der Seele zu brennen.

»Ist das deine neue Freundin?«, flüsterte sie Romy zu, die sich neben ihre Schwester gesetzt hatte, um mir gegenübersitzen zu können.

Jedoch konnte ich ihre Worte sehr wohl hören und ein Verdacht keimte in mir auf, den ich schnell wieder zerschlug. Liane war jung, sie wusste nicht um ihre Wortwahl.

»Nein, sie geht auf meine Schule«, informierte Romy ihre Schwester und strich Liane über den Kopf.

Sofort musste ich daran denken, wie sie das gestern Abend bei mir getan hatte, und in Anwesenheit ihrer Familie begannen meine Wangen zu glühen. Auf den ersten Blick wirkte alles hier so ungezwungen, anders, als ich es von mir zu Hause kannte.

»Du kannst dir alles nehmen, was auf dem Tisch steht, Sam. Du musst dich nicht scheuen«, sagte Holly, dabei hob sie eine Kanne in die Höhe. »Kaffee?«

Ich schüttelte den Kopf. »Danke, nein.«

»Dann lieber Saft?«, fragte sie mit einem mütterlichen Lächeln, sodass ich meine Hemmungen endgültig ablegte. Romys Familie wirkte offen und sympathisch, sodass ich gar nicht anders konnte, als mich wohlzufühlen.

Ich bejahte und kurz darauf stand das Getränk in einem Glas vor mir auf dem Tisch.

»Ich nehme Kaffee«, sagte Romy und ihre Mutter goss ihr eine Tasse ein. Romy verfeinerte ihn mit zwei Löffel Zucker sowie einem Schuss Milch. Dann nahm sie sich ein Brötchen aus dem Korb und schaute mich auffordernd an.

Etwas schüchtern griff ich selbst nach einem und schnitt es mir auf. Auch Romys Eltern setzten sich jetzt zu uns an den Tisch und anders als mein Vater griff Philipp nicht direkt nach der Zeitung, sondern wirkte so, als wollte er sich am Gespräch beteiligen.

»Dylan.« Hollys Stimme klang warnend, denn dieser hatte sein Brötchen immer noch nicht aufgeschnitten, sondern zog alberne Grimassen, als er weiter mit den Fingern auf den Gameboy einhackte.

Keine Reaktion.

»Dylan, deine Mutter hat was gesagt«, mischte sich nun auch Philipp mit strenger Stimme ein.

Das schien von Erfolg gekrönt zu sein.

»Ich will das noch fertig spielen«, motzte Romys jüngerer Bruder. Seine braunen Haare waren verstrubbelt, als hätte er sie sich nach dem Aufstehen nicht gekämmt. Aber es störte mich nicht, im Gegenteil, es war einfach *normal*. Etwas, was bei mir zu Hause absolut inakzeptabel gewesen wäre. Wenn ich mir nur versuchte, vorzustellen, dass ich nicht zurechtgemacht zum Frühstück auftauchte, konnte ich die Moralpredigt meiner Mutter bis hierher hören. Ihre Eitelkeit brach alle Rekorde.

»Dylan Jonas Keller, das ist die letzte Warnung.« Hollys Stimme wurde lauter und nun schien Dylan auch zu verstehen, dass er die Grenze fast überschritten hatte. Er gab einen genervten Laut von sich, legte den Gameboy weg und wandte sich seinem Brötchen zu.

Unwillkürlich zuckten meine Mundwinkel. So hätte es sein können, wäre ich in eine andere Familie hineingeboren worden. Zugegeben in eine mit weniger Reichtum, aber der hatte mich nie wirklich interessiert.

Ich belegte mein Brötchen mit Wurst und als ich aufschaute, kreuzte mein Blick den von Liane, die mich anstarrte, als wäre ich ein Ufo.

Zaghaft lächelte ich in ihre Richtung, was sie dazu brachte, sich an Romys Arm zu lehnen, die gerade ein Stück von ihrem Brötchen abbiss.

»Bist du wieder schüchtern?«, fragte sie und lächelte ihre Schwester an. »Gibt keinen Grund, Sam frisst keine lieben Kinder, nur die bösen.« Damit schaute sie in Dylans Richtung und ich lachte.

Ihr Bruder reagierte nicht, sein Blick hing fieberhaft am Gameboy, während er sein Frühstück regelrecht in den Mund stopfte, um schneller zu essen.

»Und ihr beiden kennt euch also aus der Schule?«, fragte Romys Vater.

Ich hatte gerade von meinem Brötchen abbeißen wollen, ließ es auf halbem Weg aber wieder sinken. »Ja«, antworte ich, da er in meine Richtung schaute.

»Bitte kein Verhör«, mischte sich Romy ein, griff nach ihrer Tasse, wärmte sich die Hände daran, ehe sie einen Schluck Kaffee trank. Sie warf ihrem Vater einen strengen Blick zu, den ich wohl nicht hätte bemerken sollen. Tat ich aber.

Mich störten Philipps oder Hollys Fragen nicht. Im Gegenteil, ich fand es gemütlich und erfrischend, über etwas anderes als Robin, das Studium, meine Schulnoten oder Zukunftspläne zu reden. Meine Seele fühlte sich wohl, nachdem meine erste Aufregung verflogen war. Ehrlich gesagt wollte ich gar nicht mehr nach Hause, so gut gefiel es mir hier.

Außerdem saß mir Romy gegenüber und egal wie ich mich gestern benommen hatte oder was passiert war, sie ließ sich nichts anmerken und behandelte mich so, wie sie es sonst auch immer tat.

Wir frühstückten über eine Stunde, wobei Dylan nach zehn Minuten aufgestanden war, sein Geschirr weggeräumt hatte und mit dem Gameboy verschwand.

Liane dagegen war etwas aufgetaut. Sie hatte mich gefragt, ob ich jetzt öfter hierherkommen würde. Romy hatte mit einem »Ja« geantwortet und ich hatte nur dümmlich gegrinst. Ich konnte mir schon vorstellen, Romy öfter zu besuchen, aber ob das so eine gute Idee war? Sicherlich würde ich das nicht mehr betrunken machen.

Ihre Eltern unterhielten sich mit mir, fragten, was ich in meiner Freizeit unternahm, wie ich lebte und ob ich schon wüsste, was ich nach dem Abitur machen wolle.

Aber sie taten es nicht in dem Tonfall wie meine Eltern, als müsste ich mir meine Antwort akribisch überlegen, um nichts Falsches zu sagen.

Ich hatte mich so wohlgefühlt – und vom Alkohol keine Nachwirkungen gespürt –, dass ich glatt zwei Brötchen sowie ein weich gekochtes Ei verputzt hatte.

Ich hatte nach dem Frühstück beim Abräumen helfen wollen, aber Holly hatte mich und Romy aus dem Raum gescheucht. Also war ich ins Badezimmer gegangen, um mir mein Kleid anzuziehen. Romy hatte es sich nicht verkneifen können, zu sagen: »Komm schon, Sam, ist ja nicht so, als hätte ich dich nicht schon nackt gesehen.«

Und eigentlich hatte sie recht, aber in der Sauna war es einfach etwas anderes. Da waren noch andere Menschen und hier wären wir ganz allein gewesen. Dann hätte ich mir vielleicht nicht mehr nur noch vorgestellt, ihre Brüste anzufassen …

Nun saßen wir gemeinsam im Auto von Romys Eltern, nachdem sie mir angeboten hatte, mich nach Hause zu fahren. Eigentlich hatte ich nicht so viele Umstände machen wollen, aber Romy hatte darauf bestanden.

»Danke noch mal für alles. Ich fand es mit deiner Familie wirklich …« Ich suchte das richtige Wort.

»Anstrengend? Unheimlich? Ungewohnt?«, versuchte sie, mir auf die Sprünge zu helfen.

»Ich wollte eigentlich eher angenehm und lustig sagen«, antwortete ich.

Romys Augen leuchteten ein wenig auf, als ich das sagte, und für ein paar Sekunden war sie still.

»Hat es dir jetzt die Sprache verschlagen?«, neckte ich und drehte mich zu ihr, um mich zu verabschieden.

Sie schüttelte den Kopf, als hätte sie einen Gedanken verworfen, und beugte sich zu mir herüber, um mich über die Mittelkonsole hinweg umarmen zu können.

»Mir hat es schon die Sprache verschlagen, als ich dich in diesem Kleid gesehen habe«, hauchte Romy nahe an meinem Ohr.

Mir stockte der Atem, jedes meiner Worte, die ich mir zurechtgelegt hatte, war wie weggeblasen. Ihr Duft hüllte mich ein, als wäre er das Gift einer Schlange, das mich langsam betäubte. Nur war es nicht schmerzhaft, sondern die süßeste Versuchung der Welt.

Meine Gedanken drehten sich wie ein Kreisel. Ich wusste nicht, ob ich ausweichen oder antworten sollte.

Aber das musste ich gar nicht.

Romy bewegte sich in meinen Armen und dann meinte ich, ihre Lippen kurz an der empfindlichen Stelle meines Ohres zu spüren. Mein Rücken kribbelte, als würden lauter kleine Ameisen über ihn laufen.

Vielleicht hatte ich es mir auch nur eingebildet, denn als sie mich losließ, merkte ich ihr nicht an, dass sie mich geküsst hatte.

*Unmöglich.*

Hitze flammte nicht nur in meinen Wangen, sondern auch zwischen meinen Beinen auf. Ich wusste nicht, was für einen Ausdruck ich in den Augen trug, aber er sorgte dafür, dass Romy den Blick abwandte.

»Besser, du steigst jetzt aus«, murmelte sie. Aber es klang nicht abweisend oder distanziert, sondern vielmehr, als würde sie versuchen, sich zu beherrschen.

Hatte ich noch Restalkohol im Blut? War das hier Wunschdenken?

Mir wurde wieder schwindelig, aber anders als gestern. Das hier hatte nichts damit zu tun, betrunken zu sein. Obwohl, vielleicht war ich wirklich betrunken.

Von ihr.

Von Romy.

Einer Frau.

Großer Gott.

Ich nahm mir ihre Worte zu Herzen und griff mit zittrigen Fingern nach dem Türgriff.

»Danke fürs Fahren. Bis Montag«, beeilte ich mich zu sagen.

Romy warf mir einen kurzen Seitenblick zu. Ihre Augen funkelten so hungrig, dass mein Unterleib sich wieder zusammenzog.

»Bis Montag, Sam.«

Damit stieg ich mit wackeligen Beinen aus und flüchtete förmlich ins Haus, nachdem meine Mutter mir geöffnet hatte.

Ich wimmelte ihre Frage, wo ich die ganze Nacht gewesen sei, mit einem »Bei Ella« ab und floh in mein Zimmer.

Dort angekommen, lehnte ich mich für einen Moment gegen die Tür, ließ meinen Kopf dagegen sacken und atmete mehrere Sekunden lang ein und aus. Der Schweiß brach mir aus, als wäre ich einen Marathon gelaufen. Ich spürte ihn in meinem Nacken, an meinem Hals, meinem Gesicht und meinem Rücken.

Immer wieder dachte ich daran, wie Romy mir das Kleid ausgezogen hatte, wie ich sie nackt in der Sauna gesehen hatte, wie sie in der Kantine den Saft des Apfels von ihren Fingern geleckt hatte, wie sie gerade vermutlich mein Ohr geküsst hatte. Mein Bauch wurde warm und mir blieb der Atem weg.

*Romy.*

*… Mädchen, die sich vom selben Geschlecht sexuell angezogen fühlen.*

*Romy.*

*… dass du sie einfach scharf findest.*

*Romy.*

Das passierte nicht mit mir. Das *durfte* nicht passieren.

# 14

# Geburtstagsfeier und Feuerwerke

Ich war achtzehn.

Endlich volljährig.

Eigentlich hätte ich mich gut fühlen sollen, berauscht. Der Tag, auf den ich lange hingefiebert hatte, war endlich gekommen. Aber dennoch fühlte ich mich seltsam ernüchtert.

Die letzten zwei Wochen waren rasend schnell vergangen und außer einem Treffen zu viert hatten Romy und ich uns privat nicht mehr gesehen. Es war nicht so, als würden wir Abstand zueinander halten, es hatte sich einfach nicht mehr ergeben. Und irgendwie schmerzte diese Tatsache wie ein Dolch in meiner Brust. Aber heute Abend würde sie zu meiner Feier kommen und dieser Gedanke erwärmte mein Herz.

Den ganzen Tag war ich schon aufgeregt und das lag nicht an dem Geschenk, das meine Eltern mir heute Morgen gemacht hatten.

Ein eigenes Auto.

Genauer gesagt ein Opel Adam in Weiß-Schwarz, Sportausführung, mit Klimaautomatik und Panoramadach. ›*Alles, was das Herz begehrt*‹, laut meinen Eltern. Ich hatte irgendwann mal fallen lassen, dass ich das Model ganz schön fand. Jedoch nicht in der Absicht, dass sie es mir zum Geburtstag schenkten.

Pünktlich nach dem Frühstück hatten mir meine Eltern die Schlüssel überreicht und hatten mich mein Geschenk begutachten lassen. Nur hatten sie mich damit mehr in Verlegenheit gebracht, als dass ich mich hätte freuen können.

*Wirklich, ein eigenes Auto zum Geburtstag?*

Es war cool, einen eigenen Wagen zu haben, gar keine Frage. Aber materielle Dinge waren eben nicht alles. Eine herzliche Umarmung hätte mehr Wert gehabt. Aber darin war meine Mutter noch nie gut gewesen. Sie schenkte mir ihre Liebe in Form von seltenem Stolz, Anerkennung oder Reichtum

Nur mein Vater hatte sich Mühe in Form eines Schlüsselanhängers gemacht, in dem ein Bild von uns beiden und die Gravur *Vater und Tochter* eingearbeitet war. Dafür war ich ihm um den Hals gefallen und er hatte lachend gesagt, dass er wusste, dass ich mich darüber freuen würde.

Und das tat ich, so blöd wie es klang, mehr als über das Auto.

Ich überprüfte noch einmal mein Make-up. Wie immer hatte ich mich eher dezent geschminkt: eine Feuchtigkeitscreme mit einer hellen Tönung, Wimperntusche und Labello, der etwas rötlich auf meinen Lippen schimmerte.

Den ganzen Nachmittag hatte ich damit verbracht, mich in Schale zu werfen. Das volle Programm.

Haarentfernung, Gesichtsmaske, Nägel feilen und lackieren, meinen Körper mit Bodylotion eincremen sowie Haare glätten.

Ganz wichtig! Sonst sahen sie aus wie die von Tom Hanks in dem Film *Cast Away – Verschollen*. Gut, nicht ganz so schlimm, aber ich fühlte mich zumindest so.

Das war mein Tagesablauf gewesen und letztendlich war ich in mein dunkelgrünes Cocktailkleid von *Prada* geschlüpft.

Es war eines der Geschenke, die mein Vater mir ab und an machte. Ich liebte dieses Kleid, auch wenn es wirklich nobel war und nur so nach Reichtum stank. Aber heute Abend wollte ich es mit Überzeugung tragen. Nicht, dass ich das bei einem billigen nicht auch getan hätte, aber ich musste zugeben, dass dieses besonders die Kurven meines Körpers betonte.

Es lag oben sehr eng an, verlief ab der Hüfte ausladend bauschig und war mit Rüschen verziert. Der Stoff endete bei der Mitte meiner Oberschenkel und hatte einen schlichten Spitzensaum. Eine silberne Halskette verschönerte mein sichtbares Dekolleté und ein eingebauter BH sorgte dafür, dass ich das Kleid schulterfrei tragen konnte.

Meine Eltern hatten darauf bestanden, dass ich meinen Geburtstag mit Stil und Eleganz feierte.

Vielleicht würde Romy auch ein Kleid tragen? Der Gedanke elektrisierte mich.

Die Tür zu meinem Zimmer öffnete sich und Robin, der heute Morgen gekommen war und mir beim Dekorieren und Vorbereiten geholfen hatte, streckte den Kopf rein.

Seine Augen weiteten sich.

»Du siehst … wunderschön aus! Wenn wir noch Zeit hätten, würde ich dir das Kleid mit Genuss wieder ausziehen, aber das hebe ich mir für heute Nacht auf«, murmelte er. Seine Worte sorgten eher dafür, dass ich es mir selbst gern wieder ausgezogen hätte.

Ich warf meine hellbraunen Haare nach vorn, sodass sie über mein Schlüsselbein bis zur Brust fielen und die nackte Haut dort bedeckten.

Ich lächelte gezwungen.

»Aber zu deinem Outfit fehlt noch ein Accessoire«, sagte Robin.

Er betrat mein Zimmer und ich drehte mich neugierig zu ihm. Normalerweise schenkten wir uns nur Kleinigkeiten, aber ich konnte mir gut vorstellen, dass auch er zu meinem achtzehnten Geburtstag maßlos übertrieben hatte.

Er zog ein rechteckiges Etui aus der Tasche seiner Jeans, die er zu einem dunkelblauen Herrenhemd kombiniert hatte.

Robin öffnete den Deckel und gab den Blick auf ein Pandora-Armband aus Sterlingsilber frei, an dem drei kleine Anhänger baumelten. Ein Hufeisen, eine Krone und ein Herz.

Ich hatte mir Derartiges nie gewünscht, aber ich wusste, dass vermutlich die Hälfte aller Mädchen dafür morden würden. Und ich bekam es auf dem Silbertablett serviert. Nicht, dass ich undankbar wäre. Das Armband gefiel mir, es sah hübsch aus und ich wusste, wie viel Gedanken Robin sich gemacht haben musste. Das mochte ich an ihm. Aber im Grunde meines Herzens hätte ich mich über etwas Persönliches mehr gefreut. Etwas, was nicht jeder haben konnte, das hätte es besonders gemacht.

Aber ich lächelte, bedankte mich und umarmte Robin so überschwänglich, dass er taumelte und mich fest an sich drückte.

Er lachte erheitert. »Ich nehme an, dass es dir gefällt?«, hakte er nach. Doch als ich mich von ihm löste und in seine Augen blickte, sah ich den Triumph und die Bestätigung in ihnen glänzen.

»Komm, ich mache es dir um«, bot Robin mir an und ich streckte ihm mein Handgelenk entgegen. Er berührte es mit seinen Fingern und streichelte meine Haut, als er mit den Schmuck umlegte.

Seine Berührung fühlte sich vertraut an, aber nicht so brennend wie die von Romy.

Robin streichelte meinen Arm nach oben, über meine nackte Schulter, bis er mein Kinn umfasste.

»Danke, Robin«, wiederholte ich.

Er lächelte mich an, strich mit dem Daumen über meine Unterlippe, beugte sich zu mir nach vorn und gab mir einen sanften Kuss.

Ich musste ihn nicht wegschieben oder aufhalten, den Kuss zu intensivieren, denn in dem Moment riefen meine Eltern, dass sie sich auf den Weg zur Oper machen wollten. Sie würden in einem Hotel übernachten, um mir meinen Freiraum zu lassen. Allerdings hatte meine Mutter betont, dass ich mich wegen des Alkohols beherrschen und dafür sorgen sollte, dass nichts kaputtging. Sie erwartete, dass ich eine zivilisierte Party feierte, und kein Saufgelage.

Mein Vater war wie immer unkomplizierter gewesen und hatte mir mit einem Zwinkern einen schönen Abend gewünscht und mir zum zehnten Mal erzählt, wie er seinen achtzehnten Geburtstag mit einer Mottoparty gefeiert hatte, was darin geendet hatte, dass er das halbe Haus demoliert hatte – was er im Alter zwar immer noch lustig fand, mich aber im selben Atemzug darum bat, es ihm nicht gleichzutun.

Robin und ich verabschiedeten uns von ihnen, kontrollierten noch einmal alles und pünktlich um 19:00 Uhr tauchten die ersten Gäste auf. Mein Cousin Benjamin kam vorbei und brachte zwei seiner Kumpel mit, Robins zwei Jahre jüngerer Bruder stieß wenig später dazu und ich wusste genau, dass dieser heute die ganze Zeit unter Robins Bewachung stehen würde.

Mit zwanzig Minuten Verspätung kamen auch Ella, Vanessa sowie zwei Freundinnen von mir, die ich seit der Grundschule kannte, zu denen ich aber nur noch sporadischen Kontakt hatte.

Ich sorgte dafür, dass jeder wusste, wo das Essen und die Getränke standen, und nach und nach fanden sich die Leute ein. Es waren ungefähr so viele wie auf Ellas Party.

Es fehlten nur noch fünf Gäste, als es wieder klingelte, ich zum wiederholten Male an diesem Abend zur Tür ging, um die Leute hereinzulassen und Gratulationen sowie Geschenke entgegenzunehmen. Ella und Vanessa hatten mir einen weiteren Anhänger für mein Armband geschenkt. Es lag auf der Hand, dass sie sich mit Robin abgesprochen hatten.

Doch als ich diesmal die Haustür öffnete, blickte mir das Gesicht entgegen, das ich am meisten ersehnt hatte: das von Romy.

Sie trug wie gewohnt eine schwarze Hose, ihre typischen Springerstiefel, ein graues T-Shirt und – trotz der Kälte – ihre Lederjacke. Wenn ich ehrlich war, hatte ich gehofft, sie wenigstens einmal in einem Kleid sehen zu können, nachdem ich mir schon ausgemalt hatte, wie sie darin aussehen würde. Aber das war nun mal die Romy, die mir vertraut war.

Ihre Augen waren auf mich gerichtet, bewegten sich an meinem Körper hoch und runter. Ihre schwarz geschminkten Augenlider flatterten leicht.

»Wow«, brachte sie hervor und mein Herz machte einen Satz.

Ich erlebte Romy selten sprachlos.

»Du hättest dich für mich nicht so schick machen müssen«, gab sie neckend von sich, zerstörte den kostbaren Augenblick damit und war wieder das Mädchen, das ich bisher kennengelernt hatte.

Ich lachte.

»Du bist doch doof«, sagte ich und schlug spielerisch nach ihr. Doch sie fing mein Handgelenk mühelos ab und zog mich mit einem Ruck in ihre Richtung. Mein Atem stockte mir in den Lungen, als ich gegen ihren Körper prallte.

»Was? Bekomme ich jetzt Schläge zur Begrüßung anstelle einer Umarmung?«, raunte sie, sodass ihre Tonlage mir durch Mark und Bein ging. Für eine Sekunde war ich unfähig, zu reagieren. Wie ein Reh, das in die Scheinwerfer eines Autos sah.

»Du bekommst, was du willst«, brachte ich nur mit einem Hauchen hervor. Meine Stimme hatte sich verabschiedet.

*Flirte ich gerade mit ihr?*

»Auf das Angebot komme ich gern zurück.« Romy schenkte mir ein gönnerhaftes Grinsen, zog mich in ihre Arme und die Weiblichkeit ihres Körpers hüllte mich ein. Ihr Duft umgab mich und ihre Wärme vermischte sich mit meiner.

Sie umarmte mich zur Begrüßung, wie wir es schon so oft getan hatten. Meine Lider senkten sich flatternd, als ihr Geruch mich umgarnte.

Sie. Fühlte. Sich. Viel. Zu. Gut. An.

Doch bevor ich es richtig genießen konnte, ließ sie mich wieder los und reichte mir eine kleine Plastiktüte.

»Ich habe ein Geschenk für dich«, sagte sie, gratulierte mir aber nicht und ich fragte mich, ob sie dachte, dass ich in meinen Geburtstag reinfeiern würde.

Dennoch nahm ich aufgeregt die Tüte entgegen und wollte sofort wissen, was es war.

»Ich bin leider ein neugieriger Mensch und will es sofort aufmachen«, gestand ich und Romy machte eine Geste mit der Hand, als wollte sie sagen: *Nur zu.*

Sie schloss die Tür hinter sich, behielt ihre Lederjacke jedoch an.

»Ist dir nicht kalt in diesem dünnen Ding?«, fragte ich, während ich das Geschenk auspackte. Es war schmal und quadratisch. Was das wohl sein könnte?

»Ich bin gefahren worden und werde später abgeholt. Es war nur kalt, als du mich vor der Tür hast warten lassen«, neckte Romy mich.

Ich schenkte ihr daraufhin einen gespielt beleidigten Blick. Ich hatte sie nicht warten lassen!

Die Verpackung zerriss endlich unter meinen ungeduldigen Handgriffen und dann offenbarte sich mir der Inhalt, den ich aus den restlichen Fetzen des Geschenkpapiers zerrte.

Ich hielt es mit geöffnetem Mund in der Hand. Staunend. Gerührt. Glücklich.

»Du hast mir einen Fotokalender gemacht?«, fragte ich und meine Stimme klang zwei Oktaven höher. Ich musste mich beherrschen, vor Freude nicht zu quietschen.

In großen goldenen Lettern stand *2017* geschrieben, darunter klebte ein Bild von Ella, Vanessa und mir, das ich mal auf Facebook gepostet hatte.

Ich blätterte direkt die zwölf Monate durch. Auf jeder Seite war ein anderes Bild zu sehen und im September auch eines von Romy und mir. Sie sah aus wie eine Göttin und ich neben ihr wie ein Gnom. Es war nicht so, als würde ich mich hässlich finden, aber neben Romy würde sogar Michelangelos *David* in Tränen ausbrechen.

»Gefällt er dir?« Romy schien nach Bestätigung zu suchen.

Unsere Blicke trafen sich und ich versuchte, ihr den zärtlichsten und glücklichsten Ausdruck zu schenken, damit sie wusste, wie sehr es mir gefiel.

»Oh jaaa, das ist das beste Geschenke, das ich heute bekommen habe!«

Romy lächelte nicht nur mit den Lippen, sondern auch mit den Augen.

»Da bist du ja, ich habe dich schon vermisst«, ertönte Robins Stimme hinter mir. Wenige Wimpernschläge später spürte ich seinen Arm, der sich um meine Hüfte legte, als er mich an sich drückte. Mein Körper wurde steif. Die Zuneigungsbekundungen meines Freundes waren mir vor Romy unangenehm.

»Hallo, Romy«, begrüßte Robin sie.

Sie nickte. »Hallo.« Ihre Augen funkelten düster.

»Wir wollten gerade mit Sekt anstoßen, kommt ihr?« Robin übte Druck auf meinen Körper aus, sodass ich mich ergab und von ihm führen ließ.

Romy folgte uns in das Innere des Hauses, dabei schaute sie sich um, als würde sie sich nicht ganz wohlfühlen. Es lag kein Neid in ihren Augen ob der teuren Einrichtung, aber eine Spur Befremdlichkeit.

Wir mischten uns unter die anderen, die allesamt schick gekleidet waren. Romy fiel in der Masse auf wie eine schwarze Ente in einer Horde weißer Schwäne. Aber das schien sie gar nicht zu stören. Es hätte mich auch gewundert, würde sie sich etwas daraus machen.

Vanessa und Ella gesellten sich zu uns und gemeinsam stießen wir mit Sekt an, um meine Volljährigkeit zu begrüßen.

Musik spielte im Hintergrund, einige Leute wippten an Ort und Stelle hin und her, Stimmen summten durch die Luft, Gläser klirrten und Lachen durchdrang den Raum.

Ich war ständig auf den Beinen, versuchte, mich mit jedem zu unterhalten. Robin war stets an meiner Seite oder an der seines Bruders. Es kam mir ein bisschen so vor, als wollte er heute Abend den Aufpasser für alle spielen. Dennoch wirkten die Leute, als hätten sie Spaß. Hin und wieder fand mein Blick den von Romy und wir schauten uns über den Raum hinweg an.

Beim letzten Mal hatte Robin mich mit einem Kuss von ihr abgelenkt, den ich ihm kurz gewährt hatte. Doch bald darauf wurde es mir hier drinnen zu stickig und zu eng. Ich flüchtete zur Veranda, die in einen umzäunten Garten führte.

Hier war ich sowieso richtig, weil in zwanzig Minuten das Feuerwerk gezündet werden sollte. Dann würden sich die Gäste hier draußen einfinden und dem Spektakel am Himmel zuschauen.

Die Kälte drang durch den dünnen Stoff meines Kleides, ließ mich an den Schultern, Armen und Beinen frösteln. Aber ich wollte nicht wieder hinein und für die Welt lächeln. Meine Stimmung war gekippt, ohne dass ich hätte erklären können, wieso. Ich brauchte einfach diese Zeit für mich, um mich zu beruhigen.

Ich hob den Kopf, schaute in den dunkelblauen klaren Himmel, an dessen Netz neckisch die Sterne auf mich herabfunkelten. Keine Wolke war zu sehen, sodass der Mond in seiner ganzen Pracht und Fülle zu erkennen war. Der Wind wehte, rauschte durch die Bäume, wirbelte die Blätter auf, die auf dem säuberlich geschnittenen Rasen lagen.

Es war in diesem Moment trotz der Geräusche der Natur seltsam still und friedlich. Irgendwo in der Ferne ging ein Licht in dem Fenster eines Dachgeschosszimmers an und ein Schatten bewegte sich dahinter.

Der vertraute Anblick sowie die frische Luft beruhigten mich ungemein, sorgten dafür, dass ich mich entspannte, auch wenn mein Körper vor Kälte leicht zitterte.

Ich wurde aus der friedlichen Trance gerissen, als die Tür hinter mir aufging, sodass kurz lautes Stimmengewirr und Musik nach draußen drangen, ehe diese wieder gedämpft wurden. Dann waren leise Schritte zu hören und ich rechnete fest damit, dass Robin mich gefunden hatte. Wie den ganzen Abend über schon. Heute fühlte ich mich ihm gegenüber besonders abgeneigt.

»Mir geht es gut«, beschwichtigte ich ihn.

»Das sieht aber nicht danach aus.«

Die Stimme ließ mich erschrocken zusammenzucken, aber gleichzeitig auch meinen Bauch kribbeln. Einen Herzschlag später stand Romy neben mir. Ihr Blick war auf mich gerichtet und ihre Gesichtszüge wirkten zärtlich.

»Was machst du denn hier draußen?«, fragte ich verwirrt.

Ihre Mundwinkel hoben sich. »Das Gleiche könnte ich dich fragen.«

Ihre Antwort erinnerte mich an unser Gespräch vor dem *Mauritius* über die Tatsache, dass wir beide zu früh da gewesen waren. Unser erstes Treffen. Es lag nur ein paar Wochen zurück, aber es kam mir so vor, als wären seitdem Jahre vergangen.

»Mir wurde es drinnen zu laut und stickig«, gab ich leise von mir, schlang die Arme noch fester um mich, als könnten sie mich vor der Kälte schützen.

»Du meinst, du flüchtest vor Robin?« Romys Tonfall klang auf eine Art und Weise wissend, aber auch mitfühlend.

Überrascht zog ich die Augenbrauen hoch und betrachtete ihr Gesicht, das sie mir zugewandt hatte. Das runde Kinn, die glatte definierte Nase und diese ausdrucksstarken Augen, die mir bis auf den Grund meiner Seele zu blicken schienen.

Ich kämpfte darum, meine Fassung zu wahren, denn ein Teil in mir stimmte ihr zu. Etwas, das ich nicht wahrhaben wollte. Wenn ich Robin verlieren würde, würde ich mich selbst verlieren und alles, woran ich bisher geglaubt und mich festgehalten hatte. An der Normalität. Am Glücklichsein.

»Das ist nicht wahr«, gab ich trotzig von mir. Ich war versucht, die Arme vor der Brust zu verschränken, ließ es aber, als mir klar wurde, wie abwehrend die Haltung wäre. Romy würde sich in ihren Worten noch viel mehr bestätigt fühlen.

Sie drehte sich zu mir, was ich ihr nicht gleichtat. Vielmehr starrte ich verbohrt auf den Rasen, ihre Blicke auf mir spürend.

»Doch, das ist es und das weißt du. Du liebst deinen Freund doch gar nicht.«

Ihre Worte waren so schmerzhaft wie der Biss einer Schlange und sie vergifteten mich innerlich. Meine Fassade bröckelte immer mehr und am liebsten wäre ich geflohen, aber meine Beine – diese Verräter – bewegten sich nicht.

»Wie kommst du darauf, so etwas zu behaupten?!« Ich hatte laut werden wollen, aber meine Stimme war nicht mehr als ein Flüstern. Sie ließ mich genauso im Stich, wie es meine Füße taten.

»Weil ich es dir ansehe, Sam. Wie du dich in seiner Gegenwart verkrampfst und ihm ausweichst.« Romys Stimme klang hitzig.

»Das stimmt nicht! Ich glaube, deine Wahrnehmung ist etwas getrübt!« Mit diesen Worten wirbelte ich nun doch zu ihr herum. Meine Augen sprühten. Ertappt. Beleidigt. Angriffslustig.

Aber auch in den ihren flammte das Feuer des Zorns und der Leidenschaft.

Hitze zuckte meine Wirbelsäule hinauf, ließ meinen Nacken und mein Gesicht heiß werden. Ich war wütend über das, was Romy gesagt hatte, und noch viel wütender machte es mich, dass sie recht damit hatte. Aber was ging sie das an?

Ich wollte gerade dazu ansetzen, sie zusammenzustauchen, als sie mir zuvorkam.

»Du willst mir nicht glauben? Na schön, dann beweise ich es dir!«

Mit diesen Worten ergriff sie mein Handgelenk, ehe ich die Chance gehabt hätte, es zu verhindern. Sie ging herrisch ein paar Schritte rückwärts, zog mich mit sich, bis wir im Schatten verschwanden, den die Sträucher uns boten.

Ich war so überrumpelt, dass ich mich nicht gegen Romy wehrte. Mein Herz klopfte wild, als wollte es aus meiner Brust in ihre springen, um sich dort mit ihrem zu verschlingen.

Ich stolperte durch das Gras hinter ihr her, dann packte sie meine Schultern, wirbelte uns um hundertachtzig Grad herum.

»Was tust du da?«, fragte ich erschrocken, als ich ihre Finger auf meiner nackten Haut spürte.

»Etwas, was ich schon viel früher hätte tun sollen!«, kam es leidenschaftlich von ihr.

Ihr Tonfall ließ meinen Magen sich vor Wut, Aufregung und Wohlgefallen zusammenkrümmen.

Mit einer nächsten bestimmenden Bewegung drückte sie mich gegen die raue Hauswand, die über meine Haut kratzte. Die Kälte ließ mich erschaudern und als mein Körper wieder reagierte, versuchte ich mich aus Romys Griff zu befreien. Doch sie hatte die Distanz zwischen uns bereits überbrückt und presste ihren warmen Körper gegen meinen.

Ich war gefangen zwischen ihr und der Wand.

Ihre Hände legten sich um meine Wangen, hielten mein Gesicht fest, als wäre ich eine zerbrechliche Porzellanpuppe. Ich konnte mich nicht wehren, denn ihre Nähe war unglaublich hypnotisierend.

»Romy, was tust …«

»Schsch, das wird dir gefallen«, brummte sie und wieder zog sich alles in meinem Magen zusammen.

Sie war mir so unglaublich nah.

Ihr Körper an meinem.

Im Schatten der Sträucher.

Wir waren allein.

Ihr Gesicht so dicht vor meinem, dass ihr Atem gegen meinen schlug und wir dieselbe Luft einsogen. Ein Teil von mir hätte sie am liebsten weggestoßen, aber ein anderer ersehnte schmerzlich das, was jetzt kommen würde.

Und diese Sehnsucht in mir war stärker als die Angst.

Einen Herzschlag später war Romy mir noch näher und meine Augen schlossen sich automatisch, als hätte jemand einen Schalter gedrückt, der mich die Kontrolle über meinen Körper verlieren ließ.

Ihre Lippen drückten sich auf meine und ich hatte das Gefühl, abzuheben. Irgendwo in der Ferne hörte ich Stimmen, die unglaublich nah waren, aber ich blendete sie aus.

Nichts anderes zählte.

Romys Mund lag zuerst noch sanft und unbewegt auf meinem. Dann keuchte sie, lehnte sich plötzlich mit ihrem ganzen Gewicht gegen mich. Ihre Hände hielten mein Gesicht noch fester, bestimmender.

Meine Lippen bewegten sich automatisch an ihren. Mein Innerstes vibrierte. Ein feuriger Wirbelsturm brandete in mir auf, verzehrte mich und prophezeite mir, dass ich mich an ihm verbrennen würde.

Es gab nichts mehr um mich herum, nur noch Romy und ihr weicher Mund, der mit geübtem Druck auf meinem lag und sich an ihm bewegte. Gekonnt. Bestimmend. Verzehrend.

Mit meinen Händen fand ich ihre Haare, krallte mich an diesen fest, denn ich hatte das Gefühl, dass meine Beine gleich nachgeben würden.

Romy lächelte in den Kuss. Ihre Bewegungen wurden leidenschaftlicher, drängender, als hätte sie alle Selbstkontrolle verloren. Und ich machte mit.

Weil ich es wollte.

So unbedingt.

Ihre Zunge öffnete meinen Mund, verschaffte sich Zugang und spielte mit meiner. Wir waren hungrig aufeinander, gierig und jeweils dem anderen verfallen.

Ich spürte einen stechenden Zug im Bauch, der bis zwischen meine Beine wanderte und meinen Intimbereich pulsieren ließ.

Romy schmeckte nach Sekt, wilden Nächten und einfach nach ihr. Oh Gott. Ich verlor mich in einem Strudel aus Leidenschaft und Versprechungen.

Irgendwo hörte ich mehrere Stimmen, die meinen Namen riefen, und wenig später jemanden, der laut grölte, dass es egal sei, ob ich auftauchte oder nicht, ohne zu wissen, dass ich ganz in der Nähe stand, wo der Schatten der Büsche mich versteckte.

Ich schob das alles weg von mir, es zählte nur Romy. Ihr Körper an meinen gedrückt, ihre Lippen an meine gepresst und ihre Zunge, die mit meiner spielte. Diese Gefühle, die sie in mir auslöste, die mir so fremd waren und die ich so sehr ersehnt hatte.

Ihre Hand löste sich von meiner Wange, fand den Weg zu meinem nackten Oberschenkel und sie brummte in den Kuss. Ich zog ihren Kopf fester an mich, krallte mich in ihren Haaren fest.

Ihre Finger tasteten sich über mein Bein nach oben, unter den Stoff meines Kleides. Ich brannte, zumindest fühlte es sich so an.

Sie sollte etwas tun. Egal was! Aber dieses … Gefühl sollte aufhören. Mit jeder Faser meines Körpers ersehnte ich ihre Berührungen, die mir aber gleichzeitig auch Schübe der Aufregung und Überforderung durch den Körper jagten.

Doch Romy streichelte nicht weiter nach oben zu meiner pochenden Stelle. Darüber war ich genauso erleichtert wie enttäuscht.

Ein lautes Pfeifen durchbrach die Stille, gefolgt von einem Knall und einem hellen Licht.

Erschrocken lösten Romy und ich uns voneinander. Das nächste rote Licht beleuchtete ihr Gesicht und ich erkannte die Raketen, die in den Himmel aufstiegen und dort explodierten, sodass sie mich im Augenwinkel blendeten.

Meine Atmung ging ungleichmäßig, mein Puls raste und meine Beine zitterten. Meine Lippen prickelten von Romys Berührung. Ihr Oberkörper bewegte sich heftig an meinem und ihre Brüste streiften meine.

Wir waren uns so nah, dass wir dieselbe Luft atmeten. Ich war geschockt, überwältigt und berauscht. Diesmal hatte der Alkohol keine Schuld, denn ich hatte es voll und ganz gewollt.

Schweigen breitete sich zwischen uns aus, während wir beide nach Luft schnappten.

Meine Welt drehte sich und fühlte sich an, als würde sie jeden Moment aus den Fugen geraten. Doch Romy hielt alles für mich zusammen.

Ihr Mund verzog sich zu einem Grinsen und ihre Augen funkelten voll Wohlgefallen, Lust und Triumph, dann beugte sie sich erneut vor und ich erwartete den nächsten Kuss.

Doch ihre Lippen fanden mein Ohr. »Ich habe dir doch gesagt, dass es dir gefallen wird«, hauchte sie und biss sanft zu.

Diesmal zuckte es von meiner Wirbelsäule in mein Steißbein und von da zwischen meine pochenden Beine.

Ich löste meine Finger aus ihrem Haar, krallte mich jetzt an ihren Schultern fest, spürte den kalten Stoff ihrer Lederjacke. Doch Romy bewegte sich nach hinten, sodass meine Hände von ihr fielen.

»Übrigens: Alles Gute zum Geburtstag, Sam«, sagte sie mit einem Zwinkern, dann ließ sie mich los. Wäre die Wand in meinem Rücken nicht gewesen, wäre ich auf die Erde gefallen.

Kein Wort verließ meine Lippen. Ich konnte nichts sagen, sondern sie nur anstarren und ihren Körper vermissen.

Romy wandte sich ab, ließ mich einfach verwirrt, wie ich war, in der Dunkelheit stehen, nachdem sie mich geküsst hatte. Und wie sie das getan hatte. Wäre sie eine Naturkatastrophe, wäre sie definitiv ein Tornado: unvorhersehbar und alles mit sich reißend. Oder ein Erdbeben, das alles erschütterte.

Mein Körper bebte, mein Herz hämmerte in meiner Brust und mit der Zunge fuhr ich über meine Lippen, als wollte ich mir Romys Geschmack in Erinnerung rufen.

Ein unglaubliches Glücksgefühl schwemmte über mich hinweg wie eine Flutwelle, die sich von nichts und niemandem aufhalten ließ. Mein Mund verzog sich zu einem Grinsen, das sich nicht stoppen ließ. Es war so breit, dass es mir in den Wangen schmerzte.

Romy war außer Sichtweite, aber ich konnte mich immer noch nicht bewegen. Es war, als hätte sie mich an der Wand festgenagelt.

»Sam?!«

Das war eine männliche Stimme und sofort griff die Realität nach mir. Übelkeit und Scham überrollten mich und verdrängten die guten Gefühle in mir. Zurück blieb Reue.

Ach du Scheiße, was hatte ich da eben getan? Wie hatte ich das zulassen können? Und das Schlimmste daran war, dass es mir gefallen und ich kein einziges Mal über Robin nachgedacht hatte.

*Du liebst deinen Freund doch gar nicht.*

In meinem Bauch drückte es und das Pochen zwischen meinen Beinen erstarb. Eben hätte ich vor Freude jauchzen können, jetzt war mir nach weinen zumute.

»Sam?«

Wieder Robins Stimme, die in der Dunkelheit nach mir rief. Die nächste Rakete schoss in die Höhe und ihre Geräusche erschienen mir zu laut, ihre Lichteffekte zu hell.

Der Mond stand hoch am Himmel und lachte keck. Er war ein stummer Zeuge von dem, was eben geschehen war.

Langsam löste ich mich von der Wand und hörte Schritte näher kommen. Das nächste Leuchten verriet meinen Aufenthaltsort.

Robin entdeckte mich. »Sam? Was machst du denn da im Dunkeln?«, fragte er verwundert.

Die Kälte, die aus meinem Körper verschwunden war, traf mich wieder mit voller Wucht. Ich zitterte leicht, als ich mich von der Wand löste und auf ihn zuging.

»Mir war schlecht und ich wollte nicht, dass jemand mich sieht«, log ich mit belegter Stimme.

Robin sah mich an, als würde er mir nicht glauben, nickte aber, ohne nachzufragen. »Du verpasst das Feuerwerk, komm.«

Er streckte mir seine Hand entgegen und ich ergriff sie, weil ich mir nicht sicher war, ob ich allein laufen konnte.

Robin zog mich zu den anderen, die im Garten standen und das Lichtspiel bewunderten.

»Da bist du ja!«, rief Ella und kam in unsere Richtung. Romy stand in der Nähe und hielt sich an ihrer Lederjacke fest. Dabei konnte ich bis hierher hören, dass sie halblaut *I Kissed A Girl* von *Katy Perry* sang.

Keiner nahm von ihr Kenntnis, denn es wirkte, als hätte sie etwas zu viel getrunken, obwohl sie eine klangvolle Stimme hatte.

Meine Wangen wurden heiß und ich hatte das Gefühl, mich mit jeder Geste zu verraten, während Romy so aussah, als wäre nichts passiert. Aber ich bemerkte es an ihren Augen, in denen sie ihre Gefühle nicht gänzlich verbergen konnte. In denen es tobte wie ein Sturm. Auch an ihr ging es nicht spurlos vorbei. Einem Teil in mir gefiel das und dieser triumphierte.

Robin zog mich an sich und gab mir einen Kuss auf die Lippen, der nach dem von Romy so bitter schmeckte, als würde man Asche essen, nachdem man Honig gekostet hatte.

Dann drehte mein Freund mich so, dass ich vor ihm stand, und schlang die Arme um meinen Körper, sodass wir das Feuerwerk betrachten konnten. Nur dass ich davon gar nichts mitbekam. Ich musste mich dazu zwingen, nicht zu Romy zu schauen.

»Jetzt, da du endlich achtzehn bist, können wir auch die Clubs unsicher machen«, gab Ella von sich und nippte an ihrem Sektglas, das sie mit hinausgenommen hatte.

*Ja … Clubs unsicher machen. Super.*

»Das mit Manuel hat ja leider nicht geklappt«, seufzte sie leise.

Manuel … welcher … Ach, der Typ, den sie am Start gehabt hatte. An dem Abend, als ich bei Romy geschlafen hatte. Mein Gehirn fühlte sich an, als hätte man es durch einen Fleischwolf gejagt.

Nach einer gefühlten halben Ewigkeit erstarben die Lichter der Raketen und wir flüchteten zurück ins Haus, weil den meisten zu kalt geworden war.

Ich hingegen hatte das Gefühl, meinen Körper nicht mehr zu spüren. Wenn Leute mit mir sprachen, reagierte ich, lächelte und brachte den Abend irgendwie hinter mich.

Romy war eine der Ersten, die sich verabschiedeten, doch da Robin schon wieder den Arm um mich gelegt hatte, hatten wir keine Gelegenheit, darüber zu sprechen, was passiert war.

»Wir sehen uns am Montag«, sagte Romy und es klang fast wie eine Drohung.

»Ja, bis dann. Und danke, dass du hier warst.«

*Und mich geküsst hast …*

»Gern. Ich fand es sehr schön.« Sie grinste und ich befürchtete, dass Robin jeden Moment bemerken würde, was zwischen ihr und mir passiert war.

Wir schenkten uns einen tiefen Blick und als sie ging, hatte ich das Gefühl, dass sie etwas von mir mitnahm. Nach und nach gingen alle anderen. Vanessa, Robin und sein Bruder waren die Letzten.

Robin beteuerte, wie schade er es finde, dass er nicht hier schlafen konnte, aber sein Bruder hatte es mit dem Sekt übertrieben, sodass er ihn nach Hause begleiten musste. Er bot an, danach wiederzukommen, aber ich täuschte Müdigkeit vor und er meinte, er würde morgen zum Aufräumen kommen.

Ich nickte.

Nachdem die beiden gegangen waren, verabschiedete ich mich von Vanessa. Als wir unsere Umarmung lösten, schaute sie mich intensiv an.

»Ich weiß zwar nicht, was heute Abend passiert ist, aber du solltest wissen, egal was es ist, du kannst mit mir darüber reden«, sagte sie aus dem Nichts heraus und es wirkte so, als hätte sie die ganze Zeit gewartet, um mir das sagen zu können.

Mein Herz wurde schwer.

Ich liebte meine beste Freundin, unter anderem auch deswegen, weil sie fast immer bemerkte, wenn etwas komisch war.

Doch darüber konnte ich nicht reden.

Noch nicht.

»Danke«, sagte ich nur, denn so zu tun, als wäre nichts, hatte keinen Sinn. Sie war eben nicht Robin, der diese Tatsachen immer so stehen ließ.

Vanessa nickte, zog mich noch mal in ihre Arme und fast, ja wirklich fast wäre ich in Tränen ausgebrochen. Aber ich riss mich zusammen und schloss die Tür hinter ihr.

Ich war allein und das wühlte mich ziemlich auf. Immer wieder musste ich an diesen Kuss denken und daran, was er in mir ausgelöst hatte.

Ja, ich fand Romy attraktiv und hatte sexuelle Fantasien von ihr, das konnte ich auf keinen Fall leugnen. Aber vielleicht sollte ich diese einfach ausleben? Möglicherweise würde es dann mit Robin wieder besser laufen?

Ihr schien es wohl genauso mit mir zu gehen, sonst hätte sie das sicher nicht getan. Mein Kopf gab ein Surren von sich, wie ein Radio, das keinen Sender fand.

Das Chaos ließ ich Chaos sein und machte mir nicht mehr die Mühe, aufzuräumen. Meine Eltern würden morgen gegen Mittag wiederkommen, so lange würde ich Zeit haben.

Mit dem Gedanken verschwand ich nach oben in mein Zimmer, schminkte mich ab, zog mich um und legte den Schmuck ab. Mit den Fingern strich ich über das Pandora-Armband und mein Herz wurde schwer. Was tat ich Robin nur an? Er war mein bester Freund und noch so viel mehr als das. Dieser Kuss mit Romy hätte mir nicht gefallen sollen und doch tat er es. So sehr, dass er mich selbst jetzt noch nicht losließ.

Genau wie der Kalender, den Romy mir geschenkt hatte. Als hätte sie genau gewusst, was mir gefallen würde.

Ich legte mich ins Bett, zog die Decke bis zum Kinn nach oben, als könnte ich mich so vor der Welt und meinen Gefühlen verstecken. Doch ich war nicht mehr müde, nicht mal annähernd. Dauernd musste ich an Romy denken, daran, was das alles zu bedeuten hatte und dass wir keine Chance gehabt hatten, darüber zu reden.

Ich angelte nach meinem Handy, tippte in ihren Chat eine Nachricht und überlegte zehn Minuten lang, ob ich sie abschicken sollte.

Und ich tat es.

**Sam:**

Wieso hast du mich geküsst?

Ich wartete, halb in der Erwartung, dass sie es nicht mehr lesen würde, doch kurz darauf war sie online und als sie schrieb, sperrte ich mein Handy.

Mein Herz pochte wieder so stark wie bei dem Kuss und ich traute mich gar nicht mehr, auf mein iPhone zu schauen. Ich hatte Angst vor jeder Antwort, die sie mir geben würde.

Doch irgendwann siegte meine Neugier. Ich schielte vorsichtig aufs Handy.

**Romy:**

Ist das nicht offensichtlich? Weil ich auf dich stehe und du auf mich.

Der Atem wich aus meinen Lungen und das Glücksgefühl versuchte, unter der Schuld und Reue durchzudringen.

Sie stand auf mich! Romy fand mich ebenfalls sexuell attraktiv! Vielleicht war sie genauso verwirrt wie ich? Änderte das überhaupt etwas an meiner Situation?

**Sam:**

Aber ich habe einen Freund.

**Romy:**

Dazu habe ich dir bereits meine Meinung gesagt. Oder muss ich dich noch mal küssen? Glaub mir,

ich mache das so oft, bis
du aufhörst, dich selbst zu
belügen.

Bam.

Danach war sie offline und mir fiel keine Antwort ein.

Also legte ich das iPhone weg und wälzte mich stundenlang hin und her. Immer und immer wieder dachte ich an Romy, ihre Worte, den Kuss, malte mir Gespräche und Szenarien aus, die vermutlich nie so stattfinden würden.

Romy war wie eine Droge, die ich neu entdeckt hatte und von der ich immer und immer wieder würde kosten wollen, ganz gleich, ob ich mich und mein Umfeld damit zerstörte.

# 15

# Schockierende Wahrheit

Robin war, wie er es versprochen hatte, am Samstagmorgen zum Aufräumen gekommen, bevor meine Eltern zurückkamen. Zu viert waren wir gemeinsam essen gegangen, doch ich hatte mich einfach auf nichts konzentrieren können. Ich hatte mitgespielt und versucht, mir nichts anmerken zu lassen, aber ich hatte ununterbrochen an Romy und den Kuss denken müssen.

Noch nie hatte ich so oft auf mein Handy geschaut und den unbändigen Wunsch gespürt, dass sie sich melden würde. Aber sie hatte es nicht getan. Was dafür gesorgt hatte, dass meine Laune noch mehr in den Keller gewandert war.

Am Samstagabend hatten Robin und ich Sex gehabt. Ich war noch nie so scharf gewesen, nach dem, was Romy in mir ausgelöst hatte. Zuerst hatte es sich noch gut angefühlt, als Robin mich berührt hatte. Ich war sogar ziemlich feucht gewesen, was ihn sehr gefreut hatte. Doch während des Geschlechtsverkehrs war meine Stimmung wieder gekippt. In meinen Gedanken war einfach immer wieder Romy aufgetaucht. Wie es sich wohl mit ihr anfühlen würde?

Das war wohl der Tiefpunkt in Robins und meiner Beziehung. Ihm gegenüber hatte ich kein Wort verloren und war froh, als er gegen Sonntagabend zurück nach Mannheim gefahren war. Ich hatte mich daraufhin ins Bett gelegt und versucht, mich mit allem Möglichen von Romy abzulenken. Ohne Erfolg.

Ich hatte mich unglaublich auf Montag gefreut, aber gleichzeitig war auch eine Angst in mir gewachsen. Die Frage, wie ich Romy in der Schule gegenübertreten sollte, hatte mich gequält wie der Stich einer Hornisse, bis ich zu der Entscheidung gekommen war, dass es am besten war, wenn ich ihr aus dem Weg ging.

Und so kam es am Montagmorgen dazu, dass ich so spät wie möglich das Klassenzimmer betrat und damit riskierte, dass Frau Holzmeier mein Zuspätkommen dokumentierte.

Aber ich schaffte es gerade noch rechtzeitig zum Unterricht.

Als ich den Raum betrat, spürte ich Romys Blick deutlich auf mir. Ich zwang mich, nicht in ihre Richtung zu schauen, auch wenn das Bedürfnis, es doch zu tun, unglaublich groß war.

Ich konnte nicht ganz verhindern, dass ich aus den Augenwinkeln in ihre Richtung schielte. Als mir bestätigt wurde, dass sie mich tatsächlich ansah, kribbelten meine Lippen, als würden sie sich an die Begegnung mit den ihren erinnern.

Das ganze Wochenende hatte ich kaum an etwas anderes denken können. Jetzt betrat ich den Kurs und teilte mit Romy ein Geheimnis, von dem ich glaubte, dass es mir auf die Stirn geschrieben stand. In roten Leuchtbuchstaben!

Doch niemand reagierte auf mich und eilig ließ ich mich auf meinen Sitzplatz neben Vanessa fallen, als Frau Holzmeier schon in das Zimmer schritt. Gesegnet sei ihr Zwang zur Pünktlichkeit!

Sobald die Klingel das Ende des Unterrichts einläutete, stürmte ich aus dem Klassenzimmer. Und in der Pause, in der wir normalerweise in der Kantine zusammensaßen, versteckte ich mich in der Bibliothek, in der sich zu der Zeit niemand aufhielt. Vanessa schrieb mir daraufhin eine WhatsApp-Nachricht. Ich antwortete ihr, dass ich etwas für eine Hausarbeit in einem anderen Kurs suchte und dass ich es wohl nicht zu ihnen schaffen würde.

Auch nach der Schule wartete ich nur auf Vanessa bei den Fahrradständern. Ich hatte es vorgezogen, wie gehabt mit dem Rad und nicht mit dem Auto zu fahren, weil ich nicht die verwöhnte Tochter heraushängen lassen wollte und weil es mir guttat, mich zu bewegen.

Ich war gleichermaßen froh wie enttäuscht, dass Romy nicht meine Nähe suchte. Auf der einen Seite wollte ich mit ihr sprechen, auf der anderen wollte ich es auch nicht.

Am Dienstag sowie am Mittwoch war ich ähnlich vorgegangen. Daraufhin hatte Ella mir abends eine Nachricht geschrieben, was mit mir los sei. Ihr hatte ich dieselbe lahme Ausrede wie Vanessa aufgetischt. Mir war klar, dass ich meine Freundinnen nicht lange würde hinhalten können. Aber das musste ich auch nicht.

Als ich am Donnerstagmorgen abwartete, bis der Flur leer war, um wieder so spät wie möglich zu meinem Klassenzimmer zu gelangen, entdeckte ich Romy am Ende des Flurs. Hätte ich mich jetzt umgedreht, um in eine andere Richtung davonzulaufen, hätte sie gewusst, dass mein ganzes Verhalten daher rührte, dass ich ihr aus dem Weg ging.

Ich betete innerlich, dass irgendjemand zu mir stoßen würde, aber weder Vanessa noch Ella kamen. Vermutlich waren sie schon in ihren Kursen. Ich hatte keine Wahl, ich musste mich Romy stellen. Vielleicht war es auch besser so.

Ich ging auf sie zu, dabei fühlte ich mich wie ein Gefangener, der zum Todestrakt geführt wurde.

Romy trug eine blaue Jeanshose, schwarze Stiefel, die ihr bis über die Waden gingen und die geschnürt waren, ihr T-Shirt wirkte eine Nummer zu groß und verdeckte ihre Kurven, die sie sonst betonte. Eine dicke schwarze Winterjacke hatte sie sich über den Arm gelegt und ihre ganze Erscheinung ließ mein Herz bis in den Bauch rutschen.

»Hi«, sagte ich betont locker, wobei meine Stimme zitterte.

Mein Magen krampfte sich zusammen. Was sie wohl von mir wollen könnte? Vielleicht wollte sie mir sagen, dass sie den Kuss doch bereute, dass sie sich dafür schämte und sich entschuldigen wollte. Aber das würde nicht zu ihrer WhatsApp-Nachricht passen.

»Wann hörst du damit auf, mir aus dem Weg zu gehen?«, fragte Romy ohne Begrüßung.

Ich blieb vor ihr stehen, verschränkte die Arme vor der Brust, weil ich nicht wusste, wohin mit meinen Händen.

»Ich gehe dir doch gar nicht aus dem …«

»Oh bitte, das ist ja so was von offensichtlich«, unterbrach sie mich.

Ich verstummte. Meine Wangen begannen zu glühen, weil sie meine lahme Ausrede direkt durchschaut hatte. Ihre blauen Augen funkelten, so wie ich es noch nie gesehen hatte. Als wäre sie wütend auf mich. Ich wusste, dass wir darüber reden und eine Lösung finden mussten. Aber musste das hier sein?

»Romy … hör zu, das war nicht korrekt von mir, aber ich finde, das ist nicht der richtige Ort, um darüber …«

»Zu reden?« Sie ließ mich abermals nicht aussprechen.

Hitzige Wut kroch meinen Rücken hinauf, weil sie mir ständig ins Wort fiel.

»Doch, Sam, ich finde schon, dass es der richtige Ort ist. Ich habe dir ein paar Tage Zeit gelassen, aber dass du mir aus dem Weg gehst, gibt mir das Gefühl, dass ich dir scheißegal bin. Wenn du noch mehr Zeit gebraucht hättest, hättest du das nur sagen müssen.« Romys Augen loderten zornig wie die eines Racheengels.

Auch wenn es mir nicht gefiel, aber sie hatte recht. Meine Wut verdunstete wie ein Wassertropfen auf einer erhitzten Steinplatte.

Die Schulglocke klingelte zum zweiten Mal, aber Romy ließ mich nicht gehen. Wenn ich auch nur versuchte, an ihr vorbeizulaufen, schob sie sich mir in den Weg.

Links. Rechts. Links. Rechts.

Egal wie oft ich es probierte, sie ahmte meine Bewegungen nach wie ein Schatten. Nach wenigen Versuchen gab ich mit einem Seufzen auf.

»Du hast recht, ich hätte mir Zeit erbeten sollen … aber ich muss jetzt zum Unterricht. Lässt du mich jetzt durch? Bitte?«

Ich konnte das nicht hier ausdiskutieren. Auch wenn es so schien, als wären wir ganz allein. Im Grunde war ich selbst daran schuld, immerhin hatte ich die Situation heraufbeschworen. Und ich würde auch mit Romy reden, aber nicht jetzt.

»Nein, denn das ist genau das, was ich meine: Du gehst mir aus dem Weg. Selbst jetzt weichst du mir aus. Ich lasse dich nicht durch, bis du mir sagst, was in deinem Kopf vorgeht. Und mir bestätigst, dass ich recht damit habe, dass du dich, was deinen Freund betrifft, selbst belügst.«

Unfassbar.

Mir blieb vor Verblüffung der Mund offen stehen, bis ich mich wieder gefasst hatte. Sie wollte also Antworten? Schön, dann sollte sie diese bekommen!

Ich schaute mich um und vergewisserte mich, dass wir beide wirklich allein waren. Tatsächlich war der Gang leer und es fehlte nur noch ein Steppenläufer, der durch den Flur wehte.

Ich schaffte es nicht, Romy ins Gesicht zu sehen, denn etwas tief in mir drinnen schrie, dass ich sie wollte. Mit Haut und Haaren. Es flehte mich an, mich ihr nur einmal hinzugeben, damit dieses Verlangen endlich aufhörte und ich meine Beziehung mit Robin kitten konnte. Aber das sagte ich Romy nicht.

»Ich will, dass alles wieder normal wird. So wie vor wenigen Wochen noch«, kam stattdessen über meine Lippen. Die Sache, dass ich mich selbst belog, ignorierte ich absichtlich.

»Du willst also, dass ich dich in Ruhe lasse?«, hakte Romy nach.

Ihre Frage schmerzte wie eine Brandwunde.

Mein Blick war auf ihre Schuhe gerichtet, zuckte zu ihrer Hand, zu der Jacke, die sie über ihren Arm gelegt hatte, überallhin, nur nicht in ihre Augen, denn dann würde ich schwach werden und vermutlich etwas ganz Dummes tun, was meinen Worten von eben widersprechen würden.

»Ja. Ich will unsere Freundschaft vom Anfang wieder zurück.«

Da waren sie, die Worte, hinter denen ich nicht mit voller Überzeugung stand. Aber es war besser so. Robin würde mir nie verzeihen, wenn ich mich Romy hingab, auch wenn ich es einen schwachen Moment lang wirklich in Erwägung gezogen hatte.

Ich sah, wie ihre Winterjacke fast geräuschlos zu Boden glitt. Ich wollte sie schon aufheben, aber da spürte ich ihre Hände an meinen Schultern und kurz darauf die Wand an meinem Rücken. Sofort flackerten Bilder vor meinem inneren Auge auf, davon, wie sie das schon einmal getan und mich danach geküsst hatte.

Mein Herzschlag setzte aus. Kurz zuckten meine Augen auf die Höhe ihres Gesichts, ehe ich ihren Hals fokussierte. Ich beobachtete, wie sich die Muskeln bewegten, wenn sie schluckte.

Ich musste stark sein. Für Robin. Er hatte verdient, dass ich für ihn, nein, für *uns* kämpfte. Ich konnte die Zeit mit ihm nicht aufgeben. All die Schwierigkeiten, die wir bisher gemeistert hatten. Er war immer an meiner Seite gewesen, es wäre ihm gegenüber so unfair. Zumindest versuchte ich, mir das selbst einzureden, denn während Romy mir so nah war, geriet meine Entschlossenheit ziemlich ins Wanken.

»Und jetzt sag es noch mal, aber diesmal schaust du mir in die Augen. Sag mir, dass dir der Kuss nicht gefallen hat und ich mir das nur eingebildet habe. Sag mir, dass ich unrecht damit habe, dass du dich selbst belügst, und sag mir, dass ich dich in Ruhe lassen soll. Dann werde ich das tun.«

Ich vergaß meinen Vorsatz und blickte ihr nun doch ins Gesicht. Ihr Blick war wie flüssige Lava. Verzehrend. Hitzig. Durchdringend.

Meine Entschlossenheit begann zu bröckeln. Genau das war der Grund, weswegen ich vermeiden wollte, sie anzuschauen.

*Robin …*

*Unsere Beziehung …*

*Romy …*

*Sexuell anziehend …*

*Kuss …*

Ihre Augen funkelten wie frisch geschliffene Diamanten, durchdrangen mich und legten jede Schicht meiner selbst frei. Die Wut kochte wieder in mir hoch. Wieso verlangte sie das von mir und warum zum Teufel konnte ich es nicht einfach sagen?

Ich hatte die Chance, alles zu beenden, wenn ich ihr das sagte, was sie mir vorgegeben hatte. Aber ich … ich konnte es nicht! Egal wie sehr ich mir eingeredet hatte, ich würde das für Robin können, es ging nicht.

»Du kannst es nicht sagen, nicht wahr? Weil es nicht das ist, was du willst.« Romys Stimme klang weder triumphierend noch überrascht, sondern so, als wäre sie nie von etwas anderem ausgegangen.

Heiße Blitze durchzuckten meine Wirbelsäule. Die Wut in mir wurde immer stärker, größer, unaufhaltsam. Romys Nähe, ihre Hände an meinen Schultern, die Art, wie sie mich gegen die Wand gedrückt hielt, und ihr Duft, der mich betörte, gaben mir den Rest. In mir brachen alle Dämme auf einmal.

Meine Sicherungen brannten durch. »Nein, verdammt, ich kann es nicht sagen, weil ich … weil ich … das hier will!«, fauchte ich, dann schnellte meine Hand nach oben, legte sich in Romys Nacken. Ich zog sie stürmisch zu mir heran, kam ihr gleichzeitig entgegen und presste meine Lippen für den Bruchteil einer Sekunde auf ihre. Doch bevor sie auch nur den Hauch einer Chance gehabt hätte, den Kuss zu erwidern, hatte ich mich schon wieder zurückgezogen. Diesmal schmeckte er nicht nach Sekt und wilden Nächten, sondern süß und nach einem stummen Versprechen.

Als wäre ich schlagartig nüchtern geworden, wurde mir bewusst, was ich getan hatte. Mitten im Flur.

Ach du Scheiße, ich hatte sie gerade nicht wirklich …

Ein Blick in Romys Gesicht und das Grinsen, das sie auf den Lippen trug, machten mir bewusst, dass ich das doch getan hatte. Dass ich meinem Verlangen zu viel Kontrolle gegeben hatte, dass ich impulsiv gehandelt hatte.

Eilig sah ich mich um, konnte aber niemanden sehen und bevor Romy auf eine dumme Idee kam, ließ ich sie eilig los.

Auch sie gab daraufhin meine Schultern frei, blieb allerdings noch immer dicht vor mir stehen und das Grinsen auf ihrem Gesicht wurde von Herzschlag zu Herzschlag breiter und strahlender. Die Art, wie ihre Augen glänzten, ließ mich fast durchdrehen.

»Du willst das also hören, ja? Schön! Das kostet mich jetzt eine Scheißüberwindung, aber bitte: Ja, ich fühle mich zu dir hingezogen und dir scheint es auch so mit mir zu gehen. Und wenn du … also wenn du willst, können wir diese Erfahrung gemeinsam machen. Es gibt viele Menschen, die sich sexuell zum selben Geschlecht hingezogen fühlen. Also warum sollten wir das nicht probieren?«

Die Worte waren mit der Wut zusammen aus mir herausgebrochen, aber je länger ich darüber nachdachte, was ich da gerade gesagt hatte, desto mehr wollte ich im Erdboden versinken. Ich hasste Romy dafür, dass sie es unbedingt aus mir herausquetschen musste. Aber jetzt konnte ich das Gesagte nicht mehr zurücknehmen.

Mein Atem ging stoßweise, während ich auf Romys Zustimmung wartete, aber diese schaute mich zum ersten Mal so an, als hätte ich sie völlig aus dem Konzept gebracht.

»Du … warte, du denkst, ich will bloß Sex von dir?«

Oh Gott, das Gespräch bewegte sich gerade in eine gefährliche Richtung und drohte, peinlich zu werden.

»Ja, was denn sonst? Ich habe einen Freund und…«

»Denkst du, dass ich auf Männer stehe?«

Redete ich Chinesisch? Schon wieder ließ sie mich nicht ausreden. Und wieso hinterfragte sie jedes meiner Worte?

Ihre Augen bewegten sich hektisch und wir schwiegen mehrere Sekunden, in denen ich versuchte, zu verstehen, was hier gerade schieflief.

»Was denn sonst?«, fragte ich verwirrt.

Und dann lachte Romy. Es war ein schöner Klang, der aber gleichzeitig dafür sorgte, dass die Wut noch mehr in mir entfacht wurde, als würde man einem Feuer Sauerstoff zuführen.

Das war nicht ihr Ernst. Ich zog mich seelisch bis auf die Unterhose vor ihr aus und sie lachte mich aus? Der schönste Ton der Welt wurde für mich gerade zum schmerzhaftesten.

»Schön, dass du das witzig findest«, gab ich gekränkt von mir und versuchte wieder, an ihr vorbeizugehen, doch abermals versperrte sie mir den Weg, sodass ich wieder gegen die Wand zurückgedrängt wurde.

»Ich lache dich nicht aus«, erklärte Romy, nachdem sie sich gefangen hatte. Abermals verschränkte ich die Arme vor der Brust, wie ich es ganz zu Anfang des Gesprächs getan hatte. Eine Abwehrreaktion, wenn ich mich unwohl oder peinlich berührt fühlte.

Ich erwiderte nichts.

»Ich lache nur, weil ich nicht auf ein sexuelles Abenteuer mit dir aus bin und weil ich erst recht nicht auf Männer stehe. Frauen sind mein Beuteschema, Sam.« Romys Lippen verzogen sich zu einem Lächeln, ihre Augen waren auf mich gerichtet, als wollte sie keine meiner Reaktionen verpassen.

Das konnte nicht sein, das ergab keinen Sinn. Das würde die ganzen letzten Wochen in ein anderes Licht rücken. Romy war nicht … Sie konnte nicht … Frauen?!

»Was?«, brachte ich hervor und abermals verpuffte die Wut, machte Überraschung, Angst und einer Spur Aufregung Platz.

»Du meinst das ernst, oder?«, fragte Romy und als ich ihr keine Antwort gab, stieß sie ihren Atem aus, der mein Gesicht streifte. Ich konnte einen Hauch von Minze riechen.

Mein Körper war angespannt wie ein Regenschirm, mein Verstand arbeitete auf Hochtouren, aber ihre Worte wollten einfach keinen Sinn ergeben. Etwas in mir wehrte sich dagegen.

»Ich bin homosexuell, Süße. Ich bin *lesbisch*. Ich knutsche und schlafe mit Frauen anstatt mit Männern. Ich dachte, das hättest du verstanden, nachdem ich dir gesagt habe, dass ich auf dich stehe.«

Mein Hals wurde zu eng, alles begann sich um mich herum zu drehen, obwohl der Boden unter mir fest war.

Die Luft entwich aus meinen Lungen und ich fühlte mich bewegungsunfähig. Gefangen in dem Augenblick.

Es ergab alles einen Sinn.

*Ich genieße lieber die Röte auf deinen Wangen.*

*Kämpfende nackte Frauen? Heiß!*

*It's not what you think, Mom.*

*Ist das deine neue Freundin?*

*Mir hat es schon die Sprache verschlagen, als ich dich in diesem Kleid gesehen habe.*

*Besser, du steigst jetzt aus.*

Die Worte wirbelten nur so durch meinen Kopf, wie Puzzleteile, die sich zu einem Gesamtbild zusammenfügten. Immer wieder waren die Hinweise da gewesen. Sie hatten regelrecht geleuchtet wie eine Alarmanlage und trotzdem hatte ich nichts begriffen. Ich war so blind, nein, dumm. Ich hatte gedacht, ich würde mir das nur einbilden. Hatte die Vorstellung belächelt, dass sie wirklich lesbisch sein könnte. Es abgetan! Romy doch nicht.

Und das machte mir noch viel mehr Angst, als wenn sie mich nur sexuell attraktiv gefunden hätte. Das hier bedeutete etwas ganz anderes.

Meine Lippen bewegten sich, aber kein Ton kam über sie. Sie bebten regelrecht und Romy zog fragend die Augenbrauen zusammen. Doch bevor sie noch etwas sagen konnte, wich ich einen Schritt zur Seite aus, damit ich nicht mehr zwischen ihr und der Wand eingeklemmt dastand. Den nächsten Schritt machte ich rückwärts.

»Sam?«, fragte Romy und Sorge glitt über ihre Gesichtszüge.

»Ich … kann nicht …«, stotterte ich nur, ohne selbst zu wissen, was ich meinte. Dass ich nicht mit ihr reden oder nicht weiterhin in ihrer Nähe sein konnte? Irgendwie beides.

Alles schrumpfte auf einen Punkt zusammen und mein eigener Körper wurde mir zu eng.

»Sam …« Wieder ihre Stimme, so sanft wie ein lauer Sommerwind.

Das war zu viel, das alles wurde mir zu viel, wuchs mir über den Kopf. Und bevor Romy hätte reagieren können, drehte ich mich um und rannte.

Ich lief einfach vor ihr weg, ließ sie stehen, nachdem sie einen Seelenstriptease hingelegt hatte.

Ich stoppte nicht, bewegte meine Beine immer weiter und weiter, bis ich die Tür erreicht hatte, die zu den Toiletten führte. Ich stieß sie auf, stolperte in den Vorraum und kam am Waschbecken zum Stehen. Meine Atmung ging hektisch und mein Gesicht wirkte, als hätte ich ein Gespenst gesehen.

Sie hatte mich nackt gesehen!

Sie hatte mit mir in einem Bett gelegen!

Sie hatte mich geküsst!

Sie stand nicht auf Männer, hatte es nie getan!

Sie wollte mehr, so viel mehr, als ich bereit war, zu geben.

Ich betrachtete meine blassen Wangen im Spiegel, meine Hände zitterten, als ich den Wasserhahn aufdrehte, um mir die kühle Erfrischung ins Gesicht zu spritzen.

Sie war lesbisch, aber ich war das nicht.

Oder?

Es war doch nur diese sexuelle Anziehung gewesen, aber was sollte ich denn jetzt tun? Ich würde meine Beziehung zu Robin nicht aufgeben können. Doch Romy zu verlieren, schmerzte mindestens genauso sehr.

Aber eine Beziehung mit einer Frau … dazu war ich nicht bereit. Und wenn ich es wäre, würden meine Eltern mich umbringen.

Alles war gut gewesen, mein Leben war in Ordnung gewesen, und dann war Romy in es getreten. Sie brachte mich dazu, alles infrage zu stellen, woran ich bisher geglaubt hatte.

# 16

# Gespräche und ein Neuanfang

Romy kam mir nicht nach. Es war nicht so, als hätte ich es erwartet, nachdem ich sie stehen gelassen hatte, aber gewundert hätte es mich bei ihr auch nicht.

Ich zog die Papiertücher aus der Trommel, tupfte mein Gesicht ab und atmete tief durch. Ich war immer noch blass, aber langsam bekamen meine Wangen wieder Farbe. Mein Körper hatte aufgehört, zu zittern, und der anfängliche Schock hatte sich wieder gelegt.

Ich verließ die Toilette, suchte das Krankenzimmer auf und erzählte, dass ich mich vor dem Unterrichtsbeginn übergeben hätte. Ich bat darum, für heute nach Hause gehen zu dürfen, und die Schulkrankenschwester bestand darauf, dass mich jemand abholte.

So saß ich nur zehn Minuten später im Auto meiner Mutter. Ihr erzählte ich, mir wäre die Luft zu stickig gewesen und das hätte unter anderem dafür gesorgt, dass sich mein Frühstück bei mir gemeldet hatte. Sie riet mir, mich ins Bett zu legen und einen Tee zu trinken. Besonders besorgt klang sie allerdings nicht.

Während wir nach Hause fuhren, dachte ich wie so oft an Romy.

Daran, dass ich mich dazu hatte hinreißen lassen, sie zu küssen. Zwar nur für den Bruchteil einer Sekunde, aber dennoch.

Daran, dass sie mir gesagt hatte, dass sie lesbisch war.

Und daran, dass ich sie hatte stehen lassen.

Ich wollte gar nicht wissen, wie sie sich jetzt fühlen musste. Besonders, da ich nicht mehr zum Unterricht aufgetaucht war.

Es war einfach alles zu viel. Im einen Moment kämpfte ich noch darum, zu akzeptieren, dass ich Romy sexuell attraktiv fand, und im nächsten hörte es sich so an, als würde sie noch viel mehr von mir wollen. Mehr, als ich zu geben bereit war.

Als wir zu Hause ankamen, legte ich mich ins Bett und schaute meinen Lieblingsfilm *Ein ganzes halbes Jahr*. Doch selbst dieser vermochte mich nicht abzulenken.

Auch die Nachricht, mit der mir Vanessa gute Besserung wünschte – da ich ihr dasselbe wie der Krankenschwester erzählt hatte –, löste den Knoten in meinem Magen nicht.

Die Gefühle erschlugen mich fast und ich verspürte den verzweifelten Wunsch, mit jemandem darüber zu reden, was vorgefallen war. Vanessa schied aus, da sie sofort wissen würde, dass es um Romy ging, immerhin hatte ich ihr ansatzweise mein Herz ausgeschüttet. Eine andere Möglichkeit wäre, mit Ella zu reden. Sie war komplett ahnungslos und in Sachen Beziehungstipps unschlagbar, obwohl sie noch nie selbst eine gehabt hatte.

Ich schrieb ihr also eine Nachricht und wir verabredeten uns.

Gegen Nachmittag zog ich mich dick an, sagte meiner Mutter, dass ich spazieren gehen und frische Luft schnappen wolle. Sie schaute mich zwar skeptisch an, ließ mich aber gehen.

Wenig später näherte ich mich einem kleinen, verlassenen Spielplatz, den kaum jemand besuchte. Ella war schon da.

Sie trug eine dunkelblaue Jacke mit heller Pelzkapuze und eine gleichfarbige Jeans. Ihren Ansatz hatte sie mittlerweile wieder schwarz nachgefärbt, sodass ihre Haarfarbe wie das Gefieder eines Raben aussah.

Wir begrüßten uns mit einer kurzen Umarmung.

»Hey, danke, dass du Zeit hast«, sagte ich und spürte, wie die Kälte durch meine Kleidung kroch. Der Winter war endgültig da.

»Ist doch kein Problem. Geht es dir besser?«, fragte Ella nach und öffnete ein kleines Tor, sodass wir den Spielplatz betreten konnten. Unsere Schritte knirschten auf den kleinen Steinchen, als wir einvernehmlich zu den Schaukeln gingen.

»Ja, ich komme morgen auch wieder zur Schule. Ich hatte es heute wohl mit dem Kreislauf«, erwiderte ich und gemeinsam setzten wir uns.

Der Wind rauschte durch die kahlen Bäume, nahm ihnen die letzten Blätter. Geräuschlos fielen sie zu Boden, bedeckten ihn, als hätte man eine braune Decke über ihm ausgebreitet.

Ich hielt mich verkrampft an den Metallstangen fest, auf der Suche nach den richtigen Worten, mit denen ich das Gespräch beginnen konnte.

»Also, was ist los?«, übernahm Ella das Ruder, dabei stieß sie sich ab und bewegte sich durch die Luft.

»Was würdest du tun, wenn du in einer Beziehung bist, aber es eine andere Person gibt, die dich aus dem Konzept bringt und sich etwas Ernsteres mit dir vorstellen kann?«, stellte ich die Frage, die mir auf der Seele brannte. Ich hörte das leise Quietschen der Ketten, während Ella sich auf der Schaukel bewegte.

»Oh. Du meinst, du hast Gefühle für jemand anderen entwickelt?«

Ich wippte mit dem Kopf. Von links nach rechts. »Ich würde nicht direkt Gefühle sagen aber s… er …« Ich hätte fast *sie* gesagt, konnte mich aber rechtzeitig korrigieren. Ich wusste nicht, wie tolerant Ella sein würde, wenn sie wüsste, dass es sich um eine Frau handelte. »Er löst etwas in mir aus, das ich nicht abstreiten kann, und ich habe geglaubt, dass uns beide ein sexuelles Verlangen verbindet. Aber für ihn scheint es mehr als das zu sein.«

Es fühlte sich falsch an, Romy als *er* oder *ihn* zu bezeichnen, aber es tat gut, meine Sorgen laut auszusprechen und das Gefühlschaos in mir zu ordnen.

»Hat er dir denn gesagt, dass es für ihn etwas Ernstes ist, oder vermutest du das nur?«, hakte Ella nach und ich dachte an Romys Worte. Sie hatte sie unmissverständlich formuliert.

»Er hat es mir gesagt.«

»Und was hast du darauf geantwortet?«

Ich schnaubte teils belustigt, teils gequält. »Das ist es ja: noch gar nichts. Ich bin einfach weggelaufen.«

»Oh«, sagte Ella.

»Ja«, gab ich von mir und stieß mich nun auch an, sodass ich hin und her schaukelte.

»Warum?«, kam es von Ella, die sich nicht synchron mit mir bewegte, sodass ihre Frage fast verschluckt wurde.

»Ich war einfach überfordert mit der ganzen Situation. Er, ich und Robin … das ist einer zu viel«, gab ich ehrlich zu und Romys dunkelblaue Augen tauchten vor mir auf, vermischten sich mit den braunen von Robin, wie bei einer Collage.

»Und du willst jetzt von mir hören, was du tun sollst.« Ella fragte nicht, nein, vielmehr stellte sie es fest und ich gab einen zustimmenden Laut von mir. Dann hielt ich die Schaukel an und schaute zu ihr hinüber, in der Hoffnung, dass sie mir eine Lösung nannte, auf die ich selbst nicht kam.

»Ich würde dir raten, herauszufinden, was du willst, und dich als Erstes bei dem Typen zu entschuldigen. Einfach stehen gelassen zu werden, kann ziemlich verletzend sein, nachdem man die Karten auf den Tisch gelegt hat. Triff dich mit ihm, sag ihm, dass du nicht weißt, ob du Robin seinetwegen verlassen kannst und ob du bereit für etwas Neues bist. Wenn er dir diese Zeit lässt, meint er es auch wirklich ernst mit dir. Aber eigentlich solltest du dann auch zu Robin ehrlich sein und ihm sagen, dass du eventuell Gefühle für jemand anderen entwickelt hast und herausfinden möchtest, für wen du mehr empfindest. Dir sollte bewusst sein, dass Robin sich dadurch verletzt fühlen könnte. Du könntest ihm natürlich auch nichts sagen und ihn dir warmhalten. Aber stell dir die Situation mal andersherum vor. Du würdest auch wollen, dass er ehrlich zu dir ist.«

Meine Gefühle waren ein Schiff auf stürmischer See und Ellas Worte ein rettender Anker, der mich festigte.

Ich tat, was sie mir gesagt hatte, und stellte mir die Situation andersherum vor. Allerdings dachte ich daran, was wäre, wenn Robin sich in einen Mann verliebt hätte.

Das war hart … irgendwie. Ich wusste, wie groß Robins Stolz sein konnte. Sollte ich ihm wirklich die Wahrheit sagen? Und wenn ich es tat und herausfand, dass ich mir mit Romy oder generell mit Frauen nicht mehr als Sex vorstellen konnte? Dann könnte ich Robin eventuell verloren haben.

Und dann? Dann wäre ich ganz allein. Es war so egoistisch von mir, so zu denken. Oh Gott, und wie es das war, aber ich konnte ihm nicht die Wahrheit sagen. Ein Teil von mir brauchte ihn … zumindest als besten Freund. Ich konnte ihn nicht verlieren.

Nein, ich konnte ihm die Wahrheit nicht sagen und das würde das Schrecklichste sein, was ich je getan hatte.

»Danke, Ella, deine Worte haben mir geholfen«, sagte ich ehrlich und sah sie dankbar an. Ihre Haare wurden vom Wind aufgewirbelt, die schmalen Wangen waren rot vor Kälte, ein ehrliches Lächeln lag auf ihren ungeschminkten Lippen und ihr himbeerfarbener gestrickter Schal verdeckte einen Teil ihres spitzen Kinns.

Sie hielt die Schaukel an, was ich ihr gleichtat.

»Dafür hat man doch Freunde, nicht wahr?« Sie zwinkerte mir zu.

Ich warf ihr ein Lächeln zu. »Das stimmt. Und wie läuft es bei dir?« Nachdem wir ausführlich über mich geredet hatten, war es nur fair, dass sie auch zum Zug kam.

Der Glanz in ihren braunen Augen erstarb und ihre Mundwinkel sanken etwas nach unten.

»Ach, frag nicht. Nachdem das mit Manuel auch nicht geklappt hat, habe ich beschlossen, erst einmal Abstand von der Männerwelt zu nehmen. Ich will nicht ständig enttäuscht werden und versuche jetzt erst einmal, mich auf die Schule und das, was danach kommt, zu konzentrieren. Ich glaube, Kerle mit dem Anfangsbuchstaben M bringen mir kein Glück. Das war jetzt schon der dritte.«

Sie nahm es mit Humor und ich sah ihr tapferes Lächeln. Wie ein Kind, das den Besuch beim Arzt ohne Tränenvergießen überstanden hatte. Wenn ich es gekonnt hätte, hätte ich ihr einen Mann gebacken, der sie ganz und gar glücklich machen würde.

»Deine Zeit kommt auch noch, Ella. Ich weiß, es ist schwer, Geduld zu haben, aber vielleicht bist du dem Richtigen einfach noch nicht begegnet.«

»Oder ich könnte ihm begegnen, während ich mit der falschen Person zusammen bin«, schloss Ella und schaute mich dabei tiefgründig an.

Ihre Worte trafen mich bis ins Mark. Ob sie sie mit Absicht so gewählt hatte?

Am Abend dachte ich noch einmal intensiv über Ellas Worte nach. Sie hatte recht: Davonlaufen würde ich nicht können, nicht auf ewig. Ich war es Robin, Romy und mir schuldig, herauszufinden, was das zwischen ihr und mir war. Außerdem würde ich mich bei Romy entschuldigen müssen, dafür, dass ich sie nach ihrem mutigen Outing einfach stehen gelassen hatte.

Also schnappte ich mir mein iPhone, tippte schnell ein paar Worte und schickte die Nachricht ab, bevor ich es mir anders überlegte.

**Sam:**
Wir müssen reden.

Keine fünf Minuten später kam die Antwort, die ich sofort öffnete.

**Romy:**
Damit du wieder weglaufen kannst?

*Autsch.* Aber das hatte ich wohl verdient. Ich konnte es Romy nicht übel nehmen, meine Reaktion war wirklich daneben gewesen. Dafür wirkte sie sogar noch recht gefasst. Ich an ihrer Stelle hätte vermutlich gar nicht zurückgeschrieben.

Was wenn ich meine Chance verspielt hatte?

**Sam:**
Nein, diesmal ohne weglaufen. Versprochen. Gib mir nur

diese Chance, mit dir über alles zu reden.

**Romy:**
Okay. Morgen nach der Schule?

Ein kleiner Stein rutschte von meinem Herzen und löste sich aus dem großen Felsbrocken, der mein Organ umgab.

Sie stieß mich nicht weg.

**Sam:**
Ich habe Sport in der letzten Stunde, wir können uns danach gern treffen? Was hältst du davon, wenn wir einen Kaffee trinken gehen?

**Romy:**
Klingt nach einem Plan.
Ich warte vor der Halle auf dich. Bis morgen!

Ich antwortete ihr mit einem *Danke und bis morgen*, ehe ich das Handy weglegte.

Vor Aufregung wälzte ich mich in dieser Nacht lange in meinem Bett hin und her, bis ich irgendwann vor Erschöpfung einschlief.

Frisch geduscht verließ ich nach dem Unterricht die Sporthalle. Ich schaute mich suchend um, entdeckte Romy, die an einer Mauer lehnte und auf mich zukam, als sie mich erblickte. Sie machte sich nicht die Mühe, ihre Haare zu bändigen, die vom Wind aufgewirbelt wurden, was ihrem lässigen Gang eine gewisse Dramatik verlieh.

Ich ging ihr entgegen, ignorierte die Schüler um uns herum und nahm einen tiefen Atemzug wie vor einem langen Tauchgang. Nur noch zwei Schritte trennten unsere Körper voneinander, sodass wir stehen blieben und uns kurz anblickten.

»Wollen wir gehen?«, fragte sie ungewöhnlich ruhig, als wäre sie mir überhaupt nicht böse, und meine Augen weiteten sich unwillkürlich.

Ich hätte erwartet, dass sie mir meine Reaktion nachtragen würde, aber das schien nicht der Fall zu sein. Also nickte ich, zog die Handschuhe aus meiner Jackentasche und streifte sie über.

Zu dem Café hatten wir es nicht weit und auf dem Weg breitete sich die Stille zwischen uns aus. Keine von uns beiden sagte etwas, jede hing ihren eigenen Gedanken nach. Ich überlegte, wie ich gleich das Gespräch beginnen und was ich sagen sollte.

Romy hatte mein Leben wie ein Erdbeben über den Haufen geworfen und ich versuchte jetzt, aus den Trümmern meines Fundaments etwas Neues zu erbauen. Aber das würde Zeit brauchen und vor allem musste ich auch mit Enttäuschungen rechnen.

So war das Leben. Es teilte nicht jedes Mal die besten Karten aus. Es war auch nicht immer fair. Nein, es konnte ein richtig mieser Hund sein und Steine in den Weg legen, von denen man glaubte, dass man sie niemals würde überwinden können. Aber wenn man es wirklich wollte und wirklich versuchte, schaffte man es in den meisten Fällen, eine Lösung zu finden.

Das Gespräch mit Ella hatte mir unglaublich gutgetan und mir eine Orientierung gegeben. Und der erste Schritt war nun ein Gespräch mit Romy.

Nach einigen Minuten betraten wir das Café und suchten uns einen etwas versteckten Tisch in der Ecke des Raumes.

Wir legten unsere Jacken und ich meine Handschuhe ab. Romy setzte sich mir gegenüber, verschränkte die Finger, stützte sich mit den Armen auf den Tisch und schaute über die Dekoration zu mir herüber. Ihre Augen blickten mich offen und freundlich an.

*Ich bin lesbisch*, hörte ich ihre Stimme in meinem Kopf. *Ich dachte, das hättest du verstanden, nachdem ich dir gesagt habe, dass ich auf dich stehe.*

Nervös spielte ich mit der Tischdecke, um meine Hände zu beschäftigen. »Ich … ich möchte mich als Erstes dafür entschuldigen, dass ich einfach weggelaufen bin und dich nach deiner Offenbarung stehen gelassen habe. Ich war ziemlich überfordert damit.«

»Das ist in Ordnung. Ich habe schon weitaus schlimmere Reaktionen erlebt.«

Ich blickte ihr vorsichtig in die Augen, doch in ihnen stand kein Schmerz, sondern eine Art innere Stärke, die ihre sowieso schon vorhandene Attraktivität nur noch steigerte.

Zurzeit erlebte ich ein wahres Wechselbad der Gefühle. Von dem Wunsch, Romy zu berühren, der Angst davor, dass ich das wollte, der Akzeptanz, dass ich sie anziehend fand, bis über den Gedanken, dass ich das Robin nicht antun konnte. Und letztendlich, dass ich herausfinden wollte, was das zwischen mir und ihr war.

»Wissen deine Eltern …«, begann ich, stoppte aber verlegen.

»Dass ich auf Frauen stehe? Ja, schon seit vier Jahren und es ist in Ordnung für sie«, beantwortete Romy meine unausgesprochene Frage und ich nickte.

*It's not what you think, Mom.*

Ein Kellner kam und unterbrach unser Gespräch. Wir bestellten jeweils ein heißes Getränk, ich einen Cappuccino und Romy eine heiße Schokolade mit Sahne, ehe wir uns wieder einander zuwandten.

»Aber du wolltest dich sicherlich nicht nur mit mir treffen, um dich zu entschuldigen, oder?«, hakte Romy nach, als die Bedienung außer Hörweite war.

Ich nahm einen tiefen Atemzug und schüttelte den Kopf, dachte an Ellas Worte, aus denen ich Kraft schöpfte wie aus einer Quelle, die nicht versiegte.

»Ich weiß nicht, was ich will«, antwortete ich ehrlich und es fühlte sich gut an, mit Romy darüber zu sprechen.

Sie schmunzelte. »Immerhin streitest du nicht mehr ab, dass du es wollen könntest. Damit sind wir einen Schritt weiter.«

»Ich habe keine Ahnung, wie das weitergehen soll. Ich habe mich bisher nie für Frauen interessiert. Ich weiß nicht, ob ich mir etwas Ernstes vorstellen könnte, und Robin kann ich auch nicht einfach so verlassen. Es ist gerade alles etwas … schwierig«, erklärte ich.

Es fühlte sich an, als würde man mir eine Last von den Schultern nehmen. Es mit mir selbst auszumachen, war etwas ganz anderes.

Romy beugte sich etwas über den Tisch und ihre Finger zuckten, als wollte sie meine berühren, was sie aber nicht tat.

»Ich weiß, Sam. Und ich erwarte auch noch keine Entscheidung von dir. Ich möchte einfach nur, dass du dich nicht länger belügst und die Vorstellung, es mit einer Frau zu versuchen, von dir schiebst, bevor du es nicht probiert hast.«

Ich spannte mich an. Das klang so, als würde sie wollen, dass wir miteinander schliefen. Einem rebellischen Teil in mir gefiel diese Vorstellung mehr, als es sollte. Aber der andere in mir zuckte vor dieser Erfahrung zurück. Allein der Gedanke, wie und wo ich sie berühren sollte, überforderte mich.

»Ich … ich weiß nicht, ob ich einfach so geplant mit jemandem Sex haben könnte«, äußerte ich meine Bedenken.

Romys schmale Augenbrauen zuckten in die Höhe. Ihr Blick wurde noch eine Spur sanfter, aber auch verständnisvoller.

»Das meinte ich damit auch nicht.«

»Nicht?«, hakte ich nach und die Verlegenheit kroch mir heiß vom Nacken in die Wangen.

»Nein.« Sie schüttelte zur Untermalung ihrer Worte den Kopf.

»Oh.«

»Was ich damit meine, ist …«, setzte sie an.

Der Kellner kam zurück und Romy verstummte, signalisierte mir aber mit den Augen, dass sie es gleich erklären würde. Er stellte unsere Getränke ab und als er außer Hörweite war, sprach Romy weiter.

»Ich meine damit, dass wir beide uns treffen sollten, so richtig als Date. Damit du herausfinden kannst, was du für mich empfindest.«

Sie betonte es so, als wäre ihr klar, dass ich etwas für sie fühlte. Sie hatte es sicher schon viel früher als ich geahnt. Mir dämmerte langsam, dass alles, was sie getan hatte, nicht nur als Flirt diente oder dazu, herauszufinden, wie ich zu Frauen stand. Nein, vielmehr bezweckte sie, mich aus der Reserve zu locken.

»Gib uns beiden diese Chance, ohne Druck und ohne Erwartungen«, wisperte Romy.

Ihre Worte erstickten mich fast, aber gleichzeitig lösten sie auch einen Druck auf meiner Brust. Ich war hin- und hergerissen. Aber sie hatte wohl recht. Würde ich es nicht zumindest versuchen, könnte ich niemals sagen, ob ich es später bereuen würde. Aber genauso könnte es mir auch ergehen, wenn ich mich blind auf sie einlassen würde.

Es war schwer, so verdammt schwer, überhaupt darüber nachzudenken, dass ich bisexuell oder lesbisch sein könnte. Nicht, weil ich es eklig oder abnormal fand, sondern weil es bedeutete, dass ich meine Identität ganz neu finden musste und mein vergangenes Leben eine einzige Lüge war. Ganz zu schweigen von meinen Eltern, die das anders als die von Romy auffassen würden. Oder unsere Mitschüler. Bislang hatte es auf unserer Schule kein gleichgeschlechtliches Paar gegeben, zumindest keines, von dem ich wusste. Ich hatte keine Ahnung, wie sie darauf reagieren würden.

Außerdem war da immer noch Robin, der sich fühlen würde, als hätte ich ihn die ganze Zeit nach Strich und Faden verarscht. Doch diesen Gedanken verdrängte ich, denn es ging nicht nur um ihn, sondern hauptsächlich um mich.

Ich ließ mir alles gründlich durch den Kopf gehen. Für ein paar Minuten schwiegen wir. Romy ließ mir diese Zeit zum Nachdenken. Dann, nach kurzem Zögern, nickte ich.

»Und wenn es nicht klappt, weil ich merke, dass ich doch nicht mehr für eine Frau empfinden kann?«, äußerte ich meine Zweifel.

Romy legte den Kopf schief. »Dann versuchen wir es als Freundinnen.«

Erleichterung ergriff von mir Besitz. Ich würde sie nicht verlieren.

»Du … würdest dann nicht den Kontakt zu mir abbrechen?«

»Warum sollte ich? Ich weiß, worauf ich mich einlasse und was für ein Risiko ich damit eingehe, aber ich bin guter Dinge. Also, haben wir beim nächsten Mal ein Date?«

Romy und ich hatten leise gesprochen, damit uns niemand hörte. Doch in diesem Moment fühlte sich ihre Frage so gewichtig an, dass ich glaubte, dass jedes Gespräch verstummte, damit meine Antwort zu hören war.

»Ja, haben wir«, besiegelte ich mein ungewisses Schicksal.

# 17

# Date auf dem Eis

Wir hatten uns für den kommenden Sonntag verabredet. Es war mein Vorschlag gewesen, Eislaufen zu gehen, und Romy hatte ergänzt, dass wir danach noch über den Weihnachtsmarkt schlendern könnten.

Robin hatte an diesem Wochenende keine Zeit, was mir entgegenkam. Ich hatte zwar ein schlechtes Gewissen, denn eigentlich betrog ich ihn schon, oder? Aber ich wollte diesen Gedanken nicht zu nah an mich heranlassen, weil er mich sonst auffressen würde. Ich balancierte so schon auf einem schmalen Grat zwischen dem Wunsch, ›normal‹ oder glücklich zu sein. Im Moment überwog Letzteres.

Also konzentrierte ich mich nur auf eins, als ich mich vor dem Spiegel zurechtmachte: auf meine wachsende Aufregung, die das nagende Gefühl in meinem Bauch nach und nach verdrängte und einer süßen Freude auf das wich, was mir bevorstand.

Ein Date.

Eine Verabredung mit *Romy*. Dieser Gedanke fühlte sich komisch an, aber wir waren es uns schuldig, es zu probieren. Oder besser gesagt, *ich* war es *ihr* schuldig.

Da die Eishalle ein Stück entfernt lag, hatte ich mich dazu entschlossen, mit meinem Auto zu fahren und Romy von zu Hause abzuholen.

Ihr Geruch breitete sich rasend schnell im Wagen aus und hüllte mich ein. Am liebsten hätte ich mich an ihren Körper geschmiegt, um meine Nase in ihrem Haar zu vergraben.

An der Halle angekommen, zogen wir uns die ausgeliehenen Schlittschuhe an und tippelten zur Eisbahn. Sobald meine Füße die geschliffene Oberfläche berührten, glitt ich mit einem Grinsen auf dem Gesicht in deren Mitte.

Hier fühlte ich mich wohl, ich hatte das Schlittschuhfahren schon immer gemocht.

Schwungvoll wirbelte ich herum, ohne die Balance zu verlieren, und blickte zu Romy, die noch am Eingang zur Eisfläche stand. Menschen fuhren im Sekundentakt in mein Blickfeld, Kinder kreischten und lachten.

»Was ist los?«, rief ich, weil Romy wie versteinert dastand und nur einen Fuß auf das Eis setzte, aber es nicht gänzlich betrat.

Sie schaute auf und warf mir einen bekümmerten Blick zu. Und dann dämmerte mir, was das Problem war.

»Du traust dich nicht«, stellte ich überrascht fest.

Ich hatte erwartet, dass sie wie eine Eisprinzessin über die Oberfläche gleiten würde. Dass jeder seine Augen auf sie und ihr Können richten würde und ich neben ihr aussehen würde wie ein wackeliger Storch.

Mit wenigen Bewegungen fuhr ich auf sie zu und streckte meine Hand nach ihr aus.

Romy sah meinen ausgestreckten Arm skeptisch an, als wäre er ein fast zerrissenes Seil, das ihr keinen Halt bieten würde.

»Komm schon, ich lasse nicht zu, dass du stürzt.«

Ich versuchte, ihr Mut zu machen. Es passte so gar nicht zu dem rebellischen Mädchen mit dem rauchigen Make-up. Aber das machte sie in meinen Augen unglaublich menschlich und nahbar.

Zwei Kinder drängten sich an Romy vorbei auf die Eislaufbahn und schneller, als wir gucken konnten, waren die beiden davongedüst.

Romy sah ihnen hinterher, dann warf sie mir einen entschlossenen Blick zu, atmete durch, nickte, hob ihren Fuß und betrat die vereiste Oberfläche. Vorsichtig stieß sie sich ab, hielt die Beine gerade, ähnlich wie ein Stock, und fuhr wackelig auf mich zu.

Auch wenn es gemein war: Ich musste mich beherrschen, nicht zu lachen, denn sie sah so hilflos aus wie ein Vogel, der versuchte, das Fliegen zu lernen.

Ihre Finger erreichten meine, dann krallte sie sich an meiner Hand fest, umschloss sie mit ihrer regelrecht krampfhaft und schaute mich an, als hätte sie gerade das Unglaubliche geschafft.

»Wieso hast du nicht etwas anderes vorgeschlagen?«, fragte ich, da es meine Idee gewesen war und sie sofort zugestimmt hatte.

»Weil deine Augen vor Freude gestrahlt haben, als du es vorgeschlagen hast, und ich nicht diejenige sein wollte, die das kaputt macht.«

Ich hätte Romy am liebsten in meine Arme gezogen und geküsst. Das war … das Süßeste, was jemand je für mich getan hatte, und es erwärmte mein Bauch wie der Glühwein, der auf den Weihnachtsmärkten verteilt wurde.

»Dann machen wir das jetzt zusammen. Du wirst sehen, wenn du erst einmal den Dreh raushast, ist es supereinfach.« Sie schenkte mir ein verkniffenes Lächeln, als würde sie nicht daran glauben, aber langsam stießen wir uns gemeinsam ab.

Zuerst fuhren wir zögerlich. Ein Fuß, dann der nächste, dann wieder der andere. Links, rechts, links, rechts.

Romy schwankte, aber ich hielt ihre Hand so fest, dass sie nicht das Gleichgewicht verlor. Ein paar Kinder sahen befremdet zu uns herüber. Ein paar Typen, die sich cool fühlten, lachten, aber falls Romy es bemerkte, gab sie nicht peinlich berührt auf, sondern ignorierte es und machte entschlossen weiter.

*Das ist mein Mädchen!*

Es dauerte nicht lange, da ließ ich Romys Hand los, hielt meine aber vorsorglich nach ihr ausgestreckt. Romy fuhr allein, machte ihre zögerlichen Versuche wie ein Kind, das gerade das Laufen lernte. Kurz darauf fuhren wir in einem gezügelten Tempo nebeneinanderher.

Romy zuckte ab und an, wenn jemand zu dicht oder zu schnell an ihr vorbeifuhr, oder unseren Weg kreuzte. Das Bremsen hatte sie noch nicht so gut drauf, aber ich war dennoch glücklich darüber, dass wir das gemeinsam geschafft hatten.

»Siehst du, ist doch gar nicht so schwer, oder?«, fragte ich, als wir uns schneller bewegten. Mittlerweile baumelten meine und ihre Arme entspannt neben unseren Körpern.

»Es geht, aber ich werde sicherlich kein Freund davon.« Sie zog die Nase kraus, was mich zum Lachen brachte.

Ich sah mich um, entdeckte ein kleines Mädchen, das mit einer Stütze aus Holz, das zu einem Pinguin geschnitzt und angemalt worden war, über das Eis fuhr.

»Ich hätte dir auch so etwas besorgen können.« Ich deutete in die Richtung und biss mir auf die Unterlippe, um nicht zu kichern.

»Haha«, kam es trocken von Romy. Sie gab mir einen sanften Stoß gegen die Schulter. Sofort balancierte ich aus, fuhr einen Halbkreis um sie herum, um auf ihrer linken Seite aufzutauchen.

Ich wandte den Kopf, betrachtete ihr Seitenprofil. Ihre sinnlich geschwungenen Lippen waren einen Spalt geöffnet. Meine Kehle wurde trocken und ich musste schlucken, weil ich genau wusste, wie sich diese Lippen anfühlten, wie sie schmeckten. Das Haar lag glatt an ihrem Kopf. Ihre Augen blickten konzentriert nach vorn. Ab und an schenkte sie mir einen kurzen Blick, der mein Herz zum Tanzen brachte.

Sie hatte eine Wirkung auf mich, die nicht abzustreiten war, aber würde das wirklich für etwas Festes reichen? War das Liebe? Die, von der die Menschen sprachen?

»Ich habe eine Idee. Vertraust du mir?«, fragte ich, während wir nebeneinander herliefen, wobei wir etwas langsamer wurden. Im Grunde wusste ich, dass Romy das tat, sie hatte es mir mehrfach bewiesen. Durch ihr Outing und dadurch, dass sie mir auf die Bahn gefolgt war und sich von mir hatte führen lassen.

»Ja«, meinte Romy, ohne mich skeptisch anzuschauen, sondern voller Überzeugung.

»Okay.«

Ich blieb auf dem Eis stehen, was Romy mir nach kurzer Verzögerung gleichtat. Dann bewegte ich mich hinter sie, streckte meine Hände aus, berührte sie aber noch nicht. Aufregung wallte durch meinen Körper, wurde zu einem sanften Kribbeln im Bauch.

Meine Finger fanden den Stoff ihrer Daunenjacke, die es mir nicht erlaubte, den Schwung ihrer Taille zu spüren. Das Gefühl, ihr so nah zu sein, sie zu berühren, rauschte durch meinen gesamten Körper.

»Wenn du fummeln willst, hättest du nur etwas sagen müssen«, gab sie von sich, was einfach so typisch für sie war, dass ich lachte.

»Ich bin nicht so plump wie du«, konterte ich, was Romy mit einem Schnauben kommentierte, das aber nicht pampig wirkte.

Es war komisch, die Initiative zu ergreifen, die sonst immer von Romy ausging, aber es war in Ordnung, denn ich wollte es so.

Ich übte sanften Druck auf ihren Körper aus, führte sie über das Eis, wurde stetig schneller und schon bald glitten wir in zügigem Tempo über die Bahn.

Romy lehnte sich mit ihrem Gewicht gegen meine Hände, ließ sich von mir stützen, schien es zu genießen. Ihre Haare wirbelten auf und trafen mich mit den Spitzen im Gesicht, aber wir lachten beide, und zwar aus vollem Hals.

Am Rand sahen uns ein paar Menschen zu, aber niemand schien in uns das zu sehen, was wir waren: zwei Menschen, die gerade ein Date hatten. Vielmehr blickten sie uns so an, als würde ich meiner besten Freundin helfen, Schlittschuh zu laufen.

Das war in Ordnung für mich, denn insgeheim war ich froh darüber. Wenn uns jemand zu vertraut im Umgang miteinander sehen würde, der mich aus der Schule oder meine Eltern kannte, würde das Übel seinen Lauf nehmen.

Glück durchströmte mich wie flüssiges Gold und ich hätte jubeln können, so laut, dass der Schrei von den Wänden der Halle widergeworfen werden würde.

Die Zeit verflog regelrecht. Irgendwann machten wir eine Pause, um etwas zu essen, bevor wir wieder aufs Eis gingen. Wir redeten dabei so ausführlich und offen wie noch nie.

Romy berichtete mir von ihrer Kindheit in Amerika und davon, dass sie zusammen mit ihrer Familie nach Deutschland gekommen war, weil ihre Oma väterlicherseits, die in Dortmund gelebt hatte, nach einem Schlaganfall ein Pflegefall geworden war. Nach zwei Jahren war sie gestorben und Romys Familie hatte sich dagegen entschieden, zurückzukehren.

Sie offenbarte auch, dass sie vielleicht irgendwann in die Staaten zurückkehren würde, denn sie war eine der Glücklichen, die die doppelte Staatsbürgerschaft besaßen.

Ich erzählte ihr von meinen Eltern, wie sehr meine Mutter darauf bestand, dass ich mich angemessen kleidete und verhielt. Von der Alkoholsucht meines verstorbenen Opas mütterlicherseits und meiner Oma – auch mütterlicherseits –, die ich abgöttisch liebte und die nicht so vermögend war wie meine Eltern.

Meine Mutter war erst durch die Ehe in den Genuss dieses Reichtums gekommen.

Ich glaubte, dass wir uns durch das Gespräch näher denn je kamen.

Gegen sechs Uhr verließen wir die Eishalle, um uns auf den Weg zum Weihnachtsmarkt zu machen. Dort war die Hölle los. Es wirkte so, als hätte die ganze Menschheit beschlossen, heute dort hinzugehen.

Leute quetschten sich an die festlich geschmückten Stände, die dicht an dicht standen. Kinder wurden an der Hand gehalten und von ihren Eltern durch die Massen gezerrt oder auf den Schultern getragen. Leute rempelten einander an oder blieben stehen, weil es weder ein Vor noch Zurück gab. Vor dem Häuschen, in dem Glühwein verkauft wurde, wuchs eine riesengroße Schlange.

Romy, die neben mir lief, hatte ihre Hand auf meinem Rücken platziert, als wolle sie mich sicher durch die Menge führen, die nur noch aus Oberkörpern und Gesichtern bestand. Mit meinen eins fünfundsechzig war es für mich schwieriger, etwas zu sehen, als für Romy, die ein paar Zentimeter größer war als ich.

Wir tippelten vorwärts durch die Massen, als hätten wir noch die Schlittschuhe an. Irgendwann bildete sich eine Lücke in der Nähe des Zaunes, der die Grünfläche hinter sich abschirmte, damit die

Leute nicht darüber trampelten. Ich gab Romy ein Handzeichen, ehe ich dorthin flüchtete.

Ein Gutes hatte die Menge der Menschen gehabt: Mir war durch die Körperwärme der anderen nicht mehr kalt gewesen. Jetzt, abseits der drängelnden Leiber, spürte ich die Minustemperaturen wie ein scharfes Messer in meine Haut eindringen. Mein Gesicht, meine Hände, sogar meine Oberschenkel begannen nach kurzer Zeit kühl zu werden.

Romy schaffte es ebenfalls, sich zu mir durchzuquetschen. Auch ihr schien die beißende Kälte bewusst zu werden, denn sie zog den Reißverschluss ihrer Daunenjacke höher.

»Vielleicht war das nicht gerade die beste Idee.« Sie machte ein zerknirschtes Gesicht.

»Ich finde es trotz des Gedrängels schön hier«, beharrte ich und erstickte ihre Einwände damit im Keim. Und ich meinte es auch so. Es war atemberaubend hier. Die vielen Lichterketten, der Geruch nach Glühwein, Waffeln, gebrannten Mandeln und Zuckerwatte. Die Laufwege waren mit Holzspänen bedeckt. Alles erzeugte die perfekte Stimmung für das in zwei Wochen kommende Weihnachtsfest.

»Na dann wird das hier wenigstens nicht das schlimmste Date, das du je hattest.« Romy lachte.

Und mein Herz schnurrte. Diesen Laut würde ich wohl nie satthaben. Es war, als würde die Welt aufhören, sich zu drehen.

»Also um ehrlich zu sein, hatte ich davor noch nie eins«, gab ich zu und Romy richtete ihren Blick vollkommen ernst auf mich.

»Sag mir, dass ich mich verhört habe.« Ihre Worte waren nur ein Hauchen, sodass ich mich anstrengen musste, sie zu verstehen. Die Leute im Hintergrund zogen weiter, wurden aber unwichtig, wie in einem Film, bei dem der Hintergrund plötzlich verschwamm.

Romy sah mich intensiv an, die Luft zwischen uns lud sich auf, während wir uns in die Augen sahen. Die Spannung war so groß, dass ich gern meine Hand ausgestreckt und sie berührt hätte. Sie geküsst hätte. Wieder und wieder.

Ich schüttelte den Kopf, um meine Gedanken zu vertreiben oder meine Worte zu untermalen – es war mir nicht einmal selbst klar.

»Du hast dich nicht verhört«, wisperte ich.

»Das heißt, ich bin dein erstes Date?« Romys Augen wurden noch dunkler, wenn das überhaupt möglich war. Sie wirkten wie tosendes Wasser, das stetig in Bewegung war, und in diesem Moment waren sie wie brandende Wellen.

»Ähm … ja.« Meine Stimme war nur noch ein Flüstern und die Unsicherheit tastete nach mir. Fand sie das jetzt schlimm? Ich war ein Spätzünder, was das betraf, hatte mich nicht mit Jungs beschäftigt oder mich mit ihnen getroffen. Und dann war aus Robin und mir mehr geworden. Er hatte mich nie offiziell auf ein Date ausgeführt. Wozu auch? Wir kannten einander seit Jahren. Zumindest hatte ich bis vor Kurzem geglaubt, dass wir das taten. Er wurde mir irgendwie fremd.

»Wow. Ich würde ja sagen, dass wir den Sekt aufmachen und anstoßen, aber ich denke, dass es in diesem Fall Glühwein auch tut?«, fragte Romy und ich nickte zustimmend.

»Ich hole uns zwei Tassen, nicht weglaufen!« Sie streckte mit einem Grinsen den Zeigefinger in die Höhe.

Ich nickte wieder. Wie eine Aufziehpuppe. Sprachlos von ihrer Begeisterung darüber, dass sie mein erstes Date war. In zweierlei Hinsicht – generell und mit einer Frau.

Ich schaute Romy hinterher, die von der Masse verschluckt wurde und kurz darauf nicht mehr zu sehen war. Abermals schüttelte ich den Kopf, um klar denken zu können, atmete durch und lehnte mich gegen den Zaun.

Der Tag war bisher wundervoll gewesen.

Auch wenn wir in der falschen Reihenfolge gestartet hatten – der Kuss vor dem Date –, genoss ich diese Normalität mit Romy.

Manchmal, wenn sie mich berührte, fühlte ich wieder ihre Hände auf meinen Wangen und ihre Lippen auf meinen, wie an meinem Geburtstag. Dieser Augenblick hatte sich fest in mir verankert und würde mich so schnell nicht mehr loslassen.

Ich hatte ein wenig Sorge, wie ich mich später von ihr verabschieden sollte. Umarmen oder einen kleinen Kuss geben? Aber wir waren kein Paar und eigentlich war ich mit Robin zusammen.

Bevor ich mich gänzlich in den Grübeleien verlieren konnte, entdeckte ich ein vertrautes Gesicht inmitten der Menschenmasse. Er sah in meine Richtung, als hätte ich nach ihm gerufen, und ein Grinsen breitete sich auf seinem Gesicht aus. Dann löste er sich von seinen Kumpeln und kam zu mir rüber.

»Hey!«, sagte er und grinste mich erfreut an. »Ich wusste gar nicht, dass du auch hier bist.« Er fuhr sich durch die kurzen braunen Haare, die platt an seinem Kopf lagen.

»Hallo, Benny«, sagte ich zu meinem Cousin, dessen Gesicht vor Kälte fleckig war. Er zog mich in eine etwas zu lasche Umarmung, als käme sie nicht gänzlich von Herzen.

»Bist du mit Robin hier?«, fragte er in einem Plauderton, nachdem er mich freigegeben hatte.

Robin … Etwas schnitt in mein Herz, wenn ich nur daran dachte, dass ich ihn mit dem Kuss betrogen hatte und das Date es auch nicht besser machte. Aber ich wollte die Gedanken an meinen Freund von mir stoßen. Wenn ich sie zuließ, würde das Glück des ganzen Tages zerplatzen wie eine Seifenblase. Ich war wirklich ein mieses Schwein.

»Nein, ich bin mit einer Freundin hier«, log ich. Ich hätte ihm schlecht sagen können, dass ich ein Date hatte – und das nicht mit Robin, sondern mit einer Frau!

Benjamins blaue Augen mit den grünen Sprenkeln um die Iriden bewegten sich hin und her, als würde er mich mustern.

»Ah, mit Vanessa?«, hakte er nach. Doch ich sah die Unsicherheit in seinem Blick. Namen konnte er sich genauso schlecht merken wie meine Mutter. Musste wohl in der Familie liegen.

»Nein … mit …«, setzte ich an, aber da kam Romy schon um die Ecke. In ihrer Hand hielt sie zwei Tassen und lief mit kleinen Schritten, darum bemüht, die Getränke nicht zu verschütten.

»Mit ihr.« Ich nickte in Romys Richtung, die abwechselnd zwischen den Tassen und mir hin und her schaute und aufpasste, dass sie niemanden umrannte oder den Glühwein verschüttete.

»Ah! Die Scharfe von deiner Party.« Benjamin korrigierte auf Anhieb seine Haltung, als wolle er besonders männlich wirken. Hätte ich nicht einen eifersüchtigen Stich gespürt, hätte ich über die Tatsache, wie wenig er Romy damit gefallen würde, gelacht.

Aber mein Lächeln gefror mir auf den Lippen, als hätte man an meinem Rücken einen Schalter umgelegt und mir den Strom abgezapft.

Romys Haar, das sich aus dem Kragen ihrer schwarzen Jacke gelöst hatte und nach vorn gefallen war, schwang an dem Stoff ihrer Kleidung hin und her. Ihre Wangen waren gerötet und eine Strickmütze bedeckte die Hälfte ihrer Stirn. Sie trug eine hautenge dunkelblaue Jeans und ihre vertrauten Springerstiefel.

Etwas, was ich den ganzen Tag nicht wahrgenommen hatte, aber jetzt, als Benjamin sie ansah, wollte ich sehen, was er sah. Und ich wollte, dass er aufhörte, sie mit den Augen auszuziehen.

»Wie heißt sie doch gleich?«, fragte mein Cousin.

»Rosie«, log ich, denn irgendwie fuchste es mich, dass er scheinbar interessiert an ihr war.

Er sah mich verwirrt an.

»Sie ist Amerikanerin«, begründete ich. Nun, *das* war nicht gelogen. Nicht ganz.

»Ich verstehe«, erwiderte er und der Ausdruck auf seinem Gesicht wich Erkenntnis.

Gott, wieso war ich denn eifersüchtig? Was war los mit mir? Ich sollte wissen, dass er keine Chance bei ihr hatte, und außerdem sollte ich doch gar nicht so empfinden. War die Vorstellung, mehr mit ihr anzufangen, doch nicht mehr so abwegig für mich wie bis vor zwei Tagen, als alles noch ein reines Chaos gewesen war?

Ich wusste es selbst nicht und ich wollte nicht zwischen Robin und Romy wählen, aus Angst, die falsche Entscheidung zu treffen. Ein bisschen Zeit konnte ich mir ja noch geben. Aber die Eifersucht ließ sich nicht fortschicken, sie knurrte wie ein gereizter Hund.

Romy erreichte uns und nahm von Benjamin nur kurz Notiz, indem sie ihm einen flüchtigen Blick schenkte, ehe sie mir eine der beiden Tassen reichte.

»Hello Rosie, how are you?«, fragte Benjamin und ich musste mich beherrschen, um nicht in meine Tasse zu prusten.

Romys Augen zuckten zu ihm und ein verwirrter Ausdruck glitt über ihr Gesicht. »Redest du mit mir?«

Benjamin zog die Augenbrauen hoch, warf mir einen Blick zu und ich zuckte bloß mit den Schultern.

»Ja klar, oder siehst du hier noch jemanden, der Rosie heißt?«, erwiderte mein Cousin, aber seine Tonlage wirkte unsicher.

»Nein, ich war nur verwundert, weil wir uns nicht kennen.«

Romy sah in meine Richtung und ich versuchte, ein unschuldiges Gesicht aufzusetzen.

»Ich bin Benjamin, Samanthas Cousin.«

Das tat er immer. Er nannte mich immer bei meinem vollständigen Namen. Ich hasste das! Aus dem Grund war ich dazu übergegangen, ihn Benny zu nennen, weil ich wusste, dass er das wiederum nicht ausstehen konnte.

»Wir sind uns auf der Geburtstagsfeier begegnet. An ein solch hübsches Gesicht erinnere ich mich«, schob er noch hinterher, als Romy nicht reagierte, dabei hatte er einen flirtenden Tonfall aufgesetzt.

Ich musste mich ermahnen, ihm nicht auf den Fuß zu treten. Er flirtete knallhart mit *meinem* Date. Gut, er wusste das nicht, aber sie war für ihn eine Freundin von mir, er musste sie nicht vor mir so anschmachten.

»Oh. Haben wir uns unterhalten? Denn dein Gesicht ist bei mir leider gar nicht hängen geblieben«, antwortete Romy. Ihr Tonfall war so trocken wie ein Sack Mehl und machte deutlich, was sie von seinem offensichtlichen Flirtversuch hielt. Er schrie geradezu nach: Keine Chance, Junge.

Auch mein Cousin schien das bemerkt zu haben. Wäre sein Gesicht nicht schon durch die Kälte rot, würde es das jetzt werden. Der Arme musste seinen ganzen Mut zusammengenommen haben, denn eigentlich war er dem anderen Geschlecht gegenüber schüchtern. Aber wie hätte man es ihm verdenken können, es bei Romy nicht zumindest auf einen Versuch ankommen zu lassen?

Er murmelte nur noch etwas davon, dass er nur kurz Hallo hatte sagen wollen und seine Freunde auf ihn warten würden, dann verabschiedete er sich von uns und verschwand in der Menge.

Romy schüttelte den Kopf, schaute ihm nach und drehte sich zu mir. »Rosie also?«

Mist! Sie hatte mich offenbar direkt durchschaut.

»Woher …«

»Ich das weiß?«, fiel sie mir ins Wort und ich nickte. Sie trat einen Schritt auf mich zu und blieb dicht vor mir stehen. »Ich habe mich deinem Cousin an diesem Abend nicht vorgestellt. Wer sollte es ihm sonst gesagt haben?«

Ich biss mir ertappt auf die Unterlippe, wusste nichts zu sagen, was mich hätte retten können. Nervös drehte ich die Tasse Glühwein in den Händen.

»Dann muss er mich bestimmt falsch verstanden haben«, wagte ich einen lahmen Versuch und Romys Mundwinkel hoben sich.

»Du bist süß, wenn du eifersüchtig bist, Sam«, sagte sie lachend und nahm einen Schluck von ihrem eigenen Getränk.

»Ich bin nicht eifersüchtig!«, protestierte ich aufgebracht, weil sie mich schon wieder durchschaut hatte.

Romy gab abermals ein Lachen von sich, packte mich mit der freien Hand am Arm und zog mich sanft in ihre Richtung, sodass wir uns ganz nah waren.

Mein Körper fühlte sich an, als würde er unter Strom stehen. Egal wie oft wir uns berührten, egal wie oft wir uns nah waren, Romy hatte jedes Mal diese Wirkung auf mich.

»Doch, bist du«, raunte sie so nah an meinem Gesicht, dass ich ihren warmen Atem auf meiner Wange spürte.

Mein Herz klopfte wie ein galoppierender Pferdefuß.

Hier im Halbdunkel, versteckt zwischen zwei Ständen, hatte diese Situation noch etwas viel Intimeres, auch wenn gefühlt tausend Leute um uns herum waren.

Ich blendete einfach alles aus, bis ich mit jedem meiner Sinne nur noch die Person vor mir fokussierte. Ich roch, fühlte, sah und hörte nur Romy. Und alles in mir verzehrte sich danach, sie auch zu schmecken.

»Aber du musst nicht eifersüchtig sein. Wenn ich diesen Typen gewollt hätte, hätte ich auf der Party ihn geküsst und nicht dich«, hauchte Romy zärtlich und leidenschaftlich zugleich, sodass sich alles in meinem Körper zusammenzog, sich jedes Härchen aufstellte.

Bevor ich jedoch reagieren konnte, ließ sie mich los und nahm zwei Schritte Abstand. Trank von ihrem Glühwein wie die Bösewichte in den Filmen, die ein Glas Cognac tranken, wenn sie ihre diabolischen Pläne verkündet hatten.

Ich blinzelte und atmete tief durch, nahm ebenfalls einen Schluck von meinem heißen Getränk, um meine Lippen und Finger, die wie Espenlaub zitterten, zu beschäftigen.

»Na dann komm, wir schauen uns den Rest an«, sagte Romy in einem Tonfall, als wäre nichts passiert. So war sie. Sie konnte einfach weitermachen.

Und ich folgte ihr mit einem kleinen Lächeln auf den Lippen, weil sie Gefühle in mir auslöste, die ich in Bezug auf Robin niemals empfunden hatte.

# 18

# Momente im Schnee und schwere Entscheidungen

Drei weitere Dates hatten Romy und ich in den letzten zweieinhalb Wochen gehabt. Eines schöner als das andere.

Beim zweiten waren wir Karaoke singen gewesen. Romy hatte geglänzt wie ein Stern am Himmel, während ich mich neben ihr wie ein krächzender Rabe angehört hatte.

Beim dritten waren wir einfach nur gemütlich etwas Warmes trinken und anschließend spazieren gegangen. Aber selbst das war nicht langweilig gewesen. Im Gegenteil, ich hatte mich so lebendig wie noch nie gefühlt.

Die Tage, die ich mit Robin verbrachte, fühlten sich dagegen zäh und fad an. Wie ein Kaugummi, den man viel zu lange im Mund hatte. Dass ich ihn quasi jedes Mal belog, indem ich ihm nur in die

Augen schaute, mit dem Wissen, dass ich mich mit einer anderen Person traf, machte es nicht besser.

Mit Romy jedoch war es anders, erfrischend. Ich hatte immer mehr das Gefühl, mich in ihr zu verlieren. Ihr ganzes Wesen glich der hohen See. Mal stürmisch, sodass alles in ihrer Nähe fortgerissen wurde, dann aber wieder beruhigend, sodass man sich treiben lassen konnte. Aber wenn man nicht aufpasste, ertrank man – mit einem Lächeln auf dem Gesicht.

Romy war ein süßer Tod.

Zumindest für mich.

Ich konnte mich tatsächlich langsam mit dem Gedanken anfreunden, dass es *mehr* zwischen uns war. Ich stritt es nicht mehr vehement ab, ließ sogar die Vorstellungen zu, in denen ich mit Romy weiter ging. In denen ich sie abermals küsste und ihren Körper berührte.

Einem Teil in mir machte es immer noch Angst, aber er nahm kaum noch Raum ein. Alles in mir war erfüllt von Aufregung und dem kribbeligen Gefühl, dass meine Zeit gekommen war. Dass ich vielleicht endlich eine Erklärung dafür hatte, wieso ich mich bisher immer so anders gefühlt hatte. Wieso ich gegenüber Robin nicht das empfunden hatte, was ich hätte empfinden sollen.

Aber trotz dieser Erkenntnisse wollte ich es nicht überstürzen. Ich wollte mir ganz sicher sein, dass es das war, was ich für mich und mein Leben wollte. Dass es nicht nur eine Panikreaktion war und ich in etwas flüchtete, weil ich Angst davor hatte, meiner Identität auf der Spur zu sein.

In zwei Tagen würde Romy über Weihnachten nach Amerika fliegen und bis kurz nach Neujahr dortbleiben. Die Zeit ohne sie wollte ich nutzen, um mir gänzlich über meine Gefühle klar zu werden.

Abstand war das, was ich jetzt brauchte, aber nicht, weil ich mich erdrückt fühlte, sondern um meine Empfindungen zu sortieren. Wenn Romy ständig um mich herum war, war es nicht verwunderlich, dass ich mich an ihre Anwesenheit gewöhnte.

Aber würde ich sie auch vermissen?

Würde ich sie noch immer wollen, wenn sie weg war?

Und würde ich den Bruch mit Robin wagen?

Das waren die Dinge, über die ich mir in der zweiwöchigen Trennung von Romy klar werden konnte.

Ich sah zu ihr, während sie neben mir über die zarte Schneeschicht lief, die den Gehweg bedeckte. Es hatte nicht viel geschneit, aber Romy war dennoch maßlos begeistert über das Weiß, das die Welt verschluckte. Ich hingegen gehörte zu den Menschen, die deshalb genervt waren. Mit dem Wetter konnte ich mich einfach nicht anfreunden. Aber ich musste zugeben, dass es irgendwie zum Fest der Liebe gehörte, auch wenn ab dem 27. Dezember meinetwegen alles wieder schmelzen konnte.

Heute Abend – bei unserem vierten Date! – waren wir im Kino gewesen. Der Film war nicht schlecht, auch wenn ich mich kaum darauf hatte konzentrieren können. Immer wieder hatte ich einen starken Zug im Magen gefühlt, wenn Romy ihre Hand gehoben hatte, um die meine zu berühren. Spätestens dadurch war mir klar geworden, dass ich etwas für sie empfand. Das war nicht länger zu bestreiten. Aber wie stark dieses *etwas* war, musste ich noch herausfinden.

Es hatte zwar lange gedauert, aber ich konnte zumindest die Tatsache akzeptieren, dass da was war. Ich hielt nicht mehr verkrampft an dem Leben fest, das ich bisher geführt hatte. Ich war bereit, es loszulassen.

Aufzugeben.

Für Romy.

Für das *uns*, das mich erwarten würde.

Auch wenn es einem Teil in mir noch Angst bereitete. Aber es war nicht mehr die Angst davor, dass ich bisexuell oder lesbisch sein könnte. Es war die Furcht vor den tiefen Emotionen, die ich empfand, davor, dass ich mich in ihnen verlieren könnte. Aber ich musste diesen Schritt gehen. Wenn man sich auf eine Person einließ, gab man die Kontrolle ab. Man musste bereit sein, zu fallen. Entweder in die Tiefe oder in ein großes Sicherheitsnetz.

Ein wenig Bauchschmerzen bereitete mir der Gedanke an meine Freunde und Mitschüler. Ich fürchtete mich davor, dass die Mädels auf Abstand gehen könnten, weil sie plötzlich Angst hatten, ich würde ihnen zu nah kommen. Oder dass sie es komisch oder eklig finden würden. Wir hatten noch nie darüber gesprochen, denn bislang war es auch nie ein Thema gewesen. Vielleicht sollte ich mich vorsichtig herantasten?

Nachdem Romy und ich mehrere Minuten schweigend nebeneinander hergelaufen waren, kamen wir zu der Kreuzung, die unsere Wege trennte, also blieben wir stehen, was mich aus meinen Grübeleien riss.

Die Schneeflocken, die vom Wind aufgewirbelt wurden, tanzten um uns herum. Sie verfingen sich in den Spitzen von Romys Haaren – und vermutlich auch in meinen –, blieben dort hängen, ehe sie anfingen, zu schmelzen. Für einen kurzen Augenblick aber sah Romy aus wie eine Schneekönigin. Eine Hälfte ihres Gesichts wurde von dem warmen Schein der Straßenlaterne beleuchtet, die andere lag im Schatten.

Gut und Böse in einer Person. Die selbstbewusste Romy und die, die sich nicht ohne meine Hilfe aufs Eis getraut hatte.

Diese Symbolik ließ mich lächeln.

»Ich fand den Abend mit dir schön«, hauchte sie. Der Atem, den sie dabei ausstieß, wurde aufgrund der Kälte zu einer Dampfwolke. Ich erinnerte mich daran, wie ich als Kind immer so getan hatte, als würde ich rauchen. Probiert hatte ich es allerdings nie.

»Fand ich auch«, erwiderte ich ebenso leise und hatte förmlich das Gefühl, dass sich die Luft zwischen uns elektrisch auflud. Ich hatte das Bedürfnis, meine Hände nach Romy auszustrecken, ihr vermutlich kaltes Gesicht zu berühren, ihre Lippen zu schmecken, die trotz der winterlichen Temperaturen nicht spröde oder aufgerissen waren.

Diese Frau war einfach perfekt.

Zumindest für mich.

Unsere Blicke verschmolzen miteinander. Der Schnee tanzte unaufhörlich zwischen unseren Gesichtern, gab dem Ganzen einen ungewollt romantischen Touch. Es fühlte sich so an, als hätte jemand die Welt für uns angehalten.

Romys Augen loderten, als hätte man ein Feuer in ihnen angezündet. Sie trat einen Schritt auf mich zu, um sich in der nächsten Sekunde zu mir zu beugen.

Mein Herz stolperte, nur um dann so schnell zu schlagen wie der Flügel eines Kolibris. Erwartungsvoll schloss ich die Augen, doch das, was ich ersehnte, bekam ich nicht. Ich spürte Romys Lippen an meiner Wange, als sie auf diese kalte Stelle einen warmen Kuss hauchte. Sie verharrten einige Sekunden auf meiner Haut, ehe Romy sich zurückzog und sich ein kribbelndes Gefühl über mein Gesicht ausbreitete.

Langsam öffnete ich meine Augen wieder, sah Romy an, die mir immer noch ganz nah war. Ich sah mich in ihren Pupillen, konnte die feinen Farbunterschiede ihrer Iriden ausmachen, ihre schwungvollen schwarzen Wimpern bewundern, die sich bei jedem Blinzeln bewegten. Romys Atem streifte meine Lippen, die zu kribbeln begannen, als erwarteten sie einen Kuss.

Die Spannung zwischen uns schien mit den Händen greifbar und wenn Romy noch eine Sekunde länger gewartet hätte, hätte ich meine Hände in ihren Haaren vergraben, ihr die Strickmütze heruntergerissen, sie an mich gezogen und geküsst, bis ihr Hören und Sehen verging.

Aber sie übernahm wieder die Initiative. Ihr Blick zuckte über mein Gesicht und blieb an meinem Mund hängen, dann sah sie wieder in meine Augen, ehe sie abermals nach unten schaute. Drei qualvolle Sekunden ließ sie mich zappeln, ehe sich ihre Lider senkten und endlich – endlich! – ihre Lippen die meinen fanden.

Alles in mir zog sich zusammen, nur um zu explodieren wie Dynamit.

Mit einem Keuchen schloss ich automatisch die Augen, hob meine Hand, die Romys Hinterkopf fand. Mit den Fingern krallte ich mich an dem Stoff der Mütze fest, als wollte ich ihr diese tatsächlich vom Kopf reißen. Aber das tat ich nicht.

Denn dieser Kuss war irgendwie anders. Er war nicht so wild und ungezügelt wie der erste an meinem Geburtstag. Es war eher, als würde sie meinen Mund mit ihrem nicht einmal richtig berühren, sondern nur streifen. Ihre Lippen bewegten sich an meinen, zuerst hauchzart, dann fester, aber immer noch unglaublich zärtlich und quälend langsam.

Die Kälte war verschwunden, ich fühlte mich stattdessen wie ein brodelnder Vulkan. Es gab nur noch Romy und ihre betörende Nähe.

Zaghaft, als könnte ich etwas falsch machen, bewegte ich meinen Mund ebenfalls an ihrem. Sie zog meine Unterlippe sanft zwischen ihre Zähne, saugte an ihr, ehe sie wieder von ihr abließ. Zwischen meinen Beinen fing es an zu kribbeln und zu pochen, wie ich es in meinem ganzen Leben noch nie gespürt hatte.

Und ich wollte mehr.

Mehr von ihr.

Mehr schmecken, mehr fühlen, mehr küssen. Ich hatte das Bedürfnis, mich noch enger an Romy zu drängen. Abermals keuchte ich in ihren geöffneten Mund.

Aber gerade als ich richtig in Fahrt kam, verließen Romys Lippen meine viel zu schnell wieder, sodass ich das Gefühl hatte, sie kaum geschmeckt zu haben.

Verwirrung und Enttäuschung sammelten sich in mir, als ich ein wenig zurückwich, um Romy ins Gesicht schauen zu können. Mein Gehirn war wie benebelt von dem Kuss, als hätte ich einen Rausch.

Sie lächelte wissend, machte aber keine Anstalten, ihren Mund abermals auf meinen zu legen, um dort weiterzumachen, wo sie uns eben unterbrochen hatte.

»Ich hoffe, du entscheidest dich für mich«, wisperte sie voller Sehnsucht und eine Gänsehaut, die nichts mit der Kälte zu tun hatte, zog sich über meinen gesamten Körper. Würde mein Herz nicht schon rasen, würde es spätestens jetzt so heftig pochen, als wollte es durch meine Rippen brechen.

Als ich merkte, wie sich Romy von mir wegbewegte, zog ich meine Hände zurück und stieß den angehaltenen Atem aus.

Dieser Kuss war intensiver gewesen als jeder Moment, den ich mit Robin geteilt hatte, und mein Herz wurde plötzlich schwer, wenn ich daran dachte, dass ich Romy zwei Wochen nicht sehen würde. Hatte ich vorhin tatsächlich behauptet, dass der Abstand gut war, um meine Gefühle zu sortieren? Was war ich nur für eine Närrin. Sie fehlte mir jetzt schon, obwohl sie direkt vor mir stand!

»Ich wünsche dir viel Spaß in Amerika und eine gute Zeit dort«, brachte ich atemlos hervor, als ich mich endlich fähig dazu fühlte, etwas zu sagen.

Sie lächelte abermals, hob eine Hand, strich mir eine Haarsträhne hinter die Ohren und streifte mit ihren Fingern meine Wange, die sofort Feuer zu fangen schien.

Ich musste den Sprung in die Tiefe nicht mehr wagen. Ich war bereits im freien Fall. Und egal wie mein Sturz enden würde, für dieses Gefühl war mir das Risiko, hart auf dem Boden der Realität aufzuschlagen, allemal wert. Auch wenn ich mich im Moment eher so fühlte, als müsste ich nur meine Flügel ausstrecken, um fliegen zu können.

»Danke, Sam. Ich wünsche dir eine frohe Weihnachtszeit«, sagte Romy mit einem Lächeln. Der Schnee rieselte beständig auf uns herab.

»Schreib mir, wenn du angekommen bist«, bat ich.

Sie nickte. »Versprochen. Bis nächstes Jahr.«

Wenn sie das so sagte, klang es nach einer unglaublich langen Zeit.

*Es sind nur zwei Wochen! Verdammt, reiß dich zusammen, Sam! Du hast dadurch Zeit, um dir über deine Gefühle klar zu werden.*

»Bis nächstes Jahr«, erwiderte ich.

Romy lächelte noch mal, dann gingen wir beide in verschiedene Richtungen davon.

Ich grinste auf dem gesamten Weg nach Hause und hätte vor Glück schreien können, so laut, dass man es überall hätte hören können.

Meine Lippen schmeckten noch nach denen von Romy. Etwas Festes mit einer Frau? Wenn es sich immer so anfühlte, wie es das jetzt tat, dann war ich mir eigentlich schon so gut wie sicher, bereit dafür zu sein.

Die Weihnachtsferien hatten begonnen. Den Heiligabend hatte ich zusammen mit meinen Eltern verbracht, wie es sich nach der Familientradition gehörte. Auch Oma Maria war am 24. Dezember bei uns gewesen. Sie war mit ihren Späßen und der herzlichen Art, mit der sie den Abend aufgelockert hatte, ein willkommener Puffer gewesen. Ohne sie war es weniger spießig und gezwungen.

An dem verkniffenen Lächeln meiner Mutter hatte ich gemerkt, dass sie den Bezug zu ihrer verloren hatte. Sie war jetzt eine Frau von Welt und in diese passte meine Großmutter mit ihrem trockenen Humor und ihrer lockeren Art nicht mehr hinein.

An einen witzigen Moment dachte ich zurück: Mein Vater hatte sich die Weihnachtsmütze aufgezogen, die meine Oma gehäkelt hatte, die ihm aber zu groß gewesen und immer ins Gesicht gerutscht war. Selbst jetzt sah ich ihn noch vor mir, wie er die Kopfbedeckung immer wieder nach oben schob, um etwas sehen zu können, anstatt sie abzulegen. Er hatte sie den ganzen Abend aufbehalten.

Am ersten Weihnachtsfeiertag hatten wir die Eltern meines Vaters besucht, mit denen sich meine Mutter viel besser verstand, da sie genauso versnobt waren. Der Nachmittag hatte kein Ende nehmen wollen.

Den 26. Dezember hatten wir zusammen mit Robin in einem Luxus-Restaurant außerhalb der Stadt verbracht und danach mit Kaffee und Kuchen bei der Familie meines Freundes. Es war wirklich schlimm gewesen. Es hatte sich nur um folgende Themen gedreht: Robins Studium, die Firma seiner Eltern, Vaters Arbeit und Mutters Hauseinrichtung.

Die Zeit hatte ich nur dadurch überstanden, dass ich so viel und künstlich gelächelt hatte wie noch nie zuvor, bis mir die Wangen wehtaten.

Aber nicht nur die.

Eine Sehnsucht hatte sich in meinem Brustkorb breitgemacht. Ich vermisste Romy so sehr, wie ich noch nie jemanden vermisst hatte.

Immer wieder musste ich an sie denken. Wenn ich abends ins Bett ging, wenn ich versuchte, etwas zu essen. Zwar war sie nicht hier, bei mir, aber sie war immer da.

In meinem Kopf.

In meinem Herzen.

Ich hatte mir vorgestellt wie sie Weihnachten in New York mit ihrer Familie verbrachte. Mit ganz viel Schnee, Kälte – schrecklich! – und dem atemberaubenden, festlich geschmückten Tannenbaum am Rockefeller Center. Für diesen Anblick würde ich sogar die frostigen Temperaturen in Kauf nehmen.

Romy hatte mir tatsächlich ein Foto von dem Traum von Weihnachtsbaum geschickt und dazu eine schöne Nachricht, die mein Herz jedes Mal aufs Neue erwärmte, wenn ich sie las.

*Ich hoffe, du hattest bisher schöne Tage – auch ohne mich. Ich dachte, der Anblick heitert dich genauso sehr auf wie mich. Ich freue mich, dich wiederzusehen.*

Es gab kaum einen Moment, an dem ich nicht an sie dachte. Ich rief mir die Tage, die wir zusammen verbracht hatten, in Erinnerung. Unsere gestohlenen Küsse, die Art, wie sie lächelte.

Mir war immer mehr klar geworden, dass ich das mit Robin nicht mehr konnte. Egal, welche Entscheidung ich in meinem Kopf traf, dem mein Herz schon Längen voraus war, ich würde Robin aufgeben müssen. Nicht als besten Freund, aber als Partner. Es tat weh, ja, das war nicht abzustreiten, aber ich konnte ihm einfach nicht mehr ständig ausweichen, ihn vertrösten und hinhalten, nur weil ich Angst hatte, ich könnte doch die falsche Wahl treffen. Das war niemandem gegenüber fair. Romy gegenüber nicht, mir nicht und Robin erst recht nicht.

So hatte ich meinen Entschluss gefasst, die Ferien abzuwarten, um das mit ihm zu beenden, weil ich ihm nicht die Laune verderben wollte, damit er die besinnliche Zeit genießen konnte.

Ich war so fest entschlossen gewesen, nur noch ein bisschen durchzuhalten, und so war der Tag vor Silvester gekommen. Auch für diese Feierlichkeit hatte mich Robin zu sich nach Hause eingeladen, um gemeinsam mit ihm, seinem Bruder und ein paar Kumpeln zu feiern.

Doch schon die Vorstellung, an diesem Abend die glückliche Freundin zu spielen, die ich nicht mehr war, war kaum auszuhalten. Robin und ich waren zu verschieden geworden, das hatte ich erst in den letzten Tagen wirklich begriffen.

Ich hatte erkannt, dass es keinen Unterschied machte, ob ich Robin vor oder nach den Ferien das Herz brach. Und mir war bewusst geworden, dass es nie um ihn gegangen war. Sondern um mich. Dieser Aufschub hatte mir selbst gegolten, versteckt unter dem Vorwand, es sei das Beste für Robin. Dabei hatte ich nur Angst, ihm wehzutun, und das würde unweigerlich passieren.

Ich war bereit. Bereit, es mit Romy zu versuchen. Wenn es nicht klappen würde, wäre das tragisch, aber ich würde mich nicht immer nach dem *Was wäre gewesen, wenn* fragen.

Also hatte ich mich endgültig dazu entschieden, Robin freizugeben. Frei für jemanden, der ihn wirklich liebte.

Als ich nun an diesem Morgen vor Silvester das Haus verließ, stand Robin bereits da und wartete auf mich. In seinen braunen Augen schimmerte Sorge, vermutlich, weil ich am Telefon nur angedeutet hatte, dass ich mit ihm reden musste, aber nicht gesagt hatte, warum.

Ich konnte seine Nervosität regelrecht in der Luft spüren, als ich die vereisten Stufen runterging. Der Winter war rechtzeitig zum Ende des Jahres mit voller Wucht über uns hereingebrochen. Die Straßen waren von Schnee bedeckt, der jedoch an den Stellen, an denen Autos fuhren, vielmehr zu grauem Matsch geworden war.

»Hi«, begrüßte ich Robin, als ich vor ihm stand, ohne ihm einen Kuss zu geben. Er machte keine Anstalten, sich nach vorn zu beugen, denn das, was er in meinem Gesicht gesehen haben musste, ließ ihn vermutlich zurückschrecken. Die Angst in seinen Augen wuchs, zusammen mit dem Klumpen des schlechten Gewissens in meinem Bauch.

Aber ich war in den letzten zweieinhalb Wochen egoistisch genug gewesen, jetzt musste ich mit offenen Karten spielen. Es gab kein Hinhalten mehr, kein Betrügen und Belügen. Gott, was war ich nur für ein grässlicher Mensch. Niemals hätte ich mir vorstellen können, zweigleisig zu fahren. Doch ich hatte es getan, weil ich mir selbst immer wieder im Weg gestanden hatte. Oder es immer noch tat?

Ich schloss den letzten Knopf meines Mantels, zog die Wollmütze über meine Ohren und deutete die Straße entlang. »Gehen wir ein Stück? Zu der Brücke?«

Es war ein Ort, an dem wir viele Tage damit verbracht hatten, aufs Wasser zu schauen, Steine zu werfen, Fotos zu machen oder einfach nur die Zweisamkeit zu genießen. Es verirrten sich nicht viele Menschen dorthin und es erschien mir passender, als ihn irgendwo in einer Seitengasse oder in meinem Zimmer abzuservieren, mit meinen Eltern in Hörweite. Er sollte die Möglichkeit haben, wegzulaufen, ohne von meiner Mutter aufgehalten zu werden.

»Ist es so schlimm, dass ich gleich springen soll?«, witzelte er trotz der Sorge in seiner Stimme, die ich deutlich heraushören konnte. Abermals zog sich mein Magen unangenehm zusammen. Nicht so, wie wenn Romy mich berührte, sondern eher so, als hätte ich einen Stein verschluckt.

Deswegen grinste ich nicht über seinen lahmen Witz, lächelte nicht einmal zaghaft. Ich konnte es nicht. Es fühlte sich so an, als hätte mir jemand die Mundwinkel nach unten festgenäht. Auch Robins Bemühung eines Lächelns erstarb auf seinen Lippen, als er den Ernst der Lage erkannte.

»Okay, jetzt machst du mir wirklich Angst«, sagte er.

Ich äußerte mich nicht dazu, sondern ging die ersten Schritte voran. Der Schnee knirschte unter meinen Stiefeln und bald darauf hörte ich auch Robin, der zu mir aufholte. Wir liefen nebeneinanderher. Keiner versuchte, erneut ein Gespräch zu beginnen, sondern wir hingen unseren Gedanken nach. Das Schweigen dehnte sich aus, wurde immer unangenehmer, je länger wir in Richtung Brücke liefen.

Ich wiederholte immer wieder die Worte in meinem Kopf, die ich mir zurechtgelegt hatte. In meinem Kopf hatte ich diese Situation schon gefühlt tausend Mal durchgespielt. Ich stellte mir Robins Reaktion vor und wie ich wiederum darauf reagieren würde.

Viel zu schnell erreichten wir den Ort, der voller Erinnerungen war, mir aber kein gutes Gefühl gab, wie es sonst immer der Fall gewesen war. Meine und Robins Schonfrist lief ab, so wie die Zeit unserer Beziehung.

Ich streckte die Hand aus, berührte das vereiste Geländer. Die Kälte drang in meine Haut ein, ging mir durch Mark und Bein. Ich stellte mich an die Brüstung und schaute über die Landschaft hinweg. Eine dünne Schicht Eis, das an manchen Stellen gebrochen war und aus dessen Ritzen Wasser sickerte, bedeckte den Fluss. Die Bäume waren kahl, aber genauso wie der Boden von weißem Pulverschnee bedeckt.

Es war trotz meiner Abneigung gegen den Winter ein wunderschönes Schauspiel der Natur, das mich innerlich ruhig werden ließ. Für einen Augenblick nahm ich mir die Zeit, atmete die beißend kalte Luft ein, sodass ich das Gefühl hatte, dass meine Lungen gleich zerbarsten. Aber das taten sie nicht.

Ich sah im Augenwinkel, wie Robin sich neben mich stellte und mich erwartungsvoll von der Seite anschaute.

Mein Herz wog schwer, als wäre es aus Blei. Aber es gab keinen Aufschub mehr.

Ich drehte mich zu Robin, um ihm ins Gesicht schauen zu können.

»Ich muss dir etwas sagen«, sagte ich leise, konnte aber nicht weitersprechen, da Robin schon dazwischen platzte.

»Du bist schwanger?«

Ich war für einen Moment so aus dem Konzept gebracht, dass ich ihn nur entgeistert anstarren konnte.

»Bist du?!«, bohrte er nach und seine Stimme wurde fast schon hysterisch. Ich wusste, dass ein Kind nicht in seine Planung passte. Noch nicht. Für ihn gab es nur diese Reihenfolge: zusammenziehen, heiraten, Kinder bekommen. Und wehe dem, der sich nicht daran hielt.

»Nein! Nein, ich bin nicht schwanger, um Gottes willen!«, wehrte ich heftig ab, als sich der erste Schock gelegt hatte. Das würde mir zu meinem großen *Glück* noch fehlen.

»Nein«, wiederholte ich, hielt mich noch stärker am Geländer fest, als würde es mir emotionalen Halt geben.

Meine Augen tasteten Robins Gesicht ab und die guten Zeiten, die wir geteilt hatten, brachen über mir zusammen, rissen mich fort und begruben mich wie eine Lawine. Es aufzugeben, war hart, aber die Erinnerungen würden unsere brüchige Beziehung nicht retten können. Es war Bequemlichkeit, an Dingen festzuhalten, die uns vertraut waren. Ein Aufbruch war immer mit Veränderung verbunden und das mochten die meisten nicht. Ich eingeschlossen.

»Ich kann das alles nicht mehr, Robin«, flüsterte ich, als würde es dann nicht so wehtun, dabei hielt ich seinem Blick weiterhin stand.

Seine braunen Augen sprangen hin und her, versuchten zu entdecken, ob ich einen schlechten Scherz machte.

Ich schaute ihn ehrlich und auch eine Spur unglücklich an, denn es schmerzte mich, ihm das antun zu müssen. Aber wenn ich länger mit Romy zweigleisig fuhr, war das sicherlich nicht weniger kränkend.

»Ich bin nicht mehr glücklich in unserer Beziehung und deshalb möchte ich das mit uns beenden.« Jetzt war es raus und ich würde die Worte nie mehr zurücknehmen können.

Robin schaute mich erst noch entsetzt an, doch nach und nach veränderte sich der Ausdruck in seinen Augen von fragend und verwirrt zu schockiert und traurig.

»Wa… warte mal … was soll das heißen, du bist nicht mehr glücklich? Liegt es an dem Sex? Setze ich dich zu sehr unter Druck? Das kann ich ändern. Das schaffe ich irgendwie. Du musst das nicht deswegen beenden. Sam, bitte, es tut mir leid. Wir müssen nicht …«

»Robin!«

Er verstummte, als ich seinen Namen schärfer aussprach, als ich es gewollt hatte.

»Es liegt nicht an dem Sex. Es liegt auch nicht an etwas, was du getan hast. Ich bin einfach unglücklich.«

*Weil ich dich nicht liebe.*

Das wäre die Wahrheit gewesen, aber sein Blick sorgte dafür, dass ich nicht aussprechen konnte, was er verdient hätte zu hören, damit er es verarbeiten konnte.

Robin stieß den Atem aus, hob die Hand und fasste sich an die Stirn, als könnte er meine Wörter aus seinem Kopf vertreiben, wenn er nur lange genug in der Position verharrte.

Seine Augen gaben mich für einen Moment frei und als er mich wenige Sekunden später wieder ansah, bohrte sich sein Blick in mein Herz wie der Stachel eines giftigen Tieres.

Tränen schimmerten in seinen Augen, ließen sie glasig wirken.

»Aber warum? Ich habe doch alles getan. Ich verstehe es nicht, Sam. Du willst das alles einfach wegwerfen? Mann!«

Am Ende brüllte er und rüttelte mit beiden Händen am Geländer, als wollte er es herausreißen.

Der Klumpen in meinem Magen wurde immer fester und zog sich bis in meine Kehle nach oben, nahm mir die Luft zum Atmen. Ich wollte den Kloß in meinem Hals runterschlucken. Ohne Erfolg.

»Es tut mir leid«, wisperte ich, als die ersten Tränen den Weg über Robins Wangen fanden.

Er schaute mich verzweifelt an, als wäre ich aus Rauch, den er mit bloßen Händen nicht festhalten konnte.

»Gibt es einen anderen? Ist es das?«, hakte er nach, erpicht darauf, den Grund zu erfahren. Wer konnte es ihm verdenken? Ich würde es auch verstehen wollen.

Aber ich schüttelte bloß den Kopf. Das war nicht mal gelogen, denn es war kein anderer, sondern *eine andere*. Das war ein großer Unterschied, nur dass dieser vermutlich alles eher schlimmer gemacht hätte.

»Nein, ich empfinde einfach nicht mehr genug für dich. Nicht mehr als Freundschaft.« Meine Unterlippe begann zu zittern und ich kämpfte gegen das Brennen in meinen eigenen Augen an. Ich musste jetzt stark sein. Ich hatte kein Recht, zu weinen, nicht wie er. Es war meine Entscheidung und die würde ich nicht mehr zurücknehmen.

»Es tut mir leid«, wiederholte ich, machtlos, etwas anderes zu sagen. Es gab nichts, was den Schmerz lindern würde. Auch wenn ich mir nur vorstellen konnte, wie er sich fühlte. Denn Liebeskummer war eines der Dinge, die ich bisher nie gehabt hatte.

Robin schnaubte. »Mir auch.«

Dann standen wir beide schweigend da, schauten über die Brücke auf den Fluss hinab, der genauso eingefroren war wie unsere Beziehung.

»Na dann, happy New Year«, murmelte Robin, obwohl erst morgen der Silvesterabend war.

Meine Kehle wurde immer enger und das Bedürfnis, mit ihm das zu betrauern, was wir verloren hatten, immer stärker.

»Es ist nicht deine Schuld«, murmelte ich und die Kälte von außen zog auch in meinem Innern ein.

*Es ist nicht deine Schuld, dass du nicht Romy bist.*

*Es ist nicht deine Schuld, dass du keine Frau bist.*

*Es ist nicht deine Schuld, dass ich dich nicht liebe, wie du es verdient hättest.*

Doch Robin schüttelte nur den Kopf, ließ das Geländer los, als hätte es ihn verbrannt, während ich mich weiter daran festkrallte.

Ohne einen Abschiedsgruß ging er. Er lief einfach weg, wie ich es nicht anders von ihm erwartet hatte. Ich drehte den Kopf, um ihm hinterherzuschauen. Trauer und Erleichterung hüllten mich gleichermaßen ein. Er drehte sich nicht mehr um, als er die Brücke und mit ihr mich hinter sich ließ und irgendwann immer kleiner wurde, bis er gar nicht mehr zu sehen war.

So stand ich da, festgefroren mit den Händen an dem Geländer, und irgendwann verschwamm die Sicht vor meinen Augen.

Ich hatte uns beide freigegeben und es tat weh. Gott, ja, das tat es, aber ganz tief in mir drinnen fühlte ich mich nicht mehr so eingeengt wie in den letzten Monaten.

*Lass ihn gehen,* flüsterte eine Stimme in meinem Kopf, die sich merkwürdigerweise wie die von Romy anhörte. Ich sehnte mich nach ihren Armen, die mich empfangen und umschließen würden, mich halten und mir sagen würden, dass ich die beste Entscheidung für uns alle getroffen hatte.

Tränen benetzten meine Wangen, Erleichterung machte sich in mir breit und als der erste dumpfe Schmerz vorüberzog, kribbelte es in meinem Körper. Ich fühlte mich wie ein Vogel, der in einem Käfig gelebt hatte und zum ersten Mal die Flügel ausstreckte.

*Ja, ich habe mich mit großer Wahrscheinlichkeit in eine Frau verliebt und meinen Partner gerade verlassen!*

Mein leises Schluchzen verwandelte sich in ein Lachen, das in der Ferne verklang. Ich lachte, auch wenn ich gar keinen Grund dafür hatte, aber ich tat es trotzdem und konnte nicht mehr damit aufhören. Eine plötzlich aufkommende kalte Windböe streifte mein Gesicht, wirbelte den Schnee um meine Füße auf und verschluckte meine glucksenden Laute, die immer mehr auf meinen Lippen erstarben.

Ich wusste nicht einmal, warum das geschah, denn nichts an der Situation war witzig. Aber es tat unheimlich gut. Es war, als würde ich mit jedem weiteren kichernden Laut, den ich ausstieß, das Ventil weiter aufdrehen und meine angestauten Emotionen herauslassen.

Meine Finger fingen an zu zittern, dann meine Arme und bald darauf mein ganzer Körper. Ein letztes tiefes Schluchzen brach aus mir heraus, als ich ein wahres Wechselbad der Gefühle empfand. Hin- und hergerissen zwischen Erleichterung und Schmerz darüber, dass ich etwas verloren hatte.

Doch irgendwann wurde ich so ruhig wie der eingefrorene Fluss unter mir. Alles in mir wurde still und auch mein Leib hörte auf, zu beben.

Nach einer gefühlten Ewigkeit, als mein Körper scheinbar taub vor Kälte war, ließ ich das Brückengeländer los und verließ mit knirschenden Schritten diesen Ort, der mich immer an Robin erinnern würde. Und jetzt noch viel mehr.

Aber ich war bereit. Bereit für einen Neuanfang. Vielleicht mit, vielleicht ohne Romy.

Ich hatte es nicht nur für sie und Robin getan, sondern auch für mich, denn ich war schon längst nicht mehr glücklich gewesen. Das sah ich nun endlich ein.

Schon verrückt, dass es dazu Romy gebraucht hatte, die mir gezeigt hatte, was es bedeutete, wirklich glücklich zu sein.

# 19

# Alles auf Anfang

Erleichterung.

Das war das Gefühl, das mich beflügelte. Es hatte ein paar Tage gedauert, bis ich wirklich akzeptiert und begriffen hatte, dass Robin und ich nicht mehr zusammen waren. Aber dann war es einfach nur befreiend gewesen. Nicht, weil ich mein neues Single-Dasein genoss, sondern weil ich mich nicht mehr verbiegen musste. Ich musste mich nicht mehr in eine Schublade stecken lassen. Es gab nicht mehr nur Schwarz und Weiß. Es gab den Regenbogen in all seiner Pracht.

Ich hatte mir natürlich auch Gedanken darüber gemacht, wie es jetzt weitergehen sollte. Ob es das Richtige war, mich in eine neue Beziehung zu stürzen. Mit Romy. War es nicht zu voreilig?

Aber dann hatte ich mir vorgestellt, wie es sein würde, ihre Hand zu nehmen, wann ich es wollte. Sie zu küssen und in ihren Armen zu liegen. Es war mir egal, ob es zu früh war, weil ich es wollte.

Ich wollte es von ganzem Herzen.

Ich wollte sie.

Ich wollte nicht mehr warten.

Es war an der Zeit, dass ich glücklich wurde.

Mit ihr.

Mit Romy.

Nur mit ihr.

Allein die Vorstellung, jemand anderes könnte sie berühren, so wie wir es bei unseren Dates getan hatten, ließ mich regelrecht wütend werden. Ich würde es nicht ertragen können, wenn sich jemand anderes Romy krallte.

So hart der Abstand zu ihr gewesen war, umso nötiger hatte ich ihn gehabt, um endlich zu erkennen, was mir die ganze Zeit gefehlt hatte, was mein Herz schon längst wollte.

Mir war klar, dass es schiefgehen konnte, so wie mit Robin. Denn schließlich hatte sich meine Beziehung mit ihm anfangs auch gut und richtig angefühlt. Aber da war er wieder: der Sprung in die Tiefe, den man wagen musste.

Einzig ein Schatten legte sich noch über das Glück: meine Freunde. Ich hatte bisher noch nicht den Mut gehabt, mich vor ihnen zu outen. Es war alles noch viel zu frisch und brüchig, außerdem fürchtete sich ein Teil in mir, dass sie genauso abwertend reagieren würden, wie ich es mir bei meinen Eltern vorstellte.

All diese Gedanken hatte ich mir in den letzten Tagen gemacht und dann waren die Ferien auch schon vorbei gewesen.

Ich hatte mich noch nie so sehr auf einen Montag gefreut. Das lag zum einen daran, dass ich den enttäuschten Blicken meiner Mutter aus dem Weg gehen wollte. Anders als mein Vater – der mich umarmt und meine Entscheidung akzeptiert hatte –, hatte meine Mutter mich ausgefragt, was zu der Trennung geführt hatte. Ihre Traumblase des reichen Schwiegersohns war geplatzt und sie war mit meiner fadenscheinigen Antwort, dass ich nicht mehr glücklich gewesen war, nicht zufrieden.

Vanessa und Ella hatte ich davon noch nichts erzählt. Ich war noch nicht bereit, mich ihren Fragen zu stellen, die ich vielleicht nicht beantworten konnte. Ich war mir immer noch unsicher, wie sie auf meine Gefühle für Romy reagieren würden. Bei Vanessa hatte ich etwas weniger Angst, da sie mir bei dem Gespräch nach dem Tag in der Sauna gut zugesprochen hatte, aber trotzdem fürchtete ich mich davor, dass sie und Ella mich nicht mehr so sehen würden, wie ich war. Dass sie es vielleicht eklig finden würden. In jede meiner Berührungen etwas hineininterpretieren würden, was nicht da war. Es war schwer. Die Trennung von Robin nicht zu erwähnen, würde mich vor unliebsamen Fragen und Gesprächen schützen, bis ich bereit war, mit ihnen über die Gründe zu reden.

Zum anderen hatte ich mich auf diesen Tag gefreut, weil ich *sie* wiedersehen würde.

Romy.

Als ich sie vor dem Unterricht abgefangen hatte, um ihr zu sagen, dass wir reden mussten, hatte ich geglaubt, explodieren zu müssen. Ich fühlte mich so frei, als hätte jemand unsichtbare Fäden durchtrennt, und am liebsten wäre ich ihr in die Arme gefallen, hätte ihren Geruch eingeatmet – wer brauchte schon Luft, wenn es Romys Duft gab? – und ihre Wärme genossen. Aber leider waren wir nicht allein gewesen und so hatte ich ihr nur ganz geheimnisvoll und ernst gesagt, dass wir reden mussten.

Romy hatte eine Augenbraue in die Höhe gezogen und ein amüsiertes »Schon wieder?« von sich gegeben, aber zugestimmt. Ich wusste, dass es ihre Art war, zu überspielen, dass sie sich innerlich auch darüber Gedanken machte, dass ich sie abservieren könnte.

Wir hatten ausgemacht, uns nach der Schule zu treffen. Mit freudiger Erwartung und dem Gefühl, eine Ameisenkolonie verschluckt zu haben, verließ ich das Gebäude, um auf Romy zu warten. Es dauerte nicht lange, da entdeckte ich sie zwischen den anderen Schülern. Für mich stach sie heraus, als hätte jemand sie mit Neonfarben beschmiert.

Elegant ging sie die Stufen hinab, ihre Hüften sowie ihre Haare schwangen bei jedem Schritt hin und her. Meine Augen waren nur auf sie gerichtet, um keine ihrer Bewegungen zu verpassen – so weit war es schon mit mir gekommen.

»Hey, du«, begrüßte Romy mich, die nah vor mir stehen blieb, sodass ich ihren vertrauten Geruch einatmen konnte.

Wie hatte ich das vermisst. Wie hatte ich *sie* vermisst.

»Hey.« Ein Lächeln stahl sich auf meine Lippen, ganz automatisch.

Jetzt, als sie vor mir stand, verflog auch der letzte Funke Trauer in mir, den ich noch wegen der Trennung empfunden hatte, auch wenn es mir damit gut ging. Aber dieses Gefühl bestätigte mir, tatsächlich die richtige Entscheidung getroffen zu haben.

»Also: Worüber müssen wir reden?«, fragte Romy.

»Komm mit«, war meine Antwort, ohne auf ihre Frage einzugehen. Ich wollte das nicht vor der Eingangstür ausdiskutieren.

Zusammen passierten wir das Gebäude, betraten den Schulhof, der nach dem Unterricht so gut wie leer war.

Wir umrundeten eine Gruppe Jugendlicher, die abseits standen und rauchten. Sie schienen sich besonders cool dabei zu fühlen, den Rauch in die Luft zu pusten. Ich beachtete sie nicht länger, als wir sie hinter uns ließen und zwei verwaiste Tischtennisplatten erreichten, wovon mir eine als Stütze diente, als ich mich mit dem unteren Rücken gegen sie lehnte.

Ich ließ meinen Blick sicherheitshalber noch mal über den Hof schweifen, konnte aber niemanden entdecken, der uns sehen oder belauschen könnte. Ein öffentlicher Ort wie ein Café wäre mir nicht passend erschienen. Zu viele Zuhörer, zu viele Zuschauer und so gar keine Intimität. Dieser Platz war zwar auch nicht ganz optimal, aber immerhin nicht überfüllt von Menschen.

Romy stand mir gegenüber, ließ ein paar Schritte Abstand zwischen uns, sah mich fragend und neugierig zugleich an.

Der Moment der Wahrheit war gekommen. Mein Herz begann vor Aufregung schneller zu schlagen und ich spürte das Blut bis in meine Fingerspitzen pulsieren. Was würde sie sagen?

»Ich habe mich von Robin getrennt«, platzte es schließlich aus mir heraus.

Romys Augenbrauen sprangen in die Höhe. Sie wirkte überrascht, erfreut, verwirrt, aber auch triumphierend.

Für ein paar Sekunden herrschte Schweigen. Als ich dachte, dass sie gar nichts mehr sagen würde, durchbrach sie die Stille.

»Warum?«

Das war alles.

Aber sie fragte es nicht in diesem unverständlichen Tonfall, wie es meine Mutter getan hatte. Nach dem Motto: *Wie konntest du nur?* Und auch nicht wie Robin, der auf der verzweifelten Suche nach einer Erklärung war, was er falsch gemacht hatte.

Nein, Romy schien aufrichtig an meinen Beweggründen interessiert zu sein. Witzigerweise war sie doch diejenige, die mir welche gegeben hatte. Vermutlich wollte sie nur, dass ich aussprach, was sie längst wusste.

Mein Puls neutralisierte sich wieder, die Aufregung legte sich. Es war wie Lampenfieber, zuerst heftig, wurde aber mit jeder Sekunde besser.

»Weil du recht damit hattest, dass ich ihn nicht liebe.« Ich machte eine kurze Pause. »Und wegen dir.«

Das war die Wahrheit. Als ich es laut aussprach, dachte ich daran, dass ich nicht einmal mehr in Robins Armen hatte liegen können, ohne an Romy zu denken. Sie war allzeit in meinem Kopf gewesen.

Ihre Lippen verformten sich zu einem Lächeln, das ihre Augen erreichte, die glücklich funkelten. Sie kam einen Schritt auf mich zu und sofort reagierte etwas in mir. Die Ameisen in meinem Bauch kamen in Bewegung. Mit jeder Faser meines Körpers wollte ich Romy spüren, sie berühren. Ich wollte, dass sie den letzten Abstand zwischen uns überbrückte, um sie in meine Arme zu schließen.

»Ich würde ja gern sagen, dass es mir leidtut, aber insgeheim freue ich mich über deine Entscheidung. Ich hoffe, es geht dir gut damit?«, fragte Romy. Sie kam nicht näher, was meine Ungeduld verstärkte.

»Mir geht es mehr als gut. Ich fühle mich großartig! Und da wäre noch etwas …« Ich biss mir auf die Unterlippe. Mental bereitete ich mich auf meine nächsten Worte vor. Die, die entschieden, wie es mit uns weiterging.

*Uns.*

»Ich hoffe, es sind gute Nachrichten.« Romy sah mich abwartend an. Der Funke Freude, der in ihren Augen schimmerte, wich nicht, er blieb bestehen und ich konnte es kaum abwarten, zu sehen, wie er gleich wachsen würde.

»Ich würde das mit dir gern probieren«, hauchte ich. Meine Stimme hörte sich plötzlich seltsam zittrig an, aber ich untermalte meine Worte mit einem Grinsen.

Sie schienen alle unsichtbaren Mauern zwischen mir und Romy zu sprengen. Ihre Augen funkelten heller, leidenschaftlicher, als ich es je bei ihr gesehen hatte. Sie kam den letzten Schritt auf mich zu, packte mich an der Hüfte und war schon dabei, mich in ihre Richtung zu ziehen. Obwohl ich mir nichts sehnlicher gewünscht hatte, als ihr endlich nah zu sein, stoppte ich sie.

»Romy, warte kurz.« Ich hob meine Hände, legte sie an ihre Schultern und bremste ihren Körper somit aus. Trotz der Kälte konnte ich ihre Wärme spüren, die mich einlullte, mich dazu verleitete, mich Romy hinzugeben.

»Was?«, kam es ihr keuchend über die Lippen, als hätte ich sie aus einer anderen Welt gerissen. Ihre Augen loderten wie ein Feuer. Nein, wie ein ganzer Waldbrand. Und allein bei ihrem Blick wurde mir ganz anders. Ein warmer Schauer lief mir über den Rücken.

»Ich weiß nicht, ob das klappen wird. Ich weiß, dass ich etwas für dich empfinde, aber ob es reicht? Das wird sich zeigen. Ich möchte nur, dass du dir dessen bewusst bist und wir es langsam angehen lassen. Das Ganze ist ein großer Schritt für mich und …«

»Du redest zu viel«, unterbrach Romy mich mit einem fast schon knurrenden Tonfall. Sie überbrückte den letzten Abstand, schob meine Hand, die sich plötzlich wie Gummi anfühlte, mühelos zur Seite. Ihr Atem streifte mein Gesicht. Ihr Körper presste sich an meinen und viel zu viel Stoff befand sich zwischen uns. Verfluchter Winter, wegen dem man so viel Kleidung tragen musste.

Meine Augen schlossen sich, als Romy ihre Lippen auf meine drückte und dafür sorgte, dass ein Feuerwerk in meinem Körper explodierte. Mir wurde schlagartig so heiß, dass ich mir am liebsten die Klamotten vom Leib gerissen und mich in den Schnee geschmissen hätte. Romy beflügelte mich und ich fühlte mich, als würde ich gleich abheben.

Ich krallte mich an dem Stoff ihrer Daunenjacke fest. Mit ihrem Gewicht drückte sie mich fester gegen die Tennisplatte, sodass es fast schmerzhaft war.

Der Kuss war hart und verlangend, kurzzeitig zärtlich, dann wieder wild. Er war alles und ich fühlte einen einzigen Hormonrausch. Trunken von ihrer Nähe, von dem Gefühl ihrer Haut auf meiner. Zwei Seelen, die einander wollten.

Ich klammerte mich noch fester an Romy, zog sie an mich. Ihre Hände fanden den Weg über meinen Mantel zu meinen Hüften. In einer schnellen Bewegung – und mit mehr Kraft, als ich ihr je zugetraut hätte – packte sie zu, drückte mich nach oben, sodass ich auf der Tischtennisplatte zum Sitzen kam.

Ich erschauderte wegen der Kälte, die sich durch den Stoff meiner Hose fraß, doch ich löste den Kuss nicht. Nicht, wenn es sich so verdammt gut anfühlte, ihr nah zu sein.

Ich fing an zu brennen, als hätte man Benzin über mir ausgegossen und ein Streichholz auf mich geworfen, als unsere Zungenspitzen einander berührten. Zuerst testend, was zu einem wilden Tanz führte, sodass es zwischen meinen Schenkeln verlangend pulsierte. Verdammt, so hatte ich das noch nie gefühlt! Ich wollte Sex, so sehr wie noch nie in meinem Leben. Es fühlte sich an, als würde ich explodieren, wenn ich es nicht bekam.

Und zwar sofort!

Ich ließ den Stoff von Romys Jacke los, legte meine Hände um ihre Wangen, streichelte mit dem Daumen über ihre weiche Haut, folgte dem Schwung ihrer Wangenknochen und der Linie ihres Kinns. Dort packte ich fester zu, damit Romy sich mir nicht wieder entzog. Damit sie nicht wieder aufhörte, wenn es sich am besten anfühlte.

Scheiße, ich loderte wirklich wie ein Großflächenbrand!

Ich stellte mir Dinge in meinem Kopf vor, die ich nie für möglich gehalten hätte. Dinge, die mich in der Realität vermutlich zurückschrecken lassen würden. Aber in meiner Fantasie waren sie die Kirsche auf dem Sahnehäubchen. Sie trieben mich dazu, meine Finger von Romys Kinn zu lösen, in ihren Nacken zu greifen und mich in ihre Haare zu krallen. Ich wollte mich an sie drängen, in dem Wunsch, das Pochen zwischen meinen Beinen möge endlich Erlösung finden.

Und dann zog sich Romy zurück. Ihre Lippen verschwanden von meinen, hinterließen Kühle und das Gefühl, aufheulen zu wollen wie ein verwundetes Tier.

Das konnte sie doch nicht machen! Ich wollte sie! Jede meiner Nervenbahnen knisterte vor Elektrizität.

Abermals wollte ich sie an mich ziehen, unsere Lippen erneut miteinander verbinden.

»Sam«, stieß Romy hervor.

Ihre Stimme riss mich aus meinem Rausch. Ich öffnete meine Augen. Wie hatte sie nur Luft zum Reden? Mein eigener Atem ging stoßweise und unregelmäßig, als hätte ich beim Triathlon mitgemacht. Nur langsam lichtete sich der Nebel in meinem Kopf.

»Hm?«, kam es mir noch immer leicht benommen über die Lippen. Ich schaute in Romys Augen, die wie Eiskristalle funkelten, über denen ein Lustschleier lag.

»Wir sollten jetzt aufhören.« Ihre Stimme klang brüchig und widerwillig, aber dennoch bestimmend.

Langsam, aber nur ganz langsam, dämmerte es mir, wie sehr ich gerade die Kontrolle verloren hatte, und die Verlegenheit kündigte sich abrupt an. Sie kroch meine Wirbelsäule nach oben, wärmte meinen Nacken und erhitzte meine Wangen.

Romy stand zwischen meinen Beinen, presste sich an meine pochende Stelle und mir wurde bewusst, dass ich mich in dem Rausch fast an ihr gerieben hätte wie ein notgeiles Stück.

Ruckartig löste ich meine Finger aus ihren Haaren, die ich festgehalten hatte, als wären sie ein Sicherheitsseil, das mich vor einem Sturz bewahrte.

»Oh Gott«, stieß ich mit einem Keuchen aus, bedeckte mit den Händen mein vor Scham brennendes Gesicht und schüttelte den Kopf.

»Was ist denn los?«, hörte ich Romy mit einem Grinsen in der Stimme fragen.

»Ich habe mich benommen wie ein wildes Tier in der Paarungszeit.« Meine Stimme klang nur gedämpft, aber Romy schien mich trotzdem genauestens zu verstehen.

Sie lachte. »Also mir hat das gefallen, das ist kein Grund, sich zu schämen. Hast du das bei Robin nicht empfunden?«

»Nein«, gab ich kleinlaut zu.

Ihre kühlen Finger fanden meine Handgelenke und zogen behutsam daran. Zuerst versuchte ich, mich dagegen zu wehren, aber Romy gab nicht auf, bis ich mein Gesicht wieder freigab.

Ich schaffte es kaum, ihr in die Augen zu schauen. Immer wieder blickte ich irgendwo anders hin, blinzelte peinlich berührt und sank in mich zusammen.

»Ich hätte dich vielleicht warnen sollen. Das ist meine unglaubliche Wirkung auf Frauen«, sagte Romy gönnerhaft.

Damit brachte sie mich doch dazu, sie anzuschauen. Ihre Wangen waren gerötet. Ob vor Kälte oder der gleichen inneren Hitze, die ich empfand, vermochte ich nicht zu sagen.

»Du bist ... unglaublich«, brachte ich ob so viel Selbstbewusstsein hervor.

»Ich weiß. Das habe ich doch eben gesagt.« Ein Grinsen zuckte über ihre Lippen, was sie noch anbetungswürdiger aussehen ließ. Hätte ich nicht wieder Angst, die Kontrolle zu verlieren, hätte ich sie erneut geküsst. Stattdessen lachte ich wegen ihrer Worte und Romy stimmte mit ein.

Ich hatte das Gefühl, gar nicht mehr damit aufhören zu können, als ich einmal damit begonnen hatte. Die Empfindungen platzten regelrecht aus mir raus. Glück und Euphorie umgaben mich wie ein goldener Strudel.

Aber irgendwann wurde ich ruhig und mein Lachen verklang. Romy hatte längst damit aufgehört, auch wenn es ihre Augen nicht getan hatten – sie strahlten immer noch, aber auch eine Spur Ernsthaftigkeit lag in ihnen.

Ich legte den Kopf schief. Mein Körper kribbelte wegen der Intensität ihres Blickes, die mir erst jetzt so richtig bewusst wurde, je mehr ich mich beruhigte.

»Warum schaust du mich so an?«, flüsterte ich, weil der Moment so zerbrechlich wirkte. Wie ein Kartenhaus, das bei einem Windstoß in sich zusammenbrach.

Ihr Blick war zärtlich. »Weil du wunderschön bist, weißt du das überhaupt?«

Ihre Worte legten sich wie ein warmer Schleier um mein Herz, ließen meinen Körper vibrieren. Ich konnte nichts dazu sagen, weil ihre Worte mich mit Ergriffenheit erfüllten. Alles, was ich tat, war, sie anzusehen und dann den Kopf zu schütteln.

»Jetzt weißt du es«, hauchte Romy, die mir eine verirrte Haarsträhne nach hinten strich, an meinem Ohr verharrte und dessen Form mit dem Daumen folgte.

Wortlos versanken wir in den Augen des anderen.

*Romy.*

*Sie ist mein.*

*Meine Freundin.*

Nichts daran war beängstigend oder falsch, wie ich es befürchtet hatte. Im Gegenteil, es war ein unglaublich schönes Gefühl.

Ich war der Vogel, der seine Schwingen ausbreitete, und Romy war die Luft um mich herum, die ich zum Fliegen brauchte.

Love
is
Love

# 20

# Leidenschaft

Ich wollte mein Glück in die Welt hinausschreien, so laut, dass es mir die Stimmbänder zerriss. Ich wollte jedem zeigen, wie gut es mir ging. Die letzten drei Wochen waren die schönsten meines Lebens gewesen.

Auch wenn es noch immer einige Baustellen in meinem Leben gab. Eine davon war die Frage, was ich nach dem Abitur studieren wollte und an welcher Uni. Eine Entscheidung, die ich immer noch vor mir herschob, wobei ich in Erwägung zog, Deutsch und Englisch auf Lehramt zu studieren. Sicher war ich mir allerdings noch nicht.

Außerdem bemühte ich mich jeden Tag darum, es meiner Mutter recht zu machen, auch wenn sie vermutlich einen Herzkasper bekommen würde, wenn sie von mir und Romy wüsste. Bei meinem Vater fragte ich mich mittlerweile, ob er es nicht doch irgendwann akzeptieren würde. Vielleicht nicht sofort, aber mit der Zeit?

Und natürlich war da noch Robin. Ich hatte nichts mehr von ihm gehört, denn er meldete sich nicht bei mir. Vermutlich war er noch zu schockiert oder betrübt über das Aus unserer Beziehung. Und es tat mir dennoch weh, nicht zu wissen, ob es ihm einigermaßen gut ging. Ich wollte ihm nicht schreiben, um ihm die Chance zu geben, damit klarzukommen, denn eines wusste ich ganz sicher: Ich wollte nie wieder zurück zu ihm. Aber trotzdem machte ich mir Sorgen um ihn, er war immerhin mein bester Freund gewesen, lange bevor alledem.

Mittlerweile waren Romy und ich drei Wochen zusammen und kein Tag davon hatte sich schlecht angefühlt. Im Gegenteil, es war wie das Paradies, als würde ich zum ersten Mal überhaupt Glück schmecken. Romy war das Gold am Ende des Regenbogens.

Das klang verdammt kitschig, aber es war so. Endlich verstand ich die anderen Mädchen, die mit Herzchen in den Augen herumliefen, denn mir ging es nun ganz genauso.

Aber es konnte nun mal keinen Regenbogen ohne – wie der Name schon sagte – Regen geben. Romy und ich hatten uns einvernehmlich dazu entschlossen, unsere Beziehung geheim zu halten. Das war der einzige Schatten in meinem sonnigen Leben. Ich war einfach nicht bereit für ein Coming-out und die anderen Schüler wussten auch nichts von Romys Sexualität. Für sie wäre es kein Problem, es öffentlich zu machen, aber für mich. Denn wenn ich mir nur vorstellte, wie meine Eltern darauf reagieren würden, bekam ich Magenschmerzen.

Das war auch der Grund, weshalb ich Ella und Vanessa nur erzählt hatte, dass ich mich von Robin getrennt hatte. Das *Warum* hatte ich aber selbst vor ihnen noch nicht offenbart.

Ich wusste, dass ich es ihnen irgendwann würde sagen müssen. Aber noch nicht jetzt. Nicht, wenn alles noch so frisch war und ich meine neue Sexualität für mich entdeckte.

So kam es also, dass wir versuchten, uns in der Schule nicht anders zu benehmen als zuvor. Bis auf ein paar geheime Blicke und gestohlene Küsse auf der Toilette gab es nichts. Keine öffentlichen Liebesbekundungen.

Das war hart, denn erschwerend kam hinzu, dass wir auch an öffentlichen Orten keine Zärtlichkeiten austauschen konnten – was, wenn uns jemand erwischen würde?

Deswegen hatten wir beschlossen, uns bei Romy zu Hause zu treffen, das eine Art Sicherheitszone für uns geworden war. Um uns dort nicht verstellen zu müssen, hatten wir uns – abermals einvernehmlich – darauf geeinigt, dass Romy mich vor ihren Eltern als ihre offizielle Freundin vorstellte. Was uns aber noch bevorstand.

Es war in Ordnung für mich, weil sie mir versichert hatte, dass ihre Familie dichthalten würde. Keiner würde etwas verraten oder gar mit dem Finger auf mich deuten.

Das einzig Gute daran, dass wir kaum Gelegenheit hatten, wirklich allein zu sein, war die Tatsache, dass wir nichts überstürzt hatten. Ich hatte mich zwar an dem Tag, an dem wir offiziell zusammengekommen waren, benommen wie eine rollige Katze, aber da hatte ich auch keine Zeit zum Nachdenken gehabt. Das war einfach aus dem Moment heraus passiert.

Der Gedanke, Sex mit einer Frau zu haben, törnte mich gleichermaßen an, wie er mich überforderte. Ich hatte überhaupt keine Erfahrung und wusste nur, was mir bei mir selbst gefiel. In meinem Kopf bildeten sich tausend Fragezeichen, was ich machen sollte. Wie und wo Romy am liebsten berührt werden wollte und wie es sich anfühlen würde, das zu tun. Allein bei dem Gedanken bekam ich Hitzeschübe vor Aufregung und Angst gleichzeitig.

Ich hatte bisher nur mit einer einzigen Person geschlafen und das war Robin, mein Vertrauter seit Kindesbeinen. Er war es gewesen, der in allem die Führung übernommen hatte. Vielleicht würde ich mit Romy darüber reden müssen, vielleicht war sie auch die Dominantere im Bett. Und vielleicht machte ich mir auch viel zu viele Gedanken darüber. Ich musste es auf mich zukommen lassen.

Aber trotz all der kleinen Sorgen überwog dieses unglaubliche Glücksgefühl. Dass mir das einmal passieren würde, hätte ich nie gedacht. Ich hatte immer geglaubt, dass es für mich nicht mehr gab als das, was ich bei Robin empfunden hatte. Wie falsch ich doch gelegen hatte. Wie hatte ich nur so lange auf das hier verzichten können? Ich könnte übersprudeln!

Ich schüttelte den Kopf, um die Gedanken zu vertreiben, und konzentrierte mich wieder auf das Hier und Jetzt, in dem ich vor dem Mehrfamilienhaus stand, in dem Romy wohnte, und die Klingel drückte, auf welcher der Name *Keller* stand.

Heute war es so weit, dass wir unsere Liebe einem kleinen Teil der Welt zeigen würden: Romys Eltern.

Mein Körper stand regelrecht unter Storm, mein Magen zog sich immer wieder rhythmisch zusammen, so aufgeregt war ich.

Der Summer erklang, ich wurde hineingelassen und marschierte die Treppen hinauf. Mit jedem Schritt schien mein Herz noch schneller zu schlagen und die Nervosität in mir zu wachsen.

Gewohnheitsmäßig fuhr ich mir mit der Hand durch die Haare, die ich zu einem hohen Zopf zusammengebunden hatte, ließ die Strähnen zwischen den Fingern hindurchgleiten. Bis mir bewusst wurde, was ich tat, und ich schnell nach den Riemen meines Rucksacks griff.

Romy erschien in der offenen Wohnungstür und ein Lächeln breitete sich auf ihrem Gesicht aus.

»Du wirst doch nicht aufgeregt sein?«, neckte sie mich, weil sie meine Geste richtig interpretiert hatte.

»Haha«, erwiderte ich trocken. »Du bist wirklich unglaublich hilfreich.« Als ich die letzte Stufe erreichte, schnaufte ich wie ein Büffel und Romys Anblick raubte mir noch den letzten Atem.

Sie trug ein schwarzes T-Shirt, das vorn und hinten bis auf Höhe der Oberschenkel reichte, allerdings an den Hüften jeweils zwei Einschnitte hatte, sodass man verführerische Einblicke auf ihre Haut bekam, wenn sie die Arme streckte. Dazu trug sie eine hautenge Jeans, die mit goldfarbenen Reißverschlüssen auf Höhe der Knöchel verziert waren und außerdem Löcher an den Knien und Oberschenkeln aufwies. Noch mehr Haut!

Romy sah zum Niederknien aus. Sexy. Verführerisch. Atemberaubend. Und das Beste daran? Sie war *mein*. Neandertaler ließ grüßen. Oder eher *Gollum*.

Ich blieb vor ihr stehen, streckte mich ihr entgegen und gab ihr einen keuschen Kuss. Ein heimeliger Duft, der stark an Romy erinnerte, strömte mir samt der Wärme der Wohnung entgegen.

Ich folgte Romy in ihr Zimmer. Dort schaffte ich es gerade noch, meinen Rucksack abzuladen, als sie mich in eine innige und beruhigende Umarmung zog, als wäre ihr die Begrüßung an der Tür nicht ausreichend gewesen. Ihr Kinn berührte meine Stirn und ihre Hände streichelten sanft meinen Rücken.

Ich schmiegte mich an sie und alles in mir wurde ruhig. Jede Faser meines Körpers, jeder Muskel, jeder Nerv entspannte sich, obwohl er eigentlich unter Strom stehen sollte. Aber gerade war Romy mein sicherer Hafen.

»Meine Eltern werden sich freuen«, murmelte sie in meine Haare und ich nickte, sodass sie es an ihrem Kinn spüren konnte.

»Ich weiß. Es ist nur so merkwürdig, jemandem davon zu erzählen … nach den letzten Wochen«, flüsterte ich und drückte mich noch stärker an ihren Körper, der mir unendlich viel Schutz und Geborgenheit bot. Allein der Gedanke, dass ich mir vor wenigen

Wochen nicht hatte vorstellen können, mit einer Frau zusammen zu sein, kam mir nun absurd vor. Hätte ich gewusst, wie gut es sich mit ihr anfühlte, hätte ich mich nicht so lange gegen meine Empfindungen und Bedürfnisse gewehrt.

»Ich weiß, was du meinst. Aber glaub mir, es ist eine große Erleichterung, wenn man einen Ort hat, an dem man sich nicht verstellen muss. So ging es mir damals nach meinem Coming-out. Und danach …«, Romy senkte ihre Stimme zu einem Wispern, »können wir gemeinsam einen Film schauen, dabei essen wir so viel Eis und Süßkram, bis wir platzen. Außerdem können wir kuscheln, ohne Angst zu haben, dass jemand uns *erwischen* könnte.« Abschließend hauchte sie mir ein Kuss aufs Ohr, sodass mich ein kribbeliger Schauder erfasste.

Das klang … unglaublich verlockend!

Ich löste mich von Romy, die mich bei der Hand nahm und mich bis ins Wohnzimmer zog, in dem ihre Eltern nebeneinander auf dem Sofa saßen und sich einen Film anschauten. Dylan und Liane waren vermutlich in ihren Zimmern, ich hatte sie bisher nicht gesehen oder gehört.

»Mom? Dad?«, machte Romy auf sich aufmerksam und die Köpfe ihrer Eltern drehten sich unvermittelt zu uns um. »Ich muss euch etwas sagen.« Sie schenkte mir einen auffordernden Blick und ich huschte an ihre Seite. Zuvor hatte ich mich hinter ihr versteckt wie ein Rehkitz hinter seiner Mutter.

Holly und Philipp richteten ihre volle Aufmerksamkeit auf uns und ich meinte, in dem Blick von Romys Mutter etwas Wissendes erkennen zu können.

Mein Magen hatte sich plötzlich dazu entschlossen, Achterbahn zu fahren. Ich wollte Romy meine Hand entziehen, weil ich Angst vor der Reaktion ihrer Eltern hatte, aber mein Körper schien wie gelähmt, als hätte ich keine Kontrolle mehr über ihn.

»Sam kennt ihr ja bereits«, sagte Romy und Philipp nickte. »Sie wird wohl in Zukunft öfter zu uns kommen, denn wir beide sind jetzt ein Paar.«

Holly gab einen Laut von sich, der nach einer Mischung aus Triumph und Begeisterung klang, dann schoss sie in die Höhe und sah uns mit strahlendem Gesicht an. »I knew it!«

Im ersten Augenblick war ich mit der aufkeimenden Euphorie überfordert, aber dann wärmte ihre ehrliche Freude meinen Bauch.

»What did I tell you?«, sagte Romys Mutter in Richtung ihres Mannes, ehe sie auf uns zustürmte – und zwar im wahrsten Sinne des Wortes. Flink wie eine Maus bewegte sie sich, nahm zuerst Romy in die Arme und küsste ihre Tochter auf den Kopf, was diese nur mit einem Nasenrümpfen quittierte. Aber ich sah, dass es ihr gefiel. Nachdem Holly Romy freigegeben hatte, drehte sie sich zu mir und zog mich ebenfalls überschwänglich in die Arme.

Es fühlte sich ein bisschen so an, als wären wir schon ewig zusammen und hätten gerade verkündet, dass wir heiraten wollten. Aber ich ließ mich darauf ein. Es war schön und ich genoss die mütterliche Wärme von Holly, die mich umschloss, als sie mich so fest an sich drückte, dass ich glaubte, gleich zu ersticken.

»Ich freue mich für euch«, flüsterte sie nah an meinem Ohr, ehe sie mich losließ, aber noch eine Armeslänge von sich entfernt an den Schultern festhielt. »Fühl dich hier ganz wie zu Hause, Sam.«

Ich schaffte es nur, überfordert zu nicken und ein »Danke« zu murmeln. Gleichzeitig erfasste mich ein Hauch von Betrübtheit und Traurigkeit, da ich mir ziemlich sicher war, dass meine Mutter Romy niemals so herzlich willkommen heißen würde.

Auch Philipp stand nun auf, mit einem breiten Lächeln im Gesicht, als hätte Romy irgendeinen Preis gewonnen, und nickte mir zu. Ich erinnerte mich daran, dass meine Eltern auf Robin nicht so euphorisch reagiert hatten. Aber ich konnte sie nicht mit denen von Romy vergleichen. Sie drängten uns auch nicht mit Fragen, sondern ließen zu, dass wir uns kurz darauf wieder in Romys Zimmer zurückzogen.

»Und? War doch gar nicht so schlimm, oder?«, fragte sie, nachdem sie die Tür zugemacht hatte.

»Nein, war es nicht. Deine Eltern sind so … herzlich. Von meiner Mutter wäre höchstens ein kühles Nicken gekommen und von meinem Vater ein fester Händedruck. Außer, du hättest Millionen auf dem Konto und einen Penis, dann würde meine Mutter dich direkt bitten, bei uns einzuziehen«, sagte ich und konnte mir einen sarkastischen Unterton nicht verkneifen. Mir graute es jetzt schon davor, Romy zu Hause vorzustellen. Nicht, weil ich mich für meine Freundin schämte, sondern für meine Mutter.

»Denk jetzt nicht darüber nach, okay? Lass nicht zu, dass deine Eltern dir das außerhalb ihrer Reichweite kaputt machen.«

Ihre Finger fanden mein Kinn und hielten es fest, als sie mir einen zarten Kuss auf die Lippen hauchte, unter dem ich meine Augen schloss, auch wenn er noch so kurz war.

»Zieh dir etwas Gemütliches an. Ich mache uns heiße Schokolade und dann schauen wir gemeinsam einen Film. Was meinst du?«

Romy schenkte mir ein Lächeln und ließ von mir ab, um zum Fernseher zu gehen.

Sie hatte ja recht. Ich sollte mir den gemeinsamen Abend nicht zerstören lassen. Ich hatte allen Grund, mich zu freuen, weil das Gespräch mit ihren Eltern so gut gelaufen war.

Ich schüttelte das miese Gefühl ab. Süßigkeiten, DVDs und Romys Nähe waren das, was ich jetzt brauchte.

»Wenn du mich in Jogginghose immer noch magst, geht das wohl klar.«

Romy schnaubte gespielt empört. »Ich würde dich selbst in einem Müllsack noch mögen. Also hopp, aufs Sofa mit dir!«, sagte sie in gespieltem Befehlston und deutete auf die abgewetzte Zweiercouch.

»Sir, ja, Sir«, witzelte ich und salutierte scherzhaft.

»Braves Mädchen.«

Ich wandte mich ab, beugte mich zu meinem Rucksack hinab, um die passende Kleidung herauszuholen, als ich spürte, wie Romy mir einen Klaps auf den Hintern verpasste, was mich dazu brachte, kreischend in die Höhe zu fahren.

Ich hörte ihr Lachen noch, als sie schon längst das Zimmer verlassen hatte.

Ich verließ das Badezimmer zum zweiten Mal an diesem Abend, diesmal aber, weil ich mich zum Schlafengehen und nicht zum Filmschauen fertig gemacht hatte.

Romy hatte Wort gehalten und mich mit heißer Schokolade, ungesundem Essen und Küssen auf meiner Haut verwöhnt, während wir die Filme *Ziemlich beste Freunde* und *Raum* angesehen hatten.

Um die anderen nicht zu wecken, schlich ich durch den Flur zurück zu Romys Zimmer, schloss die Tür und drehte mich zu meiner Freundin, die bereits in Jogginghose und T-Shirt im Bett lag.

Ihr Blick ruhte auf mir, auf dem Schlabber-Schlafanzug, den ich trug, weil er verdammt bequem, aber in diesem Moment auch etwas peinlich war, da ein Aufdruck von *Snoopy* das Oberteil zierte. Die Haare trug ich offen, auch wenn ich jetzt einen Knick in den Strähnen hatte, an der Stelle, an der das Gummi gelegen hatte.

»Machst du das Licht aus, wenn du schon stehst?«, fragte Romy.

Ich nickte, knipste die Deckenlampe aus, machte eine Drehung nach links und stieß mir das Knie an der Bettkante an – zum Glück nicht schmerzhaft. Langsam ließ ich mich in die Matratze sinken, unter die Decke, die Romy angehoben hatte. Zuerst fröstelte ich unwillkürlich, doch dann empfing mich die Wärme, sodass mein Körper sich entspannte.

»Bekomme ich einen Gute-Nacht-Kuss?«, flüsterte Romy in der Dunkelheit und ich schmunzelte.

Ich richtete mich abermals auf, beugte mich zu ihr rüber, tastete mit den Fingern nach ihrem Gesicht, zumindest versuchte ich das, denn ich bekam etwas Weiches und Wohlgeformtes zu fassen.

»Höher«, merkte Romy lachend an und dann fiel bei mir erst der Groschen, dass ich ihre Brüste und nicht wie geplant ihren Kopf gefunden hatte.

*Oh Gott.*

Das war mir im ersten Moment so unangenehm, dass es mir heiß in den Magen zog, sich die Röte auf meinem Gesicht ausbreitete und ich dankbar für die schützende Dunkelheit war.

Schnell korrigierte ich meine Haltung, tastete mit den Fingern über Romys Hals nach oben, strich ihre Haare beiseite, berührte ihre Wange, beugte mich zu ihr hinab und legte meine Lippen für einen kurzen Moment unbeweglich auf ihre. Ein leises Geräusch war zu hören, als unsere Münder sich wieder trennten.

Ich war so feige, dass ich mich nicht traute, den Kuss so zu verlängern oder zu intensivieren, dass daraus mehr hätte entstehen können. Dennoch klopfte mein Herz vor Aufregung schneller, aber auch Romy tat nichts, sodass ich mich abwandte, auf die Seite drehte und mit dem Rücken in ihre Richtung liegen blieb.

Stille breitete sich aus, die allerdings nur kurz währte, als ich hörte, wie Romy sich hinter mir bewegte. Wenig später spürte ich, wie sich ihr Körper an meinen schmiegte. Ihre Brüste pressten sich an meinen Rücken, einen Arm schlang sie um meine Hüfte, ihre Finger fanden über dem T-Shirt meinen Bauch und ihr Atem streifte meinen Hinterkopf. Bei jedem Luftholen spürte ich das Heben und Senken ihres Brustkorbs, so nah war sie mir.

War ich zuvor noch müde gewesen, fühlte ich mich jetzt, als hätte ich fünf Dosen Red Bull getrunken. Mein Körper stand unter Spannung wie ein elektrischer Zaun.

Wie konnte die Nähe eines anderen Menschen nur solche Empfindungen auslösen? Wie konnte jemand anderes nur dafür sorgen, dass man sich selbst vollkommen vergaß? Dass man das Gefühl hatte, kaum atmen zu können? Dass mein Bauch sich anfühlte, dass ich glaubte, ich hätte einen Bienenschwarm verschluckt? Wie konnte eine andere Person nur solche Macht über mich haben?

Die Gedanken wirbelten durch meinen Kopf und schon bald dachte ich nicht mehr in Worten, sondern in Bildern. Tausend Szenarien stellte ich mir insgeheim vor. Wie Romy ihre Hand nach unten oder nach oben schob. Wie wir uns küssen und berühren würden, wie wir es noch nie getan hatten. Ein Teil von mir wollte es. So unbedingt, dass ich kaum still liegen konnte, weil ich mich am liebsten zu ihr umgedreht und den Anfang gemacht hätte. Ein anderer Teil hatte Angst, alles falsch zu machen, was man nur falsch machen konnte.

Das war unsere erste gemeinsame Nacht, die wir als Pärchen verbrachten, und innerlich hakte ich eine Liste mit den Dingen ab, die ich erledigt hatte. Ich hatte mir die Zähne geputzt, mich rasiert – nur für alle Fälle – und meine Haut mit Bodylotion eingecremt. Ich roch weder unangenehm aus dem Mund noch war ich stachelig wie ein Igel.

Als hätte Romy meine Gedanken gehört, drückte sie mich noch fester an sich – wenn das noch möglich war –, während sich ihre Finger streichelnd an meinem Bauch bewegten.

Ihre Nähe war berauschend und ich wünschte mir, die Zeit anhalten zu können. Ich wollte für immer hier liegen bleiben und die Wärme ihres Körpers spüren, die sich mit meiner eigenen vermischte.

»Alles gut?«, hauchte Romy nah an meinem Ohr und ich nickte.

Sie brummte, zog mein Oberteil ein Stück nach oben, sodass ich ihre streichelnden Berührungen nun an meiner nackten Haut spürte. Mit den Fingern umkreiste sie meinen Bauchnabel, setzte ihre Wanderung nach oben fort, wieder nach unten. Diese Bewegungen wiederholte sie so lange, bis die Muskeln in meinem Körper sich wieder entspannten und ich die Luft geräuschvoll aus meinen Lungen entweichen ließ.

Was machte sie bloß mit mir?

Würde sie mich anfassen? Dort, wo sie mich noch nie angefasst hatte? Allein der Gedanke daran sorgte dafür, dass mein Blut in Wallung geriet.

Ihre Liebkosungen veränderten sich, wurden bestätigender, fester und sicherer, weil sie merkte, dass ich es zuließ. Nahm sie sich für mich zurück oder war sie im Grunde ihrer Seele selbst verunsichert?

Dieses Gedankenkarussell! Konnte es jemand abstellen?

»Und bei dir?«, fragte ich reichlich verspätet und Romy gab ein belustigtes Schnauben von sich, sodass ihr Atem mich streifte wie ein kühler Windstoß an einem heißen Sommertag.

»Glaub mir, mir ging es noch nie besser«, hauchte sie.

Mit der freien Hand strich sie mir die Haare beiseite, ehe ich ihre Lippen in meinem Nacken spürte und sie begann, mich dort zu küssen. Nicht wild, nicht leidenschaftlich, sondern federleicht.

Aber mein Körper reagierte darauf, als hätte ich jahrelang enthaltsam gelebt. Ein bisschen war das vermutlich auch so.

Ein Schauder lief mir den Rücken hinab und es zog zwischen meinen Beinen. Anders als bei Robin, lösten Romys Küsse und Berührungen in mir keine Beklemmung aus, sondern Verzückung und etwas anderes. Etwas ganz anderes.

Romy küsste sich sanft die Linie meines Nackens hinab, bis zu meiner Schulter, die sie freigelegt hatte, indem sie den Stoff des Oberteils zur Seite gezogen hatte. Mit jeder Berührung ihrer Lippen wurde die Gänsehaut auf meinem Körper intensiver.

Ihre Hand taste sich hinauf in Richtung meiner Brüste, sie streichelte sanfte Kreise, die immer größer wurden, bis sie mit den Fingerspitzen den Ansatz streifte. Es war, als würde sie mit mir spielen und den Moment voll auskosten. Das ließ mich vollkommen durchdrehen, wie die Reifen eines Autos, wenn man beim Anfahren zu viel Gas gab, ohne die Kupplung kommen zu lassen.

Ich war so überfordert von meinen Gefühlen, dass ich mich selbst nur darauf beschränkte, Romys Arm zu liebkosen. Gut, zum Teil lag es auch daran, dass ich in meiner Position nicht viel von ihr erreichte.

Es fühlte sich an, als würden wir eine Unendlichkeit lang schweigend beieinanderliegen, während Romy ihre Bewegungen wiederholte, sodass die Zeit, die sie mir gab, mir half, mich zu entspannen und erfüllt von Verlangen zu wollen, dass sie mich endlich berührte. Verdammt, ich würde platzen, wenn sie es nicht tat.

Und wieder war es, als hätte sie meine Gedanken gelesen, denn ihre Küsse, die nun von meiner Schulter zu meinem Hals wanderten, wurden fester, leidenschaftlicher. Die Berührung ihrer Hände hingegen war so vorsichtig, als wäre ich zerbrechlich.

Bei der nächsten kreisenden Bewegung, die Romy vollführte, streifte sie zum ersten Mal richtig meine Brust.

Mit der Zunge leckte sie über meinen Hals, drückte sich mit ihrem Unterleib fester gegen meinen Hintern. Wäre sie ein Mann gewesen, hätte ich ihre Erektion gespürt, die ich seltsamerweise nicht vermisste. Im Gegenteil. Ich wollte sie schon scherzhaft fragen, ob sie versuchte, mich aus dem Bett zu drängen, aber kein Laut kam über meine Lippen.

Ich war angespannt, auf eine positive Art, und als ihre Hand meine Brust richtig umfasste, zupackte, gab ich ein Seufzen von mir.

Sie küsste sich nun zu meinem Ohr, spielte mit den Zähnen daran und das anfängliche Kribbeln in meinem Intimbereich wurde zu einem Pochen. Mittlerweile krallte ich mich nur noch an ihrem Arm fest, ohne ihn zu liebkosen, weil ich das Gefühl hatte, ich würde sonst abheben. Lust pulsierte in sanften Wellenschlägen durch meinen Körper, füllte jeden Nerv, jede Zelle in mir aus.

Romy knetete meine Brüste, streichelte sie, massierte sie abwechselnd.

Sie wusste genau was sie tat!

Sie wusste, wie sie mich anfassen musste.

Sie wusste, wie sie mich um den Verstand bringen konnte.

Und das schaffte sie. Ich war wie von Sinnen, als mir ein Keuchen entfuhr, ich mich auf den Rücken drehte, weil ich es kaum mehr aushielt.

Romy war wegen meiner Bewegung gezwungen, mein Ohr freizugeben, nur die Hand auf meiner Brust zog sie nicht weg. Im Gegenteil, neckend kniff sie in meine Brustwarze und ich keuchte abermals.

Sie stützte sich auf dem Ellbogen ab, sodass sie über mir aufragte. Es dauerte einen kurzen Moment, bis sich meine Augen an die Dunkelheit gewöhnten, sodass ich Romys Gesicht schemenhaft ausmachen konnte. Ich glaubte förmlich, sie grinsen zu sehen, sicher war ich mir aber nicht.

Das brachte das Fass in mir zum Überlaufen. Ich konnte mich nicht länger zurückhalten. Ich hob den Arm, krallte meine Finger in ihre Haare – wie ich es so oft tat – und zog sie mit einem Ruck bestimmend zu mir nach unten, sodass sich unsere Lippen fanden, als hätten wir das einstudiert.

Wir küssten uns leidenschaftlich und ich zeigte Romy dadurch, wie sehr ich sie wollte, wie willig mich ihre Berührungen gemacht hatten. Unsere Münder bewegten sich aneinander, die Zungen folgten in einem wilden Spiel und Romy keuchte in den Kuss, was mich mit Genugtuung erfüllte, weil ich sie genauso wenig kaltließ wie sie mich.

Ich bekam ihre Hüfte zu fassen, schob meine Hand hektisch unter ihr T-Shirt, ertastete ihre weiche Haut. Ich musste im Himmel sein, so musste sich das Paradies anfühlen! Mit meinen Fingern streichelte ich ihren schlanken Bauch, den ich schon hatte berühren wollen, seitdem ich ihn auf Ellas Halloweenparty gesehen hatte.

Mein Atem stieß während des Küssens gegen ihren. Einer von uns beiden keuchte, aber ich war mittlerweile so von Sinnen, dass ich nicht mehr wusste, ob ich oder sie es war oder doch wir beide zusammen.

Romy bewegte sich, rollte sich über mich, war gezwungen, meine Brust freizugeben, sodass mir die Wärme an dieser Stelle fehlte. Sie drückte mich mit ihrem Gewicht in die Matratze, als sie gänzlich auf mir lag, ohne den Kuss unterbrochen zu haben. Mit den Zähnen fuhr sie an meiner Unterlippe entlang, biss in diese, zog an ihr, nur um sie zwischen ihre zu ziehen und an ihr zu saugen.

Ich räkelte mich unter ihr, meine Hände glitten von ihrem Bauch zum Rücken. Ich wollte Romy genauso sehr in Brand stecken, wie sie es bei mir tat. Sie bewegte sich auf mir, an mir und mit mir. Wir schienen eins zu sein.

Ich glühte wie ein Stück heiße Kohle in einem Ofen.

Sie packte mein linkes Bein, winkelte es an, sodass mein Schenkel sich gegen ihre Hüfte drückte. Mein Atem ging stoßweise und wir mussten den Kuss unterbrechen, nur um nach einer kurzen Pause, in der wir Luft schnappten, erneut unsere Münder aufeinanderzupressen.

Mir war so unglaublich heiß. Überall. Mein Unterleib schien in Flammen zu stehen, so erregt war ich. Ein Gefühl, das ich nicht kannte. Nicht so intensiv jedenfalls.

Ich zog Romys Oberteil nach oben, sodass wir uns abermals voneinander lösen mussten. Behutsam zog ich es ihr aus, vorsichtig, um ihr nicht versehentlich die Haare rauszureißen. Sie tat es mir gleich und schon bald waren wir beide obenherum nackt.

Zärtlich und mit großer Bewunderung folgte ich dem Schwung ihrer Schultern, ihrem Schlüsselbein und hätte gern ihre Brüste angefasst, aber diese drückten sich fest an meine. Haut an Haut lagen wir da und eine glühte stärker als die andere.

Romys Atem streifte immer wieder mein Gesicht, so nah war sie mir, und einen Moment lang hielten wir beide in jeglicher Bewegung inne. Stirn an Stirn. Versunken in dem Moment. Keine von uns beiden sagte etwas. Die Intimität des Augenblicks lud mich elektrisch auf und dann kam die volle Entladung.

Romys Hand fand den Weg über meinen Bauch zu dem Bund meiner Hose, zog diese zuerst ein Stück hinunter und als sie merkte, dass ich mich nicht wehrte, zerrte sie sie mir fast schon von den Beinen. Egal wie viel Angst ich gehabt hatte, jetzt wollte ich nur noch ihre Berührung an meiner intimsten Stelle spüren.

Romy strich an dem Bund meines Slips entlang und ich war kurz davor, ihre Hand zu packen und sie an diese verdammte pochende Stelle zu führen, als sie den Weg dorthin fand. Mit geübtem, sanftem Druck fuhr sie mit den Fingern über mein Höschen.

Ich gab ein Japsen von mir, was Romy als Bestätigung sah. Sie fand den Weg unter mein Höschen und dann streichelte sie mich. Direkt. Ohne jeden Stoff dazwischen.

»Romy«, wimmerte ich lustvoll. »Ich kann nicht mehr.«

Meine Augen klappten zu, ich klammerte mich erwartungsvoll an ihr fest, bäumte mich ihrer Hand entgegen, die so wundervolle Dinge vollbrachte.

»Was, jetzt schon?« Sie stieß ein leises, aber heiseres Lachen aus. »Ich habe doch gerade erst angefangen.«

Ich konnte nichts erwidern, zu gefangen war ich von meiner Lust.

Mit dem Daumen umkreiste Romy meinen empfindlichen Punkt, mit den Fingern folgte sie meiner Feuchtigkeit zu deren Ursprung. Im ersten Moment rechnete ich damit, dass es wehtun würde. So wie es das bei Robin immer getan hatte. Aber dem war nicht so.

Als sie zwei Finger in mich schob, fühlte es sich an, als würde ich jeden Augenblick zerbersten. So etwas hatte ich noch nie erlebt. Diese unbändige Lust und das Verlangen nach Erlösung.

Romy bewegte sich an mir nach unten, küsste meine Brüste, saugte an ihnen, stimulierte mich zusätzlich mit den Fingern und schickte mich damit zu den Sternen.

Ich gab unkontrolliert stöhnende Geräusche von mir, das Kribbeln zwischen meinen Schenkeln nahm zu, mein Unterleib zog sich zusammen, um sich wellenartig zu lösen.

Ich kam. Und wie ich kam! Ich fühlte mich wie eine Rakete, die angezündet wurde und nach einer langen Reise im Himmel ihren Höhepunkt erreichte und explodierte.

Romy streichelte mich zuerst noch weiter, aber als ich wegzuckte, weil es unangenehm wurde, entfernte sie ihre Hand aus meinem Höschen und gab mir noch einen Kuss auf die Brust. Dann zog sie mir Unterwäsche und Hose wieder nach oben und tätschelte meinen pulsierenden Unterleib. Bleierne Erleichterung waberte durch meinen Körper, so wie Rauch durch die Luft.

»Das nächste Mal lecke ich dich, Süße«, sagte sie neckend und wäre ich nicht gerade erst gekommen, hätte sich erneut die Lust in mir gebildet. Die Art, wie sie es sagte, ließ mich verlegen und verlangend zugleich werden.

Ich konnte nicht darauf antworten, so überwältigt war ich noch von dem Orgasmus. Das Gefühl wirkte immer noch in meinem Körper nach und ein breites Grinsen breitete sich auf meinem Gesicht aus.

Das war gerade wirklich passiert und es hatte sich so verdammt gut angefühlt. Scheiße! Ich verstand endlich, wieso Robin so angefixt auf Sex gewesen war. Wenn man es richtig erlebte, war es … war es wie ein Drogenrausch!

Meine Beine zitterten, mein Herz pochte und meine Atmung war flach und schnell, als wäre ich zu lange gerannt. Nur langsam beruhigte sich mein Körper wieder.

Romy gab mich frei und das vertraute Gewicht auf meinem Körper verschwand, als sie sich neben mir in die Matratze warf.

Ich war ein bisschen perplex. Wollte … sie nicht auch? Sollte ich … vielleicht den Anfang machen?

Ich dachte an den Tag in der Sauna, als ich ihren nackten Körper bewundert hatte, der mich bis in meine Abendträumereien verfolgt hatte, und daran, wie ich ihm nun die Aufmerksamkeit schenken würde, die er verdient hatte. Nein, die *Romy* verdient hatte. Denn ich mochte nicht nur ihren Körper, sondern sie als Menschen.

Diesmal war ich diejenige, die sich drehte und über sie krabbelte. Ich warf meine Haare über die Schultern nach hinten und wünschte mir, ich hätte das Gummi darin gelassen, damit sie mir nicht jedes Mal ins Gesicht rutschten.

»Was machst du denn?«, fragte Romy mit einem rauen Unterton voller unterdrückter Erregung.

Mein armes Mädchen.

»Wonach sieht es denn aus?«, hauchte ich und streichelte ihre Hüfte, ihre Taille nach oben bis über ihren Rippenbogen.

Ich küsste ihre Schulter und alles in mir verlangte danach, sie zu berühren. Nicht so, wie ich es jetzt tat, sondern so, wie sie es bei mir getan hatte. Nachdem die Lust nicht mehr in mir tobte und nach Befriedigung verlangte, hatte ich den Kopf frei, um ihren Körper zu erkunden, und das tat ich auch.

»Sam«, keuchte Romy meinen Namen und eine Gänsehaut breitete sich auf jedem Zentimeter meiner Haut aus.

Jeder Zweifel, jede Unsicherheit hatte ich über Bord geworfen. Ich wollte sie, mit Haut und Haaren. Ich wollte das, mit allem, was dazugehörte.

»Scht«, mahnte ich, aber insgeheim freute es mich, dass sie diese Laute wegen mir ausstieß. Dass ich diejenige war, die sie erlösen konnte. Ich wollte sie die gleiche Welle der Lust reiten lassen wie sie mich.

Ich schob die Hand höher, umschloss ihre weiche Brust, die sich so gut anfühlte, wie ich es mir immer vorgestellt hatte. Ich knetete sie sanft, während meine Lippen zu ihrem Hals wanderten. Ich küsste und saugte an ihrer warmen, gut riechenden sanften Haut.

Ich tat endlich all das, was ich mir verboten hatte, auch nur ansatzweise zu denken, als ich ihren nackten Körper gesehen hatte. Und ich fragte mich, wie bescheuert ich gewesen war, diese Fantasien zu unterdrücken. Sie gehörten zu mir, so wie Romy es tat.

Mit Daumen und Zeigefinger zwirbelte ich ihre Brustwarzen und spürte ihre schnellen Atemzüge bei jedem Heben und Senken ihres Brustkorbs. Ich war gerade dabei, richtig aufzugehen, stimulierte sie weiterhin.

»Hey, das ist kein Radio. Du findest keinen Sender, wenn du daran drehst.«

Sie sagte es mit einem Lachen und ich ließ ihre Brust los, als hätte ich mich daran verbrannt. Verwirrt schaute ich Romy an. Das hatte Robin bei mir auch immer getan und es hatte mir gefallen. Gefiel es ihr nicht? Hatte ich zu fest oder zu sanft zugedrückt? Oh Gott, schon hatte ich etwas falsch gemacht.

Heiße Scham brannte in meinem Nacken, breitete sich über meine Ohren und Wangen aus.

»Tut mir leid«, hauchte ich und hätte am liebsten aufgehört. Es war alles so neu für mich, dass mich ihre Beschwerde direkt aus der Bahn warf. Dafür sorgte, dass ich mich unfähig fühlte.

»Das muss es nicht. Mach einfach das, was ich auch bei dir gemacht habe«, murmelte sie. Ihre Hand fand meinen Kopf und behutsam drückte sie ihn in Richtung ihrer Brüste, als würde sie meine Unsicherheit spüren und mir helfen wollen.

Ich verstand und fand neuen Kurs, nachdem ich kurzzeitig abgekommen war, und diesmal umschloss ich ihre Brustwarze mit meinem Mund. Saugte daran, umkreiste sie mit der Zunge, bis sie ganz hart wurde und diesmal Romys Finger sich in meine Haare krallten und sie leise aufstöhnte.

Bestätigt von der Reaktion, gingen meine Hände auf Erkundungstour, mein Patzer war vergessen. Ich streichelte ihren Unterleib, weiter unter den Bund ihrer Hose, bis unter ihr Höschen. Und da fand ich ihre Feuchtigkeit. Himmel.

Es fühlte sich unglaublich berauschend an, sie dort anzufassen, ihre erregten Geräusche zu hören. Es war … unglaublich. Anders, als würde ich mich selbst berühren, und doch ähnlich. Nicht zu beschreiben.

Ich massierte sie kreisend, drang mit meinen Fingern in sie ein und imitierte stoßende Bewegungen.

Sie war so nass, und das wegen mir. Wegen MIR. Das Gefühl beflügelte mich, trieb mich dazu an, sie intensiver zu streicheln, an ihren Brüsten zu saugen, mich wieder zu ihrem Hals zu küssen, über ihr Kinn, und meinen Mund mit ihrem zu verschließen. Sie stöhnte gegen meine Lippen, bewegte ihren Unterleib rhythmisch gegen meine Hand.

Als Romy kam und laut in unseren Kuss stöhnte, fühlte es sich fast so an, als würde ich einen zweiten Orgasmus erleben. Der Neandertaler in mir erwachte brüllend zum Leben. Er genoss es, dass sie sich unter mir wand, dass sie wegen meiner Berührungen Erlösung fand, dass sie wegen mir dieses selige Grinsen auf dem Gesicht hatte, den Glanz in den Augen. Und dass ich es war, die Romy auf diese Weise anfassen durfte. Ich fühlte mich unbesiegbar, als könnte nichts auf der Welt mich zu Boden werfen.

Wir verzichteten darauf, uns die Oberteile wieder anzuziehen. Erschöpft, aber befriedigt lagen wir kuschelnd da, eng umschlungen.

Ich war von ihrem Körper runtergerutscht, schmiegte mich aber dennoch an ihre Seite und sie hielt mich im Arm. Romy hauchte mir einen sanften Kuss auf den Kopf.

»Das war unglaublich«, hauchte sie und ich brummte zustimmend.

Das war es gewesen.

Es hatte mir gefallen.

Ich stand auf Frauen.

Und das war vollkommen in Ordnung für mich.

Das mit Romy war die richtige Entscheidung gewesen.

Unsere Zukunft hatte begonnen und ich blickte ihr voller Hoffnung entgegen.

Mit einem glücklichen Lächeln auf den Lippen schlief ich in Romys Armen ein und wünschte mir, dass dieser Moment niemals enden würde.

# 21

# Outing

Vanessa und ich saßen auf meinem großen Bett. Ich hatte sie angerufen und gebeten, herzukommen. Ich musste mit jemandem reden, sonst würde ich platzen. Und wer eignete sich da besser als meine beste Freundin?

Ich hatte es zuvor mit Romy geklärt, denn immerhin betraf es sie genauso, und sie hatte absolut nichts dagegen, wenn ich Vanessa von unserer Beziehung erzählte.

Ich hätte sie gern dabeigehabt, aber ein Teil in mir sagte, dass ich über Dinge sprechen musste, die Romy nicht unbedingt zu Ohren bekommen sollte. Keine geheimen oder bösen Dinge, aber ich wollte vor Vanessa schwärmen, wie wundervoll Romy war.

Romy, die ich sehnsüchtig vermisste, da wir uns in dieser Woche nur in der Schule sowie in einer Bar hatten treffen können. Beides keine Orte, die zu mehr einluden, als einander kurz zu berühren.

Romys ältere Schwester war zu Besuch gekommen und in ihrem Zimmer untergebracht worden. Uns war also keine Ausweichmöglichkeit geblieben, außer es wie in den ersten drei Wochen zu machen, indem wir uns nur zwischen den Pausen der Kurse sahen. Oder uns kurz in den Toiletten trafen, um ein paar Küsse voneinander zu stehlen.

Es war hart, richtig hart. Seitdem ich intim mit Romy geworden war, erinnerte sich nicht nur mein Kopf daran, wie sie mich berührt hatte, sondern auch eine andere Stelle, die jedes Mal verlangend pochte. Zum Glück war es nur eine Woche. Eine Woche, das würde ich durchhalten.

Ich erkannte mich kaum wieder. Robin hätte ich wochenlang nicht sehen oder mit ihm keinen Sex haben können und jetzt, bei Romy, war ich zu der Sorte Mädchen mutiert, über die ich sonst immer den Kopf geschüttelt hatte: trunken vor Liebe, berauscht von Lust und beschwingt von Höhepunkten.

»Also«, setzte ich nervös an und zupfte an der weißen Socke, die ich trug. »Du weißt ja, dass ich nicht mehr mit Robin zusammen bin.«

»Ja«, bestätigte Vanessa mir knapp.

»Ich habe nicht mit ihm Schluss gemacht, weil ich ihn nicht mehr liebe, sondern weil mir klar wurde, dass ich ihn nie geliebt habe. Zumindest nie mehr als einen guten Freund. Und dass es auch nie passieren wird, ihn mehr als auf diese Art zu lieben … weil …«

Ich stockte.

Vanessas Augen ruhten aufmerksam und gespannt auf mir. Die Panik griff nach mir. Es fühlte sich an, als hätte mir jemand einen Strick um die Kehle gelegt, jederzeit bereit, zuzuziehen, um mich zu erdrosseln. Ein winziger Teil in mir fürchtete sich davor, dass sie es vielleicht komisch finden würde. Auch wenn sie nie homophobe Äußerungen von sich gegeben hatte. Eigentlich wirkte sie in diesem Punkt sogar offen. Aber galt das nur Fremden gegenüber oder auch mir?

»Weil …«, versuchte ich es erneut, bekam es aber wieder nicht über die Lippen.

War ich denn bescheuert? Wo war meine anfängliche Euphorie hin, mit Vanessa darüber zu reden? Ihr von Romy vorzuschwärmen? Meiner besten Freundin alles bis ins kleinste Detail zu erzählen, weil ich es nicht mehr für mich behalten konnte?

»Sag es einfach, so schlimm kann es nicht sein«, machte Vanessa mir Mut und schenkte mir ein aufrichtiges Lächeln.

»Weil ich nicht auf Männer stehe«, beendete ich endlich meinen Satz. Sofort klopfte mein Herz so laut, dass ich glaubte, ich würde Vanessa nicht mehr sprechen hören können. Meine Kopfhaut kribbelte und wirkte, als wäre sie mir zu eng.

Das war die Wahrheit. Anfänglich hatte ich mich gefragt, ob ich nicht einfach nur bisexuell war. Aber wenn ich versuchte, mir vorzustellen, wieder einem Mann nahe zu kommen, zog sich alles in mir zusammen. Ich schaute den Typen aus meiner Schule ins Gesicht und fand sie einfach nicht mehr attraktiv. Das hatte ich vorher auch nie so wirklich, aber gedacht, es läge daran, dass ich einen Freund hatte.

Jetzt war es, als hätte man mir eine Brille von den Augen gezogen, die mich die Welt hatte verfälscht sehen lassen. Ich ertappte mich sogar hin und wieder dabei, wie ich jetzt der einen oder anderen Frau einen intensiveren Blick schenkte. Nicht, dass sie gegen Romy eine Chance gehabt hätten. Sie war einfach die Art von Frau, von denen in Liebesliedern gesungen wurde.

Vanessa schwieg, doch ich sah nicht die Überraschung in ihrem Blick, die ich erwartet hätte, sondern es wirkte eher so, als hätte ich ihr bestätigt, dass die Erde eine Kugel sei. Etwas, das sie schon vor mir gewusst hatte.

*Sag etwas, sag irgendwas!*, hätte ich am liebsten gebrüllt, als das Schweigen sich immer mehr ausdehnte und ich innerlich kurz davor war, die Wände hochzugehen.

Dann die Erlösung.

Vanessa lächelte und mit dieser Geste brachte sie tausend Steine dazu, von meinem Herz herabzufallen.

»Romy?«, fragte sie und ich schaute sie ein wenig überrascht an, weil sie diese Verbindung schon hergestellt hatte.

»Woher …«

»Woher ich das weiß?«, unterbrach sie mich, bevor ich die Frage zu Ende stellen konnte, und erinnerte mich dadurch unwillkürlich an Romy. Sie hatte auch ein Talent dazu, mich zu unterbrechen. Als würde ich nicht schnell genug reden.

Ich nickte.

»Na ja, nach unserem Gespräch – auch wenn es Wochen zurückliegt – ist das einfach nur naheliegend. Also hast du dich auch ihretwegen von Robin getrennt?«

Vanessa sprach ganz normal mit mir. Sie sah mich nicht an, als wäre mir ein zweiter Kopf gewachsen, und das zeigte mir nur wieder, wieso sie meine beste Freundin war. Der kurze Anflug von Panik kam mir jetzt lächerlich, fast schon verräterisch vor. Wie hatte ich an ihr zweifeln können, auch wenn es nur für den Bruchteil einer Sekunde gewesen war? Ich hätte sie für ihre bedingungslose Akzeptanz knutschen können.

»Ja«, gab ich leise und eine Spur reuevoll zu, weil es sich, wenn ich es laut aussprach, so egoistisch und durchtrieben anhörte.

»Weiß er es?«

»Das mit Romy?«

Vanessa nickte und ich schüttelte den Kopf, begann wieder damit, an meiner Socke zu zupfen.

»Vielleicht ist das auch besser so«, sagte Vanessa leise und ich nickte.

Obwohl ich mich beschwingt fühlte und über die glücklichen letzten vier Wochen schwärmen wollte, bildete sich ein kalter Klumpen in meinem Magen, als ich an Robin dachte. An seine verzweifelten Nachrichten, die er mir in den letzten Tagen dann doch geschickt hatte. Dass er nicht glauben konnte, dass alles vorbei sein sollte. Dass ich ihm und uns noch eine Chance geben sollte. Meine Mutter hatte mir erzählt, dass er sogar eines Abends vor der Tür gestanden hatte, nur war ich zu diesem Zeitpunkt bei Romy gewesen. Es war der Abend gewesen, an dem ich mein zweites erstes Mal gehabt hatte.

Er war immerhin mein bester Freund gewesen und diesen Robin vermisste ich. Sehr sogar. Aber wir brauchten Zeit. Die Grenzen zwischen uns würden nicht klar definiert sein, sie würden zu sehr verschwimmen – von seiner Seite aus. Es war ein Zwiespalt. Auf der einen Seite wollte ich für ihn da sein, auf der anderen brauchten wir ein bisschen Abstand.

»Und was ist mit Romy? Weißt du, wie sie … ob sie auch auf Frauen steht?«, fragte Vanessa.

Ihre Frage und der Gedanke an Romy hellten meine Trübsal auf, wie der Strahl einer Sonne, der durch graue Wolken brach. Der kalte Klumpen des schlechten Gewissens schmolz.

»Wir sind zusammen«, offenbarte ich mit einem Grinsen, das so breit war, dass es mir in den Wangen schmerzte.

»NEIN?!«, stieß Vanessa überrascht aus, aber mit ihrem typischen Lächeln, das sich bildete, wenn sie sich aufrichtig für jemanden freute. Sie legte ihre Hände wie zum Gebet aneinander und presste die Zeigefinger an die Lippen. Ihre Augen leuchteten kindlich auf. »Ist nicht wahr?«

»Doch, und es ist u-n-g-l-a-u-b-l-i-c-h. Irre! Schön!«, schwärmte ich. Es sprudelte förmlich aus mir heraus, wie Wasser, das sich unaufhaltsam einen Weg bahnte. Die Schmetterlinge in meinem Bauch stoben aufgeregt auseinander, flatterten in meinem Magen, sobald ich nur an Romy und die Zeit mit ihr dachte.

»Oh mein Gott! Wie lange geht das schon?«

»Vier Wochen.«

»Und das sagst du mir erst *jetzt*?« Vanessa verschränkte gespielt empört die Arme vor der Brust. Dann schien ihr einzufallen, dass es etwas Wichtigeres gab, als beleidigt zu sein. »Hattet ihr Sex? War es gut? Erzähl mir ALLES.«

Ich lachte laut, schüttelte den Kopf, was Vanessa wohl als Antwort auf ihre Frage interpretierte und nicht als Geste für: *Du bist unmöglich!*

»Oh, nicht?« Sie klang eine Spur enttäuscht.

»Doch, hatten wir.«

Zuerst grinste ich noch und als Vanessa damit drohte, mich mit dem Kissen zu schlagen, wenn ich nicht gleich reden würde, legte ich los. Ich erzählte das meiste, ging bei den intimeren Stellen aber nicht zu sehr ins Detail. Ich berichtete Vanessa von dem Moment, ab dem Romy mir nicht mehr aus dem Kopf gegangen war, von dem Kuss auf meiner Geburtstagsfeier, wie sie mich ihren Eltern vorgestellt hatte und den verstohlenen Küssen in den Toiletten.

Ich sagte ihr auch, dass außer ihr und Romys Eltern niemand davon wusste und auch noch niemand davon erfahren durfte. Vor allem nicht meine Eltern und Robin.

Sie versicherte mir, dass sie es auch nicht Ella sagen würde. Das würde ich irgendwann selbst tun, dazu wollte ich mir aber noch die Zeit nehmen, die ich brauchte, um herausfinden, wie sie zu homosexuellen Menschen stand. Bei Linda wusste ich das und es machte mir Sorgen, dass Ella so eng mit ihr war. Mehr oder weniger.

Ich sprach mit gedämpfter Stimme – auch wenn ich mir ein hysterisches Kreischen verkneifen musste –, damit meine Mutter nichts hörte. Die Wände waren zwar nicht sehr hellhörig, aber ich musste dennoch vorsichtig sein. Vielleicht ging sie gerade an der Tür vorbei und schnappte etwas auf.

Als ich geendet hatte, beteuerte meine beste Freundin noch mal, wie sehr sie sich freute. Robin erwähnten wir beide nicht mehr, auch wenn die Trennung mich noch nicht ganz losgelassen hatte. So gefühlskalt war ich nun auch nicht.

»Und du … findest das nicht irgendwie komisch oder so?«, versicherte ich mich erneut.

Vanessa schenkte mir einen Blick, der tödlich wirkte, dann aber sanft wurde.

»Nein. Du bist für mich immer noch Sam. Wieso sollte ich das komisch finden? Nur weil du jetzt auf Brüste stehst und nicht auf Penisse? Ob Frau oder Mann ist mir egal, sind ja beides Menschen. Solange du es nicht mit Tieren treibst …« Sie ließ den Satz so stehen.

»Das nicht, aber wir treiben es wie Tiere«, gab ich mit einem verschlagenen Grinsen von mir und dann brachen wir beide in lautes Gelächter aus.

Vanessa war längst gegangen und ich wieder allein. Es war ein schöner Tag zwischen zwei Freundinnen gewesen. Ausgelassen, witzig und wohltuend. Ich war nach allem nicht umhingekommen, darüber zu jammern, dass Romy und ich so wenig privaten Raum hatten. Besonders jetzt, da ihre Schwester für eine Woche da war und uns quasi gemeinsame Zeit stahl.

Meine beste Freundin hatte den grandiosen Vorschlag unterbreitet, dass Romy und ich einen Städtetrip machen sollten. Nur wir beide in einem Hotelzimmer, unter fremden Menschen, die uns nicht kannten. Diese Idee hatte mir äußerst gut gefallen, also hatte ich zwei Stunden im Internet recherchiert und tatsächlich war ich auf etwas gestoßen, was Romy gefiel: *WrongTurn*. Sie machten eine Europa-Tour und da ich wusste, wie sehr sie diese Band live sehen wollte, hatte ich kurzerhand beschlossen, zwei Tickets zu besorgen. Leider war das Konzert in Köln, der nächstgelegenen Stadt, in der die Jungs auftreten würden, schon ausgebucht.

Als ich mich jedoch weiter durch die Tourdaten gescrollt hatte, war mir eine viel bessere Idee gekommen. Ich hatte mit meinem Vater geredet und mit seiner Kreditkarte zwei Tickets für das Konzert Anfang März in Hamburg gekauft. Aber nicht nur das, sondern auch zwei Nächte in einem teuren Hotel sowie zwei Karten für das Musical *Der König der Löwen*.

Die ganze Wahrheit hatte ich meinem Vater natürlich nicht gesagt. Nur, dass ich für ein paar Tage mit einer guten Freundin raus musste, wegen der Trennung von Robin. Ich hatte ihm weisgemacht, dass ich es zwar nicht bereute, es mich aber nicht kaltließ.

Er hatte mir geglaubt.

Zum ersten Mal hatte ich ein richtiges Geheimnis vor meinen Eltern. Und damit meinte ich nicht diese Kleinigkeiten, wie den Alkoholpegel niedriger zu lügen, als er wirklich war, oder später als vereinbart nach Hause zu kommen. Das hatte ich schon zigmal getan. Aber die Beziehung zu Romy war eine andere Hausnummer.

Dennoch freute ich mich unglaublich auf dieses Wochenende, sodass ich es kaum schaffte, an diesem Abend Ruhe zu finden. Das Gemeine bei der Sache war, dass ich Romy damit überraschen wollte. Das hieß, ich war allein mit meiner wochenlangen Vorfreude. Aber ich würde den passenden Moment abwarten müssen, denn wenn sie erfahren würde, dass ich Geld für sie ausgegeben hatte, würde sie mir den Kopf abreißen. Da war sie sehr eigen.

Sie fletschte schon mit den Zähnen, wenn ich ihr ein Getränk spendierte oder mit ihr ins Kino ging – natürlich nur als normale Freundinnen. Aber ich würde es so drehen, dass ich unbedingt nach Hamburg fahren wollte und schnell hatte buchen und ihr somit das Ticket hatte bezahlen müssen. Ich würde mit Engelszungen auf sie einreden. Wenn das alles nichts half, dann eben der Dackelblick.

Sie würde gar keine andere Wahl haben!

Nur Romy und ich.

Wir beide.

Zu zweit.

Allein.

Der Gedanke erwärmte meinen Körper, als ich mich an diesem Abend ins Bett kuschelte.

# 22

# Spiel mit dem Feuer

Endlich kam der Freitag und das bedeutete, dass es nur noch zwei Tage waren, bis Romys ältere Schwester Mayleen am Sonntagnachmittag zurück nach Dortmund fahren würde. Romy und ich würden uns wieder bei ihr zu Hause treffen können. Nicht, dass es so nicht auch möglich gewesen wäre, aber wir konnten nicht *richtig* allein sein.

Ich sehnte mich danach, Romy zu berühren, ohne darauf zu achten, dass meine Berührungen zu intensiv, zu liebevoll wirken könnten. Ohne mich ständig umzuschauen, ob jemand in der Nähe war, der mich kannte.

Sich bei mir zu treffen, kam gar nicht erst infrage. Wenn ich die Tür abschließen würde … Himmel, meine Mutter würde einen Aufstand machen.

Ich schüttelte die Gedanken ab und versuchte, mich wieder voll und ganz auf das Hier und Jetzt zu konzentrieren. Auf den Unterricht von Frau Fischer, den sie mit einer unglaublich monotonen

Art führte. Die Stunden zogen sich wie ein zäher Kaugummi und bei jedem Blick auf die Uhr kam es mir vor, als würden die Zeiger sich nach links anstatt nach rechts bewegen.

In diesem Moment vibrierte mein iPhone an meinem Oberschenkel, das ich mir vorhin unter den Rock geschoben hatte. Ich neigte hin und wieder dazu, Romy während des Unterrichts zu schreiben. Entweder sah Frau Fischer es nicht oder sie ignorierte es, frei nach dem Motto: ›*Wer im Unterricht nicht aufpasst, braucht sich nicht über schlechte Noten in den Klausuren zu wundern.*‹ Genauso, wie es Herr Knut auch handhabte.

Vorsichtig, um nicht aufzufallen, schob ich meinen Rock ein Stück nach oben, spannte die Muskulatur an, damit das Handy nicht polternd auf den Boden fiel und mich verriet.

Mir wurde angezeigt, dass Romy mir eine Nachricht geschrieben hatte, und neugierig öffnete ich sie.

**Romy <3:**
Damentoilette im ersten Stock. Jetzt. Bitte!

Ich schielte zum wiederholten Mal auf die Uhr. Es war noch rund eine Viertelstunde, bis der Unterricht endete. Was könnte sie von mir wollen? Es sah ihr nicht ähnlich, mich aus dem Unterricht zu bitten. War es etwas Wichtiges? Etwas Schlimmes? Wenn sie mich so eindringlich darum bat, konnte ich nicht nicht kommen. Außerdem würde ich keinen anderen Gedanken mehr fassen können.

Schnell tippte ich eine Antwort:

**Sam:**
Okay, ich komme.

Ich verstaute das Handy so unauffällig wie möglich, meldete mich und erzählte Frau Fischer, dass mir nicht gut sei, dass mich Bauch- und Kopfschmerzen überfallen hätten, und bat, an die frische Luft zu können. Ich machte ein zerknirschtes Gesicht, als wäre mir das alles furchtbar unangenehm, und hoffte, dass sie dachte, das wären Menstruationsbeschwerden. Für gewöhnlich bat ich nicht darum, den Unterricht verlassen zu können, was wohl auch dafür sorgte, dass die Lehrerin keine Lunte roch und mich mit einem verständnisvollen Nicken entließ.

Ich ergriff meine Chance, ignorierte die neugierigen Blicke der anderen Mitschüler, die mich anglotzten, als würde ich vom SEK abgeführt werden, und machte mich auf den Weg zu den Toiletten im ersten Stock.

Dort angekommen, sah ich mich mehrere Sekunden lang um, wie ein Verbrecher auf der Flucht, ehe ich die Tür aufdrückte und den Raum betrat. Kühle Luft empfing mich, weil hier nie geheizt wurde, und ließ mich frösteln.

Ich hob den Blick und entdeckte Romy, die bereits hier war und mit dem Rücken an einem der Waschbecken lehnte. Als sie mich sah, leuchteten ihre Augen vor Sehnsucht auf. Keine Spur von Traurigkeit, Wut oder Sorge war in ihrem Gesicht zu erkennen und das verwirrte mich.

Bevor ich allerdings dazu kam, nach dem Grund für ihre Nachricht zu fragen, ergriff sie mein Handgelenk und zog mich mit einem festen Ruck an sich heran, sodass ich nicht gerade sanft gegen ihren Körper prallte, was mir im ersten Moment die Luft aus den Lungen presste.

»Ich habe dich vermisst«, hauchte Romy und ehe ich zu Atem kommen oder etwas erwidern konnte, drückte sie ihre Lippen fest auf meine, erstickte jeden Kommentar, der mir auf der Zunge gelegen hatte. Ein fester, fast schon harter Kuss erwartete mich, doch bevor ich auch hier die Chance gehabt hätte, zu reagieren, löste sich Romy schon wieder von mir.

Im ersten Moment war ich ganz benebelt von der Art, wie sie mich geküsst hatte, dann aber schüttelte ich den Kopf, um einen klaren Gedanken fassen und endlich reagieren zu können.

»Was ist los?«, fragte ich.

»Ich habe dich vermisst«, wiederholte Romy schlicht und setzte eine Unschuldsmiene auf.

Mein erster Impuls war es, erleichtert zu sein. Ich hatte sonst was erwartet, aber nicht … *das*.

»Und deswegen holst du mich aus dem Unterricht?«

»Ach komm, als wärst du nicht froh, dass ich es getan habe. Ich wollte dich sehen und dich ungestört küssen können, wenn wir schon Verstecken spielen müssen.«

Romy sagte das ohne Vorwurf in der Stimme. Es war eine Tatsache, derer wir uns beide bewusst waren. Aber dennoch fühlte ich mich kurz schlecht, als müsste sie sich wegen mir zurückhalten, auch wenn wir bereits geklärt hatten, dass sie mir Zeit ließ. Immerhin hatte sie vier Jahre Vorsprung, was die Akzeptanz und Offenheit ihrer Sexualität anging.

Ich atmete durch und das blöde Gefühl einfach weg. Ich wusste, dass sie es nicht böse gemeint hatte.

»Okay, ein bisschen gefällt es mir schon«, gab ich zu und Romy zog mich abermals in ihre Arme.

»Ich weiß.«

Unsere Münder fanden sich für einen erneuten Kuss, den Romy nicht sofort wieder löste. Zuerst war er sanft, fast schon vorsichtig, als täten wir es zum ersten Mal, doch der Druck ihrer Lippen wurde fester und ich tat es ihr gleich. Dafür den Unterricht zu schwänzen, lohnte sich auf alle Fälle. Ich versank regelrecht in dem Moment zwischen uns, als plötzlich vor der Tür Schritte erklangen.

Als hätte ich einen Stromschlag bekommen, fuhr ich heftig zurück, sodass unsere Lippen sich abrupt lösten. Ich drehte den Kopf erschrocken zur Tür, in der Erwartung, dass jede Sekunde jemand die Toiletten betrat, aber die Schritte verklangen. Jedoch nicht das heftige Klopfen meines Herzens.

»Es kommt niemand«, flüsterte Romy beruhigend. Als ich wieder in ihre Augen sah, konnte ich deutlich erkennen, dass die Farbe ihrer Iriden dunkler und verlangender wirkte.

Ich stieß die angehaltene Luft aus, entspannte mich, nickte und bevor ich etwas erwidern konnte, packte Romy mich am Handgelenk und zog mich mit sich. Sie lief rückwärts in den Raum hinein, in Richtung der Kabinen. Widerstandslos folgte ich ihr, auch wenn ich verwirrt die Augenbrauen hochzog. War es ihr im Vorraum nun auch zu heikel geworden?

Mit der freien Hand öffnete sie eine der Türen, zog mich mit sich in die enge Kabine, quetschte sich an mir vorbei, um diese abzuschließen.

»Was … was machst du denn jetzt?«, fragte ich mit leiser Stimme.

»Das, was ich dir versprochen habe.«

*Was?* Was hatte sie mir denn versprochen? Ich durchforstete mein Gehirn, aber der Groschen wollte nicht fallen. Selbst dann nicht, als Romy mir meinen Rucksack sowie meine Jacke von den Schultern zerrte und beides achtlos zu Boden fallen ließ.

»Romy?«, hakte ich nach, als sie nicht weiter ausführte, was damit gemeint war. Sie wollte doch nicht hier … auf dem Klo?

Sie packte meine Schultern, drehte mich, drückte mich gegen die Wand der Kabine, so heftig, dass mir mit einem Keuchen die Luft aus den Lungen gepresst wurde. Bevor ich protestieren konnte, weil ich endlich eine Antwort haben wollte, strich sie mir die Haare zur Seite und begann damit, meinen Hals zu küssen. Zuerst sanft, dann fester, verlangender. So, dass es normalerweise verboten werden müsste.

»Was habe ich dir denn versprochen, als du bei mir übernachtet hast?« Ihr warmer Atem streifte meine Haut, gefolgt von weiteren Küssen.

Ich dachte fieberhaft nach, wirklich, aber ich kam einfach nicht drauf. Auch das, was Romy mit mir anstellte, trug nicht dazu bei, dass ich zum Nachdenken in der Lage war. Im Gegenteil, mein Gehirn wollte sich verabschieden und meinem Körper das Kommando überlassen. Meine Hormone spielten verrückt und die Abstinenz der letzten Tage machte es nicht besser.

»Direkt nach dem Sex?«, nuschelte Romy und gab mir damit einen weiteren Hinweis, den auch ich endlich verstand.

Oh. Ohhhh!

Bilder flackerten vor meinen Augen auf, Erinnerungen, Worte, das Versprechen – wie hatte ich es nur vergessen können, wenn ich es mir an den einsamen Abenden zum Einschlafen immer wieder vorgestellt hatte?

*Das nächste Mal lecke ich dich, Süße.*

Romys Stimme hallte in meinem Kopf wider und zusammen mit ihren Berührungen fuhr mir die Erregung wie ein Blitz zwischen die Beine. Sie wollte es tatsächlich … auf dem Schulklo?!

Schnell hob ich die Hände, legte sie an Romys Oberarme und drückte sie ein wenig von mir weg, was sie geschehen ließ. Sie hob den Kopf, ihre Augen blickten in meine, fragend, verständnislos, verlangend.

»Aber doch nicht hier!«, wehrte ich ab, dabei wurde meine Stimme schrill. Mein Intimbereich pochte indes weiter lustig vor sich hin, angeregt von Romys verboten guten Küsse. Der unvernünftige Teil meines Gehirns goss Öl ins Feuer, indem er Bilder projizierte, die nicht jugendfrei waren. Romy, die mich mit Mund

und Zunge verwöhnte. Das trug nicht gerade zu meiner Standhaftigkeit bei, die ich versuchte, zu wahren. Verdammte Libido!

»Warum denn nicht?«, fragte Romy, die gerade nicht von ihrer geduldigen Seite dominiert wurde. Denn ehe ich mich versah, beugte sie sich abermals nach vorn, ignorierte meine Hände, die – zugegeben – nur halbherzigen Widerstand leisteten. Abermals fanden ihre Lippen meinen Hals, doch diesmal blieb es nicht nur bei den Küssen. Sie saugte an meiner Haut, biss zärtlich zu, sodass ich im Steißbein einen Nerv zucken spürte, als die Lust durch mich hindurchzuckte, und leckte entschuldigend über die Stelle, an der ihre Zähne mich geneckt hatten.

»Was …«, keuchte ich. »Was ist, wenn wir erwischt werden?«

Ich wollte vernünftig sein, aber es fühlte sich viel zu gut an, sodass ich nicht wollte, dass sie damit aufhörte. Alles in mir schrie danach, das zu bekommen, was ich mir ersehnte, seitdem sie mir gezeigt hatte, wie es sich wirklich anfühlen konnte.

Romy streichelte meinen Oberschenkel, der in einer Nylonstrumpfhose steckte, weswegen ich ihre Berührung nur gedämpft spürte. Aber es reichte, um meine Beine in Wackelpudding zu verwandeln. Ich musste mich gegen die Wand lehnen, hatte weder Kraft zum Stehen noch dafür, sie mit Gesten zum Aufhören zu bringen, während ihre Finger sich immer weiter nach oben tasteten.

»Romy.« Es sollte eigentlich protestierend klingen, ein letztes Aufbegehren, aber es klang vielmehr so, als wäre ich ihr bereits verfallen. Ich biss mir auf die Unterlippe, als sich ein Stöhnen aus meinem Mund stahl, was Romy dazu anspornte, weiterzumachen.

Ihre Hand war unter meinem Rock verschwunden, schob diesen in die Höhe, um den Bund der Strumpfhose zu erreichen.

»Wir werden nicht erwischt«, nuschelte sie gegen meine Haut. »Komm schon, Sam, ist doch aufregend.« Sie hob ihren Kopf.

Schlagartig vermisste ich ihren Atem und die Liebkosungen an meinem Hals. »Hast du vorher noch nie etwas *Verbotenes* getan?«

Ihre dunkelblauen Augen funkelten wie die eines Kindes, das den Süßigkeitenvorrat der Eltern plünderte. Und da war sie. Die wilde Rebellin, die mich dazu brachte, aus meinem Schneckenhaus zu kriechen.

»Nein«, brachte ich leise hervor. Jedes weitere Wort wurde im Keim erstickt, als ihre Hand meinen Intimbereich fand. Sie bewegte ihre Fingerspitzen mit festem Druck über der Strumpfhose und der Unterwäsche kreisend, sodass ich sie zwar spüren konnte, aber noch nicht richtig.

Mein Widerstand brach in sich zusammen, wie eine Mauer, die dem Druck des Sprengstoffs nicht standhalten konnte. Sie hatte mich am Haken, denn ich konnte keinen klaren Gedanken mehr fassen. Ich wollte es. Jetzt. Hier. Wenn wir ganz leise waren und uns beeilten, dann würde es niemand bemerken.

Ich packte ihre Schultern, zog sie richtig an mich, sodass ihre Brüste sich an meine pressten, drückte meinen Mund auf ihren und begann damit, sie zu küssen. Hungrig, feurig, wild.

Dann war es, als hätte man uns beide zur Eile angetrieben, denn Romy zog mit einem hektischen Ruck meine Strumpfhose samt Höschen nach unten und ich half mit der Bewegung meiner Beine nach.

Sie schob meinen Rock über den Bauch nach oben, streichelte meine Haut, packte meinen Hintern und begann, diesen zu kneten und mich damit – wenn das überhaupt noch möglich war – noch mehr zu erregen. Ich wurde spürbar feuchter, mit jeder Berührung. Scheiße, diese Frau war mein Untergang, der süße Tod.

Und zu der Erregung mischte sich ein anderes Gefühl: Aufregung. Sie überfiel meinen Körper. So etwas Nervenaufreibendes hatte ich noch nie getan. Jederzeit könnte die Schulglocke ertönen und dann wäre der Raum voller Schüler, also mussten wir uns beeilen.

Unsere Zungen umkreisten sich, was dafür sorgte, dass weitere elektrische Impulse bis direkt zwischen meine Schenkel gesendet wurden. Romy führte mich von der Wand weg, drehte mich, löste sich kurz von mir, um meine Jacke vom Boden aufzuheben. Diese legte sie über den Toilettendeckel, ehe sie mich darauf drückte und ich auf ihm zum Sitzen kam.

Ich erschauderte, während Romy sich runterbeugte und den Reißverschluss meines Stiefels öffnete. Sie streifte ihn mir ab, nur den einen, um Strumpfhose und Höschen an einem Fuß auszuziehen, damit ich die Beine spreizen konnte.

Danach küsste sie sich ab dem Knie nach oben, zielstrebig, aber nicht hektisch, was mich einerseits antörnte, aber andererseits daran erinnerte, dass wir die Zeit nicht zu sehr ausreizen sollten. Aber meine Stimme war wie belegt, sodass ich Romy nicht zur Eile antreiben konnte. Als ich es versuchte, entwich mir nur ein erregtes Keuchen.

Sie hob den Kopf, schielte zu mir nach oben, sodass unsere Blicke für einen Moment verschmolzen. Keine von uns beiden sagte etwas. Dann unterbrach sie den intimen Moment zwischen uns, zog mich näher an den Rand des Toilettendeckels, sodass ich ausbalancieren musste, um nicht wegzurutschen, und dann …

Mein Bauch zog sich heftig zusammen, als sie anfing, mich zu küssen, der Feuchtigkeit folgte und mit der Zungenspitze in mich eindrang.

Heilige … Wieso hatte man mich nicht vorgewarnt, dass es sich so verdammt gut anfühlen würde? Ich wollte mich irgendwo festkrallen, aber meine Fingernägel rutschten an dem glatten Material der Kloschüssel ab.

»Oh Gott.« Meine Augen fielen flatternd zu, ich schob meine Hand – erneut auf der Suche nach Halt – in Romys Haare und krallte mich an ihnen fest, als wären sie die Zügel eines Pferdezaums.

Romy rutschte näher zwischen meine Beine, die sie immer wieder leicht aufdrücken musste, weil ich sie im Eifer des Gefechts zusammenpressen wollte. Ehrlich, das hielt doch kein Mensch aus! Sie leckte mich, kreiste mit der Zunge, saugte. Ich gab ein heiseres Stöhnen von mir, biss mir auf die Lippe, um die Laute zu unterdrücken. Ich durfte mich hier nicht so gehen lassen. Aber der Kick, den Romy mir verschaffte, war unglaublich. Der Reiz war so groß, meine Lust offen und hemmungslos zu zeigen.

Robins Berührungen hatten nie so gutgetan! Nie! Gott, es war überhaupt kein Vergleich.

Romy lachte leise, machte damit weiter, mich mit der Zunge zu verwöhnen. Mein Unterleib verkrampfte sich, entspannte sich und verkrampfte wieder, aber auf eine angenehme Weise. Meine Atmung ging nur noch stoßweise, mein Herzschlag beschleunigte sich, ich drückte Romy fester an mich, weil ich nicht mehr wusste, wohin mit meinen Gefühlen.

Und dann … hörte ich das Öffnen und Zufallen einer Tür. Mein ganzer Körper spannte sich an und ich riss erschrocken die Augen auf.

NEIN!

Das Blut rauschte in meinen Ohren, meine Nerven waren gespannt wie Drahtseile, als ich Schritte hörte. Ich konnte mich nicht mehr fallen lassen, aber Romy schien den Störenfried komplett auszublenden.

Sie machte weiter mit ihren Liebkosungen. Ich wollte die Beine zusammenpressen, damit Romy aufhörte, aber sie ließ es nicht zu. Der Druck ihrer Hände passte sich meinem Widerstand an und da meine Glieder sich viel zu weich anfühlten, verlor ich das Kräftemessen.

Hitze flammte in meinem Körper auf, der Schweiß brach mir aus, als die Schritte näher kamen und Romy in diesem Moment irgendeine Bewegung mit ihrer Zunge vollführte, die so unglaublich guttat, dass mir – ohne es zu wollen! – ein leises Stöhnen entfuhr, wofür ich mich am liebsten selbst geschlagen hätte.

Scheiße!

Ich biss mir zum wiederholten Mal auf die Unterlippe, aber zu spät, denn der Laut war schon entschlüpft und ich konnte nur hoffen, dass er ungehört blieb. Der Schreck fuhr mir durch die Glieder und es fühlte sich an, als würde meine Körperhälften etwas Unterschiedliches wollen. Mein Gehirn wollte, dass sie aufhörte, denn irgendjemand war hier. Meine Libido wollte, dass sie weitermachte und mich wieder in andere Gefilde beförderte.

Ich hätte gern etwas gesagt, hatte aber Angst, mich dadurch zu verraten, und zog leicht an ihren Haaren, als Zeichen, dass sie eine Pause machen sollte. Sie musste es doch gehört haben!

Romy schien es nicht zu verstehen oder wollte es nicht. Sie hörte nicht auf. Im Gegenteil, sie schob nun zwei ihrer Finger in mich und ich verfluchte meinen Körper dafür, dass ihr das aufgrund meiner Feuchtigkeit so gut gelang.

Adrenalin pumpte durch meine Adern, mein Herzschlag war so stark und schnell wie noch nie. Die Hitze breitete sich aus und ein Schweißtropfen lief meinen Rücken hinunter.

Die Schritte waren ganz nah, dann ein leises Husten und das Schließen einer Tür.

Jetzt erstarrte auch Romy, schielte zu mir nach oben, unsere Blicke begegneten sich und ich hätte gern einen Finger auf meine Lippen gelegt, um ihr zu zeigen, dass sie leise sein sollte, traute mich aber nicht, mich zu bewegen. Es war wie in den Horrorfilmen, in denen die Schauspieler in ihren Verstecken verharrten und sich nicht bewegten.

Jemand pinkelte auf dem Klo nebenan, ein leises Plätschern war zu hören. Wie unerotisch! Aber der Kick wurde immer größer, die Spannung in meinem Körper war zum Zerreißen und als Romy – in dem guten Willen, mich nicht noch mehr zu quälen – ihre Finger wieder etwas zurückzog, keuchte ich wieder vor Lust.

*NICHT BEWEGEN*, hätte ich am liebsten geschrien und versuchte, es ihr durch die Augen zu sagen.

Kurz war nichts aus der anderen Kabine zu hören und die Anspannung sorgte dafür, dass meine Schultern sich verkrampften. Ich war der festen Meinung, man hätte uns gehört, aber dann wurde die Klospülung betätigt, die Schritte erklangen laut, dann wurden sie leise. Das Rauschen des Wasserhahns und dann der Knall der zufallenden Tür.

Ich traute mich immer noch nicht, irgendetwas zu sagen, aus Angst, die Person könnte doch noch hier sein.

Und Romy? Machte einfach weiter, als wäre nichts gewesen. Sie setzte ihre stoßenden und leckenden Bewegungen fort und als ich wirklich realisierte, wie haarscharf wir gerade davongekommen waren, brach das alle Dämme. Ich entspannte mich, jeder Muskel löste sich und Romys Berührungen gaben den letzten Ausschlag, als ich mir den Arm über den Mund legte, um meine stöhnenden Geräusche zu dämpfen, als ich mit zuckendem Unterleib zum Höhepunkt kam.

Meine Beine zitterten so stark wie noch nie, als Romy sich von mir zurückzog, sich über die Lippen leckte und mich diabolisch angrinste. Ich hätte sie am liebsten geküsst und geschlagen gleichzeitig. Ich fühlte mich wie nach einem Fallschirmsprung, so berauscht.

Scheiße, was war das denn?

»Ein Orgasmus. Ich dachte, das wüsstest du?«, kam die Antwort auf meine Gedanken von Romy und ich schaute sie perplex an. Hatte ich gerade laut gedacht? Ich konnte gar nichts darauf erwidern, so unangenehm war es mir.

»So gefällt mir das«, hauchte sie triumphierend. »Mein Mädchen, berauscht vor Lust.«

Ich musste so rot geworden sein wie eine Tomate. Romy rückte von mir ab und ich fummelte hektisch meinen Fuß in den Einstieg des Höschens und der Strumpfhose, stand auf, um alles ordnungsgemäß anziehen zu können. Als alles wieder richtig saß, schaute ich Romy an, biss mir auf die Unterlippe und blickte auf ihren Schritt.

Sie deutete meinen Blick richtig. »Dafür ist keine Zeit mehr. Ich wollte *dich* verwöhnen. Du kannst es mir beim nächsten Mal zurückgeben«, kommentierte sie lässig.

»Du bist verrückt«, flüsterte ich und schüttelte beflügelt von dem Gefühl den Kopf.

Romy lachte leise. »Kann sein.«

Sie drehte sich um und öffnete die Tür, während ich noch meinen Stiefel anzog, den Rucksack über meine Schultern warf und die Jacke über den Unterarm legte.

»Alles frei«, sagte Romy, die voranging.

Ich atmete erleichtert aus. Es hatte uns wirklich niemand gesehen. Das war ja irre!

Gemeinsam verließen wir die Toilette und schafften es noch, bevor die Klingel das Ende des Unterrichts einläutete. Auf dem Gang war alles noch still, was sich sicher gleich ändern würde, aber gerade war niemand zu sehen. Alle waren in ihren Kursen oder hatten sich irgendwo verzogen, wo sie ungestört die Freistunde ausnutzen konnten. Ich war total fahrig und fühlte mich nicht bereit für die nächste Stunde. Ich hatte das Gefühl, dass mir jeder ansehen musste, was eben passiert war.

Um Schadenbegrenzung zu betreiben, fuhr ich mir mit den Fingern durch die Haare, zupfte meine Kleidung zurecht und schenkte Romy ein verschlagenes Grinsen, das sie erwiderte.

Nachdem wir uns beide ein weiteres Mal gründlich umgeschaut hatten – man konnte ja nie wissen – und niemanden entdeckt hatten, legte sie ihre Finger unter mein Kinn.

»Das machen wir bald wieder«, versprach sie, beugte sich zu mir und gab mir einen etwas zu langen, aber keuschen Kuss, den sie für mehrere Sekunden auskostete, indem ihre Lippen bewegungslos auf meinen verharrten, ehe sie mich losließ, als wollte auch sie unser Glück nicht überstrapazieren.

Ein letztes Lächeln glitt über ihre Lippen, ein letzter Blick, ehe der Gong ertönte und uns beide daran erinnerte, dass die Welt für uns nicht stehen geblieben war. Wir stoben auseinander, jeder in eine andere Richtung, und ich beeilte mich, wegzukommen, bevor die Schüler ihre Klassenzimmer verließen.

Aus dem Augenwinkel meinte ich, hinter einer Ecke eine Bewegung zu sehen, doch als ich mich umdrehte und genauer hinschaute, war niemand da. Ich musste ganz eindeutig an Paranoia leiden.

Ich schüttelte den Kopf und mit einem Grinsen auf dem Gesicht machte ich mich auf den Weg zu meinem Kurs. Bei jedem Schritt, den ich tat, spürte ich noch Romys Küsse in meinem Intimbereich.

# 23

# Verluste

Am Montagmorgen betrat ich zur gleichen Uhrzeit wie immer das Schulgebäude. Ich blickte dieser Woche entspannter entgegen, weil Romys ältere Schwester wieder abgereist war, sodass meine Freundin und ich uns endlich wieder bei ihr treffen konnten. Mit Privatsphäre, versteht sich! Auch wenn der Ausflug auf die Schultoilette aufregend gewesen war, ich konnte doch darauf verzichten, es abermals zu tun.

Ich lief durch den Gang und erst nach einigen Schritten fiel mir auf, dass sich einige Blicke auf mich richteten. Zuerst dachte ich, dass eine Gruppe Jungs mich nur deshalb ansah, weil sich meine Ausstrahlung verändert hatte, da ich insgesamt glücklicher war. Doch je mehr ich mich darauf fokussierte, desto mehr erkannte ich, dass vielmehr ein hämisches Grinsen die Lippen der Jungs zierte..

Einer von ihnen vollführte anzügliche Bewegungen mit Mund und Händen, was seine Kumpel dazu brachte, aufzulachen. Einer pfiff mir sogar hinterher. Ich verstand es nicht. Hatte Robin aus

Wut irgendetwas über unsere Beziehung vor seinem Bruder – der auf diese Schule ging – ausgeplaudert, der wiederum seinen Kumpeln etwas erzählt hatte? Anscheinend hatte jeder aus meiner Stufe erfahren, was es über mich zu erfahren gab, nur ich nicht.

Ich zwang meine Beine, schneller zu laufen, senkte den Kopf, weil die Blicke, das Getuschel und das schmutzige Lachen mir zu viel wurden. Es war zwar nur ein Bruchteil der Schüler, die sich auf dem Gang aufhielten und auf mich reagierten, aber es reichte, um mich zu verunsichern. Etwas spannte sich um meinen Brustkorb und ließ ihn vor Unbehagen enger werden.

Ich war regelrecht erleichtert, als ich die Tür zum Klassenzimmer ausmachen konnte. Seltsamerweise bot mir der Anblick – trotz des Wissens, das Frau Holzmeier hier Unterricht halten würde – eine Art Schutz.

Ich rannte die letzten Meter schon fast und wäre beinahe in Vanessa gerannt, die genau in diesem Augenblick aus dem Raum kam, als ich hineinwollte. Es wirkte, als hätte sie nur darauf gewartet, mich abfangen zu können.

Ein Blick in ihr Gesicht ließ meinen Magen Karussell fahren. Scheiße, wenn sie mich so ansah, war garantiert etwas im Busch, was mir absolut nicht gefallen würde. Schlagartig wurde mir abwechselnd heiß und kalt und mein Bauch zog sich schmerzhaft zusammen.

»Sam.« Ihre Stimme klang irgendwie gehetzt und vorsichtig. Eine Kombination, die mir gar nicht gefiel. Die Angst legte ihre Finger um meine Kehle und drückte zu, jedes Wort erstarb und schaffte es mangels Luft nicht über meine Lippen.

In dem Moment kam auch Romy aus dem Klassenzimmer, die – bis auf ihren ersten Tag – jedes Mal viel früher als ich da war. Ihr Gesicht war eine versteinerte Maske, nur ein Muskel zuckte in ihrem Kiefer, als wollte sie etwas sagen. Ein Gedanke formte sich in meinem Kopf, dass das Verhalten der anderen etwas mit uns zu tun haben könnte, aber nein, das war unmöglich.

U N M Ö G L I C H.

Wir waren doch vorsichtig.

»Was ist los?«, brachte ich leise hervor.

Mein Herz begann in meiner Brust zu wummern, so laut, dass ich glaubte, dass jeder es hören müsste.

Ein paar Schüler liefen in großem Abstand an uns vorbei, um das Klassenzimmer zu betreten, und starrten uns an, als wären wir Aliens. Abermals lief es mir daraufhin eiskalt den Rücken hinunter, meine Haut begann zu kribbeln.

»Es ist etwas passiert. Etwas Furchtbares«, offenbarte Vanessa und wäre die Lage nicht so ernst, hätte man glauben können, sie würde für das Spannunghalten bezahlt werden. Rasch zog sie ihr Handy aus der Hosentasche, tippte auf dem Display herum und sah mich an, als würde ihr jemand eine Waffe an den Kopf halten und sie dazu zwingen, das zu tun. »Ich … ich habe es selbst erst heute Morgen bekommen, sonst hätte ich dich am Wochenende vorgewarnt.«

Ich rechnete mit dem Schlimmsten – wirklich! Ich rechnete damit, dass Robin es irgendwie geschafft hatte, ein Nacktbild von mir zu machen, und es nun aus Rache herumschickte, auch wenn ich ihn niemals so eingeschätzt hätte. Ich rechnete sogar damit, dass Romy und ich irgendwo in der Öffentlichkeit zu vertraut gewirkt hatten und jemand uns gesehen hatte. Die Reaktion der Jungs passte aber besser zu meiner ersten Theorie – oder Befürchtung!

»Schau es dir einfach an«, murmelte meine beste Freundin, reichte mir das Handy, aber es fühlte sich vielmehr so an, als würde sie mir eine Handgranate geben.

Mit zittrigen Fingern ergriff ich es und dann sah ich ihn: den Grund dafür, warum alle uns so anstarrten.

Für einen Moment wurde alles in meinem Körper eiskalt, erstarrte, als hätte jemand die Welt angehalten oder eingefroren. Mein Herzschlag stolperte und alles brach über mich herein. Meine Wangen wurden heiß, der Schweiß brach aus, mein Brustkorb zog sich noch enger zu, als würde ich ein Korsett tragen.

Ich blinzelte, aber das Bild auf dem Display verschwand nicht. Es war ein Foto von mir und Romy, wie wir uns vor der Toilette küssten, kurz bevor wir wieder zum Unterricht gegangen waren. Und dieser Kuss sah so intensiv aus, dass man die Zärtlichkeit zwischen uns fast schon mit den Händen greifen konnte. Selbst der Rock, der ein Stück zu weit oben saß, und Romys am Hinterkopf leicht zerzauste Haare minderten die Intimität des Moments nicht.

Darunter war eine Nachricht geschrieben: *Die Lesben treiben es auf unserem Schulklo!*

»Von wem ist das?«, war das Erste, was ich mit krächzender Stimme hervorbrachte, meinen Blick immer noch auf das Bild gerichtet.

»Es ging wohl von Linda aus, wie ich es mitbekommen habe«, antwortete Vanessa.

Linda …

Natürlich, sie musste diejenige gewesen sein, die in die Toilette gekommen war. Ich hatte noch geglaubt, einen Schatten gesehen zu haben, und es darauf geschoben, dass ich paranoid war! Aber ich war es nicht.

Das war ein absoluter Skandal an einer Schule, in der nie etwas passierte, außer eine kleine Schlägerei, die von Lehrern oder Mitschülern gestoppt wurde, ehe sie ausarten konnte.

Das Foto verschwamm vor meinen Augen und meine Kehle schnürte sich weiter zu. Ich hatte das Gefühl, nicht mehr richtig atmen zu können. Als würde mein Blut in meine Füße sacken und mein Gehirn nicht mehr versorgen. Schwarze Flecken tanzten vor meinem Blickfeld, meine Hand zitterte. Mir war heiß, so unendlich heiß. Mein Brustkorb wurde immer enger. Wieso half mir denn keiner? Konnte niemand sehen, dass ich gerade erstickte?

*Die Lesben treiben es auf unserem Schulklo!*

Linda.

Meine stöhnenden Geräusche, die ich nicht schnell genug hatte unterdrücken können.

Linda.

*Atmen, ich kann nicht mehr atmen!*

*Das Zittern meiner Beine, ich kann mich nicht halten.*

Ich taumelte einen Schritt nach hinten, versuchte, Halt zu finden, aber da war keiner und ich fiel in die unendliche Tiefe. Schwarze Flecken vor meinen Augen, das Rauschen in meinen Ohren, diese Schwere und Enge mitten auf meiner Brust.

Luft! Luft! Luft!

»Sam?«

Mein Name. Unglaublich weit weg und dumpf, aber er drang an meine Ohren.

»Sam?«

Sonst hörte ich nichts, nur meinen Namen.

Ich versuchte, mich darauf zu fokussieren, und dann drang die Luft in meine Lungen. Ich atmete. Ein und aus. Ein und aus. Die Enge verschwand, es hörte auf, sich um mich herum zu drehen, und langsam drangen auch wieder die anderen Geräusche an mein Ohr. Zuerst leise, dann immer lauter, als würde man die Lautstärke eines Radios hochdrehen.

Wortfetzen drangen durch den Nebel meines Gehirns, dann ganze Sätze.

»Das muss Lindas Rache an Romy sein. Sie wollte ihr damit definitiv eins auswischen.«

Vanessa.

»... ob sie es heute wieder treiben?«

Eine fremde weibliche Stimme, die verklang.

»Sam? Sieh mich an!«

Romy.

Romy!

Ich blinzelte, die schwarzen Flecken verschwanden und dann wurde Romys Gesicht klar, als würde man eine Linse scharf stellen.

Sie war mir so nah, dass ich ihre blauen Augen, den Schwung ihrer Nase und die sinnlichen Lippen deutlich sehen konnte. Ihr Duft hüllte mich ein, gab mir für einen Moment das Gefühl der Sicherheit, sodass ich aus mir selbst auftauchte. Die bleierne Schwere fiel von mir ab.

Ich spürte Hände an meinen Schultern, die von Romy. Sie hielt mich fest, sodass ich nicht umkippte. Verwirrt drehte ich den Kopf in alle Richtungen. Ich stand ein paar Schritte weiter hinten, nah an der Wand, die zu meiner Linken war. Romy hielt mich immer noch fest und ich war froh darüber, weil ich glaubte, dass ich sonst umgefallen wäre, weil meine Beine immer noch zitterten.

Das Atmen war wieder leichter, nicht mehr so mühselig. Der Schweiß lief mir an der Schläfe, dem Nacken und den Rücken herunter.

»Hey, Baby, sieh mich an.« Ihre Finger verschwanden von meinen Schultern und ich wollte schon protestieren, da spürte ich sie an meinen Wangen. Was, wenn uns jemand sah? Nein, egal, es war egal. Ich brauchte es jetzt und jeder wusste Bescheid. Jeder wusste es, wegen Linda.

Ich schaute Romy an, nur in ihre Augen, wie sie es von mir verlangte, ließ mich von ihren streichelnden Berührungen beruhigen.

»So ist es gut. Und jetzt atme. Langsamer, Baby, langsamer.«

Ich hatte nicht bemerkt, dass ich immer noch zu hektisch nach Luft schnappte, aber ich tat es nun langsamer. Der Schwindel legte sich.

»Was … was ist passiert?«, fragte ich verwirrt. Ich rechnete schon damit, dass uns eine Menschentraube umringte, aber da war niemand. Nur Vanessa und Romy, die mich abgeschirmt hatten, damit niemand etwas bemerkte.

»Du hattest vermutlich gerade eine Panikattacke«, sagte Romy behutsam, während sie weiterhin mit den Daumen meine Wangen streichelte. Ihr vertrauter Geruch hüllte mich ein und gab mir Kraft. Der Schweiß auf meinem Körper war unangenehm und ich hätte ihn gern weggewischt, aber meine Hände wollten sich nicht heben lassen, also ließ ich sie neben meinem Körper.

»Sag mir, dass das nicht wahr ist.« Die Worte kamen nur als ein Flüstern über meine Lippen. Wilde Verzweiflung griff nach mir und warf mich in den Fluten der Meere hin und her wie ein Schiff, das am Kentern war.

Keine der beiden sagte etwas. Wozu auch?

Es war wahr.

Linda hatte es allen verraten.

»Es tut mir leid, Sam. Das ist meine Schuld«, kam es reuevoll von Romy und sie biss sich auf die Unterlippe. »Soll ich dich an die frische Luft bringen?«

Doch ich blieb ihr eine Antwort schuldig, als sich in diesem Moment klackende Schritte näherten und eine giftige Stimme ertönte.

»Was ist hier los? Warum sind Sie nicht im Klassenzimmer?«

Es war Frau Holzmeier, pünktlich wie immer.

Romy sah aus, als wollte sie die Lehrerin schlagen, dann blickte sie mich fragend an und ich schüttelte den Kopf. Wenn wir jetzt nicht in den Klassenraum gehen würden, würde das die Gerüchteküche nur noch mehr aufheizen, und das war das Letzte, was ich wollte.

»Wir haben uns verquatscht«, antwortete Romy und Frau Holzmeier machte ein Gesicht, als hätte sie in eine Zitrone gebissen.

»Dann gehen Sie jetzt unverzüglich auf Ihre Plätze«, scheuchte sie uns und wir gehorchten.

Zusammen betraten wir den Raum, dicht gefolgt von der Lehrerin. Ich spürte wieder die Panik in mir aufsteigen, als einige meiner Mitschüler die Köpfe hoben und anzüglich grinsten. Manche schauten angewidert und ein paar wenige so, als wüssten sie gar nicht, was passiert war. Das Getuschel ging los, als Romy, Vanessa und ich Platz nahmen, und zum ersten Mal war ich froh, dass Frau Holzmeier so streng war und jeden zur Ruhe ermahnte, weil sie sonst den Unterricht überziehen würde.

Der Schultag wurde immer schlimmer. Auf dem Flur rief mir ein Junge hinterher, ob ich nicht auch mal mit ihm aufs Schulklo verschwinden wolle. Ein anderer fragte mich, ob ich nicht Lust auf eine unverbindliche Nummer mit ihm und seiner Freundin hätte.

Die Mittagspause war der blanke Horror. Linda hatte eine Gruppe Mädchen um sich geschart, die sie durch ihre Aktion wohl beeindruckt hatte. Als ich mit Romy und Vanessa zu unserem Stammtisch lief, sprangen sie aus dem Weg und schrien »Lesbenalarm! Schnell weg!«, sodass sich einige Köpfe hoben.

Ich sah ratlose, angewiderte und anzügliche Gesichter, wie heute Morgen im Klassenzimmer.

Eine bedrückende Schwere legte sich auf mein Herz und ihm wurde der Todesstoß verpasst, als ich sah, dass Ella sich zu Linda setzte und nicht zu uns. Ich hätte nie geglaubt, dass sie homophob war. Ich hatte Angst davor gehabt, dass es so sein könnte, ja, aber das war wohl eindeutig der Beweis und führte dazu, dass ich keinen Bissen von meinem Mittagessen anrühren konnte. Es tat weh, denn ich hatte geglaubt, dass Ella eine wirkliche Freundin war. Dass sie jetzt die Seiten wechselte, war zu viel für mich.

Romy sah mich hin und wieder zerknirscht an. Sie gab sich immer noch die Schuld, weil sie es gewesen war, die mich auf das Schulklo gelockt und verführt hatte.

Ich machte ihr keinen Vorwurf, denn letztendlich hatte ich es genauso gewollt wie sie und mich kaum dagegen gewehrt.

Außerdem bekam sie ebenfalls hin und wieder Sprüche an den Kopf geworfen, wenn auch nur vereinzelt. Romy war noch zu neu, mich kannten viele der Schüler. Wenngleich ihnen mein Name nichts sagte, erkannten sie mich, wenn jemand auf mich deutete, und dann gingen die Sprüche los, die mir schon den ganzen Tag über auf dem Flur und im Klassenzimmer gefolgt waren.

»In ein paar Tagen legt sich das bestimmt wieder. Es ist jetzt eine Sensation, aber schon bald wird es keinen mehr interessieren. Außer vielleicht Linda und ihre Fotzenleckerinnen.«

Ich schaute auf, weil ich Romy noch nie so ein Schimpfwort hatte sagen hören. Unter anderen Umständen hätte ich vielleicht gelacht, aber im Moment war ich nicht einmal zum Heben meiner Mundwinkel fähig.

»Was? Ich bin eine, ich darf dieses Wort benutzen«, verteidigte sie sich.

Ich drehte meinen Kopf, schaute in Lindas Richtung und egal wie viel Hass ich gern für sie empfunden hätte, es wurde alles von dem drückenden Gefühl der Sorge in meinem Bauch verschluckt.

Was, wenn auch meine Eltern etwas mitbekommen hatten? Abwegig wäre das nicht. Ich hatte Angst davor, nach Hause zu kommen und in ihre zornigen oder enttäuschten Gesichter zu schauen. Vielleicht irrte ich mich auch, aber es war sehr unwahrscheinlich, dass sie die Tatsache, dass ich mit einer Frau zusammen war, begrüßen würden.

Niemand sagte mehr ein Wort, weder Vanessa, Romy noch ich. Die Stille senkte sich über uns, keiner aß etwas. Weil den anderen beiden auch der Appetit vergangen war oder aus solidarischen Gründen – was absoluter Blödsinn wäre –, vermochte ich nicht zu sagen.

Ellas Blick begegnete meinem und sie sah weg, ohne mir ein Lächeln zu schenken. Sie war die Einzige aus Lindas neuer Gang, von der ich mir keinen Spruch hatte anhören müssen. Sie lachte noch nicht einmal über das, was Linda mir zurief. Aber sie stand nicht hinter mir und das tat viel mehr weh als alles, was sie hätte sagen oder tun können.

Die einzige gute Nachricht für heute: Meine Eltern hatten es nicht erfahren. Entweder war es noch zu frisch oder die Schüler in meiner Schule erzählten so etwas ihren eigenen Eltern nicht, die es meinen hätten weitertratschen können. Sie verhielten sich mir gegenüber ganz normal, wenngleich ich auch beim Abendessen abermals fast keinen Brocken herunterbrachte. Ich wollte weinen, aber diese Genugtuung wollte ich Linda nicht geben, auch wenn sie es nicht mitbekommen hätte. Also versuchte ich, den Kloß in meinem Hals zu ignorieren, und blinzelte häufiger als nötig, wenn meine Augen verräterisch brannten.

Die zweite schlechte Nachricht an diesem Tag war, dass im Gegensatz zu meinen Eltern einer sehr wohl Wind davon bekommen hatte: Robin.

Mein iPhone vibrierte und als ich seinen Namen las, zog ich in Erwägung, nicht abzuheben, aber das wäre ihm gegenüber nicht fair gewesen. Also nahm ich das Gespräch entgegen.

»Hallo?«, fragte ich leise, drehte mich auf meinem Schreibtischstuhl in Richtung Zimmer.

Ich hörte ein Schnauben am anderen Ende und dann zwei Worte: »Stimmt es?«

Ich spürte meinen Puls bis in die Fingerspitzen pulsieren und meine Schläfe pochte. Ich fühlte mich bewegungsunfähig. Würde dieser Tag denn nie enden? Wieso machten alle deswegen so einen Aufstand? Es sollte etwas ganz Normales sein, Herrgott! Ich hatte kein Verhältnis mit einem meiner Lehrer, sondern nur eine Beziehung mit einem Mädchen. Aber um das zu äußern, fehlten mir die Kraft und das Selbstbewusstsein, das Romy hatte.

»Woher weißt du es?« Meine Stimme klang selbst in meinen eigenen Ohren brüchig, als wäre ich wirklich kurz davor, zu weinen.

»Von meinem Bruder. Also stimmt es?« Robins Tonfall war voller unterdrückter Wut und einem Hauch von Trauer.

Natürlich wusste er es von ihm. Er hatte es zweifelsohne mitbekommen und direkt Robin erzählt. Hätte ich es doch nur selbst getan, aber es war einfacher gewesen, ihm den tatsächlichen Grund für die Trennung zu verschweigen. Vielleicht, weil ich ihn hatte schonen wollen, oder vielleicht, weil ich mir den einfachsten Weg ausgesucht hatte. Ich glaubte, dass unsere jahrelange Freundschaft endgültig zu Bruch gehen würde, wenn ich es ihm jetzt bestätigte. Dann würde ich nach Ella wieder einen Freund verlieren.

Ich hatte gewusst, dass das passieren würde. Trotzdem traf es mich vollkommen unvorbereitet, so wie es Robin getroffen haben musste, als ich mit ihm Schluss gemacht hatte.

»Stimmt es oder nicht? Komm schon, das bist du mir schuldig«, forderte er, als ich eine ganze Weile nichts gesagt hatte.

Ich schloss die Augen, obwohl ich viel lieber meine Ohren verschlossen hätte. Meine Kehle wurde eng, als würde sie nach einem Bienenstich anschwellen. Ich stellte mir seine braunen Augen vor, die mich stets so warm angeblickt hatten. Ich sah in meinen Gedanken, wie sie ganz hart und feindselig wurden. Wer konnte es ihm verdenken? Ich hatte egoistisch gehandelt, unsere Freundschaft aufs Spiel gesetzt, und mit meiner Entscheidung musste ich leben.

»Ja«, flüsterte ich und es fühlte sich an, als würde ich das Wort schreien. »Ja, ja, ja, es stimmt!«

Kurz kochte die Wut in mir hoch, verlor sich in meinen Worten, ehe sie wieder so schnell verpuffte, wie sie gekommen war. Ich hatte kein Recht, wütend auf Robin zu sein.

Dieser atmete am anderen Ende scharf ein und wieder aus. »Also ist sie auch der Grund, wieso du mich verlassen hast?«

Mein neuerliches Schweigen war Antwort genug und ich konnte vor meinem inneren Auge Robin am Telefon nicken sehen. So gut kannte ich ihn, dass ich genau wusste, wie er reagierte.

»Wow. Ich hätte nie gedacht, dass mir das passieren würde. Verlassen von meiner Freundin für eine andere Frau. Klasse«, kommentierte er trocken.

Er hatte jedes Recht, wütend zu sein, weil ich nicht ehrlich zu ihm gewesen war. Aber er hatte kein Recht, darüber wütend zu sein, dass es eine Frau war.

»Ich habe mir das nicht ausgesucht, okay? Ich bin nicht mit dem Gedanken auf die Welt gekommen, mich in ein paar Jahren in eine Frau zu verlieben und freiwillig auf alle Rechte eines Heteros zu verzichten. Ich habe mir auch nicht ausgesucht, dass die Gesellschaft jetzt mit nackten Fingern auf mich zeigt und laut ›LESBE‹

brüllt, wenn ich vorbeigehe. Es ist einfach passiert, okay? Liebe kann man nicht aufhalten oder ihr sagen, dass der Zeitpunkt gerade ungünstig ist. Sie passiert einfach und dabei kann man sich auch nicht aussuchen, in wen man sich verliebt.«

Die Worte verließen ungefiltert meinen Mund. Ich hätte verständnisvoll reagieren sollen, aber mich störte die Tatsache, dass er weniger darüber wütend war, dass ich ihn belogen hatte, als über die Tatsache, dass es eine Frau war, für die ich ihn verlassen hatte.

Es war nun mal Romy und das konnte ich nicht ändern. Und selbst wenn ich es könnte, würde ich es nicht tun. Sie brachte mir mehr Respekt gegenüber, als es jemand sonst getan hatte. Sie ging auf mich ein, nicht so wie Robin, der sich zurückgenommen und es mir an schlimmen Tagen vorgeworfen hatte. Sie tat es, weil ich ihr genauso wichtig war wie sie mir, und sie hatte mir gezeigt – ohne es zu wissen – was es bedeutete, richtig zu lieben und zu leben.

Robin sagte nichts mehr, er schien verstummt zu sein. Langsam klärte sich der rote Nebel in meinem Kopf wieder, erinnerte mich daran, was ich gerade gesagt hatte. Aber ich würde mich nicht dafür entschuldigen, denn es war die Wahrheit.

»Das war's dann wohl«, murmelte Robin und ein weiterer Riss bildete sich in meinem geschundenen Herzen.

»Sieht so aus.«

Schweigen.

»Robin?«

»Ja?« Seine Stimme klang resigniert, wütend und ein wenig hoffnungsvoll.

»Du wirst es doch nicht meinen Eltern sagen, oder?«, fragte ich mit Panik in der Stimme. Es wäre die perfekte Rache.

Er schnaubte, wie schon am Anfang des Gesprächs. »Nein.«

Erleichterung durchströmte mich und ich sackte etwas auf dem Stuhl zusammen.

»Ich werde es ihnen nicht sagen, auch wenn du es verdient hättest.«

Mit den Worten legte er auf und wie in der Bewegung erstarrt, hielt ich das Telefon weiterhin an mein Ohr.

Tränen brannten in meinen Augen und ich ließ zu, dass sich zwei von ihnen den Weg über meine Wangen bahnten, ehe ich den Rest zurückdrängte.

Die nächsten eineinhalb Wochen verliefen wie der Montag. Ella hatte sich von mir weggesetzt und ein einsamer Platz prangte neben mir. Zeigte mir nur zu deutlich, was die anderen von mir hielten. Linda hatte sich keinen einzigen Kommentar verbeißen können und zusammen mit ihren Zimtzicken war ihr immer wieder eine neue Bosheit eingefallen. Wenn ich die Toilette aufgesucht hatte, war sie stets in meiner Nähe gewesen, um mir hinterherzubrüllen, ob ich es dort wieder mit meiner Freundin treiben wolle.

Bei Romy hatte sie das auch oft getan, nur diese nahm es mit einer kühlen Professionalität hin. Ich hatte mich daran erinnert, dass sie mir einmal erzählt hatte, dass sie schon viel Schlimmeres gehört hatte.

Ein paar Jungs hatten mich gefragt, wann es neue Bilder von mir und meiner Flamme geben würde und ob wir auf den Fotos oben ohne zu sehen sein könnten.

Einige andere waren mir und Romy angewidert ausgewichen und hatten »Lesbenschlampen« vor sich hin gemurmelt. Selbst im Sportunterricht hatten sich einige der Mädels nicht mehr vor mir ausziehen wollen. Hatten mich sogar gebeten, die Umkleide zu verlassen.

Auch den Lehrern war irgendwann aufgefallen, dass etwas nicht stimmte, und ich hatte einen von ihnen nach dem Unterricht angefleht, meinen Eltern nichts zu sagen. Er hatte mir versprochen, nichts dergleichen zu tun, wenn ich mit der Situation klarkäme.

Und das tat ich, irgendwie. Es war erträglich, weil ich Romy und Vanessa an meiner Seite hatte, die mir immer wieder aufmunternd zusprachen. Und ich hatte mir selbst gesagt, dass es nicht mehr lange bis zum Abitur war. Ich musste durchhalten, die Kommentare und Beschimpfungen an mir abprallen lassen. Keiner von ihnen erreichte, dass ich mich von Romy abwandte. Im Gegenteil, es hatte uns nur noch enger miteinander verbunden. Sie war mein Zufluchtsort, ohne sie würde ich das vermutlich wirklich nicht aushalten.

Das Schlimmste war, jeden Tag nach Hause zu kommen und zu erwarten, dass meine Eltern Bescheid wussten. Dass irgendjemand in der Stadt geplaudert hatte. Aber bisher war ich davongekommen. Ich wusste, dass meine Schonfrist nicht mehr lange andauern würde, aber ich hatte nicht den Mumm, es meinen Eltern selbst zu sagen. Wenn ich nicht einmal mehr mein Zuhause als Rückzugsort hatte, wie würde ich das überleben können?

»Vielleicht sollten wir wegfahren«, durchbrach Romy die Stille und somit meine Gedanken.

Ich lag mit dem Kopf auf ihrer weichen Brust. Meine Hand streichelte ihren Bauch.

Wir waren beide nackt und meine Haut wärmte sich an ihrer. Im Hintergrund lief *Same Love* von *Macklemore*. Ein Lied, das mir unglaublichen Trost spendete. Denn es stimmte. Ich konnte nicht ändern, was ich war, selbst wenn ich es wollte oder versuchen würde. Und Romy war diejenige, die mich warm hielt, sogar in diesem Moment.

Ihre Hand strich über meinen Kopf und die wirren Strähnen. Ihre kleine Nachttischlampe brannte auf dem Schränkchen neben dem Bett, hüllte uns in dämmriges Licht, was dem Ganzen eine intime Atmosphäre gab. Die Decke verhüllte unsere Körper nur bis zur Hüfte. Es war einer der wenigen Momente, in denen ich glücklich war. Wenn Romy und ich zusammen und allein waren, ungestört. Wenn wir nicht aufpassen mussten, dass wir jemanden mit unseren Berührungen störten, obwohl es doch eigentlich ganz normal war. Wir waren Menschen, nur eben desselben Geschlechts. Es war traurig, dass wir immer noch verachtet wurden, in einer Welt, in der doch so viele für Gerechtigkeit kämpften.

»Wohin denn?«, fragte ich mit einem unschuldigen Unterton. Dass ich längst eine Reise geplant hatte, hatte ich Romy noch nicht gesagt. Es war in dem Chaos der letzten Tage untergegangen. Aber wenn sie schon damit anfing, würde ich es ihr sagen müssen. Ganz davon abgesehen, dass unser Trip nur noch eineinhalb Wochen entfernt lag.

»Ich weiß nicht. Irgendwohin, wo uns niemand findet und wir einfach mal alles hinter uns lassen können. Wo wir allein sein können.« Ihr Brustkorb vibrierte unter meiner Wange, wenn sie sprach.

Zufriedenheit hüllte mich ein. Es waren Momente, die ich mit Romy genießen konnte. In denen wir einfach wir waren.

»Mhm«, gab ich von mir, richtete mich auf. Romy ließ ihre Hand von meinem Kopf auf meinen Rücken sinken, während ich mich auf dem Bett abstützte, zu ihr drehte, um sie besser anschauen zu können. »Ich muss dir etwas sagen, aber du musst mir versprechen, dass du nicht ausrasten wirst.«

Sie zog die Augenbrauen hoch und für einen winzigen Moment sah sie verunsichert aus. Zeigte mir, dass hinter der selbstbewussten Person ein verletzliches Mädchen steckte, sagte aber nichts.

Ich nahm einen tiefen Atemzug, mein Bauch kribbelte vor Aufregung. Würde meine Überraschung sie freuen oder würde sie sich überrannt fühlen? Ich hätte wirklich nicht so lange warten sollen, ich Nuss.

»Ich habe uns vor einer Weile einen Wochenendtrip nach Hamburg gebucht, inklusive eines *WrongTurn*-Konzertes und dem Musical *Der König der Löwen*. Bitte sei nicht sauer, aber damals hat Vanessa gesagt, dass wir vielleicht ein bisschen Zweisamkeit …«

Ich brach ab, als sie sich aufrichtete, um mit mir auf Augenhöhe zu sein. Sie war garantiert nicht begeistert von der Idee, dass ich alles gebucht und bezahlt hatte. Im Rausch der Euphorie war mir das egal gewesen, aber jetzt? Nach allem, was passiert war, glaubte ich, in meiner Entwicklung wieder einen Schritt zurück gemacht zu haben.

»Ein *WrongTurn*-Konzert?«, fragte Romy und ihre Stimme bebte leicht. Ich versuchte, in ihren Augen zu lesen, aber sie wirkten verschlossen wie eine Mauer. Ließen mich nicht erahnen, was sie dachte.

»Jaaaa«, gab ich zu. Verunsichert zog ich die Unterlippe zwischen meine Zähne, kaute an dieser, bis es wehtat und ich es bleiben ließ. »Ich … wollte einfach ein paar freie Tage mit dir. Und das Musical sehen. Und dachte, ich könnte dich mit dem Konzert ködern«, log ich.

»Als ob«, kommentierte sie.

Und dann tat sie etwas, womit ich am wenigsten gerechnet hätte. Sie hob ihre Hand, legte sie in meinen Nacken, zog mich an sich, sodass unsere Gesichter fast zusammenstießen, und dann küsste sie mich so stürmisch, dass mir die Luft wegblieb.

Ich hatte mit allem gerechnet. Dass sie aufspringen, mir sagen würde, dass das nicht ging, dass sie fordern würde, ich solle das Ganze stornieren, oder mir sofort die Hälfte des Betrages – bei dem ich definitiv gelogen hätte! – geben würde. Aber nein, sie küsste mich. Nicht sanft, auch nicht leidenschaftlich, sondern auf eine euphorisierte Art stürmisch. Sie überrumpelte mich so sehr damit, dass ich den Kuss zuerst gar nicht und dann nur zögerlich erwiderte, immer noch verwirrt davon, dass sie ohne Protest zugestimmt hatte.

»Du bist doch verrückt«, quiekte sie an meinen Lippen.

Hatte sie gerade wirklich … *gequiekt*? Meine Romy?

Ihre Freude sprudelte auf meine über, als würde der Kuss diese transportieren. Die Anspannung fiel von mir ab und am liebsten hätte ich selbst gequiekt, aber kein Laut entfuhr mir. Ich umfasste ihre Wangen, küsste sie zurück, so heftig, dass uns beiden die Luft wegblieb und wir uns voneinander lösen mussten, um atmen zu können.

Hatte sich der Ausflug im hinteren Teil meines Gehirns versteckt, wurde er durch Romys Begeisterung wieder ganz präsent und nahm einen großen Raum ein. Vergessen waren für einen Moment Lindas Sticheleien, die anzüglichen Kommentare, die wüsten Beleidigungen, die mich mehr verletzten, als ich es wahrhaben wollte. Wir würden raus aus der Stadt fahren, nur wir beide, wo wir einfach Romy und Sam sein konnten.

»Danke.« Romys Stimme sprang eine Oktave höher, ehe sie ihre Lippen noch mal für einen kurzen Kuss auf meine drückte. Und dann noch mal … und noch mal … und noch mal …

»Hör auf«, sagte ich mit einem Lachen – auch wenn ich absolut nichts dagegen hatte, wenn sie mich küsste, aber dann richtig! – und diesmal erwischten ihre Lippen meine Zähne, was sich merkwürdig anfühlte, ehe sie mich freigab. Ihre Augen leuchteten wie die eines Kindes.

»Ich kann es gar nicht glauben! Hamburg, das Konzert, das Musical, und das alles mit dir!«

Wieder lachte ich, weil sie sich so unglaublich darüber freute, und ich war es diesmal, die einen Kuss auf ihre Schulter hauchte –

es war schlimm, weil ich Romy ständig berühren musste, als würde ich explodieren, wenn ich es nicht tat –, ehe ich wieder in ihr Gesicht sah.

»Also bist du nicht sauer, weil ich die Kosten übernommen habe?«, fragte ich vorsichtig, als müsste ich mich vergewissern.

Romys Augen wurden etwas dunkler und sie schnaubte, was mich unwillkürlich an Robin erinnerte, und mein Lächeln erstarb bei dem Gedanken an ihn. Auch Robin hatte ich verloren. Romys und meine Liebe hatte Verluste gefordert, wie in einem Krieg. So war es in etwa auch. Unsere Liebe war ein ständiger Krieg um die Akzeptanz und Toleranz der anderen.

»Doch, das bin ich schon. Aber in erster Linie ist es gut für dich, wenn du ein paar Tage Abstand zu allem bekommst. Und wie könnte ich sauer über etwas sein, das gut für dich ist?« Sie stockte kurz, dann verzog sie das Gesicht. »So etwas schrecklich Kitschiges habe ich gerade nicht wirklich gesagt, oder?«

Mein Herz schmolz und die Risse in ihm heilten ein wenig, auch wenn sie nie ganz verschwinden würden.

»Doch, hast du. Aber weißt du was? Ich fand es schön«, hauchte ich, hob meine Hand, strich ihr eine verirrte dunkelbraune Haarsträhne aus der Stirn und klemmte sie ihr hinter die Ohren. Mit dem Daumen streichelte ich ihre Wange.

»Wann geht's los?«, wechselte sie das Thema.

Ich grinste, nicht traurig darüber, dass der romantische Moment verflog. In der Schule hatte mich jemand gefragt, wer der Mann in unserer Beziehung war. Für mich gab es so etwas nicht, denn Romy und ich waren beide Frauen. Aber in diesem Moment erinnerte sie mich doch ein wenig an den männlichen Part.

»Das Hotelzimmer habe ich ab dem zweiten März gebucht.«

Romy schien in Gedanken zu rechnen, denn ihre Augen rollten nach oben und sie klemmte die Zunge zwischen die Lippen, was ich schon öfter bei ihr beobachtet hatte und was mich noch mehr zum Grinsen brachte.

»Und wie machen wir das mit der Schule?«, hakte sie nach.

Mein Daumen verharrte an ihrem Mundwinkel.

»Ich dachte, wir könnten einen Tag schwänzen und am Donnerstag nach dem Unterricht mit meinem Auto losfahren.«

Romy musste nicht mehr lange überlegen und als sie nickte, wurde mir innerlich warm. Für einen ganzen Tag würde ich nicht in diese verdammte Schule müssen, diesen Horror nicht erleben müssen. Würde Lindas Visage – und die ihrer Anhänger – nicht sehen müssen.

»Ich bin dabei«, sagte Romy mit einem breiten Lächeln, drückte sich gegen mich, bis wir beide wieder in die Laken sanken. Und zeigte mir ein zweites Mal an diesem Tag mit ihrem Mund und ihren Fingern, wieso ich bei ihr alles um mich herum vergessen konnte.

Aber nicht nur sie. Ich zeigte es ihr auch und könnte schwören, dass ich dabei Details an ihrem Körper bemerkte, die mir vorher noch nie aufgefallen waren. Aber keines davon minderte Romys Schönheit.

# 24

# Auszeit in Hamburg

Endlich. Der Donnerstag war gekommen, an dem Romy und ich nach Hamburg fahren würden.

Es war sogar ein schöner Tag. Die ersten Sonnenstrahlen vertrieben die Kälte des Winters und es schien, als hätte der Frühling die Welt wach geküsst. Alles fing an, zu erblühen, die Vögel kehrten aus dem Süden zurück, während Romy und ich uns gen Norden aufmachen würden.

Die Taschen lagerten bereits fertig gepackt im Kofferraum meines Wagens. Ich hatte meine Freundin vor der Schule abgeholt, damit sie ihr Gepäck nicht zur Schule schleppen musste.

Als wir zusammen ausgestiegen waren, hatten die anderen Schüler uns akribisch beobachtet, manche hatten auch wieder unmissverständlich mit den Händen gestikuliert. Es war nichts Neues, aber es verursachte mir immer noch Magenschmerzen. Doch ich versuchte, mir den Tag, auf den ich mich lange gefreut hatte, nicht kaputt machen zu lassen.

Anscheinend hatte das Schicksal aber andere Pläne für mich. Als ich das Klassenzimmer betrat und zu meinem Tisch ging, sah ich es. Mit Edding standen die Worte *Lesbe, Pussyleckerin, Bock auf eine Nummer?* auf die Tischplatte geschrieben und alles in mir zog sich zusammen. Es musste jemand aus diesem Kurs gewesen sein, aber ich blickte nicht auf. Ich wollte demjenigen nicht die Genugtuung geben, dass mir die Worte tatsächlich wie ein Messer ins Herz fuhren. Er oder sie sollte nicht sehen, dass es mir etwas ausmachte, vielleicht würden sie dann damit aufhören.

Am liebsten hätte ich den Platz gewechselt, tat es aber natürlich nicht. Was würde derjenige denken, der zu einer anderen Unterrichtsstunde an diesem Tisch saß? Würde er ihn einfach wechseln, so wie ich es nicht konnte? Denn die Worte waren auf jeden Fall für mich bestimmt, immerhin waren Romy und ich die einzigen Lesben, von denen fast jeder hier in der Schule wusste.

Ich ließ mich auf den Stuhl sinken, langsam, als wäre es ein ganz normaler Tag. Als würde ich die Beschimpfungen gar nicht wahrnehmen. Der Platz neben mir war leer, weil niemand außer Vanessa und Romy neben mir sitzen wollte, als würde ich mich an ihnen vergehen, als hätte ich ein Verbrechen begangen!

Ich schluckte meine Wut runter, die wie bittere Galle schmeckte, weil ich sie zurückhalten musste. Weil ich sie nicht herauslassen konnte. Was würde ich ernten, außer dummes Gelächter? Das war, als würde man Benzin in ein Feuer kippen, in dem Versuch, es zu löschen. Also schluckte ich und schluckte. Nicht nur die Wut, auch den aufkeimenden Schmerz der Verachtung. Bis tief in meinen Magen hinunter, wo ich diese Gefühle verstaute.

Ich riss meinen Blick von den schwarzen Buchstaben los, kramte in meinem Rucksack, fand das Schulbuch für diesen Kurs aber nicht auf Anhieb. Leise fluchend suchte ich noch sorgfältiger danach, aber es war nicht da. Ich musste es zu Hause vergessen haben!

Ich überlegte, ob ich einfach darauf pfeifen sollte, aber Herr Steinmeier war dafür bekannt, dass er immer aus dem Buch unterrichtete.

Mein Nacken begann, heiß zu werden, mein Magen zog sich zusammen und meine Handflächen wurden feucht, als ich daran dachte, dass ich jemanden würde fragen müssen. Es war doch nicht normal, dass ich jetzt schon Angst davor hatte, nach einem Buch zu fragen. So sollte das definitiv nicht sein.

Ich wappnete mich innerlich und versuchte, eine Schutzmauer hochzufahren, drehte mich zu dem Mädchen, das am Nachbartisch saß und sich mit ihrer Freundin unterhielt.

»Lisa?«, rief ich, aber sie schien mich nicht gehört zu haben. »Lisa?!«, wiederholte ich, dieses Mal lauter, und sie drehte ihren Kopf in meine Richtung. In ihren Augen lagen Missbilligung und Abscheu.

»Was?«, fragte sie barsch und ihr Tonfall ließ meine Kehle zuschnüren und mich fast vergessen, was ich von ihr wollte.

»Ich habe mein Buch vergessen … ka… kann ich mir deins ausleihen?«

Wunderbar, jetzt stotterte ich auch noch, wo meine Stimme doch fest klingen sollte, als würde mir das alles nichts ausmachen. Ich hatte das Gefühl, dass jeder seinen Blick auf mich gerichtet hatte, als wäre es eine Art Prüfung, die ich bestehen musste. Nur nicht verunsichert oder ängstlich klingen, sonst würde ich durchfallen, dann wüssten sie, dass mir die Worte auf der Tischplatte mehr ausmachten, als ich bereit war, vor ihnen zuzugeben.

Lisa sah mich nur an und als sie sprach, lag in ihrer Stimme die pure Gehässigkeit. »Nein, ich will nicht, dass du es verseuchst.«

Mit diesen Worten wandte sie sich von mir ab, drehte sich wieder zu ihrer Freundin, die daraufhin zu kichern begann.

Scham und Zorn brannten in meinem Nacken und ich hatte das Gefühl, am Pranger zu stehen. Wenn ich mich umdrehen würde, so war ich mir sicher, würde ich jeden hämisch grinsen sehen. Sie alle warteten wohl auf eine Gefühlsregung, vielleicht auf einen Tränenausbruch, aber das würde ich ihnen nicht geben. Niemals.

Ich atmete ein und aus, bis sich die Verlegenheit langsam legte, meinen Bauch hinabsickerte und sich dort zu den anderen Gefühlen mischte, die ich runtergeschluckt hatte. Ich konzentrierte mich auf den Zorn, der dafür sorgte, dass sich mein Kopfkino anschaltete. Ich stellte mir vor, wie ich Lisa an den Haaren zu mir zerren und sie hemmungslos küssen würde, damit sie kreischend aufspringen und sich den Mund abwischen konnte, weil sie dachte, sie könnte von mir infiziert worden sein. Aber das war sie längst, und zwar mit Homophobie. War wohl nicht behandelbar.

Ich war so sehr in Gedanken versunken, dass ich beinahe nicht reagiert hätte, als ich hörte, wie jemand hinter mir meinen Namen sagte. Mein erster Impuls war es, mich nicht umzudrehen, meinen Mitschüler zu ignorieren, aber auch das wäre ein Zeichen dafür gewesen, dass ich es an mich heranließ. Also wappnete ich mich erneut für einen fiesen Spruch oder das nächste sexuelle Angebot, drehte mich halb auf dem Stuhl um, um Sascha anzuschauen. Sascha mit seinen grünen Augen, bei denen wohl jedes Mädchen schwach wurde. Erst jetzt wurde mir richtig bewusst, dass ich auch ihn nie wirklich als sexuell attraktiv wahrgenommen hatte, obwohl er gut aussah. Sein Sitznachbar Sergio – Italiener – warf mir einen Luftkuss zu, was ich ignorierte.

»Nimm meins«, sagte Sascha schließlich, bevor ich ihn fragen konnte, was er von mir wollte, dabei wackelte er mit dem Buch in der Hand, um meine Aufmerksamkeit darauf zu ziehen.

Ich schaute ihn skeptisch an, rechnete damit, dass es ein Trick war und er das Buch, sobald ich danach greifen wollte, mit einem Lachen zurückziehen würde. Mir sagen würde, dass er es mir niemals geben würde, dass seine Freundlichkeit nur dem Zweck diente, mich zu verhöhnen und zu demütigen.

»Du kannst es wirklich haben«, sagte er mit Nachdruck, als hätte er meine misstrauischen Gedanken gelesen.

»Aber nur, wenn wir heiße Bilder von dir und deiner Freundin bekommen«, nuschelte Sergio.

»Halt die Klappe, Alter«, kam es von Sascha, der mich jetzt mit einem Hauch von Mitgefühl im Blick anschaute. Das sorgte dafür, dass ich mich fast noch elender fühlte. Er sah mich so an, als wäre ich ein Robbenbaby, das man vor fiesen Schlägertypen retten musste.

Dennoch griff ich schnell nach dem Buch, bevor er es sich anders überlegte, und war dennoch überrascht, als er es wirklich nicht wegzog, sondern mir überließ. Er zog das von Sergio in die Mitte des Tisches, damit sie beide hineinschauen konnten. Meine Kehle fühlte sich plötzlich trocken an, ohne dass ich benennen konnte, weshalb.

»Danke«, murmelte ich, drehte mich wieder um und schlug wahllos eine Seite auf. Dass er mir das Buch wirklich ohne Hintergedanken oder böse Absichten gegeben hatte, sorgte dafür, dass mir die Tränen in die Augen schossen. Eine Reaktion meines Körpers, die ich hatte verhindern können, als ich die Edding-Wörter entdeckt hatte, aber nicht, wenn jemand freundlich zu mir war?

Die ersten Tropfen fielen auf das Papier und ich ließ meine Haare nach vorn rutschen, damit niemand die Nässe auf meinen Wangen bemerkte.

So viel zum Thema, sich den Tag nicht versauen lassen.

Ich stand neben meinem Auto und wartete ungeduldig auf Romy. Ich war froh, dass der schulische Teil des Tages endlich geendet hatte und wir zu unserem Ausflug aufbrechen konnten. Nach allem, was heute passiert war, brauchte ich diese Auszeit mehr denn je. Und ich brauchte Romy. Ohne irgendwelche Hindernisse.

Die Mädchen auf dem Gang waren kreischend zur Seite gesprungen, als ich sie versehentlich gestreift hatte, als hätte ich eine ansteckende Krankheit, bei der bloßer Körperkontakt ausreichte. Linda hatte mir ein hämisches Grinsen geschenkt, als wäre sie stolz auf das, was sie uns antat.

Ich hatte mir weiterhin nichts anmerken lassen, denn das wollte ich Linda absolut nicht gönnen, auch wenn es stark an meinen Nerven zehrte.

Und dann war da noch Elias – Pardon, *Chuck* –, der ab und an entschuldigend oder mitleidig in meine Richtung geschielt hatte. Das war fast noch schlimmer als die Attacken der anderen Mitschüler.

Doch das alles rückte in den Hintergrund, als Romy mit gewohnt selbstsicherem Schritt in meine Richtung lief. Ihr vertrauter Anblick sorgte dafür, dass mir trotz allem ein Lächeln aufs Gesicht gezaubert wurde. Ich verstaute die Sorgen in einem versteckten Winkel meines Gehirns. Ich würde mir dieses Wochenende nicht madigmachen lassen! Es waren nur noch ein paar Monate, dann würde ich diese Schule und die Mitschüler nie wieder sehen müssen.

Romy trug ihre vertraute Lederjacke, in der ich sie kennengelernt hatte. Den Reißverschluss hatte sie nicht zugezogen, sodass das graue T-Shirt darunter hervorblitzte, das sich eng an ihren Körper schmiegte. Die Haare, die sie meist offen trug, hatte sie zu einem hohen Zopf nach oben gebunden, zwei Haarsträhnchen umrahmten ihr Gesicht. Der Wind spielte mit ihnen, als würde selbst ihm Romys Frisur gefallen.

Ihr Blick war allein auf mich gerichtet, mit einer solchen Intensität, dass mir ganz anders wurde. Ich konnte schon ihre Hände auf mir spüren, ihre Lippen, die mich küssten, und ihren Duft riechen, der sie umgab.

Sie sah so verboten gut aus, dass es mir fast die Tränen in die Augen trieb und ich mir nicht vorstellen konnte, dass sie tatsächlich mir gehörte. Dass sie mich wollte. Nicht, dass ich zu hässlich für sie wäre oder mich so fühlte, aber ich war mir sicher, dass es einige Männer und Frauen gab, die alles dafür getan hätten, um an meiner Stelle zu sein. Und von allen hatte sie mich erwählt.

Sie blieb vor mir stehen und zog mich in eine feste und intensive Umarmung, sodass mir für einen Augenblick die Luft wegblieb, ehe ich die Geste erwidern konnte. Ich schmiegte mich an sie, spürte den erwärmten Stoff der Lederjacke und die starken, aber doch auch fraulichen Arme um mich.

Für einen Moment war die Welt in Ordnung, es war mir sogar, als würde sie stehen bleiben, bis wir uns voneinander lösten und unsere Blicke sich automatisch verhakten.

»Hey«, hauchte sie, schwang ihren Rucksack von der Schulter und lud ihn in den Kofferraum, den ich für sie öffnete.

»Hallo, du«, erwiderte ich. Aufregung befiel mich, wenn ich daran dachte, dass wir ungefähr achthundert Kilometer zwischen uns und diesen Ort bringen würden.

»Ich kann dir gar nicht sagen, wie sehr ich mich auf dieses Wochenende freue«, fasste Romy meine Gedanken in Worte und ich nickte bestätigend. Sie streifte sich die Lederjacke ab, weil es ihr in der Sonne vermutlich zu warm damit geworden war, und schritt fast schon würdevoll zur Beifahrerseite.

»Das musst du mir auch gar nicht, denn ich freue mich mindestens genauso sehr!«, antwortete ich.

Romy lächelte und diese Geste ließ mich alles vergessen. Es ließ mich die Worte *Lesbe* und *Pussyleckerin* vergessen. Es erinnerte mich daran, zu wem ich geworden war, zu wem ich gehörte und wohin ich nie wieder zurückwollte. Sie hatte mein Leben um hundertachtzig Grad gedreht. Vielleicht nicht nur im guten Sinne, wenn man die aktuelle Situation bedachte. Aber ich hatte wenigstens noch mein Zuhause als Zufluchtsort, weil meine Eltern wie durch ein Wunder nichts erfahren hatten. Und solange ich diese Sicherheit hatte, konnte ich Kraft tanken. Ich konnte weitermachen und die schlimmen Worte und Taten meiner Mitschüler noch ein paar Monate über mich ergehen lassen.

»Dann nichts wie weg hier«, meinte Romy mit einem Grinsen, während wir beide ins Auto stiegen. Ich schüttelte die Kälte von mir ab, die mich trotz der wärmenden Sonne innerlich umgeben hatte.

Wir fuhren los, ließen die Schule, die Menschen und die Schimpfwörter hinter uns, Kilometer um Kilometer. Während wir den Anweisungen des Navis auf die A5 in Richtung Norden folgten, begleitete uns das Lied *Castle On The Hill* von *Ed Sheeran*, was dafür sorgte, dass meine Laune stetig wuchs.

Wir sangen beide lauthals dazu mit und es war mir egal, wie furchtbar ich mich neben Romy anhörte.

Wir erreichten das Hotel nach einer neunstündigen Fahrt, bei der wir uns abgewechselt hatten. Meine Beine fühlten sich im ersten Moment so an, als wären sie aus Pudding, aber das legte sich schnell wieder, als wir nach dem Einchecken das Zimmer betraten.

Nachdem wir das große Doppelbett – das den meisten Platz des Raumes einnahm – entdeckt hatten, war das Kind in uns hervorgebrochen. Wir sprangen auf der Matratze herum, schlugen uns die Kissen um die Ohren, lachten, bis wir uns ausgetobt hatten und schwer atmend auf der weichen Unterlage zum Liegen kamen.

Nachdem wir uns beruhigt hatten, weihten wir das Bett auf ganz andere Art ein, doch diesmal nicht von Leidenschaft geprägt, sondern zärtlich, als würde Romy mit jeder ihrer Berührungen den Schmerz der letzten Wochen wegwischen.

Nun lagen wir hier, in der Dunkelheit, die sich über das Zimmer senkte. Nackt, aber frisch geduscht, wobei wir auch dort die Finger nicht voneinander hatten lassen können.

Ich spürte den Kopfhörer in meinem rechten Ohr, den anderen hatte Romy in ihrem linken. Zusammen hörten wir den Song *In Your Eyes* von *WrongTurn*, um uns für das Konzert morgen in Stimmung zu bringen. Mittlerweile hatte ich es so oft gehört, dass ich den Text auswendig konnte und zusammen mit Romy den Refrain sang.

*In your eyes I am not the one I wish to be.*
*In your eyes I am someone else.*
*The one I pretend to be.*
*Not the one that is me.*
*Not the one to say: you and me.*

Das Lied und die Stimmen der Sänger erfüllten mein Herz, ließen es fast übersprudeln, nur um es mit seiner besonders traurigen Melodie und der Tragik des Textes wieder zu zerquetschen.

Romy seufzte, streichelte meinen kleinen Finger mit ihrem, ehe wir sie miteinander verhakten. Es war nur eine kleine Geste, aber ich fühlte mich, als würde sie *wir gegen den Rest der Welt* bedeuten.

»Immer wenn ich dieses Lied höre, muss ich daran denken, wie verzweifelt Drew Tony ansieht«, murmelte Romy und ich zog die Augenbrauen hoch.

Ich verstand den Kern ihrer Aussage nicht. Verwirrt drehte ich mich auf die Seite, zog den Kopfhörer aus meinem Ohr, löste meinen Finger von Romys und schaute in ihr Gesicht, das im Halbdunkel fast verschluckt wurde. Lediglich das Mondlicht, das ungehindert in den Raum fiel, diente uns als Lichtquelle.

»Was meinst du damit?« Ich hatte automatisch meine Stimme gesenkt. Warum das so war, konnte ich mir selbst nicht erklären, vielleicht steuerte das die Abwesenheit der Helligkeit, vielleicht redete man im Dunkeln instinktiv leiser.

Romy drehte den Kopf, zog ebenfalls den Kopfhörer aus ihrem Ohr. »Eine Minderheit der Fans von *WrongTurn* – unter anderem auch ich – glaubt fest daran, dass Tony und Drew ineinander verliebt sind. Aber ein offizielles Outing gab es nicht. Im Gegenteil, sie behaupten, nur beste Freunde zu sein. Aber ich bin nicht blind, Sam, ich erkenne diese unterdrückte Sehnsucht in ihren Blicken.«

Sie klang so überzeugt, dass ich mich kaum traute, es infrage zu stellen, tat es aber trotzdem.

»Meinst du nicht, dass ihr da zu viel hineininterpretiert? Eine Art Wunschdenken?« Ich kannte die Band nicht gut genug, um das zu beurteilen. Ich hatte mir das eine oder andere Lied angehört, eines herzzerreißender als das andere, aber darauf standen doch die Mädchen, die den fünf Jungs zu Füßen lagen. Genau das war Marketing.

»Das ist es nicht. Du solltest sehen, wie sie sich anschauen, wenn sie denken, dass keiner zuguckt. Es gibt haufenweise Videos und Bilder, die deutlich zeigen, dass da mehr als Freundschaft ist.«

Romys Augen glühten regelrecht, so sehr hatte sie sich auf diese Sache versteift. Ich liebte sie dafür, mit welcher Leidenschaft sie ihre Interessen vertrat. Aber bedeuteten diese Hinweise wirklich, dass die beiden Jungs Gefühle füreinander hatten?

»Ich weiß nicht, wenn dem so wäre, hätten die beiden sich doch bestimmt schon geoutet«, gab ich zu bedenken. Nur weil sich Jungs gut miteinander verstanden, hieß es doch nicht, dass sie Gefühle füreinander hegten.

»Du hast dich doch auch nicht freiwillig geoutet«, gab Romy zurück.

»Touché.«

»Aber sie werden wahrscheinlich nie öffentlich dazu stehen dürfen, nicht in dieser Branche. Sie würden vermutlich einige Fans verlieren, denn besonders Tony und Drew sind sehr beliebt. Denk mal darüber nach, was das für einen Aufruhr geben würde. Da wäre das, was wir in der Schule erlebt haben, ein lauer Luftstoß gegen diesen Orkan. Aber glaube mir, Sam: *Anton* ist real«, beharrte Romy.

»Anton?«, fragte ich verwirrt, hob meine Hand und streichelte die Linie, die zwischen ihren Brüsten hindurchführte, bis zu ihrem nackten Bauch hinunter, der sich bei jedem ihrer Atemzüge bewegte.

»Das ist der Shipname der beiden. *To ship*, jemanden als Paar sehen und die Namen vermischen«, erklärte Romy.

»Aber sie heißen doch Tony und Drew? Wie kommt man da auf Anton?« Ich wurde mit jeder Antwort von ihr noch verwirrter, als würden wir uns ins zwei verschiedenen Sprachen unterhalten.

Romy lachte in sich hinein, ich spürte ihren Bauch unter meiner Hand vibrieren, und sie sah mich mit einer Mischung aus Belustigung und Zärtlichkeit an. Als hätte ich etwas Blödes gefragt, was sie aber niedlich fand.

»Drew heißt mit richtigem Namen Andrew, aber alle nennen ihn nur bei seinem Spitznamen. Daher das *An* und das *ton* aus Tony.«

Ich merkte regelrecht, wie eine Lampe über meinem Kopf anging, weil ich es auch endlich verstanden hatte. Verträumt begann ich damit, Romys Bauch kreisförmig zu streicheln, während ich über ihre Worte nachdachte. Ich kreuzte unsere Namen und lachte, wobei es eher einem leisen Grunzen glich.

»Dann würden wir also *Samy* heißen?«, äußerte ich meine Überlegungen und kicherte wie verrückt.

»Oder *Rosa.*« Romy ließ die Augenbrauen hüpfen und stimmte in mein Gelächter mit ein.

Nach einem kurzen Lachanfall beruhigten wir uns wieder und ich dachte abermals über diese *Anton*-Sache nach. Wenn es wirklich stimmte, was Romy sagte, wollte ich mir gar nicht vorstellen, was für ein Kreuz die beiden täglich zu tragen hatten. Es war schon schwer gewesen, die Sache mit mir und Romy geheim zu halten – ohne Erfolg. Wie musste es dann erst sein, wenn man berühmt war und sich Millionen von Augen auf einen richteten? Mich überkam Mitleid, obwohl es ja immer noch eine Theorie war, nicht mehr, nicht weniger.

»Wenn es wirklich stimmt, was du behauptest, sollten wir ihnen zeigen, dass es in Ordnung ist, sich zu lieben. Dass jemand trotzdem hinter ihnen steht«, sprach ich meine Überlegungen laut aus. Ich wusste aus eigener Erfahrung, wie notwendig Akzeptanz war und wie gut es tat, Zuspruch zu erhalten.

Romy stemmte sich auf die Ellbogen und sah mich abwartend an. »Woran dachtest du dabei?«

Ich überlegte hin und her. »Ich hatte heute Kunst und habe meinen Zeichenblock dabei. Wir könnten ein Plakat basteln, mit den Worten *Love is Love,* und es in Regenbogenfarben anmalen? Das würde nicht explizit verraten, was wir meinen, aber wenn das mit den beiden stimmt, dann würden sie es sicher verstehen, oder?«

Romy richtete sich so schnell auf, dass ich gezwungen war, zurückzuweichen, wenn ich nicht wollte, dass ihr Kopf gegen meinen prallte. Zuerst dachte ich, sie hätte Schmerzen, aber dann packte sie mein Gesicht, zog mich an sich, drückte mir einen harten Kuss auf die Lippen und ließ mich so schnell wieder los, dass mir ganz schwindelig wurde. Wobei ich nicht benennen konnte, ob es an dem Kuss oder an den raschen Bewegungen lag.

»Samantha Zepf, du bist einfach die Beste! Das machen wir!«, jubelte Romy und die Tatsache, wie leicht man sie glücklich machen konnte, erwärmte mein Herz.

*Love is Love.*

Denn an der wahren Liebe war absolut nichts falsch, außer den Menschen, die diese Tatsache nicht akzeptieren konnten.

Noch zehn Minuten, bis das Konzert begann, und schon jetzt fühlte es sich an, als würde mein Trommelfell platzen, mein Brustkorb zerquetscht werden und meine Augen erblinden.

Romy und ich standen in der ersten Reihe direkt vor der Bühne, dafür hatten wir auch mitten in der Nacht aufstehen müssen. Ein paar Fans waren tatsächlich schon da gewesen, über den Tag waren es immer mehr geworden, der größte Schwung aber war zwei Stunden vor Einlass gekommen.

Seit einer gefühlten Ewigkeit standen wir hier, die Meute quetschte sich von hinten an uns, sodass ich unsanft gegen die Absperrung gedrückt wurde. Auch zur Seite konnte ich nicht ausweichen, denn ich hatte kaum Bewegungsfreiheit. Die Security drehte zwar ihre Runden und ermahnte, Platz zu machen, aber die gebrüllten Anweisungen gingen im Lärmpegel unter. Jeder wollte ein Stück von dem Kuchen haben.

Die Fans kreischten, schluchzten oder riefen vereint im Chor: »We want *WrongTurn*, we want *WrongTurn*.«

Trotz der Tatsache, dass ich eingequetscht war und vermutlich einen Hörschaden davontragen würde, genoss ich es. Ein Konzert war eine der Erfahrungen, die man zumindest einmal im Leben machen musste.

Romy, die rechts von mir stand, hatte ihren Arm um meine Schultern gelegt und gemeinsam versuchten wir, uns wiegend hin und her zu bewegen, aber es klappte nicht. Kein Platz.

Jede von uns hielt eine Ecke des Plakates fest, das wir zusammen gebastelt hatten. Romy war zuversichtlich, dass die Jungs es bemerken würden. Sie müssten blind sein, würden sie es nicht tun, wenn wir es ihnen direkt vor die Nase hielten.

Sie war den ganzen Tag auf eine süße Art aufgeregt gewesen. Ich hatte geglaubt, dass nichts, aber auch wirklich nichts, Romy aus der Ruhe bringen konnte. Als jedoch der Einlass verkündet wurde, zappelte sie nervös neben mir herum und ich schmunzelte über die Tatsache, dass es also doch etwas gab, das ihre selbstsichere Schale durchbrechen konnte.

Ich wischte mir einen Schweißtropfen fort, der mir über die Schläfe lief, denn hier drinnen war es so heiß, dass ich meine Entscheidung, ein weißes Vintage-Kleid angezogen zu haben, begrüßte.

Romy trug ein schwarzes T-Shirt mit dem Bandlogo von *WrongTurn* und dazu eine Hose in der gleichen Farbe sowie ihre geliebten Springerstiefel, die ihr bis über die Knöchel reichten. Zusammen mussten wir aussehen wie zwei Gegensätze.

Hell und Dunkel.

Weiß und Schwarz.

Sam und Romy.

Das Licht erlosch, begleitet durch den Aufschrei der Fans, die sich noch intensiver gegen uns drängten, wenn das überhaupt möglich war. Das Konzert begann mit den ersten Tönen eines Songs und die Jungs stürmten auf die Bühne.

Hautnah.

Die Menschen hinter und neben mir tobten, schienen vollkommen außer Rand und Band zu sein. Das Kreischen schwoll an, sodass es sich fast anhörte wie das Summen eines Bienenschwarms. Irgendwer schrie den Namen »Tony«, ein Mädchen rechts von mir brach in Tränen aus und ich hätte aus Solidarität fast mit ihr geweint. Wäre ich auch so ein großer Fan und mein Traum würde in Erfüllung gehen, würde es mir ganz genauso gehen.

Kuscheltiere, Tangas, alles flog kreuz und quer auf die Bühne oder knapp daran vorbei, ergoss sich wie ein Platzregen.

Ich erkannte die Jungs auf Anhieb.

Tony mit seinen braunen Augen, die er schloss, als er sich in der Musik verlor und seine Stimme durch die Dunkelheit der Halle bebte. Das Scheinwerferlicht war auf ihn gerichtet und brachte seine braun-roten Haare zum Leuchten.

Ich war im ersten Moment so gefesselt davon, wie gut seine Stimme live klang, bevor ich Drew entdeckte, der mit den Fingern durch sein hellbraunes Wuschelhaar fuhr, ehe er einem Fan aus der ersten Reihe zuzwinkerte. Dann richtete sich sein Blick auf Tony.

Romy brüllte etwas, aber die Fans und die Musik waren so laut, dass ich es nicht verstehen konnte. Aber ich bemerkte es. Wenn man genau hinsah, konnte man das Funkeln in Drews Augen erkennen, was sogar mein Herz zum Schmelzen brachte.

Meine Augen zuckten zu der dritten Person: Shane. Mit seinen blauen Augen und dem blonden Haar stach er am meisten aus der Menge heraus. Er gesellte sich zu Drew und die beiden alberten auf der Bühne herum, sorgten für Stimmung. Es sah fast danach aus, als wollte er Drews Aufmerksamkeit von Tony weg und auf sich lenken. Hatte Romy doch recht?

Ob Shane es wusste? Ob die Bandmitglieder es wussten?

Die Musik ebbte ab und die Band begrüßte uns mit einem unüberhörbaren Akzent auf Deutsch, bevor sie in ihre Muttersprache wechselten und den nächsten Song ankündigten.

Die Jungs gaben ihr Bestes, sie rockten die Halle und nach einer gefühlten Ewigkeit, die aus Schwitzen, Singen, Kreischen und Luftschnappen bestand, griff Tony zu einer Gitarre, was die Menge noch mehr anheizte. Laute *Anton*-Schreie erfüllten die Luft und als ich zu Romy schaute, sah ich, dass sie breit grinste.

Ihre Augen strahlten, wenn auch nur ein bisschen weniger, als wenn sie mich ansah, und es war mir, als könnte ich den Blick nicht mehr von ihr abwenden.

Es war richtig gewesen, ihr diesen Wunsch, ein Konzert der Band zu besuchen, zu erfüllen. Der Drang, sie zu küssen, wurde überwältigend groß, aber ich unterdrückte ihn. Ich war mir unsicher, ob das hier der richtige Ort und die richtige Zeit dafür waren. Aber andernfalls? Wir wollten den Jungs doch beweisen, dass es okay war, sich zu lieben, oder?

Die Melodie eines Songs erklang und ich erkannte, dass es das Lied *Can't Help Falling In Love* von *Elvis Presley* war, das Tony wohl covern wollte. Er trat an den Rand der Bühne, die Gitarre wie eine schützende Mauer vor sich. Sein Blick blieb plötzlich an Romy und mir hängen, nein, an unserem Plakat, ehe er uns in die Gesichter schaute.

Tonys braune Augen weiteten sich, durchbohrten uns regelrecht und sahen so unglaublich traurig aus, dass ich nicht anders konnte, als meinen Kopf zu drehen und Romy einen Kuss auf die Wange zu geben. Ihre Haut schmeckte nach einer Mischung aus Puder, Schweiß und einfach *ihr*.

Mein Herz schlug so schnell, dass es sich anfühlte, als würde es aus der Brust springen. Die Welt hörte für einen Moment auf, sich zu drehen. Auch wenn es nur ein Kuss auf die Wange war, war es für mich ein unglaublicher Schritt und ich hoffte, Tony würde ihn auch irgendwann gehen können. Mittlerweile begann ich, Romys Worten Glauben zu schenken.

Als ich den Kopf wieder drehte und meine Aufmerksamkeit auf die Bühne richtete, sah ich, dass Tony zu Drew blickte. Die *Anton*-Rufe wurden wieder lauter, verlangender.

Als hätte jemand Tony einen elektrischen Schlag verpasst, wandte er sich wieder in unsere Richtung. In seinen Augen lagen eine kaum wahrnehmbare Panik, Sorge und … Verzweiflung. Es zerriss mir das Herz und es dauerte nur ein paar Sekunden, ehe sein Blick sich direkt auf Romy richtete.

Ich wusste nicht, was die beiden sich in diesem Moment stumm sagten, aber dann wandte sich Tony ab und begann zu singen.

Mit so einer Sehnsucht, dass es mir die Gänsehaut auf den Körper trieb. Dass ich die Augen schließen musste, um nicht zu weinen, und mich trotz der tosenden Menge hinter unseren Rücken an Romy schmiegte, weil ich wusste, was ich mit ihr gefunden hatte, und dankbar war, dass sie mich halten konnte, ohne dass es uns jemand verbot.

So ging das auch auf dem Rest des Konzertes weiter. Die Jungs brachten die Halle zum Beben. Shane und Drew gaben auf der Bühne richtig Gas und ich hätte schwören können, dass Tony einen Moment zu lange in Richtung seiner Bandkollegen gesehen hatte.

Doch irgendwann spielte das alles keine Rolle mehr, als ich berauscht von dem Moment war. Die Atmosphäre, die Lieder und Romys Nähe ließen mich fliegen und mich glauben, ich würde nie wieder abstürzen.

In diesem Moment fühlte ich das Leben und die Liebe durch meine Adern pulsieren wie den Beat der Musik.

# 25

# Große Emotionen

Ein Wochenende voller Erlebnisse lag hinter uns. Hamburg und die Zeit mit Romy hatten mich aufgebaut. Noch immer war ich beseelt von den Nächten, die ich mit ihr zusammen verbracht hatte. Berauscht von dem Konzert, beflügelt von dem Musical *Der König der Löwen* und betrübt, dass wir wieder hatten abreisen müssen.

Ich würde nie vergessen, wie schön der Ausblick auf den Hafen gewesen war, den Romy und ich bestaunt hatten, während eine Fähre uns über die Elbe gebracht hatte, damit wir das Musical besuchen konnten. Romy hatte mich in den Armen gehalten und mit mir schweigend die Atmosphäre genossen. Es war wirklich überwältigend schön gewesen, trotzdem hatten wir beide es uns nicht nehmen lassen, die berüchtigte ›Jack, ich fliege‹-Szene aus dem Spielfilm *Titanic* nachzuahmen und ausgelassen zu kichern.

In Hamburg war alles so einfach gewesen. Romy hatte meine Hand in der Öffentlichkeit gehalten und ich hatte es zulassen können. Nicht, weil die Leute dort weniger komisch geguckt hätten, sondern weil ich keine Sorge hatte haben müssen, dass jemand mich erkennen und es meinen Eltern erzählen könnte. Ich vermisste diese Leichtigkeit. Es war, als hätte es keine Sorgen gegeben. Als hätte ich diese in Karlsruhe zurückgelassen.

Hier und da hatten wir merkwürdige Blicke oder auch ein verständnisvolles Lächeln geerntet. Ich mochte beides nicht. Die Leute sollten nicht verständnisvoll lächeln, sie sollten gar nichts machen. Heterosexuelle Paare wurden doch auch nicht angegrinst, sie wurden ganz normal behandelt. Aber die Akzeptanz unter all der Verachtung war dennoch ein wenig tröstlich. Es war schwer, in einer Welt zu leben, in der so viel Hass existierte, den man am eigenen Leib spürte.

Die Erinnerungen an unsere gemeinsamen Hafenspaziergänge, die Lichter, die auf dem Wasser geschimmert hatten, unser gemeinsames Lachen und an Romy, die meine Hand gehalten hatte, so oft sie nur konnte, würde ich nicht nur in meinem Kopf, sondern auch in meinem Herzen speichern. Es war etwas, woran ich mich festhalten würde, wenn die Welt um mich herum drohte, zu bröckeln.

Als das Mehrfamilienhaus, in dem Romy lebte, in Sicht kam, wurde ich aus meinen Gedanken gerissen. Ich stoppte den Wagen und wir stiegen aus. Mein Herz wurde schwer, wenn ich daran dachte, dass ich nach diesem intensiven Wochenende, an dem ich mich an Romys permanente Nähe gewöhnt hatte, den Abend allein verbringen würde.

Das hörte sich total verrückt an, aber das Wochenende hatte mir gezeigt, wie schön es war, Romy rund um die Uhr um mich zu haben. Ich müsste lügen, würde ich behaupten, wir wären uns nicht auch kurz in die Quere gekommen, aber alles in allem war es harmonisch gewesen. Jetzt wieder in den Alltag zurückzukehren, war hart. Besonders, wenn ich mit Bauchkrämpfen daran dachte, dass mit dem Montag ein normaler Schultag begann.

Es war, als hätte ich meine Probleme wie ein Paar Hausschuhe hiergelassen, in die ich nun wieder schlüpfte. Mit der Entfernung ebbte auch die Sorglosigkeit ab.

Ich umrundete das Auto und blieb neben Romy stehen, die bereits ihre Taschen aus dem Kofferraum hievte.

»Mensch, schau mich nicht so an«, sagte sie, als ich mich zu ihr umdrehte.

Ich lachte freudlos und machte ein gequältes Gesicht. »Tut mir leid … es ist nur … schwer«, flüsterte ich stockend, weil sich plötzlich sinnbildlich eine Eisenkette um meinen Hals schlang und mir das Gefühl gab, ich müsste ersticken.

Romy trat näher, legte ihre Hand an meine Wange und strich mit dem Daumen sanft über meine Haut. Obwohl sie mich schon so oft auf diese Weise berührt hatte, brachte sie mich immer noch zum Erbeben, als wäre es das erste Mal. Das tröstete mich und die Eisenkette lockerte sich.

»Ich weiß, Baby«, hauchte sie und klemmte mir eine Haarsträhne hinters Ohr, die einfach nicht dort bleiben wollte, was mich wieder zum Lächeln brachte.

Ich wollte die Augen unter Romys Berührung schließen, aber ihr Blick nahm mich gefangen.

»Danke, Sam, für … alles. Das war mit Abstand das beste Wochenende meines Lebens.« Romy wirkte, als wäre es ihr ernst damit. Ihre Worte lösten eine einzige Flut an Gefühlen in mir aus. Sehnsucht, Freude, Trauer und unendliche Liebe. Ich hätte nie gedacht, dass man sich in einer anderen Person so verlieren konnte. Mein Blickfeld verschwamm zu farbigen Klecksen.

»Komm schon, das ist doch kein Abschied für immer«, sagte Romy und ein schiefes Lächeln glitt über ihre Lippen.

Ich lachte abermals. Eine Träne rollte über meine Wange, als sich noch mehr Flüssigkeit in meinen Augen bildete, die nicht gehalten werden konnte. Romy wischte mir sofort mit dem Daumen die nassen Spuren weg.

»Ich weiß es ja. Ich glaube, ich bekomme meine Tage, da bin ich sentimentaler.« Ich schniefte übertrieben, um die Situation zu lockern. Romy grinste, zog mein Gesicht zu sich und küsste mich zärtlich, sodass ich doch meine Augen schloss. Der Kuss fühlte sich feucht wegen meiner Tränen an und schmeckte salzig, aber es lag so viel Zärtlichkeit in dieser Geste, dass es mir das Herz erwärmte.

»Ich liebe dich«, flüsterte Romy. Ihre Lippen streiften beim Sprechen meine.

Mein Innerstes zog sich zusammen, wie es das nie bei Robin getan hatte, wenn er diese Worte ausgesprochen hatte. In diesem Augenblick allerdings wollte ich explodieren. Ich hielt es vor Glück kaum noch aus. Es war das erste Mal, dass sie mir das sagte. Nicht, dass ich mir ihrer Gefühle nicht sicher gewesen wäre, aber es tat unglaublich gut, es auch gesagt zu bekommen.

»Und ich liebe dich«, wisperte ich ergriffen, legte all meine Gefühle in diesen Satz.

Ihre Stirn lehnte an meiner, wir atmeten dieselbe Luft und für ein paar Sekunden genossen wir den Moment der Intimität, in dem es nichts zu sagen gab, als wir unsanft aus unserer Zweisamkeit gerissen wurden.

»ROMY!«, rief eine kindliche Stimme. Rasch lösten wir uns voneinander und schauten gleichzeitig zum Fenster hinauf. Liane stand dort und winkte wie verrückt.

»Romy, komm hoooooch«, forderte sie.

Ich war zu glücklich über das Liebesgeständnis meiner Freundin, um enttäuscht darüber zu sein, dass der Moment unterbrochen war. Ein Teil von mir wollte auch nach Hause, denn die Fahrt war anstrengend gewesen. Aber noch lieber wäre ich bei Romy geblieben.

»Ich wurde wohl vermisst«, sagte sie grinsend, als sie sich wieder zu mir drehte.

»Dann solltest du sie nicht warten lassen«, erwiderte ich und wischte mir ein letztes Mal über die Wangen.

Romy schenkte mir einen zärtlichen, aber auch bestimmenden Blick. »Wir schaffen das bis zum Abi«, schwor sie und ihre Augen glühten leidenschaftlich.

»Ich weiß.« Sie nickte, wandte sich ab, was ich ihr gleichtat, als sie zur Haustür und ich zum Auto ging.

»Wie war dein erstes Mal?«, fragte ich in die Stille hinein.

Romy lag auf meiner Brust, ihre Hand ruhte auf meinem Bauch, während meine ihren Kopf kraulte, in ihren Haaren wühlte oder ihr die Strähnchen wegstrich, die durch die Bewegung meiner Finger in ihr Gesicht rutschten.

Die letzten beiden Wochen waren ruhig vergangen. Die Gemüter in der Schule hatten sich endlich etwas beruhigt, auch wenn es ein eher langsamer Prozess gewesen war. Romy und ich wurden kaum mehr mit wüsten Beschimpfungen bedacht. Natürlich gab es noch eine Handvoll Schüler, die es nicht lassen konnten. Die meisten wurden von Linda angeführt, die versuchte, Unruhe zu stiften.

Dennoch zehrte es unglaublich an meinen Nerven und manchmal überkam mich ein beklemmendes Gefühl. Es schnürte mir den Brustkorb zusammen, sodass ich kaum atmen konnte, bis ich mir wieder sagte, dass es nur noch ein paar Monate waren, bis ich die Schule verlassen konnte. Und in der Zeit tankte ich Kraft in Romys Nähe oder verbrachte unbeschwerte Stunden mit Vanessa. Ella ignorierte mich weiterhin, was oft zu dem Gefühl, nicht atmen zu können, beitrug.

»Es war okay«, antwortete Romy.

Ich senkte den Kopf und vergrub meine Nase in ihren Haaren, atmete den Geruch nach Shampoo und einem Hauch Parfüm ein.

Es war ungewohnt, mit ihr in meinem Bett zu liegen. Meine Eltern waren über das Wochenende weggefahren und Romy und ich hatten uns ganz in Ruhe treffen wollen. Ohne Liane, die ihre Barbies durch den Flur warf, ohne Dylan, der seinen dreizehnten Geburtstag an diesem Wochenende feierte. Ohne ihre Eltern, deren Schritte man hörte, wenn sie ins Badezimmer gingen und Romys Tür passierten.

Ich mochte ihre Familie, aber in diesem Moment war alles so einfach wie atmen. Es gab für die wenigen Stunden keine Probleme, so wie in Hamburg, und es gab niemanden, der uns stören würde, denn außer uns beiden war keiner da.

Ich hatte meiner Mutter und meinem Vater noch keinen reinen Wein eingeschenkt. Ich konnte es nicht. Mir war klar, dass ich das tun musste, aber nicht vor dem Abitur. Wenn ich neben der Schule noch Druck von zu Hause bekommen würde … Das würde mich kaputt machen. Schon der Gedanke daran ließ alles in mir sich zusammenziehen, als hätte ich auf etwas Saures gebissen.

Romy beschwerte sich nicht darüber, dass ich mich nicht offiziell outete oder sie als meine Freundin vorstellte. Im Gegenteil, sie war der Meinung, dass ich spüren würde, wenn der richtige Moment kam. Und ich wusste, dass ich sie dann an meiner Seite brauchte.

Ich kannte meine Eltern – besonders meine Mutter – gut genug, um zu wissen, dass sie ein Drama daraus machen würden. Vielleicht irrte ich mich aber auch und sie würden es tolerieren. Mehr als das konnte ich allerdings nicht erwarten.

»Nur okay?«, hakte ich nach, als ich einen Augenblick der Stille hatte verstreichen lassen, in der Erwartung, Romy würde noch etwas hinzufügen.

Sie schwieg wieder ein paar Sekunden. Vermutlich hatte sie diese Situation direkt vor Augen und ich ließ ihr diesen Moment.

»Ja. Es war … Ich hatte ein bisschen Schiss davor und es war für mich und meine Exfreundin das erste Mal. Ich hatte wirklich Angst, etwas falsch zu machen«, gestand Romy.

Das überraschte mich.

Sie? Angst? Romy wirkte immer so selbstsicher, als würde nichts auf der Welt sie besiegen können. Aber vermutlich hatte sie eben auch diese Erfahrungen machen und Wege gehen müssen, um so zu werden, wie sie jetzt war.

»Wie alt warst du da?«, hakte ich nach. Ich erinnerte mich daran, dass ich bei meinem ersten Mal sechzehn gewesen war. Es hatte unglaublich wehgetan. Auch wenn Robin sanft gewesen war, hatten wir abbrechen müssen. Ich hatte mich furchtbar gefühlt, aber Robin – der bereits vor mir seine Jungfräulichkeit bei einem One-Night-Stand verloren hatte – hatte mir beteuert, dass das normal sei, und an diese Worte hatte ich mich geklammert. Über ein Jahr. Ich hatte mich in eine Schublade quetschen lassen, für die ich nicht gemacht war.

»Ich war fünfzehn«, kam es von Romy, die mich aus meinen Gedanken riss.

»Hattest du auch mal etwas mit einem Kerl?«, kam es mir über die Lippen, bevor ich mich zügeln konnte. Ich wusste, dass Romy schon früh erkannt hatte, dass ihr das weibliche Geschlecht mehr zusagte, aber vielleicht hatte sie es dennoch mit Männern versucht?

Romy schüttelte den Kopf. »Ich habe noch nicht einmal einen geküsst und das werde ich auch nie im Leben tun. Ich finde nicht einmal den Gedanken reizvoll.«

Ich ging nicht näher darauf ein, sondern lenkte das Gespräch in eine ähnliche Richtung »Und deine Ex?«

»Was soll mit ihr sein?«, fragte Romy und obwohl ich ihr Gesicht nicht sah, konnte ich an ihrer Stimme hören, dass sie verwirrt die Augenbrauen hochgezogen hatte.

»Erzähl mir mehr von ihr, sie ist immerhin ein Teil deiner Vergangenheit und ich möchte alles über dich wissen.«

»Sicher, dass du das hören willst?«

»Ja.«

Romy atmete hörbar aus. »Puh. Wir waren damals zwei Monate zusammen, als wir unser erstes Mal hatten. Es war auf der einen Seite natürlich schön, denn ich hatte diese Erfahrung vorher nie gemacht. Aber wie gesagt war ich zu aufgeregt, um es richtig genießen zu können. Larissa war sechzehn, aber hatte selbst noch nie Sex gehabt, weder mit einer Frau noch mit einem Mann. Es war für uns beide also ein kleines Highlight, aber es war nichts Besonderes. Es war, als würde irgendetwas fehlen. Ich dachte, es würde sich berauschender anfühlen.

Wir waren ein halbes Jahr zusammen, bevor es in die Brüche ging, aber das war in Ordnung. Larissa war nicht meine große Liebe und wir hatten gemerkt, dass es eher der Reiz nach mehr war als wirkliche Gefühle.«

Ich schluckte. Vielleicht hätte ich wirklich nicht fragen sollen. In meiner Vorstellung sah Larissa wie ein Topmodel aus, vor dem Männer und Frauen auf die Knie sanken und bettelten, um von ihr beachtet zu werden. Außerdem keimte die Verunsicherung in mir auf, ob Romys Gefühle für mich auch nicht das Wahre waren. Was wäre, wenn sie merken würde, dass es sich bei mir wie mit Larissa verhielt? Wenn sie sich von mir abwenden würde? Würde ich das verkraften können?

Zum ersten Mal bekam ich ein Gefühl dafür, was ich Robin angetan hatte. Wie er sich gefühlt haben musste, als ich ihn verlassen hatte, und besonders, als er den wahren Grund dafür erfuhr.

All das, worüber ich mir zuvor keine Gedanken gemacht hatte, prasselte jetzt auf mich ein wie ein Platzregen.

Die Stille dehnte sich aus, als keiner von uns beiden etwas sagte. Nur Romys Seufzen durchbrach die Stille.

»Ich wusste, ich hätte es dir nicht erzählen sollen.« Sie befreite sich aus meinen Armen, richtete sich auf und drehte sich zu mir, damit sie mir in die Augen schauen konnte.

Am liebsten hätte ich den Blick gesenkt, hielt dem ihren aber stand, ertappte mich jedoch dabei, wie ich rot wurde. Verdammt.

»Warum denn?«, fragte ich und versuchte, dabei weder unsicher noch schuldbewusst zu klingen.

»Weil du nichts mehr gesagt hast und jetzt, da ich deinen Gesichtsausdruck sehe, merke ich, dass definitiv etwas nicht stimmt. Was ist los?«

»Nichts«, log ich.

Romy verengte die Augen. »Sag es«, forderte sie nun mit Nachdruck, worauf ich aber nicht reagierte.

Ihre Blicke gaben mich nicht frei, sie bohrten sich regelrecht in mich hinein. »Ich werde nicht lockerlassen, bis du es mir sagst.«

Auf der einen Seite wollte ich es ihr sagen, damit sie meine Ängste zerschlagen konnte, auf der anderen wollte ich es weiterhin verschweigen. Was, wenn ich etwas ansprach, worüber sie gar nicht nachgedacht hatte? Wenn der Stein damit erst ins Rollen kam? Oder noch schlimmer: Wenn sie sich vor den Kopf gestoßen fühlte?

»Sam, eine Beziehung funktioniert nur, wenn die Kommunikation stimmt.« Sie senkte die Stimme und verdammt, sie wählte die richtigen Worte, um mein eisernes Schweigen zu brechen.

»Woher weißt du, dass deine Gefühle für mich intensiver sind als die für Larissa?«, flüsterte ich, senkte den Blick und spürte den

Kloß, der sich in meinem Hals bildete. Da war wieder die vertraute Eisenkette, die mich zu erwürgen drohte.

»Sam«, setzte Romy an. Ihr Tonfall klang plötzlich so, als würde sie mit einem Kind reden, das sie getadelt hatte, weil es fast vor ein Auto gelaufen wäre.

Ich traute mich nicht mehr, den Blick zu heben, aber das übernahm Romy für mich. Ihre Finger legten sich unter mein Kinn, drückten meinen Kopf in die Höhe und ich blinzelte heftig, damit sich meine Augen nicht mit Tränen füllten.

»Sieh mich an«, forderte sie.

Es war, als hätte sie eine hypnotisierende Wirkung auf mich, denn obwohl ich es nicht wollte, sah ich sie wirklich an.

Der Ausdruck in ihren Augen war weich.

»Baby. Ich *liebe* dich. Ich weiß, dass es anders mit dir ist als mit Larissa, weil ich es fühle. Du löst so viel mehr aus, als sie es je getan hat. Mit dir ist es etwas Besonderes, wenn wir uns berühren und küssen. Allein der Gedanke, ich könnte dich nicht mehr in meinen Armen halten, sorgt dafür, dass mein Herz zerreißt. Stell dich nicht mit Larissa auf eine Stufe, das wäre so, als würde ich mich mit Robin vergleichen! Das ist nicht fair und mit beiden war es eine ganz andere Situation. Wie würdest du dich fühlen, wenn ich an deinen Gefühlen zu mir zweifeln würde?«

Ihre Worte lösten mehrere Dinge aus. Zum einen fühlte ich mich unglaublich erleichtert, ergriffen und berührt, sodass meine Gefühle für Romy in mir überschwappten wie ein randvolles Glas Wasser. Zum anderen fühlte ich mich immer noch schlecht, weil sie recht hatte. Ich hätte nicht eine Sekunde an ihr zweifeln dürfen. Ich war erleichtert und schämte mich zugleich. Aber so war die Liebe. Manchmal machte sie uns verletzlich, manchmal so stark, dass man Berge versetzen konnte. Manchmal ließ sie uns Dinge tun, die wir nie tun würden. Egal ob positiv oder negativ.

»Ich weiß, das war nicht fair. Nein, das war sogar dumm von mir. Ich hatte einfach nur Angst …«

»Musst du nicht haben«, schnitt sie mir das Wort ab. »Es gibt keinen Grund, sich Sorgen zu machen, okay?«

Ihr Blick sorgte dafür, dass sich jegliche schlechten Empfindungen in mir endgültig verzogen. Solche Gefühle kannte ich gar nicht von mir und mir wurde klar, wie verdammt verliebt ich in Romy war.

»Okay«, hauchte ich und sie lächelte.

»Bekomme ich dafür einen Kuss?« Sie sah mich mit großen Augen an und ich konnte nicht anders, als zu lachen, was die Stimmung gänzlich auflockerte. Im Nachhinein kam mir der Moment der Schwäche albern vor, aber er hatte mir gezeigt, wie perfekt Romy war.

»Du bekommst sogar noch mehr«, wisperte ich und jetzt formte sich ihr Mund zu einem O.

»Ohooo«, gurrte sie.

Ich grinste, beugte mich zu ihr und verband unsere Lippen miteinander. Wir küssten uns zuerst sanft, dann aber fester, bestimmender und schließlich leidenschaftlicher. Meine Zunge berührte ihre, verwickelte sie in einen wilden Tanz zweier sich Liebender.

Mein Blutdruck stieg an, sehnsüchtig streichelte ich ihren Körper, erkundete ihn Zentimeter für Zentimeter, als würde ich das zum ersten Mal tun. Zuerst verharrte ich noch über ihrem T-Shirt, aber als mir das nicht mehr reichte, schob ich meine Hände unter das Oberteil, wanderte nach oben, auf der Suche nach ihren Brüsten. Ich murrte in den Kuss, als meine Finger nur den Stoff vom BH fanden. Ich wollte ihre Brustwarzen streicheln, bis sie hart wurden. Ich wollte, dass sie mich wollte, so sehr, wie sie noch nie jemanden gewollt hatte.

Ich drückte Romy nach hinten, krabbelte über sie, um auf ihrem Schoß sitzen zu können. Ihre Hände lagen an meinem Rücken und streichelten die Wirbelsäule entlang nach unten.

Ich löste unsere Lippen, küsste mich über ihr Kinn zu ihrem Hals, hinterließ eine feuchte Spur. Als ich mit der Zunge über ihre Haut strich, keuchte Romy auf, was mich dazu anstachelte, meine Hände unter das Körbchen des BHs zu schieben. Ich kreiste mit dem Daumen um ihre Brustwarzen.

Sie stöhnte auf und ich zog meine Hände zurück, aber nur um im nächsten Moment Romys Oberteil ausziehen zu können. Der störende BH folgte, sodass ich sie nun überall küssen konnte, wo ich wollte.

Ich konnte nicht sagen, ob Romy kraftlos in die Matratze sank oder ob ich sie hinabgedrückt hatte, aber irgendwann lag sie unter mir und ich blickte mit einem Grinsen auf sie hinunter. Sie sah aus wie eine Göttin. Das Haar war wie ein Fächer um ihren Kopf ausgebreitet, die Wangen schimmerten leicht rot und die Lippen waren geschwollen. In ihren blauen Augen lag ein wundervoller Glanz des Verlangens, während sie ihre Hände an meine Hüften gelegt hatte und diese sanft streichelte.

Ich beugte mich hinab und die Spitzen meiner Haare streiften ihren Körper, was sie zusammenzucken ließ. Ich schenkte ihr einen grinsenden Blick, ehe ich mich zu ihren Brüsten küsste, an diesen saugte und knabberte. Mit dem Mund ließ sie es zu, doch wenn ich sie mit den Fingern berührte, imitierte sie irgendwann das Geräusch eines Radios, um auf unseren Insider anzuspielen. Als würde ich bei ihr den Sender suchen. Und da wusste ich, dass es genug war.

Ich platzierte meine Lippen auf jedem Winkel ihres Körpers, küsste mich zu ihrem Bauch hinunter, bis mich der Bund ihrer Jeanshose ausbremste. Ich verharrte dort und Aufregung wallte durch mich hindurch. In den ganzen zweieinhalb Monaten, die wir nun zusammen waren, hatte ich mich noch nie getraut, sie zu lecken.

Aber jetzt wollte ich es herausfinden. Wollte wissen, wie es sich anfühlte, wie es schmeckte. Wie *sie* schmeckte.

Ich öffnete den Knopf und Romy, die bisher nur keuchend und schwer atmend unter mir gelegen hatte, hob den Kopf, sodass unsere Blicke sich kreuzten.

»Was … machst du?«, fragte sie wie schon bei unserem ersten Mal, als wäre sie sich nicht sicher, ob ich mir dessen bewusst war.

Doch ich hörte den verlangenden und sehnsüchtigen Unterton in ihrer Stimme und das gab mir den Rest. Ich wollte nicht mehr warten, ich wollte nicht mehr, dass sie warten musste.

»Etwas, was ich schon längst hätte tun sollen«, hauchte ich und zog ihr mit geübten Bewegungen die Hose samt dem Höschen aus. Sie hob den Po an, um mir zu helfen, und ich warf die Klamotten achtlos neben dem Bett zu Boden.

Ich schaute noch mal in ihre Augen, die vor Lust verschleiert waren. Mit einem Grinsen spreizte ich ihre Beine, sodass ich ihren Intimbereich ungeschützt betrachten konnte. Ich sah, wie feucht sie war, rutschte zwischen ihre Schenkel und machte es mir bequem. Ich küsste ihren Schambereich, der bis auf ein paar Stoppeln rasiert war. Dann rutschte ich noch weiter runter …

Ich schmeckte die Feuchtigkeit, ließ mich fallen, denn es törnte mich selbst ziemlich an, Romy so verwöhnen zu können.

Ich wiederholte die kreisenden Bewegungen mit der Zunge, so wie ich es auch tun würde, wenn ich anstatt dieser die Finger genommen hätte.

Sie bewegte ihren Unterleib, ihre Beine, bog das Rückgrat durch, stöhnte vor Lust. Und ihre Reaktion spornte mich immer mehr an, ließ mich voll in Fahrt kommen. Es war so viel besser, als ich erwartet hätte, und verdammt, wenn ich gewusst hätte, wie Romy darauf abging, hätte ich das schon viel früher gemacht!

Ich packte ihre Schenkel, damit sie sich nicht mehr winden konnte und meinen Berührungen vollkommen ausgeliefert war. Ihre Geräusche schwollen an, wurden ungehemmter und lauter. Ihre Finger griffen in meine Haare, dass es fast schmerzhaft war, aber das sorgte nur dafür, dass es zwischen meinen Beinen pulsierte.

Romy stemmte sich gegen meine Hände, als wollte sie sich befreien, und stöhnte mehrmals laut auf. Ich machte immer weiter, berauscht davon, dass sie noch feuchter geworden war. Ich konnte gar nicht von ihr ablassen, bis Romy irgendwann mit erstaunlich heller Stimme »Hör auf. Hör auf, es reicht« bettelte.

Erst dann hob ich den Kopf, etwas durcheinander, als wäre ich in einer anderen Welt gewesen. Hitze stand in meinen Wangen, aber nicht, weil ich mich schämte, sondern weil mir vor Lust unglaublich heiß geworden war. Es war wie ein Drogenrausch. Es war fast noch besser, sie zu verwöhnen, als andersherum.

»Bist du denn gekommen?«, fragte ich.

»Nicht nur … einmal«, brachte sie außer Atem hervor und ich erschrak fast, nur um mich danach wie eine unbesiegbare Göttin zu fühlen.

»Oh«, gab ich von mir, lachte, krabbelte über sie, bis mein Gesicht über ihrem schwebte. »Sieh es als Revanche für die Sache in der Toilette«, hauchte ich, dann gab ich ihr einen Kuss und ignorierte die eigene Lust, die in mir aufgewallt war.

Ich drehte mich mit einem Grinsen im Gesicht auf den Rücken und wollte Romy in meine Arme ziehen, aber sie weigerte sich.

»Ich will, dass du auch nackt bist, wenn wir schlafen«, befahl sie wieder in ihrem typischen selbstbewussten Tonfall.

»Warum?«

»Weil es schön ist, die Wärme deiner Haut an meiner zu spüren.«

Ich gehorchte.

Eng aneinandergeschmiegt – Romy wieder auf meiner Brust, meine Hand in ihrem Haar –, genossen wir die Stille, flüsterten uns kleine Schwüre zu, von denen ich niemals jemandem erzählen würde, weil es nur für uns bestimmt war, und schliefen ein.

»Wenn meine Mutter wüsste, dass ich erst am Mittag frühstücke, würde sie einen Anfall bekommen. Da ist sie extrem pingelig. Ich muss selbst am Wochenende zeitig aufstehen, damit wir gemeinsam essen können«, erzählte ich.

Romy verzog das Gesicht, während sie mir half, den Tisch im Esszimmer zu decken. Wir hatten es kaum aus dem Bett geschafft und es war herrlich gewesen, einfach liegen zu bleiben, mit ihr zu kuscheln, zu lachen und Sex zu haben, bis der Hunger uns doch dazu trieb, aufzustehen.

Ich betrachtete den Tisch. Butter, Marmelade, Honig, Nutella und verschiedene Wurstsorten – alles war vorhanden, fast wie bei einem Hotelbuffet. Die Brötchen buken im Ofen und verströmten einen angenehmen Duft.

Ich spürte Romys Blick auf mir und als ich zu ihr schielte, wurde mir bestätigt, dass sie mich musterte. Ich grinste, denn ich hatte mir heute extra ein weißes, luftiges Kleid angezogen, das mit Spitze versehen war und knapp über den Knien endete. Auf Höhe meiner Hüfte waren auf beiden Seiten Taschen eingenäht, die durch goldene Reißverschlüsse geöffnet werden konnten. In eine davon hatte ich mein Handy geschoben, was für eine Ausbeulung in dem Stoff sorgte, aber das minderte nicht die Schönheit des Kleidungsstücks. Ich liebte es! Generell war ich auf die Farbe Weiß fixiert, so wie Romy auf Schwarz, die heute aber auf Grau umgestiegen war, was ihr unglaublich gut stand.

Ich drehte den Kopf und musterte sie ebenfalls. Ihre Haare waren zerzaust vom Schlaf und auch wenn sie vorgeschlagen hatte, dass wir doch nackt frühstücken könnten, hatte ich sie dazu genötigt, sich etwas anzuziehen. Daraufhin hatte sie einen Schmollmund gezogen und gesagt, dass sie dann meine Brüste gar nicht würde sehen können. Ich hatte nur mit den Augen gerollt, aber dabei gelächelt. Es klang verrückt, aber es schmeichelte mir, dass sie meinen nackten Körper so sehr begehrte, dass sie ihn ständig sehen wollte.

Ich marschierte wieder in die Küche, um zu schauen, wie weit die Brötchen waren, und Romy folgte mir, was mich wieder dazu brachte, dämlich zu grinsen.

Das Radio trällerte vor sich hin und ich summte das Lied mit, bewegte mich durch die Küche und ließ absichtlich meine Hüften schwingen, um Romy damit ein bisschen verrückt zu machen. Berechnend, aber ich war in so einer ausgelassenen Stimmung wie noch nie.

Und das Beste? Es funktionierte! Kaum einen Wimpernschlag später spürte ich ihren Körper hinter mir, ihre Hände lagen auf meinen Hüften und sie drehte mich bestimmend zu sich herum. Ihre Augen funkelten amüsiert, während sie mich in den Armen hielt.

»Meine Mom kennt normalerweise auch keine Gnade, gemeinsames Essen ist ihr wichtig«, antwortete Romy auf das, was ich zuvor gesagt hatte.

Ich grinste. »Aber weder deine noch meine ist hier, also können wir tun und lassen, was wir wollen.«

»Und keiner sieht, was für ein ungezogenes Mädchen du bist«, hauchte Romy mit einem schelmischen Lächeln auf dem Gesicht.

»Oh ja, und wie ungezogen ich bin«, gurrte ich.

»Davon merke ich ja gar nichts«, neckte Romy.

Daraufhin fasste ich in ihren Nacken, zog sie bestimmend zu mir herunter und führte unsere Lippen aufeinander, die sich in einer sanften Berührung trafen, die stetig fester wurde.

»Hmmmm«, brummte Romy genüsslich, während ich meinen Mund öffnete, um sie noch intensiver küssen zu können.

Um mich herum wurde alles unwichtig. Ich blendete die Musik aus, die immer leiser in meinen Ohren wurde, bis sie verstummte, obwohl keiner von uns beiden die Lautstärke verändert hatte. Ich vergaß die Brötchen, die im Backofen eine goldbraune Farbe annahmen. Ab dem Moment, als ich Romys Lippen spürte, schalteten sich alle anderen Sinne aus. Man hätte meinen können, ich würde langsam immun gegen sie werden, aber Pustekuchen. Es war eher so, dass ich noch viel mehr von ihr wollte.

Wir befanden uns in einer Seifenblase, nichts um uns herum zählte mehr und wir hätten vermutlich nie wieder damit aufgehört, uns zu küssen, hätte in dem Moment nicht ein schriller Laut unsere Blase zum Platzen gebracht.

Es war ein Schrei des Entsetzens, der mir durch Mark und Bein ging und dafür sorgte, dass ich mich abrupt von Romy löste, sie fast schon erschrocken von mir stieß.

Ich drehte den Kopf, um den Ursprung des Geräusches zu ermitteln, und was ich sah, ließ mir schlagartig alles Blut aus dem Gesicht weichen. Es fühlte sich an, als hätte mir jemand in den Magen geboxt.

Im Türrahmen stand meine Mutter, den Mund weit geöffnet, und in ihren Augen spiegelte sich der gleiche Schock wieder, der mich in Romys Umarmung lähmte. Wut und Ekel mischten sich in den Blick meiner Mutter, als sie die Situation erfasste, und mir rutschte das Herz in die Hose, begleitet durch einen schmerzhaften Stich in meinem Magen.

Wie … war das möglich? Sie wollten bis morgen wegbleiben?! Nein … sie … nein, sie hatte … es gesehen … sie … hatte *uns* gesehen.

Eilig löste ich mich von Romy, obwohl ich wusste, dass es bereits zu spät war. Hitze und Kälte erfassten mich gleichzeitig und ich konnte meine Mutter nur anstarren, so wie sie mich anstarrte.

Wieso hatte ich die Haustür nicht gehört? Oder ihre Schritte? Hatte sie nach mir gerufen? Ich wusste es nicht, ich wusste überhaupt nichts! In meinem Kopf drehte sich alles und ein Kloß bildete sich in meiner Kehle, meine Hände begannen zu zittern.

»Was ist hier los?«, fragte meine Mutter und ihre Stimme war so kalt, dass sie mir direkt ins Herz schnitt.

Das Zittern meiner Hände erfasste meine Arme, wanderte hinab in meine Beine und ich war für einen Moment unfähig, etwas zu sagen.

Romy schwieg ebenfalls, entweder, weil sie genauso geschockt war wie ich, oder weil sie sich nicht einmischen wollte.

Scheiße. Wir waren am Arsch.

»Mama … ich … ich …«, begann ich, aber sie ließ mich gar nicht zu Wort kommen.

»Raus mit ihr«, fauchte sie, ihre Augen verengten sich zu Schlitzen und sie fixierte Romy, als wäre sie Ungeziefer.

»RAUS AUS MEINEM HAUS!«, brüllte sie abermals, als keiner von uns beiden sich bewegte.

Das plötzliche Aufschreien meiner Mutter ließ mich zusammenzucken und erst jetzt kam Bewegung in meinen zittrigen Körper. Ich drehte mich zu Romy, ihr Blick traf meinen und ich sah Entsetzen, aber auch eine innere Stärke in ihren Augen. Sie würde sich nicht einschüchtern lassen, aber wenn Romy jetzt bleiben würde, würde meine Mutter vermutlich ausrasten.

»E-Es ist b-besser, wenn du gehst«, brachte ich hervor, weil sich das Zittern auf meine Stimme ausgebreitet hatte. Ich spürte das Brennen hinter meinen Augen, versuchte aber, es zurückzudrängen, denn wenn ich jetzt weinen würde, würde Romy mich unter Garantie nicht mehr allein lassen.

»RAUS, RAUS, RAUS!«, brüllte meine Mutter noch eine Oktave höher, als würde sie gerade aufgespießt werden.

Ich verwandelte mich in ein kleines Mädchen, das sich unter dem Tisch versteckte, weil es von seiner Mutter angeschrien wurde. Tatsächlich war das einmal passiert, was Jahre zurücklag, aber jetzt fühlte es sich so an wie damals.

Romy schaute mich prüfend an, als wollte sie protestieren, doch als ich ein leises »Bitte« hauchte, nickte sie. Aber ich sah an ihrem Blick, wie ungern sie mich allein ließ.

Meine Mutter wurde ganz ruhig und das war noch viel schlimmer, als wenn sie getobt hätte. Sie beobachtete, wie Romy und ich die Küche verließen, und der Blick, den sie mir schenkte, ließ mich wünschen, Romy würde doch nicht gehen. Alles in mir wurde taub und die Angst umklammerte mich mit ihren kalten Klauen.

Wie mechanisch begleitete ich Romy zur Tür, die nicht einmal mehr ihre Sachen aus meinem Zimmer holte, sondern direkt ging.

»Ruf mich an, bitte. Ich werde vor Sorge umkommen«, murmelte sie und in ihren Augen lag ein flehender und verzweifelter Ausdruck der Machtlosigkeit.

Zu mehr als einem Nicken war ich nicht fähig, aber ich würde mich bei ihr melden. Schnell schloss ich die Tür und sperrte Romy aus, in dem Moment, als ich sie am meisten an meiner Seite gebraucht hätte.

Ich hörte Schritte hinter mir, die so laut waren, dass ich die Wut in den Bewegungen meiner Mutter hören konnte. Mein Vater war nirgendwo zu sehen, irgendetwas musste passiert sein, dass sie früher als geplant und ohne ihn nach Hause gekommen war.

Ich hatte gerade noch Zeit, mich umzudrehen, da stand sie schon direkt vor mir und ich konnte nicht schnell genug realisieren, was sie im Begriff war, zu tun.

Aber ich spürte es wenig später, als ihre Hand auf meine Wange traf, mit solch einer Wucht, dass mein Kopf zur Seite gedreht wurde. Zuerst war der Schock so groß, dass ich nichts spürte, doch als ich meine Mutter ansah, die die Hand hocherhoben hatte und schwer vor erzürnter Erregung atmete, breitete sich der Schmerz in meiner Wange wie ein Flächenbrand aus. Meine Augen füllten sich mit Tränen, ohne dass ich es aufhalten konnte. Wegen des Schmerzes, wegen der Scham und wegen der Angst, die in meinem Inneren tobte, wütete, alles mit sich riss. Meine Mutter hatte mich noch nie geschlagen und das zeigte mir, was sie von alldem hier hielt. Was sie von *mir* hielt.

Die Feuchtigkeit auf meinen Wangen vermochte das Brennen und Pochen nicht zu stillen und ich biss mir auf die Unterlippe, die bedrohlich zu zittern begann, wie der Rest meines Körpers es bereits tat.

»Wie kannst du nur?!«, brüllte meine Mutter aufgebracht, dabei fasste sie sich ans Herz, als hätte sie einen Infarkt. »Mit einer FRAU?!« Das letzte Wort ging in einem hysterischen Kreischen unter. »Ich dachte, ich hätte in der Erziehung alles richtig gemacht. Eine *Frau*, Sam! Das ist widerwärtig! Und das auch noch in meiner Küche, das ist ekelhaft!«

Sie schrie so laut, dass es mich nicht gewundert hätte, wenn man ihre Worte, die sich wie ein Dolch in mein Herz bohrten, noch auf der Straße hörte.

*Das ist ekelhaft.*

*Das ist ekelhaft.*

*Das ist ekelhaft.*

Wie eine defekte Schallplatte wurden die Worte in meinem Kopf abgespielt. Meine schlimmsten Befürchtungen waren wahr geworden und ich hatte so mit den Tränen zu kämpfen, dass ich gar nichts sagen konnte. Aber ich bezweifelte, dass ich gegen ihr Geschrei angekommen wäre.

»Warte nur, bis dein Vater davon erfährt!« Ihr Gesicht war rot vor Zorn, so wie meine Wange von ihrer Ohrfeige rot sein musste. Ihre Augen waren weit aufgerissen und sie untermalten jeden ihrer Sätze mit Abscheu und Ekel.

»Mama … bitte …«, wimmerte ich wie eine Vierjährige, doch sie schien mich gar nicht zu hören.

»Ich fasse es nicht! Jetzt ergibt es auch alles Sinn! Deswegen hast du mit Robin Schluss gemacht.« Sie presste sich die Hand noch fester an die Brust und ich zuckte zusammen, als hätte sie mich abermals geschlagen.

Ein Schluchzen entwich meiner Kehle. Hatte ich geglaubt, dass die Schule die Hölle wäre, war sie das Paradies zu dem, was meine Mutter mit mir machte. Wie sie mich ansah, wie sie mit mir redete und dass sie mich wirklich geohrfeigt hatte.

»Der arme Junge! Er war so gut zu dir und für was lässt du ihn sitzen? Für ein dahergelaufenes Flittchen!«

»R-r-rede n-n…« *Rede nicht so über sie,* war das, was ich versuchte, zu sagen, aber mein Schluchzen zwang mich in die Knie, sodass die Worte meine Lippen nicht verlassen konnten.

*Ein dahergelaufenes Flittchen!*

»Du wirst das in Ordnung bringen, Sam! Du bringst das wieder in Ordnung, hörst du? Du bist eine Enttäuschung als Tochter!«, spie sie mir entgegen und das war der Moment, in dem die Worte aus mir herausbrachen.

»Und du bist eine Enttäuschung als Mutter«, schrie ich nun ebenfalls, ohne darüber nachzudenken. Sturzbäche von Tränen rannen mir aus den Augen und über meine Wangen.

Diesmal sah ich sie kommen. Die Hand, die sich auf mich zubewegte und fast dieselbe Stelle noch mal traf. Nur heftiger. Sie ließ mich meine Worte bereuen, als mein Kopf so heftig zur Seite zuckte, dass die Haarsträhnen aufgewirbelt wurden und an meiner nassen Wange hängen blieben.

Das war der Moment, in dem ich mich in mich selbst zurückzog.

Das war der Moment, in dem ein Teil meiner Welt zerbrach und ich mich wieder unter dem Tisch versteckte. Nicht wortwörtlich, aber ich hielt es nicht mehr hier aus.

Der Schmerz in meiner Wange, als hätte sie mir ein Bügeleisen ins Gesicht gedrückt. Das Gefühl, keine Luft zu bekommen. Die Stiche in meinem Herzen, als würde man mir ein Messer immer und immer wieder in den Brustkorb rammen. Der Wunsch, in Romys Armen zu liegen, der größer denn je war. Denn nur sie konnte meine Welt noch zusammenhalten.

Also floh ich.

Sobald alles um mich herum aufhörte, sich zu drehen, wirbelte ich herum und riss mit zittrigen Fingern die Tür auf.

»WO WILLST DU HIN?!«, kreischte meine Mutter regelrecht, dass es mir in den Ohren wehtat wie das Geräusch einer Kreissäge.

Ich gab keine Antwort und sie war nicht schnell genug bei mir, um mich zurückzuhalten, was ich ihr durchaus zugetraut hätte.

Ich stürmte aus dem Haus, hinaus in gleißendes Sonnenlicht, und glaubte schon, dass ich in Romys Armen landen würde, die vor der Tür gewartet hatte, aber sie war nicht da. Seltsamerweise enttäuschte mich dieser Umstand, denn im Augenblick war sie die einzige Person, die ich jetzt bei mir haben wollte.

Blind vor Tränen rannte ich los. Meine Füße flogen regelrecht über den Asphalt und ich ließ die Worte meiner Mutter hinter mir. Nur den Schmerz in meiner Wange nahm ich mit, als ich so viel Entfernung zwischen mich und mein Elternhaus brachte, wie es nur irgendwie möglich war.

Ich wusste nicht, wohin, aber ich lief, als wäre der Teufel hinter mir her.

# 26

# Gebrochene Flügel

Hier saß ich, zusammengekauert wie ein Häufchen Elend. Mir war nicht kalt, aber auch nicht warm. Ich spürte nichts, nicht einmal mehr den flammenden Schmerz in meiner Wange. Alles war wie betäubt.

Ich lehnte am Geländer der Brücke, an der ich mich zuletzt mit Robin getroffen hatte. Die Arme um die Knie geschlungen, unfähig, mich aus meiner Starre zu lösen. Selbst als ich an meinen Exfreund dachte, keimte keines der vertrauten Gefühle in mir auf. Da war nur die Leere, eine bleierne Leere, die mir half, nicht zusammenzubrechen.

Eine ganze Weile saß ich schweigend hier und ließ mich von dem Nichts erfüllen. Ich wusste nicht, wie viel Zeit vergangen war, als ich aus meiner Lethargie erwachte, dankbar dafür, dass kein Passant vorbeigekommen war und mich in diesem Zustand gesehen hatte. Generell kamen hier nur wenige Menschen vorbei, höchstens mal ein einsamer Jogger oder ein Spaziergänger mit Hund. Deswegen war es für mich und Robin ein gemeinsamer Platz geworden, wenn die Augen meiner Mutter uns zu sehr bewacht hatten. Aus Angst, ich könnte Robin nicht gut genug behandeln. Hätte sie doch nur das gleiche brennende Interesse Romy gegenüber.

Die Erinnerung an ihre Worte und die Ohrfeigen überflutete meinen Kopf, zerbrachen mit der Wucht eines Rammbocks die Mauer der inneren Leere, hinter der ich mich in Sicherheit gewogen hatte.

Ich zitterte, Tränen sammelten sich abermals in meinen Augen, die schon schmerzhaft brannten, meine Nase lief und ich hatte kein Taschentuch dabei.

Ich hob den Kopf, leckte mir die salzige Nässe von den Lippen. Hier konnte ich nicht sitzen bleiben, aber nach Hause wollte ich auf keinen Fall. Nicht heute und garantiert auch nicht morgen. Ich wollte meiner Mutter nicht unter die Augen treten. Ich wollte am liebsten gar nicht mehr nach Hause! Sollte sie doch sehen, was sie davon hatte.

Mein erster Impuls waren Wut und Trotz, die aber schnell in Trauer und Hilflosigkeit umschlugen. Ich hatte nichts dabei, außer die Kleidung, die ich am Leib trug …

Moment!

Geistesabwesend tastete ich über meinen Körper und fand mein iPhone, das ich in die eingenähte Tasche des Kleides geschoben hatte. Diesmal schluchzte ich vor Erleichterung auf. Ich brauchte drei Versuche, bis ich den Bildschirm entsperrt hatte, während die Tränen auf das Display tropften.

Dann rief ich Romy an.

Nach dem zweiten Freizeichen ging sie dran.

»Sam?« Ihre Stimme klang besorgt, fast schon panisch, und das brachte noch mehr Dämme in mir zum Brechen.

»Romy.« Dieses Wort war nur ein Schluchzen und ich klammerte mich ans Telefon, als wäre es Romy selbst.

»Schsch, Baby, ganz ruhig. Was ist passiert?«, fragte sie sorgenvoll und ich hörte, wie ihre Stimme brach.

Ich schaffte es nicht, irgendetwas zu sagen, erneut wurde ich von Heulkrämpfen geschüttelt.

»Rede mit mir, bitte«, flehte Romy, als ich mehrere Minuten nur in den Hörer geweint hatte.

»Kannsumich holen?«, brachte ich endlich hervor.

»Was? Ich kann dich nicht verstehen.« Ihre Stimme war voller Angst.

Ich atmete tief durch, versuchte, meine Worte verständlich klingen zu lassen. »Kannst … du … mich holen?« Es brauchte viel länger als üblich, bis ich diesen Satz beendet hatte.

»Sofort. Wo bist du?«

Ich brachte unter einem erneuten Schub von Tränen die Beschreibung der Brücke hervor und Romy wusste sogar, wo diese war. Sie bot mir an, am Telefon zu bleiben, bis sie da war, aber ich versuchte ihr zu sagen, dass ich mich beruhigen wollte. Ich wollte nicht, dass sie das Handy am Ohr hatte, wenn sie mit dem Auto fuhr! Ihr gefiel diese Idee nicht, aber ich legte einfach auf und weinte so heftig, dass ich glaubte, ersticken zu müssen.

Ich wusste nicht, wie lange ich dasaß, aber ich vermutete, dass es nicht mehr als fünf Minuten waren, als ein Pkw angerast kam, als wäre die Polizei hinter dem Fahrer her.

Romy stieg aus, ließ den Motor laufen und ich stemmte mich mit wackeligen Beinen in die Höhe.

Erneut brannten Tränen in meinen Augen. Ich hatte geglaubt, dass ich sie bereits alle geweint hatte, aber immer wieder kamen neue nach, wie aus einer nicht versiegenden Quelle.

»Sam!«, brüllte Romy, als würde ich auf dem Geländer stehen und nicht mitten auf der Brücke, und ihre Stimme, allein ihre Anwesenheit, half mir, innerlich ein wenig ruhiger zu werden.

In wenigen Schritten war sie bei mir, fing mich mit ihrem warmen, schützenden Körper auf. Ich klammerte mich an sie, als wäre ich eine Ertrinkende und sie ein Stück Treibholz, das mich über Wasser hielt. Ich vergrub mein Gesicht an ihrer Brust, weinte hemmungslos in ihr T-Shirt und atmete bei jedem Luftholen ihren vertrauten Duft ein, den ich überall auf der Welt wiedererkannt hätte.

*Ein dahergelaufenes Flittchen.*

Ein Peitschenhieb hätte weniger wehgetan als die Worte meiner Mutter, die sich in meine Gedanken brannten.

Romy hielt mich, ließ zu, dass ich in ihrem Armen zusammenbrach. Am Anfang flüsterte sie immer wieder: »Ist schon gut, Baby, ich bin hier, ich bin hier. Alles ist gut.« Aber auch das stellte sie irgendwann ein und schwieg so lange, bis keine Tränen mehr nachkamen. Ich fühlte mich ausgelaugt, meine Augen brannten und beschämt musste ich feststellen, dass ich Romys Shirt besudelt hatte. Dort, wo ich meine Augen daran gepresst hatte, hatte sich ein großer dunkler Fleck ausgebreitet.

Romy hob meinen Kopf zärtlich an, sodass wir uns anschauen konnten. Mit dem Finger strich sie mir die verblassenden Spuren fort und ihre Liebkosung war wie Salbe auf einer Brandwunde, auch wenn meine Wange an der Stelle, an der die Hand meiner Mutter mich getroffen hatte, protestierend pulsierte.

Ich ließ mir nichts anmerken.

»Ist ja gut«, flüsterte Romy und in ihren Augen standen Tränen, die – anders als meine – nicht den Weg nach draußen fanden.

Ich beruhigte mich mit jedem Atemzug ein wenig mehr, bis meine Gedanken sich klärten und ich wieder freier atmen konnte.

»Was … ist mit deiner Wange?«, keuchte Romy, als sie mein Gesicht zur Seite drehte, um es genauer zu inspizieren. Der Schock spiegelte sich in ihren Augen.

»Sie … sie … hat mich geschlagen«, sagte ich mit brüchiger Stimme und es auszusprechen tat noch mehr weh als die zwei Ohrfeigen selbst.

»Sie hat was?«, presste Romy hervor und die Wut loderte in ihren Augen wie Feuer.

»Zweimal«, flüsterte ich, aus Angst, Romy könnte ausrasten, wenn ich es zu laut sagte.

Sie schloss die Augen, atmete mehrmals tief durch und ich spürte, wie ihr Körper zitterte, so wie meiner es zuvor noch getan hatte.

»Du wirst da nicht wieder hingehen. Du kommst mit zu mir und bleibst heute Nacht bei mir!«, polterte sie direkt los, mit einem Tonfall, der keinen Widerspruch duldete, und ich beugte mich ihr nur zu gern. Nirgendwo wäre ich lieber als bei ihr.

»Komm. Du musst dich aufwärmen. Ich bringe dich in Sicherheit und dann werde ich dich nicht mehr loslassen. Es tut mir so leid, Sam.«

Ich wollte ihr sagen, dass sie sich für nichts zu entschuldigen hatte, aber ich nickte nur und ließ mich von ihr zum Auto führen, dessen Fahrertür offen stand, während der Motor laut brummte.

Als wir bei Romy zu Hause ankamen, konnten wir ihrer Mutter nicht verheimlichen, dass etwas passiert war. Unglücklicherweise stand sie im Flur der Wohnung, als wir diese betraten, und bevor Romy mich in ihr Zimmer bringen konnte, traf mein Blick auf den von Holly. Das Entsetzen in ihrem Gesicht erinnerte mich an das meiner Mutter, als sie Romy und mich zusammen gesehen hatte, sodass mein Herz sich unter der Erinnerung krümmte.

Doch es war eine andere Art von Schock. Ohne zu fragen, was passiert war, befahl Holly ihrer Tochter, mich ins Wohnzimmer zu bringen. Romy bugsierte mich aufs Sofa, legte eine Decke um meine Schultern, in die ich mich dankbar kuschelte, weil ich fror, als hätte ich in Eiswasser gebadet.

Ich hätte vor Rührung heulen können, hätte ich nicht bereits schon so viel geweint, als Holly mit heißem Kakao, auf dessen Oberfläche ein Klecks Sahne schwamm, ins Wohnzimmer kam und mir mit einem »Trink das, Darling, das muntert auf« die Tasse in die Hand drückte.

Für den Bruchteil einer Sekunde wünschte ich mir, *sie* wäre meine Mutter.

Sie wartete, bis ich die Hälfte ausgetrunken hatte, ehe sie zaghaft fragte, ob ich erzählen wollte, was passiert war.

Und das tat ich. Es platzte aus mir heraus, als hätte man eine Nadel in einen Luftballon gestochen. Romy ergänzte hier und da die Erzählung, wenn mir die Stimme versagte und ich nicht weitersprechen konnte.

Holly stieß auf Englisch eine Reihe von Flüchen aus, deren Bedeutung ich nicht kannte, aber als ich Romys entsetzten Blick sah, wurde mir klar, dass es sich wohl um Schimpfwörter handelte, die niemand aus dem Mund seiner Mutter hören wollte.

*Dahergelaufenes Flittchen.*

Meine Finger krampften sich um die Tasse und fast wünschte ich mir, sie wäre noch so heiß, dass der Schmerz mich von meinen Gedanken ablenkte. Von den Worten, die ich nie würde vergessen können. Würde ich daran denken, wenn ich meiner Mutter in die Augen sah? Ich schob den Gedanken von mir. Ich wollte mich nicht damit auseinandersetzen.

Unerwartet legte sich eine Hand auf meinen Rücken. Im ersten Moment vermutete ich Romy, aber ich sah, dass es ihre Mutter war, die mich tröstete und in einer mütterlichen Geste streichelte.

»Du armes, armes Mädchen«, murmelte sie einfühlsam, was mein Herz erneut dazu brachte, zu verkrampfen. Zum einen Teil, weil ich gerührt war, da sie sich so intensiv und liebevoll um mich kümmerte, zum anderen, weil ich mir wünschte, meine eigene Mutter wäre so. Von ihr konnte man keinen Trost erwarten, nur Tadel. Von ihr konnte man keine Umarmungen erwarten, nur überteuerte Geschenke.

Meine Wange pochte nur noch dumpf, erinnerte mich aber schmerzhaft daran, dass das alles kein böser Traum war, sondern Realität. Ich presste die Lippen aufeinander, um nicht erneut los zu weinen.

Wie hätte ich vor Romy wissen sollen, was wirkliche Liebe war, wenn ich sie selbst nie richtig erfahren hatte?

Meine Freundin legte mir den Arm um die Schultern, zog mich beschützend an sich, sodass Hollys Finger von meinem Rücken rutschten. Ich bettete meinen Kopf an Romys Schulter, schmiegte mich an sie und gab mich ihrer Nähe hin.

Romy gab mir Kraft, durchzuhalten. Sie war die Naht, die meine Wunde zusammenhielt, bis sie verheilt war.

»Ich kann nicht nachvollziehen, wie man seinem eigenen Kind so etwas antun kann. My sweet Darling, du bist hier immer herzlich willkommen und kannst so lange bleiben, wie du willst!«

Romy strich mir sanft durch die Haare und ich hörte, wie sie sich bei ihrer Mutter bedankte. Ich tat es ihr gleich, was Holly natürlich nicht hören wollte. Sie murmelte auf Englisch, es wäre eine Selbstverständlichkeit.

Damit ließ sie Romy und mich allein, aber nicht ohne mich noch einmal wissen zu lassen, dass ich jederzeit mit ihr würde reden können. Und dass ich mich nicht scheuen sollte, danach zu fragen, wenn ich etwas brauchte.

So viel Herzlichkeit schnürte mir die Kehle zu, wenn ich nur daran dachte, wie meine Mutter sich im Gegensatz Romy gegenüber verhalten hatte. Ich hatte das Bedürfnis, mich bei ihr zu entschuldigen, aber ich wusste, sie würde davon nichts hören wollen.

Holly zog die Tür hinter sich zu und ich hatte gerade nicht die Kraft, mich aufzusetzen, um in Romys Zimmer zu gehen, weswegen wir eng aneinander geschmiegt dasaßen und ich mich von Romy wärmen ließ.

Sie hauchte zarte Küsse auf mein Haar und ich gab ein leises Seufzen von mir. Dieser ganze Tag kam mir wie eine entfernte Erinnerung vor und nicht so, als wäre das alles erst vor wenigen Stunden passiert. Es hatte mich total ausgelaugt und ich war zu nichts mehr fähig, als hier zu sitzen, mich von Romy halten zu lassen und ab und an einen Schluck heiße Schokolade zu trinken.

»Wieso bist du nicht direkt zu mir gekommen?«

Es lag kein Vorwurf in Romys Stimme, sie klang eher, als würde sie wissen wollen, was mich dazu gebracht hatte, zu der Brücke zu laufen.

Ich wusste es selbst nicht.

»Ich habe nicht darüber nachgedacht, wohin ich laufe. Ich bin einfach gerannt, als wäre der Teufel hinter mir her, und weiß Gott, das war er. Und dann war ich bei der Brücke, weil sie ein mir vertrauter Platz ist.«

Romy schwieg mehrere Sekunden und ich hörte ihren gleichmäßigen Herzschlag, der mich beruhigte wie die Melodie eines Schlafliedes.

»Als du mich angerufen hast … und etwas von einer Brücke geredet und dabei so heftig geweint hast … Mein Gott, Sam, ich dachte, du würdest dich umbringen wollen!«

Ihre Worte drückten schwer auf meine geschundene Seele, zerquetschten mich fast mit ihrer Last, weil es mir unendlich leidtat, dass sie sich solche Sorgen gemacht hatte. Und weil es mir das Gefühl gab, dass ich wenigstens einer Person nicht egal war.

»Ich wollte dir keine Angst machen«, versicherte ich und jetzt kam Bewegung in meinen Körper. Ich löste mich etwas aus ihren Armen, stellte die Tasse auf dem Wohnzimmertisch ab und drehte mich zu Romy, um sie ansehen zu können.

»Ich weiß, Baby«, sagte sie sanft.

Wir sahen uns in die Augen, mehr taten wir nicht. Aber trotzdem war dieser Moment so intim, dass es mir peinlich gewesen wäre, hätte uns jemand gestört.

Ich hatte keine Ahnung, wie ich weitermachen sollte. Mir graute es davor, überhaupt noch einen Fuß in das Haus meiner Eltern zu setzen, und ich hoffte, dass wenigstens mein Vater auf meiner Seite stehen würde. Gewissheit hatte ich nicht und das machte mir Angst. Doch all das schrumpfte für einen Augenblick zusammen, denn wenn Romy mich so ansah, wie sie es jetzt tat, gab sie mir das Gefühl, dass ich es irgendwie durchstehen würde. Meine Flügel waren zwar gebrochen, aber ich würde trotzdem nicht aufgeben, wieder in den Himmel aufzusteigen.

»Ich würde mich gern hinlegen und einfach nur einen Film schauen. Kommst du mit und hältst mich fest?«, fragte ich und kaute auf meiner Unterlippe. Ich wollte mich ablenken und mich von Romy trösten lassen.

»Natürlich«, versicherte sie.

Wir hatten uns einen Film angesehen und Romy hatte mich dabei ganz fest gehalten. Immer wenn die Tränen doch wieder herausgebrochen waren, weil ich es – egal wie sehr ich es wollte –nicht schaffte, nicht an zu Hause und die Situation zu denken, hatte Romy mich ganz fest an sich gedrückt und mich weinen lassen.

Holly war zwischendurch gekommen, um nach uns zu schauen, mit ihr hatten wir auch noch lange und intensiv geredet. Durch diesen Moment war sie mehr eine Mutter für mich geworden, als es meine eigene war, die sich noch nicht einmal bei mir gemeldet hatte, als wäre es ihr egal, wo ich war.

Und obwohl ich sauer und verletzt war, enttäuschte mich ihre Ignoranz. Das war so dumm, es war so dämlich, aber es tat weh.

Ich seufzte und kuschelte mich stumm an Romy.

Die ganze Zeit über lagen wir eng aneinandergeschmiegt im Bett und schwiegen so viel wie noch nie, aber sagten uns durch die Stille doch so viel. Wir berührten uns immer wieder – nicht sexuell –, streichelten und küssten uns.

Es war, als wollten wir beide den Moment genießen.

Es war, als hätten wir Angst, dass es irgendwann vorbei sein könnte.

Am Sonntagabend entschloss ich mich dazu, nach Hause zu gehen. Ich brauchte frische Kleidung und würde mich nicht ewig verstecken können. Meine Mutter hatte mir eine kurze Nachricht geschrieben, in knappen drei Worten: *Wo bist du?* Kein *Es tut mir leid, dass ich dich geschlagen habe* oder ein *Lass uns darüber reden, komm bitte wieder nach Hause*. Pustekuchen! Also hatte ich es auch nicht für nötig gehalten, zu antworten.

Jetzt würde ich mich dem aber doch stellen müssen und ich hatte die vage Hoffnung, dass meine Mutter einsah, dass sie falsch reagiert hatte. Ich wusste, dass sie ab und an impulsiv sein konnte. Auch wenn es so dumm war, aber ein Teil in mir verteidigte sie immer noch.

Nun stand ich vor der Tür meines Elternhauses. Ich warf einen letzten Blick zurück und begegnete durch das Fenster dem von Romy. Sie saß noch im Auto, weil sie mir versprochen hatte, zehn Minuten zu warten, falls ich es mir anders überlegte oder es sich zwischen mir und meinen Eltern abermals hochschaukeln sollte.

Mein Magen war ein einziger Klumpen, als ich die Tür aufschloss und das Haus betrat. Ich hörte leise Stimmen sowie Geräusche und hielt den Atem an. Alles in mir rebellierte, auch nur einen Schritt weiterzugehen. Es war verrückt, wie sehr der Ort, an dem ich mich immer beschützt und wohl gefühlt hatte, nun solche negativen Empfindungen in mir auslösen konnte.

Ich zögerte, überlegte wirklich, auf dem Absatz kehrtzumachen, aber es nützte nichts, wenn ich weiterhin vor den Problemen wegließ. Sie würden mich ja doch einholen.

Ich schloss die Tür lauter, als es nötig gewesen wäre, woraufhin die Gespräche verstummten. Wenig später hörte ich Schritte näher kommen.

Mein Herz begann zu rasen und einen Wimpernschlag darauf stand sie im Türrahmen: meine Mutter. Ihre Augen funkelten wütend in meine Richtung.

»Da bist du ja wieder«, fauchte sie, als wäre ich ein streunender Hund, den sie versucht hatte, loszuwerden.

Meine Schultern sackten nach unten, als ich in ihre Augen blickte. »Ja«, war alles, was ich sagen konnte.

»Dein Vater ist vor einer Stunde zurückgekommen, ich habe ihn selbstverständlich über alles informiert. Komm mit, wir müssen darüber reden«, sagte sie eiskalt und die Verlockung, zurück zu Romy zu gehen, war in diesem Moment so groß.

Aber ich schluckte meine Sehnsucht herunter, versuchte, meine Angst zu bändigen, und ging mit wackligen Schritten auf meine Mutter zu. Diese drehte sich um, ging in das riesige und ordentliche Wohnzimmer. Mein Vater saß in einem Sessel und als er aufsah, schnitt sein enttäuschter Blick mir ins Herz.

*Papa, bitte schau mich nicht so an!*, hätte ich am liebsten gebettelt, aber kein Laut verließ meine Lippen.

Ich konnte kaum atmen und am liebsten hätte ich mich wieder zu einem heulenden Ball zusammengerollt. Ich kam mir vor, als hätte ich meine Eltern bestohlen oder jemanden ermordet, so wie sie mich anschauten.

Meine Mutter umrundete den Sessel, stellte sich hinter ihn, sodass sie ihre Hände auf die Lehne stützen konnte. So stand sie bei meinem Vater. Beide hatten ihre bohrenden Blicke auf mich gerichtet, als wäre ich eine Angeklagte, die in den Gerichtsaal geführt worden war. Es fehlten nur noch die Handschellen und ein orangefarbener Overall, wie man ihn von amerikanischen Häftlingen kannte.

Für ein paar Sekunden war es so still, dass man eine Stecknadel hätte fallen hören können. Die Ruhe vor dem Sturm, der im nächsten Wimpernschlag mit voller Kraft ausbrach, wütete und versuchte, alles zu zerstören.

»Du wirst aufhören, dich mit diesem Mädchen zu treffen«, forderte meine Mutter mit ruhiger Stimme

Ich biss mir auf die Unterlippe, so fest, dass ich Blut schmeckte, nur um dem Drang, zu weinen oder zu schreien, nicht nachzugeben.

»Das kann ich nicht«, brachte ich heraus und meine Stimme klang so zerbrechlich wie Glas. Die Qual musste mir ins Gesicht geschrieben stehen, aber meine Eltern zeigten keine Gnade.

»Wenn du dich weiter mit ihr triffst, fliegst du nach deinem Abitur raus. Du wirst das Auto zurückgeben und für die Kosten für das Wochenende, das du unter Garantie mit diesem Flittchen verbracht hast, aufkommen. Jeden Cent. Du kannst ja deine *Freundin* fragen, ob sie dir das Geld gibt, oder du suchst dir schon mal einen Job. Außer, du kommst zur Vernunft und kehrst zu Robin zurück.«

Ihre Worte waren wie Peitschenhiebe, die mit Widerhaken versehen waren. Das konnte sie nicht ernst meinen?! Ich schaute Hilfe suchend zu meinem Vater, aber er sagte nichts. Er blickte mich nur schweigend an. Unnachgiebig wie kugelsicheres Glas.

»Mama ... bitte ...«, flüsterte ich erstickt, denn meine ganze Welt schien zusammenzubrechen. Die verbalen Attacken in der Schule waren schlimm gewesen, ja. Aber das hier war Folter. Ich hatte erwartet, dass sie wütend, vielleicht sogar enttäuscht sein würde. Aber sie wollten mich rausschmeißen? Weil ich jemanden liebte?

»Nenn mich nicht so. Du bist nicht mehr meine Tochter, solange du das nicht in Ordnung gebracht hast.«

Mein Vater schwieg immer noch und das war viel, viel schlimmer als alles, was meine Mutter sagte. Er stellte sich nicht auf meine Seite, sondern auf ihre, indem er nichts tat. Indem er zuließ, dass ihre Worte meine Seele zerrissen.

Tränen schimmerten nun doch in meinen Augen, ließen mich meine Eltern nur verschwommen wahrnehmen.

»Ich kann nicht«, flüsterte ich erstickt.

»Dann hast du bis zum Abitur Zeit, dir eine Wohnung zu suchen. Sei deinem Vater dankbar, ich hätte dich sofort rausgeschmissen.«

Die verbale Ohrfeige tat mehr weh als die beiden, die sie mir körperlich verpasst hatte.

Ich biss mir noch fester auf die Unterlippe, ignorierte den Schmerz, denn er war gar nichts im Vergleich zu dem seelischen, und wandte mich ab. Meine Eltern sagten nichts mehr, sie ließen mich gehen und ich flüchtete. Nicht wieder zu Romy, sondern in mein Zimmer, solange es das noch war.

Dort schloss ich die Tür und verharrte mit dem Rücken an sie gelehnt. Mir fielen zuerst Romys Sachen auf, die sie hier zurückgelassen hatte, als wären sie ein Magnet, der meinen Blick anzog.

Vor ein paar Tagen war noch alles in Ordnung gewesen. Das erschien mir jetzt, als läge es eine Ewigkeit zurück.

Es dauerte fünf Herzschläge, bis ich an der Tür nach unten rutschte. Ich starrte ins Leere. Alles rückte in den Hintergrund.

Wenn ich Romy festhalten würde, würde ich alles verlieren.

Würde ich sie loslassen, würde ich mich selbst und die Liebe verlieren.

Egal, für was ich mich entschied, es würde mich beides auf eine Art und Weise zerstören, dass ich nicht mehr dieselbe sein würde.

# 27

# Am Ende der Kräfte

In den kommenden beiden Wochen änderte sich nichts. Meine Mutter hatte wiederholt betont, dass ich es noch mal mit Robin versuchen sollte, wenn ich nach dem Abitur bei ihnen wohnen bleiben wollte. Doch wenn ich eine Chance gehabt hätte, wäre ich noch vor besagtem Termin freiwillig ausgezogen.

Mittlerweile ignorierte mich der mütterliche Elternteil. Sie reagierte nicht mehr, wenn ich sie ansprach oder etwas fragte. Ich wusste nicht, ob das schlimmer war als ihre gehässigen und beleidigten Worte oder ob ich deswegen froh sein sollte.

Mein Vater behandelte mich relativ normal. Beziehungsweise er tat so, als wäre nichts gewesen. Er sprach weder Romy noch das Ultimatum an, aber das Verhältnis zwischen uns war irgendwie steif geworden. Er machte keine Witze mehr, wenn wir am Esstisch zusammensaßen. Er nahm mich nicht mehr wortlos in den Arm – so wie früher, wenn er mir angesehen hatte, dass etwas nicht in Ordnung war. Mir ging es damit gar nicht gut und auch wenn Romy die Stütze in meinem Leben war, vermochte selbst sie den Kloß in meinem Hals, den Eisklumpen in meinem Magen und die Fesseln um mein Herz nicht gänzlich zu lösen.

Unsere Beziehung litt darunter. Ich konnte und wollte nicht ständig über diese Probleme reden und zog mich in mich selbst zurück. Bis auf ein paar Zärtlichkeiten tauschten wir nichts miteinander aus.

Der Druck war einfach zu groß und ich wusste nicht, was ich tun sollte. Zuerst der Horror in der Schule und jetzt stellten sich auch noch meine Eltern gegen mich. Ich brauchte Abstand, um nachdenken zu können, wie ich weitermachen sollte. Aber loslassen wollte ich das, was ich mir immer gewünscht hatte, auch nicht. Nur war es jetzt nicht so, wie ich es immer gewollt hatte. Es war die Hölle auf Erden.

Romy jedoch war geduldig und betonte immer wieder, dass es ihr nichts ausmachte, wenn ich ein wenig Zeit brauchte, um mich zu sortieren, solange wir das gemeinsam durchstehen würden. Sie riet mir, bei anderen Verwandten unterzukommen, immerhin war ich volljährig und musste mich nicht an meine Eltern binden.

Mir war zwar Oma Maria eingefallen, aber ich wusste nicht, wie sie dazu stehen würde, dass ich eine Frau liebte. Ich hatte furchtbare Angst, dass sie zu meiner Mutter halten würde. Dass sie mir sagen würde, dass es gegen die Natur war, auch wenn sie sonst so tolerant wirkte. Sie kam aus einer konservativen Zeit und ich würde es nicht ertragen, würde sie mich auch von sich wegstoßen. Ich war nicht bereit, dieses Risiko einzugehen.

Und auch wenn Romy mein Sicherheitsnetz war, hatte ich das Gefühl, dass auch sie unter den Belastungen begann, zu zerreißen.

Konnte ich ihr das alles antun?

Konnte ich *uns* das alles antun?

Mit den kreisenden Gedanken, die ich mir täglich machte, betrat ich nach dem Sportunterricht die Umkleidekabine und die Blicke der anderen Schülerinnen richteten sich direkt auf mich.

»Vorsicht, Mädels, zieht euch nicht vor ihr aus, sonst wird die Lesbe noch geil«, schallte eine Stimme durch den Raum, während ich zu meinem Stammplatz ging.

Das war nichts Neues, so lief das nach dem Sport immer. Meistens befahlen die Mädels mir, dass ich mit dem Umziehen warten sollte, bis sie alle draußen waren, aber heute hatte ich keinen Nerv dafür. Mein Leben brach auseinander, für ein paar Monate Glück, die ich mir gegönnt hatte, da konnte ich mir nicht noch das hier geben.

Ich ignorierte das Gekicher und das Geflüster und kramte mit einem dicken Kloß im Hals meine Alltagskleidung aus meiner Tasche.

»Sag mal, Sam«, begann Linda mit stichelndem Unterton.

Ich ignorierte sie.

»Macht es dir eigentlich Spaß, eine Pussy zu lecken?«

Gelächter erfüllte die Umkleide und brachte meine Ohren fast zum Platzen. Die anderen aus der Schule hatte zwar das Interesse an den Obszönitäten verloren, aber Linda und ihre Clique nicht. Immer wenn es sich beruhigte, goss sie Öl ins Feuer, um die Flamme erhalten zu können.

Wie so oft bildete sich ein Kloß in meinem Hals. Ich hörte die Schimpfwörter Lesbe, Pussyleckerin und wie sie mich sonst noch nannten, spürte den Druck, dass der Schulabschluss immer näher rückte und meine Eltern mich vor die Tür setzen würden. Ich fühlte mich wie Sisyphos, der den Stein immer und immer wieder den Berg hinaufrollen musste. Doch dieser würde mich irgendwann unter sich zerquetschen, wenn ich meine Kraft endgültig verlor.

»Halt die Klappe, Linda.«

Das war eine andere Stimme, die mich sogar dazu brachte, aufzuschauen. Ella stand neben mir. Sie war die Einzige, die den Platz neben mir nicht frei gelassen hatte, wie es die anderen Schülerinnen getan hatten.

Einige der Mädchen verzogen sich in die Dusche, um sich dort umzuziehen, damit ich ihre halb nackten Körper nicht sah.

»Was hast du gesagt?«, fragte Linda eisig und gab Ella die Chance, sich zu korrigieren. Ich war mindestens genauso überrascht.

»Ich habe gesagt, du sollst die Klappe halten. Sam hat niemandem etwas getan und dir macht es wohl Spaß, auf Schwächeren herumzuhacken. Du fühlst dich auch nur stark, weil du deine Clique im Rücken hast. Ohne sie wärst du nichts. Also komm mal wieder runter von deinem Trip.«

Ellas Stimme klang unglaublich fest, so wie sie es in den ganzen Jahren noch nie getan hatte. Ihre Augen funkelten entschlossen, als sie sich an meine Seite stellte, und ich war so perplex, dass ich gar nicht reagieren konnte. War sie es nicht gewesen, die sich auch von mir abgewandt hatte?

»Du stellst dich auf die Seite der Lesbe? Bist du vielleicht auch so eine Schlampe, die Muschis leckt?«

Es war still in der Umkleide geworden und alle Blicke hatten sich auf Linda, Ella und mich gerichtet. Keiner sagte mehr etwas und ich hatte das Gefühl, gleich an Ort und Stelle zusammenzubrechen.

Ich wollte einfach nur noch, dass es aufhörte.

*Bitte, Gott, mach, dass es aufhört!*

»Wenigstens bin ich nicht so erbärmlich und habe es nötig, mit einem Mann zusammen zu sein, der kein Rückgrat hat, weil es sonst keiner mit mir aushält«, feuerte Ella zurück.

»Stimmt. Du hast nämlich gar keinen. Soll ich allen erzählen, dass du noch Jungfrau bist? Ups, ist mir wohl so rausgerutscht.«

Jemand kicherte.

Ellas Gesicht färbte sich purpurrot. »Wenigstens bin ich keine Schlampe, die es schon mit fünf Kerlen getrieben hat.«

»Und ich treibe es nicht mit einer Frau auf dem Schulklo. Ich bin wenigstens normal gepolt«, antwortete Linda auf Ellas Aussage, wobei der Schlag wieder gegen mich gerichtet war.

Der Druck hinter meinen Augen stieg, aber ich blinzelte die aufsteigenden Tränen weg. Ich hatte das Gefühl, jeden Tag nur noch zu weinen, aber egal wie viel Flüssigkeit ich vergoss, es half nicht.

Eine Tür wurde zugeknallt, als einige der Mädchen, die nicht so schaulustig waren oder nicht zu Lindas Diven gehörten, die Umkleide verließen. Das Geräusch ließ mich zusammenzucken.

Ich konnte nichts dazu sagen, konnte nicht einmal Ella verteidigen, denn wenn ich jetzt den Mund aufmachen würde, würde ich zusammenbrechen. Und das wollte ich nicht.

Nicht hier.

Nicht vor allen.

Meine Hände zitterten und ich legte meine Klamotten zurück, damit niemand sah, wie kurz davor ich war, meine Fassung zu verlieren. Ich versuchte, mich nur auf meine Atmung zu konzentrieren. *Nicht zusammenbrechen, nicht zusammenbrechen,* beschwor ich mich immer wieder in meinem Kopf. *Halte durch, bis alle raus sind.*

Ella sagte nichts mehr, sondern schnaubte nur leise.

»Pass bloß auf, mit wem du dich anlegst, kleine Ella«, säuselte Linda, dann rauschte sie davon, dicht gefolgt von ihrem Fußvolk, das sich mit ihr zusammen im Duschraum umzog.

Meine Unterlippe zitterte bedrohlich, als wäre sie von meinen Händen angesteckt worden.

Ella neben mir atmete keuchend durch, drehte sich zu mir um und sah mir zum ersten Mal seit Langem direkt ins Gesicht. Ihre braunen Augen suchten meinen Blick. Schwarze Strähnen schmiegten sich an ihr vertrautes Gesicht.

»Alles in Ordnung?«, fragte sie ungewohnt einfühlsam.

»Warum hast du das gemacht, wenn du mich doch so eklig findest?«, gab ich stattdessen zurück.

Sie schaute mich verwirrt an, als hätte ich sie gefragt, ob die Welt nicht doch eine Scheibe sein könnte.

»Ich finde dich doch nicht eklig.« Sie klang ernsthaft bestürzt.

Ich verstand überhaupt nichts mehr. All die Wochen, in denen sie meine Nähe gemieden hatte. Die ganze Zeit, in der ich jede Freundin gebraucht hätte, die ich hätte haben können.

»Du bist mir aus dem Weg gegangen.« Ich wollte wütend und verletzt klingen, aber die Worte kamen nur noch schwach aus meinem Mund, als wäre mir das Reden zu anstrengend geworden.

Mein Kopf pochte, weil ich gegen den Zusammenbruch arbeitete, den mein Körper sich so sehr ersehnte.

*Entweder Robin oder du fliegst raus.*

»Ich …« Ella wirkte verlegen. »Ich war sauer. Ich war sauer, weil du Vanessa von dir und Romy erzählt hast und mir nicht. Ich stand immer in ihrem Schatten und hatte das Gefühl, für niemanden eine wirkliche Freundin zu sein. Weder für dich noch für Linda. Ich habe mir gewünscht, du hättest es mir erzählt, aber Sam … du siehst … schrecklich aus. Ich kann das nicht mehr. Es tut mir leid, dass ich dich im Stich gelassen habe. Dir geht es schlecht, ich sehe es dir an. Ich will nur, dass du weißt, dass ich dich immer noch mag.«

Das war alles zu viel für mich. Es wuchs mir über den Kopf, brach über mir zusammen und jetzt hob und senkte sich mein Brustkorb schwer.

»Ist schon in Ordnung«, brachte ich gepresst heraus. Ich hatte nicht die Kraft, mich mit ihr zu streiten. Ihr zu sagen, dass ihre

Hilfe zu spät kam. Ich konnte es nicht mehr … ich konnte noch nicht einmal mehr richtig atmen.

»Wenn du jemanden brauchst …« Sie beendete ihren Satz nicht, weil die anderen Mädchen samt Linda zurückkamen.

Es herrschte eisiges Schweigen, als diese ihre Sachen packten und wenige Minuten später abzogen, sodass Ella und ich gänzlich allein waren.

Ich hatte mich immer noch nicht umgezogen und Ella tat es erst jetzt. Ich spürte ihren Blick auf mir, schaffte es aber nicht mehr, ihr ins Gesicht zu schauen.

»Soll ich auf dich warten?«, fragte sie einfühlsam und die Tränen in meinen Augen wurden wieder intensiver, sodass ich es nicht mehr schaffte, sie durch Blinzeln zu verdrängen. Ich hielt den Blick gesenkt, während ich meine Sportsachen in die Tasche stopfte, damit Ella nicht sah, wie mir bereits eine Träne über die Wange lief. Ich war froh über meine langen Haare, die mein Gesicht schützend verdeckten.

»Nein, ist schon gut. Ich komme gleich nach. Ich brauche nur fünf Minuten«, murmelte ich.

Ella sagte nichts mehr.

Sie zögerte erst noch, schien dann aber zu verstehen, dass ich sie nach dem Verhalten der letzten Wochen gerade nicht als Bezugsperson betrachten konnte.

»Bis gleich, Sam. Und es tut mir wirklich leid«, wiederholte sie, wandte sich ab und als ihre Schritte sich entfernten, flossen die Tränen ungehalten über meine Wangen.

Ich hörte das Knallen der Tür und das gab mir den Rest. Als ich ganz allein war, fiel ich auf die Knie, schluchzte bitterlich auf.

Alles brach über mir zusammen. Das Mobbing in der Schule, die Sache mit meinen Eltern, der krönende Abschluss mit Ella. Die Probleme waren so gewaltig, dass sie mein Herz zusammendrückten und es sich nicht mehr frei in meinem Brustkorb bewegen konnte. Es wurde mir alles zu viel. Ich sah keinen anderen Ausweg mehr aus meinem Leid, sodass ich ernsthaft in Erwägung zog, auf das Ultimatum meiner Eltern einzugehen. Immerhin würde dieser Horror dann aufhören – hoffentlich.

Mein Schluchzen war eher der Laut eines misshandelten Tieres und ich krallte meine Finger in meine Haare, rollte mich zu einer Kugel zusammen und weinte. So heftig, wie ich es noch nie getan hatte. Nicht einmal an der Brücke.

Tränen ließen mich erblinden, die Luft erreichte meine Lungen nicht schnell genug, bevor ich sie mit dem nächsten Wimmern und Schluchzen ausstieß.

Irgendwann hörte ich wieder das Knallen der Tür und Panik durchströmte mich. War eines der Mädchen zurückgekommen, weil es etwas vergessen hatte?

Ich wollte mich aufrichten, wollte aufhören, zu weinen, aber es ging nicht. Meine Beine gehorchten nicht, genauso wenig wie meine Augen.

Schnelle Schritte näherten sich und dann …

»Sam.«

Ich erkannte diese Stimme. Sie war das Einzige, was mich im Moment dazu brachte, den Kopf zu heben. Und dann sah ich sie. Mit ihren schwarz geschminkten Augen, ihrer typischen Kleidung und ihren Haaren, die ihr vertrautes Gesicht umspielten.

»Hey! Hey!« In vier schnellen Schritten war sie bei mir, kauerte sich zu mir auf den Boden und legte ihre Hände an meine Schultern, versuchte, mich in ihre Arme zu ziehen. Und zum ersten Mal wehrte ich mich gegen sie.

»Lass … mich«, schluchzte ich, denn wenn jemand zurückkommen und uns sehen würde, würde das alles nur noch schlimmer machen.

*Robin oder du fliegst …*

*Dahergelaufenes Flittchen …*

*Nicht mehr meine Tochter …*

*Lesbe …*

»Hey, was ist denn los? Was hast du? Ella hat mich angerufen und gesagt, ich solle sofort herkommen. Sam, was ist denn?«

Sie versuchte wieder, mich in ihre Arme zu ziehen, aber ich konnte das alles nicht mehr.

Neue Tränen benetzten meine Wangen und dann war ich zu schwach, mich länger gegen sie zu wehren.

Romy packte mich unter den Achseln, hob mich hoch und setzte sich mit mir auf die Bank. Sie zog mich seitlich in ihre Arme, legte ihre Hand beschützend auf meinen Hinterkopf und kraulte ihn tröstend.

»Erzähl mir was los ist, Baby«, flüsterte sie leise.

Ihre Wärme umgab mich, aber die Kälte griff nach mir, die mir sagte, was ich tun sollte. Flüsterte mir zu, dass es nur einen Ausweg gab.

Robin.

Robin.

Robin.

Sein Name wiederholte sich in meinem Kopf, wie eine Schallplatte, die hängen geblieben war.

»Lass … mich los«, wimmerte ich und versuchte abermals, mich ihrem Griff und ihrer sonst so schützenden Umarmung zu entziehen.

»Nein«, sagte Romy bestimmend und drückte mich nur noch fester an sich.

»LASS MICH LOS«, brüllte ich wie von Sinnen, versuchte, mich wegzudrücken, aber sie umklammerte mich mit beiden Armen, gab mir keine Chance, zurückzuweichen, und ließ sich nicht abschrecken.

»Nein«, wiederholte sie, wiegte mich sanft, während die Schluchzer unkontrolliert meine Kehle verließen.

Es dauerte eine Weile, bis die Tränen versiegt waren und Romy ihren Griff lockerte. Ich rutschte von ihr weg, als könnte ich ihre Nähe nicht mehr ertragen. Ich zog die Nase hoch, drehte mich von Romy weg und verdeckte mein verheultes Gesicht mit den Händen.

Ich musste das tun. Es gab keinen anderen Weg. Ich musste …

Meine Eltern wollten es so.

»Sam, würdest du mir jetzt bitte sagen, was passiert ist? Wieso bist du so ausgerastet?«

Ich gab ihr keine Antwort und spürte, wie sie sich neben mir bewegte. Ihre Finger legten sich um mein Handgelenk und sie zog sanft daran.

»Schau mich wenigstens an.«

Sie schaffte es, meinen Arm wegzuziehen, sodass ich mein Gesicht nicht mehr verdecken konnte, aber ich drehte den Kopf so weit weg, dass es mir im Nacken zog. Ich wollte sie nicht ansehen, denn wenn ich es täte, würde ich meine Entscheidung nie durchziehen können. Ich wollte den Schmerz in ihren Augen nicht sehen. Der Schmerz, der das Echo meines eigenen sein würde.

»Sam.« Romys Stimme klang nun fordernder. Sie stand auf, bewegte sich und ich dachte schon, sie würde sich auf die andere Seite neben mich setzen, weshalb ich mein Gesicht vorsorglich in die andere Richtung drehte. Dorthin, wo Romy eben noch gesessen hatte.

Doch sie kauerte sich auf dem Boden in die Hocke, blieb vor mir in der Position und legte eine Hand auf mein Knie, das sie sanft drückte.

»Sam. Sieh mich an. Bitte.« Ihre Stimme klang so verzweifelt und brüchig, dass ich doch ganz langsam den Kopf in ihre Richtung drehte und zu ihr hinabschaute. Eine einsame Träne perlte an meinem Kinn, aber fiel nicht herunter.

Romys blaue Augen waren voller Sorge und ich atmete tief durch. Ich musste das hinter mich bringen, mich in mich selbst zurückziehen und es irgendwie schaffen, zu überleben. Ohne sie.

»Romy … ich kann nicht mehr«, brachte ich brüchig hervor. Jetzt flackerte die Angst in ihrem Blick auf.

»Wir schaffen das«, versicherte sie mir, aber ich schüttelte den Kopf, sodass die Träne nun doch herabfiel. Mein Herz riss, drohte, auseinanderzubrechen. Imaginäres Blut sprudelte aus ihm hervor und es fühlte sich an, als würde ich innerlich verbluten.

Ich schüttelte den Kopf. »Nein, ich kann nicht mehr. Romy, es ist besser, wenn wir …«

»Sag es nicht«, flehte sie und ihre Hand krallte sich an meinem Knie fest. Ihre Augen sahen mich bittend und unendlich verzweifelt an.

»Wenn wir uns trennen«, brachte ich meinen Satz zu Ende, nur noch mit einem Flüstern. Vielleicht war es mir einfach nicht vergönnt, glücklich zu sein. Ich wusste nicht, wohin ich noch gehen sollte, würden meine Eltern mich wirklich rauswerfen. Und wenn Romy mich verlassen würde, weil unsere Liebe doch nicht stark genug wäre … dann hätte ich wirklich niemanden mehr. Davor musste ich mich schützen.

»Nein, tu das nicht, Sam. Tu das nicht. Nicht nach allem, was wir durchgestanden haben. Nach allem, was war.«

Mein Herz brach, und zwar so, dass es vermutlich nie wieder von jemandem geheilt werden konnte. Übelkeit wallte in mir auf, mein Kopf pochte und tief in mir drinnen schrie ich mir die Seele aus dem Leib, aber äußerlich blieb ich stumm.

»Ich werde zu Robin zurückgehen.«

Die Worte taten mir genauso sehr weh wie ihr. Romy zuckte, als hätte ich sie geschlagen, und nun bildeten sich Tränen in *ihren* Augen, ließen diese wie Kristalle funkeln. Ihre Hand rutschte von meinem Knie, als wäre sie erschlafft.

»Das kann nicht dein Ernst sein«, presste Romy hervor.

»Ich habe keine andere Wahl.«

»Man hat immer eine Wahl«, protestierte sie flüsternd, aber es fühlte sich an, als würde sie schreien.

»Nein, diesmal nicht. Ich mache das, was meine Eltern verlangen. Es tut mir leid. Es tut mir unendlich leid. Ich liebe dich, aber ich kann nicht mehr.«

Eine einzelne Träne brach aus ihren Augen hervor. Meine starke Romy, die nie weinte. Ich wollte sie in die Arme nehmen und sie halten, wie sie es immer bei mir getan hatte, aber ich verbot es mir.

»Nein ... Sam, schau ... wenn du mir noch eine Chance gibst ... Ich werde dir beweisen, dass wir das schaffen können. Sam, gib das nicht auf. Gib *uns* nicht auf, ich flehe dich an!«

Unwillkürlich erinnerte sie mich an Robin, doch diesmal tat die Trennung noch viel mehr weh.

Eine weitere nasse Perle rollte über Romys Wange und dann tat ich das, was ich mir nie verzeihen würde.

Ich stand auf, obwohl sie mittlerweile vor meinen Füßen kniete und weinte. Hätte ich noch irgendwelche Tränen übrig, täte ich es auch wieder. Aber ich konnte nicht einmal mehr das. Ich konnte nicht mehr heulen, denn der Schmerz war zu tief, als dass ich ihn so hätte erleichtern können.

»Wir hatten eine Chance und es hat nicht geklappt. Ich habe gesagt, dass wir es probieren werden, aber es geht nicht.«

Wir beide sagten nicht, dass ich eigentlich etwas anderes gemeint hatte. Wir wussten es auch so.

Romy bewegte sich nicht mehr. Sie saß da, als hätte man sie eingefroren, und ich … Gott, ich hasste mich mehr als jeden anderen Menschen, aber ich schnappte mir meine Sachen und ging. Ich ließ den einzigen Menschen, der mir noch etwas bedeutete, im Stich, als er mich am dringendsten brauchte.

Mit jedem Schritt musste ich mich zwingen, ihn überhaupt zu gehen. Ich presste die Zähne aufeinander. Ich schien bei lebendigem Leib zu verbrennen, aber es war meine Entscheidung, deswegen musste ich mit diesen Konsequenzen leben.

Ich hörte Romy aufschluchzen, als die Tür hinter mir ins Schloss fiel.

Und in diesem Moment wurde ich innerlich taub.

Alle Gefühle in mir starben.

Ein Teil von mir starb.

28

# Abschlussprüfungen und Abiball

Eine Woche hatte ich mir Zeit gelassen.

Eine Woche, in der ich die Mauern um meine Seele so hoch gebaut hatte, dass niemand auch nur einen Blick dahinter werfen und das Chaos sehen konnte, das dort tobte.

Eine Woche lang hatte ich mein Lächeln bis zur Perfektion geübt, das ich ab sofort auf dem Gesicht tragen würde.

Eine Woche, in der ich mich von meiner Mutter für die Schule hatte krankmelden lassen, um Romy aus dem Weg zu gehen. Natürlich war sie entzückt von meiner Entscheidung, Robin um eine zweite Chance zu bitten.

Eine Woche hatte ich mir Zeit gelassen, um mich an den pochenden Schmerz zu gewöhnen. Tränen vergoss ich keine mehr, seitdem ich mich von Romy getrennt hatte. Nicht einmal dazu war ich fähig. Sie hatte mir ein paar Nachrichten geschrieben, die ich allesamt ignoriert hatte.

*Es ist besser so, das geht vorbei,* war mein Mantra, das ich stetig wiederholte, bis ich es irgendwann selbst glauben würde.

Eine Woche, bis ich Robin anrief und ihn bat, sich mit mir zu treffen.

Robin zog den Vorhang an meinem Fenster beiseite, schielte auf die Straße hinunter, als gäbe es dort etwas Wichtiges zu sehen. »Also, worüber musst du so dringend mit mir reden?«

Ich blickte zu ihm auf, sah ihn an, ohne ihn richtig wahrzunehmen, bemühte mich um eine reuevolle Tonlage.

»Ich habe einen Fehler gemacht«, kamen die Worte aus meinem Mund und meine Stimme klang selbst für mich fremd.

»Mhm.« Robin richtete seinen Blick für keine Sekunde auf mich.

Ich kam mir vor, als hätte mir jemand eine Pistole auf die Brust gesetzt und zwang mich, die Worte zu sagen.

»Ich kann mit einer Frau nicht glücklich werden.« Das war noch nicht einmal gelogen, denn die Umstände ließen es nicht zu, dass ich es konnte. »Ich weiß, dass ich dich sehr verletzt habe, und es tut mir leid. Ich bitte dich, uns eine zweite Chance zu geben. Ich werde dir beweisen, wie sehr ich alles bedauere.«

Ich hörte die Stimme meiner Mutter in meinem Kopf, die mir diese Worte so lange vorgekaut hatte, bis ich sie verinnerlicht hatte.

Jetzt wandte Robin sich doch um. Als sein Blick meinen kreuzte, fiel mir als Erstes auf, dass seine Augen braun und nicht blau waren. Sie waren nicht die von Romy. Aber auch das löste nichts mehr in mir aus. Ich war stumpf, innerlich tot. Es war wie in einem Albtraum, aus dem man einfach nicht erwachte. Nur dass dieser Albtraum mein Leben war.

Ich hatte damit gerechnet, dass Robin wütend werden würde. Dass er mir ins Gesicht lachen würde. Ich hätte alles erwartet, nur nicht das, was er dann sagte.

»Ich wusste, dass du zurückkommen wirst.« Ein überhebliches Grinsen bildete sich auf seinen Lippen und ich erkannte den Jungen, der einmal mein bester Freund und noch mehr gewesen war, nicht wieder.

»Das mit einer Frau«, er schüttelte den Kopf, »das konnte nicht gut gehen.«

Ich ließ seine Worte an meiner Schutzmauer abprallen, sie erreichten mich nicht, sie versetzten mir noch nicht einmal einen inneren Stich. Ich mochte den Zustand der Betäubung und ich sorgte mich davor, dass sie irgendwann nachlassen und aus dem pochenden Schmerz eine Welle werden würde, die mich überrollte.

Robin gab seine Position am Fenster auf und bewegte sich auf mich zu, blieb mit einigen Schritten Abstand vor mir stehen.

»Ich werde dir noch eine Chance geben, unter einer Bedingung.«

Das überraschte mich nicht. Er hatte viel zu schnell zugestimmt, obwohl ich ihn verletzt und seinen Stolz gekränkt hatte. Natürlich wollte er diesen Augenblick auskosten.

Ich sah ihn stumm an und wartete.

Er stutzte ein paar Sekunden, weil ich nicht nachfragte, dann räusperte er sich. »Wir werden Sex haben, jedes Mal, wenn wir uns sehen. Ich bin schließlich auch nur ein Mann mit Bedürfnissen. Du hast mich in unserer Beziehung genug zappeln lassen. Das werde ich mir sicher nicht wieder geben. Und du wirst dich nicht mehr mit dieser Romy treffen. Du wirst noch nicht einmal mehr mit ihr reden, sonst ist das zwischen uns wieder vorbei.«

Ich kam mir vor, als würde ich eine Geschäfts- und keine Liebesbeziehung eingehen. Bei dem Gedanken, Sex mit ihm zu haben, stellten sich meine Nackenhaare auf, aber die erdrückende Last, das Gefühl der Beklemmung, kam nicht. Es blieb aus, wie alles andere.

Ich würde Romy noch ein paar Wochen bis nach dem Abiball aus dem Weg gehen oder sie ignorieren müssen. Mir widerstrebte dieser Gedanke, sie zu behandeln, als wäre sie eine Abtrünnige. Aber würde ich es nicht tun, würde Robin mich verlassen und dann würde ich endgültig von zu Hause ausziehen müssen. Ich hatte keine Wahl.

*Man hat immer eine Wahl,* hörte ich Romys Stimme in meinem Kopf, die mit der Wucht eines Vorschlaghammers gegen meine Schutzmauer schlug.

»Einverstanden«, flüsterte ich und eine Schwere senkte sich über mich, als wäre ich einen Deal mit dem Teufel eingegangen. Ich war ab heute Robins persönliche Hure.

Meine Eltern würden sich freuen.

»Dann komm her und küss mich, Schatz.«

Er provozierte mich. Ich spürte, dass er wütend war, aber ich würde ihm keinen Grund geben, an mir zu zweifeln.

Langsam erhob ich mich, bewegte mich auf ihn zu und als ich seinen vertrauten Geruch wahrnahm, den ich einmal als angenehm empfunden hatte, wurde mir doch für einen kurzen Moment übel.

Ich zwang mich, vor ihm stehen zu bleiben, mich von ihm in den Arm nehmen zu lassen. Ich ging auf Zehenspitzen, um seinen Mund zu erreichen, und drückte ihm einen kurzen Kuss auf die Lippen, um ihn zu besänftigen.

Doch als ich auf meine Versen zurückwippte, schaute er mich mit einem tadelnden Ausdruck im Gesicht an.

»Nein, nein, nein. Das hast du falsch verstanden. Küss mich da unten«, sagte er mit einem diabolischen Grinsen und deutete auf seinen Schritt.

Früher hätte ich mich gegen diesen Gedanken gesträubt und jetzt reagierte ich nur noch wie eine Maschine, die einen Befehl erhalten hatte.

Ich hatte gewusst, was mich erwarten würde, sobald ich ihn um eine neue Chance bat, und das hier war ein Test, zweifellos. Er wollte wissen, ob ich mich an unsere Abmachung halten würde. Das war wohl seine Art, mich für die Sache mit Romy bluten zu lassen. Es war, als wollte er herausfinden, wie ernst ich es meinte, inwieweit er über mich verfügen konnte.

Aber schlimmer als die letzten Wochen konnte das hier nicht werden. Ich tat es ja nicht zum ersten Mal.

Also sank ich auf die Knie, öffnete seine Hose, schloss meine Augen und versuchte, an nichts zu denken.

Über zwei Monate waren seit diesem schrecklichen Moment in meinem Zimmer vergangen. Meine Eltern waren zufrieden, besonders meine Mutter. Für sie war ich wieder das gefügige Töchterchen, das eine schlimme Phase durchgemacht hatte. Sie gab sogar Romy die Schuld, als hätte sie mich zu diesem Unfug verführt.

Ich schwieg, wie eine leblose Hülle, äußerte mich nur, wenn sie mir eine Frage stellte oder mich direkt ansprach. Ab und an erhaschte ich den Blick meines Vaters, der so wirkte, als würde er etwas bereuen. Aber bevor ich danach greifen konnte, verschwand es.

Also überlebte ich Tag für Tag, ohne wirklich zu leben. Romy ging ich aus dem Weg, ignorierte sie oder flüchtete aus dem Raum, wenn sie versuchte, mit mir zu reden. Auf ihre anfänglichen Versuche, mich per WhatsApp anzuschreiben, hatte ich nicht reagiert, bis sie aufgegeben hatte. Aber selbst die enttäuschten und verletzten Blicke, die sie mir ab und an zuwarf, schafften es nicht, dass ich wieder auftauchte. Ich hatte mich tief in mir vergraben, denn das war absolut notwendig, um das zu überstehen. Es war der Horror.

Ich lernte für die Abiprüfungen, büffelte Zahlen, Formeln und Wörter, um mich abzulenken. Aber nichts davon blieb in meinem Kopf hängen.

Eines Nachts überrollte mich der Schmerz urplötzlich wie ein Güterzug. Ich erwachte schluchzend und keuchend, mein Kissen war nass, getränkt von den Tränen, und ich wusste, dass die Betäubung nachließ, meine Mauern Risse bekam. Ich wusste, dass ich Romy für immer verloren hatte.

Das war jetzt Wochen her und ich verharrte nicht länger in meinem Zombiemodus – obwohl dieser mir lieber gewesen wäre –, aber ich stellte mich auch nicht den Gefühlen, die mit kalten Klauen nach mir griffen.

Es war auch ein paar Wochen her, seit ich Vanessa wieder an mich heranließ, die immer wieder versucht hatte, mich aufzubauen. Aber ich hatte sie ausgeblendet und kein Wort über das verloren, was ich innerlich durchmachte. Auch mit Ella hatte ich meinen Frieden geschlossen. Keine der beiden erwähnte Romy, auch wenn ich wusste, dass sie auch für sie eine Freundin geworden war. Ich verbat niemandem den Kontakt mit ihr, weil wir nicht mehr … nicht mehr … zusammen waren.

Selbst dass ich mein Abitur mit einem Notendurchschnitt von 1,3 bestanden hatte, vermochte meine Stimmung nicht zu heben. Robin half mir, die Bewerbungen für die Universitäten einzureichen, die Englisch und Deutsch auf Lehramt als Studienkurs anboten.

Über zwei Monate war das nun her und heute, an einem sommerlichen Junitag, feierten wir unseren Abiball, zu dem mich Vanessa und Ella fast schon genötigt hatten, mit der Begründung, ich würde dieses Erlebnis nur einmal im Leben haben.

Ein Teil von mir hoffe, dass Romy auch kam, ein anderer nicht. Was, wenn sie mit jemandem an ihrer Seite auftauchte? Das würde ich nicht verkraften, obwohl ich doch selbst diejenige war, die mit Begleitung kam.

Also stand ich hier vor dem Ganzkörperspiegel, betrachtete das bodenlange tintenblaue Empirekleid, das nur eine Schulter mit einem breiten Träger bedeckte, die andere aber frei ließ. Auf Höhe meiner Taille wurde der Stoff durch eine silberne Brosche verziert.

Die Haare hatte ich geglättet und zu einer Hochsteckfrisur frisieren lassen. Lediglich zwei Strähnchen umrahmten mein dezent geschminktes Gesicht. Mit Concealer hatte ich die dunklen Schatten unter meinen Augen abgedeckt, die Wimpern mit Tusche und die Lippen mit Gloss betont.

Ich wusste, dass Robin mir das Kleid heute Abend vom Leib zerren würde. Seitdem ich den Deal mit ihm eingegangen war, verlangte er so viel Sex, als wollte er es für ein ganzes Jahr nachholen.

Mein Magen zog sich zusammen. Ein vertrautes Gefühl, das ich in der Zeit der Betäubungsphase nicht mehr gespürt hatte.

Mit dem Gesicht einer Schaufensterpuppe wandte ich mich ab, ging die Treppe runter und folgte den Stimmen von Robin und meinen Eltern.

Unten angekommen, empfing Robin mich mit einem sanften Kuss auf die Lippen. Meine Eltern lächelten, aber in den Augen meiner Mutter lag eine unausgesprochene Warnung.

*Versau es nicht*, schienen sie zu sagen.

Vanessa sah verdammt gut aus. Sie trug ein schwarzes Kleid, das ihren Körper umschmeichelte, aber an den richtigen Stellen eng anlag. Sie lächelte, auch wenn sie sich nicht so sehr freute, wie wir es vor Jahren geglaubt hatten. In ihren Blicken lag eine tiefe Sorge und ich versuchte alles, um diese aus ihren Augen zu vertreiben.

Eine Bewegung links von mir lenkte mich ab, als Ella einen Schluck aus ihrem Sektglas trank. Sie sah unglaublich erwachsen aus, vielleicht machten das aber auch nur die Lippen, die sie sich knallrot geschminkt hatte. Ella war normalerweise kein Mädchen, das aus der Masse herausstach, was ich schade fand, denn sie war wirklich hübsch, aber im Moment tat sie es. Wären ihre Haare noch vollkommen schwarz gewesen, wäre sie die perfekte Besetzung für Schneewittchen. Sie trug ein bodenlanges brombeerfarbenes Kleid, das in einer A-Linie geschnitten war. Sie sah aus wie eine Königin, die bereit war, ihren Thron zu besteigen. Anscheinend hatte sie heute den anderen Schülern – allen voran Linda – zeigen wollen, was wirklich in ihr steckte.

Ich wandte den Blick von ihr ab, ließ ihn wie beiläufig zum wiederholten Mal an diesem Abend durch die Turnhalle gleiten, die ich kaum wiedererkannte. Tische waren aufgebaut worden, mit weißen Decken, deren Spitzen den Boden berührte, auf denen ein großes Buffet und Getränke thronten.

Selbst die Lehrerbelegschaft hatte sich in Schale geschmissen. Viele hatten ihre Partner dabei, unterhielten sich angeregt, auch mit Schülern.

Ich suchte in der Menge ein vertrautes Gesicht und wusste nicht, ob ich es überhaupt entdecken wollte. Dennoch war ich enttäuscht, als ich es nicht fand.

Robin schlang seinen Arm um meine Taille, hauchte mir einen Kuss auf die Wange, was er heute Abend schon mehrmals getan hatte, als wollte er sein Revier markieren.

Vanessa warf mir einen Blick zu, der zwischen mitleidig und wütend lag, sagte aber nichts. Dafür zeigte sie Robin die kalte Schulter. Meine beste Freundin wusste nichts von dem Deal zwischen mir und Robin, sie hätte ihn sonst in der Luft zerfetzt.

Wenn ich Vanessa erzählen würde, dass er mich manchmal so oft zum Sex nötigte, dass ich schmerzhaft wund war, würde sie ausrasten. Sie wusste nur, dass ich Robin eine zweite Chance gegeben hatte, weil meine Eltern das mit Romy nicht akzeptierten. Von dem drohenden Rausschmiss hatte ich nichts gesagt.

Machte mich das zu einer schlechten Freundin, weil ich die Wahrheit zurückhielt? Aber ich wollte es ihr nicht erzählen, es wäre mir unangenehm und es war zu schmerzhaft.

»Ich kann es einfach nicht fassen, dass wir wirklich fertig sind!«, hörte ich auch schon die Stimme von Vanessa, die meine Gedanken durchbrach.

Robin lachte leise. »So ging mir das vor zwei Jahren auch, als ich an eurer Stelle war.« Er drehte seinen Kopf zu mir und hauchte mir einen Kuss aufs Ohr »Da waren wir zusammen bei meinem Abiball, weißt du noch?«

Wie könnte ich das vergessen? Damals waren wir noch ganz frisch ein Pärchen gewesen, fast so wie jetzt auch (wieder).

»Ich bin froh, ich habe das Schulleben so satt.« Ella nippte an ihrem Sektglas und ich hatte das Gefühl, dass nicht nur ihr Outfit sie erwachsen wirken ließ, sondern sich etwas in ihr verändert hatte. Vielleicht, weil sie Linda endlich die Stirn geboten hatte?

»Ich auch. Aber ich muss Vanessa recht geben. Da fiebert man jahrelang diesem Moment entgegen und jetzt ist alles vorbei«, sagte ich mit monotoner Stimme, das Lächeln gelang mir nicht so recht. Noch nie hatte ich mich so einsam gefühlt, und das, obwohl ich von vielen Menschen umgeben war.

»Freut euch aufs Studentenleben«, erwiderte Robin mit einem Lachen in der Stimme, drückte mich dabei fester an seinen Körper, der mir vertraut und fremd zugleich war.

»Du meinst coole Studentenpartys und Skandale?«, fragte Ella mit stichelndem Ton.

»Eher, in der Vorlesung nicht einzuschlafen und keine Pflichtveranstaltung zu verpassen«, gab Robin zurück.

»Wow«, hörte ich Vanessa sagen und an ihrem Tonfall erkannte ich, dass sie nicht die Unterhaltung meinte, die Robin und Ella allein weiterführten. Ich folgte ihrem Blick, den sie zu den Eingangstüren gerichtet hatte, und augenblicklich erstarrte alles in mir.

In meinem Bauch zog es heiß-kalt, meine Schutzmauern bekamen bedrohliche Risse, als ich *sie* sah. Allein, ohne Begleitung, betrat sie die Halle und wirkte dabei wie ein Racheengel.

Das war der Moment, auf den ich gehofft und den ich gleichzeitig gefürchtet hatte. Sie trug ein knallrotes Kleid mit tiefem Ausschnitt, der keinen Zweifel daran ließ, dass kein BH darunter war. Diese Erkenntnis sorgte dafür, dass Eifersucht und Begehren in mir aufloderten.

Die Risse wurden größer, breiteten sich rasend schnell aus.

Das Kleid schmiegte sich eng an ihre Taille sowie die Hüfte und hatte auf Höhe der Oberschenkel jeweils einen Schlitz, sodass ihre nackten Beine beim Laufen kurz aufblitzten, ehe sie wieder unter dem Stoff verschwanden.

Die Haare trug sie offen, die ihr natürlich ums Gesicht fielen, wobei es wegen dem Durchzug der Türen wirkte, als hätte jemand einen Ventilator vor ihr aufgebaut, der jeden ihrer selbstsicheren Schritte untermalte. Haare, von denen ich wusste, dass sie ihr bis zum Bauchnabel reichten. Haare, die sie sich, wenn sie nackt war, über die Oberweite legte, um diese zu verdecken.

Sie trug schwarze Riemchenpumps, die einen Absatz von geschätzt fünf Zentimeter hatten, aber es war ungewohnt, das an ihr zu sehen. Seitdem ich sie kannte, hatte sie noch NIE ein Kleid und solche Schuhe getragen. Warum jetzt?

Auf Schmuck hatte sie fast gänzlich verzichtet, trug nur zwei schlichte schwarze Ohrstecker, die ich erkennen konnte, wenn ihre Haare durch den Wind nach hinten geweht wurden.

Das Heftigste war ihr Make-up. Sie trug nicht wie sonst Smokey Eyes, sondern nur ein bisschen Wimperntusche, Rouge und einen dunkelroten Lippenstift, der selbst die Farbe von Ellas Lippen in den Schatten stellte.

Ihre Augen funkelten, aber nicht so glücklich, wie sie es tun konnten.

*Romy.*

Wer denn sonst? Niemand übte so eine Anziehung auf mich aus.

Ihr Anblick raubte mir den Atem. Die Musik und Gespräche um mich herum verschwammen zu einem gedämpften Hintergrundgeräusch. Zum ersten Mal seit unserer Trennung schien ich aus dem Wasser aufzutauchen, in dem ich wie leblos gefangen gewesen war. Und zum ersten Mal spürte ich Emotionen … und zwar alles auf einmal: Bewunderung, Verlust, Sehnsucht, Trauer, Ekel auf Robin, Hass auf meine Eltern. Und Liebe. Die Liebe, die nie versiegt war. Mein Körper schien unter Strom zu stehen, wie an dem Tag, als ich sie zum ersten Mal gesehen hatte.

Ich hasste es, dass meine Schutzmauer zu bröckeln begann, nur weil ich Romy in diesem Outfit sah.

Ich hasste es, dass sie mich mit der Wucht einer Abrissbirne traf, obwohl sie nichts getan hatte, außer die Halle zu betreten.

Ich hasste es, dass ich wieder zu fühlen begann, und zwar so heftig, dass es mir die Luft mit einem Keuchen aus den Lungen presste. Dass es in meinem Brustkorb pochte. Es war, als wäre dort ein zweiter Herzschlag, der schmerzte.

Bevor Romy und ich uns allerdings in die Augen schauen konnten, wandte ich den Blick ab. Ich sah auf den Hallenboden, der mit schwarzen Schlieren überzogen war. Auf Ellas halb volles Sektglas, auf Vanessas nudefarbene Pumps, überallhin, nur nicht wieder zu Romy.

Mein Nacken kribbelte, meine Wangen wurden heiß und meine Ohren rauschten wie der Schleudergang einer Waschmaschine.

Robin schnaubte leise, verstärkte seinen Griff um meine Taille, sodass ich noch fester an ihn gedrückt wurde. Zweifellos musste er Romy in diesem Moment auch bemerkt haben. Und ihren Auftritt.

Ein bisschen war ich stolz auf sie, denn sie siegte wie eine Königin. Ich wusste, warum sie sich so in Schale geschmissen hatte. Das war fast wie eine Kampfansage. Ich an Robins Stelle würde es so verstehen. Oder vielleicht wünschte ich mir das auch nur? Vielleicht war das alles gar nicht wegen mir?

Mir war danach, den Kopf in die Bowle zu tauchen und die ganze Flüssigkeit auf einmal leer zu trinken, bis der Alkohol mich lähmte. Aber vermutlich würde er meine Gefühle verstärken wie ein Lautsprecher die Musik.

»Tanzt du mit mir, Sam?«, fragte Robin, sodass sein Atem mein Ohr streifte, und ich schaute zu den wenigen Schülern, die sich pärchenweise in der Mitte der Halle versammelt hatten und sich zusammen bewegten.

Mir war so gar nicht nach tanzen, aber es fühlte sich an, als wäre Robins Frage keine Bitte, sondern eine Aufforderung. Ein Befehl. Ein Schweißtropfen rann mir den Nacken hinunter, bis über den Rücken. Ich sah keinen Ausweg, drum herumzukommen.

»Ja«, antwortete ich brav.

Robin zog mich zu den anderen Pärchen und ich versuchte mit aller Macht, mich nicht nach Romy umzuschauen. Wer wusste schon, wie sehr es mir den Boden unter den Füßen wegziehen würde, wenn sich unsere Blicke begegneten?

Schon jetzt prasselten im Sekundentakt Tausende Erinnerungen auf mich ein, sorgten dafür, dass sich ein faustgroßes Loch in der Mitte meiner Schutzmauer bildete.

Romy auf der Hallooweenparty.

Romy in der Sauna.

Romy und ich beim Eislaufen.

Romy und ich in ihrem Bett, eng aneinandergeschmiegt.

Romy und ich in Hamburg.

Romy und ihre Küsse auf meiner Haut.

Romys Schluchzen in der Umkleidekabine, als ich sie zurückgelassen hatte.

*Romy. Romy. Romy.*

Wie in Endlosschleife in meinem Kopf. Wie das Blitzlicht in einer Disco. Bild. Helligkeit. Bild. Helligkeit. Bild.

Robin legte eine Hand knapp unter mein Schulterblatt, mit der anderen nahm er meine, was ich mehr am Rande wahrnahm, weil mir immer wärmer wurde und ich das Gefühl hatte, dass jeder Winkel meines Körpers von einem leichten Schweißfilm bedeckt war.

Er begann mich zu führen. Klassischer Walzer, den wir extra für diesen Abend von unserem Musiklehrer beigebracht bekommen hatten. Robins Finger streichelten meinen Rücken. Seine Augen waren auf mein Gesicht gerichtet, er lächelte und ich versuchte, diese einfache Geste zu erwidern, wie ich es in den letzten Monaten getan hatte. Aber ich spürte, wie sehr mein Versuch scheiterte.

»Du siehst in diesem Kleid übrigens bezaubernd aus. Das wollte ich dir schon den ganzen Abend sagen.«

Seine Worte klangen plötzlich so förmlich, als wären wir zwei Fremde. Mein Blick fiel auf seine dunkelblaue Krawatte, die er passend zu meinem Outfit ausgesucht hatte. Mir schnürte es die

Kehle zu, sodass ich nicht auf sein Kompliment antworten konnte, sondern nur nickte.

Ich fühlte mich nicht bezaubernd, sondern grässlich.

Meine Wangen brannten, wenn ich nur daran dachte, wie verraten Romy sich fühlen musste, wenn sie Robin und mich sah. Ich hatte es vermieden, dass sie uns beide zusammen sehen musste, und jetzt setzte ich sie diesem Anblick aus, weil ich so egoistisch gewesen war, sie heute vielleicht ein letztes Mal sehen zu können.

Ich schluckte an dem Kloß in meinem Hals vorbei und sah in Robins braune Augen, in dessen Iriden ich mich spiegelte. In seinen Händen und mit seiner Führung fühlte ich mich wie ein Stück Holz. Unsere Körper passten einfach nicht aneinander, als würde man versuchen, ein falsches Teil eines Puzzles in eine Lücke zu quetschen.

Ausweichend blickte ich zu der Stelle, an der wir Vanessa und Ella zurückgelassen hatten, aber sie waren verschwunden. Vermutlich hatten sie jemanden zum Tanzen gefunden. Oder unterhielten sich mit Romy? Mein Magen krampfte bei dem Gedanken.

Robin beugte sich nach vorn, bis seine Stirn an meiner lag. Sein Atem, der nach Minze und Sekt roch, streifte mich. Er drückte mich enger an sich, neigte den Kopf, sodass seine Nasenspitze meine berührte. Nur einen Atemzug später drückte er seine Lippen auf meine.

Ich hatte Robin in den letzten Monaten oft geküsst, aber erst jetzt wurde mir richtig bewusst, dass es sich anfühlte, als würde ich einen nassen Schwamm küssen. Sein Mund bewegte sich an meinem und es löste nichts Positives in mir aus. Nur Ekel und Abscheu. Es war nicht so, wie Romy zu küssen. Ganz und gar nicht. Aber ich bewegte meine Lippen ebenfalls kurz an seinen.

Ich wusste, warum er das tat. Um sein Revier zu markieren. Obwohl er mich fest in der Hand hatte.

Einen kurzen Moment gewährte ich ihm, ehe ich meinen Mund von seinem löste und in seine Augen schaute. Sein Gesicht war mir so nah, dass ich es nur verschwommen sah. Ich hörte auf, mich zu bewegen, und wand mich aus seinen Armen.

»Mir ist furchtbar heiß, ich gehe kurz raus und schnappe frische Luft«, brachte ich hervor und Robin nickte.

»Soll ich dich begleiten?«, fragte er fast schon geschäftsmäßig, als wäre er mein Bodyguard.

Ich schüttelte den Kopf und Robin warf mir einen warnenden Blick zu, als sollte ich mir nichts zuschulden kommen lassen.

Also wandte ich mich ab, ging langsamen Schrittes durch die Halle, obwohl ich am liebsten gerannt wäre. Robins Kuss brannte auf unangenehme Art auf meinen Lippen, als hätte ich die schärfste Chilischote der Welt gegessen.

Warme Sommerluft begrüßte mich, als ich auf den asphaltierten Boden trat, der die Halle umgab.

Ich schlang die Arme um mich, obwohl mir nicht kalt war. Vielmehr, als müsste ich mein Innerstes zusammenhalten, das drohte, entzweizubrechen.

Ich ging ein paar Schritte. Vielleicht war es ein Fehler gewesen, hierherzukommen und Romy zu sehen. Es war, als wäre man auf einer Diät und würde in eine Bäckerei gehen, um sich den Kuchen anzuschauen, ohne ihn essen zu können.

Ich fühlte mich erdrückt und noch viel unglücklicher als in der Zeit, bevor Romy in mein Leben gekommen war. Vielleicht lag es daran, dass sie mir erst gezeigt hatte, wie sich pures Glück anfühlte.

Ich blieb nicht lange allein, denn kurze Zeit später hörte ich Schritte. An den Schuhen erkannte ich, dass es eine Frau war, denn die Absätze klapperten auf dem asphaltierten Boden.

Ich rechnete mit Vanessa oder Ella, doch als ich mich umdrehte, stand Romy vor mir. Ihre Augen waren auf mich gerichtet und es versetzte mir einen Stich mitten ins Herz. Das hier erinnerte mich an meine Geburtstagsfeier. Auch damals war ich vor Robin geflüchtet und Romy war mir gefolgt.

»Wie an deinem Geburtstag, hm?«, fragte sie, als hätte sie meine Gedanken gelesen.

Mein Blick glitt über ihren wohlgeformten Körper, der in diesem Kleid steckte, das ich ihr gern ausgezogen hätte, um die weiche Haut darunter zu erkunden.

»Was machst du hier draußen?«, fragte ich, ohne auf ihre Worte einzugehen, und sie hob die Arme etwas, nur um sie gegen ihren Körper prallen zu lassen, als wollte sie sagen: *Was weiß ich?*

»Ich wollte mich bei dir verabschieden«, sagte sie schließlich nach einer Weile des Schweigens und ihre Worte drückten mir die Kehle zu.

»Ver-verabschieden?«, stotterte ich. Ich hatte geahnt, dass sie nicht hierbleiben würde. Wenn sie Glück hatte, hatte eine gute Uni sie genommen und sie würde diesen Ort hinter sich lassen. Sie würde jemand Neuen kennenlernen und dieser Gedanke tat weh. So weh, dass ich es nicht einmal beschreiben konnte. Und ich wusste, dass ich nichts dagegen tun konnte, weil ich mich gegen sie entschieden hatte. Aber ich hatte auch kein Recht, sie danach zu fragen, wohin sie gehen würde. Das ging mich nichts mehr an.

»Ich werde weggehen, Sam. Das wollte ich dir schon viel früher sagen, aber da du mir aus dem Weg gegangen bist und meine Nachricht nicht beantwortet hast, bin ich hierhergekommen, um dir wenigstens Lebewohl zu sagen«, erklärte sie. Ihre Stimme klang leise.

Wieso tat es wieder weh? Oder tat es das immer noch? Ich wusste, dass wir beide getrennte Wege gingen. Dass ich mich selbst dafür entschieden hatte. Aber es bestätigt zu bekommen, machte es endgültig.

Wo würde sie hingehen? In den Norden Deutschlands? In den Osten? Würde sie hier im Süden bleiben oder würde es sie in den Westen verschlagen? So viele Möglichkeiten, so viele Bundesländer und Universitäten. Ich hoffte, dass Romy das Leben bekam, das sie sich immer gewünscht hatte.

Meine Mauer fiel an einer Seite schon in sich zusammen. Zum ersten Mal seit dem Tag, an dem ich wieder mit Robin zusammengekommen war, wollte ich weinen. Romy rann durch meine Hände wie Sand, den ich nicht halten konnte.

*Es war deine Entscheidung*, erinnerte ich mich selbst immer wieder.

Ich wollte sie fragen, ob und an welcher Universität sie vorhatte, zu studieren, dass es sogar einen Umzug verlangte. War mir dann aber doch unsicher, ob ich sie danach fragen durfte. Und wäre es nicht besser, wenn ich es nicht wüsste?

Ich haderte mit mir selbst, schwieg viel zu lange, sodass ihre Worte unkommentiert blieben. Und gerade als ich den Mut fasste, sie wirklich danach zu fragen, kam sie mir zuvor.

»Schenkst du mir einen Tanz?«, fragte Romy, ihre blauen Augen wirkten bekümmert, das Lächeln auf ihren Lippen war nicht echt.

»Wie bitte?«

»Du hast mich schon verstanden.«

Die Gedanken kreisten in meinem Kopf. Robins drohende Worte, dass ich nicht mit Romy reden durfte – was ich dennoch gerade tat, wenngleich die Situation nicht von mir ausgegangen war. Aber mit ihr zu tanzen, das würde wohl seine Grenzen sprengen.

Ich haderte mit mir selbst. Ein Teil in mir bettelte mich an, es zu tun, ein anderer riet mir, es sein zu lassen.

»Hier?«, brachte ich leise hervor, anstatt ihr eine konkrete Antwort zu geben.

»Wo denn sonst?« Ein spöttischer Ausdruck huschte über ihr Gesicht, bevor er von einem Schatten verjagt wurde. Auch sie sah nicht gut aus, ganz und gar nicht. Und zu wissen, dass ich der Grund dafür war, brachte mich fast um.

»Ich weiß nicht … Ich sollte wieder reingehen und …«, versuchte ich, mich herauszureden, aber sie ließ mich nicht zu Ende sprechen.

»Komm schon, Sam. Nach allem, was war, könntest du mir wenigstens einen Tanz zum Abschied schenken, denn unter normalen Umständen hättest du heute meine Begleitung sein sollen.«

War das der Grund, wieso sie allein war?

Mein Magen verknotete sich, meine Haut kribbelte, als ihre Worte richtig in mein Bewusstsein sickerten. Dass ich ihre Begleitung gewesen wäre.

Knack. Knirsch. Die Mauer bröckelte weiter.

Ein Tanz.

Das würde ich Robin doch erklären können, oder? Ich hatte mich an alles gehalten, was er von mir verlangt hatte. Das hier war ein Abschied.

Also nickte ich.

Romy schien traurig und erleichtert zugleich zu sein, als sie den Abstand zwischen uns überbrückte. Sie war mir so nah, dass ich den vertrauten Geruch ihrer Haut riechen konnte, und alles in mir verlangte danach, sie zu berühren. Ihr so nah zu sein und es doch nicht zu sein, fühlte sich an, als würde man bei lebendigem Leib die Haut abgezogen bekommen.

»Aber nur ein Lied«, beeilte ich mich noch, zu sagen, und sie rollte gespielt die Augen, streckte mir ihre Hand auffordernd entgegen.

Nach einem letzten Zögern legte ich meine in ihre. Sie war warm, vertraut und zum erstem Mal seit Langem fühlte ich mich lebendig. Bis mir klar wurde, was der Anlass für diese Berührung war, und sich ein Schatten über meine Seele legte.

Romy zog mich an sich, aber so, dass noch eine Handbreit Abstand zwischen unseren Körpern war. Ihr Gesicht war mir so nah, die Lippen mit der knallroten Farbe, die zum Küssen einluden und von denen ich wusste, wie sie schmeckten. Ihre langen schwarzen Wimpern, die ihre blauen Augen schützten. Die Wangenknochen, die ich immerzu geküsst hatte. Ihre Stirn, die sie runzelte, wenn ihr etwas skeptisch vorkam oder sie angestrengt über etwas nachdachte.

Tränen standen in meinen Augen, die ich schnell wegblinzelte, als ihre andere Hand sich an meine Hüfte legte und wir beide uns ansahen. Die Musik schallte von der Halle bis zu uns heraus und zusammen bewegten wir uns.

Ich wollte diesen Moment einfrieren. Ich wollte, dass sie mich nie wieder losließ, aber das würde sie.

Ich wollte ihr sagen, wie sehr ich in den letzten Monaten ohne sie und unter Robin geglitten hatte, aber ich wusste, dass sie das noch viel mehr getan hatte. Denn sie hatte mich nicht für einen Mann verlassen, sondern andersherum. Dass sie mir überhaupt noch ins Gesicht sah und mich anlächelte, grenzte an ein Wunder.

Wir sagten beide kein Wort, während wir uns bewegten. Mein Körper passte so perfekt zu ihrem, als wären wir füreinander gemacht. Wie Yin und Yang. Schwarz und Weiß. Das waren wir schon immer gewesen.

Ihre Finger bewegten sich, ähnlich wie es Robins beim Tanzen getan hatten. Aber hier empfand ich keinen Ekel, im Gegenteil.

Meine Lippen öffneten sich, in dem Versuch, ihr zu sagen, wie schrecklich ich das alles bedauerte und dass ich mir eine schöne

Zukunft für sie wünschte. Aber Romy schüttelte den Kopf, ehe ich etwas sagen konnte, und so schloss ich meinen Mund wieder.

Der Moment war so intim, obwohl wir mitten auf dem Asphalt standen, die Musik und das Gelächter von drinnen zu uns heraushallten und wir wussten, dass wir uns für eine lange Zeit – oder sogar für immer? – zum letzten Mal in die Augen sahen.

Das Lied endete und mit ihm unser Tanz. Romy beugte sich vor, hauchte mir einen Kuss auf die Stirn und ließ mich los.

»Mach's gut, Samantha Zepf«, wisperte sie.

»Auf Wiedersehen, Romina Alexandra Keller.«

Etwas flackerte in ihren Augen auf, als ich sie bei ihrem richtigen Vornamen ansprach. Der, den ich in ihrer Gegenwart nie in den Mund genommen hatte, weil sie es selbst bevorzugte, Romy genannt zu werden. Aber dennoch schien es so, als würde sie der Klang ihres vollen Namens innerlich erschaudern lassen, so wie mich, als sie meinen gesagt hatte.

Wir sahen uns an, als wollte keine von uns beiden den ersten Schritt machen. Romy nickte mir zum Abschied zu und ging an mir vorbei. Nicht zurück in die Halle, sondern von dieser weg, als wäre sie wirklich nur für die Verabschiedung hier gewesen.

Abermals brannten die Tränen in meinen Augen, als ich ihr hinterherschaute. Der Stoff des Kleides umspielte bei jedem Schritt ihre Beinpartie.

Eine der Tränen fand ihren Weg und lief mir die Wange hinunter.

Eine Träne, die an meinem Kinn abperlte und auf dem Asphalt aufschlug.

Eine Träne, die mir zeigte, dass meine Mauern voll und ganz eingerissen waren.

Es tat so unglaublich weh, dass ich mir sicher war, in meiner Brust würde ein kreisrundes Loch prangen, durch das man hindurchschauen konnte.

Ich atmete so lange gegen den Schmerz an, bis ich mir sicher war, dass ich Robin gegenübertreten konnte. Ich wollte nur noch nach Hause. Romy war weg, und diesmal endgültig.

Ich wandte mich ab, ging auf den Eingang zu und schreckte zurück, weil ich beinahe gegen jemanden gelaufen wäre.

Nicht jemand. Robin. Und seine Augen funkelten mich zornig an.

»Wo ist sie?«, fauchte er.

So wütend hatte ich ihn noch nie erlebt. Nicht mal, als er am Telefon zu mir gesagt hatte, dass ich verdient hätte, dass meine Eltern von Romy und mir erfuhren.

»Weg«, würgte ich nur hervor.

Er atmete tief durch, kam auf mich zu, griff nach meinem Oberarm, quetschte diesen zusammen, zerrte mich ein paar Schritte mit.

»Aua. Robin, du tust mir weh!«, gab ich von mir, dann ließ er mich los, wirbelte zu mir herum und sah mir ins Gesicht.

»Habe ich dir nicht gesagt, dass du nicht mit ihr zu sprechen hast?!« Er schrie fast. Im Licht der untergehenden Sonne konnte ich erkennen, dass sich seine Wangen purpurrot färbten.

»Sie wollte sich verabschieden, denn sie wird woanders ein neues Leben anfangen. Es ist ja wohl nicht zu viel verlangt, wenn ich ihr wenigstens einen guten Start wünsche.« Meine Stimme zitterte. Ob vor Wut oder Trauer, konnte ich nicht sagen. Ich fühlte beides und war davon verwirrt. Es war, als wären meine Empfindungen ein offenes Meer und die Wellen schmissen mich hin und her. Man glaubte, zu ertrinken, aber irgendwann lernte man das Schwimmen. Davon, dass wir uns in Form eines Tanzes verabschiedet hatten, sagte ich nichts.

Robin gab ein Geräusch von sich, das nach einem bellenden Lachen klang.

»Besser so. Vergiss diese Loserin, Sam, sie hat noch nicht einmal einen Schwanz, mit dem sie es dir besorgen könnte. Wenn ich noch einmal mitbekommen sollte, da…«

»Nimm das zurück«, fauchte ich.

Ich hatte alles ertragen. Seine Küsse, den Sex, die Demütigung. Aber wenn er etwas gegen Romy sagte, sah ich rot.

»Wie bitte?« Er blinzelte, als hätte er sich verhört.

»Du hast mich schon verstanden«, griff ich die Worte auf, die Romy mir gegenüber gerade eben noch verwendet hatte. »Hör auf, Romy zu beleidigen, oder ich schwöre dir, Robin …« Meine Stimme wurde dünn, als ich den Rest der Drohung in der Luft schweben ließ.

»Was schwörst du mir? Machst du dann noch mal Schluss, he? Dann kannst du sehen, wie du das mit deinen Eltern allein gebacken bekommst«, stieß er wütend aus. Seine Augen waren geweitet und es hätte mich nicht gewundert, wäre Rauch aus seiner Nase gekommen.

Ich zögerte, als mir seine Worte ins Bewusstsein sickerten. Ich hatte Robin in der ganzen Zeit NIE davon erzählt, dass meine Eltern mich in diese Beziehung gedrängt hatten. Nicht einmal davon, dass sie mich hatten rauswerfen wollen.

»Was hast du gesagt?«, fragte ich ganz leise.

»Dass du deinen Scheiß allein klären kannst, wenn du mich verlässt.« Seine Augen funkelten triumphierend und zornig zugleich.

Ich bekam keine Luft. »Woher weißt du das mit meinen Eltern?«

Robin schnaubte. »Tu nicht so, als wüsstest du nichts davon, dass deine Mutter mich angerufen und gefleht hat, dir zu verzeihen. Genau zwei Tage, bevor du mich zu dir bestellt hast.«

Mir wurde schlecht.

Er hatte … mir auf die Bitte meiner Mutter hin verziehen und ausgenutzt, wie abhängig ich von ihm war. Er hatte mich durch die Hölle gehen lassen, weil er gewusst hatte, dass ich ihn kein zweites Mal verlassen würde. Er hatte … das alles mit voller Berechnung getan.

Und dann brach alles aus mir heraus. Diesmal war ich diejenige, die die Hand erhob. Aber ich ohrfeigte ihn nicht, wie es meine Mutter bei mir getan hatte. Nein, ohne zu wissen, was ich tat, hatte ich meine Hand zur Faust geballt und schlug Robin direkt auf die Nase.

Sein Kopf flog zurück, seine Finger fanden die verletzte Stelle und er taumelte, ehe er das Gleichgewicht wiederfand.

Ich sah Tränen in seinen Augen glänzen, während ich keuchend dastand, die Faust noch erhoben. Die Wut rauschte wie ein Tornado durch meinen Körper. All meine Gefühle legte ich in die Wut, während Robin seine Nase betastete und ein kleines Rinnsal Blut aus dieser herauslief. Er schaute mich entsetzt an, als könnte er nicht glauben, dass ich ihn geschlagen hatte.

»Fahr zur Hölle, Robin!«, fauchte ich. Die Wut beherrschte mich, ritt auf mir, als wäre ich ein wilder Bulle.

»Du hast mich geschlagen?!«, brachte er keuchend und fassungslos hervor. »Ich … ich werde dich anzeigen!«

Mit den Fingern hielt er sich die Nase zu, aber das Blut sickerte daran vorbei.

Mir tat es nicht leid. Nicht im Geringsten. Nach allem, was er mit mir gemacht hatte, hatte er es so was von verdient und ich fühlte mich zum ersten Mal seit Langem erfüllt von Energie.

»Willst du wirklich zugeben, dass du von einem Mädchen verprügelt wurdest? Wenn du das machst, Robin, dann werde ich sagen, dass es Notwehr war. Dass du mir an die Wäsche wolltest. Und wenn du mich anzeigst, dann werde ich allen erzählen, wie oft du mich zum Sex gezwungen hast.«

Normalerweise war ich nicht so durchtrieben und würde niemals jemandem etwas anhängen, was er nicht getan hatte, aber diesen Schlag hatte er verdient.

»Fick dich«, fauchte er, dann wandte er sich ab.

Mehrere Minuten atmete ich nur schwer, war aber frei von meinen Fesseln. Mein Brustkorb hob und senkte sich hastig.

Irgendwann, als das Adrenalin und die Wut nachließen und meinen Verstand freigaben, fühlte ich mich ... schuldig. Vielleicht hatte meine Mutter sich genauso befriedigt gefühlt, wie ich es eben getan hatte?

Ich sackte zusammen, als hätte man die Luft aus mir herausgelassen. Die Erkenntnis traf mich bis ins Mark. Ich war nicht besser als sie, meine Mutter.

Ich wusste, dass ich mich bei Robin dafür nicht würde entschuldigen können, denn er würde mir sowieso nicht zuhören. Ich konnte mir nur schwören, das nie wieder zu tun.

Aber selbst wenn ich mich nun von Robin befreit hatte, würde das nichts daran ändern, dass ich und Romy keine Chance hatten.

Es war zu spät.

Ich war monatelang zu spät.

# 29

# Wettlauf gegen die Zeit

Der Abiball lag zwei Wochen zurück. Zwei verdammte Wochen, in denen ich immer und immer wieder an Romy gedacht hatte. An ihre Worte, die Art, wie sie mich beim Tanzen gehalten hatte, wie verdammt gut sie ausgesehen hatte und dass sie nun für immer gehen würde. Vielleicht würde es mit der Zeit weniger wehtun? Frei nach dem Motto: aus den Augen, aus dem Sinn? Aber wie konnte man jemanden vergessen, der so einen großen Platz im Herzen hatte?

Meine Eltern waren alles andere als begeistert davon, dass ich mich abermals von Robin getrennt hatte – von dem bisher tatsächlich keine Anzeige gekommen war. Meine Mutter hatte getobt, mein Vater hatte mir einen durchdringenden Blick geschenkt, fast so, als wäre er sich nicht sicher, wie er reagieren sollte. Ich hatte das Gefühl, den Mann, der mit mir sonntags Pizza aß und Football anschaute, nicht mehr zu kennen. Wie hatte er mir so fremd werden können? Oder war ich die Fremde?

Einzig die Tatsache, dass ich nicht wieder mit Romy zusammengekommen war, schien meine Mutter zu besänftigen. Auch wenn sie mir zunächst nicht geglaubt hatte, dass es nicht so war. Erst als ich ihr erklärt hatte, dass Romy vermutlich vorhatte, in eine andere Stadt zu ziehen, hatte sie Ruhe gegeben.

*Schlussstriche zieht man nicht mit Bleistift, sondern mit Edding.*

Ich war kurz davor gewesen, wahnsinnig zu werden, weil ich unbedingt mit jemandem reden musste. Deshalb hatte ich Ella angerufen, die jetzt auf meinem Bett saß und mir zuhörte. Es war komisch, dass ich mich gerade ihr anvertraute anstatt Vanessa, aber Ellas ruhige, pragmatische Art erschien mir gerade richtig. Es war das, was ich im Moment brauchte.

Deswegen erzählte ich ihr ALLES. Von dem Moment, als ich gemerkt hatte, dass ich Romy sexuell attraktiv fand, bis zu dem Augenblick, als ich Robin meine Faust ins Gesicht gerammt hatte. Bisher hatte ich noch niemandem die ganze Wahrheit erzählt, nicht einmal Vanessa.

Als ich endete, herrschte Schweigen zwischen uns.

Ella pustete die Luft aus und strich sich die Haare hinter die Ohren. »Wow, das hört sich an wie in einer dieser Telenovelas.«

Ich konnte nicht anders: Ein unterdrücktes Lachen kitzelte mich in meinem Bauch, bahnte sich einen Weg über meine Kehle und über meine Lippen. Zuerst klang es wie eine rostige Gießkanne, die lange nicht benutzt worden war, dann wie ein bellender Hund. Ich hatte schon ewig nicht mehr gelacht und es fühlte sich fremdartig an.

Aber genauso schnell, wie es gekommen war, verschwand es auch wieder. Der Sturm in mir ebbte ab und meine Augen füllten sich mal wieder mit Tränen, sodass mein Lachen einem Schluchzen wich, das ich versuchte, mit meiner Hand zu dämpfen. Meine Schultern bebten, die Ella in einer tröstenden Geste streichelte.

»Mensch, Süße«, flüsterte sie, ihre Stimme voll Mitgefühl.

Ich wischte mir über die Wangen. »Tut mir leid.«

»Das muss es nicht. Du hast viel durchgemacht, da ist es nur verständlich. Und Robin ist so ein mieses Arschloch!«, empörte sie sich.

»Das ist er«, bestätigte ich schniefend und ließ meine Hände sinken. »Liebeskummer ist scheiße.«

»Ich weiß. Aber was willst du jetzt machen?«, sagte Ella, nahm ihre Hand von meiner Schulter, fasste mir an den Unterarm und drückte diesen bestärkend und aufmunternd zugleich.

Ich dachte wieder an Romy und daran, dass ich nicht den Mut gefunden hatte, ihr zu schreiben, dass Robin und ich uns getrennt hatten. Denn was hätte es geändert? Nichts. Meine Eltern wären nach wie vor dagegen.

»Irgendwie versuchen, darüber hinwegzukommen?«, antwortete ich schwach.

Ellas braune Augen weiteten sich. »Und dein ganzes Leben unglücklich sein? Willst du das? Willst du in fünfzig Jahren dasitzen, mit erwachsenen Kindern und Enkelkindern um dich herum, einem Mann, den du nicht einmal lieben kannst, egal wie liebevoll und fürsorglich er ist, und bereuen, dass du nicht um deine wahre Liebe gekämpft hast?«

Ein Bild formte sich in meinem Kopf, als Ella mir das sagte, und mir wurde schwer ums Herz. Mein Magen fühlte sich an, als hätte ich Steine verschluckt. Diese Vorstellung der Zukunft löste eine regelrechte Panik in mir aus und ich schüttelte vehement den Kopf.

»Nein, das will ich nicht, aber ich kann nichts tun. Meine Eltern setzen mich sonst vor die Tür. Ich muss mir erst etwas Eigenes aufbauen und wenn ich das geschafft habe, kann ich es wieder mit einer Frau versuchen.«

Mit einer Frau.

Nicht mit Romy.

Meine eigenen Worte schnitten mir wie Rasierklingen ins Herz.

Ella schüttelte ebenfalls den Kopf. »Wenn du mit dieser Einstellung rangehst, wird das nie was. Was ist in ein paar Jahren, wenn es nicht deine Eltern sind, die dir Druck machen? Vielleicht kannst du es dann nicht, weil dein Job auf dem Spiel steht, wenn du eine Frau als Partnerin hast, oder, oder, oder. Und irgendwann ist es zu spät! Und deine Eltern? Zum Teufel mit ihnen! Wenn sie jetzt schon dein Leben bestimmen können, werden sie das auch in zehn Jahren noch tun! Dann setzen sie dich damit unter Druck, dass sie dich enterben werden. Sam, lass nicht zu, dass sie dir alles verderben. Es ist *dein* Leben und du hast nur eines. Es sollte so sein, wie du es dir vorstellst, und nicht, wie andere es gern hätten.«

Ellas Stimme war richtig laut geworden, so hatte ich sie noch nie erlebt. Überrascht schaute ich sie an und ihre braunen Augen funkelten regelrecht vor unterdrückter Wut.

»Kämpfe um Romy!«, befahl sie. »Und zwar jetzt und nicht *irgendwann*, wenn es zu spät ist.«

»Sie werden mich rauswerfen und nie wieder ein Wort mit mir reden. Wo soll ich dann hin? Und wenn das mit Romy nicht klappt, war alles umsonst.« Ich sank in mich zusammen. So gern ich das alles wollte … Ich hatte Angst, große Angst.

»Es geht nicht nur um Romy. Du tust das auch für dich. Für euch beide. Wenn es klappt, umso besser. Wenn nicht, dann hast du wenigstens alles probiert und musst dich in der Zukunft nicht fragen, was wäre gewesen, wenn?«, betonte Ella.

Etwas in mir regte sich, reagierte auf ihre Worte. Es machte mich stärker, gab mir Mut.

»Außerdem habe ich vor, mir eine Wohnung zu suchen. Du könntest bei mir unterkommen. Wir könnten beim BAföG-Amt fragen, ob deine Eltern nicht trotzdem einen Teil ans Studium zahlen müssen. Und wenn wir immer noch Geld brauchen, dann jobben wir gemeinsam in einer Bar. Sam, wir finden schon eine Lösung. Aber gib nicht auf. Du solltest dich mal sehen. Ich habe noch nie jemanden gesehen, der so zerbrochen gewirkt hat wie du.«

Ihre Worte trafen mich wie ein Pfeil in mein zerrissenes Herz. Es fühlte sich an, als würde sie es fixen, es kleben und notdürftig zusammenhalten, damit es wieder zu einem ganzen Teil zusammenwachsen konnte.

Etwas flackerte in mir auf, wuchs, wurde immer größer und stärker. Es war Hoffnung und … die Gewissheit, einen Halt zu haben. Ich wusste nicht, was ich in dieser Situation ohne Ella getan hätte. Allein die Tatsache, dass sie mir ihre Hilfe anbot, gab mir die Kraft, die ich brauchte. Warum hatte ich mich ihr nicht früher anvertraut? Weshalb hatte ich immer noch Angst vor ihren Reaktionen? Vielleicht wäre alles anders gekommen, hätte ich diese Optionen vorher gehabt.

»Meinst du das ernst?«, hakte ich nach.

»Aber natürlich. Geh und hol dir dein Mädchen!«, jubelte sie und Aufregung ergriff von mir Besitz.

Ja, ich musste zu Romy.

Jetzt. Sofort.

Ich musste um sie kämpfen. Auch wenn sie mich wegstoßen würde, weil sie verletzt war. Ich würde nicht eher aufgeben, bevor sie uns eine zweite Chance gab. Ich hatte Unterstützung und nun sah meine Welt nicht mehr so düster aus. Ich konnte kaum still sitzen, wollte unbedingt zu ihr. Ich war so dumm gewesen, sie gehen zu lassen. Aber jetzt, jetzt änderte sich alles, mit Ella an meiner Seite.

»Danke«, hauchte ich und am liebsten hätte ich mich in ihre Arme geworfen.

»Kein Problem. Ich habe immerhin einiges wiedergutzumachen.«

Mit diesen Worten erhob sie sich von meinem Bett und ich stand selbst eilig auf, hatte das Gefühl, direkt losrennen zu müssen, um keine Zeit mehr zu verlieren.

»Erzähl mir dann, wie es gelaufen ist«, forderte Ella, zupfte ihren Ballonrock zurecht und schnappte sich ihre Handtasche.

Ich nickte eilig, euphorisiert davon, dass ich Romy sehen würde, ihr sagen können würde, dass ich sie wollte. *Nur sie.*

»Das mache ich!«, versprach ich und sprang wie ein aufgescheuchtes Huhn herum. Es war, als hätte Ella den Treibstoff nachgefüllt, der mir ausgegangen war.

Ich schnappte meine Tasche, warf Handy, Auto- und Hausschlüssel hinein, zupfte mein Kleid zurecht, verließ mit Ella zusammen mein Zimmer. Vor Aufregung konnte ich kaum atmen, als wir zusammen die Treppe runtergingen. Ich umarmte Ella überschwänglich an der Haustür und ging mit klopfendem Herzen zu meinen Eltern.

Sie saßen im Wohnzimmer, meine Mutter las eine Klatschzeitschrift und mein Vater arbeitete an seinem Laptop. Sie schauten beide nicht auf, bis ich mich räusperte. Meine Mutter schaute mich auffordernd an.

»Ich werde zu Romy gehen und ich werde mit ihr zusammen sein und wenn ihr mich rauswerfen wollt, gut, aber ich werde mir mein Leben nicht von euch kaputt machen lassen«, sprudelte es regelrecht aus mir heraus, als wollte ich die Zeit, die ich verpasst hatte, aufholen.

Es herrschte Schweigen, die Blicke meiner Mutter verwandelten sich regelrecht zu Eis.

»Wenn du jetzt gehst, brauchst du nicht mehr wiederzukommen«, fauchte sie, klatschte die Zeitschrift auf den Tisch und erhob sich, um ihren Worten Nachdruck zu verleihen. Mein Vater hatte sich mit dem Schreibtischstuhl zu mir umgedreht und sich von seiner Arbeit abgewandt.

»Das ist mir egal. Lieber ziehe ich aus, als mich für euch verstellen zu müssen. Ich *liebe* sie. Ich *liebe* Romy und egal, was ihr sagen oder tun werdet, das wird meine Meinung nicht noch einmal ändern. Ich habe mich in den letzten Monaten lange genug verbogen und gelitten, nur um euch gerecht zu werden. Entweder akzeptiert ihr, was oder wie ich bin, oder …«

»Liebe!« Meine Mutter lachte spöttisch auf und schnitt mir damit das Wort ab. »Du weißt doch gar nicht, was das ist!«

Ich wurde wütend, so unendlich wütend. Nicht wie damals, als sie mich mit Romy erwischt hatte. Ich hatte keine Angst mehr, denn ich wusste, dass es diesmal anders laufen würde. Dass ich einen Ausweg hatte. Und ich würde nicht wieder den Fehler machen, mich von meiner Mutter unterdrücken zu lassen.

»Aber du, oder was? Du hast Papa doch nur des Geldes wegen genommen!«, platzte es aus mir heraus, bevor ich mich zurückhalten konnte. Mein Vater war mittlerweile aufgestanden und sah aus, als wollte er etwas sagen, aber meine Mutter fuhr ihm dazwischen.

»Vorsicht, Fräulein! Das ist dünnes Eis, auf dem du dich bewegst. Geh sofort in dein Zimmer, bevor ich mich vergesse«, zischte sie mit erröteten Wangen.

»Was passiert dann? Schlägst du mich wieder? So wie beim letzten Mal?«, provozierte ich sie.

Es ging nicht anders. Meine angestauten Gefühle entluden sich in Form von Wut. Das Blut pulsierte in meinem Kopf sowie in meinen Wangen und ich ballte die Hände zu Fäusten. Erinnerte mich unwillkürlich daran, wie ich Robin eine verpasst hatte.

Mein Vater schaute verblüfft zu meiner Mutter. Als ich seinen Gesichtsausdruck bemerkte, wurde mir klar, dass sie ihm diese Tatsache verschwiegen hatte.

»Da ist mir die Hand ausgerutscht«, sagte sie kühl und wir beide lieferten uns über den Raum hinweg ein Blickduell.

Genug damit, ein braves Mädchen sein zu wollen. Genug damit, auf die Hilfe meiner Eltern angewiesen sein zu müssen. Genug damit, dass sie mich in irgendeine Schublade stecken wollten, in die ich nicht hineinpasste.

»Gleich zwei Mal?«, bohrte ich weiter.

»Du hast sie geschlagen?«, polterte mein Vater dazwischen und jetzt richteten sich seine wütenden Blicke auf meine Mutter.

»Hätte ich sie etwa weiter mit diesem Flittchen herumknutschen lassen sollen? In unserem Haus?!« Nun wandte sich meine Mutter meinem Vater zu. Das Blatt hatte sich innerhalb weniger Sekunden gewendet und auch wenn mein Vater nun halbwegs auf meiner Seite zu stehen schien, ließ es mich nicht vergessen, wie miserabel er sich verhalten hatte, als ich seine Unterstützung wirklich gebraucht hätte.

»Das gibt dir noch lange nicht das Recht, sie zu schlagen. Sie ist immer noch unsere Tochter, Claudia!«

Auf einmal war ich wieder die Tochter. Die Erkenntnis kam zu spät. Viel zu spät, aber ich nutzte die Gelegenheit, während meine Eltern anfingen, miteinander zu streiten.

Ich machte einen Schritt nach hinten und als wäre mein Vater ein Wachhund, der auf Bewegungen reagierte, drehte er jetzt den Kopf zu mir.

»Geh!«, forderte er mich auf. Aber es klang nicht wie *Geh und komm nie wieder zurück*, sondern vielmehr nach *Geh und tu, was du tun musst*.

Das ließ ich mir nicht zweimal sagen. Ich machte auf dem Absatz kehrt, kramte auf dem Weg zur Haustür den Autoschlüssel wieder aus der Tasche.

»Komm zurück!«, kreischte meine Mutter wie eine Furie und ich hörte, wie mein Vater die Stimme erhob.

»Du hältst dich jetzt zurück und sagst mir, was du noch alles verschwiegen hast!«

Die Stimmen verklangen, als ich die Haustür hinter mir zuzog. Erhitzte Sommerluft schlug mir entgegen, denn die Temperaturen waren in den letzten Tagen erheblich nach oben geklettert.

Ich rannte fast schon zu meinem Auto, öffnete die Tür und startete den Wagen mit zittrigen Fingern.

Auf dem ganzen Weg zu Romys Haus stellte ich mir vor, wie wir beide uns in den Armen liegen und uns küssen würden. Wie alles wieder gut werden würde und wie ich das Haus meiner Eltern verlassen und nie wiederkommen würde.

Natürlich tat mir der Gedanke weh, sie waren immer noch meine Mutter und mein Vater. Aber Ella hatte recht, ich durfte sie nicht über mein ganzes Leben bestimmen lassen. Und das hätte ich schon viel früher erkennen sollen. Dann wäre mir einiges Leid erspart geblieben. Und nicht nur mir, sondern auch Romy. Aber ich hatte so unter seelischem Druck gestanden, dass es mir schier unmöglich gewesen war, mich schon früher gegen meine Eltern zu stellen.

Die Fahrt dauerte nur ein paar Minuten, aber es fühlte sich an wie Stunden. Mit klopfendem Herzen hielt ich vor dem Mehrfamilienhaus, das mir so vertraut war und eine Flut von Erinnerungen in mir auslöste.

*Ich komme, Romy*, flüsterte ich in Gedanken, zog den Schlüssel ab und hetzte auf die Haustür zu. Mit schlotternden Knien drückte ich auf die Klingel. Das Herz schlug mir so hart im Brustkorb, dass es mir fast bis zur Kehle hochsprang. Jeder Schlag tat in meinen Rippen weh und als sich die Tür nicht gleich öffnete, überfiel mich die Panik. Was, wenn sie nicht zu Hause war? Hätte ich vorher anrufen sollen? Ich wollte nicht länger warten, nicht mal einen verdammten Tag!

Doch dann ertönte ein Summen und ich konnte die Tür aufdrücken. Ich wäre vor Dankbarkeit beinahe auf die Knie gefallen. Aufregung wallte über mich hinweg. Ich ging jeden Satz, den ich zu Romy sagen wollte, sorgsam in meinem Kopf durch. Die Entschuldigung, die Erklärung, die Bitte, mir eine zweite Chance zu geben.

Immer zwei Stufen auf einmal nehmend, hetzte ich die Treppen nach oben. Gleich würde ich sie wiedersehen, gleich würde alles gut werden.

Holly stand im Türrahmen und als sie mich entdeckte, war ihr Blick überrascht und gütig zugleich. Es war ein schönes Gefühl, sie zu sehen. Sie war immer gut zu mir gewesen und sie war ein Stück von Romy. Eine wandelnde Erinnerung.

»Samantha«, begrüßte sie mich.

Ich atmete schwer, weil ich die Treppen hinaufgestürmt war, um keine Zeit zu verlieren. Meine Knie zitterten und meine Beine fühlten sich an wie aus Gummi. Ob von der Anstrengung oder Aufregung, vermochte ich nicht zu sagen.

»Ist Romy da? Ich muss mit ihr sprechen, bitte!«, platzte es direkt aus mir heraus. Ich wusste nicht, wie viel Romy ihrer Mutter erzählt hatte, doch ihr Blick wechselte von verwirrt zu erschrocken und schließlich bedauernd.

Mein Innerstes erstarrte und ein nagendes Gefühl ergriff von mir Besitz. Wenn sie mich so ansah, wusste ich, dass irgendetwas nicht stimmte.

»Samantha, Darling, sie ist vor fünfzehn Minuten mit ihrem Vater losgefahren.« Ihre Stimme klang so, als hätte sie mir lieber erfreulichere Nachrichten übermittelt.

Ein Stich fuhr durch mein Herz, so heftig, dass ich dachte, ich hätte gerade einen Infarkt erlitten.

»Bitte was? Wohin?«, brachte ich keuchend hervor und alles um mich herum drehte sich, als würde die Welt sich viel zu schnell bewegen. Das Blut wich aus meinem Gesicht und sackte in meine Füße. Vielleicht war sie nur zu einer Freundin oder ihrer Schwester verreist? Oh bitte nicht zu Mayleen. Dortmund war eine halbe Ewigkeit entfernt.

»Zum Flughafen.«

Die Welt drehte sich immer schneller um mich. Es fühlte sich an, als säße ich auf einem Karussell, von dem ich nicht absteigen konnte. Ich musste mich am Türrahmen festhalten, weil ich glaubte, nicht ohne Halt stehen zu können.

Holly streckte die Hände besorgt aus, als wollte sie mich stützen, ließ sie aber in derselben Bewegung wieder sinken und starrte mich mit dem gleichen Schock im Gesicht an, der sich auf meinem widerspiegeln musste.

»Flughafen?«, brachte ich gepresst hervor. Okay, dafür musste es eine logische Erklärung geben. Vielleicht holte sie eine Freundin ab, besuchte ihre Verwandten. Warum auch nicht? Bis zum Studienbeginn war noch Zeit.

»Ja, sie fliegt in vier Stunden nach New York zu ihrem Onkel. Hat sie dir das nicht gesagt?«, fragte Holly verwirrt.

Die Verabschiedung. Jetzt ergab es einen Sinn. Wieso hatte ich dumme Nuss mich nicht mehr darum bemüht, sie danach zu fragen? Die Erkenntnis fühlte sich an, als hätte man mir ein Gift gespritzt, das meine Bewegungen verlangsamte und meine Hörfähigkeit einschränkte.

»Wann … wann kommt sie denn wieder?« Ich traute mich kaum, diese Frage laut auszusprechen. In einer Woche, in zwei? Wie sollte ich das nur überleben?

Das Blut rauschte in meinen Ohren.

Hollys Blick wurde mitfühlend und traurig.

Alles zog sich in mir zusammen.

»In einem Jahr.«

Mir wurde schlecht, und zwar so heftig, dass ich meinte, mich vor Romys Mutter übergeben zu müssen.

»Welcher Flughafen?«, brachte ich mit allergrößter Anstrengung hervor. Ich würde sie nicht fliegen lassen, bevor ich ihr das gesagt hatte, was ich ihr sagen wollte. Nicht, bevor sie nicht wusste, dass ich hier auf sie warten würde. Wenn es sein musste, ein verdammtes Jahr lang. Aber sie musste es wissen. Sie MUSSTE. Ich konnte sie nicht gehen lassen, ohne das geklärt zu haben.

»Frankfurt.«

Das waren eineinhalb Stunden Fahrzeit. Sie hatte eine Viertelstunde Vorsprung. Ich würde das schaffen ... ich würde ... ich musste!

»Danke, Holly«, war alles, was ich sagte, und dann rannte ich die Stufen noch schneller runter, als ich sie auf dem Weg nach oben genommen hatte. Ließ Romys Mutter einfach stehen.

Tränen bildeten sich in meinen Augen.

Warum? Warum war das Schicksal so ein Teufel? Wieso hatte ich nicht gestern hier auftauchen können? Warum fünfzehn Minuten? Warum diese Dramatik?

*Wow, das hört sich an wie in einer dieser Telenovelas.*

Ellas Worte kamen mir irrationalerweise in den Sinn und ich schluchzte auf, als ich mich in den Fahrersitz fallen ließ, das Auto startete, die Adresse des Flughafens bei Google Maps eingab und die Routenplanung aktivierte.

Ich trat aufs Gaspedal und fuhr los, im Wettlauf gegen die Zeit.

# 30

# Frankfurter Flughafen

Ich rannte.

Ich rannte so schnell, dass ich glaubte, meine Lunge würde gleich zerbersten.

Ich rannte, als wäre der Teufel hinter mir her.

Ich rannte gegen die Zeit.

Meine Füße schlugen so hart auf dem Boden auf, dass ich das Vibrieren in meinen Beinen spüren konnte. Schweiß benetzte meinen Körper. Ich konnte ihn überall spüren: im Nacken, auf der Stirn, dem Rücken.

Ich wich Gegenständen aus, lief im Zickzack an den Menschen vorbei, die Koffer hinter sich herzogen. Ignorierte quengelnde Kinder, Leute, die sich in die Arme fielen, sich begrüßten und verabschiedeten. Ich ignorierte die Stewardessen und die Angestellten, die hier arbeiteten. Einzig nach Romy hielt ich in der Menge Ausschau. Ich musste es irgendwie schaffen, sie hier in diesem Gewimmel zu finden. Aber ich konnte sie nirgendwo ausmachen und trieb meine müden Beine dazu an, noch schneller zu laufen.

Ich hatte versucht, sie anzurufen, aber sie war nicht drangegangen. In WhatsApp sah ich ihr Profilbild nicht mehr und meine Nachrichten wurden nicht zugestellt, als hätte sie kein Netz. Oder sie hatte mich blockiert.

Das hier war die Suche nach der Nadel im Heuhaufen. Ich konnte nur hoffen, dass sie gerade noch in der Schlange beim Ticketschalter stand oder kurz vor der Gepäckkontrolle.

Adrenalin rauschte durch meinen Körper, gab mir die Kraft, immer weiter zu rennen, auch wenn jeder Schritt schmerzte. Keuchend folgte ich den Anweisungen der Schilder, die zum Bereich der internationalen Flüge führten. Der Frankfurter Flughafen kam mir so gewaltig groß vor und ich hatte allein fünfzehn Minuten gebraucht, bis ich mein Auto geparkt hatte. Ich hätte das Lenkrad rausreißen können, als der Wagen vor mir im Schneckentempo gefahren war. Zuvor war ich wie eine Irre über die A5 gefahren, bis die Skyline von Frankfurt in der Ferne sichtbar geworden war. Und selbst das war mir nicht schnell genug gegangen.

Ich hetzte weiter, blieb schließlich stehen, als ich eine Menschenschlange entdeckte, die nur noch mit Handgepäck darauf wartete, durch die Kontrolle gelassen zu werden.

Ich schaute mich hektisch um, ob ich irgendwo in diesem Gewusel Romy erkennen konnte. Keuchend hielt ich mir die Seiten, die vom Rennen unablässig schmerzten. Mein Kopf flog hin und her, als wäre ich ein Kind, das seine Eltern verloren hatte. Ich brüllte sogar so laut Romys Namen, dass ein paar der Menschen ihre Köpfe drehten und mich anschauten, als hätte ich den Verstand verloren. Aber Romy war nirgendwo in der Schlange zu finden und mein Herz sank wieder gen Boden.

Bitte, ich musste sie unbedingt finden.

Vielleicht war sie schon bei der Gepäckkontrolle? Oder was, wenn ich einfach an ihr vorbeigestürmt war? Wenn sie nach mir gerufen, ich sie aber nicht gehört hatte?

Verzweifelt reihte mich in der Schlange ein, probierte abermals, Romy anzurufen – ohne Erfolg.

Ich wischte mir den Schweiß von der Stirn, der mir schon bis in die Augen gelaufen war, die schmerzhaft brannten. Ich spürte das Klopfen meines Herzens so stark, dass es fast schon im Brustkorb schmerzte. Ich hatte Angst, dass es gleich aufhören würde, zu schlagen, weil ich es zu sehr beanspruchte.

Die Menschen vor mir bewegten sich ein paar Schritte nach vorn und ich wurde immer ungeduldiger und hoffnungsloser, je mehr Zeit verstrich. An der Anzeigetafel stand geschrieben, dass der Flug um 17:10 Uhr nach New York starten würde. Das musste der von Romy sein.

Wir hatten jetzt fast drei Uhr, zwei Stunden hatte ich also noch, um sie zu finden. Irgendwie, egal wie, und wenn ich den ganzen Flughafen nach ihr absuchen musste, meinetwegen auch die Toiletten. Wenn sie nur noch nicht bei der Gepäckkontrolle oder im Wartebereich war, da würde ich auf keinen Fall durchkommen.

Als die Schlange kleiner wurde und ich an der Reihe war, sah ich mich einem Security-Mann gegenüber, in seiner unmittelbaren Nähe Männer und Frauen vom Zoll, eine Flugbegleiterin, die die Tickets kontrollierte.

»Ihre Bordkarte, bitte«, hörte ich die weibliche Stimme. Sie hielt einen Scanner in der Hand und die andere hatte sie mir freundlich entgegengestreckt.

Ich schluckte, war so verzweifelt, das Unmögliche zu versuchen. Wenn es sein müsste, würde ich auch direkt hinter der Absperrung auf Romy warten. Weiter käme ich vermutlich nicht.

»Ich habe keine …«, sagte ich mit Verzweiflung in der Stimme.

»Dann müssen Sie die am Ticketschalter holen.« Ein freundliches Lächeln, wie es ihr Job verlangte.

Ich schüttelte vehement den Kopf. »Nein. Nein, ich habe nicht vor, zu fliegen … Ich muss … Ich suche jemanden, ich muss zumindest bis zur Gepäckkontrolle gelangen.«

Das Gesicht der Dame blieb professionell und das freundliche Lächeln wich nicht aus ihrem Gesicht. »Tut mir leid, ohne Bordkarte kann ich Sie nicht zur Kontrolle durchlassen. Sie müssen sich Ihr Ticket holen.«

»Verdammt, nein«, fluchte ich und hinter mir schnaubte jemand ungeduldig. »Sie verstehen das nicht … Ich muss hier durch. Ich MUSS! Ich muss sie aufhalten!« Tränen der Verzweiflung bildeten sich heute zum wiederholten Mal in meinen Augen. Ich hatte mich nicht mit meinen Eltern angelegt und war den ganzen Weg hierhergefahren, um Romy letztendlich doch zu verlieren.

»Wie ich bereits gesagt habe, ohne Bordkarte kann ich Sie nicht durchlassen.« Jetzt wirkte sie nicht mehr so freundlich, sondern bestimmend und ein wenig nachdrücklich. Sie würde mich nicht durchlassen und die Verzweiflung packte mich in einem eisernen Griff, drohte, mich zu zerquetschen. Meine Sicht verschwamm und ich versuchte, die Tränen wegzublinzeln.

»Gibt es ein Problem?«, brummte der Security-Mann und schaute mich aus seinen blau-grauen Augen scharf an, als hätte ich vor, den Flughafen in die Luft zu sprengen.

Ich hoffte, dass Romy irgendwo hinter mir in der Schlange stand und meine verzweifelten Versuche bemerkte. Aber nichts passierte, außer dass jemand hinter mir maulte.

»Wenn Sie keine Karte haben, muss ich Sie bitten, die anderen Passagiere durchzulassen«, sagte die uniformierte Dame.

Ich fühlte mich wie eine Sandburg, die bei der kleinsten Welle zerstört werden würde. Es war nicht wie in diesen typischen Liebesfilmen, dass plötzlich ein Angestellter auftauchte, sich für mich einsetzte und mit breitem Akzent sagte: »Lassen Sie die Lady durch«, sodass ich wirklich durchgelassen wurde. In solch einem Film würden die Menschen hinter mir klatschen und jubeln und ich würde Romy finden. Notfalls würde sogar das Flugzeug aufgehalten werden, damit ich die Liebe meines Lebens im Innenraum finden und vor allen Menschen küssen konnte.

Aber so war es nicht, denn das hier war kein Spielfilm, sondern die Realität. Meine Hoffnung zerbrach. Zuerst stand ich noch da, fest entschlossen, nicht zu weichen, doch ein weiterer scharfer Blick des Security-Mannes ließ mich zur Seite treten. Jemand seufzte und murmelte ein »Endlich«, dann ging der Betrieb weiter.

Mir wurden ein paar böse Blicke geschenkt, während ich wie ein verprügelter Hund an ihnen vorbeischlurfte, als würde mir jede Kraft in den Beinen fehlen. Ich erkannte, wie naiv ich gewesen war, zu glauben, ich könnte Romy hier finden.

In einer letzten Verzweiflungstat suchte ich nochmals alles ab – sogar die Toiletten! Selbst der Versuch, sie an dem Informationsschalter ausrufen zu lassen, missglückte. Romy tauchte nicht auf und war auch nirgendwo zu finden. Es fühlte sich an, als würde ich innerlich sterben. Es war nicht die allumfassende Leere, die ich empfunden hatte, als ich mich Robin hingegeben hatte. Es war auch nichts gegen den Schmerz des Liebeskummers. Es war die Hoffnung, die in mir starb. Die Erkenntnis der Endgültigkeit. Und nach allem, was ich in den letzten Monaten erlebt hatte, hätte ich nie gedacht, dass die Pein noch schlimmer werden könnte.

Ich hasste mich so sehr dafür, dass ich alles zerstört hatte.

Wie betäubt stand ich da, hielt mein iPhone in der Hand, mit dem ich Romy wieder und wieder versucht hatte, anzurufen, ohne dass sie je drangegangen war. Lediglich von Ella war eine Nachricht eingegangen. Mein Herz hatte einen hoffnungsvollen Sprung gemacht, nur um danach von der Enttäuschung gepeinigt zu werden, als ich ihren Namen las. Ich hatte die Message nicht einmal geöffnet.

In die Anzeigetafel kam Bewegung und die Passagiere für den Flug nach New York wurden aufgefordert, sich zum Gate zu bewegen. Das gab mir den letzten Rest. Ich glaubte, dass das Reißen meines Herzens überall zu hören war.

Ich begab mich zur Besucherterrasse und schaute den vielen Maschinen beim Abflug und der Landung zu. Die Lautstärke ließ mich fast taub werden und die Windböen trockneten die Tränen auf meinem Gesicht, das von der ganzen Nässe unangenehm spannte.

Ich sah jedem einzelnen Flugzeug nach, das die Liebe meines Lebens mit in die Lüfte nehmen konnte, und jedes Mal erstickte mich der Schmerz einer neuen Welle schier.

Vermutlich hätte ich dort noch bis in die Nacht hinein gestanden, aber als die Terrasse schloss, wurden ich und die letzten verbliebenen Menschen gebeten, zu gehen.

Auch wenn es sich anfühlte, als hätte ich keine Kraft mehr in den Beinen, um laufen zu können, gehorchte ich. Mit jedem Schritt, den ich mich vom Flughafen entfernte, wurde mein Herz schwerer.

Erst im Auto gestattete ich mir, heulend zusammenzubrechen und einen animalischen Schrei auszustoßen.

# Epilog – Romy

## Große Liebe

Fast pünktlich war das Flugzeug auf die Startbahn gerollt, bevor die Stewardess uns eine Einweisung gegeben und jeder Passagier Platz genommen und sich angegurtet hatte.

Wir würden nonstop nach New York fliegen und mehr als acht Stunden in der Luft lagen vor mir.

Mit Wehmut dachte ich daran zurück, wie ich mich von meiner Familie für ein ganzes Jahr verabschiedet hatte. Meine doppelte Staatsbürgerschaft ermöglichte es mir, mich so lange in Amerika aufhalten zu können. Und ehrlich? Ich brauchte diesen Abstand. Von Deutschland, von Sam und allem, was passiert war. Noch nie hatte ich mit so einer Heftigkeit gelitten, dass mir nur noch Flucht in den Sinn kam. Die Trennung von Larissa war einvernehmlich gewesen und nicht mal ansatzweise ein Vergleich zu dem, was ich jetzt durchmachte. Was Sam mit meinen Gefühlen anstellte, dafür hatte ich keine Worte.

Seit dem ersten Moment, als ich sie in der Klasse gesehen hatte, mit ihren goldenen Ohrringen, dem undefinierbaren Braunton ihrer voluminösen Haare und dem Blau-Grau ihrer Augen, hatte ich gewusst, dass ich diese Frau um jeden Preis kennenlernen wollte. Ich bereute nichts, auch wenn es so endete. Es waren die schönsten Monate meines Lebens gewesen, trotz der Höhen und Tiefen.

Und jetzt … hatte mein Dad mich zum Flughafen gebracht, weil Mom sich um Liane kümmern musste, die krank geworden war. Ich war drauf und dran gewesen, den geplanten Urlaub abzusagen, aber Mom hatte gemeint, dass es nur eine Erkältung sei.

Sie war genauso traurig über die Trennung von mir und Sam gewesen und hatte mich stundenlang in ihren Armen gehalten. Sie hatte die Tränen gesehen, die ich sonst niemandem zeigte.

Ich lehnte mich in meinem Sitz zurück, vermisste die Musik, die in mein Ohr schallte und mich vom Nachdenken abgehalten hatte. Die letzten zwei Stunden hatte ich auf den unbequemen Sitzen im Wartebereich verbracht und das Lied *Zuviel* von den *Böhsen Onkelz* in Dauerschleife gehört. So laut, dass ich die Gespräche und jedes andere Geräusch um mich herum nicht wahrgenommen hatte. Ich wollte, dass der Song mein Gehirn zerfetzte, damit ich nichts mehr fühlen musste.

Erst zwanzig Minuten vor dem Flug hatte ich die Ohrstöpsel entfernt und mein Handy ausgemacht. In Amerika hatte ich vor, einen neuen Vertrag abzuschließen. Ich wollte Abstand, um wieder Fuß zu fassen, da mich die Trennung von meinem Weg abgebracht hatte. Abstand mit allen Konsequenzen: eine zweite Handynummer, die nur meine Familie kannte und die ich nur in der USA nutzte, ohne Facebook oder andere Social-Media-Webseiten, um Sam zu vergessen und mich nur auf mich zu konzentrieren.

Das Flugzeug erhob sich in die Luft und der Druck auf den Ohren sowie das Kribbeln im Bauch rissen mich aus meinen Gedanken. Ich sah aus dem Fenster, nahm wahr, wie die Welt immer kleiner wurde. Das Land, vor dem ich für ein Jahr flüchten würde.

Nein, nicht vor dem Land, nur vor einer Person, die dort lebte.

Sam …

Eine Schwere senkte sich über meinen Körper, die nichts mit der steigenden Flughöhe gemein hatte.

Ich war mir so absolut sicher, dass Sam meine erste große Liebe war, und diese zu verlieren, tat bekanntlich am meisten weh. Und so war es. Es fühlte sich an, als würde ich von innen verbrennen, und die Flammen konnten durch nichts gelöscht werden.

Auch wenn ein Teil von mir wütend war, hoffte ich, dass es ihr gut gehen sie irgendwie mit dem Leben klarkommen würde, das sie für sich gewählt hatte.

Ich hatte Sam verloren, an jemanden, den sie noch nicht einmal liebte. Und ich musste aufhören, sie zu lieben, auch wenn es sich in diesem Moment so anfühlte, als würde ich aufhören, zu leben.

# Dank

**»Am Ende wird alles gut. Wenn es nicht gut wird, ist es noch nicht das Ende.«**

*– Oscar Wilde*

Nein, das ist nicht das Ende von Sam und Romy, zumindest nicht das endgültige. Es geht weiter und ich freue mich, wenn du wieder dabei bist.

An der Stelle ein großes Dankeschön an dich, meine/n Leser/in, ohne dich wäre das Schreiben nur halb so schön. Danke, dass du Sam und Romy eine Chance und ein Zuhause (und vielleicht auch einen Platz in deinem Herzen) gegeben hast.

Danke an alle **Blogger, Rezensenten, Leser** für eure Unterstützung, für eure Begeisterung, für die vielen persönlichen Nachrichten, das Feedback, die Verlinkungen, die Bilder, Interviews, Berichte, Cosplays und für eure Leidenschaft. Ich fühle mich manchmal wie in einem Rausch und kann nicht glauben, dass ihr meine Bücher mögt, dass ihr mich mögt und dass ihr mit so viel Begeisterung rangeht. Ihr gebt mir so viel und ich weiß gar nicht, wie ich euch das zurückgeben kann. Danke von Herzen! (Ich würde euch gern alle beim Namen nennen, aber dann würde das ein Buchstabenchaos werden. Fühlt euch bitte ALLE angesprochen.)

Auch ein herzliches Danke an die besten Freunde der Welt: **Kim, Janine, Deborah, Selina, Nadja, Madeline, Steffi, Jasmin und Elina**. Danke, danke, danke, dass ihr so sehr unterstützt, was ich mache, dass ihr meinen Debütroman gelesen und mir so viel Rückhalt gegeben habt. Und dass ihr mir auch wieder bei ›SAMe Love‹ so den Rücken stärkt. Ich fasse es nicht, was für ein Glück ich habe, von Menschen wie euch umgeben zu sein.

Ein ganz dickes, fettes Danke geht auch wieder an die Unterstützung meiner Beta-Leser: **Monika Martin, Victoria Rohde und Veronika Rothe**. Ohne euch wäre ich vermutlich verzweifelt. Danke, dass ihr euch die Zeit genommen habt, auch wenn ihr selbst wenig davon habt.

Danke auch an **Jenni**, dafür, dass du mit meinen Mädels diesen Weg gegangen bist, dass du mich unterstützt und ermutigt hast. Und ich danke dir, dass ich deine Jungs Drew und Tony in meinem Buch beleuchten durfte. Danke, dass Sam und Romy einen Gastauftritt in deiner *NO RETURN*-Reihe erhalten haben. Danke. Das bedeutet mir wirklich unendlich viel!

Danke an **Corinne und Andi**, dafür, dass auch ihr meinen Mädels eine Chance gegeben habt, dass ihr dafür gesorgt habt, dass diese Geschichte in die Welt hinausgetragen wird. Danke, dass ihr so offen seid, danke für die Tage auf der Leipziger Buchmesse, danke für die Unterstützung, für euer Herzblut, für all die Arbeit, die ihr leistet. Danke, dass ihr Autoren wie mir die Türen öffnet, danke, dass ihr das Zuhause meiner Babys seid. Durch euch kann ich Erfahrungen in meinem Leben machen, die ich sonst nie gemacht hätte. Ich bin so überwältigt. Danke!

Danke an **Martina**, du wundervolle Person, du herzensguter Mensch. Danke, dass du mich über Wasser hältst, wenn ich das Gefühl habe, nicht schwimmen zu können, danke für deine Kompromissbereitschaft und danke dafür, dass ich weiß, dass meine Babys bei dir in guten Händen sind, wenn du sie korrigierst und die letzten Fehler aushebelst. Ich weiß nicht, was ich ohne deine Adleraugen tun würde.

Danke auch an **Carolin (und Johannes), Fanny, Jasmin, Nicole und Maya**! Ihr habt die Leipziger Buchmesse zu einem unvergesslichen Erlebnis gemacht. Danke, dass ihr so herzlich seid, danke für eure Fantasie, mit der ihr die Welt bereichert, und danke für die gemeinsamen Stunden und eure liebevollen Worte.

Der lieben **Mirjam H. Hüberli** danke ich für diese wunderschönen Illustrationen. Danke, dass du nicht nur Mary, sondern auch meine beiden Mädels mit deiner einzigartigen Gabe verschönert hast.

Ein ganz, ganz, ganz fetter Dank geht an der Stelle auch an **Rica**, die dieses Cover gemacht hat. Es übertrifft jede meiner Vorstellungen und spiegelt den Inhalt so perfekt wider. Ich bin so verliebt in diese Gestaltung, die Farben, die Art, wie das Kleidchen von dir gezaubert wurde … Oh. Mein. Gott. Es ist perfekt, Rica, es ist einfach perfekt! Ich danke dir so sehr!

Danke an **Mama und Papa**, für eure Kraft, eure Liebe, euren Stolz, euren Zuspruch und eure ehrliche Freude. Ich glaube, ich muss nicht sagen, wie sehr ich euch liebe, oder? Falls ihr es vergessen habt: Ich liebe euch bis in die Unendlichkeit.

Danke, liebe **Sarah S.**, dass du in Leipzig an meiner Seite warst, auch wenn es ein hartes Wochenende war. Danke für dein Verständnis (auch wenn ich dich viel allein gelassen habe), für deine Begleitung, deine Unterstützung und deine Freundschaft. Du bist ein Geschenk!

Danke an **Twini**, dass du ehrlich zu mir bist, wenn ich es brauche, dass du dich so sehr mit mir freust, wenn ich ein weiteres Projekt unter Vertrag habe, dass du mich unterstützt, dass du auf der Leipziger Buchmesse an meiner Seite warst (gut, dass du nicht meine Hand gehalten hast, ich hätte sie zerquetscht). Danke, dass ich mit dir lachen kann, bis mir der Bauch wehtut. Danke, dass du meinem Leben Farbe gibst. Und danke, dass ›SAMe Love‹ durch dich seinen Namen bekommen hat. ;-)

Und zuletzt danke ich wieder meinem **Vater im Himmel**. Danke, dass ich unperfekt sein darf, danke für diese Gabe, mit Worten zaubern zu können, und danke für die Wärme in meinem Herzen.

# BONUSMATERIAL

Nadine Roth

**Fan werden:**

https://www.facebook.com/nadinerothautorin

# Die Autorin über sich und das Schreiben

Jetzt habe ich mein zweites Buch geschrieben und trotzdem fehlen mir wieder die Worte, etwas über mich und das Schreiben zu sagen. Ich bin überwältigt davon, wie sehr das Schreiben und Veröffentlichen der Projekte mein Leben verändert hat.

Niemals hätte ich gedacht, dass jemals jemand das lesen wird, was ich schreibe. Nie hätte ich gedacht, dass ich jemals ein Buch zu Ende schreibe. Und jetzt sitze ich hier, überwältigt von dem, was ich in den letzten Monaten erlebt habe. Überwältigt davon, dass auch Sam und Romy wieder ein Zuhause im Sternensand Verlag gefunden haben, überwältigt von euch, von euch Lesern. Die, die ihr mir Nachrichten schreibt, die, die ihr mir Feedback gebt und mich unterstützt. Aber das hatte ich in der Danksagung schon.

›SAMe Love – Nur mit dir‹ war ein absolutes Herzensprojekt. Nicht, dass es ›Bloody Mary – Du darfst dich nicht verlieben‹ nicht auch gewesen wäre, aber Sam und Romy … Was soll ich sagen? Die beiden haben sich bei mir eingenistet und mich angefleht, ihre Geschichte zu erzählen. Romy ist für mich ein ganz besonderer Schatz (keine Frage, ich liebe Sam, aber manchmal nervt sie mich auch :D). Aber Romy … An sie habe ich mein Herz verloren und sie kann es gern behalten. Dementsprechend weh tut mir auch dieses Ende (ich sitze nicht hier und lache böse). Aber ich weiß nicht, warum, ich habe einfach eine Schwäche für dramatische Enden. Doch wie ich bereits erwähnte, das ist noch nicht das endgültige Ende.

Auch für dieses Buch habe ich mir wieder eine Playlist zusammengestellt. Die Namen in den Klammern geben an, welcher Charakter das Lied hört und an wen er dabei denkt. Viel Spaß, wenn ihr euch die Lieder anhören solltet.

*LaFee – Was ist das? (Sam x Romy)*
*Shawn Mendes – Treat you better (Romy x Sam)*
*Katy Perry – I Kissed A Girl (Sam x Romy)*
*Macklemore & Ryan Lewis feat. Mary Lambert – Same Love (Sam x Romy)*
*Joel Brandenstein – Ich muss immer an dich denken | Coverversion (Robin x Sam)*
*SDP feat. Adel Tawil – Ich will nur dass du weißt (Robin x Sam)*
*Böhse Onkelz – Zuviel (Romy x Sam)*
*Ron Pope – A Drop In The Ocean (Romy x Sam)*

# Interview mit Nadine Roth

**6 Fragen zu ›SAMe Love‹**

**1. Beschreibe ›SAMe Love‹ mit 3 Adjektiven**
Romantisch, leidenschaftlich und traurig.

**2. Warum hast du dich für diese 3 Adjektive entschieden?**
Ich denke, dass das die drei Gefühle sind, die das Buch bzw. auch den Inhalt des Buches am besten beschreiben. Natürlich zeichnet sich der Roman durch weitere Empfindungen aus, aber ich denke, diese drei sind am dominantesten.

**3. ›Gay Romance‹ ist für viele ja ein Tabu-Thema. Was war der Grund, warum du gerade diese Thematik für dein Buch ausgewählt hast?**
Aus dem Grund, weil ich nicht möchte, dass es ein Tabu-Thema ist/bleibt. Für mich ist es einfach etwas ganz Normales und ich finde Frau und Frau sollten genauso die Chance bekommen, ihre Geschichte zu erzählen, wie Frau und Mann. Wer sich mit dem Thema nicht identifizieren kann, muss es nicht lesen. Fertig. Aber zu schweigen, weil ich Leser verlieren könnte, das käme mir nicht in den Sinn. Wie gesagt, für mich ist es kein Tabu, es ist etwas ganz Normales.

**4. Warum hast du dich für zwei Mädchen und nicht für zwei Jungs entschieden?**
Diese Frage ist gut. ;-) Ein bisschen habe ich gehofft, dass sie mir irgendwann gestellt wird. Das lag zum einen daran, dass

mir, als mir die Idee zu dem Buch kam, jedes Mal eher zwei Frauen im Kopf herumgeschlichen sind anstelle von zwei Männern.

Des Weiteren finde ich, dass es noch viel zu wenig ›Frau-Frau‹-Bücher auf dem Markt gibt. Mann-Mann ist sehr viel mehr auf dem Markt breitgetreten und wird – meine Meinung – auch viel mehr akzeptiert. Frau-Frau-Romane gehen leider immer noch unter und wenn ich welche gefunden habe, lag der Fokus aus dem erotischen Aspekt oder es waren sehr dünne Romane. Und da dachte ich mir einfach: Jetzt erst recht! Ich wollte mich eben für die Frauen-Seite stark machen. Mann-Mann bin ich natürlich genauso aufgeschlossen gegenüber und ich bin mir sicher, dass ich auch zu diesem Geschlecht irgendwann eine Romance schreiben werde. Aber Romy war mit ihrer forschen Art einfach schneller. :-)

**5. Gibt es in deinem Umfeld gleichgeschlechtliche Paare? Und falls ja, haben sie mit ähnlichen Problemen/Vorurteilen zu kämpfen wie Sam und Romy?**

Ja, in meinem Umfeld gibt es gleichgeschlechtliche Paare, aber ich selbst weiß nicht, wie sehr sie mir Vorurteilen zu kämpfen haben. Ich weiß nur, dass das Coming-out die größere Schwierigkeit war und dass ab und an mal ein schräger Blick von anderen Menschen auf sie fällt. Aber es hat mir wahnsinnig geholfen, mit diesen Menschen darüber zu sprechen, wie sie gemerkt haben, dass sie sich zum selben Geschlecht hingezogen fühlen.

Ob sie das für sich selbst akzeptieren konnten, wie sie damit umgegangen sind. Das hat mir wirklich sehr geholfen, zu verstehen und Sams Gedanken zu formen.

**6. Welche Botschaft möchtest du den Lesern mit diesem Buch auf den Weg geben?**

Dass der Mensch Mensch ist. Es ist egal, ob diese Person eine andere sexuelle Orientierung hat, anders aussieht, eine andere Hautfarbe als du selbst hat. Er ist und bleibt ein Mensch und ich bin mir sicher, dass wir wahnsinnig viel durch spöttische Kommentare (selbst wenn sie nur ›witzig‹ gemeint sind) kaputt machen können. Und ich möchte Menschen, die in einer ähnlichen Situation wie Sam stecken (oder der gleichen), Mut machen, zu sich selbst zu stehen, auch wenn das manchmal schwer zu sein scheint. Ich kann nicht aus Erfahrung schöpfen, aber ich denke, es wird befreiend sein, zu sich selbst und seiner Sexualität stehen zu können.

## 6 Fragen zur Person Nadine Roth

**1. Wie sieht ein normaler Arbeitstag bei dir aus? Wann schreibst du?**

Immer mal zwischendurch, wenn die Zeit es zulässt. Aber meine bevorzugten Zeiten sind vormittags oder nachmittags, abends habe ich meistens keine wirkliche Lust mehr, der nächste ›Schub‹ kommt aber auch manchmal in der Nacht. Jaja, Autoren scheinen doch Nachteulen zu sein.

**2. Du erwähnst einige Lieder und Serien. Wie viel von deiner Persönlichkeit steckt in deinen Büchern?**

Ähm … viel?! Ich muss gestehen, dass es mir manchmal schwerfällt, einen kompletten Cut zwischen meinen Figuren und mir zu ziehen. Natürlich haben sie ihren eigenen Willen und Charakter, aber oft bringe ich dann doch Sachen ein, mit denen ich mich auch selbst identifizieren kann, einfach um das Ganze authentischer oder realistischer wirken zu lassen. Ich bin ein großer Serien-Junkie und auch Musik spielt für mich eine zentrale Rolle. Ganz oft denke ich nämlich an meine Charaktere, an Szenen aus dem Buch, wenn ich die Lieder höre. Musik ist auch eine unglaublich tolle Muse und dann würde ich am liebsten die Szenen mit den Liedern untermalen, aber das muss der Leser dann selbst tun, deswegen werden Songs und Interpreten oft erwähnt.

**3. Gibt es ein schönes oder lustiges Ereignis, das du als Autorin hattest?**

Zu viele. :-) Die Leipziger Buchmesse war ein einmaliges Erlebnis. Ich hatte so viele tolle Menschen um mich herum (Autoren, Blogger, Leser). Es war einfach nur ... unglaublich. Ich staune immer wieder darüber, welche tollen Menschen man trifft, die alle dieselbe Leidenschaft teilen. Die vier besten Erlebnisse waren für mich:

Nummer eins: Nach einer Lesung kam eine Leserin zu mir, schaute mich an und sagte: »Ich weiß, das soll man ja eigentlich nicht sagen, aber: Ich hasse dich!« Ich fand das deshalb so cool, weil es mir gezeigt hat, wie sehr sie ›Bloody Mary – Du darfst dich nicht verlieben‹ gelebt hat.

Nummer zwei: Eine Leserin wollte eine Signatur von mir. Auf dem Cover. Das war im ersten Moment ein Schock :-D, aber im Nachhinein finde ich es echt cool.

Nummer drei: Nach der Lesung zu hören, dass man gelesen hätte wie bei einem »richtigen Hörbuch«. Man hat einfach so eine Panik, wenn man vorlesen soll (und das bei dem eigenen

Text!), und solche Worte ... das ist unglaublich ermutigend und berührend!
Und Nummer vier: Auch wenn ich es nicht selbst gesehen habe, aber dass ein Charakter aus meinem Buch (Mary) gecosplayed wurde. Heilige ... Das war ein wirklich krasses Gefühl. Damit hätte ich NIE gerechnet!
Danke an alle, die die LBM 2017 unvergesslich gemacht haben.

**4. Was hat sich seit deinem Debüt ›Bloody Mary‹ in deinem Leben als Autorin verändert?**
Ich kann nur noch mit Sonnenbrille und Kopfbedeckung raus. Nein, Spaß! :-D Es hat sich verändert, dass ich ganz viele liebe Menschen kennenlernen durfte, die ich so nie getroffen hätte. Und dass einfach ein Traum für mich in Erfüllung ging, von dem ich immer noch denke, dass ich bald aus ihm erwache. Witzig sind besonders die Reaktionen, wenn dich Menschen erstaunt angucken und fragen: »Du hast ein Buch geschrieben?!« Ähm ... ja, habe ich? Aber auch so konnte ich viel für zukünftige Bücher lernen (bzw. ich habe noch sehr viel mehr zu lernen, aber so bin ich keine Buch-Jungfrau mehr).

**5. Du hast mit ›Bloody Mary‹ ja in Richtung ›Paranormal Romance‹ gestartet. Nun folgt ein ›Gay Romance‹-Roman. Bleibst du bei deinen zukünftigen Projekten in der Romance-Schiene oder kannst du dir auch ein Buch ohne Liebesgeschichte vorstellen?**
Tja, es heißt ja: Sag niemals nie. Ich weiß es ehrlich gesagt nicht. Eigentlich würde ich sagen: Nein. Denn Romantik in einem Buch gibt mir erst den nötigen »Spaß«, das Buch zu schreiben. Aber es muss eben auch zur Geschichte passen, auf Biegen und Brechen eine Lovestory rein zu quetschen, macht

auch keinen Sinn. Bisher handeln all meine Plots aber von Liebesgeschichten. Aber wer weiß? Vielleicht schreibe ich auch mal etwas ohne den Hauch von Romantik.

**6. Welche Projekte dürfen die Leser von dir noch erwarten?**

Wenn es nach mir ginge, sehr viele und sehr unterschiedliche. Ich liebe es auch besonders, in »Grauzonen« zu greifen. Alles, was »verboten« angehaucht ist, ist für mich von absolutem Interesse. Es gibt so viele Genres, die ich noch erkunden will. Hauptsächlich habe ich aber Ideen zu Romanen im Bereich »Fantasy«, »Dystopie«, »High Fantasy«, »Young and New Adult«, »Romance«, »Gay Romance« und »Paranormal Romance«.

Ich hoffe natürlich, dass einige Leser mir treu bleiben, auch wenn mal ein Genre dabei ist, das sie nicht anspricht.

Danke an alle, die mich bisher unterstützt haben!!!

**Weiteres von Nadine Roth:**

**Bloody Mary: Du darfst dich nicht verlieben**

2017, Sternensand Verlag

560 Seiten, broschiert

€14,95 [D]

*Liebesroman*

*Als Taschenbuch und e-Book*

Klappentext:
*»Mein Name ist Mary. Bloody Mary. Sie rufen mich, und ich töte sie. Doch dieses Mal nicht. Er hat mich gerufen. Und das hat alles verändert.«*
Im Jahr 1990 wird die sechzehnjährige Mary Jane Wyler von einem Serienmörder auf grausame Art und Weise umgebracht und findet sich in der Totenwelt wieder. Gefangen hinter Spiegeln, wartet sie darauf, dass jemand nach ihr ruft, um Rache an den Lebenden zu nehmen.
Der siebzehnjährige Avian glaubt nicht an diesen Mythos. Um seinem besten Freund zu beweisen, dass alles reine Fiktion ist, ruft er den Rachegeist – und sieht sich plötzlich Bloody Mary gegenüber. Aber ist sie tatsächlich so blutrünstig, wie die Legende behauptet? Oder steckt hinter der Furcht einflößenden Gestalt nur ein einsames Mädchen, das sich nach Mitgefühl und Wärme sehnt?
Avian versucht, zu Mary Jane Wyler durchzudringen, doch er spielt dabei mit seinem Leben.
*»In der Welt der Toten gibt es drei Regeln: Zeige keine Gnade, zeige keine Schwäche, zeige keine Gefühle. Ich habe jede einzelne gebrochen.«*

**Weitere Titel aus unserem Romance-Sortiment:**

Jasmin Romana Welsch
**Küss mich (Sammelband)**
13. Juli 2017, Sternensand Verlag
530 Seiten, broschiert
€ 14,95 [D]

*Liebesroman*
*Als Taschenbuch und E-Book*

C. M. Spoerri
**Emilia: Dein Weg zu mir**
1. Mai 2016, Sternensand Verlag
325 Seiten, broschiert
€ 12,95 [D]

*New Adult, Liebesroman*
*Als Taschenbuch und E-Book*

Maya Shepherd
**50 Tage: Der Sommer meines Lebens**
30. Juni 2017, Sternensand Verlag
472 Seiten, broschiert
€ 12,95 [D]

*Liebesroman*
*Als Taschenbuch und E-Book*

NEU IM PROGRAMM

Maya Shepherd

**Über alle Grenzen**

25. August 2017, Sternensand Verlag

544 Seiten, broschiert

€ 14,95 [D]

*Als Taschenbuch und E-Book*

**Klappentext:**

Eine Liebe, die sich über jedes Hindernis hinwegsetzt.
Eine Liebe, die unter die Haut geht.
Eine Liebe, die keine Grenzen kennt.
Wörter, Zahlen und Sätze zieren Annas Körper. Dort, wo niemand sie sieht. Unauslöschbar sind sie in ihre Haut geritzt. Sie bleiben für immer und verschwinden nicht einfach wie ihr Vater, der ihre Mutter für eine Jüngere verlassen hat.
Yasin kommt aus dem Kosovo. Wie viele Flüchtlinge sucht er in Deutschland Schutz, in der Hoffnung auf ein neues, sicheres Leben. Er spricht fließend Deutsch und trotzdem hört ihm niemand zu. Niemand sieht ihn.
Bis er Anna begegnet. Das traurige und verschlossene Mädchen ist der erste Mensch, der ihn als Person und nicht nur als Flüchtling sieht.

Besucht uns im Netz:

www.sternensand-verlag.ch

www.facebook.com/sternensandverlag